드래곤
라자

8

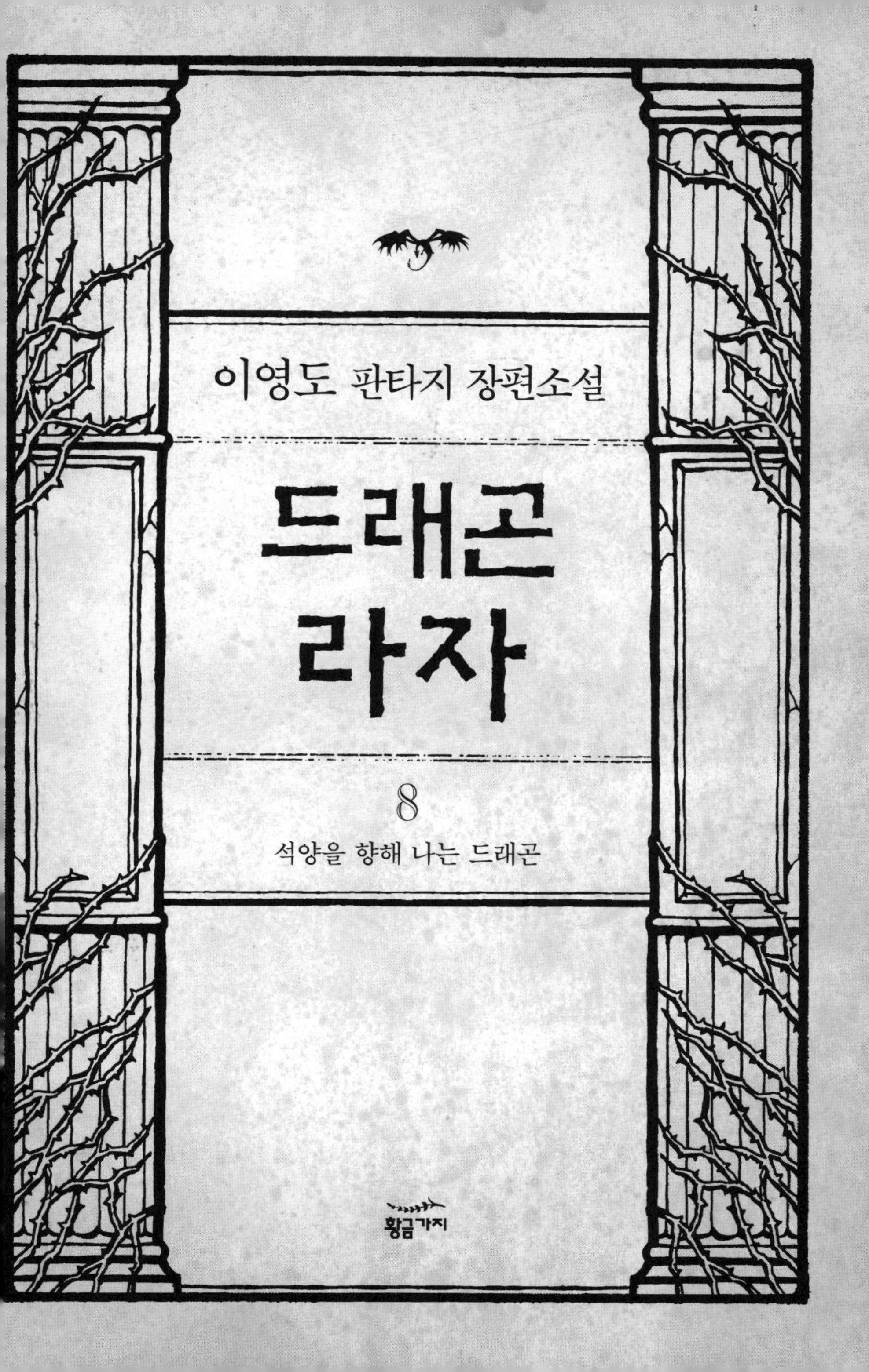

이영도 판타지 장편소설

드래곤 라자

8

석양을 향해 나는 드래곤

황금가지

차 례

일러두기

드래곤 라자 신판에서는 구판에서 활용된 단어 중 일부 단어를 저작권 문제로 인하여 수정하게 되었습니다.
독자분들의 양해 부탁드립니다. 감사합니다.

제14부

정답이 없는 선택

6

양쪽 일행이 모두 쥐죽은 듯 고요해졌다. 그러나 실제로 쥐가 죽은 것은 아니다. 쥐뿐만 아니라 아직은 아무도 죽지 않았다. 하지만 피냄새는 나는데.

늘어선 프리스트들은 모두 무서운 눈으로 우릴 올려다보고 있었다. 짧게 깎은 머리, 굳게 다문 입술, 떡 벌어진 어깨, 그리고 뒤로 넘겨버린 로브 아래로 갑옷과 검이 삼엄한 빛을 뿜고 있다. 그들은 왕족을 바라보는 눈길로는 최하급에 속하는 눈길로 길시언을 노려보고 있었다. 그러나 길시언은 꿈쩍도 하지 않았다.

백발 프리스트는 주먹을 꽉 쥔 채 부르르 떨고 있었다.

길시언은 백발 프리스트에게 선택 가능한 두 가지 상황을 제시해 버렸다. 교묘한 화법이라고는 말할 수 없겠는데요, 왕자님? 보통은 선택 가능성이 하나뿐인 제안을 해야 말하는 사람도, 듣는 사람도 편한 것이거든. 그렇잖아요? 이런 말 우습지만, 너무 극단적으로 밀어붙여 버리셨어. 왕자님께서 원하신다면 제가 칼을 졸라서 당신을 헬턴트 명예 주민으로 추대하게끔 하고 싶은걸요.

백발 프리스트에게 가능한 첫 번째 선택은 품위 있는 태도로 왕가의 존엄을 인정해 주는 것. 그렇다면 여기서 우리는 저들에게 명예로운 양보를 제안할 수 있겠지. 30명이나 되는 검과 파괴의 프리스트들로 하여금 우리 뒤를 따라오게 하는 것. 그렇다면 우리는 레니와 크라드메서의 계약을 먼저 시도해 볼 수 있겠지. 단, 이 경우라면 우리가 성공하는 즉시 할슈타일 후작께서는 꼼짝 달싹할 수 없이 반역자가 되시고 왕실 여관 0층에서 융숭한 대접을 받을 수 있게 되시겠지.

그 다음 둘째, 왕가의 존엄이라는 말이 무슨 말인지 도통 모르는 것처럼 행동하는 것. 그렇다면 검과 파괴를 상당히 좋아하는 30명의 프리스트들이 일제히 우리들에게 달려들게 되겠지. 우리가 인적 드문 이 갈색 산맥에서 모조리 몰살당하면 할슈타일 후작에 대한 고발인은 사라지게 되니까. 단, 이 경우라면 싸움의 와중에서 돌맨 할슈타일이나 레니의 목숨을 안전하게 담보할 수 없게 될 것이고 그렇다면 크라드메서는 자유롭게 깨어나 바이서스를 향해 상당히 뜨거운 감정 표현을 해버릴 수 있게 되겠지.

아, 난 너무나도 냉철 무쌍해. 그리고 냉철한 사람들은 항상 고민이 많아. 으으윽. 나머지 우리 일행들도 제각기 냉철함을 과시하며 각자의 무기를 불끈 쥐고는 백발 프리스트의 대답을 기다렸다. 그리고 30여 명의 프리스트들 역시 모두들 칼자루를 꼬나 쥔 채 백발 프리스트의 대답만 기다렸다. 양쪽이 모두 수 틀리면 치고들겠다는 표정으로 눈을 부라리고 있는 가운데 백발 프리스트는 힘들게 침을 삼키고 나서 말했다.

"왕자여. 레티의 검은 왕가나 그의 백성을 향해 돌려진 적이 한 번도 없다는 사실은 잘 아시지 않습니까."

"그럼 이제 처음으로 왕가를 겨냥할 거요?"

백발 프리스트가 가까스로 만들어낸 대답은 무참하게 뭉개져 버렸고 칼은 미간을 찌푸렸다. 이렇게 껄끄러운 질문을 던지는 사람이나, 그 질문에 대답하려고 애쓰는 사람이나 모두들 성격이 너무 극단적이야, 젠장. 어쨌든 양자는 극단적인 상황에서 열심히 쥐를 죽이고 있었다.

그래서 느닷없이 튀어나온 목소리는 천둥처럼 들려왔다.

"지금 왕가는 레티의 검을 협박하는 것인가!"

프리스트들 가운데 하나가 앞으로 나서며 외쳤다. 짧게 깎은 금발머리에서 이마를 가로질러 흉터가 멋지게 나 있는 프리스트였다. 길시언은 곧장 욱하는 표정으로 그 프리스트를 쏘아보았지만 달려나온 금발 프리스트는 계속 외쳤다.

"이것은 다른 설명이 필요없는 완벽한 협박이오! 길시언 왕자! 지금 당신은 레티의 영광을 무시하며 그 프리스트를 억압하려 드는……."

"닥쳐라!"

백발 프리스트는 일갈로 금발 프리스트의 입을 다물게 만들었다. 금발 프리스트는 억울하다는 표정으로 잠시 입을 다물었다. 하지만 그는 뒤를 돌아보고는 뒤쪽에 서 있는 프리스트들이 모두 짓눌린 동조의 표정을 띠는 것을 알아차리고는 다시 말했다.

"이는 부당한 일이오! 인간의 왕이 프리스트를 협박할 수는 없는 노릇입니다! 왜 저런 무례한 언사를 용납함으로써 파괴신 레티의 검날을 무뎌지게 만드는 겁니까!"

그때 또 다른 젊은 프리스트가 앞으로 나서며 말했다.

"옳은 말이라고 생각합니다. 레티의 입이여. 이것은 레티에 대한 도전 의사의 표명입니다."

백발 프리스트의 눈썹이 몹시 곤두섰다. 또 다른 프리스트 하나가 앞으로 나서려고 했을 때 백발 프리스트는 고함을 빽 질렸다.

"모두들 제자리에서 꼼짝말고 입들 닥쳐라!"

샌슨이 낮게 중얼거리는 소리가 들려왔다. "프리스트의 화법치고는 수준급이야." 옆에서 아프나이델이 킥킥거리는 소리도 들려왔다. 그러나 백발 프리스트는 자신의 무리를 장악하기 위해 애쓰느라 우리 쪽에 신경을 쓸 여유가 없었다.

"누가 이 무리의 입이냐! 너희들 모두가 레티의 팔이지만 입은 하나! 내가 레티의 입이다! 종단에 대한 반역이라도 저지르겠다는 것이냐!"

뛰쳐나온 프리스트 두 명은 억울하기 그지없다는 표정이었지만 저 말에는 대꾸할 말이 없었던 모양이다. 그들은 의식적으로 고개를 조금 숙여보이고는 뒤로 물러났다. 하지만 다른 프리스트들 모두가 불만에 찬 한숨이나 투덜거림을 뱉어내기 시작했다. 백발 프리스트는 그들 모두를 쏘아보았고 마침내 소란이 조금 가라앉고 나자 다시 우리에게로 고개를 돌렸다.

백발 프리스트는 입술이 하얗게 변하도록 굳게 다물고는 길시언을 올려다보았다. 길시언은 가늘게 뜬 눈으로 그를 내려다보았다. 공기가 무거워지는 느낌은 잠시. 레티의 입이라는 백발 프리스트는 입을 열었다.

"더 이상 대답을 미룰 수 없겠소. 길시언 왕자. 당신의 질문에 대한 대답을 해드리지."

길시언의 눈에 섬광이 튀었다. 동시에 뒤쪽에 있던 프리스트들이 모두 허리를 낮추는 것이 눈에 잘 들어왔다. 살벌한 기분이 드는걸. 저쪽엔 칼이 30자루고 이쪽엔 몽둥이나 도끼, 트라이던트나 밀리터리 포크가 있긴 하지만 칼은 네 자루뿐이다. 나는 이를 악물었다. 백발 프리스트는 호흡을 가다듬고 나서 차갑게 말했다.

"만일 바이서스 왕가가……."

하지만 백발 프리스트는 거기까지밖에 말하지 못했다.

비명소리? 아니다. 울음소리다. 하지만 꼭 처절한 비명소리처럼 들렸다. 갑자기 들려온 비명소리에 모두들 기절할 만큼 놀라 버렸다.

"삐이이이익!"

모두의 시선이 반사적으로 하늘을 향했다. 하늘 높은 곳에 청회색의 정적 가운데로 하늘의 중심을 찾는 자가 있었다. 세계의 중심을 찾아 외롭게 빙글빙글 돌면서 날카롭게 좁혀들어가는 검은 그림자. 그림자는 다시 한 번 모든 하늘과 그 아래 대지를 향해 포효했다.

"삐이이이익!"

포효소리만이 계속해서 되울리는 가운데 모든 소리가 사라져 버리는 것 같았다. 그러나 운차이는 입을 열었다.

"독수리다. 이 계절에 희한하군."

운차이의 목소리는 건조했다. 그가 저 새들의 제왕을 보면서 길시언이 느낄 감정, 혹은 다른 이들이 느낄 감정을 짐작해 본다는 것은 무리가 있겠지. 하하하!

30명의 레티의 프리스트들은 눈이 튀어나올 듯한 표정이 되었다.

한결같이 창백해진 얼굴 때문에 시체를 모아둔 것처럼 보였다. 그들은 공포를 넘어선 공포로 하늘을 올려다보고 있었다.

"독수리……? 독수리라구?"

"설마? 설마, 독수리가?"

짓눌린 신음소리와 불안과 의심에 가득 찬 비명소리가 들려온다. 프리스트들은 모두 뒤로 한두 발짝씩 물러나기 시작했다. 그들의 얼굴엔 이 사태를 도저히 믿을 수 없는 그들의 심정이 잘 드러나 있었다. 그 광경을 보면서 가슴이 아프도록 저려온다. 손끝이 차가워지고 심장에 이상이 생긴 것이 아닌가 싶을 정도로 내 맥박소리가 크게 들려온다. 쿵! 쿵! 길시언은 어깨를 부르르 떨면서 잔뜩 잠긴 목소리로 운차이에게 물었다.

"독수리? 독수리가 확실한가?"

길시언의 눈은 붉게 충혈되어 있었다. 운차이는 고개를 갸웃하며 대답했다.

"그래. 독수리다. 그런데 너희 북부 미련퉁이들은 독수리 공포증이라도 있나?"

길시언은 운차이의 말에 대답하지 않았다. 그는 곧장 고개를 돌려 백발 프리스트를 바라보았다.

백발 프리스트는 이를 악문 채로 독수리와 길시언을 번갈아 쳐다보고 있었고 뒤로 물러나던 프리스트들의 얼굴에는 이제 공포의 빛이 떠오르고 있었다. 그들은 자신도 모르게 칼자루를 놓고 있었다. 그리고 돌맨 할슈타일은 정도를 넘어선 불안감을 표시하고 있었다. 하핫! 저 나이에 손가락을 빨고 있다!

길시언은 격정을 억누르지 못하는 몸짓으로 소리높여 외쳤다.

"영광의 아샤스의 전령이 내려다본다!"

내려다본다……! 내려다본다……! 내려다본다……!

길시언의 목소리는 갈색 산맥 전역에 울려퍼지는 것 같았다. 산울림과 어지러운 머리 때문에 제대로 서 있기가 힘들 지경이다. 길시언은 두 팔을 들어올렸다가 손을 내려 백발 프리스트를 겨냥했다. 설령 검으로 겨냥했다 하더라도 저 프리스트의 얼굴이 저만큼 하얗게 변하기는 어렵겠지.

길시언은 외쳤다.

"영광의 창공에 한 줄 섬광이 되어! 만물을 한눈에 내려다보며, 거짓을 용납하지 않는 저 제왕 앞에 말하라! 그대는 바이서스 왕가를 향해 참람된 검을 겨눌 것인가!"

마치 나도 그 대답을 들어야 직성이 풀리겠다는 듯이 독수리가 울부짖었다.

"삐이이이익!"

제레인트는 숨도 제대로 쉬지 못하고 있었다. 칼은 믿을 수 없다는 듯이 하늘을 바라보았다가 길시언을 바라보았다. 뭘 못 믿어요! 하늘에선 독수리가 울고 땅에선 길시언이 운다. 이거예요, 칼! 백발 프리스트는 가엾게도 말하는 법을 잊은 사람처럼 굴었다.

"그, 커걱, 그, 그것이, 그것은……."

나의 왕이여! 신의 영광이 독수리의 모습이 되어 지상에 나타나 그의 머리 위를 맴돌고 있었다. 그 어떤 보석 관이 저 영광의 관에 비할 수 있을까! 산 정상의 바위를 딛고 선 길시언은 영광의 7주 전쟁에서 방금 돌아온 고대의 영웅처럼 보였다. 세류델헨 왕자 앞에 아샤스가 나타났을 때가 저러했을까? 루트에리노 대왕의 핏줄은 살아 있었고, 맥박치고 있었다!

백발 프리스트는 마침내 한쪽 무릎을 털썩 꿇었다. 그는 다 포기해 버린 목소리로 울부짖듯이 말했다.

"그 날개에 뿌려진 햇살처럼 정의롭게! 왕자여. 바이서스 왕가는 인간의 왕입니다!"

털썩. 레티의 프리스트들 중 하나가 그의 대변인을 따라 무릎을 꿇었다. 뒤이어 그 옆에 있던 프리스트가, 그리고 또 다른 프리스트가. 이윽고 모든 프리스트들이 무릎을 꿇기 시작했다. 마지막으로 금발 프리스트가 자신이 무슨 행동을 하고 있는지 모르겠다는 표정으로 무릎을 꿇었다. 돌맨 할슈타일은 이미 오래전에 무릎을 꿇은 채 덜덜 떨고 있었다.

"삐이이이익!"

독수리의 울음소리가 시리도록 맑게 울려퍼졌다. 30여 명의 프리스트들은 모두 한쪽 무릎을 꿇고 길시언을 경배하고 있었다. 제레인트는 희열에 들뜬 목소리로 더듬더듬 말했다.

"우리는…… 우리는 신의 것…… 그러나, 그러나 우리가…… 우리가 세상에 있으려면…… 우리가 세상에 존재하는 방식은…… 이 몸을 통해……. 따라서…… 이 몸의 주인인…… 나의 왕의 영광 앞에 무릎을 꿇어라……. 신께 우리의 사랑을…… 바쳐 영생을 구하고…… 나의 왕께 경배를 바쳐…… 명예를 오롯이하라."

칼은 낮게 신음을 뱉었다.

"맙소사! 멜다로의 노래 아닙니까?"

제레인트는 고개를 끄덕이며 칼을 바라보았다.

"책에서 봤었지요."

"아아, 그래요. 으음. 레티의 프리스트들은 성직자라기보다는 전사에 가깝단 말이죠."

창공의 독수리는 계속해서 영광의 원을 그리고 있었다. 그리고 지상의 꼭대기에 선 길시언은 타오르는 눈으로 레티의 프리스트들의 경배를 받고 있었다. 엑셀핸드와 운차이, 그리고 레니는 이 사태를 도저히 이해하지 못하겠다는 표정이었다. 엑셀핸드는 턱수염을 심하게 꼬고 있었고 운차이는 콧방귀를 뀌었다. 레니는 눈을 동그랗게 뜬 채 '어머나' 하는 소리만 계속 반복하고 있었다. 저들은 이해하지 못하겠지. 도저히 이해할 수 없을 거야. 그런데 바이서스의 국민도 아닌 제레인트는 어떻게 이해하는 것일까? 책에서 본 것만 가지고 이해하는 것인가? 아, 참. 그는 원래 감동을 잘하지. 난 점점 뜨거워지는 눈시울을 거칠게 닦았다. 으윽, 제기랄. 속눈썹이 눈알을 찔렀어. 그래서 눈물이 나오잖아. 칫!

갑자기 거의 100퍼센트의 확률로 예언을 할 수 있을 것 같은 기분이 들었다. 루트에리노 대왕과 핸드레이크는, 그들에 대해 우리가 무엇을 알게 되든 영원히 우리를 감동시킬 것이다. 대왕이 드래곤 로드를 무릎 꿇게 만들었듯이, 지금 그 핏줄이 30명의 파괴신의 프리스트들을 무릎 꿇게 만들고 있는 것이다. 아, 정말 싫다! 코끝이 찡해 오잖아. 샌슨은 떨리는 목소리로 말했다.

"야, 야 이거 정말, 가슴이 뛰어서 못 견디겠다. 눈물이 나려고 하는데."

나 역시 잠겨드는 목으로 힘들게 말했다.

"참아봐. 이 순간에 눈물을 보이면 후대에 그 무슨 개망신이겠어."

"그래, 후치. 알았어."

샌슨은 꺽꺽거리는 소리를 내면서 목을 가다듬었고 그래서 난 눈물을 찔끔거리며 동시에 웃음을 터뜨릴 뻔했다. 길시언은 가슴을 활짝 편 채 독수리의 눈매로 아래를 굽어보며 말했다.

“그대들의 정신의 지배자의 권한에는 경의를 바친다. 그러니 이제 그대들이 태어나고 자란 나라의 왕족의 말을 들어라!”

“전하!”

“난 여기 계신 레이디를 크라드메서에게 안내할 것이다. 그대들은 나와 내 친구들을 방해할 것인가?”

“방해하지 않겠습니다.”

“그렇다면 나 또한 그대들의 신에 대한 경의로써 그대들을 방해하지 않겠다. 그대들은 자의로 돌맨 할슈타일 공을 모시고 크라드메서를 찾아가도록. 그러나 이 과정에서 서로에 대한 경쟁은 지양되어야 할 것이다. 대륙의 선량한 만민을 위해!”

백발 프리스트는 고개를 깊이 숙이며 말했다.

“그 말씀의 공정함이 아샤스의 영광을 드높일 것입니다.”

길시언은 고개를 끄덕였다.

“나는 아미앙스 수도원의 현명한 프리스트들에 대해…….”

“엎드려!”

뭐지? 고함소리. 그리고 방패를 들어올리며 몸을 굽히는 길시언의 모습. 그러나 길시언의 동작은 중간에 멈춰버렸다. “삐이이이익!” 독수리는 하늘이 찢어져라 울었다.

“운차이!”

네리아의 찢어지는 비명소리에 놀라 고개를 돌린다. 운차이의 찌푸린 얼굴이 눈에 들어왔다. 그리고 약간 높게 들어올린 그의 팔도. 그 팔에는 화살이 꽂혀 있었다.

“으윽, 젠장…….”

운차이는 허물어졌다. 그러자 그의 팔에 가려져 있던 레니의 파랗게 질린 얼굴이 보였다. 아프나이델이 황급히 레니를 끌어당기며 동시에 길시언의 외침 소리가 들려왔다. "프로텍션 프롬 애로!" 그와 동시에 거칠게 부딪히는 소리들이 들려왔다. 타탕! 탱! 허공에서 화살이 튕겨올랐다. 제기랄! 누군가 우리에게 사격을 퍼부어대고 있었다!

"엎드려! 엎드리라구!"

샌슨의 고함소리를 들으며 급히 몸을 던졌다. 어디지? 제길! 여기는 사방이 노출된 산꼭대기잖아! 다시 한번 화살이 부딪힐 때 방향을 가늠해 보았다. 화살은 레티의 프리스트들의 뒤쪽 방향에서 날아오고 있었다. 일행들은 바위 뒤로 몸을 숨겼고 난 바위 위로 머리를 내밀어 보았다.

레티의 프리스트들은 당황하여 몸을 돌렸다. 그 동안에도 화살은 계속 날아들고 있었다. 화살들은 레티의 프리스트들을 무시한 채 우리 쪽을 향해서만 날아오고 있었다. 등 뒤에서 칼이 이를 갈면서 외쳤다.

"빌어먹을! 할슈타일 녀석이!"

"운차이! 괜찮아요?"

제레인트의 고함소리에 이어 운차이의 불만에 찬 대답이 들려왔다.

"괜찮긴 뭐가 괜찮아, 제기랄. 팔에 화살을 맞았는데."

개 같은 후작놈과 그 졸개 녀석들이! 우리 아래쪽에 있던 레티의 프리스트들은 황급히 몸을 돌리더니 기도를 시작했다. 그러자 그들의 주위로 연초록색의 막이 생기더니 그들 전체를 둘러싸서 그들을 보호했다. 길시언은 바위 위에 서서는 프림 블레이드를 위로 들어올린 채 우리들을 보호하고 있었다. 샌슨은 땅을 기어서 운차이에게 다가갔다. 그는 재빨리 대거를 꺼내더니 칼집째로 운차이에게 내밀었다.

"물어."

운차이는 대거의 칼집을 물었다. 그러자 샌슨은 곧장 운차이의 팔에서 화살을 잡아뽑았다. 선혈이 튀어 샌슨의 얼굴을 물들였지만 운차이는 신음소리도 내지 않았다. 다만 칼집이 부서지는 소리가 들려왔다.

"제레인트, 부탁합니다."

샌슨은 화살을 집어던지더니 다시 바위 위로 기어 올라왔다. 그리고 그 뒤를 따라 아프나이델이 올라왔다. 난 바위 위에 엎드린 채 팔을 뻗어 방향을 가리켰다.

"저쪽!"

"안 보여!"

젠장! 숲 속에 숨은 채 산 정상을 향해 쏘아붙이고 있어서 녀석들의 모습은 보이지 않았다. 길시언은 프림 블레이드를 내리면서 우리 옆에 엎드렸고 그러자 화살들은 우리 머리 위로 날아가거나 바위에 맞아 튀어오르기 시작했다. 타당! 탕! 아프나이델은 독한 표정을 지으며 속삭였다.

"레니 양을 겨냥했습니다. 우연일까요?"

길시언은 바닥에 엎드린 채 주먹으로 입을 꽉 틀어막고 있었다. 그가 대답을 거부하자 샌슨이 으르렁거리듯이 말했다.

"지금은 생각하지 맙시다." "좋습니다. 달아날까요?" "뒤에서 화살을 쏘아대는 것은 싫은데요." "레티의 프리스트들이 막아주지 않을까요?"

아프나이델은 턱으로 바위 아래의 프리스트들을 가리켰다. 그들은 모두 한자리에 모여선 채 연초록색의 방어막에 둘러싸여 있었다. 그러나 그들 쪽을 향하는 화살은 거의 없었다. 샌슨은 얼굴을 찌푸렸다.

"원래는 한통속이었잖습니까."

제기랄! 그러고 보니 감동 때문에 잠시 잊었던 사실이다. 아미앙스 수도원은 사실 할슈타일 후작의 주구였지. 저 친구들은 조금 전까지만 해도 레니를 강제로 빼앗으려고 했지? 그렇다면 이 일을 어찌한다? 아프나이델은 프리스트들을 불안한 눈으로 바라보았다. 현재까진 그들은 그저 가만히 서 있었다. 그것은 침착한 것이라기보다는 갑작스런 상황에서 행동을 결정할 수 없어 당황하는 것처럼 보였다. 그때 칼이 우리 옆으로 기어 올라 왔다.

"위치를 포착했습니까?"

"머리도 못 내밀 지경입니다."

그러자 칼은 눈살을 찌푸리며 말했다.

"그럼 곧 달려오겠군요. 아프나이델, 준비하십시오."

"예? 아, 무슨 준비를?"

그리고 화살의 소나기가 멈추었다. 곧이어 정상 아래쪽에서 요란한 함성이 들려왔다.

"와아아아!"

산등성이를 따라 전사들이 달려오기 시작했다. 저렇게 중장비를 갖춘 전사들이 날렵하게 산을 달려온다는 것은 거짓말 같다. 샌슨은 나를 돌아보더니 말했다.

"아무 바위나 집어던져!"

"……날 거인이나 투석기 같은 걸로 생각하나 본데, 그거 보기는 좋겠지만 잠시만 기다리자구."

레티의 프리스트들이 드디어 행동에 들어갔다.

"경계 태세!"

백발 프리스트가 고함을 지르며 검을 뽑아들었다. 차랑, 차라랑! 레티의 프리스트들은 일사불란한 동작으로 검을 뽑아들었다. 연초록색 방어막 속에서 은백색 검광이 눈을 어지럽힌다. 레티의 프리스트들은 눈깜짝할 사이에 열 명씩 3열로 섰다. 달려오던 전사들은 당황하며 멈춰 섰다. 전사들 역시 검을 겨눈 채 프리스트들과 대치를 이루었다. 양쪽의 거리는 30큐빗쯤. 그리고 전사들 사이에서 후작이 걸어나왔다.

후작의 얼굴은 가관이었다. 눈썹은 하늘을 찌를 지경이었고 관자놀이를 부들부들 떨고 있었다. 창백한 얼굴에서 눈이 시퍼렇게 타오르고 있었다. 그런 파격적인 얼굴을 한 채 후작은 외쳤다.

"뭣 하는 것인가!"

백발 프리스트는 입술을 깨물었다.

"내가 먼저 묻고 싶은 것이오, 후작. 지금 뭣 하는 것입니까?"

"너! 날 배신하겠다는 것이냐?"

"말조심하시오. 아미앙스 수도원은 우정으로서 후작가를 대해 왔습니다. 우정에는 친구의 과오를 막는 것도 포함됩니다."

상황이 의외의 국면으로 접어드는데. 칼은 박수를 치고 싶다는 얼굴로 헤벌레 웃으며 아래를 내려다보았다. 후작은 분통을 터뜨렸다.

"과오? 과오라고! 네놈이 날 배신하려는 것이구나! 왕가에 빌붙을 셈이로군!"

레티의 프리스트들의 어깨가 동시에 꿈틀거리는 듯했다. 백발 프리스트는 아래턱을 불쑥 내밀었다.

“우리는 레티를 섬깁니다.”

“조금 전 그를 경배한 것은 뭐란 말이냐!”

“레티는 우리들에게 속권의 지배자에 대해 거부할 것을 명하지 않았습니다. 신성함을 경배할 줄 알았던 기사 멜다로가 그러했던 것처럼, 신의 종복인 우리들은 신의 자식인 세상의 선민들을 받들어 모십니다.”

하하! 저 백발 프리스트 의외로 능글맞은 데가 있군. 저 말은 조금 전 칼이 들려준 말이잖아. 후작은 입술을 깨물면서 말했다.

“그렇다면 넌, 레티의 프리스트들은 이제 나의 적이냐?”

“아니, 당신도 신의 선민이십니다. 우리는 레티의 적 이외에 그 누구도 적으로 간주하지 않습니다.”

“그렇다면 비켜라! 저 일행부터 해결한 다음 너희들의 일을 해결해야겠다.”

백발 프리스트는 이제 팔짱을 끼었다. 로브의 소맷자락이 흘러내리면서 얼굴과 도저히 어울리지 않는 무지막지한 팔뚝이 드러났다. 히야, 그 팔뚝 정말 끝내주네. 무슨 기둥을 두 개 겹쳐놓은 것 같군.

“어쩔 생각인지 물어봐도 되겠소?”

백발 프리스트의 말에는 아무리 마음씨 좋은 사람이라도 파악할 수 있는 명백한 시비조가 들어 있었다. 그리고 할슈타일 후작은 마음씨가 별로 좋지 않았다.

“내가 왜 말해야 되는가?”

“조금 전 당신들은 검을 뽑아들고 돌격했소. 저 일행을 공격할 작정이오? 말해 두겠는데, 레티의 검 앞에서 부당한 살해는 절대로 용납 못하오. 파괴의 권한은 레티에게 있소.”

후작 주위에 서 있던 전사들에게서 동요가 일어났다. 그들은 상황이 이상하게 돌아간다는 듯이 투덜거렸다. 파괴신의 프리스트들이 앞을 가로막고 있는데 무모하게 돌진할 수 있는 사람이 헬턴트 독서가와 폐위당한 태자 외에 누가 있을까. 그런 의미에서 칼, 나 당신 존경해요.

"날 가로막겠다면 너희들이라고 따로 취급하진 않겠다!"

음, 존경할 사람이 하나 늘었군. 젠장. 후작은 단호하게 말해버렸고 전사들의 얼굴에는 아찔한 표정이 떠올랐다. 반면 레티의 프리스트들 사이에서는 피식거리는 헛웃음이 들려왔다. 앞에 나서 있던 백발 프리스트마저도 고개를 조금 돌리며 미소를 지었다. 샌슨은 고개를 갸우뚱했다.

"저 프리스트들이 왜 웃는 거지?"

"자신이 있나 보지."

우리 옆에 나란히 엎드려 있던 길시언이 낮게 말했다.

"저 프리스트들에게 전투 기술은 그들의 신앙이자 그들의 기도니까. 저들은 꿈속에서조차도 싸움의 기술을 연마하고 투쟁을 계속하지. 그래서 아침이 되면 침대에서 몇 명은 죽어나온다는……, 이건 내 말이 아냐."

"아, 예. 알고 있었어요."

아프나이델은 손을 비비더니 손가락을 꺾었다.

"됐군요. 저 프리스트들이 뒤를 막아줄 모양입니다. 야박하게 들리겠지만 이대로 몸을 돌리는 것이 어떨까요. 레티의 프리스트들이 시간을 끌어주는 동안 크라드메서를 찾아가는 겁니다."

칼은 찌푸린 얼굴로 말했다.

"저 두 무리가 격돌하게 되면 사상자가 많이 생길 텐데."

"그러니까 더욱 빨리 가는 겁니다. 만일 우리가 성공해 버리면 후작은 더 이상 방법이 없으니 쓸모없는 싸움을 계속하려 들 리가 없습니다. 사실 지금도 덤벼들긴 어려운 상황처럼 보이는군요. 후작의 전사들은 겁을 집어먹고 있습니다."

칼은 눈살을 더욱 찌푸리더니 뒤를 돌아보았다. 뒤에서는 제레인트가 치료를 끝내고 운차이의 팔에 붕대를 매고 있었다. 운차이는 아무런 표정도 없이 붕대를 빼앗아 들었다.

"내가 하겠어."

제레인트는 고개를 절레절레 흔들고는 다시 붕대를 빼앗아 운차이의 팔을 감았다. 그때 에델린이 위로 기어왔다. 에델린은 우리 옆에 힘들게 몸을 숨기더니 말했다.

"돌맨 할슈타일도 데리고 가야 합니다."

"돌맨을?"

"예. 레니 양이 거절당할 경우를 생각한다면 돌맨 역시 데리고 가야 합니다."

돌맨은? 아래를 내려다보자 레티의 프리스트들 가운데서 어쩔 줄 몰라하고 있는 돌맨의 모습이 보였다. 그는 후작 일행을 쳐다보았다가 다시 자기 주위의 프리스트들을 바라보며 얼굴을 잔뜩 찌푸리고 있었다. 그때 할슈타일 후작이 위를 올려다보며 패악스럽게 외쳤다.

"길시언 왕자!"

길시언은 움찔했다. 그는 일어나려고 했으나 샌슨이 재빨리 그의 어깨를 잡아내렸다. 길시언은 샌슨에게 어깨를 잡힌 채 엉거주춤한 자세로 아래를 내려다보았다.

"길시언 왕자! 당신은 내 딸을 데리고 있고! 그리고 너 레티의 땡추! 넌 내 아들을 데리고 있다! 유괴범들끼리 잘들 어울리는군!"

"말 조심햇!"

"입 조심하시오!"

길시언과 백발 프리스트가 동시에 외쳤다. 길시언은 기어코 샌슨의 손을 뿌리치며 벌떡 일어났다. 제길. 화살이 날아오더라도 프림 블레이드가 보호해 주겠지. 길시언은 바위 위에 꼿꼿이 서서 후작에게 외쳤다.

"너 이놈, 썩어빠진 반역자야! 누가 네 딸이란 말이냐! 레니 양에게 물어보지. 레니 양! 당신 아버지는 누굽니까!"

오, 맙소사. 난 눈을 질끈 감았고 칼도 신음을 흘렸다. 길시언. 당신에겐 그런 잔인한 질문을 할 절실한 필요성이 없을 텐데. 레니는 아직 소녀야. 자신의 아버지의 면전에 대고 직접 부정하는 일을 시켜야 되겠어? 이건 조금 전에 칼이 백발 프리스트 앞에 레니를 내보낸 것과는 다른 경우잖아. 레니는 하얗게 된 얼굴로 길시언을 올려다보았다.

"저, 저, 길시언…… 왕자님?"

"말하는 겁니다, 레니 양! 당신 마음에 있는 대로 말하면 돼요! 저자의 얼굴에 대고 똑바로 말해 주시오! 당신의 아버지가 누구인지……."

레니는 아랫입술을 꽉 깨물었다가 발악하듯이 외쳤다.

"그만해요!"

길시언은 얼떨떨한 얼굴로 레니를 돌아보았다. 레니는 두 손으로 얼굴을 가린 채 무릎을 꿇었다. 털썩.

"그만해요, 제발. 이젠 그만해요. 아버지는, 흑, 아버지는, 내

아버지는 그레이든 씨예요. 이제 더 이상 그런 질문 좀 하지 말아요. 흑, 으흑!"

"……레니야."

네리아는 울상이 되어 레니를 껴안았고 레니는 네리아에게 안겨 서럽게 울었다.

"어어어! 어어어! 난, 난 모르겠어요. 자꾸, 자꾸 이상한 아버지를 만들지 말아요. 난, 난 머리도 나쁘고, 단순하게 살았어요. 드래곤, 으흑! 드래곤 라자 같은 거, 사실 난 싫어요! 그런 거, 그런 거 모르겠다구요!"

"쉬이……, 괜찮아, 레니야. 쉬이. 기억하렴. 어제 에델린이 해준 말을 기억해. 핸드레이크가 뭐라고 말했지?"

"어어엉! 난 모르겠다구요!"

레니는 이제 말도 제대로 못하면서 힘들게 숨을 쉬고 있었다. 개 같은! 개 같은 상황이야! 난 이 상황이 싫어! 길시언은 당황한 목소리로 말했다.

"레, 레니 양?"

그때였다.

뭐지? 갑자기 등골이 서늘한 느낌이 들었다. 뭐였지? 공간 전체가 한꺼번에 얼어붙는 듯한 느낌. 눈앞이 캄캄해지는 것 같지만 사실 지극히 밝은 오후. 그리고 그 오후를 가로질러 가장 먼저 들려온 것은 독수리의 울음소리였다.

"삐이이이익!"

"커허억!"

길시언이 갑자기 두 팔을 들어올렸다. 뭐하는 거지? 길시언은 천천히 앞으로 기울어지다가 그대로 쓰러졌다. 뎅그렁! 프림 블레이드가 떨어졌고 곧 웅웅거리는 소리가 요란하게 울려왔다. 쓰러진 길시언의 등에는 화살이 꽂혀 있었다.

"길시언!"

샌슨이 비명을 지르며 길시언의 팔을 끌어당겼다. 난 반사적으로 머리를 돌렸다. 저 아래쪽에는 손에 석궁을 들고 있는 후작의 모습이 보였다. 저놈이! 길시언이 등을 보였을 때 쐈어!

"너 이새끼! 등을 쏴?"

난 곧장 옆에 있는 큼직한 바위를 들어올렸다. 칼이 찢어지는 목소리로 외쳤다. "네드발 군! 안 돼!" 그러나 늦었다. 난 이미 후작을 겨냥해서 바위를 집어던졌다. 바우우웅! 바위는 끔찍한 소리를 내며 날아갔고 후작은 재빨리 옆으로 몸을 날렸다. 전사들은 비명을 지르며 물러났다.

"으아아악!"

콰과광! 재수 없는 전사 하나가 바위에 치어 튕겨나가는 모습이 보였다. 바위는 그대로 사내를 깔아뭉개고는 산비탈을 따라 맹렬하게 굴러갔다. 콰드드득! 바위는 나무 몇 개를 부러뜨리며 숲 속으로 사라졌다. 난 고개를 돌려 후작의 모습을 찾았다. 후작은 한쪽 무릎을 꿇은 채 석궁을 당기고 있었다. 어딜! 후작은 쿼럴을 장전하면서 손을 들어 외쳤다.

"돌격! 가로막는 것은 모두 벤다! 계집애를 제외하고 모두 쳐라!"

전사들은 쓰러진 사내의 처참한 모습을 보더니 곧 눈을 뒤집으며 달려들기 시작했다. "아아아아! 죽여!" 백발 프리스트 역시 검을 휘저으며 외쳤다.

"방어막을 강화한다! 제자리에서 움직이지 마!"

부우우웅! 강렬한 진동음이 들려오면서 레티의 프리스트들을 감싸고 있던 연초록색 구가 더욱 진하게 바뀌었다. 전사들은 초록색 반구를 후려쳤으나 검은 속절없이 튕겨났다. 탕! 타당! 전사들은 욕설을 퍼붓더니 곧 고개를 돌려 우리 쪽을 올려다보았다. 칼은 활을 꺼내들면서 외쳤다.

"아프나이델! 저지하시오!"

길시언! 이런!

샌슨은 길시언을 황급히 끌어당기다가 중심을 잃고 그대로 길시언과 함께 나동그라졌다. 샌슨은 아예 뒤로 누워버렸다.

"으윽, 제길! 잠시만 부탁한다, 후치!"

샌슨은 고함을 지르더니 길시언을 품에 안은 채 위험하게도 머리를 아래로 하고는 거꾸로 미끄러지기 시작했다. 주루루룩! 아아, 저 멍청한 오거! 등가죽을 홀라당 벗기고 싶어서! 그리고 그 옆에 있던 아프나이델은 바위 위로 뛰어올랐다. 나 역시 바스타드를 휘두르며 아프나이델의 뒤를 따랐다.

레티의 프리스트들을 공격하고 있던 전사들은, 아무런 성과도 얻어낼 수 없게 되자 욕지거리를 외쳐대며 우리 쪽으로 몸을 돌렸다. 그들이 고함을 지르려는 찰나, 아프나이델은 품안에서 뭔가 하얀 것을 꺼내어 공중으로 휙 집어던졌다. 하얗게 흩어지는 가루 속에서 아프나이델은 마법 주문을 외쳤다.

아프나이델이 손을 위로 뻗어올리는 순간 전사들은 움찔했다. 그러나 아무 일도 일어나지 않았다. 이런, 아프나이델? 어떻게 된 거예요? 뒤따라 뛰어올라온 운차이는 아프나이델을 무서운 눈으로 쏘아보았지만 아프나이델은 그저 지친 얼굴로 땀을 흘리며 전사들을 내려다보고 있었다. 아무 일도 일어나지 않자 전사들은 흉흉한 눈으로 아프나이델을 노려보았다. 그중 특히 거칠어보이는 전사 하나가 외쳤다.

"라쳐 고말지보 정사!"

"야뭐?"

저, 저 자식들 외국에서 수입한 전사들인가? 아니, 그런 것 같지는 않았다. 왜냐하면 외치고 나서 그대로 달려들려 했던 그 전사는 자신이 한 말에 눈이 튀어나올 정도로 놀라서 멈춰버렸으므로. 그리고 다른 전사들도 너무 당황해서 제자리에 멈춰버렸다. 운차이의 눈꺼풀이 꿈틀했고 아프나이델의 입술 끝이 조금 올라갔다.

"야거 한 고라뭐 금지 너, 깐잠? 래이 뭐 이말 내, 라어?"

"다이법마! 어렸걸 에법마!"

그때 아프나이델이 고개를 조금 뒤로 돌리며 외쳤다.

"길시언 씨는! 움직일 수 있습니까?"

아차, 샌슨과 길시언은? 난 또 다른 바위 하나를 집어들다가 뒤를 돌아보았다. 에델린이 쓰러진 샌슨에게서 길시언을 가볍게 들어올리더니 그 품에 안았다. 길시언의 등으로 옮겨간 그녀의 손이 쿼럴을 뽑아내는 것이 똑똑히 보였다. "크으윽!" 길시언은 몸을 부르르 떨더니 그대로 에델린의 가슴에 고개를 떨구었다. 제기랄! 죽은 건가? 에델린은 그렇게 길시언을 감싸안은 채 그 등을 어루만졌다. 그리고 옆에 있던 제레인트가 위를 바라보며 외쳤다.

"지금은 못 움직입니다!"

아프나이델은 입술을 깨물었고 칼이 화살을 잔뜩 먹이며 외쳤다.

"젠장! 운차이 씨! 네드발 군! 시간을 벌어줘! 아프나이델 씨! 계속 혼란시키십시오!"

그때 드디어 아래의 전사들도 당황에서 풀려났다. 그들은 말 따위는 집어치우고 달려들기 시작했다. 티융! 칼이 쏘아붙인 화살이 한 녀석의 투구를 맞춰 날렸다. "으아악!" 그 사이에 아프나이델은 황급히 한 손을 품에 넣고 다른 손으론 허공에 그림을 그려댔다. 난 손에 들었던 바위를 집어던지고 즉시 주위를 둘러보았지만 그것이 마지막 바위였다. 산 정상이라 바위가 그렇게 많지 않아. 제기랄! 뭘 집어던지지? 그때 운차이는 아래를 보며 씩 웃었다.

"말도 제대로 못하니 유언도 제대로 못 남기겠군."

고함소리만을 남기고 운차이는 벼락처럼 뛰어올랐다. 운차이! 돌았어요? 운차이는 검을 세워든 자세 그대로 앞으로 뛰어들었다. 카카캉! 첫 번째 충돌. 맨 앞에 오던 전사는 운차이의 검을 여유 있게 받아냈다. 하지만 운차이는 얽혀버린 검을 거칠게 옆으로 눕히더니 그대로 무릎을 세워 상대의 낭심을 쳐올렸다. 끔찍해! 상대는 숨막히는 소리를 내며 허리를 숙였다. 그 뒤에선 다른 전사가 고함을 지르며 달려들었다. 그러나 운차이는 쓰러지려던 상대의 멱살을 침착하게 잡아올렸다.

"크윽!"

운차이는 사내를 방패로 삼아 뒤에서 오던 공격을 막아냈다. 뒤에서 공격하던 사내의 눈이 커지는 순간, 운차이는 손에 든 사내를 앞으로 밀어버렸다. 죽은 사내와 살아 있는 사내가 엉켜 쓰러졌고 운차이는 옆으로 스르르 움직였다. 그 광경을 보면서 질려버린 내 귀에 아프나이델의 고함이 들려왔다.

"후치! 날 믿고 너도 앞으로 뛰어라!"

"다음부턴 그냥 뛰라고 말해요옷!"

난 그대로 땅을 박차고 뛰어올랐다. 오우, 제기랄! 그런데 아프나이델을 어디까지 믿어야 되지? 도대체 어떻게 해주겠다는 건지? 전사들은 무서운 기세로 산등성이를 올라오고 있었다. 저 많은 전사들 앞으로 달려나가다니, 내가 미친 거야, 아프나이델이 미친 거야? 바람이 볼을 가르고 땅이 발 아래로 다가오는 그 짧은 시간 동안 무지무지하게 많은 상념이 떠올랐다. 전사들의 얼굴도, 그리고 초록색의 막에 둘러싸인 채 그들을 지나쳐 달려가는 전사들을 보며 당황하는 레티의 프리스트들의 얼굴도 잘 보였다.

털썩. 난 달려오던 전사들 바로 앞쪽의 땅에 섰다. 전사들은 외쳤다.

"다졌라사!"

"야거 간 로디어?"

이게 도대체 무슨 말이야? 그런데 이상했다. 전사들은 날 똑바로 보고 있지 않았다. 난 그들의 눈을 똑바로 쳐다보고 있었는데 (솔직히 말해 꽤나 겁에 질린 채 바라보고 있었다), 전사들은 내게 시선을 집중시키지 못하고 있었다. 저들은…… 날 못 본다! 인비저빌리티로구나! 난 고개를 돌려 아프나이델에게 눈을 찡긋해 주려다가 보이지 않는다는 사실을 깨닫고는 대신 손가락을 꺾었다.

"좋아, 신사분들! 몹시 아프게 해드리지!"

전사들은 내 목소리를 듣고 기겁한 표정을 지었고 난 그 얼굴들을 바라보며 상당히 우쭐한 기분에 젖어들었다. 그러곤 곧장 가장 가까이 있던 사내의 다리를 잡아올렸다. 전사들은 갑자기 공중제비를 넘는 그들의 동료를 보며 기가 막힌 표정을 지었다. 난 들어올린 사내의 항의에도 무시하고 "아아으! 려살람사!" 그대로 그를 옆의 동료들을 향해 던져주었다.

"크아악!"

전사들은 머리가 터지고 다리가 부러지며 한덩어리가 되어 날아가버렸다. 난 그대로 달리기 시작했다. 그러나 쓰러지지 않은 전사 중 하나가 미친 듯이 검을 휘저어대서 자칫하면 머리가 날아갈 뻔했다. 후와, 이 자식이! 난 바스타드를 휘두르며 전사들의 무기를 후려치기 시작했다.

크헉! 으아아! 전사들은 비명을 올리며 검을 놓쳤다. 아무리 검을 꽉 쥐고 있다 하더라도 보이지 않는 각도에서의 공격으로부터 검을 지키기는 어렵다. 그리고 조금 떨어진 곳에서는 또 다른 전사들이 운차이의 공격을 힘겹게 받아내는 모습이 보였다. 위에서 칼이 고함질렀다.

"네드발 군! 운차이 씨의 그림자가 되어라!"

상당히 시적인 분부 받들어 시행하겠습니다! 난 운차이와 검을 부딪치던 남자의 등 뒤로 다가서서 상대의 다리 뒤를 걷어차버렸다. 남자는 벌렁 쓰러져버렸고 운차이는 그대로 상대의 턱을 걷어차면서 그 뒤의 남자를 찔렀다. 나와 운차이가 한곳에 모이고 나자 칼이 화살을 쏘아대기 시작했다. 퓽퓽퓽!

"악! 다이살화! 여숙!"

전사들은 기겁하면서 몸을 숙였다. 난 그 광경을 보며 입이 쩍 벌어져 있었으나 운차이는 그 사이에도 쉴새없이 상대를 베어넘졌다. 미치겠다! 저게 사람이야? 눈앞의 사내, 가슴을 찌르고, 검을 빼는 동작 그대로 옆을 베고, 몸을 숙여 반대쪽 공격을 피한 다음, 허리를 퉁겨세우며 상대의 턱에 박치기, 처절한 비명과 함께 휘청거리는 상대에게 다시 찌르기. 순식간에 운차이 주변의 사내 세 명이 쓰러졌다. 운차이가 물이 새듯 스르르 빠져나오고 나자 세 구의 시체는 차례로 포개어졌다. 참다못한 난 고함을 질렀다.

"운차이! 적당히 해요! 그 정도 실력이면 죽이지 않아도……."

퍽! 턱에서 강렬한 느낌이 오면서 동시에 머릿속이 하얗게 바뀌었다. 도대체 얼마 동안이나 정신을 잃은 것일까? 그러나 운차이의 말이 바로 들려온 것을 보아 정신을 잃은 것은 극히 순간이었던 모양이다.

"닥쳐. 내 생명이지 네 생명이 아니다."

운차이는 그 말만 남기고 내 옆을 스르르 지나쳤다. 그리고 곧 등 뒤에서 비명소리와 살이 찢어지고 베어져 나가는 끔찍한 소리가 들려왔다. 그러나 난 고개를 돌릴 생각도 하지 못한 채 멍하니 서 있었다.

운차이는 내 턱을 치고, 그리고 날 비켜서 빠져나갔다. 날 볼 수 있다는 것인가? 하지만 그것보다 더 중요한 문제가 있어서 그 의문은 머릿속 한구석으로 잠시 치워졌다.

'내 생명이지 네 생명이 아니다.'

운차이는 지금 죽음을 생각하면서 싸우고 있단 말이지? 저 좋은 솜씨에도 불구하고? 하지만 난 그런 생각해 본 적이 없다. 죽음은 내게 일상사다. 어머니의 죽음 이후로, 헬턴트의 공기 속에서, 모든 죽음은, 별것 아닌 에피소드.

"당신은 죽일 권리가 없어! 자신이 그렇게 살고 싶어하니까!"

고함이 먼저였는지 몸을 돌린 것이 먼저였는지 모르겠다. 하지만 난 몸을 돌렸고, 허공에서 들려오는 내 고함소리에 놀란 전사를 향해 주먹을 날렸으며, 주먹을 날려놓고 보니 그렇게 외쳤던 것 같다. 정확히 맞추었을 때, 즉 공격이 목표물에서 정확히 멈추었을 때 파괴력은 최고가 된다는 헬턴트 경비 대장 샌슨 퍼시발의 증언에 따라 복부를 맞은 전사는 그대로 비명도 지르지 못한 채 뒤의 전사 서넛을 쓰러뜨리며 날아가 버렸다. 또 다른 사내의 머리카락을 잡아 그 목을 뒤로 홱 젖혀버리면서 상대의 다리를 걸던 운차이가 싸늘하게 말했다.

"살 권리가 죽일 권리야, 멍청아."

"빌어먹도록 잘 알아요! 하지만 그건 내 식이 아니야! 그런 슬픈 방식은!"

다리가 걸린 남자는 쓰러져버렸고 운차이는 쓰러진 남자를 뛰어넘으며 그 복부에 검을 꽂았다. 남자는 잠시 경련을 일으키다가 뻣뻣해졌고 운차이는 또 다른 남자를 향해 달려들며 중얼거렸다.

"네 식으로 삼으라고 한 적 없어."

"좋아, 아주 좋아요! 헬턴트식을 보여드리지. 에라라라라!"

나는 제미니가 죽고 나서 싹 잊은 채 마차 위에 앉아 있었고, 당신은 제미니를 깎아주었지. 하하! 그게 당신과 내 차이야. 갑자기 다가드는 사내. 사내의 검은 보이지 않는 상대를 노려 친 것 치곤 꽤 무섭게 날아왔다. 아마 내 발자국이나 인기척을 노리기 시작한 모양이다. 하지만 역시 어설펐고, 난 비어버린 사내의 명치를 걷어찼다. 사내는 입에 거품을 문 채 쓰러졌다. 운차이,

그거 알아요? 내가 왜 꼭 이렇게 외치는지?

"죽어보자!"

내가 죽을 준비가 되어 있지 않다면, 상대에게도 죽음을 강요할 수가 없어. 헬턴트식이지. 멍청한 헬턴트 자작님께서 다스리는 멍청한 헬턴트 영지의 멍청한 헬턴트 사나이들의 방식이라구. 하지만 당신 말도 맞아. 상대를 죽이는 것은, 난 살겠다는 의미지.

우라질! 왜 그걸 확인시켜 주냐구! 이 숨가쁜 싸움터에서! 나 화난 상태니까 내 앞에서 모두 비켜!

"모두 무기를 내려놓으시오!"

백발 프리스트의 고함소리가 울려퍼졌다. 그 강한 명령은 시기를 정확히 잡은 명령이었다. 정말 싸움이 멈췄거든? 비록 무기를 내려놓은 사람은 아무도 없었지만.

운차이는 자신의 업적들 사이에 선 채로 입가에 튄 피를 핥았다. 그것은 운차이의 피가 아니다. 사내들은 운차이의 곁으로 접근하지 못하고는 그를 반포위한 채 늘어서 있었다. 그러나 사내들은 보이지 않는 나의 존재 때문에 더욱 무서워하고 있었다. 난 조용히 운차이의 곁으로 다가가 그의 귀에 대고 말했다.

"나 여기 있어요."

운차이는 미동도 하지 않았다. 그때 조금 떨어진 위치에 있던 후작이 괴성을 질렀다.

"이이잇! 멍청이들, 누구의 명령을 듣는 거냐!"

후작은 그대로 석궁을 들어올렸다. 운차이는 옆으로 스르르 움직이기 시작했다. 느긋하게 움직이는 것 같은데 정말 빠른걸? 자, 잠깐! 그런데 운차이가 비켜나면 내가 과녁이 된다구! 그런데 다음 순간 괴상한 소음과 함께 후작이 비명을 질렀다.

"우아아앗!"

탱! 후작은 석궁을 떨어뜨리며 뒤로 몇 발자국 물러났다. 떨어진 석궁의 활줄은 끊어져 있었고 그 위에 걸려 있던 쿼럴은 엉뚱한 방향으로 튕겨났다. 후작은 끊어진 활줄에 맞은 손을 부여잡은 채 레티의 프리스트들을 노려보았다.

백발 프리스트였다.

그는 들어올린 오른손을 후작에게 고정시키고 얼굴에서 땀을 흘리며 서 있었다. 옆에 서 있던 다른 레티의 프리스트들이 기겁했다.

"레티의 입이여! 무슨 짓을!"

백발 프리스트는 아무 대답없이 후작을 뚫어지게 노려보았고 후작은 이를 갈며 검을 뽑아들었다.

"파괴의 권능 따위에 목숨을 거는 멍청이들! 뭘 부순 거냐!"

무슨 말이지? 백발 프리스트는 왼손을 들어올렸다. 그 순간 전사들과 우리들, 주위에 있던 모든 사람들이 입을 다물었다.

백발 프리스트의 왼손 새끼손가락이 없어져 있었다. 손가락이 있어야 할 자리에서는 방금 잘라낸 것처럼 뜨거운 피가 줄줄 흘러내리고 있을 뿐이었다. 전사들은 신음을 흘렸고 운차이는 고개를 약간 가로저었다. 레티의 프리스트들은 부산하게 짐을 뒤져 약병과 붕대 같은 것을 찾아내기 시작했다. 그런데 누구 친절한 사람, 저게 도대체 어떻게 된 일인지 설명해 줄 사람 없나?

할슈타일 후작은 눈길로 사람을 죽이는 법의 시범을 보이기로 작정한 사람 같았다. 그는 시퍼렇게 타오르는 눈으로 백발 프리스트를 쏘아보았다. 검을 쥔 그의 손이 흠칫거리는 것은 너무나 잘 보였다. 그러나 백발 프리스트는 쓰게 웃으며 말했다.

"내 손 하나를 포기했으면 당신을 죽일 수도 있었소."

후작의 손은 더 이상 움직이지 않았다. 레티의 프리스트들이 백발 프리스트의 왼손을 싸매는 동안에도 백발 프리스트는 후작에게 눈길을 고정시킨 채 조용히 말했다.

"간단한 일이오. 당신 뇌를 파괴하면 되지. 사실 손가락이 아니라 손톱 하나 정도 희생해서 당신을 죽일 방법도 많았어. 심장에 구멍을 내준다거나 당신 연수를 없애버리는 방법도 있소. 조금 전엔 너무 급해서 그렇게 정확한 조작을 할 수는 없었지만 지금은 얼마든지 가능해."

후작은 으르렁거리듯 대답했다.

"그런 헛소리를 내가 믿을 거라고 생각하나? 난 파괴신의 공포에 두려워하는 철부지 꼬마가 아니다. 아무리 레티의 프리스트라 해도 보이지도 않는 상대 몸 속의 장기를 파괴한다는 것은 쉬운 일이 아니라는 것쯤은 잘 안다."

백발 프리스트는 기분 좋게 고개를 끄덕였다.

"아무렴, 당연하지. 하지만……, 당신은 당신의 그런 믿음을 시험해 보겠소? 난 시도해 볼 용의가 있소. 실패해도 난 손톱 하나 잃는 정도니까. 하지만 당신 몸 중의 어느 부분은 파괴될걸. 내가 노린 것이 아니더라도 어느 부분은 사라질 거란 말이야. 당신에게 행운이 충분하다면 손톱이나 맹장 정도가 없어질 수도 있겠지. 당신에게 별다른 행운이 없다면 눈이나 척추 한 마디쯤 없어질지도 몰라. 당신에게 악운이 가득하다면 고환이 없어질지도 모르지. 하하하. 당신의 행운을 시험해 볼까?"

백발 프리스트의 차분한 말이 끝났지만 후작은 이를 드러냈을 뿐 대답하지 않았다. 나 같았어도 고환이 없어질지도 모르는 시험 같은 것은 받지 않겠……, 어흠! 흠. 어, 어쨌든 저 프리스트는 샌슨 말대로 성직자의 어투로는 수준급의 어투를 구사하는군. 백발 프리스트는 혀를 차며 말했다.

"쳇. 그까짓 활줄 하나 파괴하려고 손가락을 날리다니 아깝게 됐군. 어쨌든 섣부른 짓 하지 마시오, 후작."

테페리의 프리스트들에게는 갈림길의 권능이 있었지. 그렇다면 저건 레티의 프리스트들의 권능인가? 후작은 이를 박박 갈아댔지만 움직이지는 않았고 그 사이에 백발 프리스트는 빠르게 말했다.

"레티의 검들이여. 저 두 무리 사이를 가로막아라. 움직이는 자는 공격하도록. 그리고, 그 위의 마법사! 내가 안전을 담보할 테니 소년의 모습을 도로 드러내시오!"

뒤쪽에서 아프나이델의 주저하는 목소리가 들려왔다.

"저, 그러니까 레티의 이름으로 맹세하는 겁니까?"

"맹세하지. 지금부터 여기 있는 인간들 사이에 일어나는 모든 투쟁 행위는 레티에 대한 도전이며, 그 투쟁을 막지 못하는 것은 레티의 모욕이오. 됐소?"

"예, 수락합니다."

아프나이델의 목소리가 들리고 나자 잠시 후 사람들의 시선이 내게 모였다. 와! 갑자기 부끄럽다! 난 운차이의 옆에 다가섰고 레티의 프리스트들은 주르륵 움직여서 우리 둘과 아직 서 있는 전사들 사이를 가로막았다. 서 있지 못하는 전사들은 쓰러진 채 신음을 흘리거나 일어나려고 비칠거리고 있었다. 운차이는 낮게 말했다. 그 목소리는 너무 작아서 바로 곁에 있는 나도 잘 듣지 못할 정도였다.

"일행에게까지 물러난다. 후치."

난 고개를 끄덕여 보일까 하다가 그냥 물러났다. 후작의 전사들은 움찔거렸고 레티의 프리스트들은 이맛살을 찌푸렸다. 하지만 아무도 제지할 엄두는 내지 못하고 있었다. 무려 세 개나 되는 무리가 모여 있었고 분위기나 행동을 주도하는 사람도 계속 바뀌는 상황에서, 어떤 행동을 해야 할지 판단할 수 있는 사람은 아무도 없는 것처럼 보였다. 그래서 나와 운차이는 아무런 방해도 받지 않은 채 뒤로 물러났다.

하지만 후작은 주위의 분위기가 어떠했든 자신이 할 행동은 한다는, 참으로 경하할 만한 소신을 가지고 있었던 모양이다.

"거기 멈춰!"

"얼마 줄 거야!"

내 재빠른 대답에 후작은 분통을 터뜨렸지만 레티의 프리스트들은 미소를 지었다.

"뭐라구?"

"나 당신 명령 들을 이유 없어! 명령 듣는 대신 얼마 줄 거야? 저 닭대가리 전사들보다 낮은 가격으론 안 돼!"

기어코 실소해 버리는 프리스트도 보였다. 후작은 노기등등한 얼굴로 산 위를 노려보다가 백발 프리스트를 향해 외쳤다.

"도대체 어쩔 생각이냐! 네 생각을 말해라. 그게 내 마음에 들지 않는다면 난 내 뜻대로 행동하기 위해 너에게 이렇게 물어야겠다. 죽어서라도 날 막겠냐고!"

백발 프리스트는 다 싸매고 난 손을 만지작거리며 말했다.

"지금 당장은 그렇게 해버리고 싶은 생각도 꽤 강하군, 후작."

"뭐라구?"

"당신이 저 일행을 모조리 죽이면서까지 크라드메서를 손에 넣으면, 그 이그누스 드래곤을 가지고 무슨 일을 저지를지 모르겠다는 생각이 든단 말이오. 후작. 스스로를 구속할 줄 모르는 자에게 보통 사람도 도저히 구속할 수 없는 힘이 넘어가는 것은 고려해 봐야 될 일 아니겠소?"

"이놈! 지금 라자의 가문을 업신여기는 것이냐! 너 따위 땡추가 할슈타일 가문이 드래곤을 다스릴 줄 모른다고 주장하는 것이냐!"

"바로 그렇소."

할슈타일 후작은 손을 부르르 떨기 시작했고 두 사람의 말다툼이 일어나는 동안 운차이와 나는 다시 산 정상까지 올라왔다. 정상에선 칼과 아프나이델이 반갑게 우리를 맞아주었다. 백발 프리스트는 말했다.

"당신 가문은 드래곤을 다룰 줄 아는 라자의 가문이지. 하지만 내 보기에 당신은 드래곤을 잘 다루지 못해. 캇셀프라임은 상대가 되지 않는 드래곤에게 보내어져 생사 불명이 되었고 지골레이드는 달아나버렸지. 나였다면 지골레이드를 아무르타트에게 보내고 캇셀프라임은 지골레이드의 빈 자리를 담당하게 했을 것이오."

후작의 표정에는 아무런 변화가 없었지만 지금껏 잔뜩 일그러졌던 표정이 무표정하게 바뀌었다는 것 자체가 이미 많은 것을 말하고 있었다. 레티의 프리스트들은 여전히 엄격한 얼굴을 하고 있었지만 그 엄격한 얼굴이 쉴새없이 후작과 백발 프리스트 사이를 오가고 있어 엄격한 분위기를 많이 희석시키고 있었다. 칼은 신음을 뱉었다.

"그렇군……, 맞았어! 석양의 감시자 아무르타트에게 캇셀프라임은 상대가 되기 어렵겠지. 보다 안전하게 하려면, 저분의 말대로 하는 것이 훨씬 낫겠지."

어어? 이거 참. 자랑스러워해야 되나? '우리 고향 드래곤은 말야, 국왕의 드래곤쯤은 아침 식사 전의 운동거리로 잡을 정도거든. 아핫하하!' 으윽. 여기까지 오고 보니 아무르타트도 고향 친구처럼 느껴지는군. 말도 안 되는 감정인걸.

백발 프리스트는 계속 말했다.

"놀랐소? 성직자의 로브를 걸친 칼잡이의 생각으로 믿어지지 않으시겠지. 사실 이건 하이 프리스트의 생각이셨소."

"그놈잇!"

후작은 잇소리를 내었고 레티의 프리스트들은 흥분해서 얼굴을 붉히며 백발 프리스트를 바라보았다. 백발 프리스트는 말했다.

"그렇소. 출발하기 전, 하이 프리스트께선 은밀히 날 부르셨소."

"뭐라고 지껄였나!"

"말씀 조심하시오, 후작. 하이 프리스트께서는 당신을 너무 신뢰하지 말고 나의 판단에 따라 행동하라고 하셨을 뿐이오. 그리고 그때 중요한 사실을 말씀해 주셨소. 왜 그런 말씀을 하셨는지 그때는 알지 못했지만, 이젠 정확하게 알게 되었소."

"뭐냐!"

"그분께선 우리들의 여행을 축복하시면서 이렇게 말씀하셨소. '돌맨 할슈타일이 크라드메서와 계약을 맺는 것은 매우 중요한 일이다. 드래곤이 하나도 없는 지금의 바이서스의 상황에선 더욱 그러하다. 여러분들의 여정에 레티의 축복이 함께하길.' 간단하고 단조로워보이는 말씀 아니오? 하지만 지금 나는 그분께서 그런 단순한 말 속에 중요한 의미를 담아두셨다는 것을 알게 되었소. 바로 '지금의 바이서스엔 드래곤이 하나도 없다.'는 사실 말이오."

7

따딱! 뭔 소리야? 고개를 돌려보니 아프나이델과 칼의 이마가 벌겋게 바뀌어 있었다. 두 사람은 이마를 너무 세게 쳤나 보다. 아차! 그런데 길시언은? 어디 보자. 지금은 레티의 프리스트들이 전사들을 막아줄 테니 풋내기 칼잡이는 없어도 되겠군.

난 몸을 돌려 우리 일행들이 있는 곳으로 내려갔다. 일행들은 둥글게 모여서 있었고 그 사이로 들어가자 길시언의 초췌한 모습이 보였다. 길시언은 바닥에 엎드려 있었고 에델린이 그 커다란 손으로 길시언의 등을 어루만지고 있었다. 네리아와 레니는 서로를 부둥켜안은 채 걱정스러운 눈으로 길시언의 치료를 바라보고 있었고 엑셀핸드는 눈살을 크게 찌푸린 채 주먹을 쥐었다 놨다 했다. 난 제레인트를 바라보았다.

"어떻죠?"

"안 좋아."

제길! 길게 말하고 싶지 않은 모양이군. 다른 사람도 아닌 제레인트가 말이야. 샌슨은 바위 같은 얼굴을 한 채 길시언의 허리를 붙잡고 있었다. 에델린은 땀을 뚝뚝 떨어뜨리고 있었고 그 손에서는 굉장한 빛이 뿜어져 나오고 있었다.

"으음……."

길시언이 신음을 토했다. 그리고 우리들 중 가장 날쌘 사람과

두 번째로 날쌘 사람이 누군지 드러났다.

"좀 어떤가, 길시언!"

엑셀핸드는 길시언 옆에 팍 엎드리더니 그에게 키스라도 할 듯이 얼굴을 바싹 붙인 채 다급하게 외쳤다. 그리고 네리아는 엎드린 엑셀핸드의 등 위에 엎드려서 길시언을 내려다보았다. 길시언은 머리를 부들부들 떨면서 고개를 들어올렸다. 그의 입이 움직였다.

"……리는? 쿨럭, 쿨럭!"

무슨 말이지? 사람들은 고개를 가로저었다. 그때 레니가 다급하게 외쳤다.

"독수리! 독수리 말이에요?"

뭐, 독수리? 아! 독수리가 어디로 갔지? 일행들은 이제 모두 목을 길게 빼서 하늘을 노려보기 시작했다. 네리아가 외쳤다.

"저기! 저기 돌고 있어!"

네리아가 가리킨 방향을 바라보자 대단히 높은 곳에서 빙글빙글 돌고 있는 검은 점이 보였다. 네리아는 다시 엑셀핸드의 등에 턱을 찔러대며 길시언에게 말했다.

"걱정 말아요. 지금 저 위에서 돌고 있어요, 길시언. 독수리는 왕자를 내려다보고 있다구요! 걱정할 필요가 조금도 없다구요!"

길시언의 얼굴이 조금 밝아졌다.

"그……런가. 쿨럭! 일어나야……, 아샤스에게……, 쿨럭!"

난 환한 얼굴로 에델린을 보았다. 그러나 에델린은 무표정하게 손을 들어올렸다. 그녀가 손을 치우자 드러난 길시언의 등엔 상처가 없었다. 그저 살결이 약간 푸르스름하게 바뀌어 있을 뿐이었다. 나은 거 아냐? 에델린은 말했다.

“치료는 끝났습니다. 길시언. 일어나실 수 있겠습니까?”

길시언은 두 팔을 끌어당겼다. 놀랍게도 그는 땅을 짚으며 일어났다. 샌슨이 그를 부축해서 길시언은 간신히 일어나 앉아서 에델린을 바라볼 수 있었다.

“쿨럭! ……이제 괜찮은 거요?”

에델린은 잔잔한 미소를 지었다.

“할 수 있는 한 치료를 다했고 상처는 이제 괜찮습니다. 하지만 당신은 지금 당장 어딘가 조용한 곳에서 요양을 취하셔야 합니다. 계속 여행을 할 수는 없습니다.”

길시언은 손으로 입을 가린 채 생각에 잠겼다.

“쿨럭! 크음. 치료가 끝났다면……, 요양하는 것만큼 빨리 회복되진 않겠지만, 쿨럭! 조심스럽게 움직이면 되겠군요. 그렇잖습니까?”

“앞으로 조심스럽게 움직일 기회가 있을까요.”

“하긴 그렇군요. 치료하는 손이여. 쿨럭.”

에델린은 고개를 돌려 엑셀핸드를 바라보았다.

“제가 이분을 옮기겠습니다. 이분의 체구를 감당할 수 있는 사람은 저니까요. 이곳에서 가장 가까운 곳은 드워프들의 마을이니 그곳까지 엑셀핸드 님께서 안내해 주시면 되겠군요. 여러분들은 이대로 나아가십시오.”

엑셀핸드는 턱수염을 쓸어내리며 말했다.

“그런데 말이야. 뒤쪽엔 기분 나쁜 녀석들이 있는걸. 이곳은 산 위라서 다른 길을 찾아 돌아간다는 것도 쉬운 일이 아니고.”

아, 이런. 후작의 전사들이 있었지. 우리는 불안한 눈으로 산 정상을 올려다보았다. 이 위치에서는 칼과 아프나이델, 그리고 운차이의 등 외엔 보이지 않았다. 그리고 그 너머에서 백발 프리스트와 후작은 아직도 설전을 나누는 모양이지만 자세한 소리는 들려오지 않았다. 여기에서 어떻게 길시언을 빼낸다?

길시언은 갑자기 몸을 일으켰다. 에델린은 놀라서 그를 올려다보았다.

"길시언?"

"쿨럭, 쿨럭. 어차피 이곳에서……, 달아날 수는 없습니다. 휴우. 후우우."

길시언은 가쁜 숨을 몰아쉬다가 겨우 침착하게 말했다.

"이대로 가야겠습니다. 에델린. 쿨럭, 크라드메서와의 일은 오늘이나 늦어도 내일 중엔 끝날 겁니다. 그리고 모든 일이 해결되면 후작의 방해도 없을 테니, 쿨럭! 여러분 모두와 함께 돌아갈 수 있습니다."

"하지만……."

"지금은 그 방법이 상책인 것 같습니다."

길시언은 이제 벗어둔 갑옷을 들어올렸다. 샌슨이 황급히 그의 갑옷을 들어 길시언에게 입혀주는 동안 길시언은 침착하게 말했다.

"괜찮을 겁니다. 늦어도 내일까지니까요. 그리고, 크흠! 어쩐지 우습게 들릴지도 모르겠습니다만, 독수리가 날 내려다보고 있으니 쓰러질 일은……, 없을 겁니다."

에델린은 눈살을 잔뜩 찌푸린 채로 하늘을 올려다보았다. 여전히 원을 그리며 날고 있는 독수리를 보던 에델린은 무겁게 고개를 끄덕였다.

"알겠습니다."

샌슨은 길시언의 허리를 안아 그를 부축하려 했지만 길시언은 조용히 샌슨을 밀어내었다.

"괜찮습니다. 다리를 다친 것은 아니니까. 쿨럭, 크허음. 후치? 후작과 레티의 프리스트들은 어떻게 되었지?"

"보시다시피 계속 말싸움중이죠. 그런데 정말 괜찮으시겠어요?"

"그래. 그렇다면……."

길시언은 잠시 생각에 잠겼다. 그의 얼굴은 하얗게 바뀌어 있었고 숨소리에는 물 끓는 소리가 섞여 들려왔다. 네리아는 울상이 된 채로 길시언을 바라보았지만 길시언의 얼굴은 무표정했다. 잠시 후 그의 입이 열렸다.

"좋아. 이대로 출발하지."

"예?"

길시언은 스피어 하나를 다시 지팡이처럼 들었다.

"이대로 걸어간다. 어차피 우리 목표는 저쪽이니까. 쿨럭. 후치, 저 위의 세 명에게 들키지 않도록 빠져나오라고 전해라. 출발합시다, 여러분."

"아, 아니. 길시언……."

에델린의 만류에도 길시언은 주위를 돌아보지도 않은 채 그대로 걸어가기 시작했다. 샌슨과 제레인트는 당황하여 그를 부축하려 했지만 길시언은 고집스럽게 자기 발로 걸어갔다. 제길! 등에 쿼럴을 맞은 사람이 고집은! 네리아와 레니는 눈가를 닦으며 그 뒤를 따랐고 엑셀핸드는 '끙!' 하는 신음을 뱉으며 걸어갔다. 에델린은 나에게 말했다.

"위의 세 분들에게 조심스럽게 빠져나오라고 전해요. 하지만 후작이나 프리스트들이 쫓아오는 것은 바람직하지 않으니 그들을 지연시킬 무슨 방법이 없는지를 물어보세요."

"알았어요, 그럼."

에델린은 일행들의 뒤를 따라 걸어갔고 난 다시 몸을 돌려 산 정상으로 향했다. 정상에선 칼이 나를 내려다보고 있었다. 바위 위로 올라서자 칼은 나직하게 말했다.

"어떻게 됐는가, 네드발 군?"

"길시언은 요양해야 된대요. 하지만 지금은 몸을 빼낼 수가 없으니 일을 끝마쳐 버리고 쉬겠답니다."

"몸을 빼내……? 아, 그렇군. 후작이나 프리스트들이 있었지."

"예. 그래서 저 사람들 싸우는 틈에 이대로 크라드메서를 찾아가기로 했어요. 그런데 저 자들이 따라오지 못하게 할 방법이 없을까요?"

칼은 고개를 돌려 아래를 내려다보았다. 아래에선 여전히 프리스트들과 전사들이 대치하고 있었고 그 가운데서 백발 프리스트와 후작이 험한 말들을 주고받고 있었다.

"그런 헛소리를 계속 들어줄 수 없다. 당장 비켜라!"

"먼저 내 질문에 대답하시오! 당신은 분명 바이서스의 전력을 약화시켜 왔고 조금 전엔 길시언 왕자를 이유 없이 공격하기까지 했소."

"발칙한 놈! 아미앙스 수도원이 언제부터 왕가의 개가 되었단 말이냐!"

백발 프리스트는 숨을 크게 몰아쉬는 것으로 끝내었지만 주위의 다른 프리스트들은 그대로 검을 들어올렸다. 그들은 검 끝으로 후작을 겨냥하며 사납게 외쳤다.

"주의하시오, 후작! 레티를 모욕한 자로서 살아남은 자는 아무도 없소!"

"언사를 주의하지 않아서 죽게 된 자들의 인명록에 당신 이름을 올리고 싶은가!"

후작이 울컥하면서 대답하려 했을 때 백발 프리스트가 손을 들어올렸다. 그러자 흥분해서 날뛰던 프리스트들은 검을 내렸다. 하지만 그들의 무시무시한 얼굴은 전사들을 오그라들게 만들고 있었다. 백발 프리스트는 크게 심호흡을 하고 나서 말했다.

"그렇소. 우리들은 한때 당신의 개였지."

프리스트들은 입을 쩍 벌렸다.

"레티의 입이여!"

"오늘 여러 번 말하게 되는데, 입들 닥쳐랏! 누가 대변인이란 말이더냐!"

프리스트들은 참을 수 없다는 표정이 되었지만 백발 프리스트는 빠르게 말했다.

"이 말로써 난 파문을 당하게 될지도 모르지. 하지만 난 레티 앞에 떳떳하게 말할 수 있소. 아미앙스 수도원은 후작의 주구였소. 국왕에 대한 범죄자인 돌맨 할슈타일을 사사로이 보호함으로써 국왕과 대립했소. 그렇소. 난 사사로이라고 말했소. 그것은 레티의 뜻이 아니었으니까."

돌맨 할슈타일은 아직 프리스트들 사이에 끼여 있었다. 그는 점차 험악해지는 주위의 분위기 속에서 기절하고픈 표정을 지었지만 행동을 취할 엄두는 내지 못하는 것처럼 보였다. 백발 프리스트는 말했다.

"하지만 '나'는 더 이상 당신의 주구로 남지 않겠소."

"그래?"

"그렇소! 난 레티만을 섬기기 위해 레티의 종단에 귀의한 몸이오. 이것은 내 원래 위치로의 귀환이오! 난 지금부터 레티의 뜻에 따라서만 행동할 것이며, 이런 내 행동에 대해서는 누구라도, 설령 신께서도 이의를 달지 못할 것이오!"

만인과 신, 그리고 온 세계에 대한 백발 프리스트의 선언이 끝나고 나자 후작은 싸늘하게 말했다.

"그 같잖은 레티의 뜻이라는 것이 뭐지?"

"당신을 저지하겠소."

"어떻게 그게 레티의 뜻임을 알았지?"

"조금 전, 길시언 전하의 머리 위 저 창공에 독수리가 날아오르는 것을 보았을 때, 난 레티에게서 정의와 불의를 구분할 수 있는 힘을 얻었소."

할슈타일 후작은 이를 북북 갈면서 낮게 말했다.

"왕가의 후광에 넘어가 어제의 주인에게 이빨을 드러내겠단 말이지?"

"뭣이!"

젊은 프리스트들은 다시 발작 상태로 들어가려 했다. 하지만 백발 프리스트는 손을 들어올리며 말했다.

"어제의 주인이라는 그 말에 반대하지 않겠소. 조금 전 말했듯이 분명 아미앙스 수도원은 할슈타일 가의 개 노릇을 하고 있었으니까. 그리고 이빨의 문제라면, 그것은 분명히 그렇소! 난 이제 전하께 존문하고 당신의 처리 방식을 얻겠소. 당신은 레티에 대한 반역자가 아니라 왕가에 대한 반역자이니, 왕가의 의사를 존중하여 당신을 처리해 드리지."

할슈타일 후작의 얼굴은 이제 인간이라기보다는 오크에 가까운 모습으로 바뀌었다. 그런데 이 일을 어찌한다? 백발 프리스트가 존문해야 할 왕자께서는 이미 꽁무니를 뺀 지 오랜데. 백발 프리스트는 그대로 고개를 돌리며 우리들을 향해 말했다.

"전하께 존문코자 하오. 할슈타일 후작을 어떻게 처리해야 할지."

칼은 얼굴을 찡그리며 말했다.

"전하께선……, 부상 때문에 지금은 일어나실 수 없소."

"이런! 위중하시오?"

칼은 미간을 조금 찡그리더니 빠르게 말했다.

"등에 화살을 맞은 것이니 좋다고 볼 순 없소. 그리고 레티의 프리스트여. 왕자님께 존문할 필요가 있겠소? 그는 바이서스의 왕자를 공격한 자요."

칼은 그렇게 말하며 손가락을 뻗어 후작을 가리켰다. 후작은 뭐 씹은 얼굴을 한 채 칼을 노려보았고 백발 프리스트는 고개를 끄덕였다.

"옳은 말씀이오, 헬턴트 공. 그럼 이제 형제들에게 묻겠소."

백발 프리스트는 다른 프리스트들을 주욱 둘러보았다. 프리스트들은 굳은 얼굴을 한 채 그 시선을 마주보았다.

"내 뜻은 이미 밝힌 바와 같다. 우리 종단의 수치는, 그것이 수치라는 이유로 부정되어서는 안 된다. 분명 레티의 프리스트들은 레티에게만 그 순결한 몸을 바치고 레티의 적에게만 그 용맹한 검을 겨냥한다. 그러나 우리는 그 가장 기본적인 도리를 잊은 채 후작의 주구 노릇을 행하며 그의 아들을 보호했을 뿐만 아니라 왕자의 일행에게 참람된 검을 겨냥했다. 난 이제 그 과오를 솔직히 인정하고 반성할 것이다. 그리고 그 과오를 시정하려 한다. 그대들의 생각은 어떠한가?"

프리스트들은 잠시 대답이 없었다. 불안한 정적이 점점 깊어가고 있을 때 금발머리의 프리스트가 입술을 깨물었다가 말했다.

"하이 프리스트의 뜻을 거스르는 것이 아닐까요? 후작은 하이 프리스트의 인척이 되십니다. 우리가 신을 받들듯이 하이 프리스트를 공경해야 됨은 당연합니다."

백발 프리스트는 주먹을 불끈 쥐며 말했다.

"설령 하이 프리스트 본인이라 하더라도! 삿된 야망으로 바이서스의 안위를 흔들리게 함은 용서받을 수 없다! 바이서스가 아니라 그 땅에 살고 있는 신의 선민들을 위협하는 것이므로!"

금발 프리스트는 고개를 끄덕였다.

"제 생각이 짧았습니다. 레티의 입이여. 당신 뜻이 제 뜻입니다."

그러자 다른 프리스트들도 모두 고개를 끄덕였다. 흐음. 저 사람들 행동하는 것은 정말 빠르군. 군말이 적은걸. 백발 프리스트는 고개를 돌려 후작을 바라보았다.

"당신의 전사들에게 무장을 버리도록 명령하시오. 우리는 당신을 체포하여 국왕에게 당신의 신병을 넘기겠소. 국왕께서 길시언 왕자를 공격한 당신의 죄를 처벌하시겠지."

후작은 낮게 대답했다.

"다 지껄였느냐?"

"뭐라구?"

"이제 다 지껄였냐고 물었다."

"……다 지껄였다면?"

후작은 고개를 끄덕이며 말했다.

"개는 아무에게나 짖어도 크게 흉이 되지 않는다. 원래 천성이 그렇게 되어먹었으니까. 하지만 인간이 아무에게나 짖어대는 것은 크게 흉이 될 일이지."

"무슨 말이 하고 싶은……?"

백발 프리스트의 말은 끝까지 이어지지 못했다.

갑자기 도저히 일어날 것이라고 생각지 못했던 일이 일어났다. "조심해요!" 아프나이델이 고함을 질렀지만 너무 늦었다. 운차이가 혀를 차는 소리가 끔찍스럽도록 크게 들려왔다. 칼은 앞으로 달려나갈 듯이 움찔거렸다.

"꼼짝 말아요, 프, 프리스트 님."

이런, 제기랄! 어느새 백발 프리스트의 뒤로 다가서 있던 돌맨 할슈타일이었다!

그는 백발 프리스트를 뒤에서 붙잡고는 그 목에 대거를 들이대고 있었다. 왜 저 자식을 생각하지 못했지? 그렇게 부들부들 떨면서 아무 짓도 하지 않던 모습 때문에 저 자식에 대해서는 전혀 신경 쓰질 못했어. 젠장. "너 이놈!" 프리스트들이 고함을 지르며 돌맨을 겨냥했지만 돌맨의 겁에 질린 목소리가 날카롭게 울려 퍼졌다.

"우, 움직이지 말아요! 그어버릴 거야!"

이런. 저건 경고도 아닌 발악이야. 하지만 그래서 더욱 무서웠다. 돌맨은 잔뜩 겁에 질린 채 부들부들 떨면서 백발 프리스트를 붙잡고 있었고 흥분해 버린 15세 소년의 손에 대거가 쥐어진 사태를 원활하게 해결할 수 있는 사람은 아무도 없었다.

"물러나, 물러나라구요!"

돌맨의 패악스러운 고함소리에 프리스트들은 모두 잔뜩 긴장한 채 뒤로 한두 발자국씩 물러났다. 그 와중에도 돌맨은 몸이 부서져라 떨면서 계속 소리소리 지르고 있었다.

"가, 가까이 오지 마! 그리고, 그리고 당신들의 권능, 그 권능 나에겐 못 써요! 난 드래곤 라자예요! 드래곤 라자라구! 날 다치게, 다치게 할 순 없어요! 크라드메서가 있어! 크라드메서에겐 라자가 필요해요! 그러니까 날, 날 다치게 하는 것은, 그런 것은……."

"그만. 돌맨."

후작이 조용히 말하지 않았다면 돌맨은 언제까지라도 떠들고 있었을 것이다. 돌맨은 입을 꾹 다문 채로 벌벌 떨면서 백발 프리스트를 더욱 거세게 부여잡았다. 칫! 인질보다 인질범이 더 떨고 있군. 후작은 싸늘한 표정을 지은 채 걸어왔지만 프리스트들은 움직이지 못했다. 돌맨의 손은 멀리 떨어진 우리에게까지 보일 정도로 심하게 떨리고 있었고 백발 프리스트는 얼굴을 온통 찡그린 채 걸어오는 후작을 바라보았다. 후작은 백발 프리스트의 바로 앞까지 걸어오더니 인자한 표정으로 말했다.

"수고했다, 돌맨."

그리고 그는 곧장 손을 휘둘렀다. 짝! 메아리가 들려올 지경이다. 백발 프리스트의 뺨은 벌겋게 변했다.

"아무에게나 짖어대는 개는 매밖에 얻을 것이 없다. 땡추."

백발 프리스트는 무서운 눈으로 할슈타일 후작을 쏘아보았고 다른 프리스트들은 신음을 흘렸다. 하지만 돌맨을 건드릴 수는 없었던 모양인지 아무도 움직이지 않았다. 젠장! 후작은 말했다.

"모두들 검을 내려놓아라."

프리스트들은 순간 반항할 듯한 눈으로 후작을 쏘아보았다. 후작이 거친 표정으로 다시 외치려 할 때 아프나이델은 이를 악물면서 낮게 말했다.

"골치 아프게 되었는데요? 어쩌지요?"

"작별 인사 없이 헤어지는 겁니다."

"예?"

칼은 그대로 몸을 돌리며 말했다.

"레티의 프리스트들은 이제 후작을 제어할 수 없습니다. 우리도 마찬가지고. 이제 방법은 우리가 먼저 크라드메서에게 가는 것뿐입니다. 속히 움직여야……."

"쏴버리시오."

운차이의 낮은 목소리가 칼의 발걸음을 붙잡았다. 칼은 탐탁찮은 얼굴로 운차이를 돌아보았고 운차이는 냉엄한 얼굴로 말했다.

"도박이오. 돌맨을 쏴버리시오. 상처 입은 길시언을 데리고 우리가 먼저 간다는 것은 말도 안 되니까."

도박? 도박이라구? 레니를 믿어야 된단 말이지? 그러나 칼은 고개를 가로저었다.

"그런 도박은 못합니다. 레니 양이 거부당할 경우를 염두에 두지 않을 수 없습니다. 어떤 일이 있어도 레니 양과 돌맨은 다쳐서는 안 됩니다."

운차이는 다시 뭐라고 말하려 했지만 칼은 그대로 달려가 버렸다. 아프나이델도 황급히 달려가기 시작했고 운차이는 짜증스러운 얼굴로 휘휘 뛰어갔다. 내가 몸을 돌리는 순간, 뒤에선 검을 떨어뜨리는 절그렁거리는 소리가 들려오기 시작했다. 이런, 시간이 없어! 우리 네 명은 그 소리를 신호로 삼아 죽어라고 달리고 미끄러지고 구르면서 정상에서 내려왔다. 눈앞으로 산등성이에 자리잡은 숲이 들어왔다. 그리고 고개를 돌려보자 정상으로 머리를 내미는 전사들의 모습이 보여왔다.

"저기 달아난다!"

녀석들의 외침에 뒤통수가 선뜻해졌다. 칼은 계속 달리면서 외쳤다.

"네드발 군! 나무를! 그리고 아프나이델 씨!"

더 이상 말은 필요 없었다. "으아아압!" 난 달리면서 그대로 나무를 들이박았다. "멧돼지가 따로 없어." 운차이의 소감이 낭랑히 울려퍼지는 가운데 나무들이 쓰러지기 시작했다. 그리고 아프나이델은 달리면서 중간중간 멈춰 서서 뒤를 돌아보며 캐스팅했다.

"디그 어스!"

콰과광! 우리 뒤로 흙더미가 폭발하듯이 솟구쳤다. 흙이 파헤쳐지면서 커다란 구덩이가 생겨났고 뿌리가 드러난 나무들은 거창한 소리를 내며 쓰러졌다. 끼기기기……, 타당! 그러나 아프나이델은 독한 표정을 지으며 계속해서 캐스팅했다. "디그 어스!" 아프나이델은 계속해서 땅을 파헤쳤고 나 역시 어깨가 부서져라 나무를 쓰러뜨렸다. 엘프들이 우리 소행을 봤다간 눈을 까뒤집고 기절해 버렸을 거야. 잠시 후 우리가 달려온 뒤쪽으로는 오거 수십 마리가 야유회를 연 듯한 자취가 길게 남았다.

"저, 저 미친 녀석들!"

쫓아오던 전사들은 욕지거리를 퍼부어댔지만 아프나이델은 멈추지 않았다. "파이어볼!" 아프나이델이 던진 불의 공은 쓰러진 나무 더미에 작렬해서 불의 벽을 형성했다. 화르르르! 불의 벽

너머에서 전사들의 비명소리가 들려왔다. 그런데 운차이는 욕을 퍼붓기 시작했다.

"제기랄! 이 멍청한 마법사 녀석아! 산불을 내다니!"

어라? 운차이가 사실은 엘프였나? 왜 산불에 이렇게 과민 반응을 보이는 거지? 땀을 닦고 있던 아프나이델은 눈을 소같이 뜬 채 운차이를 바라보았다.

"아니, 왜……."

"지금 바람이 어느쪽이야!"

바람? 바람이라. 칼과 나, 그리고 아프나이델은 잠시 불안한 표정을 교환하며 모두들 손가락을 입에 집어넣었다. 우리들은 손가락을 공중에 세워들었고, 곧 이어 서로 비통한 표정을 교환하고 나서, 고래고래 고함을 지르며 달리기 시작했다.

"으아아아악!"

"이, 이런. 죄송합니다! 미처 생각을 못하고……."

"떠들 시간 있으면 달려요!"

"워터볼? 워터볼 같은 건 없냐? 엉터리 마법사야! 파이어볼이 있으면 워터볼도 있어야 될 거 아냐!"

"그런 마법은 아직껏 연구되지 않았습니다. 제가 제자였던 시절에도 소방 대원으로의 활동 기간은 짧았던 터라 이런 상황에서의 대처 방법은 터득하지 못했습니다. 후회가 막심하군요."

"정말 후회해야 마땅할 거야."

꽁무니에 불이 붙을 지경인데도 정말 대화는 매끄럽군, 그래. 하필이면 바람은 우리 등 뒤쪽에서 불어오고 있었다. 바람을 만난 산불은 삽시간에 거세게 타올랐고 불길은 곧장 우리 뒤를 따라오고 있었다. 맙소사, 거짓말 같아! 무슨 산불이 이렇게 빨리 번지는 거야? 아무리 나무를 많이 쌓아두었다지만! 우리는 숲 사이로 네 마리 사슴처럼 날렵하게 달려갔다. 그러나 사슴처럼 우아하지는 못했다.

"앗뜨뜨뜨거!"

죽어라고 달려갔음에도 불구하고 목 뒤가 엄청나게 뜨거웠다. 운차이는 숲 속을 나는 매처럼 달려가고 있었고 그 뒤에서 아프나이델은 로브 자락을 양손으로 거머쥔 채 해괴망측한 모습으로 달려가고 있었다. 웃을 엄두는 나지 않았다. 나와 칼 역시 양 옆으로 다가오는 불길에 기겁하면서 달려가고 있었으니까. 순식간에 눈앞으로 먼저 가던 우리 일행의 모습이 보였다. 일행들의 황당한 표정 사이로 엑셀핸드가 먼저 우렁차게 고함을 질렀다.

"어떻게 된 거야앗!"

"산불입니다!"

"그럼 저게 들불이냐?"

우리가 상당한 당황 속에서 이런 몰가치한 대화를 주고받는 동안에도 불길은 계속해서 다가왔다. 네리아는 비명을 지르며 달려갔고 레니는 발악하기 시작했다. "어으, 언니이이! 같이 가요!" 샌슨은 날렵한 동작으로 길시언에게 등을 돌려대었다. "업히십시오! 전하의 다리가 되겠습니다!" 박력은 있지만 어째 어울리지는 않아. 길시언은 어쩔 줄 몰라하며 다가오는 불길을 바라보았다. 갑자기 그는 격한 기침을 뱉었고 프림 블레이드가 길게 울었다. 웅웅웅웅!

그때 에델린이 걸어나왔다. 오, 에델린! 에델브로이의 따님이시여! 우리는 눈물이 나올 듯한 얼굴로 그녀를 바라보았다. 그녀의 거대한 몸은 그대로 에델브로이의 축복처럼 보였다. 우리의 간절한 시선 속에 에델린은 다가오는 불길을 바라보며 기도했다. 잠시 후 그녀의 늠름한 목소리가 울려퍼졌다.

"컨트롤 웨더!"

하늘에 구름이 몰려들기 시작했다. 저렇게 빠르게 움직이는 것도 구름이라고 할 수 있다면. 구름은 정말 새떼나 된 것처럼 삽시간에 움직였고 하늘은 컴컴해졌다. 곧이어 천둥소리가 울려퍼졌다. 꽈르르릉!

"꺄아아아악!"

네리아의 구성진 비명소리가 들리고 나서 곧 이어 비가 내리기 시작했다. 비는 후두두둑 과정을 건너뛰고 곧장 쏴아아아 과정으로 넘어갔다. 그야말로 퍼붓는 듯한 소나기가 내렸다. 콰콰콰콰콰! 비는 갈색 산맥을 평지로 만들기로 작정한 듯이 쏟아졌다. 불길은 거짓말처럼 사그라들었다.

"으아아아! 에델브로이에 영광 있으라!"

제레인트는 빗속에서 덩실덩실 춤을 추기 시작했다. 샌슨은 자기의 망토를 벗어 길시언에게 덮어주면서 말했다.

"테페리의 프리스트가 그렇게 말하니 좀 이상합니다?"

"핫하하하! 테페리께서는 그렇게 쩨쩨하지 않으십니다!"

제레인트는 비에 젖은 머리를 쓸어넘기며 통쾌하게 웃더니 곧장 에델린의 옆으로 가서 섰다.

"그리고 이제부터 테페리의 영광을 보여드리죠!"

그리고 제레인트도 곧장 기도에 들어갔다. 우리는 반쯤은 기대하면서, 동시에 반쯤은 불안감을 느끼며 제레인트를 바라보았다. 설마 날씨를 도로 맑아지게 만들지는 않겠지? 제레인트는 외쳤다.

"어스퀘이크!"

어, 어, 어어엇! 갑자기 다리가 후들거리기 시작했다. 아니, 땅이 진동하기 시작한 것이다. 길시언이 비틀거리자 샌슨은 재빨리 그를 붙잡았다. 천둥 소리에 반쯤 정신이 나가 있던 네리아가 그대로 앞으로 쓰러지더니 땅 위에서 헤엄치기 시작했고 레니는 황당한 눈으로 네리아를 바라보았다. 네리아는 비가 너무 쏟아지자 여기가 물속이라고 착각해 버린 모양이다. 그런데 갑자기 지진은 왜 일으키는 거지? 그러나 곧 나는 제레인트를 과소평가하고 있었다는 것을 알게 되었다.

쿠…… 쿠…… 쿠아아앙!

산이 진동했다. 아프나이델이 마구 파헤친 땅에 억수 같은 비가 쏟아지고, 거기다가 지진이 더해지자 곧 놀라운 일이 발생했다.

"산이 무너진다!"

절대 움직이지 말아야 할 것이 움직이고 있었다. 산이 쪼개졌다.

비에 젖은 흙이 촛농처럼 스르르 움직였다. 비는 사정없이 흙을 쪼개어나갔고 흙이 움직임에 따라 산에는 거대한 금이 쫙쫙 그어지기 시작했다. 그리고 나무들과 바위가 천천히 기울어졌다. 이윽고 그것들은 격렬한 충돌을 일으키며 아래로 굴러 떨어졌다. 콰앙쾅쾅쾅!

바윗더미와 흙더미가 무서운 힘을 자랑하며 흘러내렸다. 그리고 그 사이사이로 홍수에 떠내려 가는 것처럼 나무들이 빙글빙글 돌면서 쓸려 내려갔다. 나무 뿌리는 하늘을 향하고 부러진 나뭇가지들은 불티처럼 흩날렸다. 산 정상과 우리가 있던 숲 사이의 능선이 그대로 함몰되며 좌우로 떨어져 나간 것이다. 흙과 나무들이 마구 뒤섞이며 계곡으로 폭포수처럼 쏟아져 내려갔다. 콰르르릉! 계곡에서 귀가 터질 듯한 굉음이 울려퍼졌다.

털썩. 엑셀핸드는 그만 땅바닥에 주저앉고 말았다. 저런, 저 키에 땅에 앉으면 빗물이 무지하게 입에 튈 텐데. 그는 젖은 수염을 힘없이 쓸어내리며 말했다.

"제레인트……, 자네 우리 광산 근처엔 오지 말게나. 암반 사고는 무서운 거야……, 아무렴……."

그리고 아프나이델은 완전히 얼이 빠진 채 빗물이 입에 들어가는 것도 깨닫지 못한 채로 제레인트에게 말했다.

"그렇잖아도 톱메이지라는 호칭은 제게 어울리지 않았습니다. 제가 테페리의 복음을 전파할 테니 당신이 산을 가르는 톱메이지가 되시는 것이 어떻겠습니까?"

제레인트는 대답하지 않았다. 그때 우리들은 제레인트가 완전히 넋이 나간 얼굴을 하고 있다는 것을 알게 되었다. 하얗게 질린 그의 얼굴에 빗물이 흘러내려 그의 얼굴은 조각처럼 보였다. 설마? 너무 굉장한 힘을 사용해서 어떻게 된 것은? 에델린은 걱정스러운 얼굴로 제레인트의 어깨를 건드렸다.

"제레인트 씨?"

에델린은 턱을 한방 맞을 뻔했다. 제레인트가 느닷없이 하늘을 향해 주먹을 들어올린 것이다. 에델린은 당황하며 비켜났지만 제레인트는 거기엔 신경 쓰지 않고 얼굴에 빗물을 튕겨가면서 하늘을 향해 외쳤다.

"테페리여! 정말 이러실 겁니까! 우핫하하하! 너무너무 좋아서 죽겠다구요! 난 당신 뜻을 실천하는 것이 몸살나게 좋다구요! 우킬킬킬킬!"

에델린은 가지런한 이빨을 다 드러내놓은 채 당황했다. 쿠르르릉! 어, 혹시 테페리의 진노가 아니었을까? 벼락이 사정없이 쳤지만 제레인트는 펄쩍펄쩍 뛰면서 젖은 로브를 흩날리고 있었다. 칼만이 간신히 미소를 지었다. 혹시 테페리의 프리스트들은 모조리 광신도가 아닐까? 콰광! 으악! 잘못했어요, 테페리여!

"그대를 찬미할 내 입을 열어주소서! 나의 이정표이신 테페리여! 아싸아싸! 그대의 길 잃은 방랑자를 긍휼히 여기사! 마침내 첫 별을 하늘에 떠올리시니! 우랏차차! 신심은 거룩한 흐름으로 회귀하여!"

제레인트는 펄쩍펄쩍 뛰면서 노래를 불러댔다. 난 칼을 돌아보았고 칼은 떨떠름한 표정으로 말했다.

"성자도 광대를 공경하거늘…… 찬송가도 무도곡이 될 수 있겠지……."

꾸르릉! 천둥 소리는 하늘을 찢고, 콰가가각! 지진 소리는 땅을 갈랐다. 그리고 네리아의 비명소리는 내 고막을 박살낼 지경이었다.

"꺄아아악! 꺄아아악! 꺄아아악!"

네리아는 이제 땅에 누운 채 팔다리를 버둥거리고 있었고 레니는 기겁하며 그녀를 일으켜세우려 애쓰고 있었다. 운차이는 어처구니가 없다는 얼굴로 그 광경을 보면서 말했다.

"웬 까마귀야."

"이렇게 예쁜 까마귀를 봤냐! 꺄아아악!"

운차이는 고개를 심하게 가로젓더니 레니를 도와 쓰러진 네리아를 험하게 일으켜세웠다. 네리아는 일으켜세워지자마자 두 팔 두 다리 다 사용해서 운차이에게 감겨들었다. 운차이는 휘청거리다가 간신히 중심을 잡으며 외쳤다.

"이거 봐!"

"꺄아아악!"

스피어에 기댄 것으로 모자라 샌슨의 팔에 안겨 있던 길시언이 신음을 흘렸다.

"쿨럭! 크르르. 이건…… 맙소사. 내가 그덴 산에 와 있었…… 쿨럭!"

"핫하하하! 예, 길시언! 저와 에델린, 그리고 아프나이델이 힘을 합하면 대마법사 핸드레이크의 위업을 꿈꿔 보는 것도 헛된 희망은 아닐 것입니다!"

한 손을 들어올린 채 멋진 스핀을 하고 있던 제레인트가 신나게 외쳤지만 에델린은 걱정스러운 얼굴로 길시언에게 다가갔다.

"이런, 잘못했군요. 비를 내리게 하다니."

아차, 환자! 제레인트는 날뛰던 동작을 멈추고는 다급하게 길시언에게 다가왔다.

"아, 이런! 괜찮으십니까?"

샌슨의 것이라 엄청나게 큰 망토를 둘러쓴 길시언은 파랗게 질린 얼굴이었지만 힘들게 미소를 지어보이며 말했다.

"아, 괜, 괜찮습니다. 쿨럭! 어, 어쨌든 저 지경이 되었으니 후작의 졸개들은……, 쫓아오기 힘들겠군요. 다행, 커허험! 쿨럭 쿨럭! 다행입니다. 그럼 어서 출발하지요."

그리고 길시언은 망토를 벗으며 샌슨의 팔을 밀어냈다.

"난 괜찮으니까……, 어서 갑시다, 샌……."

샌? 그거 애칭인가? 그게 아니었다. 길시언은 뒷말을 잇지 못하고 그대로 무릎을 꿇어버렸다. 철퍼덕. 레니가 비명을 질렀다.

"기, 길시언 왕자니임!"

"이런, 길시언!"

맙소사! 길시언은 무릎을 꿇은 채 헉헉거리더니 곧 숨이 끊어질 듯한 기침을 해대었다. 쿠울럭, 쿨럭 어커허허험! 그의 입에서 핏방울이 튀기 시작했다. 땅을 적시는 빗물 위로 핏방울은 불길하게 번져나갔다. 제레인트와 샌슨이 황급히 그를 일으켜세웠지만 길시언은 다리가 풀려버렸는지 제대로 서지도 못했다. 칼은 에델린을 돌아보며 말했다.

"부상이 완치되신 것이 아닙니까?"

에델린은 얼굴을 일그러뜨렸다. 샌슨은 길시언을 안았고 제레인트는 급히 두 손을 모으더니 길시언의 가슴을 어루만졌다. 그의 손에서 하얀 빛이 떠올랐고 길시언의 젖은 옷에서는 하얀 김이 뭉게뭉게 피어올랐다. 길시언은 기침을 멈추었지만 샌슨의 품 안에서 맥없이 늘어져 있었다.

에델린은 낮게 말했다.

"사실 그렇습니다. 상처는 치료되었지만 폐 안에 혈액이 남아 있을 겁니다. 그래서 기침을 저렇게 하시는 겁니다. 울혈 때문에 폐수종 증세가 일어날지도 모르겠습니다. 심장이 점점 압박될 겁니다. 그래서 요양을 말했던 것입니다."

에델린의 침착한 설명은 듣고 있던 사람들의 얼굴을 파랗게 질리게 만들었다. 하지만 칼은 어처구니없다는 얼굴로 말했다.

"아니, 폐수종 때문에 다리가 풀린다는 것은 이해하기가……."

에델린은 얼굴을 찌푸리더니 손을 로브 자락 속으로 집어넣었다. 다시 나온 그녀의 손에는 쿼럴이 들려 있었다. 으응? 길시언을 저격했던 그 쿼럴인가? 그런데 쿼럴을 보고 있던 칼의 얼굴이 허옇게 변했다.

"설마? 그 화살을 보관하고 있으셨다면……."

"예. 해독제를 만드는 데 쓰려고 보관하고 있었지요."

"이런! 독화살이었군요!"

히익? 독이라구? 샌슨은 놀라서 길시언을 놓칠 뻔했다. 네리아를 매달고 있던 운차이는 눈살을 꿈틀거리더니 휘적휘적 걸어왔다. 그는 네리아를 번쩍 들어 떼어내서 옆에 세워놓으며 말했다.

"이제 천둥 안 친다. 벼락도 안 친다. 비만 온다. 알았지?"

"아, 아, 알았어. 훌쩍, 비만……, 온다. 크응."

네리아는 벌벌 떨었지만 간신히 두 다리로 섰다. 하지만 그녀는 불안하게 좌우를 돌아보았고, 결국 자기 가슴까지나 올까말까 한 엑셀핸드에게 답삭 안겼다. 엑셀핸드가 뒤로 넘어가는 모습을 못 본 체하며 운차이는 에델린에게 손을 내밀었다.

"쿼럴 좀 보여주겠습니까."

에델린이 쿼럴을 건네자 운차이는 빗물을 피해 조심스럽게 쿼럴을 관찰했다. 그는 쿼럴을 코 끝에 대고는 냄새를 맡으며 고개를 갸웃거렸다. 그러고는 혀를 내밀더니 쿼럴 끝을 핥았다. 엑셀핸드를 깔아뭉개고 있던 네리아는 그 광경에 기절하려고 들었고 칼은 숨막히는 목소리로 외쳤다.

"운차이 씨?"

"퉤!"

운차이는 재빨리 침을 뱉더니 얼굴 근육을 경련시켰다. 그는 화살을 다시 에델린에게 돌려주면서 좀 불명확한 발음으로 말했다.

"싸구려군. 혀가 얼어붙으려 하는데."

"운차이 씨, 괜찮은 겁니까?"

"교육받을 때 항독 처치도 받았으니까. 난 여러 가지 독에 대해 면역이오."

"아, 예. 그런데 싸구려라는 것은 무슨 뜻인지?"

운차이는 칼의 질문에는 대답하지 않고 얼굴을 찌푸리더니 길시언을 바라보았다. 그는 말했다.

"이봐, 길시언. 내 말에 대답해. 시야가 흐려지거나 하지는 않아? 호흡은 어떤가?"

근심스러운 시선 속에서 길시언은 고집스럽게 고개를 올리면서 말했다.

"시야는 괜찮아……. 호흡은……, 가슴이 아픈걸. 쿨럭! 다리에 힘이 안 들어가는 것이……, 안타까운데."

웅웅웅웅웅! 프림 블레이드가 요란한 울음소리를 내었다. 운차이는 쓴 미소를 지으며 말했다.

"좋아. 가슴 아픈 건 폐를 맞아서 그런 거니까 괜찮아. 다리가 풀리는 것은 독 때문에 생긴 일시적인 마비일 것이다. 네가 맞은 건 싸구려 화학독이다. 후작이 암살자나 간첩이 아닌 바에야 생물독 같은 건 못 구하지. 걱정 마. 시야도 괜찮다면, 죽지 않아. 그런 독에 숨 넘어가면 가만두지 않겠어."

어째 앞뒤가 맞지 않는 듯한 협박에 길시언은 힘없이 미소를 지었다.

"고맙군."

운차이는 길시언의 어깨를 두드리고는 고개를 돌려 다른 사람들을 보며 말했다.

"건강한 몸이니까 어떻게 버틸 거요. 일단 이 비를 어떻게 하지. 에델린?"

에델린은 당혹한 표정을 지었다.

"아, 다시 바꾸는 것은……."

운차이는 시간 낭비할 필요 없다는 듯이 빠르게 말했다.

"알겠소. 기주가 문제겠지. 그럼 옮깁시다. 후치? 네가 길시언을 업고 가운데 서라. 나와 샌슨은 뒤를 경계한다. 저 지경으로 만들어놨으니 후작 패거리들이 따라붙으려면 다소 시간이 걸리겠지만. 네리아와 엑셀핸드, 칼이 앞을 맡고. 비가 없는 곳에 가서 길시언을 눕혀놓고 생각하지."

"알았어요."

샌슨이 길시언의 갑옷을 벗기고는 조심스럽게 내 등에 업혀주었다. 길시언은 맥없이 내 등에 뺨을 붙였다.

"수고하는군, 후치. 쿨럭!"

"하하! 수고라고 생각하지 않아요. OPG가 있는데요, 뭘. 아주 가벼워요. 걱정 마세요!"

길시언은 쿨럭거렸을 뿐 대답은 없었다. 정말 내 말이 기운차기를 간절히 소망한다. 확실히 별로 무겁진 않았지만 체구가 좋은 사람이라 업고 균형 잡기가 어려웠다. 하지만 난 기운차게 그를 추슬러올리며 말했다.

"자, 출발하지요!"

비는 추적추적 내리고 있었다. 비에 젖은 산비탈은 걸어다니기 곤란했지만 모두들 망토나 후드 등을 머리에 눌러쓰고 조급하게 걸어갔다. 흙탕물이 철벅거리는 소리, 거친 호흡소리, 때때로 발이 미끄러지면서 들려오는 짧은 비명소리.

그리고 길시언의 호흡소리.

싸르르르. 얼굴에 와서 감겨드는 빗방울 소리는 미세한 은가루를 철판에 떨어뜨리는 듯하다. 그 사이로 들려오는 가냘픈 호흡소리. 시이익, 시이익. 길시언은 젖은 얼굴을 내 목 뒤에 기대고 있었고 그래서 난 그의 호흡을 그대로 전달받을 수 있었다. 가냘팠다. 고요한 달밤, 가장 약한 바람이 가장 가녀린 갈대를 간지럽힌다면 이런 소리가 들려올까.

프림 블레이드의 울음소리. 웅웅웅웅웅. 길시언이 꿈틀거렸다.

"그래…… 괜찮아. 이 녀석아. 네 울음소리는, 쿨럭! 이렇게 오랫동안 들었는데도 왜 정이 안 드는지. 쿨럭, 쿨럭! 응? 아……, 뭐 그렇게까지야. 하하하. 손? 손이 없는 대신 멋진 칼날이 있잖아……, 괜찮아. 안 죽어."

길시언이 한 손을 내리는 바람에 균형이 흐트러져 자칫하면 미끄러질 뻔했다. 다시 발을 골라딛으며 빠르게 걸어간다. 옆에선 레니가 눈물이 글썽한 눈으로 길시언을 바라보다가 고개를 돌려버린다. 나는 앞쪽에서 부산하게 걷고 있던 엑셀핸드의 뒤통수를 향해 말했다.

"크라드메서는, 많이 남았어요?"

엑셀핸드는 뒤도 돌아보지 않고 걸어가며 말했다.

"이 속도라면 약 30분 정도."

"좋아요."

입술에 부딪히는 빗방울 때문에 숨이 가쁘다. 후우욱. 하지만 쾌활하게 말한다.

"길시언! 들었죠? 이제 30분이래요. 30분만 있으면 돼요. 불편하지 않아요?"

“업혀가는 중이잖냐. 쿨럭, 나야 편하지. 킥킥킥. 어째 우습다는 생각이, 어쿠르, 어허허흠! 우습다는 생각이 든다.”

“우스워요? 뭐가요?”

“이 나이에……, 내 나이 반쯤 되는 꼬마에게 업혀다니는 것.”

“하하하! 미리 경험해 보는 것도 좋죠. 길시언.”

“미리 경험해?”

빗물이 눈에 들어갔어. 칫. 눈물이 나오잖아.

“예. 길시언이 이 다음에 결혼을 하고, 그래서 아들도 얻고……, 그리고 많은 세월이 지나면, 그땐 말이죠. 장성한 손자들이 거동이 불편한 길시언을 업어주겠지요?”

“하, 하, 하하하.”

길시언의 몸이 들썩거렸다. 비에 젖은 그의 몸이 묵직하게 내게 달라붙었다.

“그러니까 미리 경험해 보는 거죠.”

“장성한 손자가……, 쿨럭. 날 업어주려면, 도대체 몇 살까지 살란 말이냐.”

“50년만 기다리면 충분할 듯한데요? 어라, 많이 남지도 않았네요?”

“그래그래. 하하, 하. 얼마, 클, 크르, 얼마 안 남았구나. 조만간, 조만간 너 같은 손자녀석 하나 가질 수 있겠구나.”

“나 같은 손자? 그렇다면 늘그막에 찾아온 행복인 거죠.”

샌슨은 갑자기 속이 거북하다는 표정을 지었다. 뭐가 이상해? 누누이 강조하지만 내 입은 진실을 단속하는 데 있어 취약하단 말씀이야.

비에 젖은 앞머리에서 물방울이 뚝뚝 떨어졌다. 또르르. 발에 부딪힌 돌멩이가 굴러가다가 고인 물을 튀긴다. 계속해서 내리는 비 때문에 산들의 장엄한 머리들은 비의 장막 속으로 사라졌다. 주위는 온통 회색. 그리고 발 아래로 운무가 널리널리 퍼져 있다. 마치 하늘 위를 걷고 있는 듯한 느낌이 든다.

"이제부턴 내리막길이야. 조심들 하게. 구름이 꽉 끼여 있으니 앞 사람 잘 보고 따라오라구."

엑셀핸드가 그렇게 말하며 산허리 쪽으로 내려가기 시작했다.

일행들은 희뿌연 안개 속을 걸어갔다.

안개는 산 아래에서 피어올라 주위를 온통 뒤덮었다. 보이지 않던 곳에서 갑자기 나타나는 검은 나무들, 그리고 미끄러운 풀잎. 바로 앞을 걸어가는 아프나이델의 모습은 명확하게 보였다. 하지만 그 앞을 걸어가는 네리아의 모습은 잘 보이지 않았다. 머리카락은 이미 흠뻑 젖어서 빗물은 머리 속으로 스며들지도 않은 채 그냥 흘러내렸고 하얗게 꿈틀거리는 주위의 풍경은 정신을 어지럽게 만들었다.

사람들의 모습은 모두 꿈속의 인물들처럼 보였다. 에델린의 거대한 체구는 안개 속에서 더욱 거대하게 보였지만 엑셀핸드의 모습은 더 작아 보였다. 희한하네.

"축축, 답답, 찝찝."

네리아의 투덜거림이 이상한 울림과 함께 들려왔다. 안개 속이라서 그런 건가?

영원히 계속될 것 같던 안개가 갑자기 사라졌다.

우리들은 넓은 분지의 초입에 들어와 있었다. 엑셀핸드의 턱까지 올라올 정도로 높이 자란 풀들은 겨울이라 노랗게 말라붙어 있었다. 하지만 지금은 모두 젖어서 황금색으로 빛나고 있다. 빛

나는 시체……. 갑자기 말도 안 되는 말이 떠오른다.

머리 위로 내려온 구름 때문에 분지는 한없이 넓어 보였다. 좌우론 갈색 산맥의 험준한 봉우리들이 있을 것이 뻔하지만 지금 그 봉우리들은 모두 구름 속에 가려 보이지 않았다. 반대쪽으로 아스라하게 먼 곳에 커튼처럼 늘어선 절벽의 모습이 보였다. 회색의 하늘 아래 거뭇한 환상처럼 보였다.

누가 뭐라 말하지 않았어도 일행의 발걸음이 모두 멈춰졌다. 샌슨이 입을 열었다.

"저기. 저 절벽이야. 동굴이 있다면, 그러니까 커다란 동굴이 있으려면 저기 저 절벽이지. 그리고 충분히 넓은 평지. 좋은 조건이지."

"그, 그럼 여기, 이 분지가, 분지가……."

네리아가 더듬거리며 차마 꺼내지 못하던 말을 운차이가 매듭지었다.

"크라드메서의 앞마당."

운차이의 말을 끝으로 모두들 일렬로 늘어선 채 눈앞에 펼쳐진 평야와 거뭇한 절벽을 말없이 바라보았다.

찌푸린 하늘에선 이제 가랑비가 내리고 있었다. 마른 풀잎에 빗방울이 튀어 투명한 물가루들이 뽀얗게 튀어오른다. 젖을 대로 젖은 머리카락은 관자놀이에 달라붙어 미끄러지고 있다.

"내려다오."

"길시언?"

"괜찮으니……, 내려다오."

"난, 난 괜찮은데요. 무겁지 않아요."

"내려."

길시언을 내려놓았다. 샌슨과 제레인트가 그를 부축하려고 다가갔으나 길시언은 손을 들었다. 그는 다시 고집스럽게 스피어를 잡아 짚고는 꼿꼿하게 섰다. 이마를 타고 내리는 빗물이 창백한 그의 입술을 적신다. 길시언은 젖은 머리를 뒤로 쓸어넘기며 말했다.

"어커험……. 마침내 왔군요."

칼이 그에게 다가갔으나 길시언은 그를 보지도 않았다. 그는 아스라한 절벽만을 바라보고 있었다. 잠시 후 칼이 그를 불렀다.

"길시언."

칼의 부름에 길시언은 퍼뜩 정신을 차리는 표정이었다. 그는 길게 한숨을 쉬더니 잔기침을 했다. 일행들은 묵묵히 그를 바라보았다. 길시언은 가슴을 펴며 말했다.

"레니 양."

"예, 예? 왕자님?"

"뭐라 감사를 드려야 할지 모르겠군요. 쿨럭, 크. 힘든, 힘든 여정이었을 겁니다."

"예? 아……, 저, 그런데요. 전, 에, 저로선 그러니까, 모르겠어요. 제 나이 정도의 계집애가 이런 대모험을 한다는 것은 드문 일일 거잖아요? 데려다주시고, 에, 그리고 보호해 주신 여러분들이 고마워요."

"그렇습니까. 하지만 이젠 더 도와줄 수 없습니다."

"예?"

레니는 동그란 눈으로 길시언을 바라보았다. 길시언은 스피어를 목발처럼 짚은 채 창백한 얼굴에 미소를 지으려 애쓰며 말했다.

"우리들 중 아무도, 쿨럭, 아무도 라자는 아닙니다. 사실상 우리들은 드래곤과 라자의 계, 어흠! 계약에 대해서는 전혀 알지 못합니다."

"저, 저도 모르는데요?"

"예. 하지만 크라드메서가 알 겁니다. 그러니 방식이나 절차를 모른다고 거, 걱정할 일은 없습니다. 내가 말하고 싶은 것은, 쿨럭. 레니 양의 마음가짐입니다."

"마음가짐……. 무슨 말씀인지 알겠어요."

"무슨 일이 일어나든, 레니 양이 주체라고 생각하십시오. 크라드메서는 사, 쿨럭, 사실 우리들에게는 아무런 볼일이 없습니다. 크라드메서가 과, 관심 있어 할 사람은 오직 레니 양뿐입니다."

"예……."

대답하는 레니의 눈은 불안함으로 가득했다. 길시언은 힘들게 숨을 고르며 더 말하려 했지만 칼이 재빨리 말했다.

"길시언이 말하고자 하는 뜻은 이렇습니다, 레니 양. 크라드메서라고 해도 라자의 계약을 함부로 무시하지는 못할 겁니다. 저 지골레이드의 일을 기억할 테지요?"

"예? 아, 예."

"지골레이드도, 윌링을 잃었던 그 슬픔 속에서도 레니 양을 존중했습니다. 인간이라면 그것은 어렵겠지요? 자식이 죽었는데 계약 같은 것을 하고 있을 경황은 없겠지요. 하지만 드래곤은 그렇게 합니다. 그러니 절대로 겁을 먹거나 할 필요는 없습니다. 자신감을 가져요. 크라드메서는 레니 양을 존중할 겁니다."

칼의 말이 끝나자 길시언은 파리하게 미소지었다.

"아, 내, 내가 하고 싶은 말 그대로입니다."

레니는 다부지게 고개를 끄덕였다.

"예. 왕자님."

길시언의 미소가 더 밝아졌다. 그는 고개를 가로저으며 말했다.

"길시언입니다. 레니 양."

레니는 갑자기 손가락을 입으로 가져갔다. 하? 다부진 표정이 갑자기 저렇게 바뀌니 그거 귀엽네. 그녀는 검지손가락을 깨문 채 길시언을 올려다보더니 고개를 가로저었다.

"저, 저, 버릇없다고 하지 마세요. 왕자님이라고 부르고 싶은데요."

길시언은 고개를 갸웃했으나 칼이 먼저 끼어들었다.

"왜지요, 레니 양?"

"독수리가……."

레니는 더 이상 말을 잇지 못했고 칼은 미소를 지으며 길시언에게로 얼굴을 돌렸다. 길시언은 하얀 웃음을 지었다. 그는 하늘을 올려다보았고, 그에 따라 우리들도 모두 하늘을 바라보았다.

회색 하늘을 검게 재단하는 독수리가 보였다. 길시언은 깊은 눈길로 독수리를 바라보다가 고개를 숙이며 말했다.

"역시……."

"예?"

"쿨럭, 역시, 난 엉터리 방랑자인 모양입니다. 레니 양마저도……, 알아보는군요. 하지만 이 일이 끝날 때까지만이라도…… 쿨럭, 길시언으로 남고 싶습니다."

그래. 당신은 어쩔 수 없는 나의 왕. 우핫하하! 난 너무너무 눈이 정확해. 일행은 모두 미소를 지었고 길시언은 말했다.

"난 길시언으로 여러분을 만났고, 최소한 이 모험의 마지막까지는, 크험! 여러분의 길시언이고 싶습니다."

칼은 고개를 깊이 숙였다.

"길시언의 뜻을 존중하지요. 사실, 그건 제 뜻과도 마찬가지입니다."

다른 사람들은 모두 별말 없이 고개를 끄덕였다. 운차이는 피식 웃어버렸고 덕택에 샌슨만이 고개를 갸웃거렸던 것은 나 외엔 아무도 못 봤다.

으으윽. 샌슨에게 설명이라도 해줘야겠군. 난 길시언에게 심술궂은 미소를 지어보였다.

"길시언? 화내지 않겠다고 약속하겠어요?"

길시언은 의아한 표정으로 날 보더니 말했다.

"화낼 일을 하지 않겠다고 약속하지 그래?"

난 대답 대신 노래를 시작했다.

방에 못질을 하고 떠났던 왕자.
못질은 왜 했지? 왜 했을까?
돌아가야 되는 왕자.
방랑자의 먼지는, 어울리지 않았던 선택.

길시언은 난처한 표정을 지었고 아프나이델은 환한 웃음을 지었다.

긍휼한 사람들에 눈시울을 적셨지.
눈물은 왜 흘리지? 왜 흘릴까?
이바지해야 되는 왕자.
버리고 떠나도, 가슴은 그대로 남겨두었으니.

바이서스의 적에게 가장 뜨거운 분노.
검날은 곧다. 시리도록 푸르게
꺾일 줄 몰랐던 왕자.
방랑자의 신발엔, 그를 담지 못하네.

창공에서 들려오는 독수리의 소환에
잊혀졌던 모습이 떠오르네.

돌아오라, 돌아오라!
용기로 검을 쥐고 지혜로 방패 들어
왕자여, 돌아오라!
그대 마음 깃든 그곳으로!

아프나이델은 얼굴을 온통 찡그리며 간신히 웃음을 참고 있었지만 제레인트는 그냥 웃었다. 길시언은 고개를 가로저으며 말했다.

"쿨럭. 제목이 뭐냐?"

"'황소와 마법검의 왕자를 위해.'. 부제로는 '바이서스 왕가 300년의 역사에서 가장 웃기는 가출을 했던 한 왕자를 그리며.' 정도로 할까 하는데, 어떻게 생각하세요?"

"……차라리 돌아온 탕아라고 붙이지 그러, 쿨럭! 그러냐."

제레인트가 간신히 웃음을 멈추고는 눈을 닦으며 말했다.

"하아, 하. 그럼, 그럼 이 일이 끝나시면?"

"돌아가서, 크르……, 닐시언 전하를 도와볼까 생각합니다."

제레인트는 손가락을 딱 튕겼다.

"좋은 생각이십니다! 방랑자였을 때 멋있었던 것만큼 궁성에서도 멋있으실 겁니다."

"고맙군요. 그런데 제레인트는 어쩔 생각이신지."

"저요? 뭐, 평생 쓸 돈도 있겠다, 지금 당장으로서는 죽을 때까지 유람이나 했으면 좋겠습니다."

다음 순간 일행들은 모두 의심스러운 눈으로 제레인트를 곁눈질했고 제레인트는 머쓱한 표정이 되었다. 잠시 후 그는 떨떠름한 목소리로 자신의 말을 정정했다.

"유람을 빙자한 포교 생활."

모두의 얼굴에 만족감이 떠올랐다. 하! 하! 아프나이델은 싱긋 웃으며 말했다.

"헬턴트 분들은 고향으로 돌아가실 거죠?"

칼이 '헬턴트 분(어흠!)'을 대표해서 대답했다.

"그렇습니다."

"그럼 전 이 일이 끝나면 제레인트 씨를 따라다녀야겠군요. 마법 수행을 계속하고 싶으니까."

다른 사람이 말을 꺼내기도 전에 제레인트가 먼저 외쳤다.

"좋습니다! 우리, 핸드레이크처럼 300년쯤 후에 수많은 일화로써 후대인들을 헷갈리게 만들 팀을 만들어봅시다! '잠에서 깨어난 미친 드래곤을 진정시키며 그들의 첫 번째 모험이 시작되었다…….', 어떻습니까?"

"하하하……."

아프나이델은 난처한 웃음을 지었지만 제레인트는 두 번째 모험으로는 발러를 때려잡으러 아비스로 가는 것이 어떻겠느냐는 말을 꺼내어 아프나이델로 하여금 제레인트와 팀을 결성하는 데

의구심을 가지게 만들었다. 샌슨은 고개를 돌려, 항상 그렇듯이 일행에게서 조금 떨어진 위치에 묵묵히 서 있던 운차이를 바라보았다.

"야, 괴물 눈알? 넌 어쩔 생각이냐?"

운차이는 콧김을 팅 뿜어내더니 낮게 말했다.

"눈앞의 일이나 끝내고 이야기하지."

"녀석은, 정 떨어지게시리. 말하는 데 시간 얼마나 걸린다고."

운차이는 고개를 가로저었다.

"모두들, 조금이라도 더 살아보려고 미적거리는 거, 이해는 하지만 어리석다."

일행은 불편한 눈으로 남부의 전사를 바라보았다. 운차이는 이마를 타고 흘러내리는 빗물을 닦아내며 말했다.

"정말 더 살고 싶다면 지금 당장 움직여야 해. 후작은 입에 거품을 물고 쫓아오고 있을 것이다. 그리고 길시언은 빨리 일을 끝내고 치료를 받아야 한다. 어서들 움직이지."

엑셀핸드가 먼저 고개를 끄덕이며 운차이의 말에 대답했다.

"네놈 혀엔 독이 묻어 있지만 지금 말은 마음에 드는군. 어서들 움직이지, 인간 친구들. 아, 트롤 성직자분도."

에델린은 미소를 지었고 길시언은 말했다.

"갑시다."

일행은 출발했다. 엑셀핸드를 위해 나와 샌슨이 앞으로 나서서 긴 풀을 밟아 쓰러뜨리며 길을 냈다.

잠시 와삭거리는 소리와 물방울 튀는 소리, 풀숲 속에 생겨나 있던 물웅덩이에서 들려오는 첨벙거리는 소리만이 고요한 주위에 습기 어린 색채를 더했다. 그렇게 얼마쯤 걸어갔을까.

"이 일이 끝나면, 너희 북부 놈들처럼 연애나 한번 해볼까……."

갑자기 들려온 운차이의 중얼거림에 칼은 기절할 듯한 표정을 지었고 나와 샌슨은 풀밭을 뒹굴며 웃었다.

"우힛히히힛!"

"우켈켈켈켈!"

그런데 왜 운차이가 아니라 네리아가 웃고 있는 우리들을 죽일 듯이 쏘아보았을까?

8

"제, 제발 조심햇! 드래곤은 시력이 좋다구!"

샌슨의 고함소리에 무심코 일어났던 네리아는 기겁하며 웅크리고 앉았다.

"뭐, 뭐가 발 밑에서 꿈틀거렸단 말이야!"

네리아가 가리키는 곳에는 젖은 나뭇가지 하나가 구르고 있었다. 난 고개를 가로저으며 대답했다.

"젖어서 나뭇가지가 미끄러진 모양이네요. 그런데 드래곤의 청력이 어떤지는 모르겠지만 샌슨처럼 떠들면 겨울잠 자는 뱀이라도 알아듣겠는데."

"아, 아차! 그래. 모두들 입도 다물자."

샌슨은 자기 입을 틀어막는 시늉을 하더니 다시 앞으로 나섰다. 나와 샌슨, 그리고 네리아는 정찰조로 크라드메서의 레어를 찾아보기 위해 일행보다 앞서서 달려나왔다. 일행들은 길시언과 함께 뒤에서 천천히 걸어올 것이다. 네리아는 울상이 되어 말했다.

"씨잉. 아프나이델이 있잖아. 그냥 마법으로 팍! 드래곤이 어디 있는지 알아내면 되는 거 아냐?"

샌슨은 어이가 없는 표정으로 말했다.

"야. 핸드레이크가 드래곤 로드를 암살하러 갈 때 마법으로 드래곤 로드를 찾아냈냐?"

"무슨 말이야?"

"크라드메서도 드래곤이니까 결국 마법사라고 보고, 그렇다면 아프나이델과 크라드메서 중에서 누가 더 우수한 마법사겠냐? 아무래도 크라드메서겠지? 그렇다면 실력이 더 떨어지는 마법사가 고위 마법사를 추적하려고 들면 그 추적 자체에서 역탐지를 당할 빌미를 만들게 된다구. 무슨 말인지 모르겠어?"

"와? 샌슨 맞아?"

"크아아악!"

"땅 속의 뱀, 땅 속의 뱀!"

"아, 아차!"

일행들이 우리를 못 보는 것이 천만다행이다. 이게 도대체 무슨 '정찰조'냐? 전쟁놀이 하는 어린애들이라도 우리들보다는 더 군사적으로 훌륭하겠는걸. 어쨌든 우리들은 다시 손이 땅에 닿을 정도로 허리를 굽히고는 풀숲 사이를 조용히 헤치며 나아갔다.

잠시라고 말하기엔 길고, 한참이라기엔 짧은 시간이 지나고 나서 샌슨은 멈추었다.

"절벽이 가까운데."

우리는 무릎을 꿇고 앉아서는 눈만 풀 위로 내민 채 절벽을 바라보았다. 이제 절벽과의 거리는 약 500큐빗 정도? 비에 젖은 절벽은 초점을 맞추어보기 어려울 정도로 시커멓게 보였다. 네리아는 감탄하는 표정으로 절벽을 바라보았다.

"햐. 이거. 꼭 드래곤 로드가 있던 그 절벽 같다?"

흐음. 그러고 보니 정말 대미궁이 있던 영원의 숲의 그 절벽과 비슷한 정도의 크기……, 아냐. 그것보다는 조금 작다. 하지만 낮은 하늘 때문에 정말 거대하게 보였다. 특히 좌우로 뻗은 절벽의 폭은 한눈에 다 들어오지 않을 정도였다. 절벽을 관찰하던 샌슨은 한숨을 쉬었다.

"어디 보자. 췟. 뭐가 보이냐, 후치?"

"별로. 온통 시커먼 절벽, 그리고 시커먼 하늘밖엔 안 보이는데."

샌슨은 불안한 표정이 되었다.

"췟……. 만일 내 예상이 틀리면, 우리는 엉뚱한 곳에서 시간을 죽이고 있다는 결론인데 말이야."

뭐야? 어라. 그거 정말 그렇네. 이젠 최후의 순간이라서 시간이 없으니 과오를 시정할 수도 없는데. 난 코를 쓱 닦고 말했다.

"괜찮아. 샌슨의 예상이 맞을 거야. 아직까지 단정하진 말자구."

"뭐가 보여야 확신을 가지지. 이건 온통 시커먼 바위밖엔 안 보이는데."

입술을 만지작거리던 네리아가 절벽을 가리키며 말했다.

"온통 까맣잖아. 동굴이 있어도 잘 안 보이겠는데. 구름도 심하게 끼여 있고."

"더 접근해 보자."

샌슨은 다시 허리를 숙인 채 걸어나갔다. 다시 풀 헤치는 단조로운 소리만이 미약하게 들려왔다. 이미 옷은 젖을 대로 젖어서 젖은 풀잎이 오히려 따스하게 느껴질 정도다. 네리아는 다시 불평했다.

"추워."

샌슨은 멈칫하더니 다시 나아가며 말했다.

"나도 떨리긴 해. 하지만 추위 때문은 아냐."

흐음. 난 추위와 크라드메서 양쪽 때문에 두 배로 추운데. 갑자기 엉뚱한 생각이 떠오르는데. 크라드메서의 음식물에 대한 매너는 어떨까?

인사는 갑작스럽게 다가왔다.

"누구요?"

인사로서는 별로 호감이 가지 않는 인사다. 목소리 자체도 별 감정이 없이 무색에 가까운 음조였다. 샌슨은 기겁하면서 일어나 칼자루를 움켜쥐었으나 뽑아들지는 않았다. 나도 손을 어깨로 가져갔다가 다시 내려버렸다. 얼이 빠져 있던 우리들을 대신해서 네리아가 말했다.

"누구냐고 묻는 당신은 누구죠?"

우리 앞 20큐빗 정도의 거리에서 바위 위에 앉아 있던 남자는 고개를 갸웃거렸다.

남자는 간단한 가죽 갑옷을 입고 있는 모범적인 전사의 모습이었다. 마치 긴 여행 도중에 잠시 노변에 앉아 쉬고 있는 듯한 피로한 모습이었다. 걸치고 있는 옷은 우리들과 마찬가지로 흠뻑 젖어 있었고 그 수준에서는 나나 샌슨보다 오히려 더 떨어지는 정도였다. 가죽 갑옷은 어찌나 낡았는지 가죽이 옷감처럼 보일 정도였다. 바위에 기대놓은 거대한 투 핸드 소드가 잠시 눈을 끌었을 뿐 무장도 그렇게 화려한 것은 아니었다. 그러나 전사를 자세히 바라보자 곧 놀라움이 다가왔다.

전사는 샌슨과 거의 비슷한 체격이었다! 무슨 일이 있어도 4큐빗은 넘을 듯한 신장. 긴 다리를 마음대로 집어던진 자세로 앉아 있었지만 그 다리라는 것이 네리아의 허리보다는 확실히 굵은 것이었다. 네리아도 그 사실을 알아채고는 감탄했다.

"세상에! 하늘 아래 저런 인간이 또 있네?"

"무슨 뜻이야?"

샌슨의 질문에 네리아는 현기증을 느끼는 모양이다. 하지만 난 다른 것을 보면서 현기증을 느꼈다.

전사의 발치에는 거대한 시체가 누워 있었다.

처음에 전사의 막강한 체구가 눈에 잘 들어오지 않았던 것은 전사의 발치에 있는 그 거대한 시체 때문이었다. 6큐빗은 되고도 남음이 있는 거대한 체구가 비에 젖어 번들거리고 있었다. 주위의 풀들에는 그 몸에서 튄 듯한 핏방울들이 비에 젖어 기괴한 무늬를 그리면서 흘러내리고 있었다.

오거였다. 도대체 뭐로 어떻게 공격하면 저 지경이 되는지 짐작할 수도 없었다. 오거의 허리는 처참하게 뜯겨 나갔는데 자상이라고 보기엔 상처가 너무 거칠다. 투 핸드 소드로 후려치고 다시 그 상처를 모닝스타 같은 걸로 짓이겨놓으면 충분히 가능할 것이다……. 머릿속으로 끔찍한 상상이 지나갔다. 하지만 투 핸드 소드는 있지만 모닝스타는 없는데.

"내가 먼저 질문했으니까 먼저 대답을 듣고 싶소만."

그런데 그 목소리 정말 신경 쓰이네. 뭐라고 특징을 잡아 설명할 수 없는 희한한 무색의 음색. 네리아는 샌슨을 바라보았다. 비슷한 사람끼리 대화하라는 듯한 그 시선에 샌슨이 말했다.

"우리는 크라드메서를 만나러 온 사람들입니다만. 그런데…… 그 오거는 당신 작품입니까?"

남자의 얼굴에 순간 의아한 표정이 지나쳤다. 그는 샌슨의 질문에는 대답하지 않고 다른 질문을 했다.

"크라드메서?"
"예."
"크라드메서를 만난다고?"
"왜? 이상합니까? 어라? 이, 이런!"
샌슨의 얼굴이 갑자기 일그러졌다. '크라드메서의 앞마당'이라고 샌슨이 짐작한 곳에서 태평하게 바위 위에 앉아 있는 사람이라. 그렇다면? 나와 네리아는 실망이 가득한 눈으로 샌슨을 바라보았다. 샌슨은 당황한 목소리로 말했다.
"여, 여기가 아닌가?"
아이고 맙소사! '여기가 아닌가?'라구? 필설로 형언할 수 없는 고생을 해가며 죽을 둥 살 둥 찾아왔는데 '여기가 아닌가?'라구? 그럼 끝인가? 구름 낀 하늘에 별이 보인다.
"이런, 웃기지도 않는 일이! 그렇게 오랫동안 걸어와서는 마지막에 엉뚱한 곳에 도착했다고?"
"아아, 실망!"
네리아는 주저앉을 듯한 표정이었다. 샌슨은 얼굴을 마구 일그러뜨리며 말했다.
"아닌데……. 여기 아니면 다른 장소는 불가능한데. 드워프들이 웨이크닝 사운드를 들었다는 걸로 봐선 이보다 더 먼 곳일 수가 없단 말이야. 이상한데."
그때 남자가 고개를 갸웃거리며 말했다.
"아. 그런데 크라드메서는 왜? 누구처럼 드래곤 슬레이어가 되고 싶어서요?"
"어? 당신 크라드메서가 뭔지 압니까?"
샌슨은 반가운 얼굴로 말했다. 남자는 어설픈 미소 같은 걸 지으며 말했다.

"알지. 그런데 당신은 항상 질문에 질문으로 대답하는 모양이군."

"어? 아. 아닌데. 우리는 드래곤 슬레이어 같은 건 꿈도 꾸지 않아요. 잠깐, 한 가지 물어볼 것이 있는데. 그렇다면 저 절벽이 크라드메서가 있는 곳이 맞단 말입니까?"

남자는 고개를 끄덕였다.

"크라드메서가 있었던 곳이지. 당신네들은 정확하게 찾아왔소."

남자의 대답은 우리들을 크게 당황하게 만들었다. 샌슨은 입을 쩍 벌렸고 네리아의 얼굴은 하얗게 바뀌었다. 설마…… '누구처럼 드래곤 슬레이어가 되고 싶냐.'고? 샌슨이 내가 꺼내고 싶었지만 차마 꺼내지 못하던 질문을 했다.

"당신이? 크라드메서를?"

"무슨 말인지 잘 모르겠는데."

"당신이 크라드메서를 죽였습니까?"

남자는 다시 피로해 보이는 미소를 지었다. 저 강건한 모습, 피로해 보이는 얼굴. 그리고 크라드메서가 있는 곳에서 태평하게 바위에 앉아 쉬고 있다면? 바닥에 쓰러져 있던 오거의 시체가 다시 한번 눈길을 사로잡았다. 정녕코 우리의 모험은 도저히 생각할 수 없었던 가장 웃기는 결말을 맞이하고 만 것인가? 죽도록 고생해서 도착했더니, 세상에는 모험가들이 많고도 많아서, 그들 중 다른 모험가가 이미 크라드메서를 죽인 후였다. 뭐, 이런? 주인공이 주인공 노릇을 해야 하는 옛날 이야기에서라면 기가 막혀 나오기 어려운, 하지만 자신이 역사의 주인이 아닌 현실 세계에서는 있을 수 있는……. 남자는 고개를 가로저었다.

"아니. 죽이려고 들면 얼마든지 죽일 순 있지만, 그렇게 하진 않았소."

이 남자 우리들의 정신을 어떻게 만들어버리려고 작정한 것인가? 죽이려고 들면 얼마든지 죽일 수 있다고? 난 남자에게 질문했다.

"당신은 크라드메서를 얼마든지 죽일 수 있다구요?"

"물론. 자네들의 자존심을 건드리고 싶진 않지만, 세상에서 나보다 더 쉽게 크라드메서를 죽일 수 있는 자는 없다."

"아, 아니. 우리들은 드래곤 슬레이어 같은 건 꿈꾸지 않아요. 우리들은 크라드메서와 라자의 계약을 하기 위해 찾아온 것인데요. 당신이 크라드메서를 죽이지 않았다면, 크라드메서는 지금 어디에 있는 거죠?"

남자는 다시 의아한 표정을 지었다.

"라자의 계약?"

"예. 우리는 크라드메서에게 드래곤 라자를 짝지어 주기 위해 죽을 고생을 하고 찾아왔습니다."

"누가 라자인데? 내가 보기에 자네들 중에 라자가 있을 것 같지는 않은데?"

이걸 자랑스럽게 생각해야 하나, 말아야 하나? 우락부락하게 생긴 전사에 풋내기 전사(실제 정체는 초장이 후보)에 나이트호크가 하나 있지만 라자처럼 보이는 사람은 하나도 없겠지. 그때 샌슨이 오랜 당황에서 깨어나 고함을 질렀다.

"당신이 크라드메서를 얼마든지 죽일 수 있다고?"

윽. 정말 질문 한번 빠르군. 나와 네리아는 창피스럽다는 표정을 지었고 남자는 혀를 차며 말했다.

"당신은 질문에 질문으로 대답하기로 서원한 전사인가? 그 대답은 이미 했고 내 질문은 이번에도 대답을 얻지 못했는데."

그러나 샌슨은 남자의 핀잔에는 전혀 신경 쓰지도 않았다. 샌슨은 환호를 외치고 싶은 것을 간신히 참는다는 얼굴로 외쳤다.

"우리와 동행하지 않겠습니까?"

"동행?"

남자는 이제 얼빠진 얼굴이 되었다. 난 샌슨의 팔을 붙잡으려고 했지만 샌슨이 먼저 내 팔을 붙잡으며 빠르게 말했다.

"야, 야. 후치야. 기막힌 생각이 떠올랐어. 만일 크라드메서가 레니를 받아들이지 않는다면 크라드메서는 굉장히 위험하잖아? 그런데 저 전사는 크라드메서를 죽일 자신이 있다잖아? 그렇다면 계약이 성공하지 못했을 경우 저 전사가 크라드메서를 죽이면 되잖아?"

난 조금 전 네리아가 했던 대답을 되풀이했다.

"샌슨 맞아?"

"무슨 뜻이야?"

"아, 아니. 그거 정말 말은 되는데. 하지만 저 사람 호언장담을 우리가 어떻게 믿을 수 있다는 거야?"

"어? 어라? 그렇네. 네 말이 맞아!"

샌슨은 고개를 돌리더니 당당하게 외쳤다.

"이봐, 당신! 우리가 그 허황된 말을 믿을 것 같은가!"

으으윽. 정말 창피스럽다. 네리아는 나에게 눈짓을 보내었다. '놔두고 떠나자.' 흐음. 정말 둘만 놔둬도 황당한 대화는 끝없이 잘 이어질 것 같긴 해. 남자는 웃으며 고개를 가로저었다.

"내 말을 믿고 안 믿고는 당신의 자유야. 하지만 난 세상 어느 누구에 대해서라도, 설령 드래곤 로드의 앞이라 해도 자신 있게 말할 수 있어. 세상에 나보다 더 쉽게 크라드메서를 죽일 수 있는 자는 없소."

샌슨은 다시 반가운 얼굴이 되었다.

"다, 당신이 크라드메서의, 그러니까 무슨 약점 같은 거라도 알고 있단 말입니까?"

남자의 얼굴에 순간 살벌한 미소가 지나쳤다.

"드래곤 슬레이어가 되고 싶소?"

그러나 샌슨은 그 살벌한 미소에 전혀 기죽지 않고 외쳤다.

"하하! 당신도 내 질문에 질문으로 대답했습니다! 이젠 피장파장이지요?"

으윽. 네리아. 어서 놔두고 가지요. 덩치 큰 사람들은 다 저런가? 남자는 얼빠진 표정을 짓더니 이마를 딱 소리나게 쳤다.

"하하하. 이런. 미안하게 됐군. 그래……, 난 그의 약점 같은 것은 모르겠소. 그런데 미안하지만 당신 정체부터 정확하게 하는 것이 어떻겠소. 당신네들은 크라드메서와 라자의 계약을 하겠다고 말했는데, 내 식견이 모자라 그런지 몰라도 당신네들 중에 라자로 보이는 사람은 없는걸. 그런데 드래곤 슬레이어는 꿈도 꾸지 않는다고 하고."

샌슨은 어깨를 으쓱이며 순순히 대답했다.

"아, 라자는 뒤에서 오고 있습니다. 우리들은 정찰을 위해 먼저 온 것입니다."

남자의 얼굴에 반가움이 떠올랐다.

"그런가? 그럼 좀더 즐거움을 가져도 상관 없겠군."

"즐거움?"

남자의 얼굴에 겸연쩍은 표정이 떠올랐다. 그의 웃음은 순진했다. 저 덩치에도 불구하고 그 미소가 순진할 수 있다니. 샌슨이 저렇게 웃는 것을 보면 속이 뒤집히고 말 거라는 생각이 떠올라서 나는 하마터면 폭소를 터뜨릴 뻔했다.

남자는 발치에 있던 오거를 잠시 내려다보다가 다시 우리 쪽을 바라보았다.

"오랜 습관이오."

"오거를 죽이는 거요?"

샌슨, 제발! 나와 네리아가 샌슨에게서 한두 발짝씩 멀어지는 것을 보며 남자는 웃었다.

"아니. 대화 말이오. 원래의 나였다면 당신들을 보자마자 죽여 버리는 것이 당연했겠지. 그게 순리이기도 하고."

이번에는 샌슨도 '아, 그러셨군요.' 하는 식의 대답은 하지 않았다. 우리 셋은 공포를 느끼면서도 재빨리 뒤로 물러나며 경계 태세를 취했다. 하지만 남자는 바위에 앉은 모습을 조금도 흐트러뜨리지 않은 채 말했다.

"미묘한 단어의 조합에서 느껴지는 감정, 말할 때 떨리는 눈빛, 상대의 마음속을 알 수 없어서 항상 불안하지만, 그래도 희망이 담겨 있는. 당신들처럼 정감 있게 말하는 종족은 아무도 없지. 엘프의 대화에선 당신들 같은 불안감이 없어. 물론 지적으로야 가장 즐거운 대화 상대이긴 하지만. 오거? 욕지기나는 놈들이지. 오크나 드워프 따위는 말할 것도 없고."

엑셀핸드가 여기 있었다면 배틀 액스가 날아갔을 거라는 망상을 하는 동안 남자는 계속해서 말했다.

"오랫동안 잊었던 즐거움이지……. 그가 있을 땐 항상 대화를 나누곤 했었어."

오랫동안 잊었다고? 그것은 도대체 얼마나 오랫동안일까? 그리고 '그'라는 것은? 몸이 조금 전부터 무시무시하게 떨리고 있다. 난 침을 삼키며 눈앞의 남자를 뚫어지게 바라보았다. 남자? 아냐. 이젠 다른 대명사를 사용해야 되겠지.

'그것'은 웃으며 말했다.

"라자가 오고 있다면, 당신들이 라자의 동행이라면 내버려둘 수 있으니 다행이군. 괜찮겠다면 라자가 도착할 때까지 더 이야기를 나누고 싶은데."

샌슨도 드디어 눈치를 챈 모양이다. 그는 덜덜 떨면서, 그러나 아직껏 미심쩍음이 담겨 있는 목소리로 말했다.

"다, 당신이 가장 쉽게 크라드메서를 죽일 수 있다는 말은……."

'그것'은 해맑은 미소를 지었다.

"물론 자살보다 더 쉬운 살해는 없지. 상대가 도망가거나 반항할 일은 없지 않소."

네리아가 도저히 더 참지 못하고 외쳤다.

"크, 크라드메서!"

크라드메서는 고개만 조금 움직여서 네리아의 말에 대답했다. 샌슨은 이를 악물었다.

"저, 정말 크라드메서입니까? 당신이? 그렇다면, 그렇다면 지금은 폴리모프한 거란 말입니까?"

그럼 폴리모프한 거지 뭐야? 샌슨의 저 쓸데없는 질문에 대해 크라드메서는 정중하게 대답했다.

"그렇소."

"아, 저……, 당신은 수면기에 있었다고 알고 있었는데, 혹시 오래전에 깨어났던 것입니까?"

최초의 경악이 사라지고 나자 묘한 기분이 들었다. 충격을 잊기 위해 일부러 그런 생각을 떠올리는 것인지도 모르겠지만, 난 그냥 바위 위에 앉아 있는 전사에게 말을 걸듯이 그에게 말을 걸었다. 그리고 사실 눈에 보이는 모습은 확실히 그렇다. 크라드메서도 드래곤이 인간에게 하는 말이라기보다는 우연히 만난 여행자끼리 대화를 나누는 것처럼 말했다.

"일어날 준비는 오래전부터 하고 있었지. 자네들의 말로는 설명하기 어려운 현상이네. 의식이 있는 것도 아니고 없는 것도 아닌 상태, 그러니까 조악하지만 비몽사몽이라고 하는 말이 적절하겠군. 그런데 조금 전에 굉음이 들리면서 산맥이 크게 진동하더군. 그 순간 의식이 완전히 돌아오면서 또 하나의 생이 펼쳐지더군."

진동? 아! 샌슨의 등 뒤에 숨어 있던 네리아가 탄성을 질렀다. 조금 전 제레인트의 활약 때문이었구나. 이런, 크라드메서가 이 일을 알게 되면 혹시 안면 방해로 우리들에게 화를 내진 않을까. 크라드메서는 빙긋 웃으며 자신의 발치에 있는 시체를 바라보았다.

"레어에서 나오는데 이놈이 내 보금자리로 들어오더군. 아마 내가 수면기에 접어든 동안 내 레어를 자기 보금자리로 쓰고 있었던 모양이야. 날 알아보지도 못하고 공격하더군. 결국, 이번 활동기는 살해와 함께 시작하게 되었지. 좋지 않은 출발이야."

좋지 않은 출발? 어어, 그거 정말 살벌한 말이다. 대단찮은 내용이지만 크라드메서가 말하니까 살벌하게 들린단 말이야! 샌슨은 턱을 심하게 떨다가 말했다.

"저, 화를 내실지 모르겠습니다만, 전 아직 믿기 어렵습니다."

"내가 크라드메서라는 사실 말이오?"

"예? 예. 그렇습니다. 당신의 어투도 그렇고……. 왜 인간의 모습으로 폴리모프하신 겁니까? 아무도 없는 이런 곳에서? 그래서 그 오거도 알아보지 못했던 것이겠지요?"

어라? 질문의 예리함이 번뜩이는 빛을 발할 정도인데? 크라드메서의 얼굴에 일순 희미한 슬픔 같은 것이 지나쳤다. 와! 진짜 인간이라도 저런 그럴듯한 표정은 어려울 텐데? 크라드메서는 인간보다 더 인간적인 표정을 지었다. 기분이 굉장히 이상한걸.

"그건 나의 추억 때문이오."

"추억이오?"

"별로 설명하고 싶진 않소."

크라드메서여. 당신은 알지 못할 테지요? 당신은 별로 설명하고 싶지 않다는 식으로 정중하게 대답해도 듣고 있는 우리들은 무시무시한 공포를 느낀다는 것 말이야. 크라드메서는 질려서 아무 말도 꺼낼 엄두를 못 내고 있던 우리들을 주욱 훑어보면서 말했다.

"그런데 당신들은 어떻게 날 찾아온 것인지? 왕가의 심부름꾼으로는 보이지 않는데. 아, 먼저 그걸 물어봐야 되는군. 올해가 몇 년이오?"

"예? 아, 예. 바이서스력으로 315년입니다."

"그래? 바이서스력이라면, 바이서스는 아직 그대로 존속하고 있다는 말이군?"

"예? 아, 예. 바이서스는 그대로입니다. 당신이 자칫 파괴할 뻔……, 으악! 죄송합니다! 비난하려는 것은 아니고, 에, 그러니까."

샌슨은 손을 마구 휘저어댔고 네리아는 샌슨의 갑옷 등에 손톱자국이 나도록 할퀴어댔다. 크라드메서는 잔잔하게 웃었다.

"그건 사실이었고 내가 한 일이니 부정할 필요는 없소. 그런데 315년이라……. 그렇다면 겨우 21년인가."

"예?"

"내 수면기 말이오. 흐음. 그럼, 아직도 바이서스가 왕가란 말이군?"

"예? 아, 예."

"그래서 저 독수리께서 저렇도록 날고 계셨군."

독수리? 아. 크라드메서도 독수리를 보고 있었군.

"창공의 제왕께서 지나치게 오랫동안 날아다닌다고 생각했지. 그분의 가피가 함께해야 될 사람이 있었던 것이라고 생각했소. 그래서 왕가의 인물, 그것도 대단히 중요한 인물이 찾아오고 있을 거라고 판단했소. 그런데, 당신네들 중에 누가 왕가의 사람이오?"

"아, 왕자님께서는 뒤에서 라자와 함께 오고 계십니다."

"그렇소? 왕자라. 왕가에 왕자가 둘 있었지. 길시언과 닐시언이었던가. 길시언은 왕이 되었을 테고, 그렇다면 닐시언인가?"

"아, 아닙니다. 닐시언 전하께서 왕위에 오르셨습니다. 저희들과 함께 계신 분은 길시언 전하입니다."

샌슨의 대답에 크라드메서는 의아한 얼굴이 되었다.

"길시언이 왕이 되지 않았다고? 이상하군. 궁정 반란이라도 일어난 거요?"

"아뇨. 그런 일은 없습니다. 길시언께서는 왕위에 관심이 없으셔서 궁성을 나와 야인으로 계시는 겁니다."

"그렇소? 그것 참. 똑똑한 왕자였던 것으로 기억하는데. 왕위를 버리다니. 젊은 날의 치기인가."

하마터면 '그렇습니다!'라고 외칠 뻔했다. 우리의 왕자님께서는 사실 왕위에 있어야 되는 사람이란 말이야. 어울리지도 않게 시리 방랑자 흉내를 내고 있지만. 크라드메서는 화제를 돌렸다.

"그렇다면, 길시언은 왕위에 돌아가기 위해 라자를 데리고 날 찾아온 것이오? 내가 닐시언을 왕위에서 쫓아내어 주길 바라는 것인가?"

"예? 아, 아닙니다. 에……, 이걸 어떻게 말해야 할지. 하하하. 그것 참."

샌슨은 크게 당혹해서 웃어버렸고 크라드메서는 의아한 얼굴이 되었다. 이것 참, 어떻게 말해야 하지? '당신이 미쳤을지도 모르기 때문에 라자를 붙여주어 당신을 묶어두기 위해 왔습니다.'라는 내용의 말을 가장 불쾌함이 적은 방식으로 말하려면 어떻게 말해야 할까?

네리아가 불쌍한 우리들을 구원했다.

"라, 라자가 필요하실 것 같아서요!"

네리아는 샌슨의 등 뒤에서 그렇게 외쳤고 크라드메서는 어이없는 표정이 되었다.

"이보오, 레이디. 대답은 고맙지만, 그렇게 다른 사람의 등 뒤에서 말하지 말고 앞으로 나와서 말해 주는 것이 레이디다운 행동이 아니겠소?"

네리아는 겁에 잔뜩 질린 얼굴을 하고 걸어나왔다.

"네, 네리아입니다. 좋은 날씨죠?"

으윽! 굉장한 인사로군. 크라드메서는 의심스러운 눈으로 하늘을 보더니 곧 환한 얼굴로 말했다.

"아하! 레이디 네리아께서는 흐린 날씨를 좋아하시는 모양이군."

네리아의 얼굴은 발개졌다. 크라드메서는 고개를 끄덕이며 말했다.

"그러고 보니 내가 당신들 예법에 어두웠군. 인간처럼 보이지만 내가 인간이 아니라는 것은 다들 알고 계시겠지? 그러니 내 허물을 용서해 주시오. 난 크라드메서라 하오."

"샌슨 퍼시발입니다!"

뺏겼다! 내가 먼저 말하려고 했는데. 결국 난 드래곤 하나와 인간 세 명이 모인 자리에서 가장 예의에 어두운 사람이 되고 말았다.

"후치 네드발입니다."

"네리아, 샌슨, 후치라. 그렇게 부르면 되겠지. 반갑소. 그런데 내가 라자를 필요로 할 것 같아서라고? 그건 아마 예의상 하는 말이겠지? 라자가 필요한 것은 당신네들 인간이 아니오."

크라드메서는 점잖게 네리아의 거짓말을 질책했고 네리아의 얼굴은 이제 단풍빛이 되었다. 그때 나는 샌슨이 굉장한 얼굴을 하고 있다는 것을 알게 되었다. 아아. 저 얼굴은 왠지 불안해.

"그렇게 말씀하신다면……. 전 이것을 물어보고 싶습니다. 당신을 만나면 꼭 물어보려고 생각하고 있었던 것입니다."

자, 도주 준비! 틀림없이 샌슨은 크라드메서를 화나게 만들 테고, 우리는 죽을 힘을 다해 달아나다가, 결국 힘이 빠져 크라드메서의 브레스를 맞아 사망하게 될 테고, 대륙은 만신창이가 될 테고, 그 와중에 대륙의 모든 팬케이크는 새카맣게 타버릴 것이고, 양초는 모조리 다 녹아버릴 테고, 기타 등등, 기타 등등.

"어떤 질문이오?"

"제 동료 중에 견식이 넓은 프리스트가 한 분 계십니다. 그분은 당신의 웨이크닝을 알게 되었을 때 이렇게 말씀하셨습니다. 크라드메서가 어떤 드래곤인데 벌써 활동기에 들어간다는 말인가. 그렇다면 이유는 한 가지뿐이다. 드래곤 라자의 존재를 느끼고 깨어나는 것일 것이다."

"어머나?"

네리아는 기막힌 눈으로 샌슨을 바라보았다. 샌슨은 자기 말에 고개를 끄덕여가며 말했다.

"전 그 말이 사실인지 알고 싶습니다."

허허? 놀랍다! 제레인트가 했던 말이야. 그래. 델하파로 가던 도중에 그가 했던 말이지. 샌슨. 사람 놀라게 만드는데? 크라드메서의 얼굴에 어두운 기색이 스쳐 지나갔다. 샌슨은 그의 안색을 살피면서 계속 말했다.

"솔직히 너무 빠르다는 느낌이 있습니다. 당신은 조금 전 당신이 수면기에 들어간 것은 겨우 21년 전이라고 말씀하셨습니다. 저, 드래곤의 일반적인 수면 기간은 대충 어떻게 되는 건지……?"

"나이에 따라 다르지만, 대충 활동기의 3분의 1 정도 되오."

"그렇습니까? 그럼 크라드메서께서는 앞으로 얼마나 활동하게 되실지?"

"설명하지 않았소? 수면기는 활동기의 3분의 1 정도라구. 그러니까 앞으로 60여 년 정도 되겠지."

샌슨은 당황해 버렸다. 크라드메서는 미소를 지으며 말했다.

"난 당신들처럼 수면 기간과 활동 기간이 일정하진 않소. 수면한 것만큼 활동한다고 생각하면 되겠군. 더 오랫동안 수면했다면 더 오랫동안 활동할 수도 있겠지만, 이번의 내 생은 60여년 정도일 것 같소. 그리고 당신의 질문에 대해서는, 일단 긍정하겠소."

긍정한다고? 샌슨의 얼굴에 환한 미소가 떠올랐다.

"겨우 21년이라면 내 나이 정도의 드래곤으로서는 짧은 기간이지. 이렇듯 빠르게 의식이 돌아온 다른 이유는 모르겠소. 조금 전의 괴상한 진동은 내 의식이 돌아오기 시작하고 나서도 한참 후의 일이니 이유가 될 순 없고. 결국 내가 유피넬의 법칙에 따라 라자의 존재를 느낀 것이겠지. 다른 이유는 댈 수 없으니 그 이유를 받아들여야 할 듯하오."

"그러시군요."

"그렇다면, 난 당신들과 함께 있다는 그 드래곤 라자가 유피넬이 정한 내 짝이라는 상상을 해볼 수 있겠군. 그 라자는 어떤 사람이오?"

샌슨은 웃으며 말했다. 흐음. 이젠 웃을 기분도 드는데?

"16, 7세 가량의 소녀입니다. 이름은 레니라고 합니다. 저희들이 대륙을 샅샅이 뒤져 간신히 찾아내었습니다."

그렇게 우쭐한 얼굴로 말하면 꼭 진짜 같잖아, 샌슨. 샅샅이 뒤지기는 뭘. 이루릴이 알려줘서 간단히 찾아내었지. 크라드메서는 고개를 끄덕였다.

"하긴. 그러고 보니 300년의 기한이 다 지났군. 요즘은 라자의 혈통이 많이 부족하겠구려?"

"예. 그렇습니다."

아무래도 이건 내가 지금껏 상상하고 있던 것과는 너무 다른데. 이렇게 평화로운 대화라니. 목숨을 걸고 찾아온 셈인데, 이렇게 허허거리며 반겨주는 드래곤을 만나게 될 거라고는 도저히 예상할 수 없었단 말이야.

허허거리는 드래곤은 말했다.

"인간 여러분들의 심려가 크시겠소."

으윽! 갈수록. 그리고 샌슨도 정말 심려가 크다는 표정으로 말했다.

"예. 그렇습니다. 라자의 혈통이 단절된 사태 때문에 참으로 불쾌한 사태들이 벌어지고 있습니다. 라자의 희귀성 때문에 도저히 상상할 수 없는 괴이한 일들이 일어나고 있지요."

크라드메서는 거창하게 고개를 끄덕였다.

"흐음. 이해할 듯하오. 귀한 것은 탐욕을 부르고 탐욕은 재앙을 부르는 법이지. 보석의 희귀성 때문에 드워프와 드래곤이 얼마나 많은 피를 흘리는가 하는 사실에 비추어보면 충분히 짐작해 볼 수 있소."

아아. 아무르타트도 저랬다면 얼마나 좋을까! 다가오는 여행자들을 따스하게 맞아주고 이렇게 우리들의 일에 신경을 써준다면! 네리아는 이제 불안을 거의 잊은 얼굴로 크라드메서를 바라보았다.

"저, 크라드메서 님. 저번 라자가 죽은 일에 대해서는, 이제 화를 내시지 않으시는 건가요?"

아이고! 아무리 분위기가 평화스럽다고 해도 그런 질문을 하다니! 샌슨은 펄쩍 뛸 만큼 놀랐다. 난 네리아의 시선을 붙잡기 위해 온갖 눈짓을 다했지만 네리아는 날 보지 않았다. 크라드메서는 네리아를 똑바로 바라보며 말했다.

"그걸 질문이라고 하는 거요, 레이디? 당신의 육친이 죽었다면 당신의 기분은 어떻겠소?"

"어머! 죄송합니다!"

네리아는 사색이 되어 고개를 숙였다. 크라드메서는 눈살을 찌푸리며 말했다.

"당신네들은 모르겠지만, 그건 말이오. 육친의 죽음과는 비교할 수도 없는 일이오. 라자는, 바로 나요. 라자가 죽는 것은 내가 죽는 것과 마찬가지요. 드래곤은 죽음에 대해 잘 몰라. 하지만, 하지만 라자가 죽을 때, 드래곤은 죽음을 경험해. 당신네들은 모르지."

크라드메서의 음성이 조금씩 거칠어졌다. 이마에 땀이 맺히는 것이 느껴진다. 이 날씨에 땀이라구? 크라드메서는 바위에서 일어났다. 맙소사, 미치겠어! 저 덩치가 일어나는 모습은 무슨 산이 움직이는 것처럼 보였다. 샌슨이 움직일 때는 그런 느낌은 별로 없었는데? 아아! 크라드메서의 움직임은, 그 원래 정체의 중량감을 담고 있었다! 크라드메서는 똑바로 일어서더니 팔짱을 끼고 턱을 괴었다. 그는 혼잣말을 하듯이 말했다.

"그래. 절대로 모를 거야. 카뮤는 그러더군. 인간은 죽음을 알기 때문에 죽음을 잊고 산다고. 내일 죽을지도 모르면서 10년 앞을 내다본다던가? 그래. 그러므로 당신들은 그걸 모를 거야. 자기의 한 부분이 완전히 죽어버리는 감각. 파괴되는 자신을 바라보는 감각 말이야. 알 리가 없지."
네리아는 다시 샌슨의 등 뒤로 들어갈 것인가 말 것인가를 고민하는 모양이다. 크라드메서는 우울한 눈으로 네리아를 바라보았다.
"상상할 수 있겠소?"
네리아는 그만 굳어버렸다. 크라드메서는 왼손을 허리에 얹고 오른손을 얼굴 앞에 들어 손가락 하나를 펴보였다.
"당신들은 죽기 직전, 단 한 번밖에 느껴볼 수 없는 감각이야. 하지만 난 살아서 느꼈지."
크라드메서의 목소리가 더욱 낮아지기 시작하는 것은 대단히 불길한 어떤 사건의 조짐처럼 느껴진다.
"당신들도 느끼게 해줬으면 좋겠군."
어, 어? 설마 바지를 적신 것은 아니겠지? 기어코 샌슨의 손이 칼자루 쪽으로 움직이기 시작했다.
"당신들의 말로는 뭐라고 하던가……, 끝내 준다고 하나? 정말 끝내 주는 감각이야. 하하하."
웃었다! 크라드메서는 웃고 있었다. 샌슨은 눈을 둥그렇게 뜨고 크라드메서를 바라보았다. 크라드메서는 고개를 가로저었다.
"권장할 감각은 못 돼. 그 사건에 대해선 그만 말했으면 좋겠군."
털썩. 크라드메서는 다시 바위에 앉았다. 비는 그쳤지만 내 몸에선 김이 풀풀 피어날 정도로 더운 땀이 흐르고 있었다. 크라드메서는 심드렁하게 말했다.
"당신 일행들이 퍽 늦는군."
"제가 보고 올게요!"

네리아는 고함소리만 남겨두고는 곧장 달아났다. 다행히도 비명을 지르지는 않았지만 네리아는 풀을 마구 헤치며 무시무시한 소리를 내며 달려갔다. 와사사사삭! 샌슨은 어이없는 얼굴로 그 뒷모습을 바라보았고 크라드메서 역시 마찬가지였다. 크라드메서는 입가를 일그러뜨리더니 곧 웃기 시작했다. 그는 웃으며 몸을 일으켰다.

"허허허. 이런. 좋아. 그럼 함께 가도록 하지."

"예?"

"당신 일행을 마중하러 가자는 말이오. 샌슨. 꼭 여기서 기다려야 할 필요는 없지 않겠소?"

크라드메서는 바위에 기대어둔 투 핸드 소드를 들어올리더니 어깨에 턱 걸쳤다. 그러곤 성큼성큼 걸어서 우리 쪽으로 다가왔다. 샌슨과 나는 동시에 뒷걸음질을 치기 시작했고 크라드메서는 고개를 갸웃했다.

"그런 식으로 일행에게까지 걸어가려면 힘들지 않겠소?"

맞아. 뒤로 걸어갈 수야 없지. 샌슨은 헛기침을 하고 말했다.

"아, 감사합니다. 맞이해 주시겠다니. 그럼 안내하겠습니다."

"그러시오."

샌슨과 난 동시에 몸을 돌렸다. 순간 뒤통수가 선뜩해지면서 무작정 앞으로 달려가고 싶은, 참을 수 없을 정도로 강한 욕구가 느껴졌다. 뒤를 돌아보고 싶다, 정말! 샌슨은 심호흡을 하고 말했다.

"그럼, 갑니다."

샌슨은 그렇게 말하고는 곧 걷기 시작했다. 음. 거창한 출발이다. 곧 나와 샌슨은 목 뒤의 털을 모조리 곤두세우고 어깨에 힘이 잔뜩 들어간 채 여차하면 앞으로 달려갈 듯한 자세로…… 볼품없이 걸어가기 시작했다.

저벅, 저벅. 아아아, 이거 정말! 뒤에서 들려오는 둔중한 발자국 소리 때문에 머리끝이 모두 곤두설 것 같군. 분명 평화로웠는데 말이야. 네리아가 엉뚱한 질문을 하기 전까지만 해도 참 따사로웠는데 이젠 소름이 돋을 정도로 무시무시하군.

응?

따사로웠다. 따사로웠다? 이상하군. 언젠가 제미니에게 한 말이 있지. 드래곤 라자가 없는 드래곤은 인간과 아무런 의사를 나누려 하지 않고 보는 족족 죽여버리는 법이라구. 그런데 크라드메서는 왜 우리를 정겹게 맞아준 것일까? 그건 전혀 드래곤답지 않은 행동인데.

그것은……!

머릿속이 터지는 기분이 들었다.

미친 듯이 달려가고 싶은 느낌을 도저히 참을 수 없었다. 하지만 그와 동시에 도저히 발걸음을 떼지 못할 것 같은 느낌이 들었다. 다리에서 힘이 죽 빠져나가며 마치 쥐가 난 듯한 아픔이 느껴진다. 난 절망적인 눈으로 옆을 걷고 있던 샌슨을 바라보았다. 하지만 샌슨은 앞만 보면서 걸어가고 있었다. 이 오거, 제발! 난 지금 엄청난 것을 알아차렸단 말이야! 제발 내 눈을 보라구! 하지만 샌슨은 뒤에서 걸어오는 크라드메서 때문에 고개를 돌릴 엄두를 내지 못하는 모양이다.

하지만 이건 알려줘야 되는데, 이건!

크라드메서는 미쳤어!

그래. 크라드메서는 완전히 돌아버린 거야. 21년 동안 잠들었다지만 21년 전의 광증은 그대로 남아 있었어. 그래서, 그래서 인간을 마치 드래곤처럼 대하고 있어. 어처구니가 없지. 저 완전한 종족이, 불완전한 우리들과 대화를 즐긴다고? 라자가 없으면 서로 대화도 안 되는 것이 우리 두 종족의 관계잖아? 그런데 조금 전 우리들은 라자도 없는 크라드메서와 대화를 나눴어! 그리고 네리아의 질문 때문에 일어났던 그 괴상한 감정의 변화, 그건 정신 질환의 증거야. 오, 맙소사! 우리는 미친 드래곤의 앞에서 걸어가고 있는 거라구!

안 돼. 이건 도저히 안 돼! 미친 드래곤을 우리 일행이 있는 곳으로 데려갈 수는 없어. 혹시 발작이라도 일으키면 어떻게 해? 멈춰야 돼. 하지만 어떻게? 머리에서 김이 오르는 것 같다. 이루릴, 주전자와 머리의 공통점이 뭔지 알아요?

몸을 돌리며 바스타드를 뽑고, 그리고 동시에 외쳤다.

"크라드메서!"

모든 것이 멈췄다.

순간적으로 분지 전체가 침묵으로 잦아드는 가운데 내 목소리만이 산울림이 되어 메아리쳤다. 난 초장이야. 하지만 초장이라도 드래곤 슬레이어가 되지 말라는 법은 없지. 샌슨은 드래곤 슬레이어가 되고 싶은 동료를 둔 불행한 상황을 저주하기 시작했다.

"후, 후치?"

난 바스타드를 크라드메서의 가슴에 겨냥하려고 애썼다. 하지만 손이 너무 떨려서 칼끝이 고정되지 않았다. 크라드메서는 멈춰 서서 의아한 얼굴로 날 내려다보았다.

"왜 이러는 거지, 후치?"

"난, 난 끔찍한 상상을 별로 좋아하진 않아요. 하지만 끔찍한 상상도 때론 도움이 될 때가, 그럴 때가 있지요. 그래서 어쩔 수 없이 내 상상을 믿어봐야 될 때가 있어요."

"후치! 무슨 횡설수설을 하는 거야앗!"

샌슨은 날 잡아먹을 듯이 고함을 질렀다. 하지만 크라드메서는 내 말에 고개를 끄덕였다. 확실해. 크라드메서는 미쳤어. 나의 이 정신 사나운 말에 고개를 끄덕이다니.

"무슨 상상을 한 거지, 후치?"

"굉장히 끔찍한 상상이죠. 난 당신의 정신이 이상할지도 모른다고 상상했어요."

"불쾌한 말이군. 하지만 끔찍한 상상이라고 말했으니 용서하겠네. 그렇게 의심하는 이유는?"

침을 삼키려고 아무리 애써도 침이 고이질 않았다. 입 안은 바싹바싹 말라가고 있었다. 왜 하필이면 비가 멈춘 거야! 지금 심정으로는 하늘을 향해 입을 벌리고 빗물이라도 받아마시고 싶은데!

"일단, 21년 전 당신이 광증이라고밖에 설명할 수 없는 끔찍한 파괴 행위를 저질렀다는 사실을 지적하고 싶어요."

"그건 확실해."

크라드메서는 순순히 시인했다. 입안은 말라가는데도 턱 아래로는 땀이 흐른다.

"그리고, 두 번째로 조금 전 당신과 우리들이 나눈 대화를 지적하겠어요."

"그 대화의 내용 중 특별히 이상한 거라도 있었나?"

"아뇨. 대화 자체! 당신은 지금 라자가 없는 드래곤이에요! 그런데 우리 인간들과 당신이 '대화'를 나누었어요. 이건 도저히 설명할 수 없어요! 단 한 가지, 당신이 미친 거라는 설명 외에는!”

“으으읍!”

샌슨은 괴상한 숨소리를 내더니 뒤로 물러나 경계 태세를 취했다. 그는 롱소드를 뽑아들고는 내 옆에 섰다. 크라드메서는 우울한 시선으로 샌슨을 바라보았고 샌슨은 날 향해 말했다.

“이거 너무 끔찍한 경우다만 어쩔 수가 없군. 네녀석이 꺼낸 말이니 네녀석이 끝까지 책임을 져라. 네 주장이 맞다는 것을 증명하든지, 아니면 틀리다는 거라도 확실하게 증명해. 난 말 같은 거 잘 못하는 거 알지? 네게 맡기지. 하지만 네가 벅차할 경우엔 내가 도울 것이다.”

“알았어.”

난 크라드메서를 쏘아보며 말했다(솔직히 너무 힘든 일이었다. 구두장이 믹 더 빅이라면 또 몰라도, 초장이 후보 후치 네드발이 드래곤을 쏘아본다는 것은 바드들의 상상력으로도 도저히 꿈꿀 수 없는 장면 아니야?).

“자, 내 주장은 이렇습니다. 당신은 분명히 한 번 미쳤었고, 그리고 조금 전에는 정신 질환이라는 설명 외에는 설명이 안 되는 괴상한 행동도 보여줬어요. 이제 묻겠어요. 당신은 정상입니까?”

크라드메서는 날 물끄러미 내려다보았다. 그리고 다음 순간, 지금 이 순간에는 절대로 그의 얼굴에 떠올라서는 안 되는 표정이 그의 얼굴에 떠올랐다. 크라드메서는 기분 좋게 웃었다.

“하하하! 후치. 질문이 잘못됐군. 내가 미쳤다면 미쳤다고 대답하겠나?”

“그, 그런가?”

샌슨의 숨소리가 거칠어지기 시작했다. 샌슨은 발악하듯이 낮게 외쳤다(샌슨은 그게 된다. 발악하듯이 낮게 외치는 거. 정말 존경스럽다).

"그런가라구? 야, 이 자식아! 그런가라구?"

"조, 좀 기다려봐! 날 믿고! 에, 그렇다면, 크라드메서. 당신 행동을 설명해 보겠어요?"

샌슨은 '널 믿을 바엔 낮에 나온 박쥐가 겨울 수박을 파먹는다는 이야기를 믿겠다!' 등등으로 낮게 외치고 있었지만 나와 크라드메서는 한마음 한뜻으로 샌슨을 무시했다. 크라드메서는 차분하게 말했다.

"이미 설명했는데. 오랜 습관이라고."

"말이 안 되잖아요!"

"왜 말이 안 되지?"

크라드메서는 전혀 화를 내는 분위기가 아니었다. 좋아. 그럼 말을 이어나갈 분위기는 된다, 이거지?

"당신은 드래곤 아닙니까? 드래곤이 왜 우리들 같은 불완전한 종족과 대화를 나누고 싶어한다는 거지요? 당신은 그래도 어느 정도 완전에 가까운 종족이잖아요?"

"무슨 말인지 잘 모르겠는데."

크라드메서는 조금 전부터 도저히 있을 수 없는 표정에 도저히 있을 수 없는 대답만 하고 있다. 결과적으로 내가 미쳐버리는 기분이 들었다. 크라드메서는 말했다.

"자네가 말하는 것은 확실한 사실이다. 하지만, 그렇다고 왜 내가 자네들과 대화를 나누면 안 된다는 거지? 자네는 프리스트라는 사람을 알 테지. 프리스트는 신과도 대화를 나누지 않는가. 그런데 드래곤이 인간과 대화를 나누면 안 될 까닭은 없을 것 같은데.”

어라? 왠지 칼이 말하는 거 같다? 정신 바짝 차리자.

“아니, 당신 말은 온당하지 못해요. 프리스트들은 신의 뜻을 펴기 위해 선택된 사람들이죠. 결과적으로 프리스트들은 갓 라자인 셈이지요. 우리 인간들과 신을 이어주는 사람들이니까.”

크라드메서는 미소를 지었다.

“갓 라자? 그럴듯한 말이군. 후치.”

“그렇다면 다시 묻겠어요. 당신 행동을 설명할 수 있나요?”

“있을 것 같다.”

“그럼 해보세요.”

죽을 때까지 잊지 못할 거야. 나 후치 네드발, 헬턴트 마을의 초장이 후보가 화염의 창, 이그누스 드래곤 크라드메서에게 검을 겨눈 채 할말 있으면 해보라는 식으로 윽박지를 수 있었다는 것. 바드들은 다 뭐하고 있는 거야? 지금 이 장면을 봐야 할 거 아냐? 크라드메서는 어깨에 걸쳐두었던 투 핸드 소드를 내리더니 지팡이처럼 땅에 짚었다.

“어떤 대답을 기대하고 있는지는 잘 모르겠지만.”

크라드메서는 천천히 말을 꺼냈다. 샌슨이 침을 삼키는 소리가 끔찍하게 크게 들렸다.

“했던 대답을 되풀이할 수밖에 없군. 습관이다.”

“……알아들을 수 있게 말씀해 주겠어요?”

“그 전에 묻고 싶은 것이 있다.”

“묻고 싶은 것?”

“자네들은 인간이야.”

‘고맙군요, 17년 만에 처음 알았어요, 내가 인간이었다니!’ 등으로 빈정거리고 싶은 것을 간신히 참았다. 크라드메서는 띄엄띄엄 말을 이어나갔다.

"그리고 난 드래곤이지."

크라드메서는 고개를 조금 숙이면서 말했다.

"어쩔 생각이지?"

"예?"

"자네가 말한 대로 내가 미쳐버렸고, 21년 전처럼 모든 것을 파괴시키길 바란다면, 자넨 어쩔 거지? 자넨 인간이고 난 드래곤이다. 날 죽일 수는 없을 텐데. 죽어서라도 날 막을 텐가? 결국 날 막지는 못할 테고 공연히 죽기밖에 더하겠나. 내가 정상이 아니라면, 어쩌겠다는 말이지?"

고개를 숙여버렸기 때문에 크라드메서의 눈을 볼 수가 없었다. 크라드메서가 정상이 아니라면? 난 크라드메서를 바라본 채 샌슨에게 말했다.

"샌슨이 살아나면, 제미니에게 미안하다고 전해 줘."

잠시 아무도 입을 열지 않는 시간이 흘러갔다. 바람은 풀을 간질여 기이한 소리가 나게 만들었다. 후우우웅. 히이이잉. 이윽고 샌슨은 딱딱한 목소리로 대답했다.

"이하동문이다."

"아니? 샌슨? 제미니에게 관심이 있었어?"

"그게 아니란 것 잘 알잖아!"

"하하하하!"

꼭 크라드메서 앞에서 이런 수준 미달의 대화를 나눠야 되나? 하지만 이게 헬턴트식이라구. 우린 별로 고상하지도, 고귀하지도 않아. 하지만 죽음을 비웃어줄 순 있지. 킥킥킥. 샌슨과 나는 시선을 교환했다.

우리 둘은 동시에 검을 세워들었다. 크라드메서의 눈매가 꿈틀거렸다.

그 기나긴 여정 끝에, 결국 이렇게 둘이 서게 되는군. 레브네인 호수는 아름다웠고, 바이서스 임펠은 화려했지. 델하파의 항구의 바람은 우울했고, 영원의 숲은 신비로웠다. 대미궁은 외롭고 쓸쓸했지. 그리고, 그리고 우리 둘은 결국 여기까지 와서 이 시대 최고의 드래곤을 겨냥한 채로 서 있게 되는군. 헬턴트 경비대장과 헬턴트 초장이 후보는 동시에 말했다.

"그래도 막겠습니다!"

적막 속에 바람 한 올이 분다.

풀잎의 정수리들을 스치던 바람은 크라드메서의 주위로 다가와 잠시 지체하는 듯했다. 바람은 크라드메서를 존중하여 조용히 멈추었다. 다시 적막.

크라드메서는 말했다.

"왜지?"

샌슨은 빙긋 웃었다.

"우리 죽음으로 동료들의 도주 시간은 버니까요."

그래. 어차피 살 수 없다면, 우린 앞을 가로막고 뒤를 생각할 도리밖에. 언제 어디서나 헬턴트 사나이들의 최후의 방식은 한결같지. 크라드메서는 고개를 가로저었다.

"잘못 생각했소. 당신들은 눈에 보이는 것에 너무 집착하는군."

무슨 말이지? 그리고 다음 순간 폭풍이 몰아쳤다. 과과과과아!

"으아악!"

쩡! 고막이 찢어지는 파열음. 쩡! 쩡! 그리고 눈을 뜰 수 없는 맹렬한 바람이 불어왔다. 벽에 부딪히는 느낌의 바람 때문에 결국 주저앉고 말았다. 내 엉덩이! 그 와중에도 파열음은 소름끼치게 들려왔다. 쩌엉! 풀잎들이 하늘을 향해 솟구쳐올랐다. 위위위위윙! 풀조각들의 회오리가 피어올라 산 채로 난도질당하는 기분이 든다.

"이런!"

풀잎의 회오리는 상공 수백 큐빗까지 솟아올랐다. 분지 전체가 하늘을 그리며 날아오르려 드는 것 같다. 풀잎과 흙덩어리가 기둥을 이루었다. 거세게 회전하는 회오리 기둥. 그리고 그 회오리의 중심에는 크라드메서가 원래의 모습을 드러낸 채 서 있었다.

"맙소사!"

크라드메서는 구름 사이에서 머리를 내린 채 우리들을 내려다보고 있었다.

하늘에서, 그래. 하늘에서 우릴 내려다보고 있다. 크라드메서의 얼굴을 보려다가 그대로 뒤로 누울 뻔했다. 타오르는 선홍색의 몸, 그리고 머리에서 목을 따라 흐르는 검은색의 복잡한 띠무늬. 그리고 발끝도 검어 석탄처럼 보였다. 전체적인 모습은 작열하며 불타오르는 석탄처럼 보인다. 이건 언젠가 한 번 당했던 일이지만, 왜 드래곤이라는 친구들은 도통 익숙해지기 어려운 거지? 사교성이 떨어지는 친구들이야. 풀과 흙덩이들은 이제 멀리 멀리 날아가고 깨끗해진 하늘에서 크라드메서가 우리를 쏘아보고 있었다.

"지골레이드보다 더 크네?"

샌슨은 간단히 소감을 말했다. 샌슨, 사랑해! 어떻게 아직 주저앉지 않은 거지? 난 재빨리 일어나앉았다. 그때 크라드메서가 말했다.

"당신들의 죽음으로 동료를 구할 수 있을 것 같소?"

이를 너무 깨물어서 잇몸이 뭉개지는 것 같았다. 크라드메서의 목소리는 1년 동안 몰아칠 폭풍이 한꺼번에 몰아치는 것 같았다. 크라드메서는 다시 말했다.

"이제 내 모습을 똑똑히 보고 말해 보게나. 과연 자네들의 그 목숨을 던진다고, 동료들을 구할 수 있을 것 같소? 화려한 자살은 이제 불가능하오. 좀 덜 화려한 자살이라도 좋은가? 무의미한 자살이라도 좋은가?"

"화려한…… 자살?"

"물론입니다! 벌써 구했어요!"

내 반문을 지워버리며 샌슨이 외쳤다. 샌슨은 롱소드를 위로 휘두르며 외쳤다.

"이제 우리 동료들은 당신의 모습을 볼 수 있어요!"

그럴 테지. 운차이가 아니라도 저 모습은 모두의 눈에 들어올 거야. 샌슨은 외쳤다.

"이제 당신이 우리들을 공격한다면……."

갑자기 샌슨의 말이 안 이어진다.

"당신이…… 우릴 공격하면…… 그 광경은 우리 동료에게……."

난 고개를 가로저었다. 우리 동료들이 과연 달아날까? 크라드메서의 공격은 분명히 그들의 눈에 보일 것이다. 그렇다면 그 사람들이 달아날까? 왠지 그 사람들은 '급히 레니를 데리고 달려와 계약을 맺음으로써 우리들을 구한다.'는 말도 안 되는 행동을 할 것이라는 생각이 드는데?

크라드메서는 비웃는 목소리로 말했다. 그는 볼 수 있겠지? 우리 일행들을 볼 수 있겠지?

"내가 당신들을 공격한다면? 그들은 그 광경을 보고 위험을 피해 달아날 거란 말이오?"

그 대답은 샌슨의 입에서 나오지 않았다. 뒤에서 풀을 헤치는 소리가 거세게 들려오면서 크라드메서의 질문에 대한 대답이 들려왔다.

"퍼시발구우우운! 네드발구우우운!"

웃자, 웃어. 어허, 어허허!

9

"멈추시오!"

칼은 두 팔을 휘저으며 풀숲에서 뛰쳐나왔다. 그러다가 그는 풀잎에 발이 걸려 앞으로 나동그라지고 말았다. "으악!" 쿠당탕! 그러나 칼은 앞으로 한 번 구르더니 번개 같은 동작으로 다시 일어나며 외쳤다.

"크라드메서! 멈추시오! 라자가 왔소! 아이고, 무릎이야."

칼은 엉거주춤한 자세로 무릎을 문지르면서도 저 대사를 당당하게 말했다. 왜 우리 고향 사람들은 다른 사람이 할 수 없는 희한한 동작을 잘하는 거지? 엉거주춤한 동작으로 당당하게 말한다는 것은 꽤나 난이도가 높을 거 같은데.

뒤이어 제레인트가 휘익 뛰쳐나왔다. 제레인트는 마치 크라드메서를 막기라도 하겠다는 듯이 두 팔을 위로 들어올린 채 고함을 질렀다.

"잠깐! 성급함은 드래곤과 인간 모두 경계해야 할 악덕입니다! 조금만 기다려주십시오! 라자가 왔습니다! 기대하시고 고대하시던 라자가 도착했습니다!"

이, 이 황당한 내 동료들. 그리고 아프나이델과 엑셀핸드가 보다 품위 있게 천천히 걸어나왔다. 아프나이델은 별말 없이 두 손을 모아쥔 채 크라드메서를 흘끔 바라보고는 곧 우리들을 바라보았다. 태연한 안색과 달리 그가 입을 열자 숨길 수 없는 떨림이 가득한 목소리가 들려왔다.

"무사했군요. 다, 다행입니다."

"왜 안 달아났습니까!"

샌슨의 외침에 엑셀핸드는 눈을 찌푸렸다.

"무슨 소리야? 우리는 계약을 하러 온 거지, 크라드메서를 구경하고 달아나려고 온 것은 아닐세."

이윽고 네리아와 운차이가 레니를 가운데 둔 채로 걸어왔다. 네리아는 걸음을 제대로 옮기지 못할 정도였지만 레니는 차분한 얼굴이었다. 그런데 레니는 우리들보다 두어 걸음 앞으로 나서서 크라드메서를 올려다보았다. 일행들이 놀라서 레니를 바라보는 가운데 크라드메서는 말했다.

"드래곤 라자로군."

"그렇습니다."

레니의 대답은 한가롭기까지 했다. 어떻게 된 거지? 그렇게 무서워하던 레니가 왜 저렇게 태평한 거지? 그녀의 표정은 한 마디로 설명하기가 어려운 기이한 표정이었다. 그때 운차이의 뒤를 이어 마지막으로 에델린이 길시언을 부축한 채 걸어나왔다. 크라드메서는 중얼거렸다.

"트롤 프리스티스?"

에델린은 다른 손으로 젖은 후드를 천천히 뒤로 넘기고는 크라드메서를 올려다보았다.

"그렇습니다. 크라드메서."

"어떤 손길이 그대를 그렇게 이끌었소?"

"당신도 짐작하실 분입니다. 트롤을 신의 지팡이로 이바지하게

끔 만들려고 결심하실 수 있는 분은 많지 않습니다."

"핸드레이크로군."

"그렇습니다."

크라드메서는 고개를 끄덕였다. 하늘이 무너지는 것 같군. 그런데 크라드메서도 핸드레이크의 일에 대해 알고 있는 것인가? 그는 다시 길시언에게 말했다.

"당신이 길시언 바이서스인가."

"쿨럭! 예……, 그렇습니다. 위대한 드래곤이여."

크라드메서는 갑자기 고개를 조금 낮추더니 길시언을 뚫어지게 바라보았다. 길시언은 창백한 얼굴이나마 당당하게 마주보려고 애썼다. 크라드메서는 의심스러운 목소리로 말했다.

"마치 죽어가는 것처럼 보이는군. 저 독수리는? 당신을 맞이하기 위해 온 아샤스의 전령이오?"

뭐야? 일행들이 놀란 눈으로 바라보는 가운데 길시언은 차분히 대답했다.

"저로선, 쿨럭! 알 수 없습니다. 그렇지 않기를 바랍니다만. 쿨럭."

"알았소. 당신들의 목적은 라자의 계약이겠지?"

칼이 고개를 끄덕이며 대답하려고 했다. 그러나 그 전에 내가 먼저 고함을 질렀다.

"안 돼요!"

일행들의 눈길이 각자의 의심을 담은 채 내게 쏟아졌다. 난 고개를 들어올려 크라드메서를 바라보며 외쳤다.

"먼저, 먼저 제 질문에 대답하세요! 우린 크라드메서와 계약을 맺으러 온 것이지, 미친 드래곤을 우리나라로 끌고 가려고 온 것은 아니에요!"

"네, 네드발 군?"

칼은 하얗게 질린 얼굴로 그렇게 말했다. 난 칼에게 고개를 가로저은 다음 다시 크라드메서에게 외쳤다.

"제가 지금 엄청난 무례를 행하고 있을지도 모른다는 거 잘 알아요. 하지만 제 의심이 온당하다고 느껴진다면 절 용서하시고 제 질문에 대답해 주세요!"

이건 초장이 후보에 지나지 않는 17세 소년으로서는 감당하기 어려운 도박이야. 하지만 내겐 으뜸패가 있다구. 여기 드디어 드래곤 라자가 도착했어. 레니가 왔다구. 그렇다면, 크라드메서가 미치지 않았다면 내가 무례하다는 이유만으로 날 죽이려 들지는 않겠지. 그의 라자가 될지도 모르는 소녀가 내 동료니까. 그리고 만일 그가 정말로 미쳤다면? 어차피 그럴 경우엔 아무 도리가 없다.

크라드메서는 대답했다.

"내 정신은 곧고 올바르다."

샌슨이 안도의 한숨을 내쉬었다. 아아, 샌슨. 물레방앗간 아가씨의 얼굴을 봐서라도 제발 그런 행동을 하지 말아줘. 미친 사람이 자기가 미쳤다고 대답하는 거 봤어?

"그렇다면 조금 전의 당신 행동은 뭐지요? 어떻게 우리와 '대화'를 나눈 거지요? 조금 전까지도, 아니, 지금까지도 당신은 라자가 없는 드래곤인데!"

칼의 눈에서 날카로운 빛이 번뜩였다. 그는 샌슨을 바라보았고 샌슨은 고개를 끄덕였다.

크라드메서는 대답했다.

"그렇다. 난 자유로운 드래곤이다. 그리고……."

크라드메서는 잠시 말을 끊었다가 다시 느릿하게 말했다.

"자유보다는 구속을 더 사랑하게 된 드래곤이다."

"예?"

"자네들의 구속을 동경하게 된 드래곤이지."

무슨 말이지?

"나는…… 이그누스 드래곤."

크라드메서는 독백처럼 말했다.

"만물의 관조자로 남아야 할 자. 행동하는 저울대로 있어야 할 자. 그러나 자네들은 나마저도 내버려두지 않았다. 자네들은 날 변화시켰지. 루트에리노가 행사하는 손길은 시간을 문지방처럼 뛰어넘지."

크라드메서는 하늘을 향해 말했다.

"종족의 의미로서 드래곤은 죽었어."

"도대체 무슨……."

"그만."

크라드메서는 나직하지만 강하게 말했다. 그리고 나는 더 이상 말을 꺼낼 수 없었다. 크라드메서는 레니를 바라보았다.

"드래곤 라자의 운명을 가진 소녀여."

"예. 크라드메서 님."

돌아본 레니의 모습은 상상을 뛰어넘는 표정을 하고 있었다. 레니는 약간의 미소를 짓고 있었다. 조금 슬픈 듯한 미소였지만 분명 미소다. 도대체 어떻게 된 일이지? 한 가지는 확실하다. 나는 몇 번 죽었다 깨도 드래곤과 드래곤 라자의 관계에 대해서는 전혀 짐작도 못할 거라는 사실 말이야.

레니의 대답이 나오는 순간 우리들은 모두 자신도 모르게 뒤로 물러났다. 한두 걸음에 지나지 않았지만, 이제 우리들은 완전히 제외되어 버렸다. 마치 주인 어르신과 손님의 대화에 놀라 황급히 물러나는 하인이 된 기분인걸. 이제 분지엔 크라드메서와 레니만이 남겨진 것처럼 보였다.

크라드메서는 읊조리듯이 말했다.

"반갑군. 오느라 수고했네."

"감사합니다."

레니는 고개를 숙이지도, 눈 하나 깜빡이지도 않으면서 그렇게 말했다. 크라드메서는 말했다.

"그대의 숙명과 내 숙명이 여기서 만났으니, 그대는 드래곤 라자가 되어 나를 저 인간들과 연결지어 줄 수 있다. 그대는 정당한 죽음이 우리를 갈라놓을 때까지, 혹은 그대와 나 양자의 요구에 의해서 우리의 숙명이 서로 다른 길로 갈릴 때까지 그 임무를 수행할 수 있다. 그대의 임무에 대해 이해했다면 그 임무를 받아들이겠는지 말해 보라."

레니는 따스한 얼굴 그대로 말했다.

"받아들이겠습니다. 이제, 제가 묻겠습니다."

예상치 못했던 뒷부분의 말에 우리들은 크게 놀랐다. 레니는 흔들림 없이 말했다.

"당신은 받아들이겠습니까?"

아아, 그래. 맞아. 상호 동의였지. 레니, 꽤나 똑똑하네? 칼이 한숨을 내쉬는 것이 보였다. 우리는 크라드메서를 바라보았다. 크라드메서는 대답했다.

"받아들이지 않겠다."

가장 먼저 반응을 보인 것은 놀랍게도 엑셀핸드였다.

"왜! 왜?"

엑셀핸드의 고함소리에 겨우 정신을 차렸다. 하지만 아직도 머릿속이 멍하다. 지금 크라드메서가 뭐라고 말했지? 받아들이지 않겠다고?

"왜 받아들이지 않겠다는 거요, 크라드메서!"

털썩. 고개를 돌려보니 땅바닥에 주저앉은 네리아의 모습이 보였다. 네리아는 마치 앞이 보이지 않는 사람처럼 팔을 휘저어대다가 운차이의 다리를 붙잡고는 거기에 매달려 덜덜 떨었다. 하지만 운차이는 네리아를 내려다볼 엄두를 내지 못했다. 그는 입을 조금 벌린 채 크라드메서만을 올려다보고 있었다. 난 참지 못하고 외쳤다.

"어째서! 당신은 그랬잖아요. 레니가 어쩌면 유피넬이 정한 당신의 짝일지도 모른다고……."

"유피넬이 정한 것이지 내가 정한 것은 아니다."

크라드메서의 대답은 단조로울 정도였다. 하지만 대답할 말이 없다. 세상이 유피넬이 정한 대로만 움직이는 것은 아니지. 헬카네스가 있으니까. 그리고 개개인의 의지가 있으니까. 칼이 힘겹게 입을 열었다.

"위대한 드래곤이여……."

"정말 그렇게 생각하오?"

"예?"

"정말 나를 위대한 드래곤이라고 생각하오? 나를 존경하는 거요?"

"당신은 존경받을 만한 위대한 생물이지 않습니까. 심원한 지혜, 그 지혜를 마음껏 펼칠 수 있는 강력한 힘. 당신은 그 모든 것을 갖춘 자입니다. 왜 그런 말씀을 하십니까?"

"그렇다면 당신은 라자를 통해 나에게 도달하려는 것이오, 아니면 라자를 통해 날 그대 수준으로 끌어내리려는 것이오?"

"예?"

어, 어라? 이건 생각도 못했던 질문인데? 아니, 상상도 해본 적이 없어. 드래곤 라자에 대해 그런 식으로는 생각해 보지 않았어. 크라드메서는 말했다.

"서로 다른 두 지성이 접촉하게 되면, 분명 변화는 일어나는 법이오. 당신은 인간이니까 그 사실에 대해 나보다 더 잘 알고 있겠지. 설마 당신은 서로가 자신의 고유성을 지키며 접촉이 이루어질 수 있다고 믿는 낭만주의자인 거요?"

"아니오. 그것은 불가능할 것입니다."

"잘 아는군. 난 더 이상의 변화를 원하지 않소. 더 이상 인간과 관계되지 않겠소. 이미 충분히 인간화되었으니까. 조금 전 저 소년이 지적한 대로, 난 그대들과 대화할 수 있을 정도까지 당신들을 닮아버렸지. 라자가 없이도 말이오. 대화라. 굉장한 일이지. 말해 보시오, 인간이여. 저기 있는 전사는 자이펀인으로 보이는군. 그의 몸에서 느껴지는 기운은 열사의 바람이야."

크라드메서는 갑자기 운차이를 지적했다. 우리들은 당혹해서 운차이와 크라드메서를 번갈아 쳐다보았다. 운차이는 아랫입술을 깨물면서 크라드메서를 올려다보았고 크라드메서는 담담한 목소리로 말했다.

"자이펀 전사. 당신은 바이서스 여성과 대화할 수 있소?"

"……할 수 있습니다."

"그럴 것 같았소. 그 옆의 여인, 당신에게 기대고 있는 여인의 모습을 보면서 그럴 거라고 생각했소. 난 당신들보다 더 빨리, 훨씬 많은 생각을 할 수 있거든. 자, 이제 묻겠소. 자이펀 전사여. 당신은 변화하지 않았소?"

운차이는 이를 부드득 갈았다. 무서운 얼굴. 그는 갑자기 고개를 내려 자신의 다리에 매달린 네리아를 내려다보았다. 네리아는 젖은 눈을 커다랗게 뜨며 운차이를 올려다보았다. 운차이는 고개를 조금 가로젓고는 다시 위를 올려다보며 말했다.

"……변화했습니다."

크라드메서는 고개를 조금 움직이더니 에델린을 바라보았다.

"당신은 거의 인간처럼 보이는군. 프리스티스여."

"그렇습니까? 이 외모에도?"

"난 드래곤이오. 외모는 나에게 별로 의미가 없소. 당신 스스로가 대답해 보겠소? 당신의 행동거지는 트롤의 것이오, 아니면 인간의 것이오?"

에델린은 순순히 고개를 끄덕였다.

"인간의 것에 가까울 것입니다."

"당신도 변화한 것이군."

"아뇨. 전 태어날 때부터 인간과 함께했습니다. 그래서 인간을 닮게 된 것이죠. 변화된 것은 아닙니다."

"피의 본능은? 프리스티스여. 신이 세상을 만들고 종족을 구분지으실 땐 태어나면서 그 종족임을 구분할 수 있도록 만드셨지, 자라나면서 종족성을 띠도록 창조하지는 않으셨소. 당신은 트롤로서 태어났고, 인간 때문에 변화한 존재요."

에델린은 대답하지 않았다. 대신 고개를 조금 숙였다. 크라드메서는 뒤로 조금 물러나면서 하늘을 바라보았다. 그가 하늘을 바라보자 머리는 보이지도 않고 대신 다리와 가슴만이 시야에 들어왔다.

"루트에리노여……."

크라드메서는 신음하듯이 말했다.

"그대의 행동은 순간이었지만, 그 영향은 3세기를 넘어서도 계속, 아니 더욱 커져만 가고 있소."

칼이 앞으로 나서며 뭐라고 말하려 했을 때다. 크라드메서의 가슴 위로부터 갑자기 그 얼굴이 다시 드러났다. 크라드메서는 우리들을 내려다보며 말했다.

"돌아가시오."

"예?"

"돌아가시오. 계약은 거부되었고 난 당신들에게 볼일이 없소."

칼마저도 더 이상 말을 꺼낼 엄두가 안 나는 모양이다. 그는 뭐라고 외칠 듯이 팔을 들어올렸지만 곧 힘없이 팔을 떨구었다. 그는 격하게 고개를 가로저었다. 이렇게 허무할 수가? 최후의 최후에, 크라드메서로부터 거절을 당하다니? 그 질주와 그 모험, 그 역경들은 다 뭐가 되는 거지? 이대로 돌아가야 하는 건가? 크라드메서가 거절했다면, 그렇다면 어떻게 해야 되지?

아냐. 뭐, 특별히 상관없는 일일 수도 있어. 우리가 왜 레니를 여기까지 데리고 왔나. 크라드메서가 다시 한번 바이서스를 파괴할지도 모른다는 걱정 때문이잖아. 하지만 지금 크라드메서의 모습에선 그런 걱정은 왠지 잊어버려도 상관이 없을 것 같군. 그렇다면, 비록 우리 노력은 수포로 돌아갔지만 목적은 달성된 것인가?

그때였다.

"크라드메서 님."

레니였다. 어느새 레니는 앞으로 더 걸어가 있었다. 그녀는 머리를 뒤로 한껏 젖힌 채로 크라드메서를 올려다보았다. 크라드메서는 긴 목을 우아하게 휘어 레니를 내려다보았다.

레니는 말했다.

"어제 저녁, 전 핸드레이크 님의 말씀을 들었습니다."

"핸드레이크의?"

"예. 핸드레이크 님은 저기 계시는 에델린을 통해서 제게 말씀을 전하셨습니다. 제가 당신을 찾아가는 것 때문에 제게 조언을 주시려고 하신 거죠."

"어떤 조언이지?"

어? 그 말을 하려고? 그 웃기지도 않는 에델린의 전언을? 아프나이델의 얼굴은 백지장처럼 바뀌었다. 레니는 가슴을 크게 부풀리더니 곧 긴 한숨을 내쉬었다.

"핸드레이크 님은 이렇게 말씀하셨습니다. '라자가 되는 거, 별로 대단하게 생각하지 마라. 친구를 하나 사귄다고 생각해. 비록 그 친구가 덩치가 좀 주체 못할 정도로 크고 트림을 잘못하면 불덩어리가 튀어나오는 습관이 있지만, 친구 사이에 그 정도는 눈감아 줘야지.'."

아아앗! 예상이 틀렸어. 샌슨이 크라드메서를 화나게 만들 줄 알았는데, 생각지도 못한 레니가 그러다니! 제레인트는 이 와중에도 고개를 돌리고 킥킥거리기 시작해서 주위의 거센 항의성 눈총의 과녁이 되었다. 그런데 크라드메서는?

크라드메서는 아무 말없이 레니를 내려다보고 있었다. 혹시?

그대로 레니를 밟아버리는 것은? 내가 참지 못하고 앞으로 달려 나가려고 할 때 레니는 말을 이어나갔다.

"전 그 말씀이 그저 제 긴장을 풀어주기 위한 농담인 줄 알았어요."

그럼 그게 농담이지 뭐냐? 무슨 말을 하려는 거야, 레니? 레니는 고개를 조금 가로젓더니 두 손을 위로 조금 들어올리며 속삭이듯 말했다.

"크라드메서 님. 전 라자가 맞는 모양이에요. 지골레이드를 만났을 때도 그랬는데, 지금도 당신의 감정이 느껴져요. 혹시……."

감정을 느낀다고? 레니가 크라드메서의 감정을 느낀다고? 레니는 말했다.

"외롭지 않으세요?"

퐁.

기다란 풀잎에 영글었던 빗방울이 아래로 떨어지는 소리가 들려온다. 사위는 고요하고 하늘을 받치고 선 드래곤은 드래곤 라자를 내려다본다.

크라드메서는 고개를 들었다.

퓨우우욱! 휘몰아치는 강풍이 다시 온몸을 덮쳤다. 극한 혼란, 일행들이 내지르는 아비규환 속에서 정신이 나가버리는 혼란을 겪는 동안 폭풍은 사라졌다.

그리고 크라드메서는 다시 인간의 모습으로 돌아와 있었다.

크라드메서는 레니를 내려다보았다. 으음. 인간의 모습으로 돌아와도 워낙 커서 아직도 레니는 머리를 한껏 든 채 그를 올려다보아야 했다. 레니는 놀란 눈으로 크라드메서를 바라보다가 말했다.

"……크라드메서 님?"

크라드메서는 조금 의아한 표정을 짓다가 웃으며 고개를 끄덕였다.

"그렇다. 라자여. 드래곤은 여러 가지 모습으로 변화할 수 있단다."

"아, 그런가요? 죄송합니다. 저, 전 어린 계집애라……."

"그리고 내 감정을 똑바로 들여다볼 수 있는 라자지. 그렇잖은가?"

레니는 붉어진 얼굴을 숙였다.

제레인트는 눈이 튀어나올 정도로 흥분해서 헐떡거리고 있었다. 아프나이델과 엑셀핸드는 거의 같은 크기로 입을 벌리고 있었고 칼은 경탄스러워하고 있었다. 크라드메서는 우리 일행을 주욱 둘러보고는, 다시 레니에게 얼굴을 돌렸다.

"그대 앞에서는 내 감정에 대해 거짓말할 수가 없지. 불공평한 일이지만, 라자여. 원래 숙명이라는 것은 공평이라든지 불공평이라는 말이 닿지 않는 영역에 있는 것이지."

레니는 눈만 살짝 들어 크라드메서를 올려다보았다.

"외롭냐고 물었는가?"

"예……."

"알고 있는 사실, 이미 짐작하는 사실을 묻는 것은 인간과 인간의 대화 방식이지, 드래곤과 드래곤 라자의 대화 방식은 아닐세. 라자여."

"……그렇네요. 물어볼 필요가 없군요. 당신은 외로우세요."

"어느 정도로?"

"사무치게."

크라드메서는 미소 띤 얼굴을 조용히 가로저었다.

"틀렸어. 레니 양. 내 외로움은 인간이라는 그릇에 담기엔 너무 크지만, 드래곤이라는 그릇에는 충분히 담을 수 있는 것이지."

"드래곤이시라서, 더 잘 견딘다는 말씀이세요?"

"그렇다."

레니는 입가로 주먹을 가져갔다. 그녀는 주먹으로 입을 틀어막은 채 눈을 내리깔았다. 눈을 내리깐 채로, 레니는 고개를 저었다.

"아녜요. 그렇지 않아요."

크라드메서는 별말 없이 레니를 내려다보았다. 허어, 이것 참. 아까부터 윗분들의 화난 대화를 듣는 아랫사람의 기분이 뭔지 정말 실감하겠는데? 레니는 말했다.

"거짓말이세요. 당신은 외로움을 느낄 수 없는 드래곤이에요. 드래곤이라서 더 잘 견딘다는 것은 말이 되지 않아요. 오히려 드래곤이라서 더 아프게 느끼시는 거예요. 당신은……."

"라자여."

"인간을 사랑해요."

크라드메서의 말에도 불구하고 레니는 칼로 자르듯 말했다. 크라드메서는 입을 다물어버렸다.

레니의 말은 크라드메서의 입을 다물게 한 것뿐만 아니라 주위의 모든 입을 다물게 만들었다. 멍해진 머릿속으로는 오만가지 상념들이 와글거린다. 인간을 사랑한다고? 드래곤이? 어떻게? 그들이 보기엔 한없이 어리석고 가냘픈 존재에 지나지 않는 우리들을?

크라드메서는 갑자기 레니 앞에서 한쪽 무릎을 꿇었다. 이제 그와 레니의 눈 높이가 비슷해졌다. 레니는 얼굴을 붉혔지만 이번엔 고개를 숙이지 않았다. 크라드메서는 두 손을 무릎 위에 모은 채 레니를 바라보며 말했다.

"레니 양."

"예."

"생각해 보아요. 레니 양. 보다 저급한 것이 보다 고급한 것에, 보다 단순한 것이 보다 복잡한 것에 끌리는 것은 당연한 일이 아닐까? 그렇다면 필멸자들은 당연히 불멸자를 사랑하는 법 아닐까?"

그것인가? 인간이 신을 사랑하는 것처럼?

"당신들은 불멸의 종족. 나 같은 초라한 드래곤이 사랑하고 존경하지 않을 수 없는 종족 아닌가."

우리가 불멸의 종족이라고? 당신이 초라한 드래곤이라고? 레니는 입을 조금 벌린 채 정신없이 크라드메서의 말을 듣고 있었다.

"카뮤 휴리첼이 타이번과 함께 날 찾아온 날이 바로 어제 같군."

타이번! 헬턴트 사나이들의 눈에서 불꽃이 튀었다. 그러나 레니를 바라보고 있던 크라드메서는 그것을 느끼지 못했다.

"그때까지만 해도 이런 결말은 도저히 예상할 수 없었지. 레니 양. 나는 자네 인간들이 느끼는 것보다 훨씬 더 나의 지혜와 지식의 깊이를 잘 알고 있네. 하지만 나는 예상할 수 없었어. 카뮤와 함께했던 날들에 대해 그리워하고 인간들의 모습을 동경하게 될 줄은. 내가 인간을 사랑하게 될 줄은. 하지만 이젠 똑똑히 이해한다네."

크라드메서는 고개를 조금 갸웃하면서 웃었다.

"강물이 바다를 그리며 달리듯, 난 인간을 그리워할 수밖에 없었지."

크라드메서는 몸을 일으켰다. 그는 고개를 돌려 칼을 바라보았다.

"나는 말했소. 서로 다른 두 지성이 접촉하게 되면, 분명 변화는 일어나는 법이라고. 바다를 그리워하며 달려간 강물은 결국 바다가 되어버리지. 그대들은 나에겐 너무 벅찬 존재들이었고, 라자가 찾아옴으로써 난 막다른 길에 몰리고 말았소. 한 때는 당신들과 관련지어지고도 나 스스로를 지킬 자신이 있었지. 그래서 카뮤와의 계약을 받아들였던 것이고. 그리고 어떻게 되었는지 보시오."

크라드메서는 하늘을 향해 말했다.

"난 정신적 호메오스타시스를 잃어버렸소."

저런! 그걸 잃어버리다니. 이름이 저렇게 긴 걸 봐서 퍽 중요한 것인가 본데. 그러나 칼은 알아듣는 모양이다. 이제 사람의 모습으로 바뀌어 한결 바라보기 편한 크라드메서를 향해, 칼은 메마른 음성으로 말했다.

"믿기 어렵습니다. 당신은 최고의 생물이십니다."

"아니오."

크라드메서는 단정적으로 말하지는 않았지만 그건 단정하는 것이나 다름없었다.

"보시오. 이 가증스러운 자기 확인을. 샌슨? 당신은 조금 전에 내게 물었소. 내가 왜 아무도 없는 이곳에서 인간의 모습을 하고 있는지를. 당신이 아무도 보지 않는 골방 안에서 수음을 해본 적이 있다면 내 행동을 이해할 것이오."

켁! 저런 뻔뻔한 얼굴로 저런 말을 하다니. 길시언의 기침소리가 갑자기 높아졌고 네리아와 레니, 그리고 아프나이델은 질겁하면서 물러났다. 다른 사람들도 모두 얼굴을 붉혔다. 그 와중에도 제레인트와 에델린이 고개를 갸웃하는 것이 내 눈에 들어왔다. 아니, 에델린은 이해하지만 설마……, 제레인트? 샌슨은 붉으락푸르락한 얼굴로 대답했다.

"마, 말씀이 좀 고상하면 좋겠군요?"

크라드메서는 미소를 지었다.

"난 당신네들의 예법이나 윤리에 대해선 이해는 하지만 감정은 느끼기 어려우니 용서하시오. 난 당신들이 마치 그런 짓은 절대로 하지 않는 것처럼 굴며 공공연히 행동하거나 머릿속으로 상상해 보는 것들에 대해 이해하기 어렵소."

샌슨은 입을 다물어버렸다. 크라드메서는 말했다.

"어쨌든 이건……, 그렇소. 자위 행위나 마찬가지요. 아무도 없는 이 분지에서, 난 인간의 모습을 해보며 자기 확인을 해볼 수밖에 없게 되었소. 드래곤으로서의 내 모습이 아니라 인간의 모습으로 말이오. 당신들이 날 얼마만큼이나 바꿔버렸는지 보시오."

갑자기 난폭한 감정이 느껴진다.

목에서 뜨거운 것이 확 치밀어오르는 기분이 느껴졌다. 이건 배신감이로군. 그래. 우습지도 않지만 이건 배신이야. 그만큼의 공포, 그만큼의 역경을 참아내면서 마침내 만난 드래곤이, 그 드래곤이 겨우 이런 드래곤이었나? 대륙을 박살내는 드래곤의 공포, 만인을 떨게 하는 드래곤, 어떤 이에겐 나라를 배신하고 육친을 도구로 이용해서라도 만나야 할 드래곤이란 게 겨우 이건가? 할슈타일 후작. 차라리 당신이 불쌍하군. 당신이 그토록이나 가지고 싶어한 드래곤이 어떤 드래곤인지 보란 말이야.

자기 연민에 빠진 드래곤이라고옷!

"그래서요?"

내 입이란 놈은 항상 말썽이야. 크라드메서는 날 돌아보았다.

"그래서요? 더 이상 인간과는 관련되지 않겠다는 건가요? 우리들이야 어떻게 되든 신경 쓰지 않고 내팽개친 채, 이 깊은 산 속에서 위대하신 드래곤답게 우리는 이해할 수도 없는 심원한 성찰과 자기 관조를 계속하며 억겁을 희롱하시겠다는 건가요?"

"후치. 자네는 나를 오해하고 있어."

"오해라. 훌륭한 관계지요. 인간과 인간 사이에도 오해가 생기는 법인데, 드래곤과 인간 사이에 오해가 생기지 않는다면 그건 정말 웃기는 일일 거예요. 그런데 당신의 공포는 뭐죠?"

"공포라구?"

"뭘 두려워하는 거죠? 우리 인간인가요, 아니면 자신의 약한 모습인가요?"

아버지. 어쩌면 헬턴트 초장이의 대가 끊어질지도 모르겠습니다. 하지만 하고 싶은 말을 목구멍 속에 못 담아두는 것은 네드발 가문의 전통 아닌가요? 샌슨이 바람처럼 몸을 날려 내 입을 틀어막을 때까지 난 크라드메서를 똑바로 노려보고 있었다. 샌슨은 뒤에서 날 끌어안으며 외쳤다.

"이 녀석의 정체를 알아차리셨죠? 예! 생각하신 대로입니다.

이 녀석이 바로 돌아버린 인간의 대표적 예입니다. 음핫하하하!"

"읍! 읍! 이이읍!"

"으아악!"

샌슨은 깨물린 손을 절절 흔들다가 내 엉덩이를 걷어차려고 다리를 높이 들어올렸다. 난 옆으로 피했고, 샌슨은 허공을 차면서 뒤로 나동그라지고 말았다.

"아이고!"

"작작 좀 해! 난 질문했고, 대답을 들어야겠어!"

샌슨은 주저앉은 채 옆의 풀을 거칠게 뜯어 나에게 확 집어던지며 외쳤다.

"이 얼빠진 녀석아! 맘대로 해!"

샌슨이 집어던진 풀 조각들은 바람을 타고 떠올랐다. 난 다시 몸을 돌려 크라드메서를 바라보았다.

바람이 분다.

분지 가득한 풀잎이 파도를 쳤다. 사르락거리는 메마른 풀잎의 휘파람소리가 들려온다. 그리고 그 풀잎의 파도 위로 떠다니는 은초록빛 반점 속에서 그와 나는 서로를 똑바로 응시했다. 흐린 하늘 아래 크라드메서의 얼굴은 하얗게 보였다. 그의 앞머리가 바람에 쓸려 그의 얼굴을 잠시 덮었다.

크라드메서가 절대로 대답을 하지 않으려 든다고 느껴지는 순간, 크라드메서는 말했다.

"나의 약한 모습이네."

일행들의 숨소리도 제대로 들려오지 않았다.

"더 이상 자네들을 동경할 경우, 난 나의 정체성을 잃고 자네들의 관점에서 세상을 보는 우를 범하게 될 것이 틀림없다네. 그것은 이그누스 드래곤의 규칙을 기본부터 파괴하는 일이지."

"균형을 지키는 것? 선악의 균형을 지키는 것 말씀입니까?"

"그래."

"왜죠? 당신은 당신 자신을 과소평가하시는 것이 아닐까요? 수많은 드래곤이 드래곤 라자와 함께했지만, 전 지금까지 사람을 동경해서 사람처럼 되어버린 드래곤의 이야기 같은 것은 들어보지도 못했어요. 드래곤은 항상 드래곤으로 남는……."

"자넨 또 나에게 인간의 관점을 강요하는군."

"예?"

"수많은 드래곤이라구? 고작 300년의 기간 아니었던가? 그건 우리들에게는 한 계절 정도의 의미밖엔 없다네. 어쩌면 이것이 드래곤이라는 종족의…… 마법의 가을일지도 모르지."

마법의 가을!

너무 오랜만에 듣는 말이다. 머리 끝이 좍 곤두선다. 마법의 가을이라구?

"루트에리노에서부터 닐시언까지의 바이서스 왕가의 역사는, 드래곤들에게는 인상적이기는 하지만 작은 일화에 불과하다네. 하지만 그건 마법의 가을이라고 할 수도 있는, 다른 300년과는 비교도 할 수 없는 300년이라는 점은 인정해야 할 테지."

그래. 그럴 수 있어. 드래곤이니까. 60년 정도를 하루처럼 살아가는 드래곤이니까. 생각해 보면 정말 길지도 않은 세월이었군. 바로 내 옆에 300년 전의 드워프가 있잖아? 그리고 300년 전의 대마법사는 아직껏 살아서 우리들의 여행에 영향을 주고 우리들을 바라보고 있지.

"난 지쳤다네. 후치. 선악의 중심점을 찾는 것만도 내겐 벅차.

인간이라는 짐까지 떠맡은 채 세상의 중심으로 있을 자신이 없네."

크라드메서의 깊은 눈빛 속에서 드러난 것은, 불굴의 종족이 느껴야 했던 막대한 피로의 증거인가? 인간의 수십 배의 연륜, 수십 배의 지혜, 그리고 수십 배의 세월을 살아가면서 느껴야 했을 수십 배의 고통과 갈등.

"하지만……."

"네드발 군."

고개를 돌렸다. 칼이 날 바라보고 있었다.

"그만하게나."

"예? 칼!"

"크라드메서 님은 원래 세상을 관조하시는 이그누스 드래곤이시지."

칼은 드래곤을 바로 앞에 두고 3인칭으로 이야기하는 재미있는 재주를 선보이기 시작했다.

"비록 그 행동의 강인함에 있어서는 무적에 가까운 위력을 가지신 분이라 하더라도 그것이 그분의 본래 성품은 아니네. 그분의 스스로를 다그치는 모습을 보고 배우게나. 선악의 중심에 자신을 둔다는 것은……, 글쎄. 극한으로 치닫는 것은 어쩌면 쉬운 일이야. 하지만 중도를 지킨다는 것은 양쪽의 극한으로 달려가는 것보다 두 배로 힘든 일이지. 양쪽을 모두 경계해야 되니까."

크라드메서는 쓸쓸한 미소를 지었고 난 입을 다물었다. 그래. 크라드메서는 가장 힘든 드래곤일 거야.

"저분은 사랑하시는 인간의 곁을 떠나서까지 자신의 중도를 지키려고 하신다네. 난 그 중도성에 대해선 찬성도 반대도 하지 않겠지만, 자신이 옳다고 믿는 바를 지키려고 애쓰시는 저분의 모습에는 찬성하겠네."

"쿠, 쿨럭, 칼……."

이번엔 길시언이 칼을 바라보았다. 하지만 칼은 고개를 가로저었다.

"길시언. 당신의 마음은 압니다. 당신은 지골레이드의 실종으로 약해진 바이서스의 국방력을 위해 저분의 도움을 원하시겠지요. 하지만 내 생각을 말하라면, 저분의 뜻을 존중하고 싶습니다."

칼은 크라드메서를 바라보았다. 크라드메서는 깊은 눈으로 칼을 마주보았다.

"크라드메서 님. 저 소년이 말했듯이, 우리는 당신이 혹시 과거의 그때와 마찬가지로 정신의 혼란을 겪으시지나 않을까 두려워하여 당신을 찾아온 것입니다."

"그렇소?"

"예. 그래서 당신이 바이서스에 대해 난폭한 행동을 하는 것을 미연에 막기 위해 드래곤 라자의 계약을 맺어 당신을 설득해 보려고 찾아온 것입니다. 하지만 전 이제 당신에 대해 불안감을 느끼지 않습니다."

칼의 말에 엑셀핸드까지도 고개를 깊이 끄덕였다. 크라드메서는 말했다.

"약속드리겠소. 난 21년 전과 같은 광증으로 바이서스를 파멸시키려 들지는 않겠소. 오히려 여기 있는 길시언에게 그 일에 대해 사과하고 싶은 것이 내 심정이오. 사과를 받아주겠소?"

길시언은 이를 악문 채 크라드메서를 바라보았다. 갑자기 그가

'사과를 받아주는 대신 라자의 계약을 맺자!' 고 외칠지도 모른다는 생각이 들었다. 하지만 나의 왕께서는 조용히 말했다.

"사과하실, 쿨럭. 필요 없습니다. 카뮤는, 카뮤는 인간의 일 때문에 죽었습니다. 오, 쿨럭! 오히려 인간으로서 제가 사과드리고 싶습니다."

"고맙소."

칼은 만족한 얼굴로 두 손을 조금 벌리며 말했다.

"라자의 계약은 성공하지 못했지만, 우리들의 목적은 달성된 것이라고 여겨집니다. 감사합니다. 크라드메서 님."

"먼 길 고생하게 해서 미안하군요."

"아뇨. 괜찮습니다."

그때 제레인트가 앞으로 나섰다. 그는 뒤통수를 긁으며 말했다.

"어, 크라드메서 님. 저 말입니다. 옛이야기에서 선량한 모험가들이 위대한 드래곤을 만나면 대개 귀한 선물이나 뭐 축복 같은 거라도 받지 않습니까?"

으으윽! 이런 개망신이! 제레인트, 그렇게까지? 당신 대미궁에서 보물 많이 챙겼잖아? 크라드메서마저도 좀 얼떨떨한 미소를 지으며 제레인트를 바라보았다. 네리아가 당황하여 뭐라고 말하려 할 때 제레인트는 웃으며 말했다.

"하하하! 전 오늘에서야 그게 사실이라는 것을 알았습니다. 정말 많은 것을 생각하게 해주셨습니다. 크라드메서께서는 인간을 영원토록 축복하신 거나 마찬가지입니다."

샌슨과 아프나이델, 그리고 난 동시에 한숨을 쉬었다. 크라드메서는 너털웃음을 터뜨렸다.

"허허허. 내 생각엔 말이오. 인간은 특별한 축복이 없어도 될 만큼 훌륭한 생물이오. 왜 유피넬과 헬카네스 양자가 모두 그대들을 바라보겠소?"

"바로 그걸 확인해 주셨습니다. 감사합니다!"

그리고 에델린이 말했다.

"화염의 창, 크라드메서여. 중도를 지키시는 그 노고를 어떻게 위로해 드릴지 모르겠습니다. 허락하신다면 당신을 위해 기도하고 싶습니다."

"감사하오. 어려운 수행의 길, 트롤의 발걸음으로 더욱 어려울 듯하지만 에델브로이가 항상 그대를 이끌어주길 바라오."

에델린은 환히 웃었다. 음. 이제 에델린의 저 웃는 표정에서 즐거움을 느낄 수 있어. 샌슨은 쭈뼛거리며 말했다.

"저, 서쪽으로 한번 여행 오시겠습니까? 저희 고향 마을에는 말입니다. 아무르타트라는 아주 고약한 블랙 드래곤이 살거든요? 그놈은 정말 세상의 선악의 균형을 깨도 이만저만 깨는 녀석이 아니라서……."

"퍼, 퍼시발 군!"

칼의 고함소리와 동시에 크라드메서는 허허 웃었다.

"여보시오, 샌슨. 미안하지만 난 특별한 경우가 아니라면 동족의 영역권을 존중해 주고 싶소. 그리고 선악의 기준은 내게도 따로 있소만."

"아, 아차!"

드래곤의 악덕에 대해 드래곤에게 고자질하려고 들던 샌슨은 황급히 입을 틀어막았다. 엑셀핸드는 빙긋 웃으면서 샌슨의 허리를 툭 쳤다. 그리고는 헛기침을 하고 나서 말했다.

"큼, 크험. 크라드메서여. 난 드워프의 노커로 엑셀핸드 아인델프라 하오. 우리에겐 특별한 문제가 있거든."

"말씀해 보시오. 노커여."

"갈색 산맥에는 드워프들의 터전이 있단 말이오. 당신께서 이제 활동기에 들어섰으니, 다시 하늘을 날기 위해선 상당히 많은 보석을 잡수셔야 하지 않소? 그래서 여기 인간들과는 또 다른 특별한 걱정이 있단 말이오. 당신이 여기서 살겠다면, 어, 서로 화목을 다지는 차원에서 우리들이 보석을 선물할 용의는 있소. 물론 당신이 우리를 공격하여 빼앗으면 더 쉽게, 더 많이 얻으실 수 있을 거라는 점은 인정하겠지만……."

크라드메서는 고개를 가로저었다.

"당신의 걱정은 이해하지만 잘못 알았소. 엑셀핸드. 하늘을 날기 위해 보석을 먹진 않소."

"뭐라구?"

"나도 보석을 좋아하긴 하지만 그 무거운 보석을 먹고 하늘을 날 순 없소. 당신이 굳이 선물하고 싶다면, 당신들에겐 그다지 가치없는 광석인 황화철, 황화동 정도를 선물해 주면 좋겠군."

"황화철? 아니……, 황산이라도 만드시게?"

그때 아프나이델이 손가락을 딱 튕겼다. 그는 자기 행동에 스스로 놀라더니 급히 허리를 굽히며 엑셀핸드에게 말했다.

"알 듯합니다. 어디서 읽은 기억이 납니다. 황산을 이용해서 수소를 만드시는 겁니다. 묽은 황산과 금속과의 반응에서 수소 채집이 가능할 겁니다. 그걸로 비행이 가능할 정도로 체중을 줄이시는 것이겠지요."

엑셀핸드는 깊숙이 고개를 끄덕였다. 전혀 못 알아들은 거겠지. 하하하.

"그래? 그런 거라면 얼마든지 선물할 수 있소."

"고맙군요. 나 또한 이웃의 예의를 잘 지키도록 노력하겠소."

그리고 크라드메서는 갑자기 손을 앞으로 내밀었다. 엑셀핸드는 잠시 당황하더니 곧 만면에 미소를 띠우고는 크라드메서의 손을 마주잡았다. 물론 엑셀핸드는 품위 있게 발돋움을 할 수 있는 특별한 재능이 있다는 점이 다시 확인되었다. 칼은 환한 얼굴로 말했다.

"그럼, 이제 돌아가 볼까요?"

일행은 모두 크라드메서를 향해 작별 인사를 하기 위해 주욱 늘어섰다. 흐음. 약속하지도 않았는데 정말 잘 움직이네. 하하하.

그런데 그때 한 사람만이 일행과 다른 동작을 하고 있는 것이 눈에 들어왔다.

레니였다. 레니는 안절부절 못하는 얼굴로 크라드메서와 일행을 번갈아 쳐다보았다. 그녀는 손을 들어올리더니 손톱을 깨물기 시작했다. 칼은 고개를 갸웃하면서 레니를 바라보았다.

"레니 양?"

"저, 저 칼 아저씨? 이제 돌아가는 거예요? 이대로?"

"그렇습니다. 뭐 잘못된 거라도?"

"아뇨……. 잘못된 것은 없어요. 하지만…… 저도 물론 돌아가고 싶어요. 아빠에게 돌아가고 싶어요. 그런데, 그런데…… 왠지 이렇게 돌아가면 안 될 것 같아서……."

칼은 의아한 표정만 지을 뿐 아무 말없이 레니를 바라보았다. 그러다가 그는 고개를 돌려 크라드메서를 바라보았다. 드래곤의 일이라면 드래곤 라자가 잘 알겠지. 그렇다면 거꾸로 드래곤 라자의 일은 드래곤이 가장 잘 알겠지?

크라드메서는 다시 레니 앞에 한쪽 무릎을 꿇고는 레니를 올려다보았다. 레니는 눈을 내리깔고는 손톱만 깨물면서 크라드메서의 얼굴을 피했다. 크라드메서는 말했다.

"레니 양."

"크, 크라드메서 님!"

레니는 고개를 들어 갑자기 외치더니 다시 눈을 내리깔았다. 크라드메서는 참을성 있게 레니의 말을 기다렸다. 마침내 레니는 띄엄띄엄 말을 시작했다.

"당신을 이렇게 혼자, 혼자 내버려두고 가면……. 어, 저, 말이 안 되는 거 같지만, 꼭……."

"꼭?"

"어린애 혼자 남겨두고 가는 것 같은……."

레니는 말을 끝맺지 못하고 발갛게 된 볼을 거의 가슴에 닿을 정도로 숙였다. 운차이는 신음을 흘렸고 어느새 운차이의 팔을 껴안고 있던 네리아는 숨막히는 소리를 내었다.

크라드메서는 그러나 화를 내지 않았다.

"레니 양. 선량한 마음 고맙게 생각하겠네. 하지만 레니 양이 느끼는 나의 외로움에 대해 너무 신경 쓰지 않아도 돼. 난 이렇게 보여도 레니 양의 나이보다 수십 배나 더 살아온 드래곤이지."

"제, 제가…… 무례한가요?"

"아니. 레니 양이 드래곤 라자라는 것, 그리고 선량한 마음을 가졌다는 것 때문이니까 무례라고 생각하지는 않아. 오히려 고맙다고 느끼지. 원하는 것이 있으면 말해 보게."

"예?"

"드래곤 라자와 드래곤의 만남일세, 이것은. 비록 계약은 성립되지 않았지만, 특별한 인간, 세상에서 드래곤을 이해할 수 있는 몇 되지 않는 인간을 만난 기념으로 자그마한 선물이라도 하고 싶군. 원하는 것이 있는가?"

레니는 눈을 들어올렸다. 그녀의 눈에는 눈물이 글썽했다.

"원하는 것? 그런 건 없어요. 전 당신을 보고 있으면 가슴이 아파서 생각을 제대로 할 수 없어요."

크라드메서는 따스하게 웃더니 천천히 두 팔을 펼쳤다. 레니의 눈이 한없이 투명해진다는 느낌이 드는 순간, 툭. 레니의 하얀 볼 위로 눈물이 또르르 굴렀다. 기어코 레니는 울음을 터뜨리면서 크라드메서에게 달려들었다.

"크라드메서 님! 와아아앙!"

크라드메서는 거대한 팔을 부드럽게 움직여 레니를 안았다. 레니는 크라드메서의 목을 껴안은 채 목놓아 울었다.

"안 돼, 안 돼! 너무, 너무 슬퍼요. 어흑! 그렇게 슬픈 건 싫어요! 크라드메서 님은 그렇게 슬퍼하면 안 돼요! 크라드메서 님 같은 고귀하시고 위대한 분이, 그렇게 선량하시고 마음이 넓으신 분이! 불공평해요, 이건 불공평하다구요! 와아앙! 선악을 지킨다고, 그것 때문에 크라드메서 님이 왜 이렇게 외로워해야 돼요! 그런다고 아무도 고마워하지 않잖아요!"

"레니 양, 레니 양."

크라드메서는 별말 없이 단조롭게 레니의 이름만을 반복해서 불렀다. 레니는 숨이 막히도록 울었고 크라드메서는 그녀를 안은 채 꼼짝도 하지 않았다. 차츰, 레니의 울음소리가 잦아들기 시작했다.

"레니 양."

"크라드메서 님. 전, 전 당신의 라자가 되고……."

벼락이 친 것인가, 아니면 길시언의 눈에서 빛이 번득인 것인가? 판단을 내리기 어려웠다. 레니는 숨이 막혀 꺽꺽거리느라 말을 제대로 못 이었다.

크라드메서는 갑자기 두 팔로 레니의 어깨를 붙잡아 밀어냈다. 그는 고개를 떨구었다.

"크흐흑!"

그의 입에서 폐부를 찢는 신음소리가 흘러나왔다. 레니는 아무 말도 하지 못한 채 그를 바라보았다. 크라드메서는 고개를 숙인 채 부르르 떨었다. 잠시 후, 조금 안정된 그의 목소리가 들려왔다.

"그만……. 제발 그만해. 라자여."

"크라드메서 님?"

"난 거부의 뜻을 밝혔다. 라자여. 제발 이 이상 날 유혹하지 마라."

크라드메서의 목소리는 미미한 떨림을 담고 있었다. 레니는 눈물로 범벅이 된 얼굴로 크라드메서를 바라보았다. 그렇게 크라드메서의 얼굴을 들여다보던 레니는 다시 앙탈을 부리며 크라드메서에게 안기려고 들었지만 그녀의 어깨를 쥐고 있는 크라드메서의 손은 꼼짝도 하지 않았다.

크라드메서는 어깨를 들썩거리며 호흡을 골랐다. 잠시 후 고개를 숙인 그에게서 상당히 메마른 음성이 들려왔다.

"드래곤과 드래곤 라자가 이래서는 안 돼. 우리는 상호 동의하는 관계야. 저 엘프들처럼 한없이 자신을 바꿔가며 조화를 이루지도, 혹은 인간처럼 한없이 타인을 바꿔가며 조화를 이루지도 않는 것이 우리들의 관계다. 우리는 서로가 서로를 바꾸지 않는 것을 원칙으로 한다. 라자여, 눈물을 멈춰라."

레니는 세차게 머리를 가로저었다. 그녀의 머리가 마구 나풀거렸다.

"이대로 당신을 두고 가면 전 일생 동안 후회할 거예요!"

레니의 외침소리는 처절했다. 저게 겨우 열대여섯 되는 소녀의 입에서 나오는 소리인가? 크라드메서는 온몸을 부르르 떨었다. 그는 혼잣말하듯이 말했다.

"그래. 드래곤 라자라 해도 결국 인간이지. 하하하. 이 어린 소녀마저도 위대한 드래곤에게 자신을 투영하려고 드는군. 저열한 욕망이 아닌, 순수한 애정과 긍휼히 여기는 마음으로 하는 유혹. 그래. 라자여. 당신은 드래곤이 불쌍해서, 돌보아주고 싶고 아껴주고 싶다는 것이지? 그런데 이 유혹 아닌 유혹보다 더 웃기는 것은 뭔지 알아? 내가 그것을 받아들이고 싶다는 거지."

크라드메서의 어깨가 한번 거칠게 진저리쳤다. 갑자기 한없이 냉혹한 목소리가 들려왔다.

"차라리 인간들을……, 모조리……."

크라드메서는 말을 끝맺지 않은 채 한참 동안 고개를 숙이고 앉아 있었다. 형체를 가지고 피부를 찢어 뼈를 긁어내는 듯한 공포 때문에 주위의 아무도 입을 열 엄두를 내지 못하고 있었다.

레니의 몸부림도 어느새 사라져 있었다. 크라드메서의 두 팔에 붙잡힌 채 레니는 꺽꺽거리는 숨소리만 내면서 크라드메서를 바라보았다.

크라드메서는 갑자기 일어났다.

그는 레니의 어깨를 놓으면서 일어났다. 그 간단한 동작이 왜 저렇게 무서워 보이는가? 그는 화산이 폭발하는 기세로 일어났다. 그의 옷자락 전체가 아우성을 쳤다. 크라드메서는 말했다.

"가라!"

모든 사람들이 뒷걸음질치기 시작했다. 엑셀핸드는 뒤로 걷다가 아프나이델에게 부딪혀 함께 나뒹굴기까지 했다. 네리아는 기어코 기절해 버렸고 운차이는 하얗게 질린 얼굴로 아래턱을 떨고 있었다. 크라드메서의 눈은 타오르고 있었다. 선홍색의 빛이 뿜어져 나왔다.

"가라! 이것은 조화의 적 헬카네스께서도 거부할 수 없는 이그누스 드래곤의 명령이다. 물러가라!"

하늘이 갈라지며 신이 얼굴을 내밀고 명령한다 해도 지금처럼 살 떨리지는 않을 것 같다는 생각이 든다. 뼈라는 뼈들은 모조리 덜그럭거렸고 그대로 온몸이 녹아버릴 것 같은 무력감이 전신을 휘감아돈다. 선과 악의 균형을 지키는 이그누스 드래곤의 명령이 떨어졌다. 보이지도 느껴지지도 않는 바람이 우리들을 뒤로 밀어내는 것 같았다.

"레, 레, 레니 야앙!"

칼은 숨이 넘어갈 듯이 헐떡거렸다. 레니는? 오, 맙소사!

저 항구의 소녀는 온몸을 떨면서 크라드메서의 명령에 저항하고 있었다. 앞뒤로 휘청거리는 몸은 지금 당장이라도 쓰러질 것 같다. 핏기 없이 하얗게 질린 얼굴이었지만 레니는 온 얼굴을 찡그린 채 크라드메서의 명령에 저항하고 있었다. 레니를 데려와야……, 세상에! 앞으로 한 걸음 내딛는 것이 이토록이나 어려운 동작이었나? 이 멍청한 다리야, 먹여준 밥값은 해라! 겨우 다리가 앞으로 움직이기 시작했다. 첫 번째 발걸음을 떼고 나자 무의식중에 나머지 동작들이 완성되었다. 난 레니에게 달려들어 그녀를 껴안아 올렸다. 레니는 크라드메서의 명령에 저항하는 것만으로도 모든 힘을 소진해 버렸는지 내 팔에 안기자마자 까무러쳐버렸다.

난 그녀를 안고 그대로 몸을 돌려 달리기 시작했다. 나머지 일행들도 내가 레니를 안아들자마자 그대로 줄행랑을 쳤다.

"우아아아아!"

제레인트의 처절한 비명소리, 그리고 그에 뒤지지 않는 엑셀핸드의 고함소리도 들려왔다.

"비켜, 비켜어어!"

그렇게 외쳐봤자 엑셀핸드는 다른 사람들보다 훨씬 뒤처지고 있었다. 네리아를 어깨에 둘러멘 운차이마저도 엑셀핸드를 훨씬 앞질러 아프나이델의 앞을 달려가고 있었다. 그리고 그 앞에는 길시언을 둘러멘 에델린이 겅중겅중 달려가고 있었다. 와사사사삭! 거대한 바위가 뭉개고 지나간 것처럼 풀밭에 길이 만들어져버렸다. 사방으로 풀잎이 나부껴 폭풍 속에 들어온 것 같았다.

그때였다.

도망가다가 반드시 뒤를 돌아보는 멍청한 동물은 몇 되지 않는다. 그리고 정말 안타까운 것은, 사람도 그런 동물에 포함된다는 점이다. 난 멈춰 서서 뒤를 돌아보고 말았다.

크라드메서는 폭풍이 치는 풀밭 속에 외로이 서 있었다.

한마디 말도 없이, 단지 그의 호통에 놀라 죽을 힘을 다해 달아나는 미력한 생물들에 대한 비웃음이나 경멸도 없이 서 있었다. 아니, 표정은 있었다. 자신이 쫓아버린 생물들에 대한 슬픈 애정. 갑자기 레니의 감정을 이해할 수 있을 것 같은 기분이 든다. 그의 비극을 이해할 수 있을 것 같다. 저렇게 위대한 자가, 그의 친구가 되어주고 싶어하는 자들을 스스로 쫓아내야 하는 숙명을 가지고 있다니.

눈물을 쏟으며 다시 고개를 돌렸다. 이제 달아나는 것은 달아나는 것이 아니다. 나는 그저 그의 뜻을 존중해서, 그에게 더 이상의 아픔을 주지 않기 위해 그에게서 떠나가고 있었다. 눈앞은 뿌옇게 변해 갔고 볼을 스치는 차가운 바람도 더 이상 느껴지지 않았다. 풍덩, 풍! 물웅덩이를 밟으며 일행들이 일으키는 물방울이 허공에 흩날린다. 눈물을 너무 흘려 콧속이 묵직하다.

"크흐흐흑!"

이건 아프나이델의 울부짖음인가. 그는 달리면서 소맷자락으로 눈을 닦고 있었다.

"울지 마! 이 멍청아, 울지 말라구!"

엑셀핸드가 젖은 목소리로 외치고 있었다.

"하, 하, 하지만 엑셀핸드……."

"네가 울면 나도 울고 싶어지잖아, 이 멍청한 놈아아앗!"

엑셀핸드는 거의 울먹이는 목소리로 외쳐댔다. 샌슨은 무슨 말인지 모를 말을 외쳐대고 있었고 칼은 오열했다. 그리고 운차이는 입술을 꽉 다문 채 달려가고 있었다. 갑자기 머릿속이 하얗게 바뀌며 주위에서 외치는 고함소리가 더 이상 들려오지 않았다.

창백한 오후.

하얀 아우성 위로.

하나의 검은 비명이 뚝 떨어졌다.

검은 얼룩이 주위로 번져나가는 기분이 든다.

"에델리인! 모두 엎드려!"

샌슨의 고함소리다. 고함이라기보다는 포효에 가깝다. 난 레니를 안은 채 뒤로 누워버렸다. 하늘은 미칠 것 같은 하얀색이다. 그리고 그 위로 검은 선들이 휙휙 지나갔다. 난 태평한 기분으로 하늘에 그려지는 검은 선들을 바라보았다. 참 빠르군.

레니의 얼굴이 턱 바로 위에 떨어져 있었다. 땀으로 범벅이 된 하얀 얼굴에 붉은 머리카락이 제멋대로 붙어 있었다. 난 한가로운 기분을 느끼며 그녀의 얼굴에 붙은 머리카락을 떼어내기 시작했다.

그러나 다음 순간 등골이 오싹해지는 공포가 느껴졌다. 뭐지?

"머리 숙여! 머리 숙여! 풀밭으로 숨어어!"

칼의 계속된 다급한 고함소리. 하늘을 가르고 있던 저 검은 선은, 화살?

"후작 패거리다아앗!"

샌슨의 분노한 고함소리가 들려왔다. 이러언!

10

레니를 내려놓고 몸을 퉁겨세웠다. 휘익! 머리 바로 옆으로 화살이 지나쳤다. 으악! 난 일어섰던 것만큼 빠르게 다시 앞으로 엎어졌다. 순간적으로 풀밭 저 멀리서 일렬로 선 채 화살을 쏘아대는 몇 명의 전사들의 모습이 눈에 들어왔다가 다시 사라졌다.

일행들은? 주위의 풀숲에서 바스락거리는 소리만 요란하게 들려왔다. 엎드리고 있었기 때문에 주위에는 온통 키 큰 풀밖에 보이지 않았다. 화살이 날아다니고 있어 머리를 들어 확인할 수도 없었다. 일행을 찾아야 하나? 그러나 난 고개를 돌려 풀밭 가운데 누워 있는 레니를 바라보았다. 레니를 옮겨야 돼.

레니 쪽으로 기어가기 시작했다. 하지만 레니를 어떻게 옮기지? 정신을 차리게 하는 것이 좋겠다.

"레니, 레니야!"

난 레니의 어깨를 붙잡고 흔들었다. "으음……." 레니는 신음을 토할 뿐 눈을 뜨지 않았다. 난 레니를 더 격하게 흔들어댔다.

"레니, 제발 정신 차려!"

그때 아련히 먼 곳에서 칼의 노한 음성이 들려왔다.

"네드발 군! 레니 양을 보호해! 저놈들은 레니 양이 있는데도 화살을 쏜다! 무슨 뜻인지 알겠지?"

등에 소름이 좍 돋았다. 그렇군! 후작은 지금 자신의 딸도 아랑곳하지 않고 화살을 쏘아대고 있다. 이건 무슨 뜻이지? 이런, 제기랄!

슉슉슉! 화살은 쉼없이 머리 위를 지나고 있었고 그럴 때마다 움찔거리며 머리를 숙인다. 그러면서도 계속해서 레니를 흔들어 댄다. 아냐, 큰소리를 내면 안 돼. 난 레니의 귓가에 입을 가져가 말했다.

"레니잇!"

"으음……, 크라드메서 님? 후치?"

레니가 눈을 떴다. 그녀는 눈을 찌푸리더니 누워 있는 자신의 위에 엎드린 내 모습을 못 믿겠다는 듯이 바라보기 시작했다.

"꺄아아악! 무슨 짓이야!"

"제발 상황에 안 어울리는 짓 좀 하지 마! 그리고 소리 내지 마!"

그제야 레니도 하늘을 가로지르는 화살을 본 모양이다. 레니는 퍼렇게 질린 얼굴로 입을 다물었고 난 옆으로 기며 속삭였다.

"내 뒤를 따라와. 절대로 머리 들지 말고, 알았어?"

레니는 눈물이 글썽한 눈으로 고개를 끄덕였다. 우리 둘은 배를 땅에 붙인 채 기기 시작했다. 그런데 어느쪽으로 가야 되지?

"크어억!"

너무 놀라서 턱을 땅에 부딪치고 말았다. 바로 앞에서 비명소리가 들려온 것이다. 눈을 꽉 감자마자 무서운 공포가 다가왔다. 아냐. 누워서 눈 감고 죽기를 기다릴 순 없지. 난 다시 눈을 떴다.

"운차이!"

운차이가 앞에 서 있었다. 그는 자신의 롱소드에 찔린 전사의 배를 걷어차고 있었다. 그 옆에선 네리아가 트라이던트를 꼬나든 채 외쳤다.

"일어나! 후치! 놈들은 돌격하고 있다. 화살은 쏘지 않아!"

좋아, 그렇다면! 난 몸을 일으키며 외쳤다.

"레니! 절대로 떨어지지 말고 있어! 흩어지면 널 보호하지 못해!"

"아, 알았어."

레니는 겁에 질린 목소리로 대답했다. 그때 함성이 들려왔다.

"와아아아!"

분지 전체가 고함소리로 가득 차는 것 같았다. 바스타드를 꼬나들고 앞을 바라보자 달려오는 전사들의 모습이 보였다. 그리고 풀밭 곳곳에서 일어나는 동료들의 모습도 보였다. 샌슨은 롱소드를 작대기처럼 휘두르며 일어나서는 무시무시한 욕지거리를 뱉어내고 있었다. 그리고 반대쪽으로 조금 떨어진 곳에서는 칼이 활을 당기고 있었다. 아프나이델은 풀 위로 머리와 손만 들어올린 채 외쳤다.

"파이어볼!"

불덩어리가 풀들의 머리를 그슬리며 날았다. 아프나이델은 이상하게도 파이어볼을 대단히 낮게 쏘았다. 그 때문에 파이어볼의 궤적에 놓여 있던 풀들이 화악 불타올랐다. 전사들이 놀라며 파이어볼을 피한 순간 아프나이델은 다시 캐스트했다.

"거스트 오브 윈드!"

아프나이델이 두 팔을 휘두르자 맹렬한 바람이 달려오는 전사들 쪽으로 불었다. 바람을 만난 불은 거세게 타올랐다. 톱메이지 만세! 당신 불장난은 언제 봐도 최고야! 비에 젖어 있던 풀들은 무서운 연기를 내뿜었고 불 붙은 풀 조각과 연기들이 바람에 휩싸여 달려오던 전사들을 덮쳤다. 불티와 눈을 아프게 하는 연기 속에서 전사들은 허둥거렸다.

"케엘록! 콜록! 뭐, 뭐야! 연기다! 콜록!"

"으악, 눈! 내 눈!"

운차이는 스르르 미끄러지기 시작했다. 희한하게도 풀들이 그를 위해 옆으로 비켜주는 것이 아닌가 싶을 정도로 부드러운 움직임. 운차이의 앞을 가로막은 풀들은 전혀 꺾이거나 하지 않았다. 다만 옆으로 미끄러져나갈 뿐. 그리고 저쪽에선 샌슨이 완전히 반대되는 동작으로 달려가고 있었다. 아예 분지를 갈아엎어라, 엎어. 샌슨은 풀을 마구 헤치며 달려갔다.

"받아랏!"

느닷없이 연기 속에서 전사 하나가 뛰쳐나오며 칼을 휘둘렀다. 하지만 운차이는 휘둘러져 오는 검을 받아 아래로 눌렀다. 아니, 누르자마자 다시 롱소드를 올려쳐 비어버린 전사의 턱을 갈라놓았다. 전사는 얼굴에서 폭포 같은 피를 뿜으며 뒤로 넘어졌다. 내가 그를 따라 달려갈 때 운차이는 그대로 멈춰 서더니 뒤도 돌아보지 않은 채 말했다.

"후치. 나는 네 살 궁리를 대신 해주지는 않는다."

"부탁한 적도 없어요!"

"좋아. 알아서 잘 싸워."

"정나미가 뚝뚝 떨어지는군요! 이야아아!"

난 운차이의 왼쪽으로 빠져나가며 휘둘러져 오던 롱소드를 후려쳤다. 롱소드는 단숨에 박살이 나며 은빛 칼 조각들이 허공을 갈랐다. 전사의 질린 얼굴. 지체 없이 바스타드를 다시 당겨보지만 전사는 손에 쥔 칼자루를 집어던지며 뒤로 도망친다. 난 도망가는 전사에게 고함을 질렀다.

"갈 테면 가라! 나 싫다고 가는 친구 붙잡진 않아!"

나도 무슨 뜻인지 모를 말을 외치며 다음 상대를 찾았다. 그러나 앞을 보자마자 곧 발가락이 오므라들었다. 대여섯 명은 넘는 전사들이 롱소드를 휘두르며 달려들고 있었다.

"너 이 자식! 꼼짝 마!"

선두에 선 자가 괴성을 질렀다. 히야, 그 검광 한번 살벌하네? 난 무뚝뚝하게 대답했다.

"괴물 초장이는 자기보다 못한 자의 명령을 듣지 않는다!"

난 그렇게 외쳐주고는 그대로 몸을 돌려 도망쳤다. 레니의 하얗게 질린 얼굴이 눈에 들어온다.

"레니! 레니! 나 꼼짝 말라는 저 친구의 명령을 무시했어! 나 냉혹하지? 멋있지?"

그러곤 그대로 몸을 숙여 돌멩이를 주워들었다. 허리를 돌리자마자 마구 집어던진 돌멩이가 요행히도 선두의 전사의 가슴을 맞췄다.

"커허헉!"

전사는 숨 넘어가는 고함을 지르며 뒤로 나가떨어졌다. 갈빗대 몇 개는 나갔을 거다. 뒤에서 달려오던 나머지 전사들이 기겁하는 모습은 잠시, 그들은 욕지거리를 뱉으며 쓰러진 전사를 우회했다. 바로 그 순간 나는 다시 팔을 들어올리며 외쳤다.

"하나 더 있다!"

"으아악!"

전사들은 황급히 머리를 숙였다. 그 순간 나와 네리아, 그리고 운차이는 머리를 숙인 전사들을 향해 육박해 들어갔다. 전사들은 당황하며 다시 몸을 일으켰으나 선수를 제압당해 근근이 막는 것이 고작이었다. 내 바스타드를 막은 전사는 박살나는 자신의 검을 보며 외쳤다.

"이새끼, 사람이야?"

난 씨익 웃어주려고 했지만 녀석은 부러진 칼을 그대로 집어던졌다. 이런, 제엔장! 황급히 몸을 틀었지만 칼은 왼쪽 어깨를 스쳤고 곧 눈앞에 불이 튀는 아픔이 느껴졌다.

"아아악! 후치!"

레니의 비명소리에 더 놀라면서, 난 오른손으로 바스타드를 쥔 다음 인정사정 없이 휘둘렀다. 바우우웅!

아쉽게도 전사는 뒤로 피했지만 곧 녀석과 그 옆에 있던 다른 전사들의 얼굴이 잿빛이 되었다. 바스타드에서 나는 소리에는 나도 놀랄 지경이었으니까. 주위의 풀들이 모두 똑같은 높이로 잘린 것을 보며 전사들은 기겁했다. 와? 바스타드로 풀도 자를 수 있네? 네리아는 그대로 굳어버린 전사들을 향해 트라이던트를 두 손으로 쥐고 휘둘렀고 전사들은 가슴과 얼굴 등에 상처를 입으며 비명을 토했다. 그리고 운차이가 그들 사이로 스며들었다.

"Peca!"

잠시 전사들의 가운데에서 번갯불이 튀고 나서, 운차이가 반대편으로 빠져나오자 대여섯 명의 전사들은 비명도 제대로 지르지 못한 채 쓰러졌다. 우리 세 명은 다시 레니를 보호하는 위치로 몰려들었다. 네리아가 내게 외쳤다.

"괜찮아?"

"팔은 안 잃어먹었어요!"

대답은 기운차게 해주었지만 왼쪽 어깨는 불로 지지는 것처럼 아팠다. 몸의 왼쪽 전체가 후들거리며 떨릴 정도였다. 난 이를 악물고 오른손에 쥔 바스타드를 힘 있게 들어올렸다. 그때였다. 눈앞의 연기 속에서 하얀 빛이 뿜어져 나왔다.

카카각!

반사적으로 들어올린 바스타드는 빛을 막아냈지만 오른팔은 어깨까지 부러져나가는 기분이 들었다. 크흐헉! 난 간신히 쓰러지지 않은 채 뒤로 여러 걸음 물러났다. 발뒤축이 뭉개진 것 아냐? 팔은 마치 바위를 친 것처럼 떨려왔다. 이거 사람이야? 왼팔에 이어 오른팔까지 후들거리니 주정뱅이가 따로 없군. 눈을 깜빡여 눈에 고인 눈물을 짜내자 눈앞에 선 자의 모습이 똑똑히 보였다.

밤색 머리, 그리고 드문드문 섞인 새치. 그 아래 딱딱한 얼굴에서는 타오르는 두 눈이 나를 쏘아보고 있었다. 이거 정말 미치겠군! 난 바스타드를 들어 상대의 가슴을 겨냥하며 외쳤다.

"어릴 때 눈빛이 나쁜 소년이라는 말 많이 들었겠군요. 가슴에 지워지지 않는 앙금이죠? 하하하!"

할슈타일 후작은 입매를 일그러뜨리더니 일그러진 입술 그대로 말을 꺼내었다.

"버릇없는 꼬마놈. 죽음을 재촉하는군."

후작에게 해줄, 뭔가 더욱 인상적이고 들어서 기분 지저분할 말을 생각하는 사이에, 운차이가 스르르 내 앞으로 다가왔다.

"뒤로 물러나."

내게 말한 거야, 아니면 후작에게 말한 거야? 운차이는 설명하지 않고 롱소드를 들어 후작을 겨냥했다. 후작은 눈을 찌푸리며 말했다.

“부녀 상봉을 막는군…….”

부녀 상봉이라구? 고개를 돌리자 하얗게 질려 있는 레니의 얼굴이 보였다. 네리아가 레니의 앞을 가로막더니 외쳤다.

“부녀 좋아하시네! 화살을 쏘아대 놓고선 부녀라고?”

후작은 피식 웃었다. 그때 운차이가 그대로 후작을 바라보면서 말했다.

“레니를 데리고 뒤로 물러나. 후치, 네리아. 걸리적거린다.”

“우, 운차이?”

“두 번 말하게 하지 말고 물러나.”

네리아는 입술을 잘근잘근 깨물면서 레니의 팔을 잡아끌면서 뒤로 물러났다. 나는 물러나며 주위를 둘러보았다.

다른 일행들이 조금 떨어진 곳에 모여 있는 것이 보였다. 아프나이델과 칼이 매직 미사일과 화살을 마구 날리고 엑셀핸드와 샌슨이 비록 덩치는 다르지만 장작 쪼개는 듯한 동작의 유사성에서는 구별할 수 없을 정도로 무식하게 전사들을 공격해 대는 모습이 보였다. 그리고 제레인트가 기도에 빠진 채로 주위에 방어막을 만들어 일행을 보호하는 모습도 보였다. 샌슨은 전사 하나를 기세좋게 걷어차며 외쳤다.

“후치! 네리아! 이쪽으로 와!”

네리아는 레니의 손을 잡아끌며 저쪽의 일행에게로 달려갔다. 하지만 나는 멈칫했다. 어, 운차이 혼자 후작을? 후작은 OPG를 가졌는데?

“이야아압!”

할슈타일 후작의 고함소리에 놀라 고개를 다시 돌렸다. 카캉!

후작의 검을 막아내는 운차이의 모습이 보였다. 잠깐, 후작의 검을 막아냈다고? 운차이는 후작의 검을 튕겨내고는 칼자루로 후작의 손목을 내리찍었다. 후작은 신음을 토하더니 발을 빼내었다. 그리고 그때 내가 달려들었다.

"머리 조심!"

그렇게 외치며 다리를 노리고 베어 들어갔다. 미안, 후작. 그러나 후작은 검을 아래로 내리쳐 내 바스타드를 땅으로 밀어붙였다. 이런! 검이 묶였다! 순간 옆에서 운차이가 괴성을 지르며 롱소드를 찔렀다. 후작은 내 검을 풀어주며 다시 뒤로 물러났다. 나와 운차이는 나란히 서서 후작을 겨냥했다.

"걸리적거린다고 했잖아!"

운차이가 쉭쉭거렸다. 내가 뭐라고 대답하려 할 때 후작은 운차이의 검을 바라보더니 고개를 갸웃했다.

"검을 부러뜨리지 않다니, 좋은 솜씨군."

운차이의 어깨는 미세하게 떨리고 있었다. 그러나 그의 차가운 말투는 변함없었다.

"당신 주의를 끌어본 거야. 할말이 있거든."

"뭐지?"

운차이와 마찬가지로 후작은 냉담한 얼굴 그대로였다. 둘 다 바이서스 사람으로는 안 보이는군.

"우리는 이미 라자의 계약을 시도했고, 실패했다."

후작의 얼굴에 호기심이 떠올랐다. 그는 달려가는 레니의 뒷모습을 흘끔 바라보더니 말했다.

"라자의 계약에 실패했다고?"

"그래. 크라드메서가 받아들이지 않았어."

“좋은 소식 알려줘서 고맙군. 편안히 죽여주지.”

“아직 들려줄 말이 남았어.”

“말해 봐.”

운차이는 옆을 흘끔 바라보았다. 아차! 다른 전사들! 후작의 전사들은 후작이 혼자 나와 운차이와 대적하는 모습을 보고서는 저쪽의 우리 일행들을 내버려둔 채 달려오고 있었다. 이, 이거 여기서 계속 후작과 이야기할 분위기가 아닌데?

“크라드메서는 앞으로도 절대로 라자를 받아들이지 않을 것이다. 그는 더 이상 인간과 관련되지 않겠다고 말했다. 그러니 포기하라.”

그리고 나도 옆에서 외쳤다.

“이봐! 당신 희망은 크라드메서뿐이잖아! 돌맨이 크라드메서의 라자가 되지 않으면 당신은 꼼짝달싹할 수 없는 거 아냐? 하지만 그건 글렀어! 그러니 더 이상 싸울 필요가 없다구! 나 같으면 기회가 있을 때 꼬리를 말고 도망치겠어!”

내 외침의 절반쯤은 후작에게보다는 달려오고 있는 전사들을 향한 것이었다. 다행히도 전사들은 내 외침소리에 놀라 멈추어 섰다. 그들이 서로를 향해 불안한 시선을 교환하는 것이 눈에 잘 들어왔다. 후작은 눈살을 찌푸렸다.

“놈이 라자를 받아들이지 않는다고? 건방진 드래곤 같으니…….”

“뭐야?”

기가 막히는군, 정말! 할슈타일 후작은 완전히 돌아버린 거 아냐? 그때였다. 달려오던 전사들 가운데서 기겁한 외침소리가 들려왔다.

"하, 하늘! 하늘에!"

뭐? 하늘? 난 주위를 재빨리 살핀 다음 하늘을 올려다보았다. 찌푸린 하늘은 그대로였다. 벌판 곳곳에서 연기가 피어올라 하늘의 모습을 얼마쯤 가리고 있었다. 그런데 회색 연기가 잠시 갈라지자 그 사이로 하늘을 날고 있는 검은 그림자가 보였다. 새? 아냐. 다리가 넷 달린 새도 있나?

그때 운차이가 으르렁거렸다.

"팬텀 스티드, 넥슨!"

뭐야? 넥슨? 아니, 팬텀 스티드라면 시오네의 짓일 텐데 어떻게 대낮에?

구름이다!

하늘은 온통 구름으로 뒤덮여 있어 햇빛 한점 찾아볼 수 없었다. 칼라일 영지에서도 시오네는 대낮에 나왔었지. 아무리 그래도 낮인데! 구름만 갈라지면 햇빛이 나올 텐데, 시오네! 무슨 도박을 하려는 거지? 모든 사람들이 순간적인 당황에 빠져 하늘만 올려다보는 가운데 팬텀 스티드는 무서운 속도로 하강했다. 팬텀 스티드가 하강하자 그 위에 타고 있는 넥슨과 시오네의 모습이 똑똑히 보였다. 그런데 그들은 우리 머리 위를 지나쳐 곧장 날아갔다. 그 방향은…… 크라드메서? 그때 운차이가 낮게 외쳤다.

"빠져나간다!"

기회를 놓치지 않고 운차이와 나는 반쯤 정신이 나가버린 후작과 전사들을 내버려두고 우리 일행 쪽으로 달리기 시작했다. 후작과 그때까지 남아 있던 예닐곱 명의 전사들은 팬텀 스티드를 바라보느라 우리들을 제지하지 못했다.

일행들이 몰려 있던 곳으로 달려들자 가장 먼저 눈에 들어온 것은 땅에 쓰러져 있는 에델린의 모습이었다.

"에델린!"

에델린은 땅에 누운 채 가슴을 부여잡고 씩씩거리고 있었다. 그리고 그 상체 곳곳에는 기다란 화살 여러 개가 비죽 튀어나와 있었다. 에델린의 곁에 무릎을 꿇고 화살을 뽑아내려고 안간힘을 쓰고 있던 제레인트가 반색을 하며 외쳤다.

"후치! 잘됐다. 어서 이것 좀 뽑아! 살이 자꾸 재생이 돼서 내 힘으론 못 뽑겠어!"

난 레니를 내려놓고는 에델린의 곁에 앉았다. 에델린은 내 모습을 보더니 약한 미소를 지었다. 난 턱을 덜덜 떨면서 말했다.

"이를 악물어요, 에델린."

에델린은 이를 악물고 눈까지 감았다. 난 화살을 부여잡고는 단숨에 뽑아올렸다. 팍! 살이 찢어지면서 선혈이 튀어올라 얼굴과 손을 적셨다. 네리아의 신음소리. 난 화살을 팽개치고 에델린을 살폈다. 에델린은 신음을 흘렸지만 꿈쩍도 하지 않았다. 옆에 주저앉아 있던 길시언이 젖은 목소리로 말했다.

"에델린, 에델린! 나 때문에 이런, 쿨럭!"

"괜찮습니다. 길시언. 자, 후치? 계속해요."

길시언을 안고 달리던 에델린은 길시언을 보호하느라 화살을 이토록 맞은 모양이다. 난 심호흡을 하고서는 곧 다음 화살을 잡아뽑았다. 팍! 다시 에델린의 살이 찢어지며 속이 뒤집힐 것 같이 피가 튀어올랐다. 내가 하고 있는 짓이지만 정말 치료하는 것인지 아니면 몸을 찢는 것인지 구분이 되지 않을 정도였다. 레니는 아예 몸을 돌려버렸다.

곧 다섯 개나 되는 화살을 모두 뽑았고 에델린의 상체는 너덜

너덜해졌다. 옆에선 레니가 펑펑 울고 있었고 네리아 역시 그에 뒤지지 않게 목놓아 울고 있었다. 제레인트가 기도를 시작하려 했지만 누워 있던 에델린은 손을 가로저었다.

"화살을 제거했으니 이젠 괜찮습니다. 트롤이니까요."

제레인트는 탄복한 눈으로 에델린을 바라보았다. 과연 에델린의 상처는 빠르게 재생되고 있었다. 에델린은 일어나 앉더니 내게 말했다.

"고마워요, 후치. 그런데, 오늘은 비를 내리게 해서 여러 가지로 고생이 많군요."

아, 넥슨! 난 다시 고개를 돌려 하늘을 바라보았다. 그때 갑자기 하늘에서 고함소리가 들려왔다.

"크라아아드메서어!"

넥슨의 처절한 고함소리. 놈들은 어느새 크라드메서가 있던 곳 상공까지 날아가 있었다. 이윽고 그는 온 분지가 쩌렁쩌렁 울리도록 외쳤다. 그가 외치는 순간 분지에 있던 우리들과 후작 일행들은 모두 아연한 기분에 휩싸였다.

"나는 넥슨 휴리첼! 당신의 라자가 되겠다! 거부 없이 받아들여라!"

라자? 넥슨이? 칼은 머리카락을 다 뽑아버릴 듯이 머리를 잡아당기기 시작했다. 약간 떨어진 곳에 있던 후작이 으르렁거리는 소리를 내며 하늘을 노려보는 것이 똑바로 보였다. 그때 어디선가 크라드메서의 목소리가 들려왔다. 거리가 멀어서 가늘게 들리지만 강인한 힘이 담긴 크라드메서의 목소리였다.

"거부한다."

좋아! 역시 크라드메서는 라자를 받아들이지 않는군. 일행들은 뭔지도 모를 안도감에 빠져 서로의 얼굴을 보며 히죽 웃었다. 그러나 넥슨은 다시 외쳤다.

"그렇다면 다시 밝히겠다! 나는 당신의 라자였던 카뮤 휴리첼의 아들 넥슨 휴리첼이다! 아버지께서는 돌아가셨지만 그 죽음은 정당한 죽음이 아니며, 따라서 당신과 아버지의 계약은 파기된 것이 아니다! 그리고 내가 아들로서 그 유산을 이어받는다! 당신은 거부할 수 없다!"

벌판에 붙었던 불은 이제 사그라들어 회색 연기만이 풀풀 피어오르고 있었다.

후작 일행과 우리 일행의 거리는 약 60큐빗 정도. 그러나 우리들은 그 짧은 거리에도 불구하고 서로를 완전히 무시한 채 하늘을 바라보고 있었다.

아프나이델이 신음했다.

"아버지의 채무는……, 아들에게 이어지는가."

채무? 글쎄. 채권이라고 해야 되지 않을까? 앉거나, 혹은 멍하니 선 일행들은 하늘만을 쳐다보는 채로 숨소리조차 내지 않았다. 그때 네리아가 당혹한 목소리로 말했다.

"레니?"

레니는 멍한 미소를 지은 채 하늘에 떠 있는 넥슨을 바라보고 있었다. 주위의 불과 연기도, 흉흉했던 싸움도 모두 잊은 듯한 표정이었다. 그 미소는 희다. 레니는 멍한 미소 그대로 입술을 달싹거렸다. 무슨 말을 하는 거지? 그녀의 속삭임은 너무 가냘팠다. 레니에게 다가갔다. 그러나 내가 다가가도 레니는 알아차리지 못한 채 계속 신비한 미소만 지으며 속삭였다.

"받아들여요……. 받아들여요……, 크라드메서 님……."

레니? 난 당황하여 그녀의 어깨를 붙잡으려 했다. 그때 다시 넥슨의 고함소리가 들려와서 난 하늘을 바라보았다.

"크라드메서!"

그의 외침에는 다급함이 담겨 있었다.

"대답해라, 크라드메서! 그대가 우리 아버지에게 충실하기로 맹세했다면, 그 죽음으로 그 맹세를 도외시하지 말라! 당신의 충실함은 아버지의 생존 여부에 관계 없이 항상 같음을 증명하라!"

그때였다.

"……카뮤?"

잔뜩 쉰 듯한 목소리. 실제론 맑고 강한 크라드메서의 목소리 그대로였지만 그 음조는 왠지 잔뜩 쉬어버린 것처럼 들려온다. 무색의 목소리가 아니다. 그의 목소리엔 생동감이 있었다. 그러나 그것은 혼란에 휩싸인 생동감이었다.

"……카뮤? 카뮤. 네가 어떻게 살아 있지?"

숨막히는 정적. 혼란에 휩싸인 드래곤의 목소리는 그 자체로 주위를 고요하게 만드는 지독한 박력이 있었다. 그러나 넥슨은 외쳤다.

"당신은 내게서 그를 느끼는가! 그렇다! 나는 카뮤 휴리첼의 아들 넥슨 휴리첼이다!"

가슴까지 차오르는 숨 때문에 호흡이 잘 안 된다. 머리가 어지럽다.

"그런가. 카뮤의 핏줄이군. 너에게서 그의 모습을 볼 수 있다."

"그렇다! 나는 당신의 라자였던 자의 아들이다!"

바람조차 멎어버린 분지. 연기만이 조용히 피어오를 뿐 그 어느 것도 움직이지 않은 완전한 정적 상태에서, 후작의 칼날 같은 목소리가 울려퍼졌다.

"저 녀석을 쏴!"

고개를 돌리자 황망히 활을 들어올리는 전사들의 모습이 보였다. 남아 있던 전사들 중에 활을 가진 자는 세 명. 어, 어라? 어떻게 해야 되지? 후작을 내버려둬야 하나? 아니면 넥슨을 보호해야 하나? 칼이 외쳤다.

"아, 안 돼. 멈춰……."

"칼!"

길시언의 무서운 고함소리. 웅웅웅웅! 프림 블레이드의 울음소리가 끔찍스럽게 들려왔다. 검을 들고 있어? 일행들은 모두 믿을 수 없는 눈으로 길시언을 바라보았다. 길시언은 프림 블레이드를 뽑아든 채 두 다리로 서 있었다. 다리는 후들거리고 무채색의 얼굴 위로 비오듯이 땀을 흘리고 있었지만 길시언은 프림 블레이드를 꼬나든 채 칼을 노려보고 있었다.

"기, 길시언?"

길시언은 어깨로 숨을 쉬며 힘겹게 외쳤다.

"으컴! 무례를 용서하시오! 쿨, 쿨럭! 넥슨이 라자가 되는 것은 막아야, 막아야 합니다!"

칼이 대답하기도 전에 공기를 찢는 파열음들이 들리기 시작했다. 슝슝슝! 나는 길시언에게서 고개를 돌려 하늘을 바라보았다.

쏘아진 화살들은 모두 팬텀 스티드를 빗나갔다. 후작의 노한 고함소리가 들려온다. "이 병신들! 저것도 못 맞춘단 말이냐! 계속 쏴!" 전사들은 다시 화살을 걸기 시작했다. 그때 길시언이 외쳤다.

"쏘시오, 칼!"

"예?"

"당신은 명중시킬 수……, 커헉!"

길시언은 외마디 비명을 지르며 무릎을 꿇었다. 웅웅웅웅웅! "왕자님!" 레니가 그의 옆에 무릎을 꿇었다. 길시언은 레니의 무릎에 머리를 올려놓더니 격렬하게 기침을 토했다. "쿠, 쿠울럭! 쿨럭! 커허헉!" 레니의 옷에 핏빛 반점들이 생기기 시작했다. 제레인트가 곧 기도에 들어갔다. 길시언은 온몸을 들썩거리며 기침을 토했다. 갑자기 길시언은 고개를 들어올렸다. 그의 입가로 붉은 선혈이 한 줄 흘러내리고 있었다.

"칼……, 넥슨을 막아주시……, 쿨럭! 그는 바이서스의 반역자……, 당신이 바이서스를 사랑하기를 바라지는 않겠지만…… 그 땅에 사는 만민을 위해서라도……."

칼은 굳은 얼굴을 부르르 떨고 있었다. 그러나 그의 고개는 옆으로 움직이기 시작했다.

"아, 안 됩니……."

"매직 미사일!"

칼의 대답을 지워버리며 아프나이델의 고함소리가 울려퍼졌다. 급하게 몸을 돌렸지만 이미 아프나이델의 손에서는 하얀 빛 화살들이 날아가고 있었다. 그 방향은 허공에 떠 있는 팬텀 스티드였다. 칼이 외쳤다.

"안 돼!"

후작의 전사들이 쏘아댄 화살을 뒤따라잡으며 빛화살은 무시무시하게 흐린 하늘을 태워 들어갔다. 슈슈슈슝! 그러나 그때 팬텀 스티드에서 날카로운 외침소리가 들려왔다. 파아악! 불꽃이 폭발하며 구름 아래 또 하나의 태양이 뜨는 듯했다. 불꽃이 사방으로 거대한 곡선을 그리며 날아갔다. 그러나 폭발의 잔재가 사라진 곳에서는 팬텀 스티드가 그대로의 모습으로 떠 있었다.

"이이익! 시오네!"

아프나이델은 이를 갈면서 다시 캐스트에 들어갔다. 하지만 그 순간 칼이 아프나이델의 어깨를 거칠게 잡아당겼다. 아프나이델은 허둥지둥 균형을 잡으며 커다란 눈으로 칼을 바라보았다. 칼은 빠르게 말했다.

"안 돼, 공격해선 안 돼! 크라드메서의 라자였던 자의 아들이오!"

아프나이델은 당황해 버렸다. 칼은 뭐라고 말해야 할지 모르는 듯 입술을 달싹거리다가 갑자기 레니를 바라보았다.

"레니 양! 지금도 크라드메서의 감정을 느낄 수 있습니까?"

나는 레니를 돌아보았다. 세상에! 레니의 얼굴은 극도의 괴로움으로 떨리고 있었다. 붉게 파도치는 머릿결 아래로 파란 이마가 끔찍한 대비를 이룬다. 길시언은 믿을 수 없는 눈으로 레니를 올려다보고 있었고 네리아가 허둥지둥 레니에게 다가가며 외쳤다.

"레, 레니야?"

갑자기 레니의 눈이 극도로 커졌다. 그녀의 붉게 충혈된 눈을 바라보며 난 헛바람을 삼켰다. 레니의 입에서 딱딱한 목소리가 흘러나왔다.

"가, 감히 누굴 쏘는……."

"멈춰! 사격 중지!"

후작의 고함소리가 들려왔다. 레니는 말을 멈추곤 천천히 고개를 돌렸다. 그녀의 시선을 따라간 곳에서는 전사들이 놀라며 활을 내리는 모습이 보였다. 칼은 그 광경을 보며 낮고 빠르게 중얼거렸다.

"후작도 라자였지. 대답이 나왔군. 크라드메서는 넥슨에게서 카뮤의 모습을 본다고 말했다. 그렇다면, 그의 앞에서 카뮤를 두 번 죽일 수는 없다. 드래곤과 드래곤 라자의 관계는 육친보다 강하다고 했던가? 그렇다면 카뮤 휴리첼의 아들인 넥슨은, 동시에 크라드메서의 아들인 것인가? 어쨌든 그의 죽음은 크라드메서의 분노를 불러올 거라고 생각할 수 있지. 21년 전처럼……."

"카, 칼! 오, 맙소사!"

샌슨의 기겁한 목소리. 고개를 한껏 들어올리고 있던 길시언은 온몸을 부르르 떨더니 레니의 무릎에 머리를 힘없이 떨구었다. 그는 오열했다.

"아샤스여……. 바이서스는 어떻게 되라는 겁니까! 아샤스여!"

길시언은 레니의 옷을 부여잡으며 온몸을 떨며 통곡했다. 그리고 그 경련은 곧 딱딱하게 굳어 있던 레니에게까지 전해졌다. 레니는 몸을 부르르 떨더니 길시언을 내려다보기 시작했다.

"와, 왕자님……! 으흑!"

기어코 레니도 길시언을 따라 울기 시작했다. 도대체 어떻게 해야 되지? 넥슨은 바이서스에 대한 철저한 적의를 가지고 있다. 산산이 파괴된 그에게서 부서지지 않고 남아 있는 것은 목적 잃은 증오심뿐이다. 그러나, 그러나 그는 크라드메서의 라자였던 자의 아들이다.

크라드메서의 눈앞에서 과연 그를 죽여도 되는가?

"크라드메서의 대답에 달렸군."

엑셀핸드가 배틀 액스의 도끼날을 만지작거리며 침착하게 중얼거렸다. 침착한 얼굴과 달리 엄지손가락을 너무 세게 눌러서 손에서 피가 나고 있는데도 모르는 모양이다. 나는 그의 손을 툭 쳤고 엑셀핸드는 찔끔하더니 자신의 손을 내려다보며 쓴웃음을 지었다. 다시 사위가 고요해지면서 모두가 크라드메서의 대답을 기다렸다.

크라드메서의 대답은 들려오지 않았다. 짙은 먹물 같은 고요 속에 길시언과 레니의 숨죽인 울음소리, 그리고 길시언을 치료하는 제레인트의 기도소리만이 낮게 들려왔다. 너무 긴장한 탓인가? 조바심을 참지 못하고 고개를 돌렸다. 후작 일행은? 그들 역시 아무런 말없이 허공에 뜬 넥슨만을 바라보고 있었다. 후작의 얼굴은 굳을 대로 굳어져 귀신처럼 보일 지경이었다. 그는 입술을 굳게 다문 채 아무 말도 하지 않았다.

시간은 분지 위에서 아예 낮잠을 자버리기로 결심했나 보다. 젠장! 크라드메서, 빨리 대답해요! 무슨 대답인지 모르겠지만 빨리나 듣자구요! 당신은 60년이 하루일지 몰라도 우린 평생이라구요!

"드래곤과……."

크라드메서의 목소리가 들려온 순간 관자놀이를 뭐로 찌르는 듯한 저린 감각이 느껴졌다. 크라드메서는 지친 목소리로 말했다.

"드래곤과 드래곤 라자는 상호 동의하에 계약한다. 둘 외에 다른 것은 필요 없다. 나는 카뮤 휴리첼과 계약했을 뿐 그 가문과 계약한 것이 아니다. 넥슨. 나는 너의 아버지를 사랑했지만, 너는 내게 권리가 없다."

"좋았어!" 아프나이델이 오른주먹을 딱 소리 나도록 왼손바닥에 치며 나직하게 외쳤다. 그러나 숨 돌릴 사이도 없이 넥슨이 외쳤다.

"나를 보면서 이야기햇!"

"드래곤에게 명령하지 말아라, 넥슨."

크라드메서의 목소리에는 우리들을 쫓아낼 때와 같은 무한의 힘은 없었다. 반면 넥슨의 목소리에는 점점 강한 힘이 실리고 있었다.

"웃기지 마! 내가 원한다면 유피넬과 헬카네스에게도 명령하겠다! 나를 봐!"

"넥슨, 넌 네가 하는 말의 의미를 모른 채 그냥 말하는 것에 지나지 않는다."

그 순간 넥슨의 반응은 해괴하기 짝이 없는 것이었다.

"의미? 킬킬킬! 계속 웃기는군! 정말 웃겨!"

크라드메서는 대답하지 않았다. 넥슨은 바람 빠지는 소리를 킬킬거리더니 말했다.

"의미에 신경 쓰며 사는 사람도 있나? 3대 욕구엔 의미 추구욕이라는 것은 없어. 인간을 설득하기 위한 말로 의미 따위 쓰지 마! 인간은 모두 버러지야. 먹고 자고 성교하면 만족하는 것이 인간이야!"

넥슨은 미친 듯이 외쳐댔다.

"절식하는 녀석들은 존경받지. 웃기는 짓거리! 대자연을 마구 파헤쳐 산더미처럼 음식을 쌓아놓고 먹지 않겠다는 건 기만이야! 절식하는 동물도 있나? 잠 안 자고 일하는 놈은 우수하다고 하지. 하하! 잠 안 자고 일해서 뭘 할 건데? 잠 자는 사람들의 것을 빼앗을 생각뿐이잖아? 순결을 맹세하는 개자식들은 자신이 퍽 고상하다고 생각하지. 순결을 맹세하는 동물도 있나? 그러나 강간하는 동물도 없어! 인간의 모든 예절과 문화와 역사는 3대 욕구의 절제로 요약돼! 그것도 추잡한 욕구를 감추기 위해 철저히 기만되고 화려하게 포장된. 그것들은 오래전 두 발로 일어서 하늘을 보게 될 때 이미 죽어버린 한 짐승, 인간이라는 짐승의 장식된 수의(壽衣)야!"

넥슨은 인류의 모든 것을 깡그리 무시해 버린 다음 측은하다는 투로 크라드메서에게 말했다.

"위대한 드래곤이여, 위대한 드래곤이여! 버러지를 설득하기 위해 의미 같은 너무 고귀한 도구를 선택하지 마. 의미? 그건 배부를 때 소화시키기 위해 해보는 몽상에 불과해. 배부르고 더 이상의 욕구가 없어지고 아무것도 추구할 것이 없으니까 왜 이다지도 할 게 없는 건가 궁금하게 여기는 것이, 그것이 존재 의미의 추구라는 최후의 질문의 케케묵은 정체야! 그러니……."

넥슨은 숨가쁘게 말을 맺고는 잠시 숨을 돌렸다. 그리고 그는 단숨에 외쳤다.

"위대한 크라드메서! 이 벌레, 그중에서도 산산이 박살난 벌레가 명령한다. 날 봐!"

크라드메서는 고개를 들어 넥슨을 보는 걸까? 이 위치에서는 크라드메서의 모습이 전혀 보이지 않았다. 하지만 후작과 레니가 느낀 것이 정확하다면, 그렇다면 크라드메서는 카뮤의 아들 넥슨에게 말로 설명할 수 없는 커다란 감정을 가지고 있겠지.

"그것이 네가 발견한, 혹은 발명한 너의 종족의 정체인 모양이군."

따스함? 크라드메서의 목소리에는 따스함이 담겨 있었다. 그것은 어떤 설명으로도 충분히 설명될 수 없는 따스함이었지만 왠지 적절했다.

"그렇다면, 그 허무에 되울려 오는 너의 말의 메아리는 무엇일까. 넥슨. 너는 왜 거기서 그렇게 고함지르고 있는 것이지?"

아아, 헬턴트 마을이 그립다. 단순히 우릴 괴롭히던 아무르타트. 이해하기 편해 사랑스러운 그 순수한 악의 이름이 그립다! 아무르타트는 나의 것. 나의 고통이고, 나의 괴로움이고, 나의 증오다. 하지만 크라드메서는, 그리고 넥슨은 그렇지 않았다. 그들은 내 이해를 넘어서는 곳에서 대립하고 있었다.

넥슨은 아무런 대답을 하지 못했다. 크라드메서 역시 대답을 기다리지는 않았다.

"너의 비뚤어진 애정까지도 그의 것을 닮았군."

"애정이라구?"

"네가 이미 알고 있는 사실을 나에게서 구하지 말아라, 넥슨. 그것은 드래곤과 드래곤 라자의 대화 방식이 아니다."

크라드메서의 목소리는 한없이 부드러웠고 그 절대의 부드러움 속에서 동시에 무력감의 한계를 보여주고 있었다. 분지 전체로 번져가는 그 무력감은 강한 전염력이 있었다. 그 영향에서 자유로운 사람을 찾아보라면 넥슨과, 할슈타일 후작?

할슈타일 후작은 입술을 굳게 다물고 있었지만 그 눈은 사납게 번들거리고 있었다. 분노? 아니다. 저것은 분노의 눈빛은 아냐. 멍청이 후치야. 지금 후작은 뭔가를 노리고 있어. 그런데 그는 뭘 노리고 있는 것일까? 갑작스럽게 후작은 외쳤다.

"당신의 뜻을 밝혀라, 크라드메서!"

일행들은 당황해서 모두들 후작에게로 고개를 돌렸다. 보이지 않는 곳에서 크라드메서의 반문이 들려왔다.

"할슈타일 후작이오?"

"그렇다!"

"여기까지 찾아온 자들이 꽤나 많군. 그런데, 나의 뜻?"

"그렇다! 말장난은 그만하고 당신의 뜻을 밝혀랏! 저들의 말을 듣자니 당신은 다시는 라자를 받아들이지 않는다고 했다! 그렇잖은가?"

"닥쳐, 후작!" "그렇다."

넥슨의 외침과 크라드메서의 대답이 동시에 들려왔다. 후작은 곧장 말했다.

"들었나, 넥슨! 크라드메서는 절대로 라자를 가지지 않을 것이다. 포기하고 내려와라, 이 멍청한 녀석!"

이상한걸. 정말 이상해! 후작이 왜 저렇게 말하는 걸까? 저놈은 돌맨을 크라드메서의 라자로 만들지 못하게 되니까, 아예 누구도 크라드메서의 라자가 되지 못하게 하려고 저러는 것인가? 하지만, 하지만 후작은 크라드메서가 없으면 곧장 바이서스 왕가의 반역자인데? 반역자가 힘을 가지지 못하면 어쩌겠다는 거지?

그때 넥슨이 외쳤다.

"할슈타일 후작! 끼어들지 마! 크라드메서, 날 똑바로 보고 내 질문에 대답햇!"

후작은 눈을 들어 넥슨을 쏘아보았다. 넥슨이 다시 뭐라고 말하려 할 때 크라드메서는 대답했다.

"아니, 난 물어봐야 되겠다."

"뭐야?"

버서석, 버석. 풀잎을 헤치는 소리가 들려왔다. 그리고 공중에 선 넥슨이 외쳤다.

"크라드메서! 어딜 가는 것이냐!"

바스락거리는 소리가 더욱 커졌다. 크라드메서가 움직이기 시작하는 것인가. 약간 떨어진 위치에서 풀잎이 움직이기 시작했다. 이윽고 그 위로 크라드메서의 가슴이 나타났다. 지친 얼굴. 땀 때문에 얼굴에 달라붙은 머리카락들이 얼굴을 조각조각 구분하고 있었다. 그래서 크라드메서의 얼굴은 서로 다른 얼굴의 조각들이 모여서 만들어진 것처럼 보였다.

그 얼굴이 점점 커졌다. 크라드메서는 우리들에게 걸어오면서 말했다.

"이 사태는 몹시 이상하군. 후작이 바이서스의 왕자를 공격하는가 싶더니, 곧 이어 내 라자였던 자의 아들이 나타나서는 바이서스의 왕가에 허락을 구하지도 않고 나의 라자가 되려 하는군. 그런데 드래곤 라자의 가문의 수장이었던 자는 그를 저지하려고 들고 있고. 이건 도대체 어떻게 된 일이지? 당신네들은 서로 각자 다른 목적을 가지고 있는 것이오?"

아무도 대답하지 않았다. 크라드메서는 멈춰 섰다.

우리 일행과 후작의 무리들은 모두 멈춰 선 채 눈앞까지 다가온 크라드메서를 바라보았다. 크라드메서와 우리와 후작 일행은 삼각형을 그리고 있었다. 그 사이로 풀들이 파도치고 있었고 뿌연 연기는 하늘로 치솟아 올라가고 있었다. 넥슨은……, 넥슨과 시오네, 그리고 팬텀 스티드는 그 삼각형에 포함되지 못한 채 허공에 떠 있었다. 왠지 이 위치가 많은 것을 시사한다는 기분이 드는데.

다른 사람들은 무슨 기분인지 모르겠지만 말이야. 난 꼭 그런 기분이 들어. 어린애들끼리 금지된 장난을 치는 장소에 느닷없이 어른이 나타나서 눈썹을 약간 들어올린 채 '너희들 지금 뭐하고 있는 거냐?' 라고 물어보는 것 말이야. 다른 사람들도 그런 느낌인 것일까? 그래서 아무도 크라드메서의 질문에 대해 대답하지 않는 것일까?

"인간의 일에 관여하지 마랏!"

후작의 고함소리. 크라드메서는 흠칫 하면서 할슈타일 후작을 바라보았다. 후작은 저 위대한 이그누스 드래곤에 대해서도 아무런 두려움을 느끼지 않는 것일까?

"넌 라자가 없다! 인간의 일에 알려고 들어선 안 돼!"

크라드메서는 희미한 미소를 지었다. 그것도 정말 어른스러운 미소였다. 갑자기 후작의 모습이 '우리 노는 데 끼어들지 말아요!' 라고 외치는 꼬마처럼 보인단 말이야.

"그렇소? 하지만 한 가지만 묻고 싶은데."

"넌 물을 수 없어!"

"허락해 달라고 한 적 없소."

크라드메서는 우아하게 말했지만 그 말은 후작의 입이 콱 막혀버리게 만드는 힘이 있었다. 후작은 눈만 데굴데굴 굴리며 크라드메서를 쏘아보았다. 크라드메서는 우리 모두를 향해 말하기 시작했다.

"지난 300년 동안 이 질문은 던져질 필요도 없었소. 바이서스 왕가가 인간의 수호자임을 자처하며 동시에 만인으로부터 그 사실을 인정받았기 때문에, 드래곤들이 바이서스 왕가를 보살피는 것이 곧 인간을 보살피는 것이었소. 루트에리노 대왕은 드래곤 로드의 인간에 대한 지배권을 이어받았고 그것은 인간들 모두가 인정했던 바요. 비록 근자에 들어와 자이펀은 그것을 인정할 수 없다고 말함으로써 양국이 전쟁을 일으키게 되었지만."

운차이가 크라드메서를 향해 으르렁거리며 말했다.

"우리는 드래곤 로드의 지배를 받은 바 없소. 그러니 대왕이 그를 몰아내고 대륙의 새로운 주인으로 행세했다 한들 우리가 알 바 아니오."

"그 말은 맞소. 하지만 그것은 당신들이 지배당할 정도의 세력도 되지 못했다는 사실 때문이잖소. 드래곤 로드께서는 열사의 사막에서 생존 자체를 힘겹게 유지시키는 당신들을 지배하려들 필요를 느끼지 못하셨소. 그리고 당신네들이 뭐라고 말하든, 바이서스에서 새로운 질서가 생김으로써 발생하게 된 유민들이 당신 나라로 유입되면서 당신들이 국가로서의 면모를 가지게 되었다는 것은 인정해야 할 거요."

운차이는 이를 드러낼 뿐 대답하지 않았다. 크라드메서는 말했다.

"그런데……, 이제 묻겠소. 루트에리노 대왕 이후 3세기인 바로 이 시점에서, 대륙에는 새로운 질서가 생기려 드는 것이오? 바이서스 왕가는 도전받고 있는 것이오?"

"물론이지!" "닥쳐엇!" "그렇다!"

후작의 대답과 길시언의 노호성, 그리고 넥슨의 고함소리가 잇달아 터져나왔다. 후작은 무서운 눈으로 길시언을 바라보았고 길시언은 일어나 후작에게 달려들려고 들었다. 샌슨이 재빨리 그의 겨드랑이를 껴안지 않았다면 길시언은 그대로 달려가다가 앞으로 고꾸라져버렸을 것이다. 그리고 넥슨은 그 양쪽을 모두 쏘아보고 있었다.

그때 크라드메서가 말했다.

"이제야 나는 확신할 수 있구려."

뭘? 크라드메서. 뭘 확신하십니까? 그때였다. 갑자기 레니가 신음소리를 내었다. "허억……." 황급히 몸을 돌리자 허공에 뜬 넥슨을 바라본 채 눈을 크게 뜨고 있는 레니의 모습이 보였다. 레니, 왜? 그때 레니는 천천히 옆으로 쓰러지기 시작했고 네리아는 당황하며 레니를 받아안았다. "레니, 레니야?"

그때 다시 크라드메서의 목소리가 들려왔다.

"넥슨 휴리첼. 네가 바로 잔혹한 저울대의 주인께서 정한 나의 짝이었군. 바로 이 시점에, 루트에리노 대왕 이후 3세기가 되는 이 시점에 말이야. 내가 틀렸던 것이군. 지금 나는 인간에게 적극적으로 개입해야 하는군."

"뭐라고!"

후작은 찢어지는 고함소리를 질렀다. 하지만 그 고함소리는 울림이 되기도 전에 넥슨의 웃음소리에 지워져 버리고 말았다.

"크하하핫! 정확한 선택이다, 크라드메서!"

잔혹한 저울대의 주인, 오, 유피넬! 정녕 유피넬 당신은 크라드메서의 저울 반대쪽에 넥슨을 두셨습니까!

"에델브로이여."

에델린의 짓눌린 신음소리가 더할 수 없는 음산함으로 다가왔다. 네리아의 무릎에 누운 레니의 입에서 가녀린 신음이 들려왔다.

"그럼 아, 안 돼요……, 제가 틀렸어요. 크라드메서 님……, 제발!"

크라드메서는 고개를 들어 하늘을 올려다보았다.

"정녕 나의 라자가 되고 싶은가, 카뮤의 아들 넥슨 휴리첼?"

"그렇다!"

"그래. 이것은 드래곤에게 숙명으로 지워진 언약이며 나는 그것을 거부하지 않는다. 네가 불러일으키는 이 지독한 애정 앞에 무릎을 꿇는 나를 인정한다."

크라드메서의 목소리가 울려퍼지는 가운데 일행들은 레니 곁으로 몰려들었다. 레니는 가쁜 숨을 몰아쉬며 부들부들 떨고 있었다. 차갑고 딱딱하게 굳어 있는 볼에는 솜털이 모두 곤두서 있다. 네리아는 황망히 레니를 추슬러올리려 했으나 레니는 자꾸 힘없이 미끄러져내렸다. 그때 칼이 손을 들어 네리아를 제지하더니 레니의 얼굴에 얼굴을 바싹 가져가며 다급하게 말했다.

"레니 양? 레니 양! 무슨 말을 하는 겁니까?"

그러나 레니는 칼의 말을 알아듣지 못하는 모양이다. 그녀는 눈을 감은 채 머리를 힘없이 좌우로 흔들고 있을 뿐이었다. "안 돼!" 비명소리와 함께 그녀의 손이 갑자기 올라왔을 때 가슴이 덜컹 내려앉는 느낌이 들었다. 난 덜덜 떨리는 턱을 부여잡았다. 레니는 마치 보이지 않는 무엇으로부터 자신을 지키겠다는 듯이 손을 휘젓고 있었다.

"안 돼, 안 돼요! 받아들여서는 안 돼요……. 이 참을 수 없는…… 파멸……! 비명과 붉은 피…… 불공평한, 이유 없는, 목적 없는……. 아아아……, 보고 싶지 않아요, 싫어요! 싫어! 끔찍해요. 제발, 제발 그래선 안 돼요……! 무서워요……."

그때 단숨에 내어지르는 듯한 크라드메서의 목소리가 울려퍼졌다.

"나는 그대를 받아들이겠다."

암흑.

갑자기 위도 아래도 없는 암흑 속에 서게 되었다. 여긴 어디지? 내가 지금 서 있는 거야, 물구나무서 있는 거야? 중량감이라는 것은 세계 최고의 거짓말이었던 것처럼 느껴진다. 중량이라니, 그게 뭔데? 빛은 고색 창연한 전설 속에서나 등장했던 엉터리 같은 이름. 빛이라구? 아아, 그런 것. 들어본 기억이 나는군. 소리라는 것이 무엇이었는지 떠올리기 위해선 부단한 노력이 필요했다. 하지만 무엇을 위한 노력? 관둬. 소리 따위.

있어야 할 위치에서 보석이 번득였다.

왜 저 위치인지 모르겠다. 어쨌든 그것은 거기에 있었고 다른 장소에 있었다. 아니, 없었다. 있었다. 있으니까 없었다. 아름다웠다.

자신을 바라봐 주지 않는 상대를, 다른 어떤 방법으로도 유혹할 수 없다면 아침에 일어나자마자 천 방울의 이슬을 모아야 돼. 그것은 조각상의 마음에도 불길을 일으킬 수 있는 마법의 묘약. 그런데 말이야, 문제는 천 방울은커녕 백 방울도 모으기 전에 태양은 이슬을 태워버리고 바람은 이슬을 훑어버린다는 거지. 하지만 다른 사람과 합심해서 모으는 것은 마법에 관계된 것들이 대개 그렇듯이 소용이 없어.

좌절한 사랑의 주인공에게 남겨진 최후의 희망이 있지. 정녕 그의 짝사랑의 상대가 유피넬이 정한 그의 짝이라면, 하늘은 어느 날의 다음날이거나 혹은 어느 날의 전날임에 분명한 어느 날, 천 방울의 이슬을 다 모을 때까지 태양도 뜨지 않고 바람도 불지 않는 아침을 만들어주신다는 거야.

저기 백만 방울의 이슬이 모여 만들어진 보석이 빛을 뿜고 있었다.

"드래곤의 별인가?"

어디서 들려온 것이지?

"칼? 어디 있어요?"

주위를 돌아보아도 칼의 모습은 보이지 않았다. 다들 어디로 간 거지? 이슬 모으러 갔나?

"후치? 임마! 후치야! 어디 갔어? 대답해!"

샌슨의 절절한 고함소리. 그런데 부르는 사람은 어디로 간 거야?

"아름답다……, 정말!"

엑셀핸드. 그래요. 아름답죠? 당신은 저런 보석을 캐내고 다듬어본 적이 있나요?

"다들 어디 있어요? 제발……, 얼굴을 보여줘요! 어디로 간 거예요? 등 뒤로, 보이지 않는 곳으로 숨지 말아요!"

"네리아, 네리아!"

"후치? 후치! 어디 있어? 이리 나와!"

'여기예요!' 라고 고함지르려다가 무척 웃기는 짓이라는 생각이 들었다. '여기' 가 어딘데?

"내가 죽었나? 이게 죽음인가?"

아프나이델의 말에 곧 길시언이 대답했다.

"쿨, 쿨럭. 걱정 말아요. 안심하시오. 모두들 안심해요. 아무 일도 없을 겁니다."

"길시언? 길시언. 괜찮아요?"

"괜찮습니다. 에델린. 아무 걱정 말고, 쿨럭. 그 자리에서 꼼짝도 하지 말아요. 내가, 내가……, 쿨럭!"

나의 왕께서는 보이지 않는 동료들을 향해 말하고 있었다. 환자가 다른 사람 걱정하고 있는 겁니까?

"여! 다들 괜찮은 거군요? 헤이, 운차이 씨?"

"살아 있어. ……난 그렇게 생각해. 그러니 시끄럽게 부르지 마, 제레인트."

"아, 나와 같은 생각이시군요. 좋습니다. 어, 그런데 레니 양?"

"레니? 레니야?"

"레니 양! 어디 있는 겁니까? 대답해요!"

암흑.

"안 돼……. 늦었어……."

"레니 양? 쿨럭!"

"늦었어요……, 왕자님. 크라드메서는…… 드래곤의 별이 바라보는 가운데……."

"드래곤의 별! 저것이 드래곤의 별이 맞습니까? 그런데 왜 여기에?"

"알 수 있어요……. 난 알겠어요. 드래곤의 별은…… 라자의 계약의 볼모……."

"볼모? 인질이라는 겁니까?"

"증거……, 인질……. 무의미한 것들이 의미를 가질 때까지 모여서……, 아냐. 모인다고 의미가 생기는 것일까……. 무의미와 불가지의 차이는 뭘까……. 인간에겐 같지 않을까……."

"레, 레니 양?"

그때 크라드메서의 목소리가 길게 울렸다.

"시간은 우리의 언약의 현을 연주할 것이다. 비비고 할퀴고 뜯을 것이다. 바람. 뜨거운 바람이 차가운 나뭇가지를 스칠 때 들려오는 소리만 빼고, 모든 바람은 자유롭게 태어난다. 바람의 자유의 대가는 무엇인가. 그것은 죽을 때까지 언약의 공증인이자 전달자 노릇을 해야 된다는 것. 바람은 너의 말을 전한다. 바람은 나의 말을 전한다. 그래서 바람은 자유롭다. 질시 어린 양심으로부터도, 그리고 언약의 파괴자에게서도."

크라드메서의 말이 끝나자 곧 넥슨의 말이 이어졌다.

"시주할 것운 고 언괴나뭇가 들은 간은 약의 현을 연자유롭게 태어바람. 의 대가는 무엇인가. 그것지 언약의 공릇을 해야 된다지를 스칠 때는 것. 을 전한다. 바약의 파람은 나의 말을 전한은 죽을 때까다. 그래우리의 언서 바람려오는 소리만 빼고, 모람증인이자 전달자 노바람은 너의 말은 자유롭다. 든 바질시어린 양심으이다. 비비고 할뜨거운 바람이 차가로부터도, 그리자에게서도. 난다. 바람의 자유퀴고 뜯을 것이다."

잠시 후 크라드메서는 노래를 시작했다.

빛 어둠 빛 어둠 빛 어둠 빛 어둠 빛 어둠 빛 어둠 빛 어둠 빛 어둠 빛 어둠 빛 어둠 빛 어둠 빛 어둠 빛 어둠 빛 어둠 빛 어둠 빛 어둠 빛 어둠 빛 어둠 빛 어둠 둠 빛 어둠 그리고 그에 대답하듯, 넥슨의 노래도 시작되었다.

계란색 겨울 아침의 서릿빛 물빛 여인의 입술색 눈을 감을 때 보이는 색 황금색 100년 묵은 저택의 창문에 쌓인 먼지색 아기의 볼빛 긴밤을 지새우고 맞이하는 아침 햇살이 속눈썹에 부서지는 색 땀에 젖은 옷 겨드랑이의 반달 모양 땀무늬의 거무튀튀한 색 석양의 하늘에 쏘아진 화살끝의 은적색 마침내 찾아온 봄의 첫 번째 꽃잎을 뜯어먹는 뱀의 눈동자색

크라드메서의 노래와 넥슨의 노래가 점점 조화를 이루어가기 시작했다. 서둘러 응결되기도 하고 주춤거리며 서로를 밀어낼 듯하다가 끝끝내 서로를 포옹하며 둘의 노래는 회색으로 물들어갔다. 날카롭게 찢어지는 회색들이 돋아오른다. 번져가는 회색의 물방울들은 빛도, 어둠도, 모든 것을 물들인다. 그러나 번져가는 회색은 그 절대의 정복의 끝에서 단말마를 내뱉으며 다시 회귀한다. 모든 것은 색깔의 영토가 지배한다. 색깔의 바글거림에선 톡 쏘는 듯한 맛이 난다. 소리 없는 음악을 배경으로 멈춰진 춤이 펼쳐진다. 너무 긴 순간을 태워가며 나는 그것을 바라보았다.

"계약은 성립되었다."

크라드메서의 지쳐버린 목소리가 공허하게 퍼져나간다.

11

갈색 산맥의 분지. 바람이 불고, 풀잎은 서로를 부르며 서로에게서 떠나가고 있었다. 구름은 바람에 떠밀려 천천히 흘러가고 있었다.

모든 이는 굳은 채로 서 있었다. 레니를 안아올리려던 네리아도, 레니의 얼굴 가까이 몸을 숙이던 칼도, 엉거주춤하게 서 있던 길시언도, 길시언을 부축하고 있던 샌슨도, 길시언을 치료하던 제레인트의 기도소리도, 입을 쩍 벌리고 있던 엑셀핸드도, 상처를 어루만지던 에델린도, 검을 꽉 부여잡은 운차이도, 덜덜 떨고 있던 아프나이델도, 그리고 나 역시.

후작 일행들도 마찬가지였다. 입을 벌리거나 혹은 눈을 부릅뜬 채 전사들은 넥슨과 크라드메서를 노려보고 있었다. 그들 가운데서 팔짱을 낀 채 허공을 노려보는 후작의 모습이 이채롭다. 그의 입매가 꿈틀거렸다. 그는 당황한 기색이었지만 최소한 그의 부하들처럼 겁을 먹고 있지는 않았다. 어떻게 된 일일까? 후작을 바라보던 내 귀에 넥슨의 폭발적인 웃음소리가 들려왔다.

"크핫하하하!"

넥슨의 웃음소리와 함께 몸이 다시 움직이는 것이 느껴졌다. 난 휘청거리는 무릎을 간신히 똑바로 세웠다. 주위에서 경직에서 풀려난 일행들은 한숨이나 짧은 비명들을 토해 냈다. 그때 넥슨은 웃음을 멈췄다.

"성립되었다고? 성립되었어? 그래? 그럼 난 당신의 라자인가?"

넥슨의 웃음소리는 다른 장소, 다른 상황에서였다면 더할 수 없이 순진한, 그 기쁨만으로도 동조해 주고 싶은 기분이 마구 샘솟아 날 듯한 그런 웃음소리였다. 저 순진무구한 웃음소리.

"그렇다."

"그렇다면 이제 말한다! 크라드메서! 내 첫 번째 요구는 이것이다! 할슈타일 후작을 없애라!"

후작을? 난 다시 후작을 쳐다보았다. 후작을 둘러싼 전사들은 한점 흐트러짐 없이 그대로 서 있었으나 그 얼굴은 송장이나 다름없었다. 그런데……, 후작은?

후작은 쓴웃음을 짓고 있었다?

후작은 팔짱을 풀더니 고개를 가로저었다. 그 순간 그의 눈과 내 눈이 마주쳤다. 후작은 날카로운 눈으로 날 쏘아보더니 히죽 웃었다. 그의 눈빛이 내 눈을 통해 들어와 머릿속을 날카롭게 쑤셔대는 것처럼 느껴졌다. 어떻게 된 거지? 이건 도대체 뭐야? 왜 후작은 저 말에 겁을 집어먹지 않는 거지?

"넥슨 휴리첼. 오해하고 있었구나. 그러리라고 생각했지만."

크라드메서는 어린애를 타이르는 어른의 목소리로 말했다. 넥슨은 당황했다.

"뭐라구?"

"드래곤 라자는 아무 일도 하지 않는다."

어, 어디서 많이 듣던 말이다? 아니, 잠깐만. 저건 누구나 잘 아는 이야기지. 그런데? 드래곤 라자는 물론 아무 일도 하지 않지. 드래곤 라자는 아무 일도…….

"드래곤 라자는 아무 일도 하지 않는다!"

칼이 튕겨져오르며 외쳤다. 그는 얼빠진 얼굴로 자신의 말의 여운을 귀담아 듣는 듯했다. 샌슨이 놀라서 말했다.

"예? 칼?"

"그래, 그랬어! 드래곤 라자는 아무 일도 하지 않는다. 왜? 드래곤 라자는 인간과 드래곤을 이어준다. 하지만 드래곤 라자도 인간이다! 그런데 왜? 그것이었군! 할슈타일 후작이 지금껏 그 자신이 크라드메서의 라자가 되는 쉬운 방법을 무시하고 돌맨이나 레니를 노린 것은, 후작이 절대로 라자가 되지 않으려 했던 까닭은……!"

"드래곤 라자는 아무 일도……, 할 수 없다. 해서는 안 된다."

아프나이델이 떨리는 목소리로 마무리지었다.

그거였군! 할슈타일 후작 자신이 드래곤 라자였는데, 왜 그는 오래전에 헤어졌던 레니를, 지골레이드의 라자였던 돌맨을 크라드메서에게 짝지으려 한 것인가? 왜 스스로가 크라드메서의 라자가 되려 하지 않았는가? 그것은, 드래곤 라자는 관계일 뿐이니까!

"관계의 수준으로만 떨어지게 되니까. 관계는 둘만 있으면 되는 거야. 부부를 말하려면 남편과 아내를 말하면 돼. 다른 건 없어. 인간과 드래곤이 드래곤 라자를 통해 관계지어진다면, 그렇다면 드래곤 라자는 없는 것이 된다? 그렇다! 드래곤 라자는 인간으로 살 수 없는……."

칼의 숨가쁜 말은 넥슨의 비명소리에 파묻혔다.

"아니야!"

아니야! 아니야! 아니야! 산울림은 넥슨의 경악을 희석시키며 동시에 확대시키고 있었다.

"크라드메서! 당신의 라자의 요청을 거부하는 것인가!"

넥슨은 피를 토하듯 외쳤지만 크라드메서는 냉랭하게 느껴질 정도로 평온하게 대답했다.

"무시하는 것이다. 가련한 라자여."

"무시……라구?"

"넌 네가 원한 것의 본질을 몰랐다. 드래곤 라자의 말에는 원래 의미가 없다. 나는 이제 라자를 가진 드래곤으로서 인간에게만 관심이 있을 뿐 라자의 말을 귀담아 들을 필요는 없다. 비록 자신의 손발을 사랑하는 것처럼 너를 사랑하기는 하겠지만, 손발이 머리를 향해 입을 열어 명령할 수는 없지 않을까."

"무, 무슨! 그건 억지다! 나도 인간이잖아!"

"아니, 너는 드래곤 라자다. 너는 드래곤 라자일 뿐이며, 그것도 계약을 했으며 그 당사자인 드래곤이 생존해 있는 드래곤 라자다. 이제 네가 너의 숙명에서 벗어나 인간이 되려면, 계약을 취소하든지 날 죽이는 도리밖엔 없겠지. 하지만 난 계약을 취소하지 않을 것이며, 넌 나를 죽일 수 없다."

넥슨은 온몸을 뒤흔들며 계속해서 외쳤다. 저러다가 자칫하다간 팬텀 스티드 위에서 떨어지겠다.

"틀려! 틀려! 그렇지 않아! 네 말대로 난 너의 드래곤 라자다! 내가 너의 손발이라면, 그렇다면 난 바로 너다! 내 요구는 바로 네 의지잖은가!"

"넌 나인 동시에 인간이기도 하지."

크라드메서는 뒤도 돌아보지 않은 채 말했다. 풀들의 머리 위로 높게 솟아오른 그의 모습은 제멋대로 흔들리는 풀의 파도 위에서 흔들리지 않는 고목처럼 보인다.

"넌 나이며 동시에 인간이다. 그러나 인간인 넥슨은 될 수 없다. 넌 드래곤에게만 속하는 것도 아니고 인간에게만 속하는 것도 아니다. 관계는 둘 모두의 것. 그것이 너의 선택의 진실이다. 그것이 드래곤 라자의 진실인 것이다. 넥슨, 넌 드래곤 라자가 되어서는 안 되는 종류의 인간이라는 점에서도 너의 아버지를 닮았군."

"말도 안 되는 소리 하지 마! 고, 고개 돌려! 내, 내가 왜 인간인 넥슨이 아니라는! 너, 너에겐 드래곤 라자가 있으니까, 그러니까 내 말을 들어야 돼! 날 무시할 순 없다구! 날 돌아봐!"

그러나 크라드메서는 고개를 돌리지 않았다. 넥슨의 말을 무시하는 것뿐만이 아니라 그 존재 자체를 무시해 버리겠다는 의미인가? 그는 그저 고개를 조금 숙이며 말했다.

"넥슨. 어떤 실이 엉켜 운명이라는 천에 이런 무늬가 만들어졌는지는 모르겠지만, 넌 유피넬이 정한 나의 짝이며 동시에 헬카네스의 손길이 머물러 만들어진 나의 불완전한 짝이군."

심장이 내려앉는 줄 알았다.

불완전한 짝이라고? 그것은 영원의 숲에서 세 번이나 거푸 죽었던 넥슨을 가리키는 말인가? 다급하게 크라드메서를 부르던 넥슨이 갑자기 굳어버렸다. 그의 하얀 얼굴이 눈에 잘 들어온다. 크라드메서는 계속해서 마치 혼잣말하듯 등 뒤의 넥슨에게 말했다.

"네가 왜 전체가 아닌 모습으로 나에게 다가왔는지는 묻지 않았지만, 이제 말해 주겠다. 넌 드래곤 라자의 길을 선택함으로써 최후까지 남겨진 너의 마지막 일부까지도 파괴해 버렸다."

'뭐라구?' 라고 말한 것 같았다. 그런 말을 들었던 것 같다. 하지만 다시 바라본 넥슨의 입매는 딱딱하게 굳어 있었다. 정말 넥슨이 말했나?

"그래. 넌 이제 없다."

"없다고?"

"없다. 조금 전까지만 해도 드래곤과, 인간과, 드래곤 라자가 있었지. 하지만 계약은 끝났고, 이제는 드래곤과 인간만이 남았다. 드래곤 라자 넥슨 휴리첼. 넌 없다. 그러니 더 이상 나로 하여금 허공에 대고 말하게 하지 마라."

넥슨이 없다고?

크라드메서는 우리들을 향해 말했다.

"이제 난 인간과 관계를 맺겠소."

"예?"

칼의 반문에 크라드메서가 칼 쪽으로 고개를 돌리기 시작했을 때, 갑작스런 후작의 외침이 들려왔다.

"당신의 복수에 나를 동참시켜 주기를 바란다!"

"할슈타일!"

길시언이 악에 받친 고함소리를 지르며 휘청거리며 달려나가려했다. 난 후작을 노려보았다. 저 교활한! 정말 빠르군, 후작! 샌슨이 다시 길시언의 겨드랑이를 안아올렸으나 길시언은 몸부림을 치며 외쳤다.

"반역자! 악취 나는 그 입을 다물엇! 쿠훌럭!"

"길시언, 길시언! 제발 진정해요. 흥분하면 독이 더 퍼진다구요!"

"독! 그래, 독! 너 이놈, 후작. 네놈은 독이야앗! 쿠르…… 쿨럭쿨럭!"

길시언은 내장을 다 쏟아낼 듯이 기침을 토했지만 후작은 길시언의 외침에 아무런 반응도 보이지 않았다. 후작은 크라드메서를 바라보며 빠르게 말했다.

"크라드메서. 당신이 잃은 것을 기억하라. 드래곤은 인간이 받은 축복은 받지 못했다. 넌 잊을 수가 없는 존재다. 그러니 21년 전의 너의 감정은 어제의 감정처럼 생생할 것이다. 당신은 라자를 잃었다."

"당신 때문이잖아!"

이번엔 레니를 무릎 위에 놓아둔 네리아가 외쳤다. 후작은 순간 눈살을 찌푸리며 네리아를 노려보았다. 네리아는 바닥에 앉은 채 고래고래 외쳤다.

"후작 당신이 그 불륜을 고자질해서 카뮤가 죽도록 만들었잖아! 뻔뻔스럽게! 카뮤 휴리첼은 당신 때문에 죽은 거잖아!"

"닥쳐랏, 더러운 암캐!"

곧 네리아의 눈썹이 하늘로 올라갔다.

"뭐야?"

곧이어 일어난 사태에 대해서는 장황하게 말하고 싶지 않다. 다만 네리아는 참신한 시각과 독특한 비유 능력을 기반으로 한 풍부한 비속어 구사 능력을 가지고 있음이 확인되었고 아프나이델은 얼굴을 몹시 붉히며 네리아를 외면했으며 제레인트는 아무 말도 못 들은 척했다고만 말하겠다. 한참 후에야 후작은 음산하게 말했다.

"입이 더러운 계집이로군."

네리아는 당장 말하지는 못하고 다만 숨을 씨근거리며 후작을 노려보았다. 욕설을 너무 많이 내뱉어 숨이 가쁜 상태였기 때문이다.

나는 후작과 네리아의 설전에는 신경을 쓰지 않은 채 크라드메서만을 바라보았다. 크라드메서가 라자를 가지자마자, 그렇게 되자마자 우리는 그와 관계를 맺기 위해 또 싸우는 것인가? 크라드메서는 우리들을 보면서 어떤 생각을 하고 있을까? 크라드메서는 여전히 고개를 조금 숙인 채 서 있었다. 땅을 향한 그의 얼굴엔 아무런 표정도 없었다. 그리고 그의 등 뒤에 떠 있던 넥슨 역시 마찬가지였다.

태어나기도 전에 핏줄의 아버지를 잃었고, 자라나서 다시 키워준 아버지를 잃었고, 영원의 숲에서 자신의 5분의 3을 잃은 넥슨이, 이제 최후로 드래곤과 계약함으로써 다 없어졌단 말인가? 왜 이 모양이지? 왜 넥슨은 오로지 파괴되어 온 것이지? 그러고 보니 나와 우리 일행들도 그의 것을 파괴했군. 우리는 그의 길드를 파괴해 버렸지. 왜 그는 저토록이나 파괴된 후에 크라드메서의 라자가 될 수 있었던 것이지? 만일 이것이 유피넬이 정한 것이라면, 도대체 그 이유는 무엇일까?

넥슨은 말도 제대로 못 꺼낸 채 그저 망연히 크라드메서를 내려다보고 있었다. 의식이 담긴 모습이 아니었다. 그의 눈은 크라드메서를 보고 있었지만 초점이 맞지 않는다. 죽은 자에게도 살아 있을 때의 흔적이 남아 있다. 살아 있을 때의 감정, 추억, 그의 얼굴에 남겨져 그가 지내온 세월을 증명하는 세월의 풍상. 하지만 넥슨의 얼굴에는 그런 것이 없었다. 텅 비어버린 얼굴.

크라드메서의 말보다, 나는 넥슨의 얼굴을 봄으로써 확실히 깨달을 수 있었다. 그는 죽었다.

그리고 넥슨을 바라보았기에 난 시오네의 행동을 볼 수 있었다.

"넥슨, 조심햇!"

발악같이 외치며 앞으로 달려나간다.

"카아알! 아프나이델! 누구든지 시오네를 쏴요!"

순간 고개를 들어올리는 크라드메서. 누군가가 터뜨린 비명소리. 혼란. 난 위만 보고 달려가다가 풀에 다리가 걸려 쓰러지고 말았다. 땅에 호되게 부딪히고, 별이 깜빡거리는군. 몸을 다시 일으키는 순간, 크라드메서의 파랗게 굳어버린 얼굴이 눈에 들어왔다.

그리고 넥슨은 아래로 떨어지기 시작했다.

천천히. 마치 영원히 떨어지는 것처럼 보인다. 하늘은 그를 붙잡으려 드는 것 같았고 땅은 그를 피하려 드는 것 같았다. 하지만 시간은 그를 아래로 내리밀고 있었다. 넥슨은 몸부림 한 번 없이 고요히 떨어졌다.

털썩! 넥슨은 내 바로 앞, 크라드메서와 우리 일행, 그리고 후작 일행이 만들고 있던 삼각형의 중앙에 떨어졌다. 몸이 한 번 거칠게 요동하다가 그는 똑바로 누웠다.

"꺄아아아악!"

네리아의 찢어지는 비명소리. 난 벌벌 떨면서 넥슨의 모습을 바라보았다. 그다지 높지 않은 위치에서 떨어졌음에도 그의 몸은 기괴한 각도로 뒤틀려 있었다. 죽었다. 절대로 살아 있을 수가 없다. 그런데도 그의 입술이 움직였다. 아니다. 그것은 그저 그의 입에서 피거품이 비어져나오는 것이다. 꾸르르륵. 넥슨의 목에서 이상한 소리가 들려온다. 그의 몸 주위로 흘러나오는 붉은 피에 현기증이 날 정도다. 그를 지탱하고 있던 마지막의 마지막 희망까지도 스스로가 파괴해 버렸다는 절망감 때문일까? 그의 몸은 뼛조각 하나까지 박살나 버린 듯했다. 피칠갑을 한 얼굴에서 하얀 눈동자가 희한하게 번들거린다. 눈물이 흐르고 있나? 죽어서 우는 것인가?

뒤로 튕겨지듯 일어나며 하늘을 본다. 건잡을 수 없이 떨리는 목소리로 외쳤다.

"시, 시오네엣! 무, 무슨 짓을 한 거야!"

팬텀 스티드 위의 시오네는 침착한 모습이었다. 그녀는 고삐를 한 손에 몰아쥐고는 우울한 표정으로 아래를 내려다보고 있었다. 그리고 다른 손에는 넥슨을 찌른 그 대거를 들고 있었다. 그녀는 말했다.

"이제야 끝났군. 그때 너의 도움이 아니었다면 이런 결과를 만들어내기 어려웠겠지. 고맙다, 꼬마."

"이, 이, 배, 뱀파이어야! 도대체 무슨 소리를 하, 하는 거야!"

시오네는 미소를 지었다. 그때 그녀의 손에 들려 있던 대거가 그녀의 입으로 움직이기 시작했다. 시오네는 천천히 입술을 열어 대거를 핥기 시작했다. 대단히 느린 속도로 대거가 그녀의 혀 위를 미끄러진다. 넥슨의 피가 시오네의 혀를 타고 그녀에게로 흘러 들어갔다. 순간 참을 수 없는 욕지기가 느껴졌다. 허리를 숙이고 확 토해 버렸으면 소원이 없겠다. 하지만 난 고개를 숙이지 않고 시오네를 올려다보았다.

시오네는 대거를 다시 품안에 집어넣더니 먼곳을 바라보며 머리를 쓸어올렸다. 그러곤 여전히 먼곳을 바라보면서 한가롭게 말했다.

"후치. 머리가 좋은 꼬마로 알고 있었다. 내 기대를 저버리지 말아. 크라드메서와 라자의 계약을 맺게 하고, 그의 라자를 눈앞에서 죽이는 것. 어렵지 않잖아?"

"오, 맙소사!"

제레인트가 헐떡이며 말했다. 난 입을 열었으나 말도 제대로 나오지 않았다. 힘들게, 너무나 힘들게 고개를 내렸다. 그리고 크라드메서를 본다.

크라드메서는 하얗게 굳어 있었다.

> 대마법사에게 딸들이 셋 있었네.
> 마법사가 잠시 한눈 판 사이에.
> 싸늘한 죽음이 그녀들을 찾아왔지.
> 누가 있어 그 죽음을 애도할까?

갑자기 시오네는 노래하듯 흥얼거렸다. 호흡소리조차 들리지 않는 지독한 고요 속에서 그녀의 목소리는 허공을 바스락거리듯 떨리며 울려퍼졌다.

> 처음엔 불성실한 맏딸이,
> 그 다음엔 돼먹잖은 트롤 차녀가.
> 풋내나는 막내딸은 가장 마지막에.
> 차례차례 죽어갔지. 태어날 때처럼.

크라드메서의 하얀 얼굴과 시오네의 노랫소리를 들으며 세상이 빙글빙글 도는 것을 느낀다. 트롤 차녀는 에델린이고 막내딸은 레니를 말하는 것인가? 그렇다면 맏딸은? 시오네는 하늘로 올라가기 시작했다. 그녀의 노랫소리도 점점 가늘어졌다.

맏딸의 이름은 바이서스.
드래곤에게 잡혀가서 콱 깨물렸지.

트롤 차녀의 이름은 에델린.
폭풍의 신이 그녀를 데려가 콱 깨물었지.

막내딸의 이름은 레니.
어느 뱀파이어에게 콱 깨물렸지.

하이호오. 웃자. 무덤 주위를 돌고.
관 위에는 시든 꽃잎을 뿌리자.
애도의 종소리 땡땡땡.
한숨은 길고 태양은 진다.

대마법사에게 딸들이 셋 있었네.
마법사가 잠시 한눈 판 사이에.
싸늘한 죽음이 그녀들을 찾아왔지.
싸늘한 무덤만 세 개 남았네.

시오네는 이제 회색빛 구름이 머리에 닿을 정도로 높이 올라가 버렸다. 맏딸의 이름은 바이서스. 핸드레이크가 만들어내다시피 한 이 나라. 드래곤에게 잡혀가서 콱 깨물렸다고?

'크라드메서와 라자의 계약을 맺게 하고, 그의 라자를 눈앞에

서 죽이는 것. 어렵지 않잖아?'

크라드메서의 눈앞에서 그의 라자의 죽음을 보여준다고? 라자를 잃은 드래곤은 어떻게 되더라? 그 대답을 알고 있으면서도 눈에는 한가닥 희망을 담은 채 크라드메서를 바라본다.

그러나 크라드메서의 얼굴을 본 순간, 고개를 돌려버리고 싶은 희망까지도 사라져버렸다.

바위에 눈 코 입을 달아놔도 지금의 크라드메서의 얼굴보다는 훨씬 인간미가 있을 것이다. 크라드메서는 그저 한없이 하얀 얼굴로 넥슨을 내려다보고 있었다. 넥슨의 몸에서 번져나오던 피가 이제 거대한 원을 그렸다. 크라드메서는 걷기 시작했다.

철퍽. 철퍽, 철퍽철퍽철퍽!

크라드메서는 넥슨의 피를 밟으며 점점 빠르게 걸어왔다. 마지막 순간 그는 거의 미끄러지듯이 넥슨의 곁에 무릎을 꿇었다. 핏방울이 사방으로 날아오른다. 단숨에 크라드메서의 무릎 아래가 피에 젖어든다.

천천히 움직인 크라드메서의 손이 넥슨의 볼에 닿았다.

"넥슨?"

넥슨의 볼을 만지던 크라드메서는 흠칫하면서 손을 들어올렸다. 그는 덜덜 떨리는 자신의 손을 눈앞까지 들어올렸다.

"눈물?"

크라드메서의 손가락 끝에서 반짝이는 빛이 보였다. 크라드메서는 자신의 손을 보더니 다시 얼굴을 숙여 넥슨을 바라보았다.

"넥슨……, 눈물을 흘리는 거야? 살아 있는 것인가? 그렇지?"

크라드메서는 천천히 허리를 숙였다. 그는 거의 코가 맞닿을 정도로 얼굴을 깊이 숙여 넥슨을 바라보았다.

"내가 잘못 느끼는 것이군. 넥슨?"

크라드메서는 이제 머리를 천천히 움직여 넥슨의 귓가로 입을 가져갔다. 크라드메서는 넥슨의 귓가에 대고 속삭이기 시작했다

"……넥슨? 넥슨……, 넥슨?"

"으흑!"

네리아가 숨막히는 소리를 내며 자신의 무릎에 엎드린 레니의 등 위로 몸을 던졌다. 네리아는 레니를 그러안으며 울기 시작했다. "크흑!" 제레인트가 자신의 입을 틀어막는 모습이 보였다. 목 안이 왜 이다지도 답답한 것이지? 그리고 이 뜨거운 것은 도대체 뭐지?

"넥슨……."

크라드메서는 더욱 낮게 속삭였다. 산들바람 소리처럼 가느다란 목소리. 그러나 넥슨은 흰자위를 보인 채 죽어 있을 뿐이었다. 그의 입에서 왈칵거리며 피가 흘러나온 순간 나는 그가 살아 있는 것인 줄 알고 고함을 지를 뻔했다. 하지만 그것은 크라드메서가 넥슨의 가슴을 짚은 것 때문이었다.

크라드메서는 넥슨의 가슴을 흔들어대기 시작했다.

"넥슨? 넥슨? 넥슨. 넥슨. 넥슨? 넥슨! 넥슨! 넥슨!"

크라드메서는 숨 쉴 사이 없이 넥슨을 불렀다. 그리고 그의 목소리는 점점 높아졌다. 그리고 넥슨의 가슴을 흔드는 그의 손길도 점점 강해졌다. 넥슨은 이제 팔다리를 흉하게 휘저으며 들썩거렸다. 그의 몸이 들썩임에 따라 바닥의 피웅덩이가 질퍽거렸다. 핏방울이 튀어올라 크라드메서의 상반신을 물들였다. 크라드메서는 피에 젖은 채 외쳤다.

"넥슨! 넥슨! 넥슨! 넥슨! 넥슨! 넥슨! 넥슨! 넥……."

크라드메서는 천천히 고개를 들어올렸다.

"아아아아…… 으어어…… 으아아아아! 으아아아아! 으아아아 아!"

그의 목이 그대로 뒤로 꺾어지는 것이 아닌가 싶을 정도로 크라드메서는 고개를 젖혔다. 그는 하늘을 향해 고함질렀다.

"으와아아아! 으와아아아앗! 우와아아아아아아아! 크아아아아 아아악……!"

목이 터져나갈 듯이 지르던 크라드메서의 비명이 갑자기 멎었다. 크라드메서는 넥슨의 옆에 무릎을 꿇은 채 두 손을 넥슨의 가슴에 얹고는 꼼짝도 하지 않았다. 하늘을 향해 한껏 젖혀진 그의 얼굴도 그대로였다. 입은 커다랗게 벌어져 있었고 두 눈은 눈꺼풀조차 움직이지 않은 채 하늘을 쏘아보고 있었다.

갑자기 그의 눈에서 눈물이 흘렀다.

눈물? 아냐. 붉은색이다. 핏빛 눈물.

피눈물.

크라드메서의 눈에서 흘러나온 두 줄기 붉은 피는 하얗게 굳어 있는 그의 볼을 타고 흘러내렸다. 입술 곁을 지나 턱선에 이른 핏물이 잠시 멈칫했다. 그러나 위에서 내려오던 핏물이 몰리면서 핏줄기는 잠시 멍울져 커지다가 툭 떨어지듯 턱을 타고 흘러내렸다. 핏줄기는 이제 목으로 흘러내렸고 빠르게 그의 갑옷 속으로 사라졌다.

크라드메서는 절규하는 모습 그대로 조각이 되어버린 듯했다. 눈꺼풀도, 그의 입도, 아무것도 움직이지 않았다. 단지 움직이고 있는 것은 그의 눈에서 계속해서 흘러내리는 붉은 피.

"크, 크, 쿠르, 크으……."

크라드메서의 입에서 의미 없는 말들이 새어나오기 시작했다. 그 순간 후작이 외쳤다.

"뒤로 물러낫!"

망연히 고개를 돌려 후작을 본다. 후작은 이미 등을 보인 채 줄달음질치고 있었고 그 전사들도 하나둘 걸음을 떼기 시작하더니 곧 굉장한 속도로 달려가기 시작했다.

"칼? 계속 여기에……."

샌슨이 평소 목소리보다 반음 정도 낮아진 음색으로 힘겹게 말을 꺼냈다.

"……가세!"

칼은 그렇게 말하며 곧장 몸을 돌렸다. 네리아가 부둥켜안고 있던 레니가 몸부림을 쳤다.

"안 돼요, 비정해요옷! 어떻게 내버려두고……."

"살아야 하오!"

칼은 그렇게 외치며 곧장 나와 샌슨에게 눈짓했다. 샌슨은 레니를 달랑 들어올렸으며 나는 길시언을 들어올렸다. 제레인트는 에델린의 지팡이라도 되어주기 위해 황급히 그녀의 팔을 어깨에 걸쳤지만 에델린은 팔을 빼며 스스로 걸어가기 시작했다. 걸어? 다음 순간 우리는 달려가기 시작했다.

크라드메서와 넥슨의 시체만을 남겨두고.

그리고, 많이 달려가지도 못했다.

"크롸라라라라라라!"

"으아아악!"

아프나이델이 비명을 질렀다. 길시언을 어깨에 둘러멘 채 달리던 나는 다리가 풀려 쓰러질 듯 휘청거렸다. 운차이가 재빨리 날 부축했다.

"정신 차려!"

운차이는 거칠게 외치며 날 부여잡았다. 하지만 자꾸만 다리가 휘청거린다. 입을 열어 외친다.

"소용 없어요! 도망가 봐야 아무 소용 없어요. 우리가 어떻게 크라드메서에게서 도망을……."

"닥쳐!"

운차이는 내 멱살을 잡아당겼다. 어딜 당겨? 길시언만 아니었으면 당장 당신 턱을 날려버렸을 거야!

"어차피 인생의 경기장에서는 아무도 죽음으로부터 도망칠 순 없다! 그건 그 경기의 규칙이야! 규칙을 수용하고 끝까지 달려!"

난 멱살이 잡힌 채로 발악했다.

"젠장, 고상하게 죽자구요! 그 경기장의 최후의 우승자는 결국 죽음이잖아요! 경기는 끝났어요. 승자에게 경의를 표하자구요! 패자의 자존심은 지키겠어요!"

운차이는 순간 오른손을 높이 들어올렸다. 하지만 난 그를 똑바로 올려다보았다. 그의 핏발 선 눈에 비친 내 모습이 괴상하다. 운차이의 눈빛이 흔들렸다.

순간 크라드메서의 포효가 다시 분지를 가로질렀다.

"크롸라라라라!"

나와 운차이를 앞서 달려가던 다른 일행들의 속도가 떨어지기 시작했다. 하나둘 고개를 돌리는 일행들의 얼굴이 보였다. 이건, 이건 아무 의미도 없는 짓이야. 달려가 봐야 뭐하겠어. 살아야 한다고? 물론이지. 죽는 순간까지 내 뜻대로! 난 머리를 거칠게 당겼다. 운차이는 내 멱살을 놓쳤다.

"난 크라드메서를 보겠어요! 최소한 뒤통수에 브레스 맞고 죽진 않겠다고요! 내 눈으로, 내 죽음을 마주보겠어요!"

운차이의 무시무시한 눈길은 내 몸을 후벼파는 것처럼 느껴졌다.

"빌어먹을, 보고 싶다면 마음대로 해! 하지만 난 살아난다!"

운차이는 그대로 달려가기 시작했다. "어, 운차이?" 샌슨의 말이 들려왔지만 난 고개를 돌리지 않은 채 길시언을 내려놓았다.

"길시언? 난 달아나지 않겠어요. 죄송합니다만 데려다드릴 수가……."

"네 곁에 있겠다."

놀랍도록 차분한 목소리. 길시언의 얼굴은 이제 투명해 보일 정도였다. 길시언은 갑자기 격한 기침을 쏟으며 주춤거렸고 난 그를 부축했다.

"아샤스여……."

길시언의 시선을 따라간 내 눈에 크라드메서의 모습이 비춰졌다. 드래곤의 모습이었다.

분지가 언제 이렇게 좁아졌지? 저 산이 왜 저렇게 낮아진 거야? 크라드메서는 긴 목을 하늘을 향해 들어올려 우리들에게 붉은 턱을 보여주고 있었다. 선홍색의 거대한 몸과 기다란 목, 그 목을 타고 흐르는 검은 줄이 그대로 크라드메서가 흘리는 눈물처럼 보인다. 크라드메서는 한 그루의 붉은 나무처럼 보였다. 세상에서 제일 큰 나무.

갑자기 그 나무의 가지가 자라나기 시작했다.

검은 가지, 차츰 붉은 부분이 드러난다. 크라드메서는 양쪽으로 날개를 활짝 폈다. 뒤의 산들이 일제히 사라졌다. 아, 아니다. 아직도 펼치고 있는 중이다. 내가 다 펼쳤다고 느꼈을 때 크라드메서는 그 날개의 절반도 펴지 않은 것이었다. 맙소사, 드래곤을 보살피시는……, 드래곤을? 잠깐, 그러고 보니 드래곤의 신은 없잖아?

"크롸라라라라!"

이제야 크라드메서는 300큐빗은 족히 넘을 그 날개를 모두 펼쳤다. 목을 타고 흐르는 검은 선은 날개로 이어져 점차 복잡해졌다. 마치 나뭇잎의 엽맥처럼 복잡해지던 검은 선은 날개의 끝부분을 칠흑의 색으로 물들이고 있었다. 이제 그의 몸은 터무니없이 거대한 날개를 간신히 받치고 있는 가느다란 검날처럼 보였다. 검날? 그러고 보니 가느다란 목은 검신이고, 가슴은 가드, 그리고 모아선 앞다리는 손잡이처럼 보였다. 칼날에서 거대한 불꽃이 일렁거리는 듯한 모습이다.

밤하늘 속에서 타오르는 홍적색의 검……. 크라드메서였다.

"숨 쉬는 자! 숨을 멈춰라!"

으아악! 크라드메서의 포효소리가 들려온 순간 나와 길시언은 한덩어리가 되어 뒤로 나가떨어져 버렸다. "오우, 제에기랄!" 땅을 뒹굴면서 무수히 많은 풀들이 세상을 뒤덮었다. 눈앞에 보이는 것은 정신 없이 뒤섞여 흐르는 초록색 풀의 모습뿐. 풀들의 아우성소리와 미친 듯한 바람소리. 수십 명이 한꺼번에 날 때리는 것 같다.

"크으으윽!"

얼마를 뒹굴었는지도 모르겠다. 턱을 사납게 땅에 부딪히며 나는 간신히 굴러가던 것을 멈췄다. 죽을 힘을 다해 고개를 들어보니 앞으로 몸을 숙인 제레인트의 모습이 보였다. 제레인트는 폭풍우를 정면으로 받는 사람처럼 왼팔을 얼굴 앞에 들고 허리를 숙이고 있었다. 아니, 진짜 폭풍이 불고 있었다. 제레인트의 머리가 모조리 떠올라 뒤로 날리고 있었다. 그는 눈을 억지로 뜨며 전방을 주시하고 있었다.

"땅을 걷는 자! 걸음을 멈춰라!"

주루룩! 맙소사, 저건 말이 안 돼! 제레인트는 몸을 앞으로 기울인 자세 그대로 뒤로 세 발짝 정도 미끄러졌다. 콰당. 기어코 제레인트는 앞으로 쓰러졌다. 손을 땅에 짚는 동안 다시 뒤로 미끄러졌다.

"이익!"

제레인트는 풀을 그러쥐며 미끄러지는 것을 멈췄다. 난 옆의 풀을 잡아채며 다른 팔로는 길시언의 허리를 붙잡았다. 길시언은 기침도 제대로 토하지 못하며 헐떡였다. "수, 숨을 쉴 수가 아……." 빗발처럼 날아다니는 풀들이 얼굴을 사정없이 할퀴어 댄다. 머리카락이 뭉텅이로 뽑혀나가는 기분이 든다. 눈을 뜨기조차 힘든 바람 속에서 주위를 힘겹게 돌아본다. 모두들 풀이나 서로를 붙잡고 버티고 있었다. 오, 맙소사. 이 정도일 줄은 몰랐어! 엉터리야!

"세상을 보는 자! 눈을 감아라!"

그리고 바람이 멎었다.

휘몰아치던 바람은 멎었다. 허공에서 갈가리 찢기고 있던 풀잎들은 꿈속에서 떨어지는 물체처럼 고요히 떨어져내렸다. 늦은 봄 떨어지는 꽃잎처럼 초록의 눈송이가 하늘하늘 떨어졌다. 제레인트는 머리를 쓸어넘기며 주위를 살폈다.

"바람이…… 그쳤다?"

"후치! 길시언! 모두들 괜찮아요?"

샌슨이 뒤에서 허겁지겁 달려오며 외쳤다. 체구가 커서인지 다른 사람보다 더 많이 밀려나 있었던 모양이다. 옆에선 네리아가 땅에 박아둔 트라이던트를 뽑아내고 있었다. "영차!" 저기에 매달렸던 모양이지? 제레인트는 뒤집어진 로브를 바로 입느라 정신이 없었고 에델린은 그 광경에서 점잖게 눈을 돌리고 있었다. 엑셀핸드는 아프나이델을 부축하고 있었다. 그때 칼이 외쳤다.

"레니 양?"

레니? 레니가 어디 있지? 뒤를 아무리 돌아봐도 레니의 모습은 보이지 않았다. 설마 바람에 날아가버렸나? 풀에 가려서 안 보이는 건가? 난 제자리에서 펄쩍펄쩍 뛰었다. 그때 길시언이 내 어깨를 툭 쳤다.

"반대쪽이다."

반대쪽? 난 다시 고개를 돌려 크라드메서를 향했다.

레니는 크라드메서 쪽을 향한 채 똑바로 서 있었다. 레니는 바람의 영향을 전혀 받지 않았던 모양이다. 어떻게 된 거지? 그때였다. 레니가 갑자기 주저앉았다.

"레니?"

허겁지겁 앞으로 달려갔다. 크라드메서는 여전히 하늘을 바라보며 꼼짝도 하지 않고 서 있었다. 왜 저러는 걸까? 레니의 어깨를 짚었다. 순간 레니가 비명을 질렀다.

"아아악!"

이크! 너무 세게 짚었나? 그건 아닌데? 난 기겁하면서 레니를 바라보았다. 레니는 혼란에 빠진 눈으로 날 올려다보고 있었다.

"레니?"

레니는 내가 도대체 누군지 모르겠다는 것처럼 날 올려다보고 있었다. 다른 일행들도 크라드메서의 눈치를 보면서 레니에게로 다가왔다. 레니는 멍한 눈으로 날 올려다보더니 갑자기 말했다.

"고마웠어."

"응?"

"고마웠어. 후치. 다른 여러분들도……. 원망하지 않겠어요."

몸이 굳어버렸다. 걸어오던 네리아는 레니의 말을 듣는 순간 제자리에 굳어버렸다. 레니는 약한 미소를 지으며 말했다.

"이제……, 모두 죽을 거예요."

그 순간 크라드메서는 날개를 치기 시작했다.

풀의 파도 속에 드문드문 서 있던 일행들은 모두 꼼짝도 하지 않고 크라드메서를 바라보았다. 펄럭, 펄럭. 저 거대한 날개가 움직이다니. 델하파의 항구에서 보았던 범선들의 돛은 비교도 안 되는 거대한 날개가 어떻게 움직인단 말이야. 하지만 크라드메서의 날개는 우아하게 움직였다.

비상은 순식간이었다.

날개치는 속도가 조금 빨라졌다 싶더니 어느새 크라드메서는 땅을 박차고 날아올랐다. 눈은 크라드메서의 비상을 바라보면서 머리는 수많은 생각들에 내어준다. 아버지, 죄송합니다. 아버지는 아내와 아들을 모두 드래곤에게 잃게 되셨어요. 어쩌면 당신께서도 그렇게 되시겠죠. 제미니, 정말, 정말 지금 누군가가 날 너의 곁으로 옮겨주고 이야기를 건넬 시간을 더도 말고 5분만, 아니 1분만 준다면 그에게 내 무엇이라도 줄 텐데. 이루릴. 이 세계를 버리지 말아주세요. 크라드메서에 의해 파괴된 땅에는 엘프의 손길이 필요할 거예요. 제기랄! 왜 꼭 이야기를 건네고 싶은 사람들은 주위에 없는 거지?

그리고 크라드메서는 우리 머리 위로 엄습해 들어왔다.

"크롸라라라!"

하늘을 날던 크라드메서가 갑자기 거세게 날개를 휘저으며 속도를 늦췄다. 난 크라드메서의 눈을 똑똑히 볼 수 있었다. 붉게 타오르는 눈은 보석처럼 보였다. 그리고 그 입 안에서는 불길이 일렁거렸다. 이제 최후인가? 그냥 서서 죽다니 조금 싱겁군. 이런 최후를 맞이하기 위해 17년을 살아왔는가? 고개를 돌려본다. 제레인트는 뭔가 빠르게 기도하고 있었다. 그리고 아프나이델이 캐스팅하는 모습도 보였다. 길시언은 힘겹게 프림 블레이드를 들어올리고 있었고 칼은 화살을 뽑아 활에 먹이고 있었다. 그래. 이왕 죽을 거, 손에 칼을 쥐고 죽자.

"그래도 내 인생은 괜찮았어!"

고함을 지르며 검을 든 순간 하늘이 새하얗게 바뀌었다.

백색. 하늘을 가득 메운 백색의 섬광 때문에 눈이 멀어버릴 것 같다. 귀는 너무 높은 소리를 받아들이지 못해서 완전히 먹어버렸다. 그래서 완전한 고요 속에서 난 모든 것을 볼 수 있었다. 하지만 무엇을? 그저 하얗기만 한데?

그때 하얀 빛이 사라졌다. 그리고 무엇인가가 날아갔다. 날아가는 듯했다. 내 눈이 본 것은 그저 하얀 빛이 사라지며 검붉은 무엇이 빠르게 움직이는 것뿐이었다. 그때 소리가 들려오기 시작했다.

"크롸라라라라!"

빠르게 움직이던 것은 크라드메서였다. 속도를 늦추며 브레스를 쏘려던 크라드메서가 갑자기 속력을 높이며 우리 머리 위를 그대로 지나친 것이다. 곧 그의 뒤를 따라오던 바람이 거세게 나를 덮쳤다. 그러나 난 바람에 밀리면서도 눈앞의 광경에서 눈을 돌릴 수 없었다.

눈앞에 펼쳐진 것은 믿을 수 없는 대파괴의 모습이었다.

검게 타버린 땅. 저 자리에 풀이 있었다는 것은 도저히 믿을 수가 없다. 풀 한 포기 남겨두지 않고 모조리 타버렸다. 그러고도 모자라 땅은 수백 큐빗에 걸쳐 파헤쳐져 있었다. 도대체 어떻게 된 거지? 왜 우리 앞쪽으로 저런 자국이 생긴 거지? 그때였다. 갑자기 주위가 어두워진다는 느낌이 들었다. 고개를 들어올리는 순간 이번에는 푸른 것이 머리 위를 휘익 지나쳤다. 그러고 나서 이번엔 등 뒤에서 바람이 불어왔다. 도저히 견디지 못하고 나와 길시언은 한덩어리가 되어 앞으로 쓰러졌다.

"으으윽!"

그대로 땅을 한 바퀴 굴렀다. 다시 몸을 일으켜 앉았을 때 눈에 들어온 것은 하늘 저편으로 까마득하게 사라지는 크라드메서의 뒷모습이었다. 그럼 반대쪽에서 날아오던 것은 뭐였지? 다시 고개를 돌린다. 그러자 하늘 반대편으로 까마득하게 사라지는 푸른 물체가 보였다.

"쿨, 쿨럭! 저건?"

"맙소사……, 맙소사!"

말을 제대로 꺼내지도 못하고 있을 때 하늘 저편으로 사라지던 푸른 몸체는 거대한 곡선을 그리기 시작했다. 그것은 하늘에 반경 수천 큐빗에 달하는 원호를 그리며 다시 우리 쪽으로 날아들기 시작했다. 자연스럽게 고개가 다시 돌아갔다. 그러자 반대편에서 똑같은 원호를 그리며 날아오는 크라드메서의 모습이 보였다. 저 둘이 만들어내는 원은 혹시 갈색 산맥 전체를 뒤덮지 않을까?

"크롸라라라!"

크라드메서가 거칠게 포효했다. 그러자 맞은편에서도 포효소리가 들려왔다.

"캬아아아아!"

네리아의 얼굴은 볼만했다. 그녀의 얼굴엔 공포 반, 그리고 기쁨 반이 절묘하게 균형을 이루고 있었다. 그녀는 머리를 좌우로 정신 없이 움직이며 더듬더듬 말했다.

"벼, 벼, 벼…… 벼락 드래곤?"

"지골레이드다!"

"어떻게 된 거야? 지골레이드가 여기 웬일이지?"

고개를 돌려보니 샌슨이 얼빠진 얼굴로 지골레이드를 바라보며 말하고 있었다. 지골레이드는 거대한 날개를 모조리 펼친 채 무서운 속도로 하늘을 미끄러져오고 있었고 반대편에서는 크라드메서가 미끄러져내리고 있었다. 어라? 이, 이런!

"길시언. 나 지금 몹시 좋지 않은 처지에 처했다는 생각이 드는데요? 이 난국을 타개하기 위한 모종의 행동이 요구되는 시점이라고 생각되지 않아요?"

길시언은 몸을 일으키며 말했다.

"일어나서 달리자는 말을, 쿨럭. 너무 길게 하는군."

이런, 제에엔장! 크라드메서와 지골레이드가 맞닥뜨리게 되는 곳은 바로 우리 머리 위잖아?

"우와아아앗! 달아나아!"

샌슨이 목놓아 외치자 네리아는 눈을 동그랗게 뜨며 주위를 살폈다.

"어, 어디로? 어디로?"

어디로 달아나? 달아나야 돼. 조금 전까지야 어쩔 도리가 없었지만 말이야. 이제 지골레이드가 왔잖아? 그리고 크라드메서를 공격하고 있다. 내 인생은 그런 대로 괜찮았고, 아직 마침표는 찍지 않아도 될 거 같다. 그러니까……, 그런데! 이 광활한 분지에서 어디로 달아나야 되지? 그때였다.

"이쪽으로!"

무시무시한 목소리. 이런 목소리를 내는 사람이 있지.

"운차이? 안 달아났어요? 거기서 뭐해요?"

멀리서 운차이가 손짓하고 있었다. 너무 멀어서 보이지도 않았지만 그 목소리만으로도 알 수 있다. 다음 순간 난 운차이의 대답도 기다리지 않고 길시언을 어깨에 둘러멘 채 달려가고 있었다. 곧 등 뒤에서 일행들의 비명소리가 들려왔다.

"우, 우와아아! 드래곤들의 싸움이라니!"

"제레인트! 정신 차려요! 달리라구요! 그렇게 뒤돌아 보지 말고!"

"아, 예……. 우와……? 굉장하다?"

"아프나이델! 저 녀석 엉덩이에 불 좀 붙여라!"

"에, 엑셀핸드 님. 지금은 달리기도 바빠……."

"정말……, 멋진…… 으악! 무슨 짓입니까, 네리아!"

"빨리 안 달리면 또 찌를 거예요! 어서 달려욧!"

"좋았어! 잘했어요, 네리아 양! 계속 찔러욧!"

"카아아알!"

음. 고개를 돌려보자 거꾸로 쥔 트라이던트로 소 몰듯이 제레인트를 몰아오는 네리아의 모습과 그 옆에서 박수를 치며 달려오는 칼이 보였다. 다시 운차이의 외침소리가 들려왔다.

"엎드려!"

"이런, 길시언! 날 욕해도 좋아요!"

난 또다시 길시언을 밀어넘어뜨리며 함께 나동그라졌다. 도대체 오늘 몇 번이나 쓰러지는 거지? 그 순간 머리끝이 곤두서는 비명소리가 들려왔다.

"캬아아아앗!"

"크롸라라라라!"

뭔가가 충돌하는 굉음, 그리고 격렬한 날갯짓 소리. 누운 채 몸을 돌려 하늘을 바라보았다. 그러자 반대편 하늘로 날아가는 크라드메서의 모습이 보였다. 그런데 지골레이드는? 지골레이드 역시 반대편 하늘로 날아 올라가고 있었다. 그런데 그 비행이 아주 이상했다. 비틀거리며 당장이라도 떨어질 듯 힘겹게 날아 올라가는 것이었다. 운차이가 이를 갈며 외쳤다.

"제길! 날개를 당했어! 모두 일어나 달려! 어서 이쪽으로!"

두 드래곤이 다시 하늘로 솟구치는 동안 우리들은 죽을 힘을 다해 달렸다. 나는 길시언을 인간 취급하지 않았고 길시언 역시 짐짝 취급을 당하면서 몸에서 힘을 쭉 뺐기 때문에 그를 들고 뛰는 것은 쉬웠다. 크라드메서와 지골레이드가 하늘을 돌아 반전하는 동안 우리들은 거의 분지 끝까지 달렸다.

분지 끝에는 절벽이 보였고 그 가운데 약간 갈라진 곳이 보였다. 운차이가 발견한 것이 저건가? 운차이는 그 안으로 뛰어들고 있었다. 다른 생각할 여유 없이 절벽 틈으로 뛰어들었다. 왠지 고양이와 개 싸움을 보고 도망치는 쥐가 되는 기분이야. 지금 들어가는 곳도 꼭 쥐구멍 같고.

마지막으로 제레인트와 네리아가 뛰어 들어옴으로써 일행들은 모두 절벽 틈에 숨었다. 절벽 틈은 좁은 입구에 비해 볼 때 꽤나 깊숙했다. 여긴 인간은 들어오겠지만 드래곤은 못 들어오겠군. 됐어! 일행들은 모두 숨 넘어갈 듯 헐떡거리며 주저앉았다. 네리아는 트라이던트를 집어던지더니 펑펑 울면서 운차이에게 안겼다.

"와아아앙! 운차이!"

운차이는 쓴 표정을 지었다. 샌슨은 바위에 몸을 기대며 말했다.

"후우, 후우우. 도망치던 것 아니었나?"

운차이는 네리아를 천천히 밀어내며 말했다.

"나에겐 너희 북부 미련퉁이처럼 죽음 앞에서 몸에 힘이 빠지는 약점은 없다."

"그래? 그런데 왜 돌아왔지?"

"……여길 발견해서."

"그래, 그래! 여길 발견해서. 웅웅. 우리들 모두 살려주려고?"

네리아는 콧소리를 심하게 내었다. 운차이가 얼굴을 구기면서 뭐라고 대답하려는 순간 등골이 오싹해지는 포효소리가 들려왔다. "캬아아아앗!" 아차, 지골레이드는? 난 길시언을 내려놓으며 다시 하늘을 살폈다. 우리 일행들은 절벽 틈 사이에 숨어서 숨을 죽이고 드래곤의 싸움을 바라보았다. 개와 고양이, 그리고 쥐구멍에 숨어서 지켜보는 쥐떼들.

"저거, 위험하겠어?"

아프나이델이 입술을 깨물면서 말했다. 두 마리의 드래곤은 서로를 향해 맹렬히 날아들고 있었다. 하지만 지골레이드의 속도는 느렸고 그 날개에선 뒤로 길게 피구름이 만들어지고 있었다. 하늘에 붉은 강이 흐르는 것처럼 보였다. 숨을 몰아쉬던 칼 역시 절망 섞인 탄식을 뱉었다.

"후우, 우……. 이런, 안 되겠어. 저래 가지고서야."

그때였다. 크라드메서를 향해 매끄럽게 날아들고 있던 지골레이드의 목 뒷부분에 뭔가 하얀 빛이 엉겨들기 시작했다. 엑셀핸드가 기막힌 목소리로 말했다.

"후욱, 후욱. 드, 등에 저거 뭐야?"

순간 지골레이드는 날개를 크게 비틀었다.

지골레이드는 갑자기 방향을 바꿨다. 느리게 날아오던 지골레이드는 쉽게 몸을 틀었지만 크라드메서는 그대로 날아오게 되었다. 그리고 그때 하늘을 가득 메우고 있던 구름이 붉게 일렁거렸다. 구름이 왜?

구름을 뚫고 불덩어리들이 떨어져 내렸다!

"미티어 스웜이다!"

아프나이델이 외쳤다. 하늘에서 쏟아져내리는 불덩어리들은 정확하게 크라드메서의 진로 앞쪽으로 떨어져내렸다. 슝슝슝슝슝! 크라드메서의 속력까지 계산한 정확한 공격이다. 속도를 추스르지 못하고 날아들던 크라드메서는 곧장 미티어 스웜의 비 속으로 뛰어들게 되었다.

"됐어! 저 속도에선 못 피해!"

샌슨은 춤이라도 출 것처럼 기뻐하며 외쳤다. 그때 크라드메서는 갑자기 날개를 뒤로 한껏 젖혔다. 크라드메서의 속도가 순간적으로 빨라졌다.

"통과할 속셈인가!"

"설마?"

크라드메서는 좌우 날개를 올렸다 내렸다하면서 불덩어리들의 비 사이를 비행했다.

콰앙, 쾅쾅쾅쾅쾅! 불덩어리들이 땅에 부딪히며 분지는 무서운 폭발로 가득차버렸다. 하늘로 치솟는 빛과 화염, 그리고 흙과 돌덩어리들. 운차이가 고함질렀다. "이런! 더 안쪽으로!" 분지에서 튀어오른 바위들이 우리가 숨어 있던 절벽을 타격했다.

쿠왕쾅! 절벽 전체가 울렸다. 그러나 크라드메서는 유연하게 하늘에서 우박처럼 쏟아지는 불덩어리를 피하며 그 파도치는 폭발 위를 날고 있었다. 기막혔다! 200큐빗은 족히 넘을 저 몸이 찌르레기라도 된 것처럼 날고 있었다!

"맙소사, 이건 믿을 수가 없어! 어떻게 저 몸이?"

제레인트가 당장이라도 다시 분지로 달려나갈 듯이 움찔거리며 소리지르는 순간, 급격히 솟아오르던 지골레이드의 목 뒤에서 이번에는 불의 강이 뛰쳐나갔다.

푸화하하학! 폭 수십 큐빗은 되는 불의 강은 마치 하늘에 붉은 융단을 까는 것처럼 좌악 뻗어나갔다.

크라드메서는 미티어 스웜이 쏟아지는 지역을 거의 빠져나왔지만 지골레이드의 등에서 뛰쳐나간 불의 강은 바로 크라드메서의 앞을 가로막았다.

"됐다! 됐어! 이번에야말로 절대 못 피해!"

샌슨이 날뛰며 박수를 친 순간, 하늘을 가로지르던 크라드메서의 몸이 갑자기 사라져버렸다. "호핑?" 크라드메서의 몸은 불의 강 바로 위에서 나타나 쏜살같이 날아올랐다. 이런 억장 무너지는 경우가 있나!

"샌슨! 다음에 지골레이드가 공격할 땐 조용히 있어!"

"알았어……."

목표를 잃은 불의 강은 그대로 하늘을 가로질러 건너편 산봉우리에 작렬했다. 꽈르르릉! 산봉우리가 거대하게 울렸다. 그리고 산 전체가 불타기 시작했다.

쿠…… 쿠…… 쿠르르릉! 천둥소리 같은 굉음과 함께 불타오르던 산봉우리가 서서히 붕괴되기 시작했다. 아프나이델은 땅에 주저앉고 말았다. 그는 얼빠진 얼굴로 불타며 파괴되는 산봉우리를 보며 말했다.

"빛의 탑의 명예를 걸고! 난 저걸 모르겠어. 저, 저건 도대체 무슨 마법이지?"

그때 같은 곳을 바라보던 칼이 펄쩍 뛰었다.

"이야아아!"

칼은 기쁨에 몸을 떨면서 괴성을 질렀다. 아이고, 맙소사. 칼! 드디어? 칼은 지골레이드를 바라보며 커다랗게 웃었다.

"으핫하하하! 내가 가르쳐줄 수 있을 것 같소! 전에 봤던 것이거든? 저건 샐러맨더와 실프의 무도회요!"

"예? 아니……!"

칼은 번쩍번쩍 빛나는 눈으로 운차이를 바라보았다. 꼭 미친 사람처럼 보이는데? 하지만 나 역시 입술을 벌벌 떨면서 운차이의 대답을, 그 기쁜 대답을 기다렸다. 운차이는 지골레이드를 바라보며 고개를 끄덕였다.

"맞소. 그녀요."

샌슨은 잔뜩 떨리는 목소리로 외쳤다.

"이루릴!"

……설마 이루릴이 이루릴이 아니게 되는 것은 아니겠지?

12

"콰르르르르!"

하늘을 미끄러지던 크라드메서는 갑자기 수직으로 솟구쳐오르기 시작했다. 하늘로 똑바로 쏘아올려진 화살처럼 크라드메서의 모습이 구름을 뚫고 사라졌다. 그러자 지골레이드는 이제 땅 위를 미끄러지기 시작했다.

"저러다 부딪히겠어!"

지골레이드는 배에 풀이 닿을 듯이 분지 위를 미끄러졌다. 지골레이드의 비행에 휘말린 풀들이 뿌리째 뽑히며 그 뒤를 따라 떠올랐다. 제레인트가 펄쩍 뛸 듯이 외쳤다.

"크라드메서의 장기, 아니, 이그누스 드래곤의 장기인 급강하 공격을 피하려는 겁니다! 이그누스 드래곤의 공격 방식은 하늘에서 떨어지는 벼락처럼 내려꽂히며 공격하는 것! 우와, 미치겠어!"

아프나이델이 허연 얼굴을 끄덕이며 말했다.

"맞습니다. 이그누스 드래곤은 가장 높이 나는 드래곤이니까요. 게다가 구름 때문에 크라드메서를 볼 수 없지요. 그래서 공격 못하도록 저공 비행하는 것이군요."

그래? 야, 이거 인간들끼리 칼 들고 싸우는 것은 싸움 축에도 못 끼겠군. 대왕께서는 도대체 어떻게 저런 생물을 잡을 수 있었던 것이지? 운차이가 느닷없이 외쳤다.

"내려온다!"

그 순간 구름이 인정사정 없이 찢어지며 크라드메서가 다시 나타났다. 크라드메서는 지골레이드의 뒤쪽에서 나타나 그대로 지골레이드를 향해 쏘아져 내려갔다. 저러다 둘 다 땅에 부딪히겠어! 그러나 크라드메서는 내려꽂히면서 브레스를 뿜었다. 저 영리한 놈! 칼은 졸도하고픈 표정으로 말했다.

"화염의 창!"

크라드메서에 의해 던져진 길이 수천 큐빗짜리 불의 창이 땅을 향해 비스듬히 내려꽂혔다. 지골레이드는 피하기 위해 몸을 틀었으나 워낙 낮게 날고 있던 터라 움직일 공간이 마땅치 않았다.

"캬아아아앗!"

크라드메서가 뿜어낸 화염의 창은 지골레이드의 날개를 완전히 관통했다. 지골레이드가 땅에 닿기 직전, 그의 목 뒤에서 검은 점이 위로 뛰어올랐다. 그리고 지골레이드는 화염에 휩싸이며 그대로 땅에 추락했다. 격렬한 화염이 불타고 있던 분지 위로 지골레이드의 푸른 몸이 나뒹굴었다.

"케에에엑!"

웬만한 성채만한 불덩어리가 산에 부딪혔다. 불타는 지골레이드를 받아들이며 갈색 산맥 전체가 진저리를 치며 신음을 흘렸다. 산에 부딪힌 지골레이드는 굴러가는 것을 멈추었으나 그 위로 절벽이 무너지기 시작했다. 콰…… 콰릉, 콰르릉!

"안 돼!"

"캬, 캬아악!"

지골레이드는 날개를 퍼덕이며 일어나려고 애썼으나 그 위로 무너지는 바위는 엄청났다. 잠시 후 지골레이드는 불에 타고 바위에 짓이겨진 처참한 모습으로 나동그라졌다. 크라드메서는 브레스를 뿜고 나서 땅에 부딪히지 않기 위해 다시 날개를 떨치며 치솟아오르고 있었다.

지골레이드의 목 뒤에서 뛰쳐나온 검은 점은 그대로 분지 위의 하늘을 날았다. 그것은 잠시 멈춰 지골레이드의 모습을 바라보는 듯하더니 곧 우리 쪽으로 날아오기 시작했다. 폐허라는 말이 부족할 정도로 파괴된 분지 위로 한 마리 제비처럼 날아온 검은 점은 이윽고 이루릴의 모습으로 커졌다.

"이루릴!"

이루릴은 분지 위에 살짝 내려섰다. 우리가 숨어 있는 절벽 틈의 입구에 해당하는 위치에 선 그녀는 땅에 닿자마자 우리들을 주욱 둘러보더니 모든 사람들을 향해 굉장히 빠르게 인사했다.

"여러분들을 많이 그리워했습니다. 지금, 충족된 그리움 속에서 저는 기쁩니다."

백 마디 말이 필요없었다. 나는 도무지 무슨 말로 대답해야 할지 모른 채 멍하니 그녀의 얼굴을 바라보며 고개를 끄덕였다. 그녀의 찰랑거리는 검은 머리, 그리고 깊은 눈매를 보자 목이 콱 막혀왔다. 다른 사람들도 그런 모양이지? 칼이 간신히 벅찬 목소리로 말했다.

"세레니얼 양! 돌아왔군요!"

이루릴은 고개를 살짝 숙였다.

"예. 약속했던 대로……. 리치몬드는 핸드레이크가 아니었습니다."

"잘 왔네! 정말 반갑구먼!"

엑셀핸드도 수염을 부르르 떨면서 반갑게 인사했다. 곧 이루릴은 수많은 인사에 일일이 대답하느라 곤욕을 치러야 했다. 네리아는 이루릴을 껴안고 팔짝팔짝 뛰었고 샌슨은 혼자서 팔짝팔짝 뛰었다. 하지만 쓰러진 지골레이드와 하늘을 돌고 있는 크라드메서 때문에 우리들의 재회 인사는 상당히 빨리 끝났다. 이루릴은 한참 후에야 쿨럭거리고 있던 길시언과 인사를 나눌 수 있게 되었다.

"길시언? 상처를 입으신 건가요?"

길시언은 미소를 지으려 애쓰면서 말했다.

"아니. 쿨럭! 독입니다. 하지만 조금씩 나아지고 있으니 괜찮습니다. 콜록. 그런데 선더라이더의 저주가 풀렸습니다만. 으큼, 리치몬드는?"

"네. 리치몬드는 죽었습니다. 지골레이드가 그를 살해했습니다."

으윽! 이루릴은 어떻게 저렇게도 예쁘게 살해가 어쩌니 할 수 있단 말이야! 우리의 이루릴이 돌아왔다는 것이 이제야 확실히 실감나는군. 이루릴은 하늘을 흘긋 바라보더니 이번엔 레니를 바라보았다.

레니는 우리 모두와 떨어진 위치에 홀로 앉아 있었다. 그녀는 망연한 얼굴로 바위에 앉아 크라드메서를 올려다보고 있었다. 이루릴은 그 모습을 보더니 빠르게 질문을 시작했다.

"크라드메서의 행동은 라자가 있는 드래곤의 행동으로 보기는 어렵군요. 그렇다면 크라드메서의 저 행동은 계약의 실패에 관련된 것입니까?"

어, 어? 이걸 어떻게 설명하지? 그러나 우리들 중엔 이루릴만큼이나 함축성 있게 사정을 설명할 능력이 있는 사람이 있었다.

"우리와 할슈타일 후작의 대립을 틈타 크라드메서의 라자가 된 넥슨이 시오네에 의해 살해당했소."

"왜죠?"

아이고……, 이루릴이 맞군! 칼은 빠르게 대답했다.

"직접 설명을 들은 바는 없지만 아마도 크라드메서를 미치게 만들기 위해서라고 생각하오. 그래서 21년 전의 비극을 다시 부활시키려는 것일 게요."

"믿을 수 없을 정도로 잔인한 일이군요."

"그런데 지골레이드는?"

이루릴은 고개를 갸웃하더니 대답했다.

"네? 보시는 바와 같이 몹시 다쳤습니다만."

으윽. 엑셀핸드는 자신의 이마를 짚으며 끙 하는 신음을 흘렸고 아프나이델은 엑셀핸드의 어깨를 짚었다. 칼은 이 급박한 와중에서도 미소를 지으며 말했다.

"……그게 아니라 지골레이드가 여기 왜 왔는가를 물은 것입니다. 그리고 당신은 어떻게 그를 타고 온 것인지도."

"그렇습니까? 그는 후작에게 받을 빚이 있어 오던 도중이었습니다. 전 그에게 편승했죠."

"빚? 어떤 빚입니까?"

이루릴은 대답하려다가 흠칫하며 하늘을 바라보았다. 크라드메서는 하늘을 가로질러 다시 땅으로 내려꽂히고 있었으며 그 앞에는 쓰러진 지골레이드가 있었다. 지골레이드는 몸부림을 치며 일어나려고 했으나 무너진 바위 덩어리들은 그를 놓아주지 않았다. 그리고 크라드메서는 거침없이 날아들었다.

이루릴은 황급히 운차이 쪽을 쳐다보았다. 운차이는 절벽 반대쪽을 조사하고 있었다. 반대쪽에 혹시 길이라도 있을까? 하지만 반대쪽엔 까마득한 산봉우리가 보일 뿐인데. 이루릴은 손을 반쯤 들어올리다가 내게 고개를 돌렸다.

"후치? 크라드메서에게 멈추라고 말해 달라고 운차이 씨에게 전해 주겠어요?"

큭! 나와 샌슨은 곧 입을 틀어막으며 바람 새는 소리를 냈다. 그리고 운차이는 고개를 홱 돌리더니 퉁명스럽게 말했다.

"날더러 미친 드래곤을 저지하라고 하는 거요?"

이루릴은 눈을 동그랗게 뜨면서 운차이를 바라보았다.

"당신은……, 예전에 제가 알던 운차이가 아니군요?"

운차이는 이루릴의 말에 쓴 표정을 지을 뿐 아무 대답을 하지 않았다. 갑자기 운차이는 표표히 분지 쪽으로 걸어가기 시작했다. 그는 분지 쪽으로 걸어가면서 말했다.

"미친 드래곤이 인간의 말을 들을진 모르겠지만, 뭔가 생각이 있는 것이겠지. 그렇잖소?"

운차이는 절벽 틈의 입구에 가까이 가서 멈춰 서더니 곧장 숨을 들이켰다. 우리들은 모두 귀를 틀어막았다.

"크라드메서어! 멈춰라아앗!"

절벽을 울리게 만드는 운차이의 고함소리였지만 폭발음을 계속 듣다보니 운차이의 고함소리도 별로 크게 들리지 않았다. 그러나 크라드메서는 멈추지 않았다. 크라드메서는 운차이의 말을 깨끗이 무시해 버리면서 쓰러진 지골레이드에게 날아들었다. 퍼더덕, 퍼덕! 크라드메서는 날개를 거세게 휘저으며 곧장 지골레이드의 위로 다가들었다.

그 순간 이루릴은 두 손을 앞으로 내뻗었다.

"그 숨결에 생명을 담고 모든 것을 바라보며, 종속될 수 없는 운명을 가진 자여, 자신의 적 속에서 가장 아름다운 정령이여, 무한의 형태로써 종속되어 마침내 종속을 벗어나는 형태 없는 형태여! 그릇된 진실과 참된 거짓의 이름을 부여한다!"

이루릴의 낭랑한 읊조림이 끝나자 곧 비가 올라가기 시작했다.

비는 보통 내린다고 표현하지. 하지만 지금 우리 눈앞에서 비는 올라가고 있었다. 아직도 이글거리며 불타고 있는 분지에서 하늘로 물방울들이 떠오르기 시작했다. 어떻게? 분지를 적셨던 빗물은 조금 전의 폭발과 불 때문에 모두 증발해 버렸을 텐데? 그러나 분지 전체에서 똑같은 속도로 떠오르고 있는 것은 분명 물방울이었다. 어떻게 저 화염 속에서 물방울들이?

"크롸라라라!"

순간 전혀 엉뚱한 곳에서 들려온 포효소리에 등골이 쭈뼛해졌다. 분지 저쪽에서 또 다른 드래곤이 나타났다. 거대한 붉은 몸에 검은 줄무늬, 그리고 목놓아 울부짖는 강맹한 모습, 크라드메서잖아?

"크롸라라라!"

이크? 또? 다시 고개를 돌리자 분지를 둘러싼 절벽 위에서 고개를 내미는 크라드메서의 모습이 보였다. 지골레이드를 공격하려던 크라드메서는 새로이 나타난 '자신'을 보면서 동작을 멈췄다. 그는 굳어버린 채 분지를 주욱 둘러보았다.

"크롸라라라!"

"콰르르르르!"

곳곳에서 크라드메서가 나타났다. 크라드메서는 본격적으로 긴장하며 머리를 낮추었다. 그는 이리저리 머리를 휙휙 돌려대었다. 그 장중한 체구에도 불구하고 크라드메서는 마치 사냥꾼에게 쫓기는 맹수처럼 보였다. 제레인트는 숨 넘어갈 듯 웃어대기 시작했다.

"우헷헤헤헤! 이그누스 드래곤의 프라임 미팅이다!"

엑셀핸드는 관자놀이에 지렁이 같은 혈관을 드러내며 제레인트를 바라보았다.

"웃냐? 웃어?"

"그럼 저런 광경을 본 최초의 인간으로서 울까요? 크핫하하하!"

"최초의 드워프는 울고 싶단 말이다!"

제레인트는 저 광경을 보고 종단의 모든 성직자들이 모이는 프라임 미팅을 연상하는 모양이군. 나도 저런 여유가 있었다면 얼마나 좋을까. 이건 내 머리로 상상할 수 없는 장면이라구. 그런데 눈앞에 이런 모습이 펼쳐진단 말이야. 샌슨은 눈을 소같이 뜨면서 웅얼거렸다.

"열하나? 열하나군."

대상물의 덩치나 위압감과 숫자를 빨리 세는 샌슨의 능력 사이에는 별 상관이 없는 모양이군. 분지를 가득 메운 열한 마리의 이그누스 드래곤이라니! 아프나이델은 이루릴의 멱살을 잡을 듯한 얼굴로 말했다.

"저건 캐스팅할 수 없어요! 저런 크기론 도저히 마나 억제가 안 돼! 시전자의 의지가, 아니, 아무리 당신이 엘프라도 저런 사이즈로 마나 억제를 할 순 없어요! 저건, 저건 환영이 아니죠?"

"죄송합니다. 환영입니다."

이루릴은 정말 미안한 듯이 말했고 그러자 아프나이델은 기세가 등등해져서 마치 채권자나 된 것처럼 이루릴을 윽박질렀다.

"어떻게 저게 환영입니까!"

"보세요. 실프가 언딘의 거울을 하늘에 띄워올려요. 그리고 윌로위스프는 자신이 그러모은 빛을 그 거울에 던져요. 마나가 아니라 정령들의 힘이랍니다."

"아……!"

아프나이델은 복잡한 표정으로 이루릴을 바라보더니 다시 분지를 바라보았다. 그는 고개를 격하게 가로저었다. 나는 그의 중얼거림을 들을 수 있었다. "마법사 관두겠어……. 정령사가 더 전망 있겠는데?"

아프나이델이 그의 미래에 대한 불확실한 전망을 타진하고 있는 동안에도 크라드메서는 새로이 나타난 자신을, 그것도 열 개나 되는 자신을 바라보며 긴장하고 있었다. 만일 그에게 털이 있었다면 지금 이 순간 그 털은 모두 꼿꼿이 곤두서 있을 거야.

이루릴은 가만히 서서 분지를 바라보며 혼잣말하듯 말했다.

"영원의 숲에서 느꼈던 것입니다. 인간 여러분들은 '자신'의 모습에 공포를 느끼시더군요."

칼은 뭔가 말할 듯한 얼굴로 이루릴을 돌아보았다. 그러나 그는 아무 말 없이 이루릴의 말을 기다렸다.

"그래서 드래곤에게도 혹시 그런 경향이 있지 않을까 추측했습니다. 이건 저에겐 독특한 경험이군요. 엘프에게 반신반의라는 감정은 낯설어요. 하지만 전 반신반의하면서 시도했습니다. 효과가 있군요. 드래곤과 인간을 잇는 유피넬의 저울대는 가장 길기에……."

“드래곤이……, 인간의 반대쪽 극단이라는 말씀입니까?”

칼의 질문에 이루릴은 고개를 끄덕였다. 그녀가 대답하기도 전에 에델린이 말했다.

“라자는 드래곤과 인간을 관계짓지 않습니까.”

모두가 에델린을 돌아보았다. 에델린은 우울한 얼굴로 분지를 바라보면서 말했다.

“하나로 존재할 수 없는 인간……, 하나로 존재하는 드래곤……. 유피넬과 헬카네스의 관심을 동시에 받는 인간……, 아무런 신도 가지지 않는 드래곤……. 아버지께서는 왜 그랬을까요…….”

아버지? 에델린이 아버지라고 부르면, 어, 그건 핸드레이크잖아? 갑자기 그 양반 이름이 왜 나오는 거지? 칼은 이마에 세로주름을 만들면서 에델린을 쏘아보았다.

“무슨 뜻입니까?”

“아버지는 왜 드래곤 라자를 만들어내셨을까요.”

크라드메서가 포효했다.

“크롸라라라!”

포효의 여운이 사라지기도 전에 크라드메서는 돌진했다. 발 소리는 없었다. 크라드메서는 날개를 떨치며 앞으로 휘익 날듯이 뛰었다. 그 앞에는 이루릴이 만들어낸 또 다른 크라드메서가 있었다. 가짜 크라드메서는 맹렬하게 울부짖으면서 달려오는 크라드메서를 피했다. 그리고 곧 다른 가짜 크라드메서들이 일제히 크라드메서에게 달려들기 시작했다.

충돌과 포효, 그리고 날개가 퍼덕이는 소리. 땅은 단숨에 파헤쳐져 솟아오르는 흙덩어리들이 폭풍을 일으켰다. 열한 마리의 이그누스 드래곤이 일제히 난투를 벌이는 것이었다. 그 광경엔 보는 사람의 심장까지 얼어붙게 만드는 공포가 어려 있었다. 제레인트는 헐떡이며 말했다.

"열두 드래곤과 핸드레이크의 이야기가 있잖아요? 그런데 지금 이 분지엔 드래곤이 열둘이란 말입니다! 지골레이드까지 치면!"

"그럼……. 핸드레이크는 저런 것을 상대했단 말이로군요."

아프나이델의 신음은 드래곤들의 포효에 휩싸여 알아듣기 어려웠다. 이루릴은 슬픈 표정으로 말했다.

"그 역시 '자신'을 받아들이지 못하는군요. 당신들과는 다른 이유에서겠지만."

"세레니얼 양?"

이루릴은 고개를 돌려 잠시 칼을 바라보았다. 그러나 그녀의 머리카락이 다시 물결치며 이루릴은 지골레이드를 바라보았다.

"……지골레이드를 구해 내도록 하지요."

이루릴은 갑자기 눈을 감더니 조용히 말했다.

"지골레이드? 당신을 옮기겠어요. 지금 당신의 모습 그대론 제가 옮길 수 없으니 폴리모프하세요. 바위가 무너질 테니 셋을 셀 때……. 하나, 둘, 셋."

잠시 후 지골레이드의 모습이 사라지며 바위 더미가 무너지기 시작했다. 그러나 크라드메서들이 벌이고 있던 난투의 격렬한 소음 속에서 바위 더미가 무너지는 소리는 거의 들리지 않았다. 그리고 이루릴의 앞쪽에 한 남자가 나타났다. 남자는 나타나자마자 신음을 토하며 무릎을 끓었다.

"허억!"

왠지 마법사처럼 보이는 모습이었다. 푸른 로브를 걸치고 있었고 손엔 지팡이까지 들고 있었다. 날카롭게 생긴 눈매가 지금은 고통 때문에 일그러져 있었다. 그의 양쪽 팔에서는 피가 줄줄 흘러내리고 있었다. 그는 무릎을 꿇은 채 지팡이에 의지해 간신히 쓰러지지 않고 있었다. 제레인트는 황급히 그의 곁에 무릎을 꿇으며 말했다.

"지골레이드이십니까?"

지골레이드는 파리한 얼굴을 돌려 제레인트를 사납게 바라보았다. 제레인트는 찔끔하면서 무의식중에 뒤로 조금 물러났다. 지골레이드는 사나운 목소리로 말했다.

"멍청한 질문이군. 성직자."

"아, 하하. 그렇군요. 어디 치료를……."

"네가? 나를? 머리를 박살내어 죽일 놈 같으니라구!"

지골레이드는 그야말로 잡아먹을 듯한 눈으로 제레인트를 바라보았다. 호의를 베풀려던 제레인트는 뜻밖의 반응에 어이없는 얼굴로 지골레이드를 마주보았다.

"그는 라자가 없는 드래곤이니까요……."

지금껏 고요히 앉아서 크라드메서를 바라보던 레니의 입에서 희미한 말소리가 새어나왔다. 우리 모두는 레니를 바라보았지만 레니는 아무런 표정도 없이 크라드메서만을 바라보고 있었다. 그녀는 그렇게 무표정한 얼굴로 고개도 돌리지 않은 채 말했다.

"그가 왜 인간의 호의나 사랑을 받아야 할까요. 지골레이드는 라자가 없는데. 그는 아무런 관계도 받아들일 수 없고, 받아들여서도 안 되고, 받아들여지지도 않죠."

"그, 그런가?"

제레인트는 당황한 목소리로 혼잣말하듯이 말했다. 그때 이루릴이 말했다.

"레니 양. 지골레이드의 라자가 되지 않겠어요?"

뭐야? 레니가 지골레이드의? 지골레이드는 흠칫하면서 이루릴을 올려다보았다. 레니는 여전히 크라드메서만을 바라보고 있어서 그녀가 이루릴의 말을 듣기나 한 것인지도 의심스러웠다. 이루릴은 계속 말했다.

"당신이 그의 라자가 된다면 지골레이드께서는 여러분들과 관계를 맺으실 수 있겠죠. 여러분들의 호의와 관심 속에서 그의 상처를 치유하실 수 있겠죠. 육체적인 상처도, 그리고 정신적인 상처도."

정신적인 상처? 아, 웜링을 잃은 것 말인가? 그러나 지골레이드는 무서운 얼굴로 말했다.

"내 마음의 상처를 치료하는 약은 한 가지뿐이다. 할슈타일 후작의 죽음!"

뭐라구? 할슈타일 후작의 죽음? 어, 그게 무슨 말이지? 우리 모두는 이루릴을 바라보았다. 아무래도 지골레이드보다야 이루릴에게 대답을 요구하는 것이 안심스러웠으니까. 이루릴은 말했다.

"리치몬드는 살해되기 전 모든 것을 말했습니다. 그는 할슈타일 후작의 명령에 따라 행동하는 자였습니다. 졸개라고 표현할까요. 어쨌든 그는 후작의 명령에 따라 지골레이드의 웜링을 살해한 것입니다."

"예? 아니, 왜……?"

"지골레이드께서는 웜링 때문에 인간을 떠나려 하셨으니까요. 후작은 웜링이 없어지면 지골레이드께서 다시 돌아올 것이라고 생각했던 것입니다."

"……맙소사!"

머리가 어지럽다. 할슈타일 후작, 할슈타일 후작! 도대체 당신이 할 수 없는 일이 무엇인가? 이루릴은 씁쓸하게 말을 계속했다.

"아마도 크라드메서와의 계약이 실패할 경우를 염두에 둔 것이라고 생각됩니다. 준비성이 철저한 인간입니다. 레니 양을 찾아 크라드메서와 계약하려는 것이 그의 첫 번째 계획이었을 겁니다. 하지만 그것은 여러분들의 방해로 제대로 시행되지 못할 가능성이 높았습니다."

칼이 기막힌 얼굴로 그 말을 이었다.

"그래서……, 후작은 지골레이드의 라자였던 돌맨을 빼내었군요? 하지만 돌맨도 실패했을 경우, 지골레이드를 다시 되찾겠다는 것이군요? 그래서 지골레이드를 떠나게 만들었던 원인인 웜링을……."

지골레이드가 음산한 목소리로 칼의 말을 잘랐다.

"그만. 입들 닥쳐."

칼은 찔끔하면서 입을 닫았다. 지골레이드는 지팡이에 기대며 힘들게 일어났다. 그는 일어서며 크라드메서의 싸움을 바라보았다. 그러고 보니 격렬한 충격 속에서 아득히 잊었던 굉음과 포효 소리가 갑작스럽게 더 크게 들려왔다.

고개를 돌려 보자, 나는 그 상상할 수도 없는 크기의 폭력과 파괴를 바라보며 말을 잊었다.

분지의 싸움은 무자비하고도 흉흉했다. 모든 크라드메서들이 노리며 공격하는 것을 보면서 어느 것이 진짜 크라드메서인지 파악할 수 있었다. 짓쳐오르는 흙덩어리와 불길 속에서 크라드메서는 지옥을 펼쳐내고 있었다. 그 자신과 똑같은 모습임에도 한 치의 주저도 없이, 오히려 냉정하다고까지 표현할 수 있는 동작으로 크라드메서는 환영을 공격하고 있었다. 넓고 기다란 날개는 그대로 두 개의 검처럼 움직이며 환영을 후려치고 있었고 그 장대한 목은 화살처럼 날아가 환영의 목을 물어뜯었다. 환영의 드래곤들은 찢어지는 비명을 토하며 쓰러져갔다. 그들은 쓰러지면서 곧장 안개처럼 바뀌어 사라져갔다. 남는 것은 반짝이는 물방울들뿐. 그 물방울들은 짧은 순간 반짝이다가 곧 불길에 휘말려 사라져갔다.

이루릴은 구슬픈 목소리로 말했다.

"언딘의 거울은 그의 모습은 비출 수 있어도 그의 광기는 비출 수 없군요."

지골레이드는 지팡이에 기대선 채 몸을 떨면서 그 모습을 바라보고 있었다. 환영들은 필사적으로 크라드메서를 공격했지만 크라드메서는 자신의 상처를 돌보지 않았다. 아니, 상처를 입으면 입을수록 더욱 난폭해지고 강력해지는 것 같았다. 분지 주위의 산들과 절벽은 이미 상당 부분 파괴되어 무너지고 있었고 불길은 더욱 거세어졌다.

지골레이드는 짓씹는 듯한 목소리로 말했다.

"레니, 내 라자가 되겠는가?"

레니는 그때까지도 멍한 얼굴로 크라드메서의 싸움만을 바라보고 있었다. 지골레이드는 힘들게 말했다.

"내 라자가 되어라. 그럼 난 이 상처를 치료하고 그와 맞서 싸울 수 있다. 지금의 그는 무수한 상처를 입은 몸, 나로서도 감당해 볼 만하다."

레니는 입 외에 다른 부분을 전혀 움직이지 않은 채 말했다.

"왜…… 우리를 도와주시려는 거죠?"

지골레이드는 쓰게 웃었다.

"미친 드래곤은 너희들만의 공포는 아니다. 크라드메서는 공평한 자. 너희들만이 그의 파괴의 대상이 될 거라고 믿는가? 인간본위라는 말이 사용되면 적절할 듯하군."

"그런가요. 그는 만물의 공포인가요. 시오네는 왜 저런 걸 만들어내었을까요……."

레니는 그대로 굳어버린 조각처럼 보였다. 지골레이드는 초조하게 말했다.

"레니, 시간이 없다. 대답해라. 내 라자가 되겠는가?"

레니가 지골레이드의 라자가 된다고? 어, 잠깐. 길시언을 바라보자 과연 그는 바짝 긴장한 얼굴로 레니를 바라보고 있었다. 칼이 입을 열었다.

"레니 양."

모든 사람들이 칼을 돌아보았다. 하지만 레니는 돌아보지 않았다. 그녀가 과연 크라드메서를 보고 있는가도 의심스러웠다. 크라드메서는 격렬하게 움직이고 있었지만 그녀의 시선은 움직일 줄을 몰랐으니까.

"레니 양. ……괜찮은 거요?"

레니는 대답하지 않았다. 정말 걱정되는데. 레니는 왜 저렇게 꼼짝도 하지 않는 거지?

"레니 양. 뭐, 레니 양의 자유 의사지만 말이오. 난 하라고 권하고 싶은데."

"왜죠, 칼 아저씨?"

레니의 대답은 툭 떨어뜨리는 듯한 것이었다. 칼은 잠시 당황해서 레니를 바라보다가 천천히 말했다.

"레니 양도 봤겠지만, 넥슨은 성공하면서 동시에 좌절했고 그의 목숨을 잃었소. 할슈타일 후작은 라자의 운명을 피하면서 라자의 힘만을 얻으려고 했소. 그들은 모두 라자의 힘을 원했고, 하나는 진실을 몰랐다는 것, 그리고 다른 하나는 진실을 알고 있었다는 차이뿐이오. 그런데 말입니다. 그 진실은 뭐지요?"

"드래곤 라자는 아무 일도 하지 않는다는 것."

"그래요. 그겁니다. 그런데 레니 양은 무엇을 원하지요?"

"무엇? 제가 원하는 것이오?"

"그래."

레니의 눈에서 눈물 방울이 또르르 흘렀다. 그녀는 코를 훌쩍이고는 말했다.

"아빠……, 보고 싶어요."

"그래요. 어, 레니 양은 아무것도 원하지 않아요. 레니 양은 넥슨과도 다르고 할슈타일 후작과도 다르지요. 레니 양은 아무것도 원하지 않으니까, 에, 그러니까 레니 양은 라자의 진실로부터 자유로워요. 하지만 주위의 사람들을 볼까요. 레니 양이 지골레이드의 드래곤 라자가 된다면, 지골레이드께서는 지금 당장 치료를 받으실 수 있소. 그리고 길시언께서는, 항상 이 나라를 걱정하시는 길시언께서는 지골레이드가 돌아오심으로써 안심하실 수 있을 거요."

하아. 칼은 교묘하게 지골레이드를 끌어들이는구먼. 지골레이드는 길시언을 흘긋 바라보았다. 길시언은 잔기침을 하면서도 지골레이드의 시선에서 눈을 돌리지 않았다. 지골레이드가 살짝 고개를 끄덕이는 것이 보였다. 길시언의 얼굴이 밝아졌다.

그 광경을 보다가 난 다시 레니를 돌아보았다. 레니는 하염없이 눈물을 흘리며 앉아 있었다. 이건 잔인하기 짝이 없어. 난 이걸 이해할 수 있단 말이야. 그런데도 계속 말해야 되나? 제레인트가 애타는 목소리로 말했다.

"레니 양, 레니 양. 레니 양이 지골레이드의 드래곤 라자가 되면 크라드메서도 물리칠 수 있잖아. 그러면 레니 양은 대륙을 구하는 거라구. 알겠어요? 레니 양이 이 땅을 구한단 말입니다."

네리아는 레니가 앉은 바위에 나란히 앉으면서 그녀의 손을 붙잡고 말했다.

"그래. 레니야. 그리고 우리들도 모두 살아나는 거야. 응?"

"그만 하죠."

사방의 시선이 나에게 돌아왔다. 또렷한 목소리로 말하고 싶었지만 목이 자꾸 쉬어온다. 침이라도 확 뱉어버렸으면.

"그만들 하죠. 레니는 드래곤 라자잖아요. 그러니 그만 하자구요. 레니도 이해하니까."

"네드발 군?"

"레니는 드래곤 라자라구요……. 젠장! 난 잘 비유를 못하겠는데 말이죠, 어떤 부모에게 두 명의 아들이 있다고 쳐요. 그중 한 아들은 완전히 미쳤다고 치고. 그런데 이웃에서 정상적인 아들을 시켜 미친 아들을 죽이라고 권한다면, 그 부모 마음이 어떻겠어요? 어, 비유 치곤 조악하지만, 이해는 되시겠죠?"

칼은 입을 쩍 벌리고 날 바라보았으며 아프나이델은 반대로 입술을 깨물면서 바라보았다. 다채로운 시선들 속에서 지골레이드의 시선이 독특했다. 그는 입술 끝을 조금 들어올리며 말했다.

"언젠가 내 공격을 맨몸으로 막아내려고 들었던 그 소년이 그대로 살아 있군."

이루릴은 고개를 가로저었다. 왜일까? 난 우울한 시선으로 그 시선을 마주 본 다음 레니를 바라보았다.

레니는 여전히 무표정했다. 그 눈에서 줄줄 흘러내리는 눈물 외에는 호흡조차도 없는 무생물처럼 보였다.

"레니. 잔인한 말들이지만, 어쨌든 그래. 드래곤 라자의 진실이니 뭐니 하는 말로 치장해 봐야 소용없어. 췟. 내가 넥슨이 된 것 같군. 넥슨 녀석이 나한테 씌었나? 그 작자의 죽음에는 애도객도 없군. 어쨌든, 아무도 말하지 않으니 내가 말하겠는데……."

코 한 번 들이켜고, 자. 레니. 이건 헬턴트 마을의 초장이 후보에게는 너무 힘든 말이란 말이야. 책임질 수 없는 말이고 권위도 있을 수 없는 말이지. 하지만 말하겠어.

"미안해. 이런 아픔으로 널 데려와서."

"……으흑!"

레니는 고개를 숙이며 두 손으로 얼굴을 가렸다. 네리아는 당황하며 그녀의 어깨를 그러안았지만 레니는 몸부림치며 네리아의 손길을 밀어내었다. 난 참담한 기분을 곱씹으며 그 모습을 내려다보았다.

휘몰아치는 바람소리와 포효소리. 그리고 폭발음과 파열음들이 사정없이 서로를 찢어발기고 있었건만, 분지의 싸움은 이제 극도의 잔인함을 넘어서 차라리 무감동하게 진행되고 있었다.

크라드메서는 자신을 죽여가면서도 전혀 슬퍼하거나 분노하지 않는 것처럼 보인다. 이루릴. 당신 행동은 맞아 들어갔지만 그

의미는 당신 말대로 전혀 달라요. 우리는 자신 밖에 있는 자신을 무서워하죠. 왜냐하면 그것은 완전해 보이니까. 우리는 우리 스스로가 불완전하다는 것을 아니까, 그래서 완전한 것처럼 보이는 '자신'을 만나게 되면 곧 스스로가 가짜가 아닌가 싶은 생각에 빠져들어요. 하지만 드래곤은 자신 밖에 있는 자신을 귀찮아하죠. 그건 존재할 수 없는 거니까. 그건 너무 더울 때 입는 털옷 같은 것이고 낡아버려서 집착도 모두 증발된 옛 감정 같은 거겠죠.

비록 상상의 한계를 비웃으며 진행되는 저 거대한 폭력의 크기에도 불구하고, 그 본질은 그 정도뿐이겠지.

크라드메서, 당신은 청소할 때 너무 시끄러운걸.

"레니. 할 수 없어."

내 목소리라고 믿어지지 않을 정도로 껄끄러운 목소리가 목에서 흘러나왔다.

"결과가 잔인하다는 이유로 선택을 미룰 순 없을 거야. 아픔만 길어지고 깊어질 거야. 지금 크라드메서의 환영도 거의 사라져 가. 정말 최강의 이그누스 드래곤이군. 열 개나 되는, 자신과 똑같은 드래곤을 저렇게 물리치다니."

"……아름답지?"

"응? 아. 응."

레니는 눈물을 닦으며 다시 크라드메서를 바라보았다.

"너무 아름답지? 저 아름다운 자가 왜 죽어야 될까? 인간 때문에……."

"뱀파이어 때문이야. 레니."

"인간 핸드레이크 때문이야."

"……미안해."

"인간이 다 죽는 것이 낫지 않을까. 세계는 저 아름다운 자들을 위해 준비된 것이 아닐까?"

지골레이드가 고개를 가로저었다.

"틀린 말이다. 소녀. 크라드메서는 세계를 파괴할 것이다. 넌 드래곤 라자로서 드래곤의 아름다움에 매혹되고 있지만, 크라드메서는 지금 드래곤도 아니다."

"그래요?"

"그래. ……더 이상 선택을 미루지 마라, 레니. 테페리의 성직자가 들려줄 말이 있을 것이다."

제레인트는 기겁하면서 지골레이드를 바라보았다.

"예?"

지골레이드는 눈살을 찌푸리며 제레인트를 바라보았다. 제레인트는 자기 이마를 딱 쳤다.

"아, 그래. 레니 양. 어, 흠. 자신의 선택이 잘못된 것이 아닐까, 뭐 그런 생각이 있는 것 같아요. 그렇죠? 하지만 말이야. 모든 선택은 원래 정답이 없는 선택이야."

테페리의 신전, 두 개가 모두 열리던 그 문이 생각난다. 레니는 물끄러미 제레인트를 바라보았다.

"마음 가는 대로 선택해요. 레니 양. 크라드메서를 위해 세계를 포기할 수도 있어요. 좀 끔찍스럽지만, 우리가 그에게 저지른 죄의 대가로 우리가 파멸되는 거니까. 레니 양은 그렇게 생각하는 거죠?"

레니는 아무 대답 없이 제레인트를 바라보았다. 제레인트는 헛기침을 하고서 다시 말했다.

"반대로 세계를 위해 크라드메서를 포기할 수도 있고. 크라드메서의 비극은 그 혼자서 안고 파멸해 버리라는 거지. 어떻게 하겠어요?"

레니는 입을 열었다.

"나는……."

제15부

석양을 향해 나는 드래곤

……그리하여 휴리첼 가문 최후의 라자는 쓰러졌다. 넥슨 휴리첼을 납치하여 전쟁으로 혼란스러운 나라를 전복시키려 했던 정체 불명의 무리는 아직껏 역사의 베일 속에 숨어 그 정체가 묘연하다. (중략) 죽음으로써 넥슨 휴리첼의 계약을 막아 나라를 구한 할슈타일 후작 역시 행방 불명되었고 30년 후 왕자로 추서…… (중략) 전쟁은 바야흐로 막바지에 이르렀으나 바이서스－자이펀 전쟁 최후의 몇몇 시기는 그 이전의 군소 전쟁과 비교했을 때 많은 점에서 차별되는 독특한 전쟁이었다. 위대한 종족 드래곤의 힘이 더 이상 인간의 전쟁에 그 힘의 그늘을 드리우지 않았던 것이다. 자이펀의 악몽이었던 지골레이드, 캇셀프라임의 이름은 공포의 전설로 그 영광을 누리게 되었…… (중략) 인간이 인간의 역사를 책임지게 된 전쟁으로서 이 시기, 우리는 바이서스의 역사와 더불어 영원히 빛날 이름, 영웅 샌슨 퍼시발과 대현자 칼 헬턴트를 만

나게 된다. (중략) 드래곤 슬레이어 루트에리노 대왕과 대마법사 핸드레이크의 이름을 잇는 이들의 등장은 당대인들의 무수한 관심을 집중시키는 기이한 것이었으니……

(중략) 그리하여 귀족들은 영웅 샌슨 퍼시발과 대현자 칼 헬턴트의 이름 하에 일치단결하여 바이서스 왕가의 어전에 그 검을 바쳤다. 그것은 루트에리노 대왕의 영광에 기생하던 대왕의 종속물인 바이서스 왕가가 국가의 수장으로 거듭난 것이며 이로써 바이서스는 비로소 근대적 의미의 왕국으로 일어날 수…… (중략) 이전의 바이서스가 루트에리노 대왕이라는 영웅의 조직화된 추모자들의 집단이라는 애덜픈 드리어즈의 언명은 참으로 되새겨 볼 만한 것이니…… (중략) ……었으나 닐시언 대왕의 시기부터 진정한 영웅은 사라지고 진정한 국가가 일어나게 된다…….

「품위 있고 고상한 겐턴 시장 말레스 추발렉의 도움으로 출간된, 믿을 수 있는 바이서스의 시민으로서 겐턴 사집관으로 봉사한 현명한 돌로메네 압실링거가 바이서스의 국민들에게 고하는 신비롭고도 가치 있는 이야기」 돌로메네 지음, 770년. 제34권 12-134쪽.

1

겨울 밤의 숲은 어두웠다.

주전자에서 피어오르는 연기가 모닥불빛에 붉게 물들었다. 난 몸에 두르고 있던 모포를 목까지 끌어올리며 주전자를 들었다. 찻잔에 물을 따르는 소리가 조용히 울려퍼졌다. 따르르르.

차 향기를 맡으며 주위를 둘러보았다.

어두운 숲. 별로 볼 것이 없지. 코를 얼게 만드는 싸늘한 바람이 불며 잠시 모닥불에서 불티가 튀어오른다. 온통 시커먼 숲 속에서 눈에 들어오는 것은 바알갛게 타오르는 모닥불빛, 그리고 밤하늘에 번뜩이는 별빛.

그리고 번쩍이는 글레이브의 반사광.

"에휴……."

한숨부터 나온다. 멍청한 녀석들. 도대체 실수에서 배울 줄을 몰라. 비반사 처리하는 게 그렇게 어렵냐? 재만 좀 바르면 되는 거 아냐.

난 모닥불에 장작을 던져넣으며 말했다. "어이, 오크들. 같이 마실래?"

곧 숲 속에서 비명이 터져나왔다.

"취이이익! 들켰다!"

"무, 무서운 놈. 어, 어떻게? 취익, 취이이익!"

어처구니가 없다는 것은 이런 경우를 말하지. 난 김이 모락모락 피어오르는 찻잔을 들어 입김을 후후 불면서 주위를 둘러보았다.

나무들 사이에서 오크들의 모습이 하나 둘 나타났다. 후루룩거리며 차를 몇 모금 마시는 사이에 대략 60개쯤 되는 글레이브가 번쩍거리는 빛을 뿜게 되었다. 흐음. 그런 대로 정확한 숫자로군. 모두들 덩치가 좋은 것이 아무래도 고르고 고른 놈들인 모양인데.

오크들은 글레이브를 마치 활이나 되는 것처럼 내게 겨냥하고 있었다. 30큐빗쯤 떨어져서 글레이브를 겨냥하고 있으니 활이라고 할 밖에. 난 모포를 내려놓고는 찻잔을 든 채 천천히 일어났다. 삽시간에 나와 오크들의 거리는 50큐빗 정도로 떨어졌다. ……못 말리겠군.

"던질 거냐?"

"취, 취익? 뭐라구?"

"후룩. 흐음. 그 글레이브 던질 거냐구. 그렇지 않다면 그렇게 멀리서 어떻게 날 공격할래?"

오크들은 커다란 딜레마에 빠진 얼굴로 날 바라보았다. 딴에는 기습을 하겠다고 몰래 다가오다가 습격하기에는 먼 거리에서 발각되어 공격하지도, 달아나지도 못하는 모습이었다. 난 태연하게 모닥불에서 불 붙은 장작을 하나 꺼내들었다. 오크들은 흠칫거렸지만 난 아랑곳 않고 장작을 이리저리 흔들면서 오크들을 주욱 둘러보았다. 놈들 중 하나가 눈에 익었다.

"아그쉬? 반갑군."

검은 투구를 쓴 아그쉬는 글레이브를 사납게 휘둘러댔다.

"취, 취이익! 괴물 초장이! 오늘에야말로 기필코 네놈을, 취익! 끝장내어 주겠다!"

"아, 그래. 그럴 속셈이었군. 빨리 하지 그래? 밤이 깊었으니 오늘도 얼마 남지 않았잖아."

아그쉬는 휘두르던 글레이브를 늘어뜨리고는 눈을 심하게 껌뻑거리며 어이없는 얼굴로 날 바라보았다. 난 장작을 다시 내려놓고는 차를 마시며 아그쉬의 대답을 기다렸다.

아그쉬는 간신히 할말을 떠올린 모양이다.

"어, 취익! 잠깐! 나머지 놈들은 다 어디 있지?"

"후루룩. 쩝. 나머지?"

"괴물 눈알! 그리고 엘프, 취익! 트라이던트를 든 여자! 활쟁이! 취이이익! 오거 전사! 취익! 나머지 놈들은 어디 있냐!"

난 피식 웃으며 찻잔을 내려놓았다.

"아. 나머지라고 하기에 혹시 그 사람들이 들킨 것인 줄 알았지."

"취익? 들키다니?"

"내 뒤에 숨어 있는 사람들 말이야."

아그쉬는 잠시 멍한 얼굴로 날 바라보았다. 하지만 내 등 뒤에서 부스럭거리는 소리가 들려오기 시작하자 그의 얼굴은, 그리고 나머지 오크들의 얼굴은 사색이 되었다. 긴장된 그들의 손에서 글레이브가 미세하게 떨렸다.

저벅저벅. 발소리도 요란하게 나타난 자들은 내 옆에 주욱 늘어섰다. 인원이 정말 많기도 많군. 난 좌우를 바라보며 말했다.

"소개하지. 왼쪽부터 네츄, 빌츄, 하이츄, 파빌츄. 그리고 다시 여기서부터 날라츄, 리츄, 도츄, 스마락츄, 한탈츄, 기츄, 에츄! 훌쩍. 마지막은 아냐."

기츄는 킬킬거렸다. 으윽. 내가 오크가 된 것 같군. 이 사람들의 이름은 도대체 왜 이 모양인지. 아그쉬는 입을 쩍 벌리고 우리들을 바라보았다. 기어코 그의 입에서 무서운 고함 소리가 터져나왔다.

"부, 부, 취, 북부 목동!"

리츄는 킬킬 웃으며 말했다.

"이야, 이거 오크가 오륙십 마리는 되겠는데? 북부의 방목장 근처에선 저 녀석들 구경한 지가 너무 오래되었다구. 안 그래, 한탈츄?"

한탈츄는 점잖게 고개를 끄덕이며 말했다.

"저놈들은 요즘 우리 소를 습격하러 오지를 않으니까. 우리가 너무 거칠게 대해서 그럴까? 어쨌든 오래간만에 만나니 반가운데."

그리고 하이츄는 싸늘하게 웃으며 큼직한 쇼트 소드를 뽑아들었다.

"그래. 그리고 이걸로 오크 가죽을 벗겨본 지도 너무 오래되었어."

하이츄가 검을 뽑아드는 것이 신호가 되어 다른 목동들도 모두 검을 뽑아들었다. 스릉, 스르릉. 60마리의 오크들은 백옥 같은 피부를 과시하며 떨기 시작했다.

"제, 젠장! 취이익! 북부 목동이 여기 왜! 취칙!"

찻잔을 마저 비우고 천천히 아래에 내려놓는 동안 오크들은 슬금슬금 뒤로 물러나기 시작했다. 아그쉬는 좌우를 보더니 발작하듯이 외쳐대었다.

"이놈들! 괴, 괴물 초장이와, 취익! 북부 목동이라고 해도, 취이이익! 우리는 저 녀석들의 다섯 배다! 떨지 마라! 취치칙!"

멍청하긴. 다섯 배가 아니라 여섯 배야. 아쉽게도 아그쉬의 용기는 아무 효과를 얻지 못했고 오크들은 당장이라도 달아날 듯한 모습이었다. 누가 고함이라도 한번 지르면 곧장 줄행랑을 놓을 태세군. 안 되겠어. 좀 부드럽게 대해야겠는데?

자, 목을 조금 떨면서 애틋하게.

"아아, 사랑하는 오크 제군들."

아마도 아그쉬가 기절하지 않은 것은 오크이기 때문이리라. 리츄는 딸꾹질을 시작했고 날라츄는 어처구니가 없는 얼굴로 날 바라보았다. 난 앞으로 나서며 두 팔을 펼쳐보였다.

"그대 멋진 이빨의 친구들이여. 아아, 사랑하는 나의 형제들이여! 잠시 그 걸음을 멈추고 이 몸의 말을 좀 들어주오."

"후, 후치? 조금 전에 마신 게 뭐지?"

하이츄의 겁에 질린 질문이 나오자 빌츄는 내가 내려놓은 찻잔을 들어올려 조심스럽게 냄새를 맡기 시작했다. 난 그들을 무시하면서 아그쉬에게 말했다.

"제발 부탁이니 잠시만 내 말을 들어보오. 우리들의 불운한 관계는 너무 오래되었고 그 청산의 시기는 오히려 늦은 바가 되었으니, 이제라도 그대들과 나의 관계에 한 조각 봄의 향기와도 같은 아름다운 빛을 던지는 것이 어떠하겠소?"

"췻! 뭐, 무슨 말이냐?"

이것도 꽤나 힘든 일이군. 슬슬 본론을 말해야 되겠는데.

"야, 야. 간단하게 말할 테니 잘 들어. 너희들도 가장 힘 좋은 녀석들 끌어내서 이 계절에 돌아다니면 곤란한 점이 많을 거 아냐? 월동 준비에 차질이 클 거 아냐. 그러니까 내가 너희들에게 겨울을 날 식량을 주겠다. 대신 우리 관계는 잊자."

"뭐야?"

"뭐라구?"

리츄와 아그쉬가 동시에 외쳤다. 두 사람이 어릴 때 헤어진 형제라도 되나? 음. 이 의문은 가슴속에 파묻어 둬야겠군. 난 리츄를 향해 어깨를 으쓱여 보인 다음 아그쉬에게 말했다.

"소가 400마리다. 어때? 400마리의 소를 줄 테니까 이제 날 그만 좇아다녀라."

오크들의 뒷걸음질이 멈췄다. 아그쉬는 믿을 수 없다는 듯이 말했다.

"사, 사백? 취익! 취익! 소 사백 마리라구?"

내가 대답하기도 전에 리츄가 북부 방언으로 고래고래 고함을 지르기 시작했다.

"야, 이 자식아! 그럼 너 오크 주려고 우리 소를 산 거야? 말도 안 돼! 오크놈들에게 우리 소를 준다고?"

"이봐요. 내가 대금 지불했으니 그건 내 소잖아요. 내 마음대로 처리할 수 있는 것 아닙니까."

"아무리 그래도 세상에 그런 경우가 어디 있냐! 오크놈들에게, 오, 맙소사, 생그렐이여!"

리츄는 두 팔을 하늘로 들어올리며 절규했다. 난 피식 웃으며 바이서스 임펠의 스트레이트 헤븐에서 리츄를 보았을 때를 떠올렸다.

리츄는 스트레이트 헤븐에 죽치고 앉아서는 하트 브레이커를 죽을 둥 살 둥 마셔대고 있었다. 이유인즉슨, 지골레이드가 전선에서 사라져 그 식량으로 쓰려고 했던 400마리의 소를 계약 파기

당했다는 것이었다. 게다가 세피아파인 고개에서 시간을 지체하느라 계약 기간에 늦어서 보상금 같은 것도 받을 수 없다는 것이었다. 내가 그 소를 모두 사겠다고 제안했을 때 리츄는 내 발등에 키스라도 할 태세였다. 지금 저러는 것은 그저 오크에게 소를 넘기는 것이 속상해서 해보는 짓이지 진심은 아니겠지. 맞장구를 좀 쳐줘야겠는데?

난 팔짱을 끼고 약간 전투적인 눈길로 리츄를 바라보기 시작했다.

"그게 마음에 안 든다면 지금이라도 내가 지불한 보석 돌려주고 소를 끌고 바이서스 임펠로 돌아가면 되겠군요?"

과장된 동작을 취하고 있던 리츄는 찔끔하면서 날 바라보았다. 어떻게 하면 좀더 능글맞은 표정을 지을 수 있을까?

"아, 실수. 바이서스 임펠로 돌아가 봐야 어차피 그 소는 못 팔 테니까. 으음. 북부까지 저 많은 소들을 끌고 가야겠군요? 어려울 텐데. 어려워. 이젠 소 뜯을 풀도 거의 없어졌으니까. 아마 가는 길에 다 죽게 될지도 모르지. 음. 안타까운 일이야. 오크들은 당신들 뒤만 졸래졸래 따라가면 소 400마리를 그냥 얻겠는데? 그럼 난 돈 굳어서 좋고, 오크들은 소 400마리를 얻어서 좋고. 당신들은 좀 손해를 봐서 가슴이 아픈……."

아그쉬는 귀가 번쩍 뜨인다는 얼굴이었다. 리츄는 두 손을 내저으며 말했다.

"알았다, 알았어! 네 마음대로 해라! 이 고얀 녀석."

"좋군요. 그럼, 아그쉬? 내 제안을 어떻게 생각하시지?"

아그쉬는 급반전한 사태에 잠시 어이가 없는 얼굴로 가만히 서 있었다. 잠깐. 그런데 저놈이 내 제안을 무시해도 아무 상관이 없다는 것을 파악할 수 있을까? 즉, 1) 아그쉬는 내 제안을 무시한다. 2) 나는 리츄에게 보석을 돌려받고 소들을 돌려준다. 3) 리츄와 목동들은 소들을 데리고 북부로 돌아가야 한다. 4) 가는 길에 소들은 다 죽어버릴 테니, 5) 오크들로서는 목동들을 따라가기만 하면…….

"좋다! 취익!"

……화렌차여. 정말 수고가 막대하십니다. 저놈들을 돌보실 수 있다는 거, 정말 존경스럽습니다. 역시 신이시라 뭐가 달라도 다르시군요?

오크들에게 소를 모두 넘겨주는 데는 꽤 많은 시간이 소요되었다. 먼저 소들을 숨겨둔 계곡으로 60여 마리의 오크들을 데리고 가는 일이 문제였고(목동들은 자신들의 여섯 배나 되는 수효의 오크들을 능수 능란하게 겁주고 있었고 그래서 오크들은 머뭇거리며 따라왔다), 계곡에 도착하자 리츄가 시간을 무진장 끌기 시작했다. 리츄는 400마리나 되는 소들과 일일이 작별 인사를 나누려고 들었던 것이다.

"좀 그만 해요, 예?"

"잠깐. 잠깐만. 저 녀석은 내가 받아낸 놈이야. 그때 난산이었거든. 내가 저 녀석 어미 몸 속에 손을 집어넣어 저 녀석 몸에 밧줄을 묶어서 끌어내야 했단 말이야. 아이고, 이놈아! 오크에게 끌려가게 될 줄 알았다면 그때 그냥 널 포기하는 건데!"

"……알았어요. 끝났어요?"

"자, 잠깐! 저 녀석, 저 부룩소 녀석! 저놈이 늑대에게 잡혀갈 뻔한 걸 내가 구해낸 걸 생각하면……."

리츄는 부룩소를 끌어안고 온몸을 비비기 시작했다. 밤이라서 소떼들은 별소리 없이 고요했고 리츄의 웅얼거리는 소리만이 낭랑하게 울려퍼졌다. 오크들은 머리 끝까지 화가 나 있었지만 나머지 목동들이 모두 살벌한 시선으로 오크들을 감시하고 있었기에 그저 조바심만 내면서 취익거렸다. 아그쉬는 아예 바위에 걸터앉아서는 으르렁거렸다. 하지만 아그쉬는 계곡을 가득 메운 소떼들의 모습을 훑어보며 만족스러운 표정을 짓고 있을 때가 더 많았다.

드래곤에게 잡아먹히든 오크들에게 잡아먹히든, 어차피 저 소들 최종 목적지는 누군가의 입 속이잖아. 똑같은 걸 가지고 참 희한하게도 구분한다. 드래곤에게 잡아먹히면 좋고 오크에게 잡아먹히면 안 좋은 건가?

결국 여명이 희뿌옇게 번져갈 때쯤에야 리츄가 물러났다. 아마 졸음을 더 못 견딘 것이겠지. 리츄는 연신 하품을 하면서도 다시 처량한 눈길로 계곡을 가득 메운 소떼들을 바라보았다.

"잘 가……, 잘 가……."

닭 되겠군, 정말! 아그쉬는 불만이 가득한 눈으로 날 바라보았다.

"이제 가도 되나, 취이익?"

"아, 그래. 오래 기다리느라 수고했다. 약속은 지켜야 돼?"

"취이익! 물론이지! 복수는 종결되었다!"

"좋아, 좋아. 아, 그리고 한 가지 더 조건이 있는데."

"칙! 뭐라구?"

"이봐, 너희들 겨울철 날 양식도 얻었으니, 너희들 동굴에 붙잡혀 있는 기술자들을 모두 풀어줘라. 어때?"

아그쉬는 사나운 눈길로 날 쏘아보기 시작했다. 헤헷. 네가 날 눈길로 어쩌겠다고? 이봐. 난 열두 마리 드래곤들의 싸움을 두 눈으로 봤던 자야. 아그쉬는 으르렁거리며 고개를 끄덕였다.

"취에엑! 좋다!"

"좋아. 됐어. 그럼 리츄 씨?"

리츄는 그때까지도 궁상스러운 얼굴로 소들을 바라보고 있었기에 한 번 더 불러야 했다.

"뭐?"

"소떼들을 몰아서 오크들이 원하는 곳까지 데려다주세요. 그리고 오크들이 기술자들을 모두 잘 풀어주는지 감시하고."

"뭐, 뭐, 뭐야? 우리더러 오크놈들 뒤치다꺼리까지 하라구?"

목동들은 모두 씨근거리며 날 바라보았다. 하하. 누군가에게 배운 수법이지. 직접 배운 것은 아니지만. 이건 타이번 하이시커라는 작자의 수법이야. 억지로라도 함께 행동하게 만드는 것.

난 고개를 끄덕이면서 말했다.

"그렇다면 저 오크들이 저 많은 소떼를 어떻게 데리고 가겠어요? 소떼에게 밟혀죽지나 않으면 다행이겠네. 그리고 저 소들도 당신들이 데리고 가야 안심할 테고. 자, 이걸로 내 조건은 끝입니다. 그리고 소떼들을 끝까지 몰아다주고 오크들의 동굴에 납치된 기술자들이 풀려나는 것을 감시해 준다면 내가 내놓았던 보석과 똑같은 보석 하나 더 내놓을 수 있는데. 어떻겠어요?"

"뭐야? 하나 더?"

난 대답 대신 주머니에서 다이아몬드를 하나 꺼내어 위로 던졌다 받았다를 반복해 보였다. 목동들과 오크들의 눈이 똑같이 위로 오르락내리락하기 시작했다. 두 무리는 입을 쩍 벌리고 있다는 점에서도 매우 강렬한 유사점을 발견할 수 있었다.

네 번째인가 위로 던졌을 때 리츄는 공중에서 다이아몬드를 확 낚아챘다. 난 씩 웃었고 리츄는 뭐 씹은 얼굴로 고개를 끄덕였다.

"좋다! 좋다구! 제길, 돌아가자마자 생그렐에게 푸닥거리라도 부탁해야겠군. 이번 여행은 저주받은 게 틀림없어."

"하하. 수고해 주세요."

난 목동들에게 손을 흔들어주고는 아그쉬에게도 손을 흔들어 주었다. 목동들은 일그러진 얼굴로 인사를 받았지만 아그쉬는 아예 날 보지도 않은 채 목동들을 경계하고 있었다. 난 어깨를 으쓱이고는 내 말로 돌아왔다.

아, 이거 정말. 말의 키가 워낙 커서 등자에 발을 얹는 것이 쉽지 않은데. 아무래도 등자끈을 좀 조절해야겠어. 난 말 위에서 다시 한번 계곡을 주욱 둘러보았다.

서로 불편한 시선으로 마주보고 있던 목동들과 오크들의 등 뒤로는 400마리의 황소들이 웅성거리고 있었다. 그리고 계곡 반대편, 그러니까 동쪽에서는 아침놀이 바알갛게 물들고 있었다. 소들의 강인한 어깨가 붉게 물들어 꿈틀거리기 시작했다. 이제 잠에서 깨어나는가 보지?

"자, 그럼 난 갑니다? 화목한 여행길 되세요!"

그때까지도 아그쉬와 눈싸움을 벌이고 있던 리츄가 어깨를 축 늘어뜨리더니 날 돌아보았다.

"악담을 해라, 이 녀석아! 잘 가라!"

다른 목동들도 쓴웃음을 지으며 손을 흔들어주었다. 난 크게 웃으며 등자를 살짝 걷어찼다.

"가자, 선더라이더!"

"이힝힝힝힝!"

선더라이더는 맹렬히 울부짖으며 달려가기 시작했다. 치렁치렁한 은빛 갈기가 흩날리며 삽시간에 계곡이 등 뒤로 사라졌다. 잠시 후 난 중부 대로로 접어들기 시작했다. 이야, 이 속도는 아무래도 익숙해지려면 시간이 꽤 걸리겠어?

"자, 선더라이더! 오늘 하루, 또다시 태양과의 경주다. 가자, 서쪽으로!"

아무리 살려고 발버둥쳐도 죽지 않고서는 인생을 벗어날 수 없는 것처럼, 아무리 선더라이더라 해도 태양을 앞서 달려갈 수는 없었다. 으음. 어째 비교가 우울하다? 난 내 생각에 스스로 우울해하면서 이라무스 시의 야경을 바라보았다.

피곤하군. 역시 여행은 동료들과 함께 해야 돼. 혼자 하는 여행은 훨씬 더 빨리 지치게 되는 것 같아. 자기 혼자서 자신을 감당해야 되니까. 동료들이 있다면 서로가 서로를 감당해 주고 서로가 서로를 나누니까 힘들 것도 없겠지. 드래곤은 도대체 어떻게 '혼자'서 '혼자'를 감당하는 것일까? 확실히 우리들과 드래곤은 반대쪽 극단임에 틀림없는……, 젠장. 쓸데없는 생각을.

망할 드래곤 녀석들, 망할 인간들.

휘우우웅.

싸늘한 바람이 이라무스 시의 밤길을 스치고 지나갔다. 탈가닥, 탈가닥. 선더라이더의 발소리도 왠지 무겁게 느껴진다. 조금 이른 저녁이었지만 겨울의 짧은 해는 이미 진 지 오래다. 두꺼운 창문들과 투박한 문들은 모두 굳게 닫혀 방랑자의 시선을 갈팡질팡하게 만들었다. 주위는 고요하고 캄캄하고 무엇보다도 오가는 사람이 하나도 없었다. 길을 물어볼 사람이 없어서 기억을 더듬어 찾느라 시간이 꽤나 걸렸다.

그래서 '트라모니카의 바람' 앞에 도착한 것은 저녁 식사 시간이 끝나갈 무렵이었다. 으슬으슬 떨리는군. 불쌍한 방랑자를 위해 따스한 스튜라도 좀 남겨두었으면 좋겠는데 말이야?

선더라이더를 멈추고 내려설 때 안에서 고함 소리가 들려왔다.

"이년! 어딜 도망가, 어딜! 죽어라, 이년! 죽어!"

"아아아악! 삼촌, 잘못했어요, 잘못했어……, 아아악!"

자지러지는 비명 소리에 이어 뭐가 깨지는지 쨍그랑거리는 소리가 요란하다. 난 말에서 내려선 자세 그대로 굳어버린 채 주점 안에서 들려오던 소음에 귀를 기울였다.

"이 화적 같은 년아! 오갈 데 없는 것을 거둬 키워주고 입혀줬는데, 은공을 갚을 생각은 안하고 장사 훼방을 놔? 너 오늘 죽어봐라. 에이이익!"

"아아악!"

"그만해요, 마스터. 그러다가 애 죽겠어요!"

"그래, 애 완전히 잡겠네. 그만하지?"

"놔라, 이것들아! 놔! 이런 년은 죽어야 해! 에라이, 정신 나간 년아! 네가 그러고 있는다고 그 잘난 서방이 돌아올 것 같아? 왜 손님을 못 받겠다는 거야, 왜!"

"아악! 꺄아아악!"

……우울한 기분이 싹 가시게 해주는군. 정말 고마운데? 대신 다른 감정이 뭉클뭉클 일어난다는 점이 문제지만. 난 다시 선더라이더에 올라탔다. 선더라이더가 의아한 듯이 푸르릉거렸다.

말 위에 똑바로 앉은 다음, 호흡을 가다듬고, 그리고 바스타드를 뽑아들었다. 스르릉. 멋진 소리가 들리는군. 바스타드를 앞으로 들어 트라모니카의 바람의 입구를 겨냥했다.

후우, 후우. 이봐, 주인장. 당신은 오늘 영업 시작하고 나서 가장 화려하게 들어오는 손님을 맞게 되었어. 그리고 어쩌면 당신이 맞이하는 마지막 손님이 될지도 몰라. 내일 아침까지 이 여관 건물이 남아 있을 거라고는 장담할 수 없거든.

난 선더라이더의 배를 걷어찼다.

"이랴아아앗!"

"이힝힝힝힝!"

트라모니카의 바람의 스윙 도어를 박살내며 말에 탄 채 홀 안으로 뛰어드는 짧은 시간 동안, 난 머릿속으로 빠르게 생각 하나를 흘려보냈다. 차라리 드래곤처럼 혼자 사는 게 나을지도 모르겠는데.

"어디 봐. 어디……."

"아야야야……."

"아, 미안미안. 많이 아파? 조금만 참아봐. 이거 바르면 금방 나을 거야."

메리안의 이마에 힐링 포션을 살살 펴발랐다. 상처를 입자마자 치료하는 것이긴 하지만 자칫하면 흉터가 생길지도 모르겠는데. 이거 정말 불안하군. 메리안은 미간을 잔뜩 찌푸리며 내 손가락이 닿을 때마다 어깨를 흠칫거렸다.

온통 박살이 난 홀 안에서 변변한 의자를 찾아내는 것은 쉬운 일이 아니었다. 그래서 난 술통을 가져와 메리안을 앉히고 상처를 치료했다. 세상에 부지깽이로 계집애 이마를 갈기는 개자식이 있다니. 그것도 자기 조카를.

'자기 조카딸의 이마를 부지깽이로 갈길 수 있는' 작자가 고함을 질렀다.

"훠이! 훠이! 저리 가, 이놈의 말아! 이, 이, 이거 보십시오, 나리! 다, 당근이 다 떨어져가는데요?"

"그래? 당근이 다 떨어지면 다른 거라도 깨물겠지."

"나, 나리! 아이고, 제, 제발! 훠이, 훠이이!"

"이봐. 그건 말이라구……. 황소였던 적은 있지만 최소한 닭은 아니었어. 훠이가 뭐람."

주인장은 파랗게 질린 얼굴로 몸부림을 쳤다. 지금 이 비인간적인 작자의 상황을 볼 것 같으면, 온몸이 묶인 채 벽에 있는 횃불걸이에 걸려 있었는데 그 혁대에는 내가 주방에서 가져온 당근 몇 개가 걸려 있었다. 그리고 선더라이더가 그 앞에 서서는 우아한 자세로 당근을 베어먹고 있는 것이었다. 쩝쩝 소리가 커질수록 주인장의 얼굴에선 빠른 속도로 핏기가 빠져나갔다.

난 붕대를 꺼내면서 진심어린 목소리로 주인장을 위로했다.

"말한테 거시기를 깨물리는 경험은 예사롭지 않은, 상당히 오랫동안 뇌리에 남는 기억일 거야. 몸부림치지 말고 순순히 새로운 경험을 받아들이시지? 당신은 새로운 체험에 대한 호기심도 없어?"

"나, 나리! ……으악!"

부우욱! 뭔가가 찢어지는 소리가 들려왔다. 드디어 깨물렸나? 만세를 외쳐주기 위해 고개를 돌려보니 바지춤이 반쯤 뜯긴 주인장의 모습이 보였다. 바지춤이 찢어지면서 당근들이 전부 떨어져서 선더라이더는 머리를 숙인 채 저녁 식사를 하고 있었다.

"헤이, 주인장. 괜찮아. 바지만 찢어진 거야. 거시기는 아직 괜찮은……, 응? 어라? 이봐, 기절한 거야?"

주인장은 입에서 거품을 보골보골 뿜어내면서 기절해 있었다. 메리안은 안쓰러운 표정을 지었지만 '바지춤이 찢긴 채로 벽에 걸려 기절한 남자'를 오랫동안 안쓰럽게 바라볼 수는 없었던 모양이다.

"크!"

"어, 어. 웃지 마. 붕대 감아야 된다구. 자, 그리고, 음. 붕대 묶고……, 됐어. 자, 어때. 괜찮아?"

메리안은 눈을 뜨더니 이마에 칭칭 감긴 붕대를 살짝 만지며 눈썹을 찌푸렸다.

"아파? 어, 못 견디겠어? 잠깐. 어디 깨지지 않은 술병이 없나?"

진통제 대신으로 쓸 술을 찾기 위해 몸을 돌렸을 때 메리안은 이마를 만지던 손을 내려 내 손을 붙잡았다. 햐, 이거 손등에 촛농 떨어지는 것 같은데? 무슨 손이 이렇게 뜨거운 거야?

"메리안?"

"후치……, 후치……?"

메리안이 내 손을 끌어당김에 따라 내 몸은 천천히 앞으로 기울어졌다. 잠시 후 난 엉거주춤하게 상체를 숙인 채 술통에 앉아 있는 메리안에게 안겨 있는 모습이 되었다.

"메리안?"

메리안은 내 등을 쓸어내렸다. 그녀의 목소리가 희미하게 떨렸다.

"진짜구나……. 진짜 돌아왔어. 고마워."

"고맙긴 뭘. 더 빨리 돌아오지 못해서 미안하지."

"빨리 돌아온 거야. 그럼. 정말 빨리 돌아온 거라구."

난 메리안의 어깨를 토닥여주고는 그녀를 살짝 밀어내었다.

"머리를 그렇게 자꾸 내 어깨에 비비적거리면 상처 덧나는 것도 문제거니와 시집갈 때 핸디캡으로 작용할지도 몰라?"

"……어차피 술집 계집애인걸."

"오늘까지는 그래."

"응?"

"내일 설명해 줄게. 여기 가만히 앉아 있어. 배가 고파 죽겠다. 점심도 걸렀는데 너무 움직였어. 어디 깨지지 않은 그릇이 없는지 살펴봐야지."

"아, 내가 해줄게."

"이봐, 이봐! 날 좀 믿어봐. 난 상당히 쓸 만한 요리사라구? 엘프도 내 요리에 넘어갔다면 믿을 수 있겠어?"

메리안은 눈을 동그랗게 뜨더니 곧 피식 웃었다.

"아, 그때 그분. 술꾼들에게 별별 모험담을 다 들어봤지만 엘프에게 음식 대접했다는 이야기는 처음 들어."

"아, 그래? 나도 처음이었어."

난 씩 웃으며 아궁이를 조사했다. 간신히 불은 피울 수 있겠군. 아무런 죄책감 없이 테이블과 의자를 박살내어 장작을 만들었다. 메리안은 눈을 동그랗게 떴을 뿐 아무런 말도 하지 않았다.

와지끈 뚝딱거리는 소음이 잠시 일어나고 나서 곧 아궁이에는 새빨간 불꽃이 일렁거리기 시작했다. 난 재료를 찾아 흥얼거리며 다듬기 시작했다. 메리안이 피식 웃었다.

"정말 칼질 잘하네."

"그래? 하하. 내 칼질은 말이야. 검의 신 레티의 프리스트들도 인정해 준 것이거든?"

"레티의 프리스트? 호호."

농담인 줄 아나 보군. 하지만 정말이라구. 검의 신 레티의 프리스트들은 온몸으로 내 검을 인정해 주었단 말이야.

"제기랄! 레티의 프리스트들이다아!"

샌슨의 고함 소리는 온 산에 올려 메아리가 되어 돌아왔다. 운차이는 롱소드를 뽑으며 낮게 말했다.

"가르쳐줘서 고맙군."

운차이의 핀잔에 샌슨은 머쓱한 표정이 되었다. 난 인상을 찌푸리며 위를 올려다보았다.

후작은 싸늘한 표정으로 우리를 내려다보고 있었다. 그리고 그가 서 있는 언덕 뒤쪽에서는 레티의 프리스트들이 하나 둘 검을 뽑아들며 나타났다. 이윽고 언덕 위에서는 후작과 30여 명의 레티의 프리스트들이 우리를 내려다보고 서 있었다.

길시언은 으르렁거렸다.

"쿨, 쿨럭! 너 이놈, 후작! 죽을 자리를, 죽을 자리를 찾아왔나……?"

후작은 길시언의 말에 대답하지 않았다. 그는 뒤를 돌아보며 프리스트들에게 말했다.

"처치해. 한 놈도 남겨선 안 돼."

레티의 프리스트들은 대답이 없었다. 후작은 그대로 언덕 뒤로 사라졌고, 레티의 프리스트들은 천천히 우리 쪽으로 내려오기 시작했다. 칼이 다급하게 외쳤다.

"당신들, 무슨 속셈인가! 왜 후작의 명령을 듣는 것이오!"

그들은 아무 대답 없이 계속해서 걸어왔다. 그때 아프나이델이 떨리는 목소리로 말했다.

"그가 안 보입니다."

"예?"

"레티의 입……, 그 백발 프리스트가 안 보입니다. 혹시 인질로 붙잡혀 있는 것 아닐까요?"

"아!"

정말이다. 그 꼬장꼬장하게 생긴 백발 프리스트가 보이지 않았다. 그렇다면 레티의 프리스트들은 어쩔 수 없이 덤벼드는 것인가? 그렇다면……, 칼은 고함을 질렀다.

"이봐요, 당신들! 그렇다면 우리들과 협력해서 인질을 구하도록 하십시다. 어떻소?"

프리스트들의 걸음이 멈추었다. 하지만 그중 금발 프리스트가 앞으로 나서더니 음울하게 말했다.

"죄송합니다, 길시언 바이서스."

길시언은 험상궂은 얼굴로 바라볼 뿐 대답하지 않았다. 금발 프리스트는 씁쓸하게 말했다.

"저희들은 할슈타일 후작을 선택했습니다."

"그래, 알겠다."

다행이군. 길시언은 알았다니. 그런데 난 모르겠단 말이야. 난 길시언을 돌아보았다. 순간 그의 얼굴에 떠오른 적의 때문에 난 헛바람을 삼켰다.

"쿨럭. 우리들만 모두 처치해 버리면 된다는 말이군? 그럼 할슈타일, 쿨럭, 후작의 죄상을 증명할 자가 없어지니까……."

금발 프리스트는 고개를 끄덕였다.

"나라를 위한 일이라고 생각하시오."

"나라를…… 위한?"

"당신네들이 수도로 돌아가게 되면 왕가와 후작 간의 대결은 피할 수 없는 일이 되오. 그러나 후작은 귀족원의 원로이며, 따라서 왕가와 귀족원 전체가 서로 대립하게 될지도 모르오. 전쟁 중인 나라 안에서는 바람직하지 않은 일이지요."

길시언이 고함을 지를 것이라고 생각했다. 하지만 길시언은 격한 기침을 토했고 대신 칼이 고함을 질렀다.

"그리고! 반란은 연좌죄이니만큼 아미앙스 수도원도 벌을 피할 수 없게 된다 이 말이오?"

"……솔직히 그런 점도 있다는 점을 부인하진 않겠소. 생각해 보시오. 왕가가 귀족원과 종교계와 대립하는 일이 지금의 이 나라에 어떤 도움이 될 것 같소? 천만에. 오히려 극도의 혼란만을 가져올 뿐이오. 왕가는 현재 자이펀과의 전쟁만 해도 힘겹게 버티고 있소."

"비, 빛의 탑은 가만 있을 것 같소?"

아프나이델이 온힘을 짜내어 외쳤으나 금발 프리스트는 고개를 가로저었다.

"그 때문에라도 더욱 당신네들은 돌아가서는 안 되오. 당신은 마법사이며, 길드원일 테지? 당신이 빛의 탑으로 돌아가 사건의 전모를 말하게 되면 지금껏 고요히 있었던 빛의 탑이 이 대립에 참가하게 되겠지. 그러면 사태는 건잡을 수 없게 될 거요."

아프나이델은 입을 쩍 벌린 채 프리스트를 마주보았다. 금발 프리스트는 피로한 표정으로 말했다.

"그리고 드워프들의 노커이신 엑셀핸드 아인델프 역시. 이 나라 안의 드워프들이 들고 일어나게 된다면 바이서스는 안팎으로 뒤흔들리게 되오."

엑셀핸드는 잔인하게 웃었다.

"그래? 내가 할슈타일 녀석을 눈감아 주는 꼴을 보느니 바이서스를 뒤집어 엎을 것이라는 점은 잘 안다는 말이로군?"

"드워프시니까."

그때였다. 길시언이 말했다.

"그래서……."

길시언의 얼굴은 더 이상의 핏기를 찾아볼 수 없을 정도로 시퍼렇게 변해 있었다. 하지만 나는 조금 전 격렬한 기침 이후로 그가 더 이상 콜록거리지 않는다는 것을 깨달았다. 길시언은 차분하게 말했다.

"어차피 폐태자, 그리고 나머지들도 모두 볼품없는 모험가들이니, 그런 작자들이 나라를 뒤흔들게 내버려둘 필요는 없다, 이 말이겠군?"

"비정하게 결론짓는 취미가 있으신 모양이군요."

"네놈들이 왕가를 그 정도로 업수이 여기느냐."

프리스트는 고개를 끄덕이며 침울하게 말했다.

"바이서스는 국왕의 나라가 아니오. 그 영토 안에 엘프나 드워프들처럼 국왕의 지배를 받지 않는 종족들이 있다는 점에서 이미 그 갈등을 내포하고 있었소. 진정한 왕은 제4대 에리네드 대왕 이후로 다시는 나타나지 않았소. 바이서스는 귀족들의 나라란 말이오."

"너희들은 내게 경배했지……."

길시언의 말은 낮았지만 금발 프리스트는 검에 찔린 표정이 되었다. 그는 관자놀이를 부르르 떨면서 길시언을 내려다보았다.

"그 때문인가. 그 때문에 그렇듯 왕가를 무시하려고 애쓰는 것인가?"

"당신이 정의라는…… 것은 인정하오. 그리고 우리가 하려는 일이 정의가 아니라는 것도……."

금발 프리스트는 힘들게 말을 꺼냈다. 계속 오르락내리락하고 있는 그의 어깨가 내 눈길을 붙잡는다.

"정의는 아름다운 것이지만, 그 곁에 힘이 함께 있을 때에만 그 아름다움이 살아나는 덧없는 이름이오. 길시언 바이서스."

"네놈들은 인간의 정의에서 자유롭단 말인가. 신의 검이라서?"

"그렇소. 당신 말대로 당신네들은 모두 볼품없는 모험가들이오. 귀족원들이 과연 궁성 밖을 떠돌아다니다 돌아온 악명 높은 왕자와 어디서 굴러왔는지도 모를 방랑자들의 말만 믿고 명망 높은 귀족인 할슈타일 후작가를 핍박할 수 있을 것이라 생각하오? 우리는 바이서스를 혼란에서 막으려는 것이오."

"그, 그건 사실이잖아요! 후작이 한 짓은 모두 사실인데……."

네리아가 애처롭게 외쳤지만 금발 프리스트는 얼굴을 더욱 찌푸렸을 뿐이었다.

"사실 유무는 아무 상관이 없소."

"예?"

"레이디. 아마도 당신 동료들은 당신의 순진함에서 매력을 느낄 것이라 추측합니다."

네리아의 눈이 동그래졌다. 그러나 그녀는 곧 눈을 가늘게 뜨면서 금발 프리스트를 노려보았다.

"……멍청하다는 말을 고상하게 하시네요. 무슨 뜻이죠?"

"그 사실 유무와 관계없이, 왕가의 명령에 의해 명망 높은 귀족이 처형되는 것은 귀족원으로서도 받아들일 수 없는 일이란 말이오. 그것은 귀족원이 왕가에 굴복하는 것이기 때문이오. 귀족들은 모두 이런 전례가 만들어지는 것을 원하지 않아요. 귀족들은 할슈타일 가문과 같은 명문가가 간단히 처리되는 전례를 만들게 되면 왕가는 언제라도 귀족들을 마음대로 핍박할 수 있게 될 것이라고 여기게 될 거요."

네리아는 입술을 깨물었다. 빌어먹을, 기사 중의 기사인 국왕이고 태어나면서부터 국왕의 기사인 귀족들이라구? 말이 좋다! 서로 조금이라도 틈을 안 보이려고 들고, 권력의 한조각이라도 뺏기지 않으려고 견제하고! 그리고……, 그리고 넌 또 뭐냐? 신에게 바친 몸으로서 아주 자상하게 정치에 대해 설명해 주는 너 성직자는 도대체 뭐냔 말이다! 너 그거 모르지? 네리아에게 설명해 주는 그 태도가 상당히 많은 것을 설명한다는 것!

금발 프리스트는 차분하게 말했다.

"당신들은 모두 크라드메서를 저지하려다가 죽은 것으로 처리해 주겠소. 나라의 은인으로 말이오. 최소한 당신들의 명예는 빛날 것이오."

금발 프리스트는 로브 자락을 어깨 뒤로 넘겼다. 곧 번쩍이는 롱소드가 그의 손에 들려진 채로 우리를 겨누게 되었다.

"자살을 제안해도 받아들이지 않을 테지요?"

나와 샌슨, 그리고 운차이가 동시에 검을 내밀며 앞으로 나섰다. 칼은 뒤로 빠지며 활을 들었고 아프나이델은 곧장 캐스팅을 시작했다. 네리아는 트라이던트를 들어올렸다. 금발 프리스트는 한숨을 쉬며 말했다.

"고통이 없도록 단숨에 목을 쳐줘라."

레티의 프리스트들이 앞으로 미끄러지기 시작했다.

"이 자식들!"

고함을 지르며 앞으로 달려나간 순간 난 내가 오묘한 자세로 허공에 머물러 있다는 것을 깨닫게 되었다. 그리고 그 비행의 감각을 제대로 음미하기도 전에 바닥이 빠른 속도로 다가왔다. 콰당! 아이고, 머리야.

머리를 문지르며 일어나자 무척 재미있어하는 시선이 날 향하고 있다는 것을 알게 되었다.

"묘하게 일어나네?"

창문에서 비스듬하게 떨어지는 아침 햇살 속에서 미소를 짓고 있는 메리안이었다. 메리안은 무릎에 두 손을 올려놓은 채 바닥에 주저앉은 날 내려다보고 있었다. 꿈이었군. 제길, 지독한 꿈이야. 머리 안팎이 모두 쑤시는군. 후우우.

난 한 손으론 머리에 난 혹을 만지작거리고 다른 손으론 차가운 방바닥을 짚으며 말했다.

"여기서 뭐하는 거지?"

"자는 거 보고 있었어."

"하하. 내가 이렇게 볼 만하게 일어날 줄 미리 알고 있었던 모양이지?"

메리안은 배시시 웃더니 말했다.

"자면서 계속 끙끙거리더라. 악몽 꾼 거야?"

악몽이라면 악몽이고. 난 맥없이 웃으며 메리안을 올려다보았다. 옆에서 비스듬히 들어오는 햇살 때문에 그녀의 오른쪽 볼에 코의 그림자가 예리하게 지나가고 있었다. 어쩐지 메리안의 얼굴이 낯설게 느껴지는데.

"기억은 밤의 제왕이고 꿈으로 현신할 때 만물을 지배한다는 이론을 몸으로 실험하고 있었지."

"……악몽 꿨다는 말이지?"

"요약을 잘하는구나."

메리안은 미소를 지으며 일어났다. 그녀는 방문을 열고 나서면서 말했다.

"일어났으면 씻고 내려와. 그리고 내려올 때는 옷 제대로 입어야 돼?"

"……으윽. 볼 거 다 보고 나서 말하는 거야? 의외로 응큼한 데가 있네."

메리안은 문밖에서 까르르 웃으면서 말했다.

"전에도 본 건데 뭐. 어서 내려와. 경비 대원들이 기다리고 있어."

"경비 대원?"

옷을 챙겨입고 계단을 내려가자 사람들이 웅성거리는 소리가 들려왔다. 난 계단참에 서서 홀을 내려다보았다.

홀은 어젯밤의 난동의 흔적이 아직껏 남아 있었다. 햐. 내가 한 짓이지만 정말 시원스럽게도 박살내 놨다. 스스로를 기특하게 여기면서 주위를 둘러보니 그 폐허 속에 이라무스 시의 경비 대원들로 추측되는 사람들이 서 있는 것이 보였다. 그들은 엉망진창이 된 홀을 둘러보며 기막혀하고 있었다. 그리고 어젯밤에 벽에 걸어두었던 주인장은 바닥에 주저앉아서 끙끙거리며 경비 대원에게 치료를 받고 있었다. 몇몇 경비 대원들은 홀 한 구석에 서 있는 선더라이더를 바라보며 감탄하고 있었다.

"히야, 이거 굉장한 말이네?"

그리고 다른 경비 대원 중에 하나는 우그러진 청동 촛대를 들어올리며 두려운 목소리로 말했다.

"이게 도대체 어떻게 된 거야? 뭘로 치면 이렇게 되는 거지?"

그런데 그 사람들 출동 한번 빠르네. 어젯밤에 소란을 부렸는데 오늘 아침에서야 출동이라구? 그때 바닥에 앉아 있던 주인장이 외쳤다.

"저, 저기! 저기 내려왔소!"

그제야 경비 대원들은 어둑어둑한 계단참에 서 있던 나를 발견했다. 경비 대원들은 일순 당황하며 핼버드를 꼬나들었다. 절그럭거리는 소리를 들으며 아래로 내려서자 그중 우두머리로 짐작되는 남자가 어이없다는 투로 말했다.

"뭐야? 이거 새파란 꼬마잖아?"

흐음. 계단참이 어둑어둑해서 내 모습을 잘못 봤던 모양이군. 다른 대원들도 기막힌 표정으로 나와 주인장을 번갈아 바라보았다. 주인장은 끙끙거리며 고개를 끄덕였고, 그러자 우두머리는 꼬나들고 있던 핼버드를 늘어뜨리더니 턱을 만지작거리기 시작했다.

"이거야 원 참. 이런 난동을 부린 녀석이 달아나지도 않고 자고 있다는 것도 못 미더웠는데, 그 범인이 이런 꼬마라구? 도대체 뭐가 어떻게 된 거야?"

난 그 남자의 턱을 만지작거리는 동작을 유심히 바라보며 말했다.

"아, 아침 일찍 출동하느라 수염 깎을 틈이 없었던 모양이군요. 난 후치 네드발이라고 합니다. 좋은 아침이죠?"

"어디서 헤헤거리는 거야? 너 이놈, 혼자냐?"

거 참 인사가 고약하군. 난 고개를 끄덕였다. 그러자 우두머리는 고개를 가로저으며 말했다.

"어처구니가 없군. 좋아. 일단 본부로 연행한다. 무기를 내놔."

무기를 내놓으라구? 그거 좋지. 난 신중한 표정으로 혀를 길게 내밀어 그 상하 운동 성능을 시험했다. 즉, 혀를 날름거렸다. 갑자기 조롱을 받게 된 우두머리는 입을 조금 벌리며 얼빠진 눈으로 날 바라보았다.

"혀가 내 최강의 무기거든. 세 치 혀가 검을 이기는 법이죠."

"이 자식이!"

남자의 주먹이 곧장 앞으로 날아왔다. 딱! 흐음. 샌슨의 그것에 비해 보면 이 정도는 간지럽지. 남자의 주먹이 회수되는 순간 난 싸늘하게 웃으며 말했다.

"먼저 쳤죠?"

"뭐야?"

"그 쪽이 먼저 쳤다구. 그러니 이건 정당 방위야."

놀란 남자가 뭐라고 말할 틈도 주지 않고, 난 곧장 남자의 멱살을 붙잡아 위로 들어올렸다. 주위의 비명 소리와 그보다 훨씬 절절한 남자의 비명 소리를 들으며 난 남자를 빙빙 돌리기 시작했다. 바람 소리가 나도록 돌린 다음 바닥에 고이 내려놓자 남자는 제대로 서지도 못하고 엉덩방아를 찧었다. 쿵. 남자는 바닥에 주저앉은 채 머리를 좌우로 흔들기 시작했다.

"저, 저 자식!"

경비 대원들이 일제히 괴성을 지르며 핼버드를 들어올리는 순간 난 팔짱을 끼면서 외쳤다.

"국왕의 기사를 공격하는 것은 반란이다!"

"뭐……야?"

경비 대원들의 손에 들린 핼버드가 멈칫하더니 그들의 안색이 각자의 체질에 따라 다채로운 색깔을 띠기 시작했다. 난 킬킬거리며 주머니에 쑤셔박아 둔 훈장을 꺼내어 얼굴 앞에서 대롱거렸다. 훈장을 바라보던 경비 대원들의 안색은 거무죽죽하게 변해갔다.

그 거무죽죽한 안색들을 향해 일장 훈시를 시작했다.

"이봐요. 저 으리으리한 말만 보면 알 수 있는 것 아닙니까? 그리고 이런 난동을 부리고도 태평한 걸 봤으면 진작 눈치를 챘어야지. 뭔가 믿을 만한 권력이 있으니까 요런 꼬마가 까불 수 있는 거 아닐까요? 에이, 빌어먹을 권력! 걸레처럼 쓰면 쓸수록 지저분해지는 것이 권력인데 가지고 있으면 꼭 쓰게 되더라구. 카아아, 퉤!"

경비 대원들은 내가 던진 의문에 버거워하며 힘들게 질문했다.

"구, 국왕의 기사? 귀족……이십니까?"

"아아, 정말 익숙지 않은 이름이지만, 어쨌든 다시 내 소개를 하지. 네드발 백작가의 후치 네드발이오."

아버지! 기뻐하십시오. 이건 네드발 백작가 최초의 선언이올시다. 그리고 네드발 백작가가 국왕을 대신하여 행한 국민에 대한 최초의 봉사이고. 국왕의 국민인 메리안을 구하는 거 아니겠습니까. 음하하하!

"난 국왕의 기사로서 국왕을 대신하여 조카딸을 괴롭히는 악덕 여관 주인을 응징했지. 이 작자가 조카딸을 혹독하게 부려먹었던 것에 대해서는 동향인들인 당신들이 더 잘 아시겠지요? 자, 이제 묻겠는데, 국왕의 기사인 날 공격함으로써 왕가에 반역하시겠소?"

주저앉아 있던 경비 대원들의 우두머리가 못이라도 깔고 앉은 것처럼 부리나케 일어났다. 절도 있는 동작으로 경례를 붙이는 그의 모습에서는 조금 전까지만 해도 균형 감각을 잃고 바닥에 주저앉았던 모습을 찾아볼 수 없었다.

"천부당 만부당입니다! 즉각 여관 '트라모니카의 바람' 영업주를 체포하여 유소년 학대의 죄가를 치르게 하겠습니다!"

음. 이럴 땐 후치식으로 대답하면 안 되겠지? 난 네드발 백작가의 초대 백작으로서 근엄하게 말했다.

"훌륭한 경비 대원의 자세요. 이라무스 시의 앞날이 밝소. 내 잠시 후 시장님을 찾아뵙도록 하지요."

장담하는데 제미니가 지금의 날 봤으면 웃다가 까무러쳐버렸을 거야. 하지만 경비 대원 우두머리는 다시 한번 이마가 부서져라 경례를 붙였다.

"필승! 아, 아니, 감사합니다!"

잠시 후 여관 주인장은 파김치가 되어 경비 대원들에게 끌려갔고 난 거꾸로 놓은 술통에 앉아 다리를 대롱거리면서 그 광경을 감상하며 낄낄거렸다. 경비 대원들과 주인장이 다 나가고 나서 고개를 돌리자 홀 한구석에서 멍한 얼굴로 날 바라보고 있는 메리안의 모습을 볼 수 있었다.

"메리안?"

메리안은 자다가 일어난 것처럼 어깨를 흠칫하더니 곧 고개를 내리깔았다.

"배, 백작님……."

으윽. 아무래도 '양초의 기사'라든지 '오크의 비극'은 어울려도 '후치 백작님'은 내게 어울리지 않는 것 같다. 난 다리를 들어 술통 위에서 반 바퀴 휘익 돌았다. 윽! 엉덩이야.

"이봐, 그렇게 부르면 내가 좋아할 거라고 믿는 것은 아니겠지?"

메리안의 얼굴이 환해졌다. 그녀는 오른손 검지와 엄지로 아랫입술을 잡아당기며 말했다.

"그렇다고 백작님이라는 거 알았는데 계속 후치야, 하고 부를 순 없잖아."

"음, 그런가? 이제 한 번 불렀으니 됐어. 다시 후치라고 불러."

"그래. 후치야. 그런데 어떻게 된 거야?"

"백작이 된 거? 설명하면 길어. 그냥 나라에 공을 세우고 작위를 얻었다고 말하면 간단하겠지."

"놀랍네……, 정말. 넌 여기 다녀가는 엉터리 모험가 백 명을 모아놓은 것보다 더 대단한 모험가인가 봐. 진짜 모험가."

난 한쪽 눈을 찡긋한 다음 메리안에게 손짓했다.

"하하. 자, 그럼 거기 앉아봐."

"응?"

"거기, 응. 그 의자는 아직 괜찮겠네. 할 이야기가 있으니까 앉아봐. 아침은 뭐 먹을까 등의 복잡 미묘한 이야기는 아니니까 안심하고."

메리안은 해죽 웃으며 의자를 가져와 내 맞은편에 앉았다. 난 말하기 전에 헛기침을 몇 번 했다. 아침 나절이라 목이 칼칼한데.

"내가 네게 기회를 줄 수 있어. 나도 참 많이 컸다. 다른 사람에게 인생이 전환될 기회를 줄 수 있게 되다니. 흠. 기회를 포착할 것인지 말 것인지는 네가 알아서 잘 판단해."

"기회라구? 무슨 말이니?"

"응. 먼저, 네가 이 도시를 떠나기 싫다면 이 가게를 네 소유로 옮겨줄 수도 있어. 아, 절대 불법적인 일은 아냐. 내가 이 가게를 사서 너에게 줄 수 있다는 말이지. 그리고 네가 여관 경영에 자신이 없다면, 하긴 네 나이엔 어렵겠지. 넌 다른 보호자를 찾을 수 없지?"

"응……."

"애인은?"

메리안은 물끄러미 날 바라보더니 고개를 가로저었다.

"좋아. 내가 아주 훌륭한 사람을 하나 알고 있어. 그 사람에게 널 맡길까 하는데. 뭐 별로 부자이거나 한 것은 아니지만 성격은 참 좋아. 호강하기는 어렵겠지만 마음은 편하게 해줄 수 있는 사람이야."

"지금 중매하는 거니?"

"오우, 천만에. 보호자가 될 사람을 찾아주는 거라니까. 네가 충분히 성장해서 스스로의 길을 찾아갈 수 있을 때까지 널 부탁할 작정이야. 하하, 이거 참. 이런 말은 늙수그레한 사람이 해야 어울릴 말인데 너랑 비슷한 나이의 남자애가 말하니까 꽤 이상하게 들리지?"

메리안은 살포시 미소를 지었다. 난 마주 웃어주면서 말했다.

"그도 저도 싫고 네게 어떤 다른 복안이 있으면 말해 봐. 내가 도와줄게. 일단 내가 제안할 수 있는 것은 이 두 가지야. 어때?"

메리안은 다시 입술을 잡아당기기 시작했다. 그래서 그녀의 대답은 좀 불분명하게 들렸다.

"난 모르겠어. 너무 갑작스러운 일이라서."

"이해해. 천천히 생각해 봐. 난 지금부터 시장을 찾아가서 내 신분을 밝히고 주인장의 처벌을 의논할 생각이거든. 그동안 생각해 보렴."

"알았어. 참, 아침은 먹어야지?"

"괜찮아. 시장 관사에 쳐들어가서 얻어먹지, 뭐. 이라무스 시장님에게 네드발 백작을 대접할 기회는 주자구."

"아, 아. 그렇구나. 백작님이시니까……."

"퍽 웃기지? 하하. 하지만 어쩔 수 없어. 도시나 영지에 들르면 그 시장이나 영주에게 꼭 인사를 하는 것이 예법이라더군. 아, 그래. 같이 갈래?"

"아, 아니. 난 괜찮아. 그러니까 이건 백작님이 시장님을 찾아가는 길인 거지?"

"뭐……, 그렇지."

"알았어. 내가 감히 어떻게 따라가겠니. 호호. 그런 미안한 표정 짓지 마. 잘 이해해. 그리고 아무렇지도 않으니까."

난 대답하는 대신 술통에서 뛰어내리며 입에 손가락을 꺾어넣었다. 휘이익! 홀 구석에 서 있던 선더라이더는 기특하게도 곧장 걸어왔다.

말에 올라타 문을 나오다가 뒤를 돌아보았다. 메리안은 휑뎅그렁한 홀 가운데 오도카니 앉아서는 많은 당황과 감탄이 섞여 복잡한 얼굴을 하고 있었다. 폐허가 된 홀 가운데 외로이 앉아 있는 모습. 마치 지금의 그녀의 처지를 나타내는 것 같군. 안쓰러운데. 하지만 그녀의 얼굴에 피어오른 희망은 날 뿌듯하게 만들었다. 하하, 저 희망의 원인은 바로 나일 테지? 메리안, 걱정 마. 내가 널 도와줄게.

어젯밤의 내 생각은 잠시 보류야. 우린 드래곤처럼 살 순 없어. 최소한 메리안은 그럴 수 없어. 타인의 친절에 저렇듯 기뻐할 줄 아는 것을 보란 말이야. 이루릴이 도와주든 말든 신경 안 쓰던, 그리고 제레인트가 도와주려고 하자 화를 벌컥 내던 지골레이드와는 도저히 비교할 수 없는……. 메리안은 인간이니까.

폐허 속에서도 희망으로 웃는 인간 메리안은 손을 들었다.

"잘 다녀와."

난 마주 손을 흔들어준 다음 신나게 출발했다.

"이랴아! 가자아, 선더라이더!"

윽! 실수다. 신바람이 나서 그냥 달려왔어. 난 시청이 어디 있는지 모른다구!

2

찾아간 날이 좋지 않았다. 하필이면 이라무스 시의 시장님은 며칠 전 자이펀이 사용하는 디바인 웨펀(세이크럴라이즈를 사용하는 파괴 작전을 그렇게 이름붙였나 보다. 신의 무기라고? 인간의 무기야, 인간의!)을 주의하라는 공문을 받아보고선 분기탱천, 그 즉시 가문의 보검을 어깨에 둘러메고 자원 입대해 버리셨다는 것이다. 지금쯤은 남쪽으로 가는 지원군에 포함되어 씩씩하게 행군하고 계실 거라는 말에 나는 질문했다.

"시장님의 연세가 어떻게 되시는데요?"

현재 시장 대리 노릇을 하고 있다는 시청 총무부장은 웃으며 대답했다.

"65세십니다."

"……대단한 노익장이시군요."

시장실의 모습도 그 시장 되는 사람의 인격을 미루어 짐작하게 할 만한 모습이었다. 벽에 걸려 있는 방패와 검은 지금 당장 들고 싸우러 나가도 될 만큼 번쩍번쩍 빛나고 있는 것이 절대로 장식용이 아니었다. 그리고 시장실 한쪽 구석에 잘 보이지 않게 치워두었지만 야전 침대임에 분명한 침대의 모습도 보였다. 큼직한 책장 옆에 놓인 나무통에는 서류 두루마리 대신 쿼럴이 가득 들어 있었다. 이게 시장실이야, 아니면 레인저들의 바라크야? 우리

나라는 확실히 기사도의 나라야. 아, 실수. 귀족들만 빼고 말이야. 쳇!

난 테이블에 놓인 찻잔을 바라보면서 말했다.

"그래, 그 자제 되시는 분들이 말리지도 않았습니까?"

"아버님은 말린다고 들으실 분이 아니라서요."

땡, 땡! 머릿속에서 종소리가 울리는 것 같다. 난 황급히 고개를 숙였다.

"아, 이런. 죄송합니다. 시장님이 아버님 되시는군요."

"아뇨. 괜찮습니다. 네드발 백작님. 자랑스러운 일이긴 합니다만 걱정스러운 것은 어쩔 수 없군요."

"이해합니다. 제 아버지도 자원 입대병이시거든요."

"그렇습니까? 아, 혹시……, 아닙니다."

"예?"

"혹시 아버님께서 전사하셔서 그 나이에 백작 지위를 계승하신 것은 아니신지……."

"예? 하하. 아니에요. 전 신흥 귀족입니다. 제가 네드발 백작가의 초대 백작이지요."

시장 대리는 고개를 숙이더니 찻잔을 들어올렸다. 아마 당황한 얼굴을 감추기 위한 것이 아닐까 생각된다. 흠. 뭘 그런 거 가지고 놀라시나. 시장 대리는 차를 한 모금 마시고 나서야 헛기침을 하며 말했다.

"그렇습니까? 허허, 믿기 어렵군요. 그 나이에 전쟁에서 공을 세우신 것도 아니실 텐데."

"공이라면 공이고……. 뭐 그런 일이 있었지요. 자세한 것은 국가 기밀에 관련되어 자칫 미묘한 사태를 야기시킬지도 모르는 위험이 있는지라 알려드릴 수 없군요."

보라, 헬턴트 주민들이여! 우하하하! 내가 말이야, 헬턴트 초장이 후보인 내가 말이야, 약간 피로해 보이는 듯하면서 동시에 긴장된 얼굴로 '국가 기밀에 관련된 일이라…… 미묘한 사태를…….' 하는 식으로 말하고 있단 말이야. 그리고 듣고 있는 이라무스 시장 대리께서는 잔뜩 긴장해서 뭐가 뭔지도 모르면서 고개를 끄덕이고 있단 말이지. 손에 든 찻잔을 테이블에 내려놓을 생각도 하지 못한 채 그냥 허공에 띄워두고서 말이야. 우리 영지의 주민들을 모조리 여기 불러왔으면 좋겠네.

난 테이블에 놓인 찻잔을 들어올리며 다시 기품 있게 말했다.

"저희 아버님은 드래곤의 포로로 잡혀 있다는 것 이외에는 자세한 것을 알려드릴 수가 없군요."

시장 대리께서는 이제 완전히 얼어붙어 버리셨다. 이제 난 우수에 젖은 눈빛으로 지평선을 바라보며 드래곤에 대한 복수의 칼날을 갈고 있는 네드발 백작인 것이다. 아버지, 아버지의 불행을 가지고 제가 장난을 치는 거 용서해 주세요. 곧 구해 드릴게요. 예?

시장 대리와의 회견은 그런 대로 적당한 수준에서 품위 있게 마무리지어졌다. 메리안의 삼촌을 어떻게 처리할 것인가는 전적으로 미성년자를 보호하는 국법과 이라무스 시의 시 조례에 따라 시장 대리께서 알아서 처리하도록 했다. 그러고는 시청의 관사에서 유숙하라는 부탁을 정중히 거절하고 메리안에게 돌아왔다.

메리안은 문 밖까지 나와서 기다리고 있었다.

그녀의 주위에는 호기심 많은 시민들이 몰려서 그녀에게 어젯밤의 사건에 대해 꼬치꼬치 캐묻고 있었다. 메리안은 꽤나 당황스러운 얼굴로 시민들에게 설명하다가 간신히 날 발견했다. 그녀의 눈이 동그래졌다.

"후……, 백작님!"

……아무래도 백작이라는 거 별로 좋지 않아. 사람들이 보고 있으니까 그렇게 부른다는 거 이해하지만 이게 도대체 뭐람. 메리안과 나 사이에 엄청난 거리감이 발생해 버리는 것 같잖아? 메리안을 둘러싸고 있던 시민들은 먼저 선더라이더를 보고 놀란 다음 황급히 고개를 숙였다.

난 별말 없이 선더라이더에서 내려섰다. 메리안은 고개를 숙이더니 다소곳한 목소리로 말했다.

"시청에서 오시는 길인가요?"

난 얼굴을 구기면서 메리안을 바라보았다. 고개를 숙이고 있었지만 그녀의 입매가 조금 올라가 있는 것은 충분히 볼 수 있었다. 아, 그래? 그렇다면 나라고 질 순 없지.

"유피넬과 헬카네스의 이름으로 레이디 메리안 만세. 그렇습니다, 레이디. 레이디를 괴롭히던 악덕 영업주는 정의와 국법의 이름에 의해 처단될 것입니다. 레이디 메리안의 명예 영원하시길."

메리안은 황당한 시선으로 날 올려다보았고 난 주위에 보이지 않도록 재빨리 한쪽 눈을 찡긋했다. 아무래도 나나 메리안이나 이 배역에는 별로 어울리지 않는 것 같아. 앞치마를 두른 채 엉거주춤하게 서 있는 메리안이 '레이디 메리안'에 안 어울리는 거나, 타고 있는 말이 멋진 것 외에는 후줄근한 옷에 새집 같은 머리를 하고 있는 내가 '네드발 백작'에 안 어울리는 거나 거의 비슷하단 말이야. 주위의 시민들이 경외스러워하는 이유는 오로지 내 멋들어진 태도와 선더라이더의 멋들어진 태도 때문일 것이다.

아, 어쩌면 후자에 더 큰 비중이 있을지도 모르겠다.

메리안은 다시 고개를 숙이며 말했다.

"아, 안으로 드시지요, 백작님."

"감사합니다."

나는 메리안을 따라 홀 안으로 들어서서는 곧장 문을 닫아서 바깥의 시민들의 호기심 어린 시선을 가로막았다. 그러곤 곧 얼굴을 있는 대로 구기면서 메리안을 바라보았다. 메리안은 장난기 가득한 눈으로 날 보면서 어깨를 으쓱였다.

"그럼 어떡하니. 국왕의 기사에게 덤비는 것이 반란이듯, 국왕의 기사에게 적합한 예를 표현하지 않는 것도 왕실 모독이 되는 거 아냐?"

"……아침 먹었어?"

"응."

"점심 먹었어?"

"뭐? 아직 점심 때도 아니잖아?"

"아하, 안 먹었군. 그래서 그렇게 말을 잘하는 거였구나."

"후치!"

난 피식 웃었다. 역시 저렇게 불러야 내 존재 확인이 된다니까. 우하하.

웃으며 주위를 둘러보자 테이블 위에 아침엔 못 보던 보따리가 있는 것이 보였다. 메리안은 내 눈길을 따라가다가 그 보따리를 보고는 생긋 웃었다.

"저건 뭐지?"

"내 짐. 간단하지?"

"……알았어. 특별히 만나볼 사람 있어?"

"아니, 없어. 그런데 질문이 있어."

"훌륭하군. 질문도 있고 그 질문을 들을 사람도 있고. 성직자들보다는 훨씬 나아. 성직자들은 질문을 엄청나게 던지지만 해답을 받는 경우는 드물다던데. 무슨 질문이니?"

"왜 나한테 잘해주니?"

"응?"

메리안은 시선을 내리더니 짐보퉁이를 만지작거리며 말했다.

"짐을 싸는데 그런 생각이 들었어. 난 너에게 친절을 받아야할 이유가 없는 것 같아. 후치는 왜 나를 위해 싸우고 내 미래를 보호해 주려고 하는 거지?"

시시한 질문이군. 난 의자를 당겨 앉으며 말했다.

"글쎄. 절벽 가에서 엉금엉금 기어다니는 아기를 보고, 들고 있던 계란 바구니를 집어던지고 달려가는 처녀의 이유는 뭘까?"

"응?"

"말해 봐. 계란 바구니 속의 계란을 다 깨버리면서 아기에게 달려가는 이유는?"

"어, 뭐, 계란보다야 아기가 더 소중하니까?"

"그런 대답을 기대한 것은 아니지만, 뭐 그것도 괜찮네. 맞다, 맞아. 나도 내 수고로움보다는 메리안이 더 소중하니까야. 난 널 돕는 것이 특별히 고생스럽거나 힘들진 않아. 야, 그런데 내 대답, 내가 들어봐도 좀 몰인정하게 들린다?"

메리안은 입술을 삐죽거리며 말했다.

"헤엥. 그럼 무지무지 힘들고 피곤한 일이었다면 날 돕지 않았을 거란 말이네?"

"그런 생각을 해볼 수 있지. 음. 만일 목숨을 걸어야 되는 일이었다든가, 내 모든 미래가 박살날지도 모르는 위험을 감수해야 되는 일이었다든가. 그럴 경우라면 난 이렇게 생각하는 나 자신을 충분히 생각해 볼 수 있어. '메리안과의 우정은 별거 아니야. 내가 더 중요해.'라고 말이야. 그리고 스스로 그 결정에 만족해하겠지."

"당연히……, 그렇겠지?"

"그래. 난 내 수고를 화려하게 치장하고 싶은 생각은 없어. 할 만하니까 하는 거야. 난 어리석은 폐태자와는 많은 점에서 다른……, 관두지."

"응? 무슨 말이니?"

"아냐. 별말 아니야. 설명이 됐다면 그만 나갈까."

메리안은 아무런 주저도 없이 보따리를 들어올렸다. 흐음, 정말 시원스러운 출발이야. 그녀는 가게를 한번 돌아본다든가 하지도 않고 곧장 문을 나서려고 했다.

난 당황해서 그녀를 불렀다.

"어, 이봐, 메리안. 종업원 우두머리라든가 누구 없어? 이 가게 그냥 내버려두고 떠날 수는 없잖아. 주인도 없는데……."

메리안은 문 바로 앞에서 멈춰 서더니 몸을 돌려 날 바라보았다. 그녀는 심드렁한 목소리로 말했다.

"글쎄? 난 이 가게에 별로 책임감을 느끼지 않는데. 넌 느끼나 보지?"

"나야 상관없지만 네가 혹시……. 네 삼촌이잖아."

"이까짓 가게 어떻게 되든 말든. 내 가게는 아냐. 뭐 다른 하인들이 알아서 잘할 거야. 어제는 네가 무서워 다 도망갔지만 얼마 안 있으면 다시들 몰려오겠지. 우리 삼촌만 풀려나면."

"알았어, 좋아. 그럼 나가지."

그래. 하인들은 다시 몰려들겠지. 주인에게 권위가 돌아온다면.

"다시 몰려들 거라구요?"

"그래. 그렇게 만들겠네."

칼은 피로한 머리를 좌우로 흔드느라 잠시 말을 멈췄다. 이윽고 그는 창문으로 스며드는 햇살을 바라보며 느리게 말했다.

"귀족의 뿌리를 송두리째 흔들 거야. 귀족의 뿌리는 무엇인가. 그것은 결국 오만과 독선으로 규정지을 수 있는 근거 없는 우월의식이지. 정녕 우월한 자는 아무 행동을 하지 않아도 다른 사람들이 존경하게 되네. 하지만 실속 없이 우월 의식만 가진 자는 폭력적으로 바뀌게 되지. 그런 폭력은 일견 강력해 보이지만 더 큰 폭력 앞에서는 산산이 부서지고 말지. 난 핸드레이크가 그러했던 것보다 더 잔인하게 행동할 것이네. 칼 헬턴트의 이름이 공포의 이름으로, 마주보기 두려울 정도의 후광으로 빛나는 이름이 되게 만들겠네."

저게 칼 맞나? 난 놀라움에 젖어 칼을 바라보았다. 아무리 보아도 자기 오두막에서 책이나 뒤적거리고 있던 그 허허 웃던 독서가의 모습인데? 그러나 칼은 매서운 눈으로 말했다.

"그들이 국왕에게 매달리게 만들겠네. 귀족? 귀족이라 해도 국왕 앞에서는 다른 국민과 똑같은 국민으로 있게 만들겠어. 그들의 오만과 그들의 위세를 산산이 박살내어 놓겠네."

별로 할말도 없었다. 그래서 난 역시 창문을 바라보며 중얼거렸다.

"……길시언이 칼에게 준 빛은 너무 큰가 보군요."

칼은 고개를 끄덕였다.

"잔인한 자지. 그 사람은……, 잔인하도록 위대한 자였지. 위대함은 뛰어난 무용이나 높은 지식만으로 채워지는 것이 아니었어. 그냥 위대해야 돼. 그럴 수 있는 자가 위대한 자지. 난 길시언을 보고서야 그것을 알 수 있었네. 사람들이 멋모르고 말했던 것이 진실이었어. 그가 왕이 되었어야 했는데……."

"그럼 후작은 어떻게 처리하실 거죠?"

칼은 내 얼굴을 잠시 바라보더니 고개를 끄덕이며 말했다.

"조국의 영웅으로 만들어줘야지."

"말도 안 됩니다!"

샌슨이 의자를 박차고 일어났다. 나와 칼은 휘둥그레진 눈으로 샌슨을 바라보았고 운차이는 미간을 찌푸렸다.

"그, 그게 새로 나온 벌이라도 되는 겁니까? '조국의 영웅'이라는 이름의 형벌이 새로 생겼습니까?"

재미있는 추측이네. 샌슨은 너무 흥분해서 침을 튀겨가며 말하고 있었다. 네리아 역시 그런 말을 하고 싶었던 모양이지만 샌슨이 말하자 자리에 앉은 채 고개를 끄덕였다. 하하하. 좋은 사람들이야. 난 이마를 짚으며 웃었고 칼 역시 미소를 지었다.

"아닐세, 퍼시발 군. 난 그 의미 그대로 말한 거야."

샌슨은 좀더 높은 목소리로 고함을 지를 수 있다는 것을 보여주기 위해 숨을 깊이 들이쉬다가 흠칫하며 내 표정을 살폈다. 난 웃는 얼굴로 고개를 가로저었다. 그러자 샌슨은 운차이를 바라보았고 운차이는 냉혹하게 말했다.

"자리에 앉아서 너보다 똑똑한 사람의 말을 기다려. 가만히 있으면 절반이나 가지."

샌슨은 머쓱한 표정으로 의자를 주워 똑바로 앉아서 칼을 바라보았다(그런데 왜 네리아는 안도의 한숨을 내쉬었을까?).

"설명해 주시죠."

"알았네. 그 금발 프리스트가 말하던 것을 기억하는가? 할슈타일 후작만큼의 명문가도 처리될 수 있다면 귀족들은 다음 차례가 자신이 될지도 모른다는 불안감을 느끼게 될 거라고 한 말 말이야."

"아, 예. 그런 말이었죠."

"이 나라의 왕권이라는 것이 얼마나 취약한지를 잘 보여주는 말일세. 사실 하나의 나라 안에 권력이 너무 많아. 종교계는 신성 불가침인 데다가 너무 많아. 그리고 마법계는 단일 구조이긴 하지만 너무 강력해. 핸드레이크나 솔로처가 좋은 전통을 남겨둬서 아직껏 마법사들은 상아탑의 고상한 학자로 있는 것을 좋아하니 다행이지만. 드래곤은……, 드래곤들은 드래곤 라자에 의해 인간과 그런 대로 괜찮은 우호 관계를 유지해 왔으니 망정이지, 드래곤들의 힘은 왕가에 치명적 해가 될 수 있는 것이었지. 그리고 엘프와 드워프들도 왕권에 전혀 예속되지 않으면서 자유로이 행동하고 있고. 생각해 보면 정말 아찔할 정도로 아슬아슬하게 이어져 온 나라이지 않은가?"

샌슨은 얼굴이 노랗게 되어 숨을 몰아쉬었다. 칼은 피식피식 웃으며 말했다.

"한때……, 나도 청운의 꿈을 품었던 적이 있지. 하지만 이 나라는 너무 전망이 없었어."

"칼?"

칼은 헛기침을 하더니 말을 돌렸다.

"어쨌든, 권력 집중이 안 된 나라는 골칫거리야. 한 가정으로 생각해도 간단히 파악할 수 있는 문제지. 한 가정의 가장이 가장으로 섬겨지지 못하면 어떻겠는가? 그 식솔들이 그를 비웃을 수밖에. 이 나라에서는 지금 귀족들이 왕가를 비웃고 있는 셈이지."

"그런데요?"

"그리고 루트에리노 대왕과 핸드레이크 이후 300년, 바이서스 왕가는 자이펀 전쟁이라는 최고의 도전을 맞이하게 된 거지. 우리가 보면 어떻게 이럴 수 있는가 싶을 정도로 우연히 산재한 것이 역사인 것 같지만 그 뒤에는 면밀한 인과 관계가 존재하는 법일세. 자이펀 전쟁, 할슈타일 후작이나 넥슨 휴리첼의 반란 음모, 크라드메서의 웨이크닝, 라자 혈통의 단절……, 이 모든 것은 간단히 요약되네. 바이서스는 흔들리기 시작한 거지. 대왕과 대마법사가 쌓아둔 토대는 이제 그 힘이 약화되기 시작했어. 이제 우리 불민한 후손들은 영웅 시대의 유산을 다 탕진한 거지."

꿀꺽. 침을 삼키는 것이 왠지 중노동처럼 느껴지는군.

"이런 상황에서 할슈타일 후작을 반란죄로 처리하면, 그 진위야 어쨌든지 간에 귀족들은 크게 동요할 거란 말일세. 할 수 없지. 일단은 비위를 맞춰주는 수밖에. 그래서 할슈타일 후작은 오로지 왕가를 위해 순교하게 해드려야지. 이 점, 중요하네. 할슈타일 후작은 나라와 국왕을 위해 순교해야 하는 거야. 그럼 다른 귀족들에게도 비슷한 것을 요구할 수 있게 되지. '봐라, 할슈타일 후작도 그랬다. 너희들도 국왕께 충성해라.' 이해되는가?"

"아이고 맙소사……. 머리가 아픕니다."

"물론 전면적으로 그렇게 요구할 순 없지만 경향성은 만들어낼 수 있지. 그리고 그것으로 충분하고. 이제 새로운 힘이 바이서스에 도입되어야 해. 절대적으로 비인간적인 힘 말일세. 인간적인 힘, 영웅의 환상은 긴긴 여름날의 백일몽이었고, 이제 곧 혹독한 겨울이 오게 되겠지. 영웅 시대는 다시 돌아오지 않아. 우리를 키워왔고 자라나게 했고 의식의 지평을 열어주었던 영웅시대의 유산으로부터, 이제 우리는 새로이 도약해야 될 시점에 온 것이지. 바이서스의 마법의 가을일세."

칼의 단점 중에 하나야. 듣는 사람을 너무 높게 평가해 주곤 한다니까. 도대체 무슨 말을 하고 있는 것인지 알 수가 없군. 샌슨은 머리를 벅벅 긁다가 간신히 할말을 생각해 냈다.

"그럼……. 알겠습니다. 할슈타일 후작은 절대로 바이서스 임펠로 돌아오면 안 되는군요?"

"정확하네. 그는 무슨 일이 있어도 세상에 모습을 드러내선 안 돼. 그래서 오늘 급히 모이라고 한 걸세. 지금 당장 그 작자를 추적해야 돼."

겨울 햇살이 뽀송뽀송하다.

"너무 더워……. 이거 벗어도 되겠어."

메리안은 뒤집어쓰고 있던 외투를 벗느라 꿈지럭거렸다. 메리안의 시선이 목 뒤로 따끔따끔하게 느껴지는데. 난 헛기침을 하고서 말했다.

"그래. 허, 흠. 겨울 날씨가 이래서 참 다행이야. 여행하기 좋지?"

"무지무지하게 추울 거라고 겁주더니……."

모험가의 허풍은 무죄야. 제발 그런 눈으로 쏘아보지 말라구.

난 오만 가지 허풍을 다 동원해서 메리안을 겁줬다. 살을 도려내는 추위 속에서, 며칠씩 굶어 고픈 배를 부여잡고 잠자리에 들지만, 뒤를 따라오는 몬스터들의 피에 젖은 이빨을 경계하면서 그나마 편하게 잠들지 못하는 공포스러운 밤……. 그러나 네 곁엔 사상 최대의 모험가가 함께하니 그를 믿고 따르라. ('존경하는 후치 님, 당신만 믿겠어요.' 정도의 감정이 담긴 시선을 기대했다는 사실까지 말해야 할까?)

그런데 이라무스 시를 떠나고도 이틀이 지나는 동안 날씨는 쾌청하기 짝이 없었고 세 때 꼬박꼬박 챙겨먹어 배는 부르고 몬스터는커녕 토끼 새끼 하나 발견하지 못한 것이다. 그리고 사상 최대의 모험가는 졸다가 말에서 떨어질 뻔해서 그 뒤에 타고 있는 레이디에게 엄청난 구박을 들은 지 10분도 되지 않은 상태인 것이다. 도대체 뭐 이래? 졸려 죽겠네. 이때 산적들이라도 우르르 나타나서 '가진 것 모조리 다 내놓고 목숨 하나만 가지고 가뿐하게 여행하세요.'라고 친절하게 권해 주면 얼마나 좋을까.

"가진 것 다 내놔!"

"만세!"

내 외침 소리는 산적들과, 메리안과, 그리고 나 자신까지도 당황하게 만들었다. 길 양편에서 우르르 나타난 남자들은 얼굴에 '당황'이라고 써붙인 모습으로 날 올려다보았다. 뭔가 변명을 해야 한다는 참을 수 없는 강박 관념이 느껴지는 순간이었다.

"일곱 명밖에 안 돼!"

내 두 번째 외침에는 별로 호소력이 없었고 산적들과 메리안은 보다 깊은 의문 속으로 침잠하는 모양이었다. 아무래도 내 본질을 오도하는 말을 해버린 것 같군. 난 선더라이더에서 내려섰다.

안 되겠어. 내 인격을 급부상시켜야겠다.

나는 비장한 시선으로 메리안을 바라보았다.

"메리안, 그대로 타고 있어. 내가 널 지켜주겠어. 만일 내가 죽으면 선더라이더가 널 안전하게……."

"후치! 이 바보야, 왜 말에서 내려! 같이 도망가야지!"

윽. 메리안, 제발! 내가 이 정도로 몸부림을 치면 뭔가 호응이 될 만한 말을 해줘야지.

"남자애는 이런 순간에 그렇게 말하는 법이라구!"

"그러니까 남자애들은 다 여자애들에게 멍청하다는 말을 듣는 거야! 그리고 네가 한 말과도 다르잖아!"

"내가 한 말?"

"그래! 할 만하니까 한다는 말 말이야!"

"……가끔은 자기 신념과 다른 일도 할 수 있는 법이라구. 그리고 이번에는 내 신념에 틀린 행동은 아니야."

"무슨 말이니?"

"싸울 만하니까 내려선 거야. 내 말을 그렇게 못 믿어? 난 레티의 프리스트들과도 검을 나눠봤다니까. 이런 유랑민들 일곱 명쯤은 별로 안 무서워!"

휘둥그레진 눈으로 나와 메리안의 상황에 어울리지 않는 설전을 지켜보던 남자들이 '유랑민'이라는 말에 화들짝 놀라는 모습을 보여주었다. 난 고개를 돌리며 외쳤다.

"당신들! 사우스 그레이드에서 여기까지 피난왔다가 먹고 살 일이 아무래도 난감하다 싶으니까 산적 영업을 개시해 보는 거겠지? 그것도 이번이 첫 번째지?"

"어, 어?"

"어떻게 알았냐고? 손에 들고 있는 것을 보면 알 수 있잖아. 첫 번째인 줄은 어떻게 알았냐고? 긴장감의 수준을 보면 알 수 있지."

손에 괭이나 삽, 낫 등을 들고 있던 남자들은 이제 숨길 수 없는 뒷걸음질을 치고 있었다. 자, 잠깐. 뒷걸음질은 원래 숨길 수 없는 것이었나? 어흠! 그건 별로 중요한 것이 아니고.

"자, 싸움입니까?"

남자들은 서로 눈짓을 주고받았다. 그 모습들을 보면서 난 측은함을 느껴 검을 늘어뜨렸다. 도대체 왜 이러는 건지. 늘어선 일곱 사나이들의 모습은 가관이었다. 움푹 들어간 볼엔 땟국물이 흐르고 있고 볼과 턱엔 정리되지 못한 수염들이 덩어리져 있었다. 옷은……, 기울 시간도 여유도 없었는지 찢어진 채로 걸치고 있는, 저것은 옷이라기보다는 누더기라고 부르는 것이 낫겠다. 그리고 허기져 퀭한 눈에는 번들거리는 살기가 느껴졌다. 저 사람들로서는 이판 사판이겠는데.

"제길, 쳐!"

사나이들 중 그래도 꽤나 강단 있어 보이는 남자가 앞장서서 달려들기 시작했다. 그러자 다른 사나이들도 악에 받쳐서 달려들기 시작했다. "우아아아!" 아이고. 레티의 프리스트들은 공격할 때 아무런 소리도 내지 않았어.

레티의 프리스트들이 내는 소리는 고작해야 '흡!' 하는 호흡 고르는 소리뿐이었다. 어떻게 된 것인지 이 작자들은 비명도 안지른다.

"이 자식아, 그렇게 치면 나 죽잖아!"

샌슨은 고함을 지르며 목을 향해 날아오던 롱소드를 튕겨올렸다. 상대는 검을 회수하는 대신 뒤로 뛰어 거리를 만드는 것으로 방어를 삼고 손은 이미 다음 공격을 준비하고 있었다. 대단하군! 하지만 그 성직자는 운차이의 모습을 놓쳤다. 운차이는 그 옆을 지나가다가 한 대 치고 지나갔고 성직자는 곧장 허물어졌다.

운차이가 달려든 곳에서는 덩치가 예사롭지 않은 프리스트가 기다리고 있었다. 그 거인 프리스트는 두 개나 되는 롱소드를 부여잡은 채 운차이를 공격하고 있었다. 그러나 운차이는 날아오는 두 개의 검을 한 번에 튕겨내면서 피식 웃었다.

"쌍검? 그건 우리나라에선 전설 속에서도 이미 사라진 느려터진 기법. 낡은 것에 집착하는 악취미의 대가를 받으시지."

몸이 검을 인도했다. 운차이의 몸이 상대를 지나치고 검이 그 뒤를 따라 움직였던 것 같다. 내 눈엔 그것밖엔 안 보였다. 그리고 상대는 검을 떨어뜨리며 앞으로 고꾸라졌다. 운차이는 뒤도 돌아보지 않은 채 말했다.

"넋 빼놓고 있지 마! 어느 칼이 네 모가지 가져가는 줄은 알아야 될 거 아냐?"

이크! 난 바스타드를 휘저으며 뒤로 뛰었다. 탱! 오, 이런! 날카로운 떨림이 손목을 지나 어깨까지 흔들리게 만들었다. 상당히 정확하게 친 모양인데? 숨을 고르고 앞을 보자 검을 꼬나든 채 날 마주보고 있는 금발 프리스트가 서 있었다. 난 무턱대고 외쳤다.

"더 세게 쳐봐!"

금발 프리스트는 고개를 끄덕였다. 너 이놈, 나한테 속았다! 타당! 간신히 금발 프리스트의 검을 막아내었다. 그리고 검이 부딪히는 순간 힘을 살짝 뺐다. 그러자 상대는 곧장 앞으로 밀어오기 시작했다. 씩 웃고, 곧장 앞으로 밀어붙였다.

"이야아아아!"

금발 프리스트의 얼굴이 일그러졌다. 그는 곧 뒤로 물러나기 시작했지만 난 죽어라고 끝까지 밀고 들어갔다. 이 자식아, 네가 검을 빼내면 내가 죽는데 왜 놔주냐? 삽시간에 금발 프리스트와 나는 열 걸음쯤 밀고 밀리면서 달려갔다. 뭐 이런 놈이 다 있어? 열 걸음을 밀리면서 안 넘어져?

"이래도 안 넘어져!"

내 발은 상대의 정강이를 향해 날아갔다. 하지만 금발 프리스트는 다리를 빼면서 피했고 난 허공을 걷어차며 금발 프리스트를 놔주고 말았다. 단 두 걸음. 그러나 금발 프리스트에겐 두 걸음으로 충분했다. 그는 다시 세차게 찔러 들어왔다. 이런, 젠장!

"내가 더 길어!"

트라이던트가 번쩍이는 순간 금발 프리스트는 찔러 들어오던 검을 옆으로 뿌렸다. 트라이던트의 창날과 롱소드가 부딪혔고 난 뒤로 넘어지면서 그대로 뒤로 굴러일어났다.

"네리아! 사랑해요!"

"난 항상 그게 문제야! 너무 사랑스럽다니까! 까하하하!"

네리아는 그렇게 내 정신을 완전히 빼놓고는 트라이던트를 찔러대기 시작했다. 금발 프리스트는 이를 사리물면서 찔러 들어오는 트라이던트를 내려쳤다. 콰각! 트라이던트가 아래로 떨어지는 순간 또 다른 성직자가 달려들어 트라이던트를 밟았다. 네리아는 트라이던트를 놓치고서 뒤로 물러났다.

젠장! 상대가 너무 많아! 샌슨은 세 명의 상대를 붙잡고 고군분투하고 있었고 운차이는 포위되지 않기 위해 움직이는 것으로 자기 실력을 다 소모하고 있었다. 그래서 상대를 공격하는 것은 엄두도 내지 못하고 있었다. 이미 기주해 둔 마법을 다 쓴 아프나이델은 몸으로 싸우겠답시고 땅에 떨어진 스피어를 주워 휘두르기 시작했다. 그의 첫 번째 공격은 드워프들의 노커를 기겁하게 만들 정도로 훌륭한 것이었다.

"이 자식아, 똑바로 쳐! 누구 눈알을 뽑으려는 거야?"

"이, 이크! 죄송합니다. 아, 이거 생각 외로 무거워……. 엑셀핸드!"

"응?"

엑셀핸드는 급히 고개를 돌렸지만 이미 늦었다. 레티의 검이 그의 어깨를 지나쳤고 엑셀핸드는 몸을 돌리다가 그대로 균형을 잃으며 핑그르르 돌면서 넘어졌다. 아프나이델은 발악하며 스피어를 휘둘렀지만 상대는 가볍게 아프나이델의 스피어를 잘라버리고는 아프나이델을 걷어찼다. 아프나이델은 엑셀핸드의 옆에 쓰러졌다.

"크흑! 엑셀핸드 님, 죄송합니다……."

엑셀핸드는 뭐라고 말하려는 듯 고개를 들어올렸지만 레티의 성직자는 그의 가슴을 밟았다. 젠장! 트라이던트를 놓친 네리아는 괴성을 지르며 엑셀핸드에게로 달려갔다. 달려가던 네리아의 팔이 빙글 움직이면서 대거들이 허공을 가로질렀다. 엑셀핸드를 밟은 채 롱소드를 들어올리던 성직자는 황급히 뒤로 물러났다. 그러나 칼이 날린 화살까지는 피하지 못하고는 가슴에 화살을 맞은 채 뒤로 넘어졌다. 좋아, 저기는 일단 칼과 네리아에게 맡겨두자! 난 다시 고개를 돌려 금발 프리스트를 향해 달려들었다.

"죽을 땐 후치 네드발이라고 외치며 죽어라! 그가 널 죽인다!"

금발 프리스트는 매섭게 웃으며 베어들어왔다. 날아오던 검을 튕겨내었지만 금발 프리스트의 롱소드는 회초리처럼 튕겨지며 다시 날아왔다.

"크으윽!"

허벅지가 꿰뚫리는 아픔을 느끼면서 순간적으로 다리에 힘이 쭉 빠져나갔다. 원래 무릎이 없었던 것처럼 무릎이 제멋대로 꺾였다. 난 무릎을 꿇으면서도 바스타드를 휘저었지만 금발 프리스트는 손목만 조금 움직여서 내 검을 옆으로 날려버렸다. 난 이를 갈면서 검을 들어올리는 금발 프리스트를 올려다보았다. 그 검이 정상으로 올라간 순간 나는 눈을 질끈 감아버렸다. 이젠 끝장이군.

그러나 검이 떨어지지는 않았다. 대신 아주 이상한 발소리가 들려왔다. 그 이상한 발걸음소리는 내 옆을 지나쳐 내 앞에서 멈췄다. 난 눈을 떴다.

"길시언?"

길시언이 힘들게 다리를 움직여 내 앞을 가로막은 것이었다. 길시언의 등을 올려다보는 순간 몸이 얼어붙는 기분이 들면서 난 아무 말도 못했다. 저 멀리서 네리아가 발악하듯 외쳤다.

"미쳤어! 어서 비켜요!"

길시언은 들은 체 만 체하며 프림 블레이드를 들어올렸다. 우우웅! 금발 프리스트는 미간을 찌푸리며 말했다.

"좋은 죽음이오."

길시언은 내 앞을 가로막은 채 천천히 말했다.

"좋은 죽음 따위는……, 없어. 멍청아. 좋은 삶이 있을 뿐이지."

"그렇소?"

"이 순간……, 나는 살아 있다."

길시언이 웃고 있는 모양인지 그 어깨가 들썩거렸다. 금발 프리스트는 고개를 끄덕였다.

"맞소. 당신은 이 순간을 영원처럼 살아가고 있군. 이 순간이 그대에게 행복했으면 좋겠소."

그리고 금발 프리스트는 서서히 앞으로 미끄러져오기 시작했다. 다른 프리스트들은 착잡한 표정으로 바라보고만 있었다. 길시언의 몸은 움직이지 않았지만 그의 어깨는 무섭게 긴장되기 시작했다. 안 돼. 앞으로 나서야 되나? 길시언을 밀어내야 하나? 그러나 난 어떤 행동도 취하지 못한 채 나의 왕의 등만을 바라보고 있었다.

카가가가!

뭔가 번쩍이는 것이 급속하게 하늘로 쏘아져 올라갔다. 난 망연히 그 빛을 따라 시선을 들어올렸다. 그러자 허공에서 동그라미를 그리고 있는 검은 점이 보였다. 그 동그라미를 향해 쏘아져 올라가며 번쩍이는 것은……, 프림 블레이드?

"삐이이이익!"

독수리의 울음 소리는 처절했다. 귀가 멍멍해지는 느낌 속에서 터져나갈 듯이 쿵쿵거리는 내 심장 소리를 들으며 시선을 내렸다.

금발 프리스트의 검은 길시언의 복부를 꿰뚫고 있었다.

"클, 쿨럭."

길시언은 기침을 토했을 뿐 꼼짝도 하지 않았다. 난 주위의 싸움을 전혀 느끼지 못한 채 그 모습만을 바라보았다. 금발 프리스트는 낮게 말했다.

"용서하시오. 왕이 되셨어야 했던 분이여."

금발 프리스트의 검이 뽑혔고 길시언은 무릎을 꿇었다. 팍. 허공으로 튕겨 올라갔던 프림 블레이드가 길시언의 옆에 꽂혔다. 우우우웅! 프림 블레이드는 그대로 땅에서 뽑혀나올 듯이 웅웅거렸다.

길시언은 내 앞에 무릎을 꿇은 채 덜덜 떨고 있었다. 그대로 앞으로 쓰러지려나? 그러나 길시언은 쓰러지지 않았다. 그는 왼손으로 무릎을 짚고 떨리는 오른손은 프림 블레이드를 향해 뻗었다. 금발 프리스트는 차가운 표정으로 그 모습을 내려다보았다.

"아직은……, 살아 있어."

숨결처럼 가느다란 목소리로 말하며, 길시언은 프림 블레이드를 쥐었다. 그는 프림 블레이드를 지팡이 삼아 일어나려고 했다. 금발 프리스트는 고개를 가로젓더니 서서히 롱소드를 들어올렸다.

"이 자식아, 멈춰!"

난 고함을 지르며 일어나려고 했지만 다리가 제대로 움직여 주지 않았다. 결과적으로 난 땅에 호되게 볼을 부딪치며 나동그라졌다. 볼이 그대로 벗겨지는 아픔 때문에 눈물이 핑 돌았다. 난 허겁지겁 눈을 비비며 길시언을 바라보았다.

길시언은 우울한 눈으로 금발 프리스트를 올려다보고 있었다. 금발 프리스트의 검은 천천히, 하지만 걷잡을 수 없이 올라가고 있었다.

마침내 그 검은 정상으로 올라갔다. 하지만 길시언은 눈을 감지 않았고 그때까지도 일어나려고 애쓰고 있었다. 금발 프리스트는 고개를 살짝 가로저으며 말했다.

"잘 쉬시오."

레티의 프리스트들의 뒤쪽에서 무서운 비명이 터져나온 것은 바로 그때였다.

금발 프리스트는 비명 소리에 기겁하며 뒤를 돌아보았다. 그것은 정말 제아무리 검의 달인인 레티의 프리스트들이라도 고개를 돌려 확인하게끔 만드는 비명 소리였다. 그리고 비명 소리에 고개를 돌린 성직자들은 이제 눈앞에 펼쳐지는 광경 때문에 눈을 돌릴 수 없게 되었다.

모래가 날리면 모래 폭풍이지. 그럼 저건 뭐라고 불러야 되는 거야?

"사람 폭풍?"

성직자들이 폭풍우치고 있었다. 말이 꽤나 이상하지만 달리 표현할 말도 없었다. 성직자들은 제멋대로 날려올라가 나가떨어지고 있었다. 그때 어디선가 운차이가 미끄러져 들어왔다. 운차이는 강맹한 동작으로 금발 프리스트를 쫓아내고는 길시언의 앞을 가로막았다. 그는 그제야 잠시 멈추며 사람 폭풍을 바라보더니 갑자기 즐거워 못 견디겠다는 듯이 외쳤다.

"칼! 당신을 존경해도 되겠소?"

멀리 떨어진 곳에서 활에 화살을 먹인 채 서 있던 칼은 얼떨떨한 표정으로 운차이를 바라보았다. 운차이는 외쳤다.

"핫소드 그란과 자크요! 당신이 세 아름 소나무 아래에 숨긴 게 뭔지 알겠군요!"

"OPG라구?"

"응. 하슬러를 체포했을 때 그의 OPG도 빼앗았거든? 그런데 칼은 그란에게서 빼앗은 그 OPG를 거기 숨겨두었던 거야. 뒤에 무기는 숨겨두지 않았다고 하지 않았냐고 물어보니 칼은 태연하게 대답하더라구. OPG는 무기가 아니지 않냐고."

"헤에……. 하긴 그 하슬러라는 분, 딸까지 데리고 맨손으로 레인저들한테서 도망갈 수야 없었겠지."

"그렇긴 해."

메리안은 미소를 지으며 선더라이더의 고삐를 쥔 내 손을 바라보았다. 난 선더라이더의 고삐를 쥔 채 휘파람을 불며 걸어갔다. 이 정도면 괜찮은 광경이지. 말의 고삐를 쥔 채 걷고 있는 미남 전사. 그리고 그 말 위에 앉은 아리따운 레이디. 그리고 그 뒤로 졸졸 따라오고 있는 유랑민들의 무리.

우리를 습격했던 남자들은 모두 퍼렇게 된 눈이나 절뚝거리는 다리를 한 채 부인이나 다른 가족들의 부축을 받으며 걸어오고 있었다. 좀 심하게 쥐어박았나? 남자들의 가족들도 모두 초라한 모습이었다. 나와 남자들의 싸움이 끝날 때쯤해서 우르르 몰려나온 그 가족들은 남자들을 죽이지 말라고 손이 발이 되도록 빌어 내 기분을 이상하게 만들었다. 지금도 내 뒤를 따라오고는 있지만 몹시나 불안한 눈들을 하고 있는 그 사람들을 향해, 난 짐짓 쾌활하게 외쳤다.

"자, 이제 다 왔습니다. 밭들이 보이지요?"

남자들과 그 가족들은 길 주위로 나타나기 시작한 밭을 보면서 고개를 끄덕였다. 나도 따라서 밭을 둘러보았다. 추수가 끝난 밭에는 밀 짚단과 그루터기들이 어지럽게 나 있었다. 그때 밭을 둘러보던 내 눈에 한 무리의 사람들이 보였다.

저 멀리 좀 떨어진 곳에서 움직이고 있는 사람들은 대략 스무

명 정도 되어보였다. 그들은 커다란 나무에 밧줄을 묶어 당기고 있었다. 나무를 뽑아내려는 것인가? 난 선더라이더를 끌고 그쪽으로 걸어가기 시작했다. 유랑민들은 잠시 주저하다가 곧 내 뒤를 따라왔다.

거리가 가까워지자 사람들이 외치는 소리도 점점 크게 들려왔다. 영차! 영차! 흐음. 확실히 나무를 뽑아내려는 모양이군. 아마 밭이라도 개간하는 모양이지? 꽤나 많은 사람들이 밧줄에 매달려 나무를 끌어당기고 있었다. 이제 막 수염이 나기 시작한 소년에서부터 실팍한 어깨에서 중년의 아름다움을 느낄 수 있는 아주머니까지. 주위로는 소년 소녀들이 둘러서서 그 모습을 바라보고 있었다.

그 사람들도 다가가는 우리들을 보았는지 일손을 멈추었다. 그들은 의아한 표정으로 우리들을 바라보았다. 그런데 그들 중 하나가 반가운 목소리로 말했다.

"후치 군?"

어라? 저게 누구더라? 목소리는 기억나는데. 땀에 절은 셔츠를 입고 이마를 닦으며 걸어오고 있는 시커먼 얼굴의 사람은…….

"펠레일?"

"야아! 이게 누굽니까. 후치 군이군요! 반갑습니다."

펠레일은 거의 뛰듯이 달려와서는 내 손을 잡고 흔들기 시작했다. 난 펠레일이 내 손을 흔들도록 내버려둔 채 당황한 시선으로 그의 얼굴을 바라보았다.

"아니……. 아, 반갑습니다, 펠레일. 그런데 도대체 어떻게 이렇게 바뀌었습니까?"

"노동의 흔적이지요. 하하하!"

소매를 척척 걷어붙인 펠레일의 팔은 시커멓게 그슬린데다가 힘줄이 멋지게 솟아나 있었다. 그러고 보니 목이나 가슴도 좀 두꺼워진 것 같다. 하지만 무엇보다도 까무잡잡하게 바뀐 그 얼굴 때문에 인상이 꽤나 낯설었다. 난 겨우 미소를 지으며 말했다.

"하, 하하……. 요즘은 어디 가서 마법사라고 말하면 아무도 안 믿죠?"

"하하, 무슨 소리를! 전 이 근방에서 꽤나 유명해졌습니다. 칼라일의 펠로메이지 펠레일."

칼라일의 펠로메이지 펠레일? 그렇다면 스네어트레일의 다크메이지 리치몬드도 스네어트레일의 땅을 갈고 있던 농부 아니었을까?

어쨌든 내가 데리고 간 유랑민들은 펠레일과 칼라일 영지의 주민들에게 환영받았다. 그날 저녁, 유랑민들은 굉장한 식사 매너로써 나로 하여금 엑셀핸드의 추억에 잠겨들게 만들었다. 식사가 끝나고 유랑민들을 임시 거처에 재우는 일까지 마치고 나서 난 펠레일의 집으로 초대되었다.

나와 메리안이 자리에 앉자 펠레일은 기분좋게 웃으면서 낯선 남자를 하나 데리고 왔다.

"이분, 기억 나십니까?"

난 잠시 고개를 가로저으며 새로 나타난 남자를 바라보았다. 누구더라? 남자는 무뚝뚝한 얼굴로 날 가만히 바라보다가 성큼성큼 걸어가서는 벽난로에 나무를 집어던졌다. 난 멍청한 눈으로 그를 바라보았지만 그는 그대로 의자에 주저앉아 팔짱을 꼈을 뿐 별말이 없었다. 펠레일은 킥킥 웃으면서 말했다.

"코다슈 씨입니다. 왜 그때 운차이와 함께 있던 간첩들 기억

안 납니까?"

"아! 에델린이 말하던 그분이군요. 여기 남았다던……."

남자는 고개를 살짝 끄덕였다. 저건 아마 인사인가 보군. 허허. 운차이보다 더한 사람일세. 메리안이 그에게 인사했지만 코다슈 씨는 깨끗이 무시했다. 메리안은 얼굴이 발갛게 되었고 난 고개를 가로저었으며 펠레일은 다시 킥킥거렸다.

펠레일은 술병과 간단한 음식들을 가져와서 테이블에 내놓고는 자리에 앉았다.

"자, 이거 환영식으로는 조촐하군요. 정말 반갑습니다."

"예. 갑자기 쳐들어와서 폐가 많았지요?"

"아뇨. 사람들이 오는 것은 퍽이나 반가운 일입니다. 후치 군도 알다시피 이 영지에는 사람들이 많이 모자라지 않습니까?"

펠레일은 말끝을 조금 흐리며 코다슈 씨의 눈치를 살폈지만 코다슈 씨는 팔짱을 낀 채 벽난로만 쏘아보고 있었다. 난 웃으며 말했다.

"예. 저도 아마 그럴 거라고 믿고 저 사람들을 여기로 데려왔습니다. 괜찮다면 이곳에 정착하게 해줬으면 좋겠습니다만."

펠레일은 두 팔을 벌리며 환영한다는 몸짓을 했다.

"얼마든지 환영입니다. 집도 얼마든지 있고 밭도 많습니다."

"다행이군요. 내일 말해 주면 좋아하겠군요."

"예. 그런데 지금까진 좀 경황이 없어 말을 제대로 나누지 못했군요. 다른 일행분들은 어떻게 되신 겁니까? 여기 코다슈 씨는 특히 운차이 씨의 안부를 궁금하게 여기셔서 모셔왔습니다."

"아, 예. 궁금하시겠지요. 이야기가 퍽 길어요."

"좋군요. 겨울밤은 길고, 장작은 충분합니다. 피로에 젖은 몸을 의자에 누이고 눈보라를 피해 마을에 찾아든 모험가의 이야기를 듣는 것은 겨울밤의 즐거움이라고 핸드레이크는 말했지요."

"핸드레이크……, 그 사람의 이야기도 나오게 되겠군요."

"예?"

겨울밤은 길고 어두운 통로 같다.

밀폐된 느낌. 맑고 상쾌한 여름밤에 비해 볼 때 겨울밤은 답답한 느낌이 들 정도다. 벽난로의 장작들이 허물어지며 불티를 날렸다. 긴 시간 동안 이야기를 하며 그 어둡고 긴 통로를 여행해 왔지만 겨울밤의 끝은 아직도 요원하다.

난 벽난로에서 날리는 불티를 바라보며 말했다.

"그 나무 말인데요."

"예?"

"아까 그 밭의 나무. 이상하더군요. 왜 밭 가운데 나무가 있었죠?"

"아, 그 밭은 새로 개간하는 밭이었습니다."

"그런가요."

"예. 후치 군 덕분에 그 나무를 뽑아낼 수 있어서 정말 고맙군요. 남자들이 너무 적어서 말입니다. 마법으로 뽑아낼까 고민하고 있었지요. 사실 요즘엔 아침 일찍 일어나서 일을 하기 때문에 기주할 새도 없습니다만."

"도움이 돼서 다행이군요. 그런데 사람도 적은데 왜 밭을 새로 만드는 거죠?"

"그래야 외부 사람들이 몰려들지 않겠습니까. 유효 경지가 많다면 말입니다. 요즘 여기저기서 유민들이 많이 생깁니다."

"세이크럴라이즈 때문에요?"

"예. 다행히 우리 영지는 그 일을 먼저 겪어서 공문이 오기 전부터 대처 방식을 잘 알고 있었으니까요. 근방에 소문이 자자합니다. 대마법사 펠레일이 수호하는 땅이라구요."

난 빙긋 웃었다.

"그리고……, 실제 이유는?"

펠레일은 눈을 조금 크게 뜨더니 핏 웃었다.

"긴 겨울철, 영지의 주민들이 일도 없이 앉아 있으면 청승맞으니까요. 뭔가 합심해서 일할 것이 필요했습니다. 사실 밭 개간하는 것은 디그 어스 스펠을 몇 번 쓰면 간단한 일이죠. 하지만 보십시오. 어린 꼬마들까지 달려들어 돌멩이를 주워내고 아녀자들도 치마폭에 돌멩이를 주워담아 나르면서 모두가 밭을 만들고 있습니다. 그래서 이 나무에도 마법을 쓰는 것을 자제하고 있었습니다."

"그럴 거라고 짐작했죠. 내가 나서서 뽑아버려 오히려 안됐군요."

"아뇨. 후치 군은 이 영지의 은인 중에 한 사람 아닙니까. 주민들은 즐거워할 겁니다. 돌아온 영웅의 멋진 행적, 겨울철 내도록 이야깃거리가 되겠죠."

"으악!"

"대충 짐작이 갑니다. 지금껏 본 것 중에 가장 거대한 말을 타고 돌아온 후치 네드발은, 칼라일 영지에 이르자마자 밭을 일구기 위해 고생하는 주민들을 위해 숲을 뭉개버렸다……는 식으로."

"나무 하나인데요?"

"영웅담은 대개 그렇게 발전하게 된다는 거 알지 않습니까?"

"제발……. 앞장서서 막아주세요. 그런 이야기."

펠레일은 큭큭 웃더니 노동 때문에 노곤해진 몸을 주욱 펴면서 지나가는 말처럼 말했다.

"후치 군이 타고 온 말……, 선더라이더입니까?"

난 고개를 끄덕였다. 펠레일은 잔잔한 눈빛으로 날 바라보더니 말했다.

"그럴 거라고 짐작했습니다. 은빛 갈기의 흑마니까. 길시언 전하께서는 돌아가신 겁니까?"

난 다시 고개를 끄덕였다.

"길시언은 샌슨에게 프림 블레이드를, 그리고 내게는 선더라이더를 남겨줬어요. 펠레일이 말한 영웅담의 발전 양상에 따르자면, 뭐…… 수십 년 후쯤 이런 전설이 만들어지겠군요? 바이서스의 왕자이자 위대한 모험가 길시언 바이서스, 그가 최후의 순간에 남긴 두 개의 보물은 그와 생사고락을 같이했던 동료들이 각자 하나씩 가져갔다. 만일 그 두 개의 보물을 다시 되찾을 수 있다면 열국을 질타하고 백세를 호령하리라."

펠레일은 이번엔 소리를 크게 내어 웃었고 코다슈 씨도 미소를 지었다. 난 씁쓸한 표정으로 테이블을 바라보았다. 테이블 위의 촛불은 가녀린 연기를 피워올리고 있었다. 금방이라도 끊어질 것 같은 가는 연기.

길시언은 가슴을 그러쥔 채 곧 끊어질 듯한 호흡을 힘들게 유지했다.

네리아는 그를 부둥켜 안은 채 오열하고 있었고 칼은 마치 프리스트나 된 것처럼 모든 신을 향해 기도하고 있었다. 칼이 외치는 기도는 내용상 저주가 없다뿐이지 거의 저주하는 듯한 어조였다. 그는 지금 모든 신들을 향해 길시언을 살려내라고 강짜를 부리고 있는 것이다. 제길! 왜 하필이면 에델린도 제레인트도 모두 여기에 없는 거지? 왜 하필이면 지금!

길시언은 힘들게 말했다.

"칼……. 죽은 자의 부탁은…… 평생의 빚이 되지요……. 난 간교한 자……, 그래서 당신에게 평생 벗어나지 못한 짐을…… 부여하고자 하오……."

"길시언! 길시언!"

"부탁이오……. 바이서스를…… 지……켜……, 허어억……."

길시언은 피리소리를 내며 호흡을 들이켰다. 칼은 피에 젖은 자신의 머리카락을 잡아당기며 외쳤다.

"안 돼, 안 되오! 이렇게 죽을 순 없어엇!"

"이기이익!"

길시언은 이를 악물면서 두 눈을 부릅떴다. 이대로 죽을 순 없다는 듯한 몸부림. 그의 가쁜 호흡이 조금 평온해졌다. 그는 칼에게 말했다.

"부……탁하……."

"알겠소! 알았단 말이야! 일어나시오, 일어나!"

길시언의 얼굴에 미소가 떠올랐다. 난 무릎 위에 떨어져 바지에 젖은 자국을 만들어내는 내 눈물을 바라보았다. 그때 길시언의 손가락이 힘들게 움직였다.

"프……."

그의 손가락이 가리키는 곳은 자신의 허리였다. 프림 블레이드? 난 떨리는 손으로 힘들게 프림 블레이드를 뽑아들었다. 순간 머릿속으로 가느다란 울음소리가 들려왔다.

"흑, 흐윽."

프림 블레이드는 숨죽여 울듯 울음소리를 내고 있었다. 난 자꾸만 미끄러지는 길시언의 손을 잡아 프림 블레이드를 쥐어주고는 그 손을 꼭 붙들었다.

"프……림."

프림 블레이드는 한참 후에야 대답했다.

"……죽는 거야?"

길시언은 힘없이 턱을 끄덕였다. 프림 블레이드는 애써 고통을 참는 목소리로 말했다.

"힘들면 말하지 마. 아. 그, 그러니까 말이야. 난 많은 주인의 죽음을 봐왔어. 칼을 쥔 사람은 꼭 죽게 마련이더라? 응. 그러니까 이건 익숙해. 익숙하단 말이야."

"다……행이……."

"다행이지! 그럼. 난 아무렇지도 않아. 아무렇지도, 아무렇지도……, 이 바보야!"

길시언은 잠시 말을 멈추고 희미한 미소를 지었다.

"묘…… 묘……."

"묘? 무슨, 아, 묘비에 그렇게 새기라구? 바보, 여기 잠들다? 물론이야! 너 같은 바보 자식은 죽어서도 망신을 당해야 해! 이 멍청한 자식! 죽어, 죽어랏! 나쁜 놈, 이 나쁜 놈아! 우아아아앙!"

프림 블레이드는 목을 놓아 울어젖혔다. 길시언은 힘들게 말을 이어나갔다.

"새, 샌슨…… 프림을…… 프림을 부, 부탁……."

"길시언!"

샌슨은 닭똥 같은 눈물을 줄줄 흘리면서 철푸덕 무릎을 꿇었다. 길시언의 눈동자가 이번엔 나에게 향했다.

"후, 후…… 서, 선더라…… 너……."

난 아무 말도 할 수 없었다. 그저 고개를 주억거리는 일 외엔 내가 할 수 있는 일이 없었다. 길시언은 안심하는 얼굴이 되었다.

"세, 세…… 힘을 합…… 만족……."

그리고 길시언은 숨을 거두었다. 네리아는 찢어지는 비명을 질렀다.

"길시어어언!"

"무슨 의미일까요, 후치 군?"

"예? 아. 예. 저도 여기까지 오면서 줄곧 생각해 봤던 질문이네요. 대충 짐작은 해요."

펠레일은 푸근한 눈으로 날 바라보았다. 난 눈을 가늘게 뜬 채 촛불을 바라보았다.

"칼에겐 그의 남은 평생을 지배하고 말 부탁을, 그리고 샌슨에겐 프림 블레이드를, 그리고 나에겐 선더라이더를 줬지요. 그는 우리 세 명에게 그의 일부분을 남겨두고 싶었던 것이겠죠. 아마도 우리 세 명이 서로 힘을 합쳐 이 나라를 돌보라는 뜻일 거예요. 나와 샌슨은 칼의 보좌로 선택된 것이겠죠."

"그렇군요."

펠레일은 고개를 끄덕였다. 난 손가락을 꺾으며 미소를 지었다.

"그리고, 음. 거기엔 죽는 순간에 나온 길시언의 유머 감각도 포함되어 있는 것일 거예요. 샌슨은 이제 프림 블레이드 덕분에 꽤나 지혜롭고 말 잘하는 기사로 알려지겠죠?"

"하하하……. 그럼 후치 군의 경우는?"

"마찬가지죠. 샌슨을 태우게 하려니 선더라이더가 너무 불쌍하다는 의미일 거예요. 물론 제가 말을 잃었던 것도 이유는 되겠죠."

"그렇군요."

짜작, 자자작. 벽난로에서 불타던 나무가 다시 쓰러졌다. 코다슈 씨는 묵묵히 불쏘시개를 들어 벽난로를 헤집었다. 불티가 조금 튀어올라 코다슈 씨는 눈살을 찌푸렸다.

코다슈 씨는 음식에는 눈길도 주지 않고 있었다. 그는 묵묵히 술잔만 비우고 있었고 펠레일은 마치 칼처럼 마셨다. 나 역시 잔을 천천히 비우고 있었고, 마지막 사람은 조금 전부터 의자 등받이에 기대어 졸고 있었다. 메리안은 장거리 여행에 익숙하지 않아서 꽤나 피곤해했다. 어쨌든 그래서 우리 세 사람이 앉은 테이블은 고요했다. 마치 길시언을 애도하는 분위기처럼 되어버렸군.

휘우우웅. 창밖을 지나는 겨울 바람 소리는 야만적일 정도로 거칠었다. 다시 테이블 위의 술잔을 붙잡던 코다슈 씨는 지나가는 것처럼 말을 꺼냈다.

"그래서, 운차이는?"

난 술잔을 내려놓고는 이마를 딱! 소리 나도록 쳤다.

"하하! 그거 아세요? 지금 세 시간 만에 처음 나온 말이라는 거?"

코다슈 씨는 볼에 까슬까슬하게 난 수염을 만지작거렸다. 펠레일은 빙긋 웃으며 의자에 몸을 기대었다.

"그래도 많이 나아진 겁니다. 처음엔 하루에 한두 마디 듣기도 어려웠지요."

"짐작이 가요. 운차이도 그랬거든요. 그런데 코다슈 씨는 여자에게 말 걸게 되기까지 얼마나 걸렸어요?"

"여자? 무슨. 남자에게도 아직 말을 잘 안 겁니다."

"휘유우. 더 심하군요."

펠레일과 내가 그를 혀 위에 올려놓고 가로세로로 마구 자르는 동안 코다슈 씨는 천천히 술잔 가장자리만 만지작거렸다. 이윽고 그는 털털한 목소리로 말했다.

"운차이는 어떻게 됐지?"

난 두 팔을 들어올려 항복했다는 시늉을 했다. 펠레일은 빙긋 웃더니 테이블에 팔을 괴고 이야기를 들을 준비를 갖췄다.

난 팔짱을 끼고는 벽난로를 바라보며 말했다.

"할슈타일 후작을 쫓아갔어요."

3

“그 역할은 내 것이군.”

조용히 벽에 기대어 서 있던 운차이가 갑자기 던진 말이었다. 칼은 젖은 눈으로 운차이를 돌아보았지만 운차이는 더 이상 입을 열지 않았다. 샌슨은 황급히 말했다.

“무, 무슨 말이야? 네가 후작을 잡겠다고?”

“그래.”

네리아는 뭐라고 말하려 하다가 갑자기 주먹으로 입을 틀어막았다. 그녀는 하얗게 질린 얼굴로 운차이를 바라보았고 운차이는 자신의 발만 내려다보았다. 그때 칼이 피로한 목소리로 말했다.

“드워프들의 마을이었지요. 당신은 다시는 검을 쥐지 않겠다고 말씀하시지 않으셨소?”

운차이는 눈을 들어 칼을 똑바로 바라보았고 칼 역시 그를 마주보았다. 운차이는 피식 웃으며 말했다.

“인생의 묘미 중 상당 부분은 반전에서 오니까.”

“위험하오. 당신이 어떻게…….”

“엉큼한 소리 관두시오. 칼. 어차피 날 염두에 두고 있을 것 아니오. 샌슨이? 천만에. 저 멍청이는 안 돼. 후치가 해야 된다고는 말하지는 않으실 테지?”

칼은 아무 말도 하지 않았고 샌슨은 ‘내가 어째서 멍청이냐?’

라고 고함을 지르려다가 내게 발등을 밟히고는 역시 아무 말도 하지 않게 되었다. 운차이는 눈썹을 가운데로 모으면서 낮게 중얼거렸다.

"핏값은 받아내야 밤에 잠이 잘 오는 더러운 성격이라서."

길시언의…… 핏값 말이군. 길시언이 그를 감옥에서 꺼내주고 그의 신병을 책임졌지.

"OPG를 가진 후작을 상대할 수 있는 사람이 흔한 건 아니니까……."

고개를 끄덕이며 약하게 말하던 칼은 네리아의 얼굴을 보고서는 흠칫하며 말을 멈췄다. 그는 당황해서 손가락을 꼼지락거리기 시작했고, 그러자 방 안이 고요해졌다. 난 답답한 느낌을 받으며 이 사람, 저 사람의 얼굴을 바라보았다. 이 멋진 임펠리아의 방 안이 왜 이렇게도 어두컴컴한 거지.

잠시 후 운차이는 말했다.

"어떻게 하면 되겠소."

"예?"

"후작이 세상에 모습을 드러내지 않아야 된다고 하셨소. 그날, 길시언이 죽던 날……."

운차이는 잠시 말을 멈추고는 입술을 깨물었다. 나머지 우리들도 모두 입을 다물고 기다렸다.

"……그날 이후로 우리는 가장 빠른 속력으로 바이서스 임펠로 돌아왔소. 하지만 충분히 빠르다고는 할 수 없을 테지. 후작이 마음만 먹으면 우리보다 훨씬 먼저 이곳에 도착했을 수 있을 거야. 그래서 귀족원을 장악할 무슨 방법을 강구했을 수도 있고. 하지만 후작은 아직껏 모습을 드러내지 않고 있어. 칼. 당신에겐 무슨 정보가 있는 거요? 닐시언 국왕과 꽤 오랫동안 이야기하던 것 같은데."

"아쉽게도 별 정보가 없습니다. 국왕 전하와 나눈 이야기는 주로 길시언 전하의 사망 소식과 그간의 이야기들이었습니다."

"사막에서 모래 찾기군. 할 수 없지. 어이, 핫소드."

의자에 조용히 앉아 있던 하슬러는 눈만 움직여 운차이를 바라보았다. 운차이는 무표정하게 말했다.

"따라올 거지?"

"따라가? 웃기는군. 후작은 내 것이다. 하지만 네녀석이 날 따라오는 것은 말리지 않겠어."

"그래? 네 딸내미는 어쩔 거야?"

"어디……, 적당한 수도원에라도 맡길 생각이다. 지금으로선 그랜드스톰을 생각하고 있지만."

"그렇군."

"나도 갈래!"

갑자기 터져나온 네리아의 고함 소리에 샌슨은 황급히 창문을 바라보았다.

"날씨는 맑은데?"

"천둥이 아냐. 네리아가 고함지른 거야."

샌슨과 나의 농담에도 불구하고 네리아는 화를 내지 않았다. 어떻게 된 거지? 칼이 입을 쩍 벌린 채 네리아를 바라보았지만 네리아는 운차이만 바라보고 있었다. 운차이는 눈을 찌푸리며 말했다.

"무슨 소리야. 네가 우리들을 따라오겠다는 이야기야?"

"그러엄! 물론이지."

"이유가 뭐야?"

"당연하잖아. 좋은 동료들을, 그러니까 떠돌이는, 따라다녀야 하는 법이라구. 목적지가 없으니까. 에, 난 지금은 별 목적지가 없거든? 한곳에 죽치고 앉아 있는 것은 성격상 맞지 않으니까, 에, 가벼운 여행 정도인 셈인데, 그렇지. 여행이야. 음. 난 목적지가 없단 말이야. 그러니까 그렇잖아? 뭐 내가 너 좋다고 따라다니는 것은 아니지만, 그러니까 말이야, 여행이라구. 그렇잖아?"

이번엔 내가 칼을 바라보았다.

"자이펀어죠?"

"그건 아닌데. 접한 적이 없는 희귀한 언어로군."

나와 칼의 농담에도 네리아는 신경 쓰지 않았다. 오늘은 정말 놀랄 일뿐이로군. 운차이는 화를 내기 직전의 아슬아슬한 표정으로 말했다.

"알아듣게 말해."

"다 말했잖아?"

"다 말했는지는 모르지만 전달되는 건 하나도 없어. 무슨 소리야?"

"그러니까! 난 목적지도 없고, 돌아다닐 생각이니까, 이왕이면 센 사람들하고 같이 다니면 좋잖아? 그럼 안전할 테고 말이야."

"그런데?"

"남부 최고의 검사하고 북부 최고의 검사가 같이 다니는 길이라면 무지무지하게 안전할 거 아냐?"

운차이는 그제야 알아들었다는 듯이 고개를 끄덕이더니 하슬러를 곁눈질하며 말했다.

"웃기는군. 저 핫소드 자식이 북부 최고라구? 바이서스의 검술, 싹수가 노랗군."

"이 자식아, 네 경우를 남에게 덮어씌우지 마라."

"그까짓 OPG 믿고 거들먹거리는 것의 한계를 느껴보고 싶냐?"

"이거 벗고 나무 작대기 들어도 네녀석 정도야 식후 운동거리지."

"할래?"

"하자."

그리고 두 사람은 곧장 임펠리아의 뒤뜰로 달려나가 버렸다. 나와 칼, 샌슨, 그리고 네리아 등 남겨진 사람들은 어이없는 표정으로 베란다를 향해 걸어가기 시작했다. 구경은 해야 할 거 아냐?

코다슈 씨는 바짝 흥분해서 말했다.

"어떻게 됐어? 응? 운차이가 이겼지?"

펠레일은 어이없는 눈으로 흥분한 코다슈 씨를 바라보더니 곧 너털웃음을 터뜨렸다. 코다슈 씨는 헛기침을 시작했고 난 웃으며 고개를 가로저었다.

"아뇨."

"뭐라구? 그럼 그 핫소드인가 하는 녀석이?"

코다슈 씨는 더욱 흥분해 버렸고 난 이번에도 웃으며 고개를 가로저었다.

"아뇨."

"뭐라구? 그럼 누가 이겼단 말이야?"

"데미 공주가 이겼죠. 두 사람은 뒤뜰에서 참 볼 만하게 싸우다가 데미 공주님에게 호된 꾸지람을 듣고 싸움을 멈추게 되었어요. 꽃과 나무와 풀들, 우리를 둘러싸고 있지만 그 존재를 느끼기 어려운 것들의 고귀함과 소중함에 대한 장시간의 설교가 결정타였지요. 두 사람은 완전히 뻗어버렸고 자신들의 패배를 인정할 수밖에 없었어요."

"첫. 끝까지 싸웠다면 운차이가 이겼을 거야."

펠레일은 이제 배를 움켜쥐고 숨 넘어가는 소리를 내기 시작했다.

"큭, 예. 크크큭! 아, 그렇게 해서 다들 헤어지게 된 것이군요."

"예. 운차이와 하슬러, 그리고 네리아는 후작을 쫓아가게 되고 뭐 그렇게 다들 헤어지게 되었지요. 난 우리 일행의 원래 목적을 달성하기 위해 고향으로 돌아가는 길이죠. 아무르타트에게 줄 보석들을 가지고서."

"아, 그렇군요."

"그리고 도중에 여기 메리안과 아까의 그 유랑민들을 만난 것이고. 아, 메리안의 이야기가 나왔으니 말인데요."

난 말을 멈추고 잠들어 있는 메리안의 얼굴을 잠시 바라보았다. 메리안은 꼼짝도 하지 않고 깊이 잠들어 있었다.

"펠레일. 당신이 이 애의 보호자가 되어주지 않겠어요?"

"예?"

"51명의 꼬마들과 대마법사 펠레일이 되시라는 거예요. 음, 꼬마로는 좀 크지만. 뭐 다른 유랑민들을 받아들이듯이 이 애도 좀 받아달라는 말이죠. 여기서 살게 해주세요. 그리고 이 애는 아직자기 손으로 자신을 돌볼 정도는 못 되니까 펠레일이 보호자가 되어주면 더 좋구요. 이를테면 후견인이 되어달라는 부탁인데, 괜찮을까요?"

"글쎄요. 후견인이라……. 갑작스럽군요. 물론 전 이 아가씨의 교육과 장래를 책임질 정도의 역량은 되지 못합니다만."

"예. 이 영지를 돌보는 것만 해도 힘겨우실 거라는 것은 잘 알아요. 금전적인 거라면 제가 메리안의 몫으로 충분한 돈을 내놓겠어요. 그저 메리안이 성인이 될 때까지 보살펴달라는 것뿐이죠. 아, 당신 제자로 삼아주면 안 되나요? 후견인이 아니라 사부님이 되시는 것 말이에요."

"하하하, 후치 군. 이 아가씨는 마법사가 되고 싶어합니까?"

"아뇨. 그건 말하지 않았어요. 하지만 위대한 펠로메이지의 곁에 있게 된다면 마법사가 될 가능성도 높지 않을까요."

펠레일은 위대한 펠로메이지라는 말에 한참 동안 웃고 나서 말했다.

"제자라……, 어쩐지 쑥스럽군요. 전 아직 제자를 둘 만한 처지가 못 됩니다. 실력도, 연륜도 일천하지요. 차라리 코다슈 씨의 제자는 어떨까요?"

땡그랑! 나와 펠레일은 어안이 벙벙해진 눈으로 바닥에 떨어진 술잔을 바라보았다. 코다슈 씨는 떨어뜨린 술잔을 주울 엄두도 내지 못한 채 하얗게 된 얼굴로 우리들을 노려보았다. 간신히, 아주 간신히 그의 입이 열렸다.

"웃기지 마."

펠레일의 눈동자가 아주 기묘하게 움직이기 시작했다. 그는 천천히 고개를 돌려 날 바라보았다.

"오갈 데 없는 소녀를 내팽개치는 것은 도리가 아니지요. 받아들이는 것이 마땅합니다. 후치 군."

"아, 아? 예……."

내가 채 대답하기도 전에 코다슈 씨가 굉장한 속도로 말했다.

"받아들이는 것은 좋은데 말이야, 펠레일. 너 이상한 생각하는 거 아니지? 이봐!"

펠레일은 코다슈 씨를 보지도 않으면서 말했다.

"뭐, 이 마을에 성인 남성이 많지는 않습니다. 그리고 그 사람들도 부양 가족들이 많은 경우가 대부분이죠. 하지만 그중 몇몇은 부양 가족들을 잃거나 해서 식구 하나쯤 받아들일 수 있겠지요. 후치 군이 생각한 대로 저 같은 경우도 있고……."

코다슈 씨는 이제 나에게 외치기 시작했다.

"그럼! 이 펠레일 자식은 가족은 절대로 만들지 않으려고 하고 있어. 그러니까 한 명쯤 받아들이는 건 아주 쉬운 일이라구!"

"예? 아, 왜 가족을……."

"언제 나라에서 영주를 내려보낼지 모른다는 거야. 이 자식은 나라에서 영주만 내려보내면 곧장 여길 떠날 생각이거든? 그래서 가족을 안 만들고 있어."

"예. 코다슈 씨가 말씀하셨듯이 전 언제 여기를 떠나게 될지 모르는 사람입니다. 누군가의 후견인이 될 자격은 못 되지요?"

말을 마친 펠레일은 빙긋 웃으며 코다슈 씨를 바라보았고 코다슈 씨는 적의가 충만한 눈으로 펠레일을 마주보았다. 메리안을 여기 두고 떠나면 몇 년이 지나고 나서 난 마법 검사의 전설을 듣게 될지도 모르겠는데. 한 손으로는 마법을 쓰고 다른 손으론 자이펀 검술을 쓰는 신비롭고 우아한 강철의 레이디 메리안…….

관두자, 관둬. 메리안에게 퍽도 어울리겠다. 그런데 말이야. 이번엔 내가 이 두 사람을 기겁하게 만들 차례로군.

"아, 그 영주 말이죠? 그 사람이라면 벌써 왔어요."

"뭐? 무슨 말이야?"

"무슨 말입니까, 후치 군?"

"당신들 앞에 있잖아요. 후치 네드발 백작. 그리고 상속권자를 잃은 칼라일 영지를 계승하게 될 자. 영주가 부임했으니까 이제부터 이 영지의 이름은 네드발 영지입니다."

펠레일과 코다슈 씨는 입을 쩍 벌린 채 날 바라보았고 난 어깨를 으쓱였다.

"아, 잔혹한 영주와 혹독한 통치 같은 것은 꿈도 꾸지 마세요. 네드발 영지의 영주는 부임한 바로 다음날 영지를 떠날 생각이니까. 그가 생각하기에 가장 훌륭한 대리인들에게 자신의 영지를 맡기고. 영지의 주민들은 아마 영주가 부임했는지도 모를 거예요. 전설의 영주가 될 가능성이 높겠군요. 그런데 왜 이렇게도 난 전설이 될 소지를 많이 가지고 있는 거지?"

펠레일의 입이 몇 번 뻐끔거렸다. 난 잠시 기다린 다음에야 그의 말 비슷한 것을 듣게 되었다.

"그……, 대리인……, 섭정이 되는 건가? 어쨌든 그 섭정들의 이름을 알려주시겠습니까? ……영주님?"

"펠레일과 코다슈. 마나와 살기가 수호하는 멋진 영지가 될 거라고 생각하는데, 어떻게 생각해요? 아, 이러면 되겠군요. 제가 메리안의 후견인이 되지요. 그리고 그 후견인의 의무도……섭정이라구요? 아, 예. 그 사람들에게 몽땅 떠넘기면 되겠군요."

"마치 방금 생각난 것처럼 말하는데……. 정말 방금 그런 생각을 떠올린 겁니까?"

"코다슈 씨의 경우는 방금 떠올린 거죠. 나머지는 지금까지 오면서 계속 생각한 거예요. 내 영지의 주민들에겐 나보다 펠레일이 더 익숙하고 친근하겠죠? 내 영지의 주민들을, 그리고 나의 피보호자인 메리안을 맡아주겠어요?"

코다슈 씨는 험상궂은 얼굴을 할 뿐 아무런 말이 없었다. 그리고 펠레일 역시 마찬가지였다. 펠레일은 일하다가 긁힌 듯한 팔의 상처를 긁적거리며 한참 동안 대답이 없었다. 그러다가 그는 갑자기 질문했다.

"왜죠?"

"예?"

펠레일은 눈을 들어 날 바라보았다. 그리고 그때 나는 예전에 보았던 펠레일을 볼 수 있었다. 험한 노동마저도 빼앗아가지 못한 그의 눈빛 속에서.

"이유를 알고 싶습니다. 후치 군에게는 영주의 지위에 이끌리지 못하는 이유가 있겠지요."

"……두려워서?"

"바보 같은 말입니다. 지위가 사람을 변화시키는 것은 틀림없지만 어차피 사람들은 평생 동안 변화하며 사는 겁니다. 초보 마법사 펠레일이 펠로메이지 펠레일이 되듯이? 하하하. 사람은 동적 생명체입니다. 후치 군이 그걸 모르지는 않겠죠. 영주의 지위를 포기할 수 있는 그 행동력을 볼 때 이해할 수 있습니다. 보통 사람들은 자기에게 어울리지 않는 높은 지위를 얻게 되었을 때 갈팡질팡할 수는 있겠지만 쉽사리 포기하지는 못합니다."

"지금의 내가 보다 마음에 드니까?"

"비슷한 말을 바꿔 말한 것에 불과하지만 어감은 좋군요."

"전 크라드메서라는 드래곤을 만났어요."

"들었습니다."

"크라드메서는 치열하게 자신을 지키려고 애쓰더군요. 미치도록 사랑하는 인간과 관계를 끊으려고 들면서까지. 그런데 왜 인간은 변화하려고 할까요? 적당히 자기 모습에 만족할 순 없나요?"

느닷없이 코다슈 씨가 입을 열었다.

"유배된 자신을 알기에……."

"예?"

"신에 의해 유배된, 대지에 버려진 자신을 알기에."

너무 무거운 분위기인데. 나와 펠레일은 고개를 갸웃거리며 코다슈 씨를 바라보았다. 코다슈 씨는 잘 안 이어지는 말을 억지로 잇듯이 말했다.

"우리 말에 환골탈태(換骨奪胎)라는 말이 있다."

"무슨 말인데요?"

"별 의미 없어. 한 인간의 완전한 변화를 의미하는 거야. 육체와 정신이 완전히 바뀌는 걸 의미하지. 그런데 그 뉘앙스가 재미있지. 환골탈태라는 말을 들으면 대개 좋은 기분이 들게 된다."

"좋은 기분……. 변화했기 때문에?"

"그래. 우리가 변신의 기능을 두려워하고 경외스러워하듯. 헤게모니아의 무녀들이 흰 가면을 쓰는 것, 자이펀의 제사에서 얼굴에 그림을 그리는 것, 다 변신이지. 뱀파이어가 시시한 흡혈 몬스터와 달리 몬스터들의 귀족인 이유는? 불사체라든가, 생명을 빨아내는 흡혈, 다 무섭지만 뱀파이어의 초절적 공포는 역시 그

막강한 변신 능력이겠지. 변신은 무섭고 사랑스럽고 존경스러운 것이지."

펠레일은 그윽한 눈으로 코다슈 씨를 바라보고 있었다. 코다슈 씨는 무겁게 말했다.

"쳇. 신으로 변화하고 싶은 거야. 영원한 욕구 불만의 종족 같으니라구."

"자이펀인도……, 우리와 별 차이는 없군요. 엘프는 조화, 인간은 변화인 셈인가요."

"그래. 그러므로 자네가 말한 두려워서라는 이유는 말이 안 된다. 혹시 네가 너희 나라 귀족의 악덕이나 악행 때문에 환멸감을 느낄지도 모르지. 그러나 나쁜 방향의 변화라고 해도, 변화 자체의 매력 때문에라도 포기할 수 없는 것이 당연하다."

"그렇겠지요."

"왜 변화를 포기하지? 그게 펠레일의 질문인 것 같군."

정말 생각을 좀 해봐야겠군. 생각을 위해선 안주를, 그리고 그 생각을 풀어낼 매끄러운 혀를 위해선 술 한잔을.

"말씀하신 대로……, 전 귀족에 대해선 많은 실망을 느꼈어요. 우리 영주님은 도대체 무슨 축복을 받아 태어나신 분인지 모르겠어요. 하지만 그렇다고 유치하게시리 '저런 더러운 귀족 따위는 되지 않겠다!'고 주장하지는 않겠어요. 말씀하신 대로 변화 자체의 매력은 변화 이후의 모습에 대한 불안보다 더 큰 것이 보통이니까 그건 거짓말이 될 공산이 크겠죠."

"그래서?"

"하하하. 코다슈 씨. 난 바이서스 국민이라구요. 바이서스 국민의 정신과 사상을 지배하는 것은 누구죠?"

코다슈 씨는 그저 묵묵히 내 얼굴만 바라보고 있었다. 그리고 펠레일은 여전히 희미한 미소를 짓고 있었다. 난 고개를 끄덕이며 말했다.

"예. 바로 그 짝이죠. 루트에리노—핸드레이크 페어. 아마도 사상 최강의 페어가 아닌가 싶군요. 1 더하기 1이 2보다 훨씬 클 수도 있다는 것을 확실히 보여주는, 바로 그분들 때문이죠."

"가는 거야? 어, 가?"

난 웃으며 슈의 머리를 쓰다듬었다. 한쪽에선 펠레일과 코다슈, 그리고 메리안이 서 있었다. 영지의 다른 주민들에게는 알리지도 않고 살짝 떠나는 작별이다.

슈는 한 손에 내가 선물한 인형을 들고 다른 손으론 내 바지의 혁대를 쥐고 있었다. 난 허리를 숙여 슈의 얼굴을 들여다보았다. 슈는 얼굴을 찌푸린 채 날 바라보더니 툭 던지듯이 말했다.

"또 와?"

"슈가 멋진 어른이 되면 돌아올게."

"어른? 몇 밤 자면 어른 되는데?"

계산을 좀 해봐야겠는데. 난 잠시 눈썹을 모으며 생각에 잠겼다. 곧 대답이 나왔다. 난 역시 비상해.

"백 밤."

"백 밤? 백 밤만 자면 되는 거야?"

슈는 순진무구한 눈으로 저렇게 물어서 내 양심을 몹시 아프게 만들었고, 그래서 난 양심의 고통에 떨며 말했다.

"응. 물론이지! 그러면 돼. 그리고……."

나는 다른 사람들의 얼굴, 특히 펠레일의 얼굴을 들여다보며 히죽 웃고서는 슈의 귀에 대고 말했다.

"내가 가르쳐준 노래 잘 기억하지?"

슈는 간지럽다는 듯이 어깨를 움츠리더니 곧 고개를 끄덕였다.

"좋았어. 내가 떠나고 나서 곧 다른 아이들한테도 가르쳐줘야 해?"

"알았어."

긴 겨울 동안, 펠레일은 영지 곳곳에서 들려오는 50명의 꼬마들과 대마법사의 노래를 들으며 무슨 표정을 지을까? 하하하. 난 다시 한번 슈의 머리를 쓰다듬어 주고는 몸을 일으켰다.

메리안이 다가왔다.

메리안은 무슨 말을 해야 할지 모르겠다는 듯이 가만히 내 얼굴만 바라보았다. 난 웃으며 불쑥 손을 내밀었다. 메리안은 내 손을 바라보더니 힘없이 웃으며 그 손을 마주쥐었다.

"펠레일 씨가 널 잘 보살펴줄 거야. 말씀 잘 듣고 슈처럼 멋진 어른이 되면 좋겠어."

"그래? 음……. 나도 백 밤만 자면 어른이 되는 거야?"

윽! 메리안 너마저도 나의 양심을 공격하는 거냐! 할 수 없군.

"틀림없이 그럴 거야."

또 거짓말을 했어. 으으.

펠레일과 코다슈 씨와도 인사를 나눈 다음, 난 선더라이더에 올라탔다. 슈는 품에 인형을 꼭 끌어안고는 날 바라보고 있었고 메리안은 그저 떨리는 눈으로 날 바라보고 있었다. 별로 할말도 생각 안 나는군. 그래서 난 서 있는 사람들을 향해 손만 휘저어 주고는 곧장 몸을 돌렸다.

가자, 선더라이더. 해를 따라 서쪽으로…….

"야이, 후치 자식아! 100일 후엔 어른이 되어서 널 찾아갈 거야!"

……출발하기도 전에 낙마할 뻔했다. 난 그렇게 메리안의 앙칼진 작별 인사를 들으며 네드발 영지를 떠났다. '그리하여 영주는 떠나고 대대로 네드발 영지는 섭정에 의해 통치되었으나 그 영지의 주민들은 언젠가 그들이 위기에 닥쳤을 때 그들의 영주가 돌아올 것을 기대한다…….'는 전설의 시작인 것이다. 하하하!

이봐요, 내 영지의 주민들이여. 난 우리 헬턴트 영주님만한 그릇은 못 되지만, 그래도 대왕과 대마법사가 바이서스에 선물한 것과 같은 것을 당신들에게 선물했습니다. 이 정도면 영주의 책임은 다한 것 아닙니까? 행복하세요!

"임마. 넌 발이 너무 빠르다. 그거 아냐? 난 분명 오늘 저녁때쯤 도착할 것으로 생각했단 말이다. 이게 뭐야? 햇님은 아직 떨어질까 봐 무서워하지 않아도 되는 높이라구. 이런 어중간한 시간에 도착하니까 지나가기도 그렇고 안 지나가기에도 그렇잖냐."

선더라이더는 대답이 없었다. 하긴 말하고 이야기를 나누려고 드는 내가 웃기는 놈이지.

"흠. 호스 라자가 있었다면 난 너와 이야기를 나눌 수 있을까? 어떻게 생각해? 관두자. 네가 너무나 훌륭한 주인을 모시게 되어 넘치는 부담감을 감당할 수 없다는 식의 이야기라면 안 듣는 것이 낫겠어. 나의 겸손한 성격이 훼손될지도 모르거든? ……이놈이! 너 지금 고개를 흔들며 푸르릉거린 행동의 의미가 뭐냐?"

역시……, 우수를 벗삼아 여행하는 모험가는 자신 속의 고독을 달래는 방법을 알고 있는 법. 내가 그 좋은 예지. 가만 놔둬도 혼자 잘 노는 성격이라구. 그리고, 조만간 혼자가 아니게 될 테니 모험가의 발걸음은 가벼운 법이지.

레너스 시의 외곽은 겨울 향취가 물씬 피어오르고 있었다. 볼을 발갛게 물들이는 겨울 바람은 벌판을 거침없이 내닫고 있었다. 그리고 그 황야를 순시하고 있던 한 무리의 경비 대원들은 먼저 입을 쩍 벌린 다음 눈을 가늘게 떴다.

"좋은 아침이죠? 레너스 시의 경비 대원이십니까?"

경비 대원들은 피식 웃었다. 그중 하나가 입을 열었다.

"아, 그렇다. 그런데 넌 뭐냐? 무슨 심부름이라도 다니는 길이냐? 그런데 웬 무장에 짐은 그렇게 많고?"

"저, 모험가처럼 보이지 않아요?"

"글쎄. 그 말은 모험가의 말처럼 보인다만."

윽! 경비 대원들 틈에서 발랄한 웃음소리가 터져나왔다. 그리고 그 옆에 있던 나이가 들어 보이는 병사 하나는 이죽거리며 말했다.

"그런 거짓말이 꼭 하고 싶다면 턱 밑에 말꼬리라도 좀 잘라 붙이지 그러느냐."

미치겠군. 뭐 특별히 신분 이야기 할 것도 없으니 그냥 통과할까? 그때였다. 경비 대원들 중 하나가 다른 사람보다 훨씬 가는 눈으로 날 쏘아보고 있다는 것을 알게 되었다. 그는 고개를 갸웃거리더니 갑자기 자신의 머리를 탁 쳤다.

"야! 너, 너, 너!"

"예? 저, 저, 저요?"

흉내를 내서 말하는데도 불구하고 그 병사는 알아차리지 못한 모양이다. 그는 손가락을 딱 튕기며 고함을 질렀다.

"너, 그 오거 슬레이어!"

"어? 잠깐, 잠깐. 난 특별히 사람 얼굴을 잘 기억한다는 평은 듣지 못하지만, 그래도 남에게 빠지는 수준도 아니니까……, 그런데 누구시더라?"

오거 슬레이어라는 말에 다른 경비 대원들은 휘둥그레진 눈으로 고함을 지른 경비 대원을 바라보았다. 그 경비 대원은 자신의 가슴을 탕탕 치더니 말했다.

"임마, 기억 안 나? 난 실리키안 남작의 사병이었다. 대마법사 아프나이델한테 죽을 뻔했을 때 네가 그 엘프와 함께 날 구해 줬잖아!"

"한스덱! 와, 경비 대원이 됐군요!"

한스덱은 반가운 얼굴이 되었다. 그러나 곧 다른 경비 대원 하나가 고함을 질렀다.

"너, 너 이 자식! 그러면 그때 그 엘프를 빼내서 도망갔던……, 머리 잘 굴리던 그 꼬마!"

"윽. 혹시 당신, 그때 그 지하 감옥의 간수였어요?"

두 번째로 고함을 질렀던 그 경비 대원은 재빨리 손에 든 핼버드를 두 손으로 꼬나들어 날 겨냥했다.

"요놈! 겁도 없이 여기로 돌아와? 이봐! 이 꼬마, 탈옥범이다. 체포해!"

다른 경비 대원들은 갑작스런 상황에서 이러지도 저러지도 못하면서 나와 그 병사를 번갈아 쳐다보았다. 그들의 손에 들려진 핼버드가 올라오는 것을 보며 난 재빨리 외쳤다.

"이봐요! 그때 우린 억울하게 갇혔던 거잖아요! 그리고 분명히 우린 죄수 명부에도 없을 텐데? 날 체포해서 데려가면 재판을 할 겁니까, 어쩔 겁니까? 만일 재판을 하면 그때 당신네 시청에서 억울한 사람들을 체포했다는 사실이 낱낱이 까발려질 텐데 그거 정말 볼 만하겠군요."

"뭐……, 아차!"

경비 대원들의 핼버드가 서서히 내려가기 시작했다. 그러나 그 경비 대원은 이를 갈더니 다시 외쳤다.

"이 자식! 억울하게 갇혔든 어쨌든 그래도 넌 탈옥범이야. 억울하게 갇혔던 것은 참작이 되겠지만 탈옥에 대해선 벌을 받아야 해! 그리고 레너스 시 경비 대원을 구타한 것에 대해서도!"

주위의 경비 대원들은 다시 핼버드를 들어올리기 시작했으나 나 역시 재빨리 외쳤다.

"뭐 이렇게 답답한 사람이 다 있나……. 당신 지금 무효 감금에 의해 발생한 무효 탈옥에 대한 무효 형벌을 받게 하기 위해 무효 체포를 하려는 건가요?"

"뭐라구?"

"아, 쉽게 말하지요. 내가 억울하게 갇혔던 것이라는 명제를 수용하면 내 감금은 무효가 되고 감옥에 갇힌 사실 자체가 무효가 된다면 탈옥 역시 무효가 되는 것이니까 탈옥에 대한 벌을 받으라는 것은 무효 사실에 대한 벌을 받으라는 말이 되는 것이므로 역시 그 벌은 무효 형벌이 되는 것인데 당신이 나로 하여금 무효 형벌을 받게 하기 위해 날 체포하려고 드는 것 역시 무효가 되는 것은 당연하므로 당신이 수행하려 드는 행위는 무효 체포라는 이름으로 규정지어질 수 있지 않느냐는 것이 내 주장이니 의심되는 점이나 반대 의견 있다면 말해 보시고 그런 점이 없다면 그렇다 아니다 둘 중에 하나로 셋 셀 동안에 대답해 보세요. 하나, 둘."

"그렇다!"

레너스 시의 외곽, 그런 대로 황량한 아름다움이 있는 겨울 벌판은 잠시 고요의 영토가 되었다. 무턱대고 고함을 질러버린 그 병사는 긴장된 시선으로 주위를 둘러보더니 윗입술 위에 송글송글 맺힌 땀방울을 닦아내며 말했다.

"아니다……인가?"

핼버드들의 고갯짓은 이미 멈춰져 있었고 싸늘한 적막만이 우리를 휘감아 돌았다. 좀 도와줘야겠군. 킥킥.

"이봐요. 괜한 짓 하지 말자구요. 그때 나랑 내 동료들이 당신을 쥐어박아가며 탈출한 것은 내가 사과하지요. 하지만 꼼짝달싹할 수 없는 상황인데 일단 빠져나가고 봐야 되는 것은 당연하잖아요. 억울하게 갇혀 재판도 못 받을 지경인데 당신이라면 가만히 있겠어요? 우리가 억울하다는 것은 시청에서도 잘 알고 있는 일일 텐데."

경비 대원은 끙 하는 신음소리를 내었다. 그리고 주위의 다른 경비 대원들은 안도의 한숨을 내쉬기 시작했다. 난 고함을 지른 경비 대원에게 고개를 숙여보이고는 말했다.

"그냥 잊읍시다. 뭐, 당신이 손해 보는 느낌이 있을진 모르겠지만 나라고 그 상황에서 어쩔 수 없이 했던 일에 대해 사과 이상의 뭐 다른 걸 할 수야 없지 않습니까. 사과하겠습니다요. 예?"

결국 지하 감옥의 간수였던 그 경비 대원은 뻣뻣한 목으로 사과를 받아들였다. 그들과 헤어지기 전, 나는 이 추운 아침에 뭣

하러 도시 바깥을 돌아다니느냐고 질문했고 그 대답은 우울한 것이었다. 사우스 그레이드의 유민들이 조직적인 산적 활동을 시작했기 때문에 외곽을 순시한다는 것이다. 사람들도 참. 곧 끔찍한 겨울이 올 텐데 산적질이라니. 펠레일이 이 이야기를 들었다면 기후 환경에 적응할 수 없는 활동이라고 비판했겠지.

"원래 남부 녀석들, 피가 끓을 정도로 정열적인 거야 유명하지 않냐. 100명의 데스나이트 이야기에 나오는 그 아가씨 모르냐? 그래서 그 친구들은 겨울 채비니 뭐니 하는 것도 신경 안 쓰는 모양이다."

"에휴……. 시청에선 무슨 대책이 없어요? 유민 흡수 정책 같은 것."

"유민 흡수? 아, 시민으로 받아들이는 것 말이냐? 어려워. 일손이 많이 필요한 계절이라면 모르지만 이 겨울철에 인력 소모가 뭐 그리 많겠냐."

"어? 레너스 시는 농업보다는 상업 인구가 많은 걸로 알고 있는데요?"

"레너스 강이 얼면 상거래도 어렵거든. 아직은 안 얼었지만……. 어쨌든 그 점에선 농업 도시나 마찬가지야."

"으으. 그런 문제가 있군요."

"그래. 어쨌든 그 사람들 도시로 끌어들여 봐야 밥벌이할 것도 없으니 꼼짝없이 거지 신세지. 못 끌어들여. 아, 경비 대원 일이라면 턱없이 모자라지만 유민들을 데려다 경비 대원으로 쓰기도 어려워. 대민 봉사할 만한 품성도 못 되고, 실력도 그렇고."

"경비 대원이 모자란다구요?"

동절기에는 시민들도 별 일이 없기 때문에 경비 대원 숫자를 채우는 것은 쉬운 경우가 태반이지만, 어이없게도 이번 겨울에는 경비 대원이 꽤나 모자라다는 것이 경비 대원 한스덱의 대답이었다. 유민들이 그렇게나 극성인가? 하긴 본격적으로 눈발 날리기 시작하면 산속에서 살기도 쉬운 일이 아닐 테니 산적질도 지금이 마지막 기회겠지. 어쨌든 그래서 경비 대원은 많이 모자라고 한스덱도 그래서 경비대에 들어왔다고 한다.

"참 수고가 많습니다. 이거 받아두겠습니까?"

한스덱은 내가 내민 금화를 받아들고는 입을 쩍 벌렸다.

"응? 어라, 웬 금화냐?"

"순찰 끝나면 어디 따뜻한 펍에서 술이라도 한잔 하세요. 내 사과의 표시고, 동시에 여러분들의 수고에 대한 격려 정도라고 생각하시면 되겠네요."

경비 대원들의 얼굴에 함박웃음이 피어올랐다. 한스덱은 감탄한 표정으로 금화를 보더니 잠시 후 고개를 갸웃거렸다.

"어라? 이건 뭐야. 이런 금화는 처음 보는데? 뭐가 이렇게 두꺼워?"

"아, 그거 300년 전의 금화라서 그래요. 괜찮아요. 재무부 장관한테 물어봤는데 그건 액면가 그대로 통용될 수 있다고 그러던데요. 그리고 고서적이나 유물 수집하는 사람에게 팔면 액면가의 몇 배도 받을 수 있다더군요."

한스덱의 입이 쩍 벌어졌다. 그리고 다른 경비 대원들도 일치단결하여 입을 벌렸다. 입김 때문에 안개가 서릴 정도로군.

"히야, 300년 전의 금화? 재무부 장관? 너 정말 멋진 모험이라도 했던 모양이구나?"

"하하하. 무지개의 솔로처가 그랬잖아요? 생존한 모험가들은 모두 부자라고."

모험가들은 목숨을 내놓은 사람이고, 따라서 생존한 모험가들은 목숨을 가지고 돌아왔으니까 부자다. 그러므로 나머지는 필요없다……는 말이다. 한스텍은 그 이야기를 알고 있었는지 피식 웃었다.

음. 언젠가 탈옥했던 곳인지라 위치는 정확하게 기억하고 있었다. 뿌듯하구나!

난 레너스 시의 시청 건물을 바라보며 감회에 빠져 망연히 서 있었다. 그래. 여기였어. 음. 그날 밤 나와 칼, 샌슨, 그리고 이루릴이 살금살금 기어나왔지. 그리고 저쪽으로 엑셀핸드와 버터핑거가 있었고. 주위의 시민들이 휘둥그레진 눈으로 날 바라보고 있는 것도 무시한 채 나는 한참 동안 시청 정문을 바라보았다. 결국 보다못한 정문 경비 대원이 내 쪽으로 다가왔다.

"어이, 꼬마. 왜 시청 앞에 그렇게 서 있는 거냐? 시청에 볼일이라도 있는 거냐?"

정문 경비 대원의 질문에는 '네까짓 게 시청에 무슨 볼일이 있겠냐?' 하는 느낌이 많이 섞여 있었다. 난 그를 향해 방그레 웃어주며 말했다.

"아……, 미안해요. 예. 들어가야죠."

"뭐야? 들어온다고? 하하! 그럼, 레너스 시청을 찾아주셔서 감사합니다. 안에다 어떻게 알릴깝쇼?"

"네드발 백작가의 후치 네드발이 찾아왔다고 전해 주시면 고맙겠네요."

"뭐야?"

"음. 다시 말하죠. 네드발 백작가의 후치 네드발이 여행 도중 레너스 시를 지나게 되어 그 시의 책임자 되는 분께 안부 인사라도 여쭙기 위해 방문하는 길이라고 전해 달라는 말입니다."

경비 대원의 얼굴엔 먼저 불신감이 가득 피어올랐다. 하지만 잠시 후엔 불안감이 피어오르기 시작했고, 그 즉시 그는 몸을 돌려 안으로 들어갔다. 거의 달린다고 말해도 과언이 아닐 정도로 서두르는 모습이었다. 그리고 잠시 후, 시청 건물 안에서는 낯익은 얼굴이 달려나왔다. 그는 정신없는 걸음걸이로 달려나오더니 곧 내 앞에 서서는 입을 쩍 벌렸다.

"너! 너 그때 그 꼬마!"

"오, 이게 누굽니까. 실리키안 남작님! 하하하!"

아하. 실리키안 남작은 시청을 위해 일하고 있다더니 정말 그런 모양이군. 어쨌든 실리키안 남작과 나는 오래간만에 만나서 화려한 인사를 나누게 되었다. 물론 그는 나에 대해 좋지 않은 추억을 가지고 있었지만 내가 보여준 훈장과 선더라이더 등을 보고서는 내가 백작임을 완전히 믿게 되었기 때문에 대단히 공손한 태도로 날 맞이했다.

그의 안내를 받아 시장실을 찾아뵙자 늙수그레하고 인상 좋게 생긴 시장님이 나를 맞이했다. 나와 실리키안 남작, 그리고 시장님은 서로 통성명을 하고 한담을 나누게 되었다. 그 동안에도 실리키안 남작은 계속해서 나의 급격한 신분 상승에 감탄했다.

"놀랍군요. 참 굉장합니다. 어떻게 백작의 지위를 얻으신 것인지."

"아, 이거 참 기분이 낯설군요. 실리키안 남작님이 이렇듯 정중하게 말씀해 주시니……."

"아이고, 죄송합니다! 제발 남작님이란 말씀 좀 그만하십시오. 너무 짓궂으십니다."

레너스 시의 시장님은 나와 실리키안 씨의 대화를 들으며 빙그레 웃었다. 그는 탁자 위에 놓인 두 손을 마주잡으며 말했다.

"지난번 저희 도시에 들르셨을 때의 일, 다시 한번 사과드립니다."

"아아, 몇 번씩 사과하실 필요 없어요. 괜찮습니다. 아, 그런데 그 듀칸 버터핑거라는 하플링은 아직 이 도시에 있습니까?"

"아뇨. 그 사건 이후로 달아나서 모습을 보이지 않고 있습니다."

"음. 그렇군요. 아 참, 실리키안 씨. 아프나이델이 당신에게 안부를 전해 달라더군요."

"예? 아프나이델을 만나셨습니까?"

"만난 정도가 아니죠. 아프나이델은 여길 떠나서 수도에서 저희 일행이랑 만났지요. 그리고 함께 꽤 많은 모험을 했습니다."

"아, 그렇습니까. 그런데 지금은…… 어디 있는 겁니까? 혹시?"

"죽었냐구요? 아뇨. 지금 그는 대미궁으로 향하고 있을 겁니다."

"예?"

"이야아아! 그래, 한 녀석도 없단 말이야! 안내는 해줘야 할 거 아냐!"

엑셀핸드의 고함소리에 칼은 찔끔하는 표정을 지었다. 그는 난처한 표정으로 주위를 둘러보다가 말했다.

"죄송합니다. 아인델프 님. 저희들은 지금 당장이라도 바이서스 임펠로 달려가야 합니다. 후작이 저희들보다 먼저 도착하면 무슨 짓을 할지 모릅니다."

그러자 엑셀핸드는 노기가 등등해서 말했다.

"이런, 젠장! 알았어. 알았다구! 바일하프! 네녀석이 노커 해라!"

바일하프 씨는 파이프를 물어뜯고는 입을 잡고 펄쩍펄쩍 뛴 다음에야 간신히 말했다.

"이놈아. 뜬금없이 그게 무슨 말이냐?"

엑셀핸드는 온통 붕대에 감긴 몸을 깨끗이 잊은 채로 기세등등하게 말했다.

"난 지금부터 영원의 숲으로 간다! 반드시 이 두 눈으로 대미궁을 봐야겠어. 인간들도 들어간 곳인데 내가 못 들어간다고 하면 말이 되는가! 어쨌든 돌아온다고는 기약할 수 없으니 네녀석이 노커를 하란 말이다. 그게 싫다면 네녀석이 알아서 회의를 하든가 해서 새로 뽑고."

"엑셀핸드 님. 혼자 가시게 할 수는 없습니다."

아프나이델의 조용한 목소리에 엑셀핸드는 입술을 씰룩거렸다. 아프나이델은 빙긋 웃으며 말했다.

"저도 가겠습니다."

"뭐야?"

"저도 드래곤 로드를 뵙고 싶습니다. 그리고 엑셀핸드 님 혼자 그런 몸으로 가시게 할 수야 없지요. 그리고 대미궁에 있다는 그 엄청난 서적과 마법 물품 같은 것에 끌린다는 점도 부인할 수는 없군요."

"그래! 역시 네녀석뿐이다, 이놈아. 푸하하하!"

아프나이델은 미소를 지으며 칼을 바라보았다.

"약도라도 대략 그려주시겠습니까? 아, 그리고 영원의 숲에서 일어나는 그 자기 분리는 자신에 대한 확신만 가지면 되는 것입니까?"

"예. 그렇습니다. 두 분이서 가신다면 저도 안심이군요. 퍼시발 군? 자네가 지도를 그려드리게. 지형을 잘 기억할 테지?"

"예. 알겠습니다."

"지도 그릴 필요 없어요."

갑자기 들려온 목소리는 자크의 것이었다. 일행은 자크를 바라보았고 하슬러는 고개를 갸웃거리며 말했다.

"너?"

"나도 거기 들어가 봤으니까. 내가 안내하지요."

엑셀핸드는 펄쩍 뛸 듯이 기뻐했다. 그러나 아프나이델은 고개를 갸웃거리며 말했다.

"무슨 이유에서입니까, 자크 씨?"

"이유? 뭐, 돈이죠."

"돈이오?"

"대장은 죽었고, 수도로 돌아가 봐야 교수대밖에 기다리는 것이 없고, 좋아하는 여자는 날 바라봐 주지도 않으니……. 신세 따분하죠, 뭐."

네리아는 흠칫하면서 자크를 바라보았지만 자크는 다른 곳을 바라보며 말했다.

"배운 도둑질이니 계속 그 짓이나 하는 수밖에. 대미궁에서 돈이나 실컷 가져와서 길드나 다시 세울까 생각중이죠."

네리아는 낮은 목소리로 말했다.

"자크. 드래곤 로드가 가만히 자기 보물을 내어줄 것 같니? 우린 그분의 허락을 얻었으니까 그걸 가져온 거라구."

자크는 찌푸린 눈으로 네리아를 바라보았다.

"헹. 트라이던트의 네리아도 정말 갈 데까지 갔군. 나이트호크가 허락이 어쩌니 하는 말을 다 하시네? 주인한테 허락받고 물건 가져오는 도둑도 있나?"

"이 자식아! 그게 어디 보통 주인이야? 드래곤 로드라구!"

자크는 유들유들한 얼굴로 말했다.

"쌍. 그럼 난 드래곤 로드 것을 훔친 도둑이 되는 거지, 뭐. 이왕 이 짓 해먹으면서 제대로 깃발 날리려면 그 정도는 해야 되는 거 아니겠어?"

순간 네리아의 눈 속 가득히 불안감이 나타났다. 네리아는 입술을 잔뜩 오므렸다가 자크에게 말했다.

"너 이 자식……, 죽으려고 발버둥치는 거야?"

자크는 눈을 크게 뜨고 네리아를 마주보았다. 그러나 곧 그의 눈은 가늘게 바뀌었다.

"킥킥! 웃기시네?"

"뭐야?"

"얼씨구, 누님. 정말 못 봐주겠네. 지금 날 실연의 아픔 때문에 자살하려고 드는 골빈 자식 취급하는 겁니까? 정말 갈 데까지 갔군요. 나 그런 데 전혀 관심 없어. 오히려 떵떵거리며 돌아와 나 싫다고 떠난 여자 후회하게 만들어주자는 주의지. 그리고 그 때문에 떵떵거릴 준비하러 떠나는 것이고."

네리아의 얼굴이 환해졌다. 자크는 짓궂게 웃으며 코를 쓱 닦았다.

"아시겠어? 조금만 기다려 보라구요. 바이서스 임펠의 길드 마스터 자크가 부활할 테니까. 그때 가서 후회해 봐야 소용없을걸?"

"자식아, 후회는 누가 후회를……."

"후회하게 될걸?"

갑자기 자크의 몸이 앞으로 휘익 미끄러졌다. 네리아의 눈이 커졌지만 그 이상의 다른 일은 할 수 없었다. 자크의 팔이 네리아의 몸을 완전무결하게 감싸안았고 곧 방 안의 사람들 모두의 시선 속에 자크는 네리아에게 입을 맞췄다. 으악!

네리아는 몸부림을 치려는 모양이지만 자크는 네리아가 꼼짝할 수 없도록 단단히 부둥켜안고 있었다. 우리들은 그저 입을 쩍 벌린 채 그 모습을 바라보았다.

한참 후에야 네리아는 자크의 품에서 풀려날 수 있었다. 네리아는 풀려나고도 한참 동안 멍한 눈으로 자크를 바라보았고 자크는 킬킬 웃으며 말했다.

"킥킥킥! 내 소망은 달성이야. 트라이던트의 네리아를 꼼짝달싹 못하게 만든 다음 진하게 키스해 버리는 거."

"너, 너, 너 이 자식……."

"어허! 허락받고 훔치는 도둑은 없어. 입술 훔칠 때도 마찬가지지. 핫하하! 기다려요, 누님! 난 포기 안 해!"

그리고 자크는 방을 뛰쳐나가 버렸다. 남겨진 우리들은 도대체 네리아를 바라볼 수가 없어서 모두 애꿎은 천장이나 바닥을 매섭게 쏘아보기 시작했다. 그러나 잠시 후 네리아가 입술을 닦으며 혼잣말처럼 중얼거렸을 때는 우리들 모두 밖으로 뛰쳐나와 미친 듯이 웃을 수밖에 없었다.

"자식이 양치질이나 하고 키스를 하지……."

"대미궁이라니……. 그게 정말 있는 것이군요! 놀랍습니다."

시장님과 실리키안 씨는 한참 동안이나 감탄했고 곧 보다 경외하는 시선으로 날 바라보았다. 멋쩍기 짝이 없는 노릇이로고. 시장님은 한참 후에야 경탄의 감정에서 빠져나왔다.

"그럼, 백작님은 고향으로 돌아가시는 것입니까?"

"예. 그렇습니다."

"그래, 여행길은 순탄하신지요? 레너스 시에 도움이라도 요청하실 것이 있다면 기탄 없이 말씀해 보십시오. 네드발 백작님."

윽. 닭살스럽기 짝이 없군. 빨리 용건을 말하고 나가야겠다. 난 탁자 아래의 다리를 쭉 뻗으며 말했다.

"예……. 부탁이랄 것까지는 없고 여쭤보고 싶은 것이 있군요, 시장님."

"무엇입니까? 말씀해 보시죠."

"요즘 들어 사우스 그레이드에서 대량 발생한 유민들 때문에 고초가 심하시다고 들었습니다만."

시장님의 얼굴이 찌푸려졌다.

"예. 정말 난감한 일입니다."

"잘 아시겠지만 그들도 바이서스의 국민인데, 어떻게 도시로 유입시키면 안 되겠습니까?"

"물론 그러고 싶습니다만 인원이 어디 한둘이라야지요. 레너스 시의 시민으로 등록시키는 것은 어렵지 않습니다만 그 많은 인원들의 일자리나 잠자리를 해결할 재원을 마련하는 것은 쉬운 일이 아닙니다. 전쟁 때문에 오른 세금도 세금이거니와……. 다들 고통스러운 시기지요. 어쨌든 시청 재정으론 그 많은 유민들을 도저히 감당할 수가 없습니다."

"예. 그럴 거라고 짐작했습니다. 그런데 말입니다. 레너스 시에서 대규모 사업이라도 벌이면 어떻겠습니까?"

"대규모 사업이라구요?"

"예. 유민들을 인부로 고용해서 사업을 벌이면 그들의 호구지책은 마련해 줄 수 있지 않겠습니까? 다행히 농번기도 끝났고, 또 듣자니 레너스 강이 얼면 상거래도 적다고 하던데요. 따라서 시민들 중에서도 인원을 뽑을 수 있을 테고 말입니다. 동절기니만큼 시민들의 생활에 불편을 주거나 할 일은 없지 않겠습니까?"

이건 펠레일이라는 마법사에게 배운 수법이지. 일거리를 만드는 방법 말이야. 그런데 난 왜 마법사들에게 배우는 것이 많으면서도 마법은 하나도 쓸 줄 모르는 거지? 실리키안 씨는 휘둥그레진 눈으로 날 바라보았고 시장님의 눈은 반대로 가늘어졌다.

"예. 흔히 사용되곤 하는 방법이군요. 하지만 안타깝게도 레너스 시에는 지금 당장 그 많은 유민들을 끌어들일 만큼의 대규모 공사를 벌일 일은 없습니다. 게다가 그런 재원도 없고요. 네드발 백작님과 그 일행분들이 커다란 선물을 주셨는데도 이런 말씀 드리자니 참 면구스럽습니다만."

어라? 내가 레너스 시에 무슨 선물을 했던가? 아! 그 투기장. 맞아. 실리키안 씨의 소유였던 그 투기장을 시청에 넘겨줬지. 난 쓴웃음을 짓고 실리키안 씨에게 고개를 끄덕였다.

"미안하군요. 실리키안 씨."

실리키안 씨는 풀 죽은 미소를 지었다. 난 다시 시장님을 바라보며 말했다.

"그런데 말입니다. 제가 전에도 이곳을 지나친 적이 있어서 아는 것입니다만 저 휴다인 계곡에는 유명한 다리가 있지 않습니까?"

"12인의 다리 말씀입니까?"

"예. 그런데 그것이 꽤나 불편한 다리이지 않습니까? 열두 명이 모여야만 지나다닐 수 있으니까."

"그렇긴 합니다. 아쉬운 대로 이용하고 있기는 합니다만."

"그 옆에 새로운 다리를 하나 놓는 것은 어떻겠습니까?"

"예?"

"12인의 다리 옆에 새로운 다리를 하나 만드는 겁니다. 시시한 나무 다리가 아니라 몇 백 년이 가도 끄떡없을 정도로 튼튼한 돌다리를 놓는 거죠. 그 계곡에 다리를 놓는 정도의 일이라면 상당한 공사가 아니겠습니까? 어쩌면 겨울 동안 계속 할 수 있는 공사가 되겠지요. 그리고 그 정도의 공사라면 상당히 많은 유민들을 인부로 고용할 수도 있을 테고."

시장님은 웃으며 고개를 가로저었다.

"새 다리라……, 물론 그렇겠지요. 그건 엄청난 공사가 될 겁니다. 하지만 그 정도의 공사를 무슨 재원으로 감당하겠습니까?"

난 웃으면서 미리 준비해 간 주머니를 테이블 위에 올려놓았다. 툭. 조그마한 주머니에 비해 꽤나 묵직한 소리가 나자 시장님은 얼떨떨한 표정으로 주머니를 바라보았다. 내가 열어보라는 시늉을 하자 시장님은 그것을 열어보았고, 곧 시장님의 얼굴이 새파랗게 변했다. 실리키안 씨는 놀라서 그 주머니를 들여다보았고 그의 얼굴은 곧 하얗게 변했다.

"그 정도의 보석이라면 공사를 감당할 수 있겠지요?"

"마, 마, 맙소사……!"

시장님은 그 말만 남기고 기절해 버렸다. 아이고, 맙소사!

잠시 시청이 떠들썩해지는 소란이 있는 후 시장님은 간신히 정신을 차렸다. 의외로 심장이 약한 시장님인가 본데. 뭐, 시장실로 몰려든 다른 시청 직원들도 보석을 보고 연쇄 기절이라도 일으킬 듯한 표정을 지었다. 시장님은 간신히 위엄을 되찾아 질문했다.

"도, 도, 도대체……."

위엄만 되찾았지 화술은 되찾지 못하신 모양이다. 으윽.

"도대체 어디서 이 많은 보석을 구했냐고요? 그야 대미궁에서……."

"아, 아, 아니, 도, 도, 도대체……."

"아닌가? 그럼 도대체 왜 레너스 시에 이런 도움을 주느냐고요?"

시장님은 고개를 끄덕였다. 다른 시청 직원들도 고개를 끄덕이며 날 쏘아보았다. 어라, 그거 기분이 괴상하네. 너무 큰 친절이라 의심부터 앞서는 모양인데.

"뭐 저도 좋은 일이니까 그렇죠."

"예?"

"레너스 시에서 서쪽으로는 황량한 웨스트 그레이드잖아요. 아직까지도 별로 개척이 안 된 땅. 하지만 12인의 다리의 교통이 더 편리해지면 웨스트 그레이드로 넘어오는 상인들도 많아질 테고, 그럼 웨스트 그레이드도 좀더 발전할 수 있겠죠?"

"아……, 예. 그렇군요."

"그러니까 이건 제 고향을 생각해서 하는 일입니다. 그리고 이왕이면 레너스 시의 유민들도 처리하고. 일석이조인 셈이죠."

"그렇습니까……. 감사합니다!"

난 잠시 동안 시장님과 시청 직원들의 열렬한 감사 인사에 시달리게 되었고 곧이어 그 다리의 이름을 네드발 교(橋)라고 붙이겠다는 말에 기막혀해야 했다. 난 상당한 노력 끝에 그냥 휴다인 다리라고 붙이는 것이 다른 사람들도 이해하기도 쉬울 거라고 납득시킬 수 있었다. 사람들이 내 이름을 밟고 다니는 것은 관심 없어. 푸하하! 어쨌든 샌슨, 결국 내 말이 맞게 되었지? 휴다인 계곡의 휴다인 강이라면 휴다인 다리가 되어야 한다구. 어쨌든 그 모든 소란이 끝난 다음에야 난 내 마지막 용건을 설명할 수 있었다. 그리고 그 마지막 용건은 시장님을 상당히 당황하게 만들었다.

레너스 시의 시청 앞에선 진귀한 장면이 벌어져 오가는 시민들을 당혹케 했다. 이 추운 겨울날에 시장님과 시청 직원들이 우르르 쏟아져나와 한 모험가를 붙잡으려 들고 있는 것이다. 물론 그 모험가는 나다.

"이대로 떠나시다니요, 말도 안 됩니다. 어떻게 식사라도 한 끼 하시지 않고……."

"아, 괜찮습니다. 급하게 만나볼 사람이 있거든요."

"약속을 조정하실 수 없겠습니까?"

"뭐 꼭 약속이 있었던 것은 아닙니다만, 괜찮다면 시간을 아끼고 싶군요."

"아무리 그래도 도리가 아닌지라……."

뭐 이런 식의 대화가 한참 오간 다음, 난 간신히 시장님과 시청 직원들의 손아귀에서 풀려날 수 있었다.

"참, 부탁한 것은 언제까지 되겠습니까?"

시장님은 울상이 되었다.

"네드발 백작님의 부탁이긴 합니다만……. 그게 참 짐작하기가 어려운 일이군요. 경비 대원들을 모조리 풀어서 탐색해 보겠습니다만."

난 잠시 얼이 빠진 채로 그 광경을 상상해 보았고, 곧 시장님과 나 모두 폭발적인 웃음을 터뜨렸다. 킥킥킥! 그거 봐줄 만하겠네. 그럴 거야.

"예. 알겠습니다. 그게 쉬운 일은 아니겠지요. 흐음. 나중에 오후쯤 다시 찾아뵙겠습니다."

"예. 그렇게 해주십시오."

그리고 난 시청을 떠나왔다. 레너스 시 경비 대원들은 오늘 참 황당한 한나절을 보내게 되겠군.

잠시 후, 나는 상가 거리를 이리저리 돌아가다가 12인의 여관이 있는 골목길까지 도달할 수 있었다. 그런데 말이야. 여기까지 왔으면서도 아직 마음속에 회의가 남아 있는데. 과연 유스네를 만나봐야 될 것인가? 유스네에게 나는 떠나간 방랑자인 셈이니까 꼭 돌아와 줄 필요는 없을 것 같은데 말이야. 흐음. 이 노릇을 어찌한다. 특별하게 만나볼 이유가 있지도 않은 것이 현실이고 보면 그냥 이대로 돌아서는 것도 나쁘지는 않을 텐데.

그런데……, 경비 대원들에게, 그리고 시청에서도 내 이름을 다 말했으니 내가 레너스 시에 들렀다는 소식은 분명히 유스네의 귀에도 들어갈 테고, 그렇다면 이 도시에 들렀으면서도 한번 찾아오지도 않고 지나갔냐고 화를 내게 되면?

그런데 화를 낼까? 겉으로야 화를 내겠지만……, 글쎄올시다. 인생이 옛이야기는 아니지만 그 비슷하게 꾸며나가는 것은 죄가 아니겠지. 후치 네드발에 대한 유스네의 추억이 그 이별 장면으로 완결되었다면 쓸데없는 막간극, 아니 막후극이 되나? 어쨌든 그걸 삽입시킬, 아니 붙일 필요는 없겠지?

한 모퉁이만 돌면 되는데. 나는 12인의 여관이 있는 골목 바로 바깥에 선 채 바로 그 한 모퉁이를 돌지 않고 있었다. 이거 고민되네.

그때였다.

"유스네! 어이."

고함 소리가 들려왔고, 순간 나는 고삐를 확 끌어당기며 몸을 옆으로 눕혔다.

"히히힝."

"쉿! 조용히 해!"

선더라이더를 달래며 부리나케 뒤로 돌아 달렸다. 조금 지나자 또 다른 골목이 보였고 난 그 속에 뛰어들었다. 다행히 어두운 골목이다. 휴우. 그렇게 나는 골목에 숨어서 바깥을 내다보았다.

"왜 부르는 거야? 외상값이라도 갚아주려고?"

이 목소리……. 톡 쏘는 목소리. 유스네의 목소리가 오른쪽에서 들려왔다. 그리고 조금 더 먼 느낌의 다른 목소리가 그 뒤를 이었다.

"원 계집애, 어지간히 쏘아댄다. 그게 아니고 말이다. 쉐린이 주문한 것들 20일까지 되겠다고 좀 전해 다오."

"20일? 그럼 너무 늦어! 지금 재고품이 간당간당하단 말이야. 죽어도 18일까지야. 알겠어?"

잠시 후 오른쪽에서 손에 빨래 바구니 비슷한 커다란 바구니를 든 유스네의 모습이 나타났다. 난 급히 머리를 옆으로 치우다가 담벼락에 머리를 박고는 소리없는 비명을 좀 질렀다. 다행히도 그녀는 뒤를 돌아보며 고함을 지르고 있었고 그 뒤에서는 청년 하나가 걸어오며 불평스러운 표정으로 말했다.

"좀 억지를 부릴 걸 부려라. 지금 중부 대로 사정이 얼마나 엉망인 줄 몰라? 곳곳에서 산적들이 출몰하고 있다구. 전쟁이 말도 아닌가 봐. 그래서……."

"몰라! 나 무식해! 나 무식해서 그런 거 모르니까 무조건 18일까지야."

"그런 어거지가 어디 있냐? 네가 투정부린다고 세상 일이 다 해결되는 줄 아냐?"

"난 해결될 수 있는 일에 투정 부려. 해결 안 되는 일이면 거들떠 보지도 않아. 그러니까 18일이야. 하늘이 두 쪽 나도. 알았지?"

킥킥. 난 어두운 골목에 몸을 숨긴 채 손으로 입을 틀어막고 그 광경을 감상했다. 유스네의 뒤를 따라오던 그 청년은 난감하다는 표정으로 말했다.

"나 이것 참……."

"좀 봐주라. 응? 응? 18일까지 안 되면 장사 놀아야 한다구. 그게 말이 돼? 눈이 쌓여서 겨울 상단이 지나가려면 아직아직 멀었단 말이야. 오빠나 나나 굶어죽을 지경이라구."

"12인의 여관 주인이 굶어죽어?"

"안 보여? 볼 홀쭉해진 거?"

유스네는 입술을 오므리면서 볼을 홀쭉하게 만들어보였다. 청년은 그만 너털웃음을 터뜨렸다.

"핫하하하! 알았다, 알았어. 원 계집애도 고집 하나는. 어떻게 알아봐 주기는 하겠지만 기대는……."

"창고 치워놓고 있을게!"

"이봐, 유스네!"

"걱정 마, 걱정 마. 18일날 물건 안 들어오면 치워놓은 자리에서 혀 깨물고 죽어버리지, 뭐? 굶어죽는 거보단 나을 거야. 알았지?"

"이런, 고집불통 같으니라구. 그래가지고 시집이나 갈지 정말 의문스럽다."

"시집? 어, 너 지금 나를 연애 한 번 못해 본 여자로 생각하는 건 아니지? 나한테도 멋진 과거가 있다구! 그러니까……."

"그만해라, 그만해! 한 번만 더 들으면 100번이다."

"어? 너한테도 들려줬어?"

"레너스 시에서 그 위대하시다는 네 애인 이야기 안 들은 사람은 귀머거리 론밖에 없을 거야. 레너스에 도착하자마자 트롤 일곱 마리를 쓸어버리고 실리키안 남작 때문에 억울하게 갇히자 감옥 벽을 부수고 뛰쳐나와 실리키안 남작 저택을 박살내고 그 투기장은 통째로 시청에 선물해 버리고. 뭐 빠진 거 있냐?"

서, 선더라이더. 나 좀 잡아줘……. 아, 넌 팔이 없지?

"빠진 거 있지! 너희 촌 무지렁이들은 죽었다 깨도 상상 못할 정도로 중요한 임무 때문에 어쩔 수 없이 하룻밤 휴식도 못하신 채 늦은 밤에 떠나시고."

"아, 그래. 궁금한 거 있다. 그날 밤에 너와 그 위대하시다는 그분, 키스라도 했던 거냐?"

"이 저질! 생각하는 게 그런 거밖에 없지!"

유스네는 바구니를 휘둘러 멋지게 청년의 가슴을 후려갈기고는 몸을 홱 돌렸다. 청년은 어이가 없다는 투로 그 뒷모습을 바라보더니 곧 낄낄거리기 시작했다. 유스네는 걸어가다가 갑자기 다시 몸을 돌렸다.

"그분은 자기 이름을 주셨을 뿐이야! 멍청아. 넌 그런 고상한 행동도 모르지? 아는 거라고는 끌어안고 입 맞추고 하는 것밖에 모르지?"

"그래, 인석아. 나 무식하다."

청년은 두 팔을 들어올리면서 계속 낄낄거렸다. 그리고 나도 숨죽여 낄낄거리기 시작했다. 좋아. 알겠어. 이젠 확실히 결정했다구.

난 선더라이더의 고삐를 잡아챘다. 그러고는 내가 숨어 있던 골목에 반대쪽 출구가 있는지 살피기 시작했다. 오후가 될 때까지 어디서 시간을 때운담? 12인의 여관에서 그 멋진 흑맥주나 좀 마시면서 시간 때우려고 했더니, 쩝, 아쉽게 됐네.

꽤나 싸늘한 날씨로군. 그런데 좀더 속력을 내지 않으면 휴다인 고개에 채 올라서지도 못한 채 밤을 맞이하겠는데? 태양은 이미 서쪽을 과녁으로 삼아 빠른 추락을 결심하고 있었다.

두두두두. 선더라이더는 지칠 줄도 모르고 달려갔다. 이 녀석은 혹시 원래가 지친다는 것이 뭔지 모르는 것은 아닐까? 난 괜스레 미안해져서 말했다.

"선더라이더, 임마. 이게 다 네가, 발이 너무 빠른 탓이다. 결국 레너스 시에서, 하루쯤 쉬지도 못하고, 계속 달려가게, 되었단 말이야. 불만 있냐? 불만 있으면, 말해 봐. 말 못하지? 푸하하하. 그럼 어서 가자!"

"이힝힝힝!"

위이이이잉! 고갯머리를 쓰다듬는 겨울 바람은 앙상한 겨울 가지들을 짓밟아 뭉개려 하고 있었다. 하지만 시무니안의 가슴에 발붙이지 못하는 저 바람은 대지에 발붙인 나무들에게 항상 질 수밖에 없다. 결국 최후에 이기는 것은 나무다.

움직이지 않는 바람은 없으니까.

변화하지 않는 인간은 없으니까.

바람은 영원히 시무니안에게 돌아오지 않는다. 하지만 인간은 시무니안의 가슴에 몸을 누이고 약속된 휴식을 받을 수 있다.

"선더라이더, 바람을 앞서라!"

정신없이 흔들리던 허리와 어깨가 이젠 차라리 정지해 버린다. 무서운 속도 속에서 몸은 흔들림을 멈추었고 나는 휴다인 고개 위를 유영하고 있다. 선더라이더의 발굽 소리도, 귓가를 매섭게 스쳐 지나가는 바람 소리도 사라져버리고. 주위는 한없이 고요하다. 그리고 내 몸은 멎어 있다. 결국 이거야.

움직이는 바람은 없지.

변화하는 인간은 없지.

상대적으로 말하면 간단한 것이 될까. 움직인다는 것은 멎어 있는 상태에 대비해서만 설명될 수 있는 말이다. 하지만 멎어 있는 바람은 없다. 따라서 움직이는 바람도 없다.

변화한다는 것은 고정된 본질을 가졌을 때만이 설명될 수 있는 말이지. 하지만 본질이라는 것은 없다. 따라서 변화하는 인간은 없다.

그리고 루트에리노와 핸드레이크는…….

쿠쿠쿠쿠쿵!

겨울철인데도 휴다인 계곡의 수량은 많이 줄어들지 않은 모양이다. 휴다인 강은 여전히 굉장한 소리를 내면서 주위의 모든 소리를 압도하고 있었다. 바람마저도 휴다인 강에 경의를 표하며 그 수다스러운 입을 벌리지 못하는 계곡. 그리고 그 계곡 위 허공엔 아무것에도 고정되지 않은, 하지만 허공에 고정된 12인의 다리가 떠 있었다.

"이힝힝힝!"

선더라이더가 급히 멈추면서 투레질을 좀 했다. 그리고 나는 재빠른 동작으로 말에서 뛰어내렸다. 잠시, 아무 말도, 어떤 행동도 하지 않으면서 고정된 그 다리를 바라보았다.

다리는 움직이지 않았다. 세상의 모든 것들이 움직여도 꿈쩍을 하지 않는, 마치 세상의 중심이나 된 것처럼 가만히 허공에 멈추어 있었다. 그리고 그 너머, 지금 이마를 따사롭게 내리비치는 태양이 향하고 있는 땅, 웨스트 그레이드의 모습이 아스라하게 보인다.

회색 산맥의 산봉우리들과 고원들 틈으로 멀리멀리 보이는 웨스트 그레이드는 석양의 땅이었다. 청회색의 산과 봉우리들 사이에 번뜩이는 황금의 땅. 바알간 대지의 모습이 이채롭다. 저녁의 땅, 귀환의 땅. 결국 나의 모든 것은 저기로 돌아가게 되는군. 태양을 향해 달리는 말을 타고 출발했을 때의 내 모습 그대로. 동쪽과 북쪽과 남쪽에서 겪었던 모든 추억들은 그곳에 남겨두고 결국 같은 모습, 같은 발걸음으로 서쪽으로 돌아가게 되는 것인가.

태양. 아침에 태어났을 때부터 죽음을 약속받았고 그래서 곁눈질할 사이도 없이 서쪽으로만 달려간다. 후치 네드발. 미친 척하고 동쪽으로 달려가 보았지. 하지만 결국 태양을 따라 돌아오게 되는군. 하하하!

"쓸데없는 망상들. 이것도 휴다인 계곡 이쪽에 남겨두자. 이제 돌아가는 거야."

나는 선더라이더의 고삐를 쥔 채 앞으로 걸어나갔다.

"약속대로 여기 12명이 모였습니다. 계곡 좀 건넙시다. 예?"

다리는 고요히 움직이기 시작했다.

가속이라는 것이 없는 움직임은 최면적이야. 다리는 정지 상태에서 서서히 속도를 높인다거나 하지도 않고 갑자기 움직이기 시작했다. 결국 저 녀석도 변화를 모르는 다리로군? 정지, 똑같은 속도, 그리고 다리는 내 앞에 정지했다.

난 선더라이더를 끌고 다리에 올랐다. 다리는 충실하게도 나와 선더라이더가 올라탈 때까지 기다린 다음 곧장 움직이기 시작했다.

난 난간에 팔을 걸친 채 서쪽을 바라보았다. 선더라이더 녀석은 내 기대를 물리치지 않고 태평하기 짝이 없는 모습으로 서 있었다. 멋진 녀석. 그래서 난 아무런 부담 없이 서서히 다가오는 계곡 반대편과, 그리고 그 너머 반짝반짝 빛나는 웨스트 그레이드의 파편을 볼 수 있었다.

다리는 고요히 멈추었다. 으잉? 벌써 끝이야? 왜 이 다리는 탈 때마다 한 번 더 타고 싶은 마음이 무럭무럭 피어오르게 되는 거지? 할 수 없지, 뭐.

"내리자, 선더라이더."

나와 선더라이더가 내리자마자 다리는 다시 원래의 위치로 돌아가서는 한 번도 움직인 적이 없는 척하기 시작했다.

난 다리를 향해 피식 웃어주고는 선더라이더의 안장 뒤에 실린 짐 중에서 상자를 꺼내었다.

바닥에 상자를 내려놓고 그것을 열었다. 잠시 고요했지만 곧 바깥의 냄새를 맡은 쥐들이 밖으로 뛰쳐나오기 시작했다. 열 마리의 쥐들은 찍찍거리는 소리만 남겨두고서는 순식간에 주위의 숲으로 뛰어가 버렸다.

이 추운 계절에 열 마리의 쥐를 잡겠답시고 건물 천장과 지하를 뒤지고 다니느라 수고하신 레너스 시 경비 대원들에게 감사를 표하기 위해서, 난 잠시 동쪽을 향해 서서 경례를 붙였다. 그리고 저 다리가 쥐처럼 작은 생물까지도 인식하게끔 만들어둔 타이번 하이시커 씨를 향해서도.

경례를 마치고, 난 다시 선더라이더에 올라탔다. 이거 추위가 예사롭지 않군. 대충 사물들이 눈에 들어오는데? 그때는 단풍잎이 떨어지는 계절이었고 지금은 앙상한 가지들만 남아 있지만 말이야.

"가자구! 선더라이더! 이젠 계곡도, 다리도, 도시도, 영지도, 아무것도 필요없어. 그냥 헬턴트 마을로, 돌아가면 된다구! 그리고, 그 너머, 그 너머로!"

선더라이더의 배를 걷어찼다. 선더라이더는 곧 맹렬한 속력으로 달리기 시작했다. 난 반짝거리는 웨스트 그레이드를 향해 있는 힘껏 고함질렀다.

"아무르타트, 기다려라!"

아침 바람은 이슬의 임종을 정확히 지켰다.

겨울 아침의 게으른 태양은 아직 모습을 드러내지 않았지만 사위는 그런 대로 환하다. 이슬을 말려버린 바람이 다시 불 때마다 밀기울 같은 흙먼지가 일어난다. 텁텁한 먼지들이 푸르른 겨울 아침의 대기 속으로 사라져간다. 그러고 보니 이 굵고 거친 먼지마저도 반갑군. 미드 그레이드나 이스트 그레이드의 먼지는 밀가루나 모래 같았지.

웨스트 그레이드의 토양은 메마르다.

동부의 땅의 흙들, 특히 기억나는 것은 영원의 숲의 흙이었는데, 비옥도가 지나쳐 끈적할 정도였다. 그리고 이스트 그레이드의 칸 아디움 주변의 흙먼지들은 곱게 빻은 밀가루들에 노란 물을 들인 것 같은 먼지였다.

하지만 웨스트 그레이드, 내 고향의 땅은 메마르다. 흙알갱이는 그렇게 가늘지 않지만 비옥도가 좀 떨어지는 편이다. 뭐 그래서 가벼운 쟁기를 사용해도 충분히 갈아엎을 수 있다는 점은 좋지만.

그래, 그렇다구. 이 땅에 사람들이 몰려들면 말이야, 그 사람들은 농기구에 대해서는 커다란 부담이 없을 거란 말이야. 말 여러 마리 세워서 탠덤 하네싱으로 십자쟁기를 끌게 할 필요도 없어. 소 한 마리면 이 땅은 갈고도 남거든?

난 선더라이더의 은빛 갈기를 헤집으며 말했다.

"어이, 한때 소였던 말로서 한마디 해봐라. 말이 왜 소보다 비싼 거냐?"

선더라이더는 대답하지 않았다. 요놈. 살살 약이 오르지? 하하하. 뭐 말이 더 힘도 좋고 속력도 빠르고. 달리는 속도야 말할 나위가 없지만 일하는 속도도 말이 훨씬 빠르지. 그리고 먹는 것도 고급이니까 더 비싼 거야 당연하지.

하지만 이 땅에선 말이 아니라 소로도 충분하거든?

물? 물이야 많아. 회색 산맥에서 흘러 내려오는 강물들은 맑고 차갑지. 중부 대로는 정확하게 이 땅까지 이어져 있고 말이야. 땅도 얼마나 많은가. 사우스 그레이드의 유민들을 모조리 여기로 데려올 수만 있다면 좋을 텐데. 왜 대륙의 서부는 개척되지 못하는 거지.

이봐요, 칼. 어차피 북으로는 헤게모니아가 막고 있고 남으로는 자이펀이 막고 있지 않습니까? 동쪽으로는 바다가 떡하니 막고 있고. 그러니까 말입니다. 이번 전쟁은 결국 바이서스로 하여금 서부 진출의 필요성을 느끼게 만드는 전쟁이 될 거라고 보는데. 칼 당신 생각은 어때요? 드래곤들도 없어진 마당에 바이서스가 자이펀을 합병하거나 하기는 어렵지 않겠어요? 결국 대답은 서부 진출이라는 말입니다.

하! 하! 하!

하지만 나 후치 네드발은, 서부 탐사 같은 것 때문에 등에 해를 진 채 이 땅으로 걸어온 것은 아니지. 그런 시시한 것은 나와는 아무 상관 없다구.

"어머? 어머?"

그래, 바로 이거라구.

아직 검푸른 어스름이 남아 있는 서쪽 하늘을 등지고 서 있는 소녀. 어깨를 두른 숄 끄트머리를 가슴 앞에 모아쥔 채 서 있지. 그녀의 뒤는 검푸른 하늘이지만 햇빛을 정면으로 받는 그 얼굴은 희다. 아침 바람이 그 빨강머리를 짓궂게 휘날리게 만들지. 그리고 난 이제 등 뒤에서 떠오르는 햇빛을 받으며 그 소녀에게로 걸어가고 있어.

언덕 위의 소녀는 조용히 서서 날 기다리고 있어. 입술을 꽉 깨문 채. 빨간 머리칼은 어지럽게 날리고 있고 어깨의 숄도 살짝 살짝 떠오르고 있지만 소녀의 하얀 얼굴은 꼼짝도 하지 않아. 난 손을 들어올리지. 아마 내 얼굴을 알아보기는 어려울 거야. 등 뒤의 태양 때문에 내 얼굴은 시커멓게 보일 테지? 하지만 소녀의 눈은 점점 동그랗게 변해 간다.

"후치?"

하하하.

"후치?"

하하하하.

"후치!"

물 속에 빠졌다가 급히 뛰쳐나와 몰아쉬는 숨처럼, 참을 수 없는 외침이 가슴에서부터 치밀어 올라온다. 난 목이 아니라 가슴으로 외쳤다.

"제미니!"

선더라이더에서 뛰어내린다. 박명의 서녘 하늘을 이고 서 있는 언덕으로 달음질쳐 올라간다. 나부끼는 붉은 머리. 치마가 찢어질 듯 뒤로 부풀어오르고. 놓쳐버린 숄은 등 뒤로 날아오른다. 하얀 숄은 서녘 하늘로 깃발처럼 나부껴 올라간다.

"후치야아!"

숨이 막히도록 격렬한 충돌. 가슴에 제미니를 안은 채 그대로 빙글빙글 돈다. 세상이 빙글빙글 돌면서 동쪽 하늘의 밝은 아침놀과 거무스름한 서녘 하늘이 번갈아 자리바꿈을 한다. 극명과 극암이 회전하지만, 코 아래로 보이는 것이라고는 온통 붉은 머리카락의 폭포뿐이다. 그리고 귓가에 들려오는 바람 소리를 뚫고 제미니의 날카로운 목소리가 들려온다.

"올 줄 알았어! 응! 응! 올 줄 알았다구! 후치, 후치, 후치!"

그래. 나도 알고 있었어. 틀림없이 기다리고 있을 줄 알았지. 내가 고향으로 돌아왔을 때 가장 먼저 만나게 되는 게 누구일 줄은 벌써부터 알고 있었지.

제미니의 어깨에서 날아오른 하얀 숄은 어지러이 춤추며 한없이 날아오르고 있었다. 검푸른 하늘에서 햇빛을 받아 반짝이는 숄은 영원히 춤추고 있었다.

315년 12월 18일. 날씨? 홍! 날씨가 중요한가? 기억 안 나!

타이번 씨의 말이 맞았다. 너무 놀랐다! 타이번 씨는 도대체 어떻게 알고 있었을까? 후치의 말마따나 노인이 지나온 1년은 어린애나 청년의 1년과는 비교할 수 없기 때문일까? (그러고 보니 돌아온 후치는 어려운 말을 잘한다. 이상하게 바뀐 거 같다.) 어제 저녁 일기에 전술한 바와 같이…….

킥킥. 이건 그저께 내가 돌아오던 날의 일기로군. '전술한 바와 같이'라고? 하하. 제미니. 나 따라서 어려운 말 쓰려고 노력할 필요는 없어. 그런데 그 전날 저녁 일기엔 뭐라고 썼는데? 어디, 앞으로 넘겨보자.

……오늘 저녁에 집으로 돌아오다가 타이번 씨를 만났다. 타이번 씨는 산트렐라의 노래로 향하다가 내 발소리만 듣고(정말 놀랍게도!)

내 쪽으로 고개를 돌렸다.

'제미니? 오늘도 후치 기다리다 온 거냐?'

'산책 다녀온 거예요.'

'꼭 한쪽 방향으로만 산책을 다니는구나?'

'사람마다 좋아하는 산책로가 있을 수 있는 거잖아요.'

'그래? 아, 참. 저녁 산책 말고 아침 산책은 어떠냐?'

'아침 잠이 많아서…….'

'내일은 아침 일찍 일어나서 좋아하던 그 산책로로 나가봐.'

아. 하하하. 그렇게 된 것이군. 난 침대 위에 드러누운 제미니를 바라보며 킬킬거렸다. 제미니는 쌔근거리는 숨소리만 내면서 뒤척거리지도 않고 잠들어 있었다. 참 고요하게도 자는데. 어디 보자. 다시 다음날 일기로 넘어가 볼까? 내가 돌아오던 날이지?

……나는 타이번 씨의 말대로 아침에 동구 밖 언덕 위로 나가보았다. 날씨는 무지무지 추웠지만 이상하게도 발이 시리지 않았다. 해가 떠올라 눈이 부셔서 눈을 돌리고 싶었지만 그때도 이상하게 얼굴이 돌려지지 않았다. 그때 햇님의 얼굴 앞으로 새카만 그림자가 보였다…….

"이힛히히히! ……냐아암, 쩝."

기절하는 줄 알았네. 아이고, 이 망할 계집애야! 난 투덜거리며 제미니가 걷어차 버린 시트를 끌어올려 다시 목까지 덮어주었다. 이렇게 추운데 배 내놓고 자봐라. 내일 아침에 어떻게 될지. 그래, 옆에서 권하는 대로 넙죽넙죽 받아마시더니 그 모양 그 꼴이 되었지!

그리고 나는 다시 의자에 앉아 제미니의 일기를 들어올렸다.

315년 12월 19일. 꽤 추웠지만 구름은 별로 없었고 화창했던 것 같다.

이 못된 후치! 그래, 우리 집엔 찾아오지도 않아? 후치는 오늘 아침부터 언덕 위의 성에 틀어박혀서는 오후가 되도록 나오지 않았다. 오후에 경비 대원 터너 씨가 마을로 내려온 김에 후치 소식을 물어보았다. 터너 씨는 이렇게 말했다.

'응? 아, 집사님한테 그 동안의 일을 보고하느라 그러는 걸 거야. 나도 정확하게는 잘 모르겠는데. 타이번 씨와 집사님, 그리고 후치만 안에 틀어박혀 있어. 뭐라고 말이라도 좀 전해 줄까?'

아직까지도 화가 나 죽겠네. 무슨 말을 전하란 말이야? 저녁이 될 때까지 언덕을 몇 번이나 올려다보았지만 후치의 모습은 보이지 않았다. 그런데 조금 전 들어오신 아버지께서 말씀하시길 후치가 저녁 무렵에 타이번 씨와 함께 칼 씨의 집으로 가는 것을 봤다고 한다. 화가 나도 꾹꾹 참고 있었지만 저녁 식사 시간에는 무의식중에 테이블 다리를 걷어차다가 어머니한테 크게 꾸중을 들었다. 속상해서 밥맛도 없어 저녁을 안 먹었더니 배가 너무너무 고프다. 지금 고픈 배를 부여잡고 일기를 쓰고 있다. 요 녀석, 후치. 내일 두고 보자! 어디서 귀까지 잘라먹고 돌아와서는 얼굴도 안 보여줘? 망할 녀석! 왜 몸을 함부로 굴리냐구!

하하하. 그래서 오늘 저녁 그렇게 신나서 술을 마셔댄 것이로군? 흐음.

난 제미니의 일기를 덮어두고는 제미니가 세상의 그 누구도 모른다고 철석같이 믿고 있는 장소, 즉 제미니의 침대 밑에 다시 숨겨두었다. 요 녀석아. 네가 침대 밑에 네 일기랑 기타 등등 여러 가지 너의 보물들을 숨겨두는 거, 너희 가족은 물론이거니와 나도 잘 알고 있다는 것은 모르지?

다시 한번 제미니의 시트를 정돈해 놓고 나는 제미니의 방을 나왔다. 밖에서는 제미니의 어머니께서 제미니의 아버지를 끌고 방 안으로 들어가려고 애쓰고 계셨다. 제미니의 어머니는 날 보더니 반색하며 말했다.

"아이고, 후치야. 좀 도와줘. 무슨 술을 이렇게 마시고 온 거람? 도대체 해너네 집에서 무슨 일이 있었던 거냐?"

제미니의 아버지 스마인타그 씨는 몸을 제대로 가누지 못한 채 바닥에 쓰러져 있었다. 뭐라고 중얼거리기는 하는데 도대체 무슨 말씀을 하시는 건지 모르겠네.

"하하. 제가 오늘 저녁에 해너 아주머니 술창고를 거의 비워버렸거든요."

"세상에. 후치 너 정말 손 크구나? 아무리 젊은 혈기라지만 그렇게 헤프게 쓰면 못써요. 아니, 내 정신 좀 봐. 이 양반 좀 들어다주겠니?"

난 웃으며 스마인타그 씨를 들어서 방 안으로 모셨다. 스마인타그 씨를 침대에 눕혀놓고 밖으로 나오자 스마인타그 부인은 물잔을 내밀었다. 스마인타그 부인은 안쓰러운 눈으로 내 귀를 바라보면서 말했다.

"제미니에게 듣긴 들었다만, 귀는 어쩌다가 그렇게 되었냐?"

"꿀꺽꿀꺽. 이야기하면 길어요. 여행중에 오크놈들하고 싸울 일이 있었는데 그때 베였죠."

"저런, 큰일날 뻔했구나. 젬이 어제 저녁에 얼마나 울었는지."

"울어요? 이런, 하하하……."

"울다가 울다가 잠이 들어서 밤새도록 잠꼬대를 하는데. 그래도 살아서 돌아왔으니 다행이라고 계속 중얼거리더구나. 그래서 난 네가 완전히 반병신이 되어 돌아온 줄 알았단다. 그 정도는 괜찮지. 듣거나 하는 데 이상 없니?"

"예. 까딱 없어요."

"그래. 여기까지 저 정신 나간 부녀 데리고 오느라고 정말 수고했다, 후치야. 그런데 넌 별로 취하지 않은 거 같네?"

"아, 예. 전 많이 안 마셨거든요. 사실 술 마실 틈도 없었어요. 계속 이야기만 하느라고."

"이런, 주정뱅이들이 먼길 다녀온 사람 제대로 쉬지도 못하게 했구나. 며칠 푹 쉬어야 할 텐데 어제는 집사님에게 보고하느라, 그리고 오늘은 주정뱅이들에게 끌려다니느라 고생했네. 그리고 우리집 양반이랑 젬이랑 여기까지 데리고 왔으니 얼마나 피곤할까. 내, 방 치워줄 테니 여기서 자고 가렴."

"아, 괜찮습니다. 어머님. 피곤하지 않아요. 집에서 쉬고 싶네요."

"그러니? 그래도 늦었잖니. 집까지 돌아가려면 피곤해서 되겠니?"

"하하. 눈 감고도 다니는 길인데요. 몇 달 떠나 있었다고 우리 집을 못 찾아가겠습니까?"

그렇게 해서 난 제미니 어머니에게 인사하고 스마인타그 씨의 집을 나왔다.

헬턴트 마을이 10년 동안은 떠들썩할 큼직한 술판을 벌였는데 난 별로 마신 것이 없군. 억울해라. 그러나 고향의 공기부터가 날 취하게 만드니 술 못 마신 것쯤은 참아주지. 어쨌든 내일 아침에 해너 아주머니는 홀 가득 널브러져 있는 주당들 정리하느라 꽤나 고생하겠는데.

사람들은 전혀 바뀐 것이 없었다.

그들은 내 이야기를 들으며 말도 제대로 못할 만큼 황당해했다. 내 이야기는 많은 부분 삭제된 이야기였다. 들려줘선 안 되는 이야기들이 많이 섞여 있으니까. 게다가 칼이 말했듯 우리 영지는 아무르타트와 균형을 이룬 마을이고, 따라서 사람들은 할슈타일 후작의 야심이라든지 넥슨의 비극, 크라드메서의 고뇌 같은 것은 도저히 이해하지 못할 것이 뻔했기 때문에 그 부분들도 상당히 많은 부분에 걸쳐서 빼버렸다.

하지만 남은 이야기만으로도 헬턴트의 주민들을 당혹시키기에는 충분했다. 그들은 요즘 미드 그레이드 쪽에서 들려오는 세이크럴라이즈에 대한 흉흉한 소문을 들었고, 내가, 헬턴트의 초장이 후보 후치 네드발이 그것을 두 번이나 경험했으며 그 시작부터 잘 안다는 사실에 경악했다. 그들은 아련한 기억 속에서 간신히 대미궁에 대한 기억을 건져낼 수 있었으며 내가 그곳에 들어갔다는 사실에 기막혀했다. 하지만 그들이 대미궁에 들어가기 전에 밧줄을 밖에 묶어두고 들어갔으면 길 찾느라 고생하지 않았을 거라고 핀잔을 줬을 때는 나도 기막혀서 어쩔 줄을 몰랐다. 이 사람들의 머릿속의 대미궁이라는 것은 곰 굴보다 조금 더 큰 구조인가 보다.

집으로 돌아오니 집 안에서 희미한 빛이 새어나오고 있었다.

난 선더라이더를 작업장에 묶어두고 집 안으로 들어섰다. 안은 어두컴컴했다. 집 밖으로 새어나오고 있던 불빛은 벽난로에 피워놓은 장작불의 빛이었다. 그리고 벽난로 정면의 침대, 아버지가 쓰시던 그 침대에는 시커먼 그림자가 앉아 있었다. 타이번이었다.

타이번은 돌아보지도 않은 채 말했다.

"후치냐?"

"예. 오래 기다리셨어요?"

촛불이라도 켜놓고 있지 그랬냐고 말하려다가 간신히 말을 삼켰다. 타이번이 필요한 것은 빛이 아니라 벽난로의 온기였겠지. 난 의자 하나를 가져와 앉았다.

타이번은 여전히 벽난로를 향한 채 앉아 있었고 그 옆에는 반쯤 비운 술병이 세워져 있었다. 내가 그것을 보고 있자 타이번은 싱긋 웃더니 술병을 들어 정확하게 나에게 건넸다. 고개도 돌리지 않은 채 팔만 뻗어서.

"귀신 같네요. 정말 안 보이는 것 맞아요?"

"흐음. 누군가가 술병을 바라보며 침을 질질 흘리는 소리가 들리더라구."

술병을 받아 한 모금 들이켰다. 우와! 뮤러카인 사보네다! 하하하. 난 입을 닦고는 아무 말도 하지 않고 술병을 도로 내밀었다. 하지만 타이번은 고개를 가로저었다.

"생각 없네. 자네가 다 마시게."

참 굉장하다, 굉장해. 술병 속의 술이 찰랑거리는 소리라도 들으셨나? 난 킬킬거리며 탁자 위에 술병을 세워놓았다. 타이번은 물끄러미 벽난로를 바라보며, 아니, 그냥 그쪽으로 얼굴을 향한 채 말했다.

"허, 참. 먼지 타는 냄새가 굉장하군."

"오랫동안 불을 안 피웠으니까요. ……핸드레이크."

핸드레이크는 무표정했다. 시력이 없기에 눈꺼풀은 그냥 고요히 감겨 있어 흡사 깊은 생각에라도 잠겨 있는 듯한 모습이었다. 벽에는 나와 핸드레이크의 그림자가 커다랗게 일렁거릴 뿐 아무것도 움직이지 않는 고요한 밤이었다.

"어제 들려줬던 이야기에서 자네가 대충 짐작하고 있다는 것은 느꼈다. 왜 오늘에서야 네가 알고 있다는 사실을 말하는 거냐?"

"제가 어떻게 해서 알게 되었는지를 먼저 말씀드리고 싶었으니까요."

"그래? 으흠. 혹시 다른 사람에게 말했느냐?"

"글쎄요. 칼은 아마 짐작할 거예요. 내가 아는 건 칼도 거의 다 아니까. 샌슨은 아마 짐작하지 못했겠죠. 그런데 에델린이 여기 다녀갔을 텐데 다른 사람들은 아직 모르는 모양이더군요?"

"음. 그 애는 다른 사람들에게 말하지 않았다."

핸드레이크는 갑자기 고개를 돌려 내 쪽으로 얼굴을 향했다. 그의 눈꺼풀이 열리며 하얀 눈동자가 드러났다. 핸드레이크는 천천히 한쪽 눈을 찡긋했다.

"앞으로도……."

"비밀이겠죠. 알았어요."

"똑똑한 조수 녀석이로군. 하하. 사물을 보는 눈은 잃어버렸지만 사람 보는 눈은 그대로 남아 있단 말이야."

"그 눈은, 뱀파이어의 부작용인가요?"

"비슷해. 무리하게 낮에 돌아다니다가 시력을 많이 잃었지. 몸도 엉망이 되었고. 무녀의 마을에서 문신 시술을 받은 덕분에 몸은 그런대로 되찾았고 흡혈도 꽤 참을 수 있게 되었지만 눈은 완전히 거덜났지. 여기, 왼쪽 가슴……, 심장 쪽에 있는 문신은 뱀파이어의 봉인이야."

"흐음. 무녀들은 별 희한한 재주가 다 있네요. 그런데 그거 여자만 받는 거라고 하던데?"

"예외는 다 있잖아."

"아, 예. 그렇죠."

핸드레이크는 몸을 쭉 펴면서 말했다.

"그럼, 어제 듣던 이야기나 계속 들었으면 하는구나. 레니는 무슨 선택을 했지? 네가 이렇게 돌아온 것을 보니 레니는 지골레이드를 선택한 모양인데."

난 피식 웃으며 다시 술병을 들어올렸다. 헤헷. 산트렐라의 노래에서 못 마셨던 술을 여기서 다 마시게 되겠군.

"내가 말하기 전에 당신이 말해 보세요."

"뭐?"

"드래곤 라자를 만들었던 사람으로서, 그리고 레니를 델하파로 데려갔던 사람으로서 말이에요."

핸드레이크는 두 손을 깍지 끼더니 무릎에 올려놓았다. 마치 자신을 정리하는 듯한 동작이군.

"몇 가지 해명되어야 할 게 있다고요. 당신이 델하파로 데리고 간 것은 어린 레니지요. 그런데 레니의 어머니는 요 근래까지 살아 있었지요. 그럼 당신은 레니의 어머니로부터 그녀를 빼앗아서 데리고 간 것입니까?"

"전혀 사실과 다르다. 조수의 선택이 잘못되었다는 것을 알아차리는 것이 너무 늦지 않았나 불안한데.”

“씨이. 그럼 설명해 주세요.”

“별로 대단한 이야기는 없어. 내가 만났던 것은 레니야. 우연히 한두 살 정도 된 레니를 만나게 되었지. 그 옆에 어머니는 없었고. 내 추측이지만, 아마도 레니의 어머니 되는 여자는 후작에게 아기를 빼앗길까 봐 임신하자마자 후작의 저택을 나와버린 모양이다.”

“이상하군요. 후작의 저택에 남아 있었다면 결국 후작의 딸이 될 테고 그럼 레니의 미래는 괜찮은 것이 되는 거 아닌가요? 그리고 덩달아 그 여자도…….”

“아냐. 자네가 생각하는 것과는 달라. 후작이 필요한 것은 라자의 혈통을 가진 자식이지 아내가 아니야. 아내는 이미 있었으니까. 아마 자식만 빼앗기고 그 불쌍한 여자는 쫓겨나게 되었을걸. 생각해 보게. 정식 부인이 아니라 하녀를 통해 자식을 얻었다는 이야기가 밝혀지면 후작가의 명예는? 또는 라자의 명예는 어떻게 될까?”

“이런 제에기랄…….”

“그래서 임신 사실을 숨기고 후작의 집에서 빠져나온 것일 테지. 하지만 그 여자는 그렇게 강한 여자는 못 되었을 게고. 그래서 결국 레니를 후작 저택 앞에 버려둔 것이었겠지.”

“아하. 그렇게 된 것이군요?”

“그래. 난 후작의 저택 앞에서 레니를 주웠다. 보기 딱해서 데리고 다녔지. 델하파까지 어떻게 흘러갔는데 그때 급히 남쪽으로 내려갈 일이 있었어. 시오네 녀석 때문이었지. 그 녀석의 정보를 붙잡았거든. 그래서 레니를 델하파의 그 주점에 맡기고 배를 타고 남으로 내려갔던 거다."

"흐음. 이제 알겠군요."

"그러니 레니가 무슨 선택을 했는지 나더러 짐작하라고 하는 것은 웃기는 말이야."

"그래요? 하지만 당신이 드래곤 라자를 만들었다면서요?"

핸드레이크는 입을 다물고 대답하지 않았다. 난 불빛을 받아 마치 반지처럼 빛나는 술병의 주둥이를 바라보며 말했다.

"핸드레이크가 드래곤 라자를 만들었다……. 내가 대륙 여기저기를 돌아다니면서 들은 말 중에 가장 기막힌 말이 바로 이것이라구요. 이 모든 사건은 결국 드래곤 라자 때문에 일어난 것인데, 핸드레이크가 바로 드래곤 라자를 만들었다니. 바이서스의 은인이었던 핸드레이크가 바이서스의 비극의 씨앗을 잉태한 사람이라니."

"요놈아. 눈앞에 있는 사람을 3인칭으로 말하지 마라. 여행 돌아다니다가 못된 물만 들었구나."

"아, 죄송합니다. 나 지금 무지무지 혼동되는 머리를 부여잡고 헬턴트 마을까지 힘들게 참아가며 온 뒤라서 그래요. 그러고 나서도 또다시 이틀이나 참았기 때문에 지금 머릿속에선 폭발할 정도라구요. 그럼 뭐죠? 당신이 드래곤 라자를 만들어냈다면, 당신이 할슈타일 가문의 부흥의 원인이고, 크라드메서의 비극의 원인이고, 드래곤 라자들의 슬픔의 원인이고……, 젠장!"

쾅! 주먹으로 탁자를 내려쳤고 탁자는 단숨에 박살나 버렸다. 하지만 핸드레이크는 미동도 하지 않았다. 난 박살난 탁자의 조각들을 벽난로 안으로 차넣었다.

"설명해 보라구요! 왜 드래곤 라자를 만든 거죠?"

"짐작하는 바라도 있는 거냐? 자네가 그토록 화를 내는 모습을 보니 그런 생각이 든다."

"물론 짐작하는 바가 있어요."

"말해 봐."

탁자가 없어지니 술병 내려놓을 곳이 없군. 난 술병을 든 손을 의자 옆으로 늘어뜨린 채 맥풀린 모습으로 앉았다. 하지만 핸드레이크의 앉은 자세는 아까부터 조금의 변화도 없었다. 내가 주정뱅이가 된 것 같군. 모습도, 그리고 입에서 나오는 말도.

"별이 몇 개죠?"

"여덟 개지."

"그래요. 여덟 별. 드래곤, 인간, 엘프, 드워프, 하플링, 페어리, 오크. 나머지 하나는 모르고. 어쨌든 드래곤의 별만 남았지요. 그런데 정말 드래곤의 별만 남았나요?"

"뭐?"

"알려지지 않은 마지막 별……, 그건 어떻게 된 거죠?"

핸드레이크는 대답하지 않았다. 그러고 보니 난 핸드레이크의 화법에 말려들어 버렸군. 핸드레이크는 아까부터 나에게만 말을 시키고 대답하고 싶은 부분에서만 대답하고 있어. 아, 좋으실 대로. 난 떠들 테니까.

"좋아요. 일단 알려진 종족들의 알려진 별 중에서 남은 것은 드래곤의 별뿐이죠. 그리고 내가 들어왔던 이야기가 옳다면, 별이 사라진 종족들은 그 불완전성을 영원히 간직할 수밖에 없게 되었다는 거예요. 그래서 좀더 완전한 종족인 드래곤과 이야기를 나누기 위해선 라자가 필요하다는."

다시 술병을 들이켰다. 하지만 목이 마르다.

"퍽 웃기는 이야기죠."

"웃긴다고?"

"그건 조건일 뿐이에요. 이유가 아니라."

"설명해 봐."

"조건과 이유는 다르죠. 우리가 완전에 가까운, 우리의 반대쪽 극단인 드래곤과 교류하려면 드래곤 라자가 필요하다. 이건 조건이죠. 하지만 드래곤과 교류할 필요는 뭐죠? 행동은 조건에서 나오는 것이 아니라 이유에서 나오는 거죠. 식탁이 잘 차려졌다고 밥을 먹는 것이 아니라 배가 고파서 밥을 먹는 거예요. 우리가 드래곤과 교류할 조건은 드래곤 라자로써 갖추어졌다고 보고, 그런데 교류할 필요성은 뭐죠?"

다시 한 모금. 위대한 크라드메서를 위해.

"난 크라드메서를 만났지요."

핸드레이크는 그 하얀 눈으로 장작불만 바라보고 있었다. 그래서 그 눈은 새빨갛게 보였다. 문득 뱀파이어라는 게 핸드레이크에게 얼마나 어울리는가 하는 생각이 드는데.

"크라드메서는 라자의 계약을 꺼리고 있었어요. 그때 나는 깨닫게 되었죠. 크라드메서는 이렇게 말했죠. '서로 다른 두 지성이 접촉하면, 분명 변화는 일어나는 법. 바다를 그리워하며 달려간 강물은 결국 바다가 되어버리지.' 인간들은 그에겐 너무 벅찬 존재들이었고, 라자가 찾아옴으로써 그는 막다른 길에 몰리고 말았다."

술이 다 떨어졌나? 하지만 정신은 맑기만 하고 목은 바싹 타오르는데. 난 술병을 거꾸로 쥐고 한참 흔들어서 마지막 몇 방울을 입에 떨어뜨렸다. 입술이 말라비틀어질 것 같군.

"인간은 드래곤 라자를 통해 드래곤을 변화시킬 수 있지요."

그래. 바로 이거야. 드래곤의 별이 보호하는 드래곤들이었지만 인간은 라자를 통해 드래곤에게 접근할 수 있지. 그리고 세상 모든 것에 대해 행했던 일을 드래곤에게도 행할 수 있게 되었지.

"간단한, 너무나 간단한 것이죠. 인간들은 세상의 다른 모든 것들을 변화시켜 왔던 자들이지만, 저 위대한 종족, 자신의 별을 끝까지 지켜온 종족인 드래곤을 변화시키는 것은 쉽지 않았을 거예요. 하지만 드래곤 라자가 있음으로써, 인간은 드래곤마저도 변화시킬 수 있게 된 거죠."

난 비어버린 술병을 바라보며 낮게 말했다.

"루트에리노 대왕 만세."

핸드레이크는 말하지 않았다.

"이거 보세요. 내가 선창했으면 당신도 따라하라구요. 루트에리노 대왕 만세! 마침내 드래곤마저도 인간의 신전에 바쳐지게 되었도다! 인간의 발길이 닿으매 숲에는 오솔길이 생기고 인간의 눈길이 닿으매 밤하늘엔 별자리가 생기는도다. 인간이 비웃으매 엘프는 자멸할 것이며, 인간이 깔보니 드워프는 퇴화할 것이다. 자신의 별을 지닌 드래곤은 인간의 손길에서 안전하리라 믿었으나 드래곤 라자 있으매 마침내 그 별의 보호도 퇴색하였음이니. 두 발로 서서 하늘을 쏘아보는 저 인간은 마침내 드래곤 라자로써 별의 보호를 깨뜨리고 드래곤마저 굴복시켰도다. 인간 만세, 루트에리노 대왕 만세! 하하하하!"

위이이잉! 바깥의 바람들이 내 웃음소리에 호응하듯 거칠게 불었다. 굴뚝 위에서 연기가 역류하는 것인지 벽난로의 불길이 기이하게 흔들린다. 그리고 불길의 흔들림에 따라 벽에 떠오른 핸드레이크와 나의 그림자들도 기이한 춤을 춘다.

"어떻게 그런 생각을 하게 되었느냐."

핸드레이크의 목소리는 한결같았다. 처음 오두막 안으로 들어올 때부터 지금껏 핸드레이크의 음성에는 아무런 변화가 없었다.

"……아으으으아!"

난 그만 두 손으로 얼굴을 감쌌다. 머리를 가슴에 푹 파묻은 채, 난 길고 긴 숨을 들이마셨다.

"으후후후…… 후우우……."

그렇게 머리를 늘어뜨린 채, 발끝을 바라보며 나는 힘없이 말했다.

"이루릴이라는 엘프가 말했죠."

발 옆으로 뻗어나가는 긴 그림자가 불길의 일렁임을 따라 꿈틀거렸다. 그리고 내 다리의 명암도 계속해서 변하고 있었다. 그래서 마치 다리가 꿈틀거리는 것처럼 보였다. 실제로는 꼼짝도 하지 않고 있었지만.

"후우우. 조화를 이루려면 서로 달라야 한다고. 엘프들은 그것 때문에 고민하고 있었어요. 그때 난 당신의 계획이, 당신의 야망이 말도 안 된다는 것을 깨달았죠. 혹은 내가 상상하는 그런 것과는 전혀 다르다는 것을 깨달았다고 할 수도 있겠고."

"어떻게 다르지?"

"당신은 모든 종족들을 완전으로, 그들의 부조리를 뛰어넘어 신께로 인도하려고 했어요. 낭만적이고 야심만만한 계획이죠. 하지만 그것은 논리적으로 말이 안 돼요. 완전성은 불완전성에 대한 상대적 의미로만 파악할 수 있기 때문에."

난 두 손을 천천히 들어올렸다. 그러고는 마치 손에 무엇을 든 듯한 모습을 취했다.

"똑같은 두 개의 돌멩이가 있어요. 무게도, 색깔도, 질감도 다 똑같아요. 그렇다면 그것들에 대해서 무겁다, 또는 가볍다는 말을 할 수가 없어요. 두 개의 돌멩이의 무게가 서로 다를 때 하나가 무겁다, 또는 다른 하나가 가볍다고 말할 수 있죠."

난 다시 손을 내렸다. 어차피 핸드레이크는 보지 못하는 것. 스스로를 납득시키기 위한 동작이었을 뿐이다.

"완전성도 마찬가지예요. 서로 다른 점이 있을 때만이 하나는 완전하다, 다른 하나는 불완전하다고 말할 수 있어요. 세상에 태어나서 초를 한번도 보지 못한 사람이 있다면 심지가 빠진 초가 완전한 것인지 불완전한 것인지 알 수가 없어요. 아니, 원래 세상에 있는 초라는 초가 모두 심지가 없다면 사람들은 심지가 없는 초가 완전한 것이라고 믿었겠죠. 비교해 볼 만한 상대가 없기 때문에."

완전이라는 거, 결국 존재하는 것들의 조합일 뿐이다. 그렇다면 그건 벌써 불안하다. 무의미한 것들이 의미를 가질 때까지 모인다는 것이 가능한가? 무의미한 것들이 모인다고 의미가 생기는 것일까? 천만에. 존재하는 모든 것들은 불완전하고, 그것이 제아무리 모여봐야 완전해질 수 없다. 완전은 유일자의 의미이자 법칙이기 때문에.

"당신은 여덟 종족을 모두 완전으로 이끌려고 했지요. 만일 당신의 계획대로 되었다면 여덟 종족은 똑같은 것이 되고 말겠죠. 그렇다면 거기에는 완전이 없어요. 신들마저도 자신을 구현하기 위해 서로 달라져야 하는 우리 세상에서는. 유피넬과 헬카네스!"

유피넬과 헬카네스. 항상 복수다. 단수가 없다. 유일자라는 것은 없다.

"유피넬은 헬카네스가 없으면 존재할 수 없고, 헬카네스는 유피넬이 없으면 존재할 수 없지요! 유피넬은 조화이기 때문에 혼돈을 갖지 못해서 불완전하고, 헬카네스는 혼돈이기 때문에 조화를 갖지 못해서 불완전하지요. 따라서 당신의 계획은 엉터리예요. 혹은 당신 스스로가 완전의 의미를 잘못 알았든지. 당신의 계획을 굳이 실현시켰다면 당신은 유피넬과 헬카네스도 뛰어넘는 종족들을 만들어내야 되지요."

핸드레이크의 고개가 아주 천천히 움직였다. 그걸로는 충분하지 않아. 난 다시 질문했다.

"존재는 구별이고 구별은 다른 점이 있을 때 가능해요! 하지만 다른 점이 있다면 그것은 이미 완전할 수가 없어요! 그것이 장점이든 단점이든 상관없어요. 무엇이 무엇과 다르다면, 그것은 이미 완전하지 않다는 말이에요. 당신은 죽었다 깨도 여덟 별의 종족들을 완전으로 이끌 수가 없어요. 설령 그 별들을 모두 손에 넣었다 하더라도! 내 말이 맞나요?"

"맞아."

"자신의 실패를 곱씹으면서 우울해하는 취미가 있으신가요?"

"없어."

"좋군요. 지금은 감정에 푹 빠진 대화 원하지 않으니까. 어떻게 된 것인지 사실만 말씀해 주시겠어요? 당신이 드래곤 라자를 만들었다는 것은, 당신의 이상을 포기하고 당신 자신이 인간의 편에 서겠다는 선언의 의미인가요? 대왕에 대한 회귀인가요?"

핸드레이크는 천천히 고개를 들었다. 그는 볼 수도 없는 천장을 물끄러미 바라보기 시작했다. 습관은 무서운 것이로군.

"인간에 대한 판단 오류였지. 어쩌면 그것은 내가 인간이기 때문에 절대 헤어날 수 없는 덫 비슷한 것인지도 모르고. 자네가 판단해 보게."

"들려주세요."

핸드레이크는 잠시 입을 다물었다. 한 1분 가량 핸드레이크는 꼼짝도 하지 않았다. 혹시 그는 지금 그의 머릿속에서 300년을 거슬러올라가고 있는 것일까? 핸드레이크는 갑자기 입을 열었다.

"드래곤 라자를 만든 이야기를 하려면 먼저 내가 드래곤 로드를 찾아갔다는 이야기부터 해야겠군. 그 이야기는 들어 알겠지?"

"예. ……루트에리노 대왕에 의해 별들이 파괴되었을 때."

하마터면 페어리퀸 다레니안에 의해서…… 라고 말할 뻔했다. 하지만 말한 거나 다름없어. 핸드레이크의 얼굴에 미소가 떠올랐으니까. 난 헛기침을 좀 하고서 핸드레이크의 말을 기다렸다.

"그래. 별들이 파괴되고 나서 나는 하나 남은 드래곤의 별을 손에 넣기 위해 드래곤 로드를 찾아갔지. 물론 이때까지는 자네가 말한 그 완전성의 불합리함을 모르고 있었다네. 난 하나 남은 드래곤들만이라도 완전으로 이끌어주고 싶어서, 그래서 어쩔 수 없이 나의 최강의 적을 찾아갔던 것이지. 하지만 자네가 이야기를 제대로 들었다면 그때 나는 혼자서 찾아간 것이 아니라는 것을 알 거야."

"어? 혼자 찾아가지 않았어요?"

"천만에. 난 혼자서 드래곤 로드를 만나러 가지 않았다."

무슨 말이야? 핸드레이크는 분명히 바이서스 임펠을 떠나 단신으로 대미궁을 향해 찾아갔는데. 할슈타일 공이 지키고 있는 그 북방의 대미궁으로…….

"……할슈타일 공!"

"맞았어."

"그랬군요. 당신은 혼자서 드래곤 로드를 만나지 않았어요. 할슈타일 공의 안내를 받아서 대미궁으로 들어갔었지요. 마치, 마치 인간이 라자를 통해 드래곤과 이야기하듯이!"

"그렇지. 옛 기억이 생생하군. 말하자면 할슈타일 공은 드래곤 라자 가문의 시조이자 최초의 드래곤 라자였던 셈이지. 인간 핸드레이크와 드래곤 로드를 연결시켜 준."

"굉장한 곳이군요. 할슈타일 공."

지하에 있는 것이라고는 믿어지기 어려울 만큼 넓고 높은 통로들을 바라보며 핸드레이크는 유쾌하게 말했다. 하지만 앞에서 횃불을 들고 걸어가는 할슈타일의 어깨는 꼼짝도 하지 않았다. 횃불의 불빛이 다가감에 따라 뒤로 물러나는 그림자 속에서는 간혹 무시무시한 눈빛들이 번득였다. 그리고 멀리 떨어진 통로이거나 혹은 곁으로 갈라진 골목 등에서 끔찍스러운 비명소리나 포효소리들이 들려올 때도 있었다. 대미궁에 거주하는 오크들이나 아니면 다른 몬스터들일 것이다. 하지만 핸드레이크는 태평하게 걸어갔다.

"역시 드워프가 만들어야 뭐든 제대로 된단 말입니다."

핸드레이크는 루트에리노 대왕과 다레니안이 별을 파괴하던 그 지하 제단을 떠올리며 한 말이었지만 그것을 알 도리가 없는 할슈타일 공은 별 대답이 없었다.

"아직 많이 남았습니까?"

"이제 초입이오."

"와하! 역시 드워프들이 만든 곳답군요. 난 사실 이제 거의 다 왔을 거라고 생각하고 있었습니다."

"그랬소?"

할슈타일 공은 정나미가 뚝뚝 떨어지는 어투로 말하고는 쉼없이 걸어갔다. 핸드레이크는 피식 웃고는 묵묵히 그 뒤를 따랐다.

한 10분쯤 걸어갔을까. 핸드레이크는 가고일의 것으로 짐작되는 날카로운 포효를 들으며 지나가는 말투로 말했다.

"만일 당신이 없이 나 혼자서 여기로 들어왔다면 어떻게 되었겠습니까."

횃불이 갑자기 멈추었다. 할슈타일 공은 멈춰 서서, 하지만 뒤로 돌지는 않은 채 말했다.

"당신이라도 죽고 말았을 거요. 반드시!"

"그렇게 믿습니까?"

"그 믿음은 지금도 변하지 않았소. 난 지금 시신을 안내하는 기분을 느끼고 있소. 당신은 정말 드래곤 로드의 앞에 가서도 당신이 죽지 않을 거라고 믿는 거요?"

할슈타일 공은 여전히 등만 보인 채 말했다. 핸드레이크를 이미 죽은 사람 취급하는 것일까. 그러나 핸드레이크는 씨익 웃었다.

"알 수 없지요."

할슈타일 공은 다시 걷기 시작했다.

한참을 걷고 계단을 내려왔다. 그러나 할슈타일 공이 직접 안내하는 길이었기에 중간에 나와 방해를 하거나 하는 자는 없었다. 간혹 경비로 짐작되는 가고일이나 트롤들의 모습이 보였지만 그들은 지나가는 할슈타일 공과 핸드레이크를 묵묵히 바라볼 뿐 아무런 행동도 하지 않았다.

이윽고 중앙 폭포에 이르렀다. 할슈타일 공과 핸드레이크는 폭포 뒤의 통로로 빠져나왔다. 그리고 폭포 뒤에서 중앙 호수 쪽으로 걸어나오면서 핸드레이크는 깊은 숨을 들이켰다.

중앙 호수의 맑은 물 속에는 드래곤 로드의 거체가 잠겨 있었다.

드래곤 로드는 마치 잠든 것처럼 보였다. 날개를 접고 꼬리를 단단히 말아붙인 그 거대한 몸은 호수에 완전히 잠겨 있었다. 호수 주위를 둘러싼 거대한 원형 통로 곳곳에 피어 있는 횃불과 천장에 떠 있는 기괴한 빛무리들 때문에 중앙 호수는 낮처럼 밝았고 그래서 할슈타일 공은 들고 온 횃불을 옆으로 집어던졌다. 그는 핸드레이크에게 나직하게 말했다.

"당신은 일단 이곳에 서 있으시오. 폭포 뒤에 말이오. 당신의 모습을 갑자기 보여드려서 그분의 진노를 일으키고 싶지는 않소."

핸드레이크는 뭐라고 말하려 했지만 할슈타일은 고개를 가로저었다. 그러자 핸드레이크는 팔짱을 끼고는 고개를 끄덕였다.

할슈타일 공은 앞으로 걸어갔다. 그는 호수 가장자리 가까이에 서서 한쪽 무릎을 꿇고 말했다.

"드래곤 로드여. 당신의 종 할슈타일이 뵙고자 청합니다."

잠시 후 드래곤 로드의 몸이 천천히 움직이기 시작했다. 핸드레이크는 부지불식간에 '헛' 하는 감탄사를 내면서 입을 쩍 벌렸다.

어깨 위에 올려둔 드래곤 로드의 그 기다란 목이 천천히 올라오기 시작했다. 그리고 그와 동시에 중앙 호수 전체로 거대한 파문이 그려졌다. 쏴아아아. 드래곤 로드의 기다란 목이 물 위로 완전히 올라오는 데는 꽤나 많은 시간이 걸렸던 것 같았다. 그토록 천천히 움직였건만 호수 물은 몸서리를 치며 출렁거렸다. 워낙 크기 때문에.

마침내 드래곤 로드의 머리가 호수 위로 완전히 솟아올랐다. 그 목의 절반 이상이 물 아래 잠겨 있었는데도, 물 위로 올라온 드래곤 로드의 머리는 바라보는 핸드레이크의 목이 꺾일 정도로 높은 위치에 있었다.

드래곤 로드의 눈이 천천히 열렸다. 그는 주위를 둘러보다가 할슈타일 공의 모습을 발견하고는 머리를 조금 낮추며 말했다.

"할슈타일인가."

"평안하시온지오."

"어리석은 질문이군, 할슈타일이여. 간특한 루트에리노의 발톱이 나에게 남긴 상처를 모르는가?"

"죄송합니다."

드래곤 로드는 고개를 조금 가로저었다. 부정을 의미하는 약한 동작이었지만 숨어서 보고 있는 핸드레이크로서는 대미궁이 무너지지 않을까 걱정될 정도의 움직임이었다.

"아니. 비유가 잘못되었군. 루트에리노 자신이 핸드레이크의 발톱인가. 하하하. 그렇다면 핸드레이크의 발톱이라고 말해야 옳겠군."

그때 핸드레이크의 목소리가 똑똑히 울렸다.

"글쎄요. 제 발톱인지는 모르겠습니다만, 그 발톱은 저에게도 상처를 주었습니다. 드래곤 로드."

할슈타일 공은 기겁하면서 일어섰다.

"핸드레이크! 내 나오지 말라고……!"

핸드레이크는 폭포 뒤쪽에서 걸어나오며 드래곤 로드를 올려다보았고 드래곤 로드는 그 거대한 목을 뻣뻣이 세운 채 핸드레이크를 내려다보았다. 중간에 선 할슈타일 공은 좌우를 돌아보며 어쩔 줄 몰라했다. 잠시 후 드래곤 로드의 말이 울려나왔다.

"왜 할슈타일을 먼저 보낸 것인가. 내 분노를 조금이라도 모면해 보려는 것이었나?"

"그의 생각이었습니다."

"그럴 것 같더군. 네가 이곳 카르 엔 드래고니안에 몰래 들어올 수 있을 것이라고는 너도 믿지 않았겠지."

"물론 그러실 테지요. 루트에리노의 검이 아무리 날카로웠다 한들 당신의 힘까지 어쩌지는 못했을 테니까."

드래곤 로드의 머리 각도가 아주 조금 바뀌었다.

"루트에리노의 검이라고 했는가? 자네와 그 사이에 어떤 일이 있었던 것이지?"

할슈타일 공은 그만 당황해 버렸다. 핸드레이크도, 드래곤 로드도 벌써 오래전부터 서로간의 만남을 대비해 온 사람들처럼 차분하기 그지없는 모습들이었다. 핸드레이크의 말대로라면 드래곤 로드는 최소한 핸드레이크가 대미궁에 들어왔을 때부터 그를 만날 마음의 준비를 하고 있었던 것이리라. 그래서 드래곤 로드는 저토록 침착한 것인가?

핸드레이크는 평온한 얼굴로 말했다.

"좋은 대화를 위해, 제가 당신과 대적했던 일에 대해서는 잠시 접어둡시다. 나도 당신이 페어리퀸 다레니안에게 한 일을 잠시 접어둘 테니."

드래곤 로드의 눈매가 급격한 움직임을 보였다. 드래곤 로드는 얼굴 전체가 경련을 일으키는 것이 아닌가 싶을 정도로 화를 내며 말했다.

"건방진 놈……! 그러면 그까짓 페어리의 일로 나에게 힐난하기라도 하겠다는 말이더냐?"

"물론. 만일 다레니안이 죽었다면 이 대미궁은 세상에서 없어졌을걸."

4

나는 물끄러미 핸드레이크를 바라보았고 핸드레이크는 그 시선을 느낀 모양인지 헛기침을 하며 말했다.

"혈기 왕성했던 시절이라구. ……이놈아! 그 눈길은 뭐냐? 너도 참 네 나이에 안 어울리는 꼬마로다. 보통의 꼬마라면 이런 이야기에 신이 나서 비명을 질러야 정상인데 넌 왜 그런 눈빛이냐?"

"마치 내 눈빛이 보이는 것처럼 말하지 마세요. 그리고 난 발에 걸리는 사내애들과는 다르니까. 후치 네드발이거든요. 세상에 후치 네드발은 나 하나밖에 없지요."

"그 풋내나는 자신만만함은 또래 녀석들과 비슷한데. 칼이 참 이상하게 교육시킨 모양이군."

"어쨌든, 그 부끄러운 말을 들은 드래곤 로드는 아마도 크게 웃었을 테지요?"

"이놈이! 난 발에 걸리는 마법사와는 다르다. 핸드레이크라구. 세상에 핸드레이크는 나밖에 없다."

"윽. 좋은 받아치기였어요. 그러고 보니 당신이 대마법사였다는 것을 잊었군요."

대마법사의 말은 조용한 어투와 상관없이 그 자체로 상당한 가능성이 담긴 협박이었다. 따라서 할슈타일 공은 질려버렸고 드래곤 로드는 크게 분노했다.

“네 이놈!”

그러나 핸드레이크는 빠르게 말했다.

“방문 목적은 싸움이 아니오. 만일 원한다면 상대해 드리겠지만 아까도 말했듯이 좋은 대화를 위해 그간의 일은 잠시 접어두고 싶다는 것이 내 요청입니다.”

드래곤 로드는 아무 말 없이 핸드레이크를 내려다보았다. 할슈타일 공은 아랫입술을 꽉 깨문 채 핸드레이크를 쏘아보았지만 핸드레이크는 드래곤 로드만을 올려다보았다.

“말해 보아라.”

드래곤 로드의 허락이 떨어지자 핸드레이크보다 할슈타일 공이 더 깊은 안도를 느꼈다. 할슈타일 공의 얼굴이 조금 밝아지는 것을 보며 핸드레이크는 미소지었다.

“루트에리노는 당신에게서 회수한 별들을 파괴했소.”

“알고 있다.”

“알고 계셨습니까? 으음. 한때 그 별들의 소유주셨으니 무슨 방법이 있는지도 모르겠군요. 그래서 나는 루트에리노와 결별했습니다.”

드래곤 로드는 의아한 목소리로 말했다.

“기이하군. 너와 그의 목적은 서로 다른 것이었나?”

“그렇습니다. 루트에리노의 목적은 당신의 패퇴, 그리고 내 목적은 당신에게서 여덟 별을 회수하는 것입니다.”

“그래서 서로 손을 잡은 것인가?”

“그렇습니다.”

"여덟 별을 왜 원하는 것이지? 네 목적이 세상에 대한 지배라면 이렇듯 찾아온 것이 이해되지 않는다."

핸드레이크는 천천히 고개를 가로저었다. 그때 할슈타일 공이 입을 열었다.

"드래곤 로드. 제가 설명드려도 되겠습니까?"

"……말해 보라."

"저자가 원하는 것은 별들을 통한 종족의 완성입니다."

드래곤 로드는 한참 후에야 말했다.

"종족의…… 완성?"

"그렇습니다. 여덟 별들은 종족의 창생 사멸을 결정할 수 있지 않습니까? 그래서 핸드레이크는 여덟 별을 손에 넣어 대륙의 모든 종족들이 그 스스로가 어쩔 수 없이 가지고 있는 불합리성에서 빠져나갈 수 있게 되기를 원한 것입니다."

"할슈타일 공을 먼저 설득했던 것이군요?"

"그래. 그러니까 할슈타일 공이 대미궁으로 나를 안내해 준 거지. 그렇지 않다면 그가 어떻게 나를 그 안으로 안내해 줄 마음을 먹었겠는가. 내가 드래곤 로드를 암살하려고 찾아간 것일지도 모르는데."

음. 일리 있는 말이로군. 난 턱을 만지작거리며 말했다.

"그리고, 결과적으로 당신은 할슈타일 공을 통해서 드래곤 로드에게 당신의 뜻을 전한 셈이군요?"

"그렇다고도 볼 수 있지. 좀 비약되는 것 같지만……. 어쨌든 드래곤 로드는 내 말이라면 곧이곧대로 들을 리가 없으니까. 하지만 할슈타일 공의 말이라면 들어줄 가능성이 있지."

"역사상 최초의 라자? 하하. 그래서?"

"드래곤 로드는 비웃었네."

핸드레이크는 불만 가득한 목소리로 그렇게 말했다. 그래서 하마터면 난 웃음을 터뜨릴 뻔했다. 핸드레이크는 아쉽기 짝이 없다는 듯이 투정 섞인 목소리로 말했다.

"그래. 제기랄. 정말 대미궁이 무너져라 웃어젖히더라구. 그리고 그 웃음은 나에게 있어 선물인 셈이었지. 난 그 웃음을 통해서 깨달을 수 있었으니까."

"뭘 깨달으신 거죠?"

핸드레이크는 맥빠진 목소리로 말했다.

"세상에 하나뿐인 꼬마는 훨씬 간단하게 깨달은 것. 하지만 나는 깨닫지 못했던 것이지. 세상에 완전은, 어떤 절대적 의미는 없다는 것 말이야."

"흐음. 너무 빨리 넘어가서 잘 모르겠어요."

"어, 간단한 거지. 나나 루트에리노가 덤벼들기 전, 여덟 별은 다 누구의 것이었지?"

"드래곤 로드의 것이었죠?"

"그래. 그렇다면 드래곤 로드처럼 지혜로운 자가……."

"그거군요!"

의자에서 일어날 뻔했다. 난 당황해서 손을 마구 휘저어대다가 간신히 말을 만들어내었다.

"그거군요! 만일 드래곤 로드가 그걸 원했다면, 드래곤 로드가 만일 당신과 같은 소망을 가졌다면!"

"그렇지. 부끄럽게도 그걸 파악하지 못했어."

"핫하하하! 핸드레이크여, 핸드레이크여!"

핸드레이크는 무릎이 꺾이는 느낌을 받았다. 휘청거리는 다리에 몸을 얹어두는 것은 지금껏 그가 겪어야 했던 그 어떤 마력 수련보다도 더 어려운 것처럼 느껴졌다. 대미궁이 그의 어깨 위로 전부 무너져내리는 것 같은 착각에 현기증을 느끼며 위를 바라보았지만 아무것도 변하지 않았다.

"자네 소원대로 그런 일이 가능하다면, 내가 왜 여덟 종족을 신으로 이끌지 않았단 말인가! 내가 이 세상이 불합리성의 판테온으로 남겨지길 바라기라도 했다는 말인가! 핫하하하핫!"

"드, 드, 드래곤 로드여……."

드래곤 로드는 이제 짓궂은 목소리로 말했다.

"너무하는군, 핸드레이크여. 그렇다면 뭔가? 내가 나의 지배를 받는 것들의 영원한 자기 모순을 즐기는 지배자였다는 말인가? 그건 자네들 인간들에게나 어울리는 말 아닌가? 그러고 보니 내 수집한 책들 중에 그런 말이 있더군. 우민 정치라고 하던가. 하하하. 정말 너무하는군! 기르는 개도 영리해지기를 바라는 것이 당연한 법인데, 내가 왜?"

핸드레이크는 더 이상 뭐라고 말을 꺼낼 수 없었다. 잠시 후 드래곤 로드는 좀더 침착한 목소리로 말했다.

"자네는 비록 지혜로우나 자네 종족의 시야를 벗어날 정도는 되지 못했네. 아니, 자네가 지혜로워지기 위해 쉼없이 받아들였던 자네 종족의 시각들이 자네를 그렇게 이끈 것일지도 모르겠군. 어쨌든 자네는 자네 종족의 시각에서 날 바라보는 우를 범했네. 아마도……, 나를 그런 존재로 보았나 보군. 모든 종족들을 신으로 이끌 수 있는 별을 자신의 지배욕을 충족시키기 위해서만 사용한다고. 아마 그랬을 테지?"

"부정하지…… 않겠습니다."

"이해하네. 자넨 타인을 이해하기 위해 자신을 들여다보는, 그 간단한 행동을 못한 것에 불과하네. 날 이해하기 위해 핸드레이크 자네를 보았다면 이런 희극은 없었을 테지. 그것은 자네 종족들에게는 항상 어려운 일인 듯하더군. 자네 종족들은 타인 속에 들어가려고만 애쓰더군. 만물을 자기처럼 변화시키면 세상이 이해하기 쉬운 것이 될 거라고 믿는 모양이더군. 정작 자신에 대해서는 알지도 못하면서 말이야."

핸드레이크는 피를 토하는 심정으로 말했다.

"역시……."

"부정하지 않겠다는 말인가? 하하하."

털썩. 핸드레이크는 무릎을 꿇고 말았다. 드래곤 로드는 의아한 듯이 고개를 갸웃거리며 핸드레이크를 내려다보다가 말했다.

"미안하군."

핸드레이크는 두 손으로 땅을 짚은 채 더 이상 말하지 않았다. 드래곤 로드는 이제 아무런 증오도 담기지 않은 목소리로 말했다.

"자넨 루트에리노의 배신으로 희망을 걸어볼 기회를 잃었겠지. 하지만 그 희망은 아직껏 자네를 지탱하고 있었을 터. 하지만 이젠 그 희망 자체가 거짓이라는 것을 깨달았군. 안된 일이야."

"화려한…… 복수셨습니다. 드래곤 로드여."

"그런 셈이로군. 이것이 어느 정도의 복수인지는 이해할 수 있다네. 어느 정도 자네 종족을 이해하고 있으니."

"예……. 당신은 나의 전체를 부정해 버리셨고, 그것을……,

나로 하여금 받아들이게 하셨으니까."

드래곤 로드도, 할슈타일 공도, 그리고 핸드레이크도 모두 입을 다물었다. 대미궁은 무거운 침묵으로 잦아들었다. 그리고 그 속에서 한 사나이의 뼈저린 좌절이, 한 드래곤의 원하지 않았지만 완성된 복수가, 그리고 또 다른 사나이의 관조가 있었다.

"그랬군요……."

난 휘둘리는 머리를 붙잡으려는 듯이 이마 양쪽을 붙잡으며 말했다. 조용히 앉아 있던 핸드레이크는 갑자기 손을 뻗었다. 그의 손이 조금 더듬거리더니 곧 부젓가락을 쥐었다.

핸드레이크는 벽난로를 뒤적거려 장작들을 뒤집었다. 불티가 어지러이 날렸지만 핸드레이크는 아랑곳하지 않았다. 그는 다시 부젓가락을 난로 옆에 세워두고는 침착하게 말했다.

"드래곤 로드로서도 여덟 별로부터 그 이상의 힘을 끌어낼 수는 없었던 게야. 그는 그것을 자신의 지배에 사용하는 것으로 만족할 수밖에 없었네. 그것이 여덟 별의 한계는 아니겠지만, 그 힘을 사용하는 자의 능력이 우리 세계를 무시한 완전을 꿈꿀 수 없는 바에야 어떻게 그 별들로부터 신에게의 길을 끌어낼 수 있겠는가."

"예. 그랬던 것이군요. 그래서 당신은 클래스 10의 마법을……."

핸드레이크의 얼굴이 확 굳어버렸다. 그래서 나는 말을 끝까지 내뱉지 못하고 입천장쯤에서 사라지게 만들 수밖에 없었다. 핸드레이크는 깊은 한숨을 쉬며 말했다.

"그래……. 이 세계의 모습 자체가 우리를 신의 길에서 가로막고 있었네. 그래서 나는 다른 세계를 만들어서 내 이해의 폭을 넓혀볼까 생각했지. 자못 거창하기 짝이 없는 꿈이었지."

"……실패하셨죠?"

"실패했어. 다레니안이 말해 주던가."

"예."

"그건 완전성에의 도전과 마찬가지로 불가능한 일이었네. 그것을 깨닫는 것은 훨씬 간단했어. 시오네가 그것을 알려주었지."

"시오네가……?"

핸드레이크의 얼굴이 괴로움에 떨렸다. 그가 시오네의 이름을 말할 때는 300년의 시간을 통해 울려온 메아리가 함께했다.

"그래. 나는 두 번이나 다른 종족을 이해하지 못하는 우를 범했지. 내 곁에 두고 그 자라나는 모습을, 그 지성이 발달하는 모습을 바라보았던 시오네의 욕망도…… 나는 이해하지 못했어. 그래서 이런 모습이 될 수밖에 없었고, 또한 클래스 10의 마법은 허튼소리라는 것을 깨달을 수밖에 없었네. 세계 창조? 미치광이의 광언에 지나지 않는! 자기를 볼 줄 모르면서 남을 자기라고 착각하듯이! 이 세계도 제대로 알지 못하면서 또 다른 세상을 꿈꾸는 자아 도취의 몽상가!"

300년의 울분, 300년의 좌절이 올올이 펼쳐졌다. 그래서 나는 감히 아무 말도 꺼내지 못한 채 핸드레이크를 바라보고만 있었다. 핸드레이크는 턱없이 긴 한숨을 내쉬며 어깨를 떨어뜨렸다.

"……그럼 드래곤 라자는 무엇입니까?"

핸드레이크는 힘들게 웃으며 말했다.

"그것은 자네의 음험한 추측과는 전혀 다른 의도에서 만들어진 것일세. 그것은 자네가 알고 있는 목적 그대로의 것일세."

"인간과 드래곤의 교류요?"

"그래. 난 나의 잘못에서 배울 수 있었지. 현명한 드래곤들은 우리의 거울이 될 수 있을 거라고 믿었네. 그리고 드래곤들은 우리를 그들의 거울로 삼고. 그것은…… 의지할 데 없이 버려진 고아들이 서로를 부둥켜안으려 한 것에 지나지 않네."

"신이 되지 않은 드래곤과 신이 되지 못한 인간이? 대지에 버려진 종족들끼리?"

드래곤의 신은 없다. 그리고 인간은 유피넬과 헬카네스 양쪽의 보살핌을 받는다. 드래곤과 인간은 극단적인 반대항들이다. 그 거리만큼의 애정이 우리를 연결지었고 서로가 서로를 애타게 부르게 만들었겠지. 핸드레이크는 이를 사리물면서 인정했다.

"비슷해. 나와 드래곤 로드는 우리 양 종족의 아픔을 뼛속까지 느꼈고 그래서 서로에 대한 진정한 이해를 구축할 수 있었네. 우리들은 둘 다 신이 될 수 없었지. 12인의 다리를 아는가?"

"……당신이 만드셨죠?"

"그래. 드래곤 라자는 그것과 비슷해. 우리와 드래곤 사이의 교류의 물꼬를 강제로 열어놓은 것이었네. 그리고 드래곤 라자를 만들기 위해 드래곤의 별이 동원되었네."

"아, 그래서……."

"자네는 보았겠지. 크라드메서와 넥슨의 계약에서."

"예."

"드래곤 로드와 나는 할슈타일 공의 위치에 주목했던 것일세. 그래서 드래곤 라자라는 것이 만들어질 수 있었던 게지. 드래곤의 별을 이용하여 모든 드래곤을 운명에 예속시켰네. 그들이 드래곤 라자를 통해서 반드시 인간과 교류해야 하는 운명에 빠지게 한 거지.”

핸드레이크는 고개를 끄덕였다.

“그렇게 된 걸세. 이후 나는 이름을 바꾸고 행동하면서 모든 종족들이 서로를 돌아보게끔 하려고 애써왔네. 인간이 신이 될 수야 없겠지만 보다 나아질 수는 있겠지. 적어도 다른 종족들을 바라볼 줄 알게 되면.”

“당신이 드래곤 로드의 입장이 되어보지 못했기 때문에 그를 오해했던 것…….”

“맞았어. 나는 다른 인간들이 다시는 그런 실수를 하지 않게 되기를 원했던 걸세. 하이시커? 하하. 나는 높이 추구하는 자였지. 12인의 다리를 만든 것, 시오네를 받아들인 것, 크라드메서와 카뮤의 계약, 모두 마찬가지야. 그 밖에도 자네는 모르는 꽤 많은 일들을 했네. 내 딴에는 타인을 이해해 보겠답시고 꽤나 여러 가지로 설쳐댔다네. 하지만 이미 말했듯 나는 내 곁의 시오네조차도 이해하지 못했지.”

일생에 걸쳐 좌절만을, 그것도 다른 사람의 몇 배나 되는 일생을 살아오면서 좌절만을 겪어야 했던 마법사가 내 앞에서 고개를 푹 숙인 채 앉아 있었다. 걷잡을 수 없는 눈물이 눈앞을 흐리게 만들고 있었다. 휴리첼 가문은 도대체 왜 이 모양이란 말인가? 그 까마득한 조상인 핸드레이크 휴리첼도, 그리고 카뮤 휴리첼도, 로넨 휴리첼도, 넥슨 휴리첼도. 그리고, 핸드레이크는 그의 마지막 좌절을 아직 듣지 못했다.

“그래서……, 에델린의 경우에는 겁부터 집어먹었던 거야. 말을 할 수 있게 만든 다음 곧장 그랜드스톰에 맡겨버렸지. 그 애는 차라리 뻔뻔스럽게 신을 추구하도록 내버려두었지. 아니, 그걸 간절히 바랐다고도 할 수 있겠군. 어버이가 자식을 통해 대리 만족을 느껴보려고 드는 것처럼. 시오네……, 신을 두려워할 줄 모르는 아버지 곁에서 자라난 시오네의 경우가 나를 두렵게 만들었던 것일세. 시오네의 행동은 차라리 인간적이라고 할 수 있겠지. 그 아이는 타인을 이해하기 위해 애쓸 필요가 없었지. 그 애에겐 타인을 자신으로 만들 권능이 있으니까. 시오네, 그 아이는 인간인 핸드레이크를 이해하려 들지 않고 나를 뱀파이어로 만들어 이해하려고 들었으니까. 하하하."

"핸드레이크……."

"참으로 기박할 정도로 실패뿐인 인생이란 말일세. 하…… 하하하……. 그리고 드래곤 라자마저도……."

드래곤 라자마저도! 난 입술을 질끈 깨물었다. 드래곤 라자마저도 그의 생각대로 되지 않았다. 그가 원한 것은 소박한 이해와 상호 발전이었겠지. 모든 종족을 신으로 이끈다는 거창한 계획에 비한다면 그것은 얼마나 소박한가. 하지만 인간은 드래곤 라자를 드래곤 지배의 도구로 변질시켰다. 아니, 그것은 인간이라면 피할 수 없는 숙명이었을까. 시오네처럼, 모든 것을 자기화시켜서 이해하는 인간들은 어쩔 수 없이 드래곤마저도 인간화시키는 것일까?

"크라드메서는 어떻게 되었지?"

핸드레이크는 이제 간절함이 담긴 목소리로 말했다. 난 입술을 깨문 채 그의 얼굴을 마주보았다.

"이미 알고 있겠지만, 후치. 내가 카뮤 휴리첼을 끌고 가서 크라드메서에게 라자의 계약을 강제했네. 크라드메서는 말이야. 지금이나 그때나 항상 자유로운 드래곤으로 남기를 원했지. 하지만 나는 그의 중용과 균형, 그의 자기 절제가 탐났네. 그래서, 그래서 인간들이 그의 중용과 균형, 그의 관조하는 정신에서 비롯된 그의 선을 배우게 되기를 원했던 거야. 그래서 이그누스 드래곤, 선악의 균형을 지키는 이그누스 드래곤에게 찾아가 억지로 카뮤와 계약을 맺게 했네. 말해 주게. 이그누스 드래곤 크라드메서는 어떻게 된 거지?"

하염없이 흐르던 눈물은 이제 볼을 타고 흘러내렸다. 난 턱에서 뚝뚝 떨어지는 눈물을 느끼며 꽉 막힌 목을 통해 애써 침을 삼켰다.

"크라드메서는……."

레니는 입을 열었다.

"나는……."

그러나 레니의 입은 거기서 멈췄다. 그녀는 더 이상 말을 잇지 못한 채 멍하니 제레인트를 바라보았다. 제레인트는 조금도 조바심이 담기지 않은 얼굴로 그녀를 마주보았지만 주위의 다른 사람들은 혀끝이 타들어가는 느낌이었다.

"내가 지골레이드 님을 선택하면……, 크라드메서 님은 확실히 죽는 거죠?"

지골레이드는 찌푸린 얼굴로 고개를 끄덕였다. 그 간단한 동작이 그에게는 너무나 힘겨운 것처럼 보였다. 그러자 레니는 지골레이드를 따라 고개를 끄덕였다.

"크라드메서 님이 원하는 것이에요."

뭐야? 크라드메서가 원하다니? 그게 무슨 말이지? 그러나 레니는 질문할 틈을 주지 않았다. 그녀는 지골레이드를 똑바로 바라보며 말했다.

"전 당신의 라자가 되겠어요."

"좋아."

다시 무한의 어둠과 공간 상실, 그리고 기묘한 빛들의 혼란이 있는 후에, 내가 정신을 차리자 지골레이드는 이미 드래곤의 모습으로 바뀌어 분지를 향해 날아가고 있었고 레니는 극도로 하얀 얼굴로 그 뒷모습을 망연히 바라본 채 서 있었다.

제레인트는 크게 심호흡을 하더니 날아가는 지골레이드를 향해 기도문을 외쳤다. 제레인트의 손에서 쏘아져 나간 빛은 날아가는 지골레이드를 통째로 물들였다. 장관이었다. 제레인트의 작은 몸에서 나온 빛이 분지 전체를 뒤덮을 듯 거대하게 날아가는 지골레이드를 뒤쫓고 있었던 것이었다. 제레인트의 몸은 이제 미친 듯이 경련하고 있었고 그의 관자놀이에는 굵은 혈관이 솟아올랐다.

"이야야야야야야!"

감히 아무도 접근할 수 없었다. 제레인트는 맨손으로 무너지는 탑을 막아내기라도 하는 것처럼 보였다. 아프나이델은 어이가 없는 목소리로 말했다.

"마력은 신력을 거부한다는 말이 이토록이나 허황된 말이었던가? 드래곤, 저 마법의 극한을 달리는 자가 어떻게 성직자에게……."

어라? 그러고 보니 그러네? 드래곤은 분명히 마나를 다루는 존재니까 신력에 대해서는 거부 반응을 보여야 하는 거 아냐? 그때 제레인트의 옆에서 그를 바라보고 있던 에델린이 천천히 고개를 돌렸다. 그녀는 아프나이델을 향해 고개를 가로저었다.

"그렇지 않아요. 절 보세요."

"예?"

"전 마법에 의해 말을 하게 된 트롤입니다. 그리고 전 지금 신의 지팡이 노릇을 하고 있지요."

아이고 맙소사!

그러고 보니 에델린은 마력과 신력을 한몸에 가지고 있었잖아! 우리들은 모두 어이없는 얼굴로 에델린을 바라보았고 아프나이델은 이를 악물면서 물어보았다.

"그럼, 마력은 신력을 거부하지 않는 겁니까!"

"아니오. 인간의 경우엔……, 그 양자를 하나로 모을 수 없습니다. 아마 그럴 것입니다."

"예?"

"신력은 높이 올라 귀의하고 마력은 넓게 퍼져 지배하니까요."

에델린의 모호한 대답을 들으며 아프나이델은 미친 듯이 고개를 가로저었다. 그는 애타는 얼굴로 뭔가를 질문하려 했지만 그 때 지골레이드의 포효가 들려왔다.

"캬아아아아!"

그리고 그때 크라드메서는 마지막 환영을 물어뜯고 있었다. 크라드메서는 그 와중에서도 침착했다. 그는 물어뜯고 있던 환영을 통째로 휘둘러 날아오는 지골레이드를 향해 집어던졌다. 산덩어리만 한 환영은 허공에서 물방울로 바뀌어 비산했으며 지골레이드는 순간 몸의 균형을 잃고 공격 목표를 놓쳤다. 그 짧은 틈을 타서 크라드메서는 날아올랐다.

"크롸라라라!"

크라드메서의 비상은 날아오른다기보다는 강하게 쏘아져 올라가는 듯했다. 맙소사, 저렇게 날아서 날개 부러지지 않나? 크라드메서는 그대로 물방울들을 뚫으면서 지골레이드를 향해 뛰어올랐다. 그러나 지골레이드는 아슬아슬하게 크라드메서의 공격을 피하면서 더 높이 날아오르기 시작했다. 마침내 지골레이드와 제레인트를 잇던 빛의 강은 끊어졌고 제레인트는 마치 말에게 걷어차인 사람마냥 뒤로 나가떨어졌다.

"으오우우웃!"

"제레인트!"

우리는 비명을 지르며 제레인트에게 달려갔지만 그의 외침 소리가 들려온 순간 우리들은 제레인트를 완전히 무시해 버리기로 묵시적으로 약속해 버렸다.

"와우, 여러분이 증인입니다! 꼭 말해 줘야 돼요! 내가 드래곤을 치료했다고!"

크라드메서는 허공에서 지골레이드를 놓치고는 비틀거렸다. 그는 그대로 분지 주변의 산봉우리들을 아슬아슬하게 스치면서 위로 치솟아올랐다. 곧 지골레이드와 크라드메서는 다시 구름 위로 사라져버렸다. 그 광경을 보던 샌슨은 손을 쥐었다 폈다 하면서 말했다.

"약해졌어, 확실히! 환영들과의 싸움 때문에 많이 지친 거야!"

"그래? 그런가?"

"예, 칼. 확실히 몸짓이 다릅니다! 이제 잘만 하면……, 후치! 길시언의 스피어들을 받아!"

"뭐야? 오, 맙소사, 그 말 취소해 줘!"

내 고함소리의 여운이 사라지기도 전에 길시언은 등에 지고 있던 스피어 뭉치를 풀어 내 앞에 집어던졌다. 그의 안색은 하얗게 질려 있었지만 그 눈매를 본 순간 난 고개를 끄덕이며 스피어들을 받아들었다. 샌슨은 이미 자신이 가지고 있던 스피어들을 풀어헤치며 중얼거리고 있었다.

"정말 이런 짓까지 하게 되기를 바라지는 않았지만, 어쨌든 할 수 없지. 지골레이드를 돕는다! 알았지, 후치?"

난 악에 받쳐서 외쳤다.

"여러분들이 증인입니다. 꼭 말해 줘야 해요! 내가 드래곤에게 창질을 했다고! 오, 맙소사. 내가 미쳤다는 것이 이렇게 들키게 되기를 원하지는 않았어!"

"이 자식아. 그럼 나도 미쳤다는 말이잖아."

운차이는 피식거리며 스피어를 들어올렸다. 주위의 사람들이 모두 옆으로 물러난 가운데 나와 샌슨, 그리고 운차이는 땅에 스피어를 꽂기 시작했다. 그러고 나서 우리들은 스피어를 하나씩 든 채 구름을 겨냥하여 섰다.

세 명 다 나란히 스피어를 든 오른팔을 뒤로 당기고 왼팔을 앞으로 들어올려 균형을 잡고 서 있는 우리들의 모습은 무서운 조화를 이루고 있었다. 그리고 우리 옆에서는 이루릴과 아프나이델이 캐스팅을 시작하는 모습이 보였다. 흘긋 돌아보자 입술을 꾹 다문 채 허공을 쏘아보고 있는 샌슨의 굳은 얼굴이 보였다. 그의 이마에 맺히는 땀방울이 잠시 내 눈을 사로잡았을 때 운차이가 외쳤다.

"내려온다! 방향은 오른쪽! 날 따라 던져!"

"이야아아아!"

"하아아아아!"

운차이가 집어던진 스피어의 뒤를 따라 나와 샌슨의 스피어가,

그리고 무시무시한 스펠들이 그 뒤를 따랐다. 오른쪽 하늘에서 느닷없이 구름을 뚫고 나타난 크라드메서는 무수한 공격을 받으며 허공에 멈춰 비틀거렸다. 스피어를 집어던진 우리들은 명중 여부를 확인할 겨를도 없이 재빨리 주위에 꽂아두었던 다른 스피어들을 뽑아들어 마구잡이로 집어던졌다. 그리고 그 중간중간에 이루릴과 아프나이델은 마법을 쏟아부었다. 허공에 뜬 크라드메서의 모습이 마치 바람에 의해 찢어질 듯 나부끼는 깃발처럼 느껴지는 순간, 구름을 뚫고 지골레이드가 그 위를 덮쳤다.

"캬아아아아!"

그 순간, 나는 크라드메서의 눈을 보았다. 그 눈에서는 조금의 광기도 느껴지지 않았다. 지골레이드가 크라드메서의 목을 물어뜯을 때도, 샌슨의 기괴한 함성이 울려퍼졌을 때도, 그리고 레니가 찢어지는 목소리로 비명을 지를 때도 나는 그 눈에서 시선을 돌리지 못했다.

"크라드메서 니이이임!"

난 고개를 숙인 채 흐느끼며 말했다.

"……죽었어요. 자살이죠."

"자……살?"

"예. 칼은……, 그리고 다른 이들은 그렇게 생각하지 않는 모양이지만……. 하지만 내가 보기에 그것은 자살이에요. 크, 크극. 아마 그로서는……, 자신이 자살한다는 것을 느끼지도 못한 채 한 행동임에 분명하지만……."

"으…… 으허허헉!"

핸드레이크는 죽음 같은 신음을 흘렸다. 그는 그대로 무릎에 얼굴을 박고서 가슴 깊은 곳에서부터 울려나오는 비명을 질렀다.

"크아아아아악! 으아아아아악!"

핸드레이크의 비명소리와 더불어 바깥의 바람소리가 더욱 거세어졌다. 난 계속해서 흐느끼며 말했다.

"나는…… 단수가 아니다……. 예. 그래요……. 그래서 우리는…… 불사의 존재지만, 또 다른 나의 죽음을…… 받아들일 수 있지만……, 친지의 죽음도, 애인의 죽음도……. 드래곤은…… 드래곤은 그럴 수 없었어요. 넥슨을…… 그 파괴된 넥슨을 자신의 라자로…… 자신의…… 라자……로."

난 눈물을 거칠게 닦아냈다. 한참 호흡을 고르고 나서야 남은 말을 다 뱉어낼 수 있었다.

"세 번에 걸쳐 죽었던 넥슨을 자신의 라자로 받아들였을 때부터, 크라드메서의 죽음은 이미 정해진 일이었겠지요. 카뮤의 죽음과 넥슨의 죽음을 통해 두 번 죽었던 크라드메서, 아니, 영원의 숲에서 세 번이나 죽었던 넥슨을 받아들였으니 크라드메서는 다섯 번이나 죽었던 것일까요? 결국 그렇게 될 수밖에 없었던 거지요. 드래곤은 그걸 견딜 수 없었을 거예요."

"크라아아드……메서! 으크흐흑!"

두 손으로 머리를 감싸쥔 채 오열하는 핸드레이크를 보면서도 난 아무런 동정심을 느끼지 못했다. 눈을 너무 거칠게 비벼서 눈언저리가 화끈거린다. 벽난로에서 뿜어져 오는 열기가 뜨거운 얼굴을 더욱 뜨겁게 만든다. 난 이를 악문 채 말했다.

"나는 단수가 아니다. 예. 그래요. 하지만 드래곤은 아니에요! 우리의 반대쪽 극단인 드래곤은 아니었다구요! 그들은 단수예요. 그들에게 드래곤 라자를 맨 것은, 결국 그들의 독자성을 파괴한 것이었어요! 우리는 드래곤에게까지 우리들을 투영해 버린 거죠! 배워? 우리가 드래곤에게 배워요? 하하하! 그래요. 드래곤은 우리의 스승이 될 수 있었을지도 몰라요. 하지만 우리는 드래곤의 제자가 될 수 없었어요!"

"크라드메서……, 크라드메서엇! 으크흐흑!"

핸드레이크의 오열. 인간을 신으로 이끌 수도, 인간을 세계로 이끌 수도 없었던 마법사의 오열이 날카로운 쇠붙이의 폭풍처럼 휘몰아쳤다. 우스스. 벽난로의 장작은 거센 불길에 쓰러졌다. 그리고 핸드레이크의 어깨는 인간이라는 불길에 의해 무너져내렸다.

머리가 깨지는 것처럼 아프군. 그런데 누가 내 눈앞에 초를 켠 거야? 아니, 낮이 밝은 것이구나. 난 눈을 찌푸리며 일어났다.

이런. 내가 바닥에 드러누워 있었군. 아이고, 삭신이야. 몸을 일으키려다가 문득 이상함을 느꼈다. 여기가 어디지? 어라, 어디서 많이 보던 천장이다? 그리고 주위의 가구들도 왠지 눈에 익숙한 것들이로군? 여기가 어느 여관이기에……, 윽. 우리 집이다.

아이고 머리야. 그런데 핸드레이크는? 바닥에 앉은 채 몸을 돌리다가 나는 굳어버리고 말았다.

핸드레이크는 침대에 걸터앉은 채 머리를 깊이 숙이고 있었다. 창문을 통해 들어오는 겨울의 낮은 햇살이 그의 은빛 머리를 비추고 있었다. 그의 주위 전체에 빛이 어려 있는 것처럼 보였지만 핸드레이크의 얼굴은 그림자로 물들어 어두웠다.

설마 밤새도록 저렇게 하고 있었던 것인가?

잘 움직여지지도 않는 다리를 힘들게 움직여 일어났다. 똑바로 서는 순간 머리가 울려 자신도 모르게 휘청거렸다. 그때 핸드레이크는 말했다.

"일어났느냐."

핸드레이크는 고개를 들지도 않은 채 말했다. 난 간신히 의자를 짚고 똑바로 섰다.

"어, 자고 계신 줄 알았어요. 설마 밤새도록 그렇게 앉아 계셨어요?"

핸드레이크는 내 질문에는 대답하지 않은 채 손을 옆으로 움직였다. 마치 손만 살아 있는 것 같군. 이윽고 핸드레이크는 지팡이를 쥐고 일어났다.

"시내로 나가보자꾸나. 후치. 난 줄곧 산트렐라의 노래에서 아침을 먹었지. 같이 가서 식사하자구."

"아, 예. 먼저 좀 씻고……."

"그래라."

핸드레이크는 내가 세수를 마치고 옷을 입는 동안 마당에 서서 꼼짝도 하지 않았다. 누가 보면 우리집 마당에 사람처럼 생긴 나무가 났다고 여겼을 것이다.

옷을 갈아입으려고 장을 뒤지다가 문득 오래된 기억이 떠올랐다. 그러고 보니 몇 달 전의 기억이군.

아버지가 떠나시기 며칠 전 밤이었지. 아버지는 뭘 쓰시다가 장 위에 올려놓으셨지? 난 장 위를 더듬어보았다. 잠시 후 나는 장 위에서 먼지를 뽀얗게 뒤집어쓴 종이를 발견할 수 있었다.

후치 보아라.

네가 발견한 이 문서는 내 유언장이다. 유언이랍시고 쓰기는 쓰는데 별로 할말도 없군. 네가 어른이 될 때까지 제대로 돌봐주지도 못한 채 이렇게 떠난 아버지를 용서해라. 그리고 네까짓 게 용서 안하면 어쩔 거냐? 난 이미 죽었단 말이다.

앞이 막막하고 워낙 어처구니가 없겠지만 그건 대수롭잖은 것이다. 별로 특별히 달라진 것은 없다. 그저 보고 싶을 때 내 얼굴을 못 보고 이야기를 나누고 싶을 때 나누지 못한다는 것뿐이지, 내가 널 사랑하는 마음은 그대로다(짜식아. 죽은 사람이 뭐 특별히 마음 바뀔 일이 있겠냐? 하하하.).

하지만 부탁이니 넌 빨리 날 잊어다오.

네 가슴속에 남겨지고 싶지는 않다. 나는 죽은 자가 산 자의 인생에 너무 간섭하는 거, 좋지 않게 생각한다. 그리고 산 자가 죽은 자를 죽지 못하게 하는 것도 마찬가지다. 날 조용히 잊혀지게 해다오. 네가 내 추억을 부여잡고 있어 봐야 네 감정만 피곤한 일이다. 어차피 죽는다. 조용히 받아들여라. 이왕이면 웃으며 날 질투해 줬으면 더 좋겠구나. 이제야 모든 고통과 번민에서 영원히 자유로워진 네 아버지를 말이다. 하하하.

네가 즐거우면 나도 즐겁다. 그 사실은 내가 죽었다고 해서 특별히 바뀔 것도 없다. 그러니 즐겁게 살아라. 그러면 나 역시 죽어서도 즐거워할 테니까.

안녕.

아이고, 아버지……. 난 아버지의 유언장을 부여잡고 킬킬거리기 시작했다. 하지만 잠시 후 내 손에 잡힌 유언장은 부옇게 보이기 시작했다.

대충 준비를 마친 나는 핸드레이크의 곁으로 다가갔다. 그러나 내가 말을 건네기도 전에 핸드레이크는 발걸음을 뗐다. 결국 나는 아무 말도 못한 채 그의 뒤를 따랐다.

핸드레이크는 나보다도 더 익숙한 걸음걸이로 숲 사이를 걸어갔다. 얼마나 걸었을까? 핸드레이크가 갑자기 입을 열었다.

"무장은 왜 한 거냐?"

"예?"

"갑옷 소리에 검이 덜그럭거리는 소리까지 요란하구나. 고향에 돌아와서 밥 먹으러 가는 길이지 않느냐?"

윽. 그러고 보니 난 모험 다닐 동안 입었던 가죽 갑옷에 바스타드 소드까지 그대로 걸치고 있었다. 게다가 손에는 OPG까지 끼고 있군. 난 멋쩍은 어조로 말했다.

"아, 그렇군요. 그냥 버릇이 돼서 그래요. 여행 다니는 동안 무장을 옆에서 떼어놓지 않았거든요. 그러다 보니 이제는 없으면 허전하네요."

핸드레이크는 빙긋 웃었다. 저 웃음은 뭐지?

"애정은 속박인 게냐?"

"머리 꼬리가 남아 있어야 소고기인지 말고기인지 알죠."

"별말 아니다. 어서 가자꾸나."

그것 참. 별말 아니라고 하니까 더욱 무슨 머릿속에서 떠나지 않는 말이 되는데 그래. 핸드레이크는 그저 웃을 뿐 더 이상 다른 말을 할 기색은 없었다. 그렇다면 이건 내게 건네어진 과제인가 본데.

아무래도 어제의 핸드레이크가 아니다. 그렇다면 타이번이라고 부르는 것이 좋겠는데. 300년의 좌절의 아픔은 핸드레이크가 가져가고 이제 내 눈앞에서 걸어가는 것은 타이번일 뿐인가?

희한한 일인걸.

산트렐라의 노래에서는 주당 처리 작업이 한창이었다. 해너 아주머니는 익숙한 동작으로 주정뱅이들을 일으켜세우거나 물을 끼얹거나 더 독한 술을 건네거나 하면서 홀 가득 널브러진 주정뱅이들이 겨울 아침의 아름다움을 맛볼 수 있도록 최대한의 배려를 하고 있었다. 그 분주한 작업 속에서도 해너 아주머니는 홀로 들어서는 나와 타이번을 향해 쾌활하게 인사했다.

"어서 오세요! 아, 오늘은 후치도 함께 식사하는 건가요?"

타이번은 미소 띤 얼굴로 말했다.

"꽤나 분주한 모양이군. 우리는 신경 쓰지 말고 천천히 준비하게나. 아직 이른 시간이니까."

타이번은 홀 한구석의 테이블에 자리를 잡았고 나는 해너 아주머니를 도와서 주정뱅이 처리 작업을 수행하게 되었다. 어젯밤의 그 광란스러운 파티의 잔해들을 피해 다니며 주정뱅이들을 일으키는 동안 나는 틈틈이 타이번의 얼굴을 살폈다.

하지만 타이번의 얼굴은 평범할 뿐이었다. 정말 술집 한구석에서 조용히 아침 식사를 기다리는 노인네의 얼굴, 그러니까 평생 동안 계속해 온 아침 식사라는 습관에 대한 약간의 지루함이 포함된 고요한 행복감만이 느껴질 뿐이었다. 타이번이 앉은 테이블에는 겨울 아침의 낮은 햇살이 쏟아지고 있었고 그래서 그의 주위를 떠도는 금빛 먼지들은 그의 평화스러운 모습을 더욱 희미하고 따스하게 만들고 있었다.

어떻게 된 일일까. 내 이야기를 전해 들은 타이번의 반응이 어떨 것인가에 대해서는 여러 가지로 상상해 보았지만 무반응일 것이라고는 상상하지 못했는데. 그래서 나는 약간의 배신감을 느끼면서 그의 평화스러운 모습을 바라보았다. 도대체 어떻게 된 일일까?

산트렐라의 노래에서 아침 식사를 끝내고 나서 나와 타이번은 다시 성으로 들어갔다. 성내는 이미 분주했다. 아무르타트에게 가져다줄 보석이 도착했기 때문에 한시라도 빨리 아무르타트가 있는 끝없는 계곡으로 출발해야 하기 때문이다. 성내를 뛰어다니는 경비 대원들의 모습이라든지 고래고래 고함을 지르고 있는 하멜 집사의 모습은 활기차 보였다. 굴러다니는 마차들의 수레바퀴 소리, 겨울철이라 마구간으로 옮겨졌다가 방금 끌려나와 기운이 넘치는 말들의 모습, 모두들 신나 보이는군.

타이번은 여기저기로 뛰어다니는 하멜 집사를 간신히 붙잡았다.

"여, 집사님. 준비는 잘 되어갑니까?"

"아, 예. 경비 대원들의 차출은 이미 끝났고 성을 비우는 동안의 업무도 정리해 두었습니다. 겨울철이라 별 업무가 없어서 다행입니다. 하하. 차출된 경비 대원들은 아무르타트 정벌군에 포함되었던 인원들을 주축으로 편성했지요. 경험이 충분한 사람들이니만큼……."

흥분한 하멜 집사는 끝도 없이 말을 계속하려 들었다. 타이번은 싱글거리며 그의 설명을 들었고 나는 약간 떨어진 위치에서 오가는 사람들의 인사를 받아주며 성의 안뜰, 즉 연병장을 바라보았다.

이렇게 황량한 성이었나? 허, 이거 참. 내 눈이 높아진 모양이군. 여기저기 떠돌아 다니면서 별의별 신기한 것을 다 봤더니 우리 성이 너무 황량하게 보이는데. 헬턴트 성의 모습은 익숙함이 가져다주는 친근함만으로는 충분히 가릴 수 없는 옹색함이 있었다. 하긴, 영주 부재의 성이니 뭐 그리 좋은 모습으로 있을 수 있을까.

응?

어라, 이상한 기분이 드는데. 뭔가 중요한 것을 깨달았다는 느낌이 드는걸? 그런데 그게 뭐지? 난 눈을 멍하니 뜬 채 다시 성의 곳곳을 바라보았다. 하지만 한번 지나간 생각은 다시 떠오르지 않았다. 짜증나네, 이거.

에이. 중요한 생각이면 다시 떠오르겠지, 뭐. 난 포기하고는 경비 대원들을 도와 짐 꾸리는 일을 거들었다. 아무르타트가 설마 포로들의 편의까지 봐주리라고는 생각하기 어려운 만큼 그 포로들을 이곳까지 데리고 오려면 꽤 꼼꼼한 준비가 필요하겠지.

"나도 간다니까아안!"

"안 돼."

"내 눈을 똑바로 보면서 말해!"

"안 돼."

"와, 우화, 후아. 정말 똑바로 들여다보면서 말할 줄은 몰랐어……."

제미니는 크게 오르락내리락하는 가슴을 내리누르며 입을 짝 벌렸다. 그러나 제미니가 그 정도로 포기했다면 내가 더 놀랐을 것이다. 제미니는 입술을 꼭 깨물면서 말했다.

"모험인지 뭔지 떠나더니 귀까지 잘라먹고! 이번엔 모가지라도 잘라먹고 돌아올지 어떻게 알아? 안 돼, 안 돼. 절대로 혼자서는 못 보내!"

모가지가 어쨌다고? 계집애, 말버릇 하고는. 난 들은 척도 하지 않고 몸을 돌려서 선더라이더에 재갈을 물리기 시작했다. 원, 녀석. 키도 크다. 머리 낮춰, 임마. 선더라이더는 어깨가 높아서 재갈 물리는 것뿐만 아니라 안장 올리는 것도 쉬운 일이 아니야. 이거야, 원. 뱃대끈 맬 때 편한 점은 있지만. 임마. 너도 낙타처럼 무릎을 턱 꿇을 줄 알면 편할 텐데. 하하하…… 하…….

……불안하다!

왜 이렇게 고요한 거지? 난 입술을 꽉 깨물면서 뒤를 돌아보지 않기 위해 애썼다. 하지만 너무너무 불안하다. 들려오는 것이라고는 선더라이더의 푸르릉거리는 소리뿐이다. 왠지 그 소리마저도 괴기스럽게 들리는데? 눈을 질끈 감고 버텨보려고 애썼지만 주위를 엄습하는 공포는 예사로운 것이 아니었다. 결국 도저히 더 참지 못한 나는 천천히 고개를 돌렸다.

"제미……."

"키야아아아!"

"우와아아악!"

기괴 무쌍한 포효(?)에 이어 눈앞으로 제미니의 무시무시한 얼굴이 돌격해 오는 순간 나는 엉겁결에 몸을 숙이고 말았다. 그리고 곧이어 무엇인가가 내 어깨를 짚으며 뛰어오르는 느낌. 당황해서 몸을 일으켰을 때 이미 제미니는 선더라이더에 올라타 있었고 놀란 선더라이더는 투레질을 하면서 달려가고 있었다.

"이힝힝힝!"

"엄마야아아아!"

제미니는 자지러지면서 선더라이더의 목에 매달렸지만 그것은 선더라이더를 더욱 당황하게 만들었을 뿐이다. 선더라이더는 버둥거리면서 갈팡질팡 뛰기 시작했고 나는 그 뒤를 따라 달리며 고함을 질렀다.

"내려! 제미니, 내리라구우! 이런, 아, 아냐! 멈춰! 내리지 말고 멈춰! 으아아, 엉덩이를 들지 마!"

"살려줘! 후치야, 살려줘! 꺄아아악!"

"고삐! 고삐를 잡아! 고삐를 잡으라구! 이 망할 계집애야, 그건 갈기잖아! 그건 귀야! 고삐라고, 고삐이이! 제기랄, 아무 거나 꽉 붙잡아! 선더라이더 이 자식! 제미니를 떨어뜨리면 스테이크로 만들어버릴 거야아아아!"

"이힝힝힝힝!"

그리하여 아무르타트 교섭단 일행에는 헬턴트 영지 숲지기의 딸 제미니 스마인타그 양이 포함되게 되었다.

아무르타트 교섭단이 출발한 것은 12월 20일, 화창한 겨울 아침이었다. 그리고 끝없는 계곡까지의 여정은 현재로서는 10일. 내가 선더라이더를 타고 달리면 훨씬 빠르게 도착할 수 있는 거리지만 나 혼자서 그 많은 포로들을 인솔해서 돌아올 수야 없으므로 꽤 많은 인원들이 함께 출발하게 되었다. 그래서 여정을 단축하기가 쉽지 않았다. 어쩐지 시간이 빡빡하군. 아무르타트가 이틀이나 사흘 정도 기다려줄 아량이 있다면 좋을 텐데. 아니, 기한이 다 될 때까지 기다려줄 참을성만이라도 가지고 있으면 감지덕지해야 되나? 제길.

게다가 나에겐 시간에 대한 걱정뿐만 아니라 다른 걱정거리도 있었다.

"아, 참새다."

"뭐라구? 에이이익! 받아라, 일자무시이익!"

우리 일행 앞으로 멋모르고 날아 내려온 참새는 내 고함소리에 기겁하며 포로롱 날아올랐다. 바스타드를 들고 헉헉대는 나를 향해 타이번은 얼빠진 목소리로 말했다.

"나는 참새가 그토록이나 위험한 생물이었는지는 몰랐는데."

"호, 혹시 식인 참새 아닐까요?"

"……후치. 제발 좀 진정해라. 제미니는 침착한데 네가 왜 그리 긴장해 있는 거냐."

"우힛히히히!"

터너의 괴이한 웃음소리를 들으며 난 바스타드를 다시 꽂아넣었다. 제미니는 그런 내 모습을 보면서 무정하게도 까르르 웃어댔다. 으윽. 내가 누구 때문에 이런 바보 같은 짓을 하는 건데. 하긴…… 그래. 타이번의 말이 맞아. 아무리 제미니가 우리 일행에 섞여 있다지만 내가 왜 이렇게 바보처럼 긴장해 있는 거지? 전혀 그럴 필요가 없는데 말이야. 타이번도 있고 터너가 인솔하는 경비 대원들도 있으니까 그렇게까지 위험한 상황은 없을 거야.

"아, 토끼다."

"우아아아! 제미니, 내 뒤로 숨어! 기름 젓기이이!"

경비 대원들은 이제 쓰러질 듯한 모습이었고 터너는 제대로 웃지도 못했다. 너무 웃어서 현기증을 느끼는 모양인지 터너는 마차 위에 뛰어올라 짐더미 위에 누워버렸다. "우킬킬킬! 그럼 저건 식인 토끼인가 보지?" 난 맥빠진 동작으로 바스타드 소드를 다시 꽂아넣으며 도망치는 토끼의 뒷모습을 바라보았다. 마차 위의 제미니는 깔깔거리며 달아나는 토끼를 바라보더니 말했다.

"하얀색이네. 겨울이라 털갈이를 마친 모양이야. 예뻐라."

아, 그렇군. 그러고 보니 토끼든 뇌조든 털갈이를 마칠 시기인데. 하지만 아직 눈은 내리지 않아서 잿빛 땅 위로 달려가는 토끼의 모습은 선명하게 보였다. 하멜 집사는 고개를 끄덕이며 말했다.

"그러고 보니 올해는 첫눈이 늦는데."

"다행이죠. 억류되었던 사람들을 데리고 올 때 편할 테니까."

"으음. 그러고 보니 그것은 참 다행이로구나. 난 겨울 날씨 치고는 너무 따스해서 내년 농사 걱정하고 있었는데. 하하하."

하멜 집사는 고개를 끄덕이더니 이마의 땀을 닦으며 말했다.

"정말, 정말 감개가 무량하구나."

"예?"

하멜 집사는 주위의 산과 들판을 바라보면서 뿌듯한 목소리로 말했다.

"후치야. 난 평생 이 영지 내에서만 살아왔단다. 철들면서부터 아버님을 도와서 성의 일을 돌보았고 아버님이 돌아가신 후로는 성내의 일뿐만 아니라 영지의 모든 사무를 관장하느라 눈코뜰 새가 없었단다. 하하. 네가 보기엔 우습겠지만 나로선 이건 일생일대의 모험이란다. 어쩐지 짜릿한 휴가라도 받은 듯한 기분이구나. 물론 휴가 치고는 별로 좋은 내용의 여정이 못 되지만 말이야."

음. 그렇기도 하겠네. 하긴, 내가 별난 거지. 이 정도 나이의 꼬마가 그토록이나 많은 모험을 치러냈다는 것이 말이야. 거기에 비하면 다른 사람들은……. 난 뒤를 주욱 둘아보았다.

터너가 지휘하는 경비 대원들이 30여 명, 그리고 말과 노새들이 잔뜩이다. 포로들을 태울 동물들이다. 그리고 다시 그 뒤로 열 대의 마차가 있었다. 마차들은 모두 보급 마차로서 아무르타트에게 붙잡혀 있던 포로들을 수송하기 위한 보급 물자가 가득 실려 있었다. 돌아올 때쯤이면 마차가 비기 시작할 테니 포로들을 실을 수도 있겠지. 첫 번째 마차의 짐더미 위에는 타이번과 제미니가 걸터앉아 있었으며 그 옆에는 웃다가 지친 터너가 드러누워 있었다. 단출한 일행이야. 어차피 이 이상 인원들을 차출할 수도 없는 것이 우리 영지의 사정이긴 하지만.

끝없는 계곡으로 향하는 동안 타이번의 모습은 나의 주된 관심사였다.

아니, 제미니가 관심 밖일 경우에 한해서만 나의 주된 관심사였다고 말해야 정확하겠군. 어쨌든 제미니가 더없이 안전하다는 것을 확신하는 동안 나는 타이번의 모습을 조용히 관찰했고 타이번은 그런 내 시선을 느끼는 것인지, 느끼지 못하는 것인지 구별할 수 없는 모호한 태도로 있었다.

떠가는 구름을 보며 흥얼거리는 타이번의 모습이라든지 옆을 걸어가는 경비 대원들과 농담을 주고받는 그의 모습들에서는 이상한 점을 찾아볼 수 없었다. 블랙 드래곤을 찾아가는 일행의 일원이라고 보기엔 너무 태평해 보인다는 점이 좀 이상하긴 하지만 300년 동안 그 누구도 범접하지 못할 위명을 쌓았던 마법사라는 것을 인정한다면 그 점도 나에게는 이상해 보이지 않았다. 다른 경비 대원들이라든지 하멜 집사, 그리고 제미니의 경우에는 그의 대범함을 존경하는 정도로 그의 태평함을 이해하는 것 같았다.

하지만 석양이 내릴 때, 혹은 아침에 일어나 짙은 안개 속을 걸을 때 타이번의 모습은 나에게 기괴한 느낌으로 다가왔다.

서쪽을 향해 나아가기 때문에 타이번은 항상 불같이 타오르는 석양을 정면으로 받게 되었고 그럴 때의 그의 얼굴은 퇴락한 건물, 거미줄마저도 옹색하게 걸려 있는 퇴락한 신전의 쓸쓸한 전경처럼 보여 나를 안쓰럽게 만들었다. 그리고 마차들의 덜그럭거리는 바퀴소리만이 울려퍼지는 몽환적인 아침 안개 속에서 희끗희끗하게 보이는 타이번을 바라볼 때, 나는 감당할 수 없는 불안감을 느끼며 그의 얼굴을 외면해야 했다.

타이번은 자신을 바라보고, 나는 그를 바라보면서도, 우리들은 별다른 말을 주고받지 않았다. 오가는 말이라고는 일상적인 말뿐이었다. 모닥불을 켜놓고 모여드는 밤의 모임에서도 타이번이 먼저 잠들거나 내가 먼저 잠드는 일은 있어도 우리 둘이 한자리에 모이는 일은 드물었다.

"타이번 씨는?"

"잠드셨어요."

"아, 그래?"

하지만 일행 중 최연장자와 최연소자 사이에 오가는 이 기이한 침묵은 다른 사람들에게 알려지기에는 그 색깔이 너무 희미했다. 주위는 온통 짙은 색뿐이었으니까. 웃고 떠들지만 천천히 바라보면 느낄 수 있는 일행들의 불안함, 짙어만 가는 겨울의 향취 때문에 황량함이 물씬 배어나오는 주위의 정경, 모두 짙은 빛깔이었다. 물론 그중에서도 가장 짙게 우리들을 물들이고 있는 것은 아무르타트의 공포의 색깔이었다.

"아무르타트의 별명 중에 석양의 감시자라는 말이 있지요."

"그게 무슨 뜻일까요?"

하멜 집사의 질문에 타이번은 지나가는 말처럼 대답했다.

"아마도 모든 것에는 멸망이 있음을 증명하는 자라는 뜻이겠지요. 공정함도, 친절도, 사랑도, 관심도 질릴 때가 있는 법이지.

하지만 불균형, 불평등, 증오, 오해도…… 역시 끝은 있는 법 아니겠소. 아무르타트의 이름 앞에서는 그 누구도 영원을 맹세할 수 없겠지. 영원한 사랑, 영원한 충성……. 모든 것은 부질없다고 말해 버릴 수 있는 자가 있다면 아무르타트겠지요."

"우울하군요."

새로운 아침마다 더욱 매서워지는 겨울의 추위는 일행들을 의기소침하게 만들었다. 하지만 하멜 집사는 성 안에 있을 때의 그의 모습을 잊어버릴 정도로 쾌활했으며 그 점에서는 제미니도 마찬가지였다. 그 둘은……, 나이도 많이 다르고 사고도 많이 다르지만 공통점은 있었다. 이 여정의 불안을 제대로 파악하지 못하는 점에서 둘은 서로 닮았던 것이다. 하멜 집사의 경우에는 비로소 영주님을 구출할 수 있게 되었다는 기쁨과, 평생 처음으로 영지의 바깥에 나가는 데서 오는 흥분 때문에 아직 불안을 느끼지 못하고 있었다. 그리고 제미니는 여행의 위험이라든지 영지 바깥의 공포 등에 대해서는 모호한 의식밖에 없었다. 그리고 제미니의 곁에 있는 경비 대원들의 모습이라든지 나의 모습 같은 것들은 그녀에게 모호한 공포보다는 훨씬 강력한 친숙함, 그리고 안도감을 주는 모양이다. 그래서 제미니도 불안을 몰랐다.

"꺄아아악! 저리 가! 저리 가!"

"뭐, 뭐야? 이런! 제미니? 아, 알았어."

얼굴이 벌겋게 된 내가 중얼거리며 물러나자 숲 속에서 옷을 갈아입던 제미니는 더욱 뾰족한 목소리로 말했다.

"안 돼! 가지 마! 무섭단 말이야아아!"

경비 대원들의 요란한 웃음소리. 저건 불안이 아니라 투정이지. 으으윽.

어쨌든 일행 중에 쾌활한 사람이 둘이나 있다 보니 전체 일행들의 발걸음도 퍽 가벼웠다. 몬스터나 여행자 하나도 만나지 못하는 겨울 여행은 그렇게 계속되어 마침내 아흐레째의 하루도 지나갔다. 하지만 아무르타트는 그때까지도 아무런 움직임, 어떤 기별도 보내오지 않았다. 일행들의 긴장은 최고조에 달해 있었지만 아흐레 동안 계속된 지루함 때문에 그 긴장감도 그다지 강하지는 못했다. 그래서 우리는, 기어코 도착했다는 안도감 때문에 차라리 즐겁게 아흐레째의 야영에 들어가게 되었다.

내일은 드디어 끝없는 계곡에 들어서게 된다.

5

"무덤이라구요?"

"그래. 아무리 봐도 무덤인데. 이상한 일이군."

터너는 고개를 갸웃거리며 말했다. 그래. 정말 이상한걸?

"여기는 인가하고는 무지무지 떨어진 곳인데……. 누가 무덤을 썼을까요? 모험자들이라도 이 근방은 별로 돌아다니지 않는데."

"그러니까 이상하다고 했잖아. 그것 참. 끝없는 계곡에서 무덤을 보게 될 줄은 몰랐는데. 뼈다귀라면 이해가 가지만 무덤이라니."

척후조로서 일행보다 앞서 달려온 나와 터너, 그리고 몇 명의 경비 대원들은 멀리 떨어진 위치에서 끝없는 계곡 입구를 관찰하다가 눈에 잘 띄는 자리에 만들어진 무덤을 발견하게 되었다. 그런데 저게 정말 무덤인가? 너무 멀어서 뭔지 잘 구별도 안 되는데 말이야. 게다가 아침 나절이라 군데군데서 피어오르는 안개들 때문에 더욱 집중해 보기가 어려웠다.

그때 다른 경비 대원들 중 하나가 말했다.

"어이, 터너. 저기."

나와 터너는 시선을 돌렸다. 그러자 계곡 안쪽 가득히 피어 있는 안개들의 흐름 사이사이로 이쪽으로 걸어오고 있는 사람처럼 생긴 모습을 볼 수 있었다. 꽤 먼 거리임에도 나무들이 모두 헐벗은 계절이라 그 형체는 파악할 수 있었다. 그렇긴 해도 가득 흐르는 안개 때문에 인간인지 오크인지 구별하기는 어려웠다. 터너는 긴장된 목소리로 말했다.

"사람이라니? 끝없는 계곡에 무슨 사람?"

하지만 잠시 후 그는 더욱 해괴한 목소리를 낼 기회를 갖게 되었다.

"어? 무덤에 참배하려는 것인가? 사람 맞나 보네?"

사람처럼 보이는 그 반점은 분명한 걸음걸이로 무덤을 향해 걸어가고 있었다. 그다지 빠르지 않은 걸음걸이로 느긋하게 걸어가는 것으로 보아…….

"어?"

"왜 그래, 후치?"

"저 걷는 모습이 왠지 익숙한데요."

터너는 얼떨떨한 얼굴로 날 바라보더니 다시 그 사람을 바라보며 말했다.

"나도 익숙하군. 분명히 왼쪽 다리를 앞으로 내민 다음에는 반드시 오른쪽 다리를 내미는데. 왼쪽 다리를 두 번 내밀거나 하지는 않는 것으로 보아 걸음마는 확실하게 익힌 것으로 간주할 수 있겠어."

"다음부터 농담을 말할 때는 '이제부터 농담을 말하겠습니다.' 라고 말하고 나서 할게요. 지금은 농담이 아니라구요."

"그래? 하지만 뭐 특별히 이상한 걸음걸이도 아닌데……."

"어어어!"

다음 순간 나는 우리들이 숨어 있던 바위 무더기 뒤에서 벌떡 일어났다. 경비 대원들은 기겁해서 날 말리려고 들었지만 이미 나는 앞으로 달려나가고 있었다. 곧 우윳빛 안개가 거침없이 나를 휘감아 돌았다.

무덤까지의 거리는 순식간에 좁혀지고 무덤 앞에 서 있던 사람의 모습도 순식간에 커졌다. 그리고 그 사람의 눈도 순식간에 커졌다. 그는 믿을 수 없다는 얼굴로 말했다.

"혹시……."

난 제자리에 멈춰 선 채 무덤을 가운데 두고서는 얼빠진 얼굴로 그를 바라보았다. 그 역시 얼빠진 얼굴로 날 마주보며 계속해서 말했다.

"혹시 당신, 나를 아버지라고 부를 수 있는 세상에서 하나뿐인 사람 아닙니까?"

"그러시는 어르신께서는 혹시 저 같이 멋진 사나이를 만들어내어 대륙을 구하신 분 아니십니……, 악! 왜 때려요?"

"대륙을 구해? 제 아버지는 어떻게 구할 생각을 한 모양이군. 그것만으로도 퍽 기특하고 장한 일이라고 생각하고 있으니 너무 상심 말거라, 아들아."

"이건 분명히 짚고 넘어가야 할 일인데 말이죠. 지금 아버지의 모습에선 어떤 급박한 위기감 같은 것이 전혀 느껴지지 않는다는 거 모르세요? 아버지를 구하기 위해 필설로 형용 못할 고생을 해온 제가 바보가 되는 느낌이라구요."

"오오, 더욱 자랑스럽구나! 그걸 인정하는 경우는 정말 드문데 말이야."

"그거?"

"바보가 스스로를 바보라고 인정하는 것."

"아버지이이!"

나와 아버지가 이런 너무나 감동적으로 해괴망측한 상봉을 하는 동안 터너와 다른 경비 대원들도 안개를 헤치며 우리 가까이로 걸어왔다. 그 동안 나와 아버지는 서로 손을 맞잡고 세상에서 보기 드문 진귀한 춤을 추어대고 있었다. 그런 우리들의 모습을 보고 터너는 웃음을 간신히 참으면서 힘들게 말했다.

"이, 이, 이거 말씀입니다. 네드발 씨."

무덤 앞에서 복잡한 스텝을 구사하고 있던 나와 아버지는 그제야 서로 떨어졌다.

"오오, 자네도 왔는가, 터너 군?"

아버지는 정말 품위가 뚝뚝 떨어지는 태도로 말했다. 비록 그 옷차림은 집 떠날 때 입고 계셨던 옷 그대로라 걸레짝이나 다름없었고 좀 야윈 얼굴도 세수를 제대로 못하셨는지 엉망이었지만. 터너는 고개를 끄덕이며 말했다.

"예, 예. 아무르타트에게 억류되었던 포로들을 돌려받기 위해 온 것입니다."

"아, 그래? 그런데 이 녀석은 왜 데리고 왔는가?"

"예? 아, 글쎄요. 엄밀하게 말하자면 저희들이 후치의 뒤를 따라왔다고 해야 할 겁니다. 후치는 영지 바깥으로 달려나가 아무르타트에게 줄 보석을 구했으며 여기까지 우리들을 인도했으니까요."

아버지는 어처구니없는 얼굴로 날 바라보셨다. 그러고는 갑자기 두 손으로 내 볼을 움켜쥐며 앞으로 확 끌어당기셨다. 아버지는 내 얼굴을 좌우로 흔드시더니 혀를 차며 말했다.

"왜 터너에게 거짓말을 하라고 부탁한 거냐."

"아버지. 저 말이 진실일지도 모른다는 생각은 정말 눈곱만큼도 들지 않으시는 거예요?"

"정말인 모양이군?"

아버지는 확실히 눈치가 빠르시다. 내가 누구 아들이야? 아버지는 고개를 심하게 가로젓더니 말했다.

"아무르타트가 말한 기막힌 손님이라는 것이 바로 너구나. 정말 기막히군."

"예?"

아버지는 감탄한 목소리로 말씀하셨다.

"그래서 내가 선택되었군. 그것 참. 기막힌데."

"저도 함께 기막혀할 수 있게 도와주세요, 아버지."

다른 경비 대원들도 모두 우리 주위로 늘어서서 아버지의 말씀을 기다렸다. 아버지는 고개를 크게 끄덕였다.

"흐음. 아무르타트는 여러분들을 마중하라고 날 내려보낸 거요. 여기까지 내려오면서도 왜 내가 선택되었는지 의문스러웠거든? 그런데 이젠 알겠군."

"나…… 때문에요?"

"그런 것 같다. 다른 이유는 생각나지 않는데."

이거야, 원! 그럼 아무르타트는 우리들이 오고 있다는 것, 그리고 우리 일행이 어떤 사람들인지도 이미 알고 있다는 말이잖아? 어떻게 된 거지? 마법인가?

잠시 후 뒤에 따라오던 일행들도 모두 도착했고 아버지는 우리 인원수를 보고 크게 감탄했다. 그리고 제미니는 우리 아버지를 보자마자 달려오다가 땅에 넘어지기까지 했다. 하지만 제미니는 무릎의 상처에도 굴하지 않고 한쪽 다리를 든 채 깡총깡총 달려왔다.

"후치 아버님!"

"어이구, 맙소사! 이게 누구야? 제미니 아냐? 너까지 온 거냐?"

아버지는 두 손을 바지에 닦고는 제미니의 손을 잡아주려 하셨지만 제미니는 눈물이 글썽해져서는 아버지에게 와락 매달렸다.

"와아아! 기뻐요. 무사하신 걸 보니까 정말 기뻐요!"

아버지는 약간 난처한 표정을 지으시며 제미니의 어깨를 토닥이셨다.

"허허, 그래. 고맙구나. 후치가 그 동안 말썽 많이 피우지 않았냐?"

그리고 잠시 후, 제미니가 아버지를 풀어주자마자 하멜 집사가 곧장 아버지에게 달려들었다.

"네드발 씨! 네드발 씨 아니오! 반갑소. 살아 있었구려!"

"예. 포로로 잡혀 있기는 했지만……."

아버지는 하멜 집사에게 붙잡혀 휘둘리면서 간신히 말했다. 하멜 집사는 아버지를 풀어주며 불안한 눈으로 말했다.

"그래, 영주님은 어떻게 되셨소? 무사하시오? 혹시 이 무덤이 영주님의……."

하멜 집사는 불안한 눈으로 무덤을 곁눈질했다. 하지만 아버지는 웃으며 고개를 가로 저었다.

"아니오. 영주님께서는 무사하십니다. 그리고 사령관 휴리첼 백작도 무사히 잘 계십니다. 뭐 고블린들에게 붙잡혀 있는 생활이 그렇게 유쾌할 것까지는 없습니다만 육체적으로 심하게 괴롭히지는 않더군요."

"아아, 다행이군요! 다행입니다! 아……, 그렇다면 이 무덤은 뭡니까? 그리고 네드발 씨는 이곳에서 뭘 하고 계시는 거죠?"

"이 무덤은……."

아버지는 다시 무덤을 돌아보았다. 그러고 보니 가까이에서 보니 확실히 무덤 맞군. 꽤 작고 볼품없는 무덤이긴 하지만. 아버지는 조용히 말씀하셨다.

"이건 그 왜 캇셀프라임, 그 화이트 드래곤의 드래곤 라자였던 소년의 무덤입니다."

아버지는 말씀을 끝내시고는 곧 의아한 눈으로 날 바라보셨다. 내가 숨막히는 소리를 내면서 무덤을 바라보았기 때문이다.

"디트……리히! 디트리히 할슈타일!"

"어라? 네가 어떻게 그 소년의 이름을 아느냐?"

아버지는 의아한 얼굴로 말씀하셨다. 난 착잡한 얼굴로 무덤을 내려다보다가 고개를 돌렸다. 그곳에는 타이번이 무표정한 얼굴로 서 있었다. 타이번의 속마음을 짐작해 보는 것이 날이 갈수록 어려워지는데. 난 다시 고개를 돌리며 말했다.

"한번에 들으시면 틀림없이 중노동이 되실 긴 이야기가 있어요. 그런데 이게…… 그 디트리히의 무덤이라구요?"

"그래."

"그러면……, 그때 아무르타트와 캇셀프라임이 싸우는 도중에 죽은 건가요?"

아버지는 고개를 가로 저었다.

"아니. 그 애도 우리와 같이 포로가 되었단다. 하지만 시름시름 앓다가 이렇게 되었지."

"아. 드래곤이 죽었기 때문에……? 그래서 못 버티고 죽은 것인가 보군요."

아버지는 이제 경악을 담은 눈으로 날 바라보셨다.

"아, 미안합니다. 내 아들놈과 워낙 닮아서 그만……."

"저 후치 맞으니까 그만하세요."

"내가 장 위에 올려놓은 게 뭐냐?"

"유언장 정말 멋지게 쓰셨더군요."

"그래? 이거 정말 놀랍군. 네가 어떻게 짐작한 것인지는 모르겠지만 네 짐작이 맞다. 드래곤과 드래곤 라자 사이에 누군가가 죽게 되면 남아 있는 한쪽은 심각한 타격을 입는다고 하더라."

문득 아버지의 눈에 따스한 눈빛이 지나갔다. 그래. 그건 사람이라도 마찬가지지. 아버지의 죽음 때문에 내가 타격을 입을까봐 남겨두신 그 유언장을 봐도 알 수 있는 일이지.

"그런데 아버지는 그걸 어떻게 아셨어요?"

"사령관께서 그렇게 말해 주시더구나. 드래곤이라면 미칠 것이고 사람이라면 못 견디고 죽어버리는 법이라고 설명해 주더군. 그래서 디트리히는 오래 못 버티고 죽었다. 나와 다른 사람들 몇이서 여기에 묻었지."

"아. 그랬군요."

아, 사령관……. 카뮤 휴리첼의 형이자 넥슨의 양아버지인 로넨 휴리첼 백작. 이런! 그러고 보니 난 넥슨 휴리첼의 사망 소식을 그 아버지에게 어떻게 전해야 될지에 대해 생각해 두지 못했군. 이 일을 어찌한다? 그냥 칼에게 맡겨버릴까?

그때 나와 아버지가 대화를 나누는 동안 계속 손을 쥐었다 폈다 하면서 자신을 억누르고 있던 하멜 집사가 기어코 고함을 질러버렸다.

"그런데 네드발 씨! 여기서 뭐하고 있었던 거냔 말입니다!"

"예? 예? 아, 예. 하하하. 전 아무르타트의 명령을 받아 여러분들을 마중하러 나왔습니다. 여러분들을 이 안쪽까지 안내할 겁니다."

"아무르타트에게요?"

내 질문은 아버지를 크게 웃게 만들었다. 그것 참. 아무리 봐도 몇 달 동안 드래곤의 포로로 잡혀 있었던 분으로는 보이지 않는군? 별로 나빠지지 않은 혈색도 그렇지만 무엇보다도 아버지에게서는 정신적인 여유 같은 것이 느껴졌다. 미소 띤 얼굴로 나에게 말씀하시는 모습이 확실히 그랬다.

"아들아. 너구리도 자기 굴의 위치는 숨겨두는 법이다. 드래곤이 자기의 레어를 함부로 공개할 거라고 생각하는 거냐? 내가 안내할 곳은 고블린들이 우리를 가두어둔 장소이지 아무르타트의 레어가 아니란다."

"아, 그렇군요. 그럼 어서 올라가지요."

아버지에게서 느껴지는 여유는 우리 모두를 진정시키는 효과가 있었다. 우리들은 위험한 장소에서 반가운 길잡이, 아니 그것보다는 든든한 길잡이를 만난 기분으로 아버지의 뒤를 따르게 되었다. 흐음. 그분이 17년 동안 같은 집에서 나와 함께 살았던 분이긴 하지만 그래도 나는 아버지를 뭔가 전설적인 길잡이, 선도자로 보고 있는 나를 발견할 수 있었다. 이거 참 기이하군. 그때 제미니가 갑자기 내 귀에 대고 말해서 나는 깜짝 놀랐다.

"저, 후치야?"

"이크! 아이고 깜짝이야. 그런데 왜?"

"네 아버지, 좀 이상하시다?"

제미니는 턱으로 다른 사람들과 이야기를 나누는 아버지를 가리키며 말했다. 흐음. 그 아들이 아닌 다른 사람이 느끼기엔 어떤 것이 이상한지 좀 정확하게 말할 수 있지 않을까? 난 기대감을 가지고 제미니를 올려다보았다.

"뭐가 이상한데?"

"왠지 자신만만해 보이시고……, 음. 네 아버님은 원래 그러셨지만 말이야. 그러니까, 우리들에게 조심하라든지 내가 안내할 테니 걱정하지 말라든지, 뭐 그런 말씀도 안하시네? 여긴 아무런 위험도 없는 곳인 것처럼 행동하셔. 여기는 아무르타트의 집인데도 말이야."

난 잠시 놀라움을 담은 시선으로 제미니를 바라보았고 그래서 제미니는 발로 날 걷어차려다가 치마를 완전히 뒤집을 뻔하고는 기겁했다. "그 시선 뭐니! 어, 어머, 어머나!" 다행히도 제미니는 급히 치마를 쓸어내려 낯뜨거운 일은 일어나지 않았다.

난 제미니를 향해 웃어준 다음 다시 앞에 있는 아버지의 등을 바라보았다. 순간 아찔한 기분이 들었다.

길시언?

내 앞에서 등을 보여주는 사람이 그렇게 드물었던 것은 아니지만, 지금 나는 아버지의 등에서 길시언의 모습을 볼 수 있었다. 설마, 아버지가? 말도 안 돼. 아버지는, 어, 물론 내게는 소중한 분이시지만 솔직히 17년 동안이나 함께 살아온 나에게 위대함을 보여주실 수 있는 분은 아니다. 이게 어떻게 된 거지?

관두자. 그냥 너무 오래간만에 만나서 그런 걸 거야. 난 고개를 가로젓고는 선더라이더의 고삐를 붙잡아 끌고 왔고 아버지는 선더라이더를 보시고는 크게 놀라셨다.

"허어. 이거 굉장한 말이구나?"

나는 웃으며 선더라이더에 오른 다음 아래로 손을 내밀었다.

"제 뒤에 타세요."

"설마……. 이 말 네 거냐?"

"예. 선물 받았어요."

아버지는 고개를 흔드시며 너털웃음을 터뜨렸다.

"이거야 원. 도저히 뭐가 어떻게 된 것인지 모르겠군. 도대체 누가 너에게 이런 말을 선물했다는 거냐? 아무래도 네게 들을 이야기가 꽤 많겠구나. 음. 그건 천천히 듣도록 하자."

아버지는 위태로운 몸짓으로 선더라이더에 오르셨다. 그러고는 곧 쾌활하게 말씀하셨다.

"자, 올라갑시다."

아버지의 기운찬 말씀은 당연한 명령처럼 일행들의 발걸음을 인도했다. 제미니와 타이번은 다시 마차에 올랐고 하멜 집사와 경비 대원들은 말에 올랐다. 마차 바퀴가 구르고 말과 노새들이 움직이기 시작했다. 아버지는 지금 아무르타트의 대리인이며, 또한 우리들의 보호자였다. 하지만 그것만으로 아버지의 저 이상한 자신감, 아니 안정감을 설명할 수 있을까? 희한하군.

끝없는 계곡에도 길 비슷한 것은 있었다. 아마 고블린이나 오크들이 사용하는 길이 아닌가 생각되는군. 어쨌든 아버지는 익숙한 걸음걸이로 그 길을 걸어 올라가셨다. 아침 안개는 천천히 사라지고 있었고, 그래서 양편으로 주욱 늘어선 드높은 계곡들의 모습을 똑바로 바라볼 수 있었다.

끝없는 계곡은 누군가가 큰마음 먹고 회색 산맥을 완전히 끊어버리려다가 실패한 듯한 모습이었다. 웨스트 그레이드를 가로지르는 회색 산맥은 끝없는 계곡에 이르러 거의 절단될 뻔하다가 아주 간신히 끊어지지 않고 반대편으로 다시 이어지고 있었다. 뿐만 아니라 끝없는 계곡은 땅 아래로도 꽤 깊이 패어 있었다. 그래서 좌우로 이어지는 절벽들은 굉장한 높이였다.

"어라? 이거 어떻게 된 거냐?"

절벽을 바라보고 있을 때 갑자기 등 뒤에서 아버지의 고함소리가 들려와서 나는 깜짝 놀랐다. 고개를 돌릴 사이도 없이 아버지의 우악스러운 손이 내 머리를 부여잡았다.

"귀! 임마, 귀가 어쩌다 이렇게 된 거냐?"

눈도 참 밝으시다, 정말. 아들의 등 뒤에 타고 나서야 겨우 발견하신 모양이지? 난 아버지의 손에 부여잡힌 머리를 빼내려고 낑낑거리며 대답했다.

"오크들과 싸우다가 베인 거예요."

"뭐야? 오크?"

"예. 보석을 구하는 모험을 하는 동안……. 제발 그만 흔드세요! 현기증 나요!"

"이런. 아, 알았다. 이거야 원……."

아버지는 그렇게 말씀하시고도 한참 동안 내 머리를 부여잡고 자세히 관찰하시는 모양이었다. 그래서 난 머리를 옆으로 기울인 채 끝없는 계곡의 전경을 감상해야 했다.

"도대체 너 내가 없는 동안 무슨 일을 저지르고 다닌 거냐?"

"간단하게 말하자면 아무르타트에게 줄 보석을 구하러 여기저기 돌아다니다가 오크들과 싸우게 된 거예요."

"그래? 아이고……, 정말 다행이다! 귀만 베이고 말았으니."

"조금만 더 흔드시면 가능할 거예요."

"가능하다니?"

"아들의 목을 뽑아놓는 거요."

아버지는 그제야 내 머리를 놓으셨다. 그러고도 한참 동안 아버지는 한숨을 푹푹 내쉬셨다. 이런. 뭔가 말을 돌릴 필요가 있을 거 같군. 난 주위를 둘러보며 감탄한 목소리로 말했다.

"휘유우. 정말 굉장한 높이군요."

"아……, 그렇지? 정말 드래곤이라도 하나 살고 있어야 어울릴 듯한 곳이지 않느냐?"

"흐음. 정말 그렇네요. 그런데 아버지, 그 동안 많이 불편하셨지요?"

잠시 후에야 등 뒤에서 아버지의 대답이 들려왔다.

"불편이라. 글쎄다. 다른 사람은 어떻게 느꼈는지 모르겠지만 난 불편을 별로 대단한 것으로 생각하지 않았다. 그것보다는 흥분이 더 강했기 때문에 몸의 불편함이라는 것은 별로 신경 쓸 일이 못 되었어."

"그러셨어요? 흐음. 어떻게 흥분이?"

"드래곤의 보호 아래에 있다는 것 때문이지. 정말 희한한 경험 아니겠냐?"

난 잠시 입을 다문 채 아버지의 말을 곱씹었다. 선더라이더는 기운찬 동작으로 계곡 사이의 길을 거슬러 올라가고 있었다. 길 옆으로는 계곡을 따라 흐르던 강의 자취가 있었지만 겨울철이라 그런지 강물은 말라 있었다. 난 강바닥에 뒹구는 바위들과 그 사이사이로 보이는 마른 단풍잎들을 바라보다가 다시 입을 열었다.

"……아버지. 조금 전부터 느끼는 건데요."

"뭐냐? 하고 싶은 말이?"

"아무르타트를 퍽 친숙하게 말씀하시는 것 같아요. 아니, 꼭 친숙하다기보다는……, 저, 글쎄요. 아무르타트에 대한 증오심은 확실히 없어지신 것 같은데요."

"그러냐?"

"그래요."

"당연하다. 넌 모르겠지만 네 아버지는 드래곤의 곁에 있어봤던 사람이니까."

아이고, 아버지. 아버지의 아들은 드래곤 로드와 이야기를 나눠봤고 지골레이드의 앞발을 막아냈으며 크라드메서에겐 스피어도 집어던져 봤답니다. 난 속으로 웃으면서 말했다.

"드래곤의 곁에 있었다는 것이……, 어떤 건데요?"

"내 복수심이라는 것이 허무한 것이라는 걸 느끼게 되었지."

"예?"

아버지는 다시 침묵하셨다. 내가 조바심을 참지 못하고 다시 입을 열려 했을 때 간신히 아버지는 말씀하셨다.

"후치야. 만일 내가 절벽에서 떨어져 죽는다면 넌 절벽을 증오하겠냐?"

"예?"

"아니, 내가 홍수 때문에 강물에 떠내려가 죽는다면 넌 홍수나 강물에게 복수하려고 들겠냐?"

"어, 그럴 일은 없겠지요."

"그래. 나도 그걸 깨달았다. 내가 헬턴트 마을에 있을 때, 그러니까 아무르타트와 꽤나 먼 거리를 두고 있을 때는 말이다, 아버지는 아무르타트가 정말 때려죽이고 싶도록 미웠단다, 후치야.

하지만 그 전투 이후로 긴 시간 동안 아무르타트 곁에 있으면서, 네 어머니의 죽음과 아무르타트를 연결짓는 것이 갈수록 어려워지더구나."

"아무르타트가 절벽이나 홍수처럼 느껴지신다는 거예요?"

"그런 것 같아. 아무르타트에겐 인간적인 복수심을 적용하기가 힘들어지더라. 아무르타트는……, 글쎄다. 나 같은 것이 증오하거나 사랑하거나 해봤자 아무 상관이 없는 것 같았어. 네가 듣기엔 퍽 이상하게 들리겠지만 말이다, 아버지는 그렇게 느낀다."

문득 고개를 돌려 아버지의 얼굴을 보고 싶어졌다. 하지만 난 고개를 돌리지 않고 눈앞의 길만 바라보면서 생각에 잠겼다. 아버지의 저런 느낌은?

간단한 대답이 떠올랐다.

아무르타트는 라자가 없으니까 그렇다. 라자가 없는 아무르타트는 인간과의 교류가 불가능하다. 교류라는 것이 단순히 대화를 의미하는 것이 아니라 감정의 전달까지도 포함하는 형이상학적인 거라면……. 아버지가 말씀하신 예가 도움이 되는군. 절벽이나 홍수 같은 것에 감정을 전달할 수는 없지. 우리는 절벽이나 홍수 따위와 교류할 수는 없다.

하지만……, 아냐. 이건 이상해. 핸드레이크나 드래곤 로드의 경우에서도, 우리들과 크라드메서의 경우에서도 모두 라자가 없는 상태에서 서로의 감정을 충실하게 주고받았지.

엇? 아냐.

그렇군. 그 드래곤들은 모두 인간들과 꽤 오랫동안 사귄 적이 있는 드래곤들이지. 따라서 인간의 모습이 많이 투영되었던 드래곤들이지. 하지만 아무르타트는 아직껏 인간과의 교류를 절대로 실행하지 않았던 드래곤이지.

그렇다면?

"케르르르르!"

케르르르, 케르르르르! 갑작스럽게 들려온 소리 때문에 말에서 떨어질 뻔했다. 계곡 속 어느곳에서 들려오는 소리이긴 한데 워낙 메아리가 심하게 울려퍼져서 어디서 들려오는 소리인지 구분할 수 없었다. 뒤에서 경비 대원들의 단속적인 비명소리가 들려오는 가운데 타이번의 힘찬 외침이 들려왔다.

"모두들 진정해! 가만히 있어."

"케르르르르!"

앞서의 외침에 대답하는 듯한 기괴한 외침이 울려퍼졌다. 이번에는 위치를 포착할 수 있었다. 퍽 가까운 곳이다! 두 번째 외침 소리의 산울림이 울려퍼질 사이도 없이 세 번째 외침이 뒤따랐다.

"케르르르르!"

"케르르르르!"

계곡은 외침소리로 가득 차버렸다. 터너와 경비 대원 몇 명이 앞으로 달려나와 내 옆으로 늘어섰다. 터너의 빠른 지휘에 따라 그들은 모두 포차드를 옆으로 비껴들고 돌진 자세를 갖추었다. 케르르르! 케르르르! 터너는 포차드를 안장 옆으로 늘어뜨린 채 앞을 바라보며 인상을 찌푸렸다.

"거지 같은 지형이군, 젠장. 그런데 저건 구호인가?"

"그런 것 같군요. 신호를 주고받는 것처럼 들리죠?"

내 추측에 대한 대답은 터너가 아니라 등 뒤에서 날아왔다. 철썩!

"햐! 이놈 제법이다. 어떻게 알았냐?"

난 뒤도 돌아보지 않고 빠르게 말했다.

"아버지. 지금 아버지는 세상의 모든 아버지들이 흔히 저지르는 실수를 하시고 있는 거라구요. 자신의 지난날에 비추어 그 자식을 이해하려 드는 것 말이에요. 도대체 아버지의 아들이 저 정도 암구호도 이해 못할 거라고 믿으시는 거예요?"

"그러는 너야말로 세상의 모든 아들들이 흔히 저지르는 실수를 범하고 있구나. 자신이 아버지의 지나온 나날로서는 이해하기 불가능할 정도로 똑똑하게 태어났다고 믿는 것 말이다. 하하하. 그래. 저건 고블린들의 구호다. 가만히 기다려."

난 아버지의 말씀에 대해 뭐라고 반박하는 대신 양쪽의 절벽을 살피기 시작했다. 케르르르, 케르르르! 귀가 멍멍할 정도의 소란 속에서 이윽고 고블린들이 모습을 드러냈다.

회색과 검은색이 뒤섞인 양쪽 절벽은 바위 덩어리들이 켜켜이 쌓인 모양이었다. 그리고 그 회색의 커튼처럼 늘어선 절벽 곳곳에서 고블린들의 회색빛 몸이 불쑥불쑥 나타났다. 케르르르, 케르륵! 한두 녀석이 아니었다. 삽시간에 절벽 양쪽의 험한 지형들에서 나타난 고블린들은 적게 보아도 백 마리는 훨씬 넘었다. 이런, 젠장! 정말 좋은 위치를 잡고 있군. 고블린들이 나타난 곳은 모조리 높은 절벽의 틈새나 선반처럼 생긴 바위들 위였고, 결국 계곡의 바닥에 있는 우리들로서는 절벽을 기어오르지 않는 이상 어떻게 공격할 엄두를 내지 못할 위치였다.

터너는 입술을 굳게 깨물면서 포차드를 늘어뜨렸다. 페가서스가 아닌 다음에야 어떻게 저 위로 돌격할 수 있을까. 그는 잔뜩 굳은 얼굴로 말했다.

"할 수 없군. 뒤로 전해. 모두 자리에 대기. 동요하지 말도록."

"케르르르르!"

계곡을 메워버린 함성 속에서 우리들은 굳은 얼굴을 한 채 한 자리에 서 있었다. 케르르르! 머리카락이 곤두서는 느낌이군. 난 제미니의 모습을 보고 싶었지만 고개를 돌릴 수가 없었다.

갑자기 함성이 멎었다.

어디서 무슨 신호라도 내린 걸까? 주위를 휙휙 둘러보던 내 눈이 왼쪽 절벽으로 향했을 때 하늘을 찌르듯이 솟아오른 파이크의 모습이 보였다. 왼쪽 절벽의 꼭대기에서 웬 고블린 하나가 파이크를 곧게 세워들고 서 있는 것이었다. 워낙 높은 곳이라 고블린의 모습은 간신히 식별할 정도의 크기였다. 저 녀석이 지휘자인가? 계곡이 무너져라 함성을 내지르던 고블린들은 이제 입을 다문 채 제자리에 우뚝 섰다.

왼쪽 절벽의 꼭대기에 있던 그 고블린은 들고 있던 파이크를 내려 우리를 겨냥했다.

"케라, 케륵! 보석을 가져왔느냐?"

고블린의 목소리는 끝없는 계곡을 쩌렁쩌렁 울리게 만들었다. 터너는 입을 쩍 벌렸고 난 고개를 가로저으며 말했다.

"어라? 저 녀석 말을 꽤나 잘하네? 아버지?"

"응? 아, 그래. 아마 아무르타트가 어떻게 손을 쓴 거겠지. 아무르타트는 별의별 희한한 마법을 다 쓰더라."

"아, 그런가? 음……, 터너?"

터너는 고개를 끄덕이더니 뒤로 돌았다. 뒤에서는 하멜 집사가 파랗게 질린 얼굴로 절벽 위에 늘어선 고블린들의 모습을 바라보고 있었다. 터너는 입을 다문 채 몇 번 손짓으로 하멜 집사를 부르다가 결국 포기했다.

"하멜 집사님?"

"응? 어, 응. 알았네. ……자네가 하게."

"예? 예, 알겠습니다."

터너는 포차드를 옆에 있던 경비 대원에게 넘겨주고는 말에서 뛰어내렸다.

우리 모두와 절벽 위에 늘어선 고블린들이 내려다보는 가운데 터너는 롱소드를 뽑아들고 우리 앞으로 걸어갔다. 검을 뽑아들고는 있지만 위에서 공격이라도 시작하면 터너는 꼼짝없이 죽은목숨이다. 난 슬며시 고개를 돌려 타이번을 바라보았다. 타이번은 묵묵히 마차 위에 앉아 있었고 그 옆에는 제미니가 하얗게 질린 얼굴로 타이번의 귀에 대고 뭐라고 속삭이고 있는 모습이 보였다. 흐음. 제미니가 타이번에게 상황을 설명해 주고 있나 보군?

그때 앞으로 걸어나간 터너가 고함을 질렀다.

"그렇다! 아무르타트가 요구한 보석을 가져왔다. 그러니 포로들을 내놓아라!"

"케라, 켁, 켁! 이후우!"

지휘자 고블린은 이상한 함성을 지르면서 들고 있던 파이크를 휘둘렀다. 그것이 무슨 신호였던 모양인지 갑자기 양쪽 절벽에서 몇 마리의 고블린들이 뛰어 내려오기 시작했다. 놈들은 민첩한 동작으로 계곡 바닥에 뛰어내리더니 파이크를 꼬나든 채 우리 쪽으로 천천히 걸어왔다.

갑자기 터너는 롱소드를 위로 쳐들었다. 뭐지? 나야 알 도리가 없어 가만히 서 있었지만 다른 경비 대원들은 재빨리 반응했다.

경비 대원들은 모두들 앞으로 몇 발자국 걸어나가 터너의 뒤쪽에 주욱 늘어섰다. 그러자 다가오던 고블린들이 멈춰 섰다.

터너는 위를 향해 고함질렀다.

"이건 뭐냐!"

절벽 위의 지휘자 고블린은 잔뜩 화난 목소리로 외쳤다.

"케, 케! 멍청한 놈! 우케르, 보석들을 그들에게 건네라!"

"웃기는 수작 하지 마. 포로가 먼저다! 포로들의 모습을 보지 않으면 보석을 내놓을 수 없다!"

"이놈잇! 케르륵! 네놈들을 모두 죽이고, 케르, 켁! 보석을 가질 수도 있다!"

"그럴 수 있을 거 같아? 말해 두겠는데, 만일 너희들이 우리들을 공격하면 아무르타트는 보석 구경도 못하게 된다. 그럼 아무르타트가 너희들을 가만 내버려둘까?"

터너는 참으로 뻔뻔스럽게 저런 거짓말을 했다. 뭐 그 보석들은 모두 내가 가지고 있지만 고블린들이 공격을 시작하면 아무리 선더라이더를 탄 나라고 해도 여기서 빠져나가기는 어려울 것이다. 하지만 고블린들의 지휘자는 잠시 주저하면서 우리들을 내려다보았다.

"케리, 켁! 보석을 가져오지 않았단 말이냐?"

"가져왔어. 하지만 우리들을 죽이면 보석은 사라진다!"

"어째서!"

터너는 잠시 말이 막힌 모양이었다. 갑작스러운 거짓말의 단점은 바로 이거지. 할 수 없군. 난 재빨리 선더라이더에서 뛰어내렸다.

"어라, 후치야?"

"아버지. 그 위에 가만히 계세요. 이거 잡으시고. 하지만 절대로 고삐를 움직이지는 마세요. 무서운 일이 일어나게 되요."

아버지는 당황해서 내가 건네주는 고삐를 붙잡았다. 난 그렇게 아버지를 꼼짝달싹 못하게 만들어드린 다음 앞으로 걸어나갔다. 터너가 날 돌아보았지만 난 그에게 미소만 지어주고는 경비 대원들의 앞으로 걸어나갔다.

눈앞에는 황량한 계곡의 모습이 펼쳐져 있었지만 별로 눈에 들어오지는 않았다. 좌우의 절벽에 빽빽하게 들어찬 고블린들이 험상궂은 얼굴로 내려다보는 가운데 걸어가자니 그런 게 눈에 들어올 리가 있나. 난 고블린들이 날 확실히 볼 수 있는 위치에 선 다음 고함을 질렀다.

"이봐! 이거 보이냐?"

난 눈앞에 있는 바위 하나를 가리키며 외쳤다. 고블린들은 아무 대답이 없었고 난 어깨를 으쓱인 다음 천천히 오른손을 뒤로 당겼다. 그러곤 곧장 바위를 후려갈겼다.

"케륵! 케르르륵!"

케르르륵! 케르르륵! 계곡 곳곳에서 고블린들의 비명이 터져나오자 곧 산사태라도 난 듯한 산울림이 뒤를 이었다. 우와, 귀가 떨어져 나갈 정도군. 물론 바위는 산산조각 나서 자갈이 된 후였고 나는 되도록 태연한 표정을 지으려 애쓰며 손바닥을 탁탁 털었다. 으윽. 그래도 역시 손이 아파. 난 일그러진 얼굴이 고통 때문이라는 것을 들키지 않기 위해 얼굴을 더욱 무시무시하게 찡그리며 음산하게 말했다.

"너희들이 우릴 공격하면 그 보석들도 모두 이렇게 박살내어……."

"후치야! 손 괜찮냐?"

"꺄아악! 후치야! 손, 손!"

"……박살내어 버릴 테다! 이건 농담이 아니다. 이 산산조각 난 바위가 보인다면……."

"이놈아! 고삐 이거 놔도 되는 거 아냐? 젠장, 손 괜찮냐니까!"

"집사님! 하멜 집사님! 붕대, 붕대랑 약이랑 어디에 두었어요? 예?"

"……그러니까 이 산산조각 난 바위처럼 내 손은 괜찮으니까 제발 그만 하는 보석도 박살나지만 내 손은 박살이 안 난다! 으아악! 머리가 박살날 것 같아!"

이래 가지고서야 내가 고블린들에게 무시무시하게 보일 수 있을지 정말 의심스럽군. 머리를 감싸쥐고 괴로워하는 내가 보기 안쓰러웠던지, 아니면 내 외침소리를 도통 이해하지 못하는 고블린들이 안쓰러웠던 것인지 터너가 나 대신 고함을 질렀다.

"그래! 우릴 공격하면 보석은 모두 파괴된다! 그럼 아무르타트는 너희들을 가만 놔둘까? 어림 없지! 그러니 순순히 포로들을 먼저 내놔! 그러면 보석을 내주겠다!"

계곡 바닥으로 내려왔던 고블린들이 당황한 몸짓으로 절벽 위를 바라보기 시작했다. 그뿐만 아니라 절벽 곳곳에 서 있던 고블린들은 모두 절벽 위에 있던 고블린만을 바라보았다. 지휘자 고블린은 정말 머리끝까지 화가 난 모양인지 두 손으로 파이크를 들어올린 채 제자리에서 펄쩍펄쩍 뛰면서 고래고래 고함을 질러대기 시작했다.

"키기이이익! 키켁, 케륵! 케르륵! 키기이이익!"

지휘자의 흥분은 곧 다른 고블린들에게도 전염된 모양이었다. 다른 고블린들도 얼굴을 무시무시하게 찡그리며 파이크를 휘저어댔다. 놈들은 흥분한 동작으로 우리들을 향해 고함을 질러댔고 파이크를 집어던질 듯이 흔들어댔으며 심지어 서로를 향해 으르렁거리기까지 했다.

"케르라, 키, 키, 크킄!"

"키리리리리! 키리리리리!"

한 녀석이라도 흥분을 감당하지 못해 파이크를 던지면 곧 모든 녀석들이 공격을 시작할 듯한 모습이었다. 그래서 고블린들이 괴성을 지를 때마다 뒤통수가 선뜻선뜻했다. 뒤를 돌아보니 제미니는 이제 타이번의 로브 속으로 기어들어 가려고 들어 타이번을 당황하게 만드는 중이었다. 타이번은 제미니를 간신히 뿌리치면서 조심스럽게 마차에서 내려왔다.

"주위가 꽤나 시끄럽군."

타이번은 그렇게 말하더니 지팡이를 앞으로 뻗어 조심조심 앞으로 걸어나왔다. 나는 재빨리 타이번에게 다가가 팔을 부축했다.

"고마워."

타이번은 보이지도 않는 눈을 찡긋해 보였다. 갑자기 떠오르는 미소를 감당할 수 없어 나는 피식 웃어버렸다. 흐음. 이 미소는 보이지 않겠지. 타이번은 걸음을 멈추더니 내 팔을 놓고는 자신의 로브 자락을 거머쥐었다.

타이번은 느긋한 동작으로 로브 앞자락을 부여잡아 허리 뒤로 돌려 허리띠에 꽂아넣었다. 그리고 펑퍼짐한 소맷자락은 어깨까지 끌어올렸다. 그러자 두 팔에 가득한 문신이 잘 드러났다. 타이번은 팔을 몇 번 돌리더니 낭랑한 목소리로 외쳤다.

"어이, 안색이 나쁜 친구들."

자! 이제 너희들 퍽 바쁘게 되었다. 하하하. 난 고블린들을 향해 미소지어 주었다. 너희들은 모르겠지만 지금 너희들 앞에 나선 인물은 바로 대마법사 핸드레이크란 말이다. 너희들로서는 상상도 못한 일이겠지?

제자리에서 팔짝팔짝 뛰면서 자기 팔을 잡아뽑을 듯이 설치던 고블린 지휘자는 고개를 홱 돌려 타이번을 노려보았다. 타이번은 고개를 이리저리 돌리면서 계속 말했다.

"좀 조용히들 해주겠나? 내가 말을 해도 이렇게 떠들면 자네들이 내 말을 들을 수 없을 것 아닌가."

타이번의 침착한 목소리는 명령도 아니고 권유도 아니었다. 담담한 사실의 토로였다. 사람들이 몰려서 떠들어대고 있는 곳, 그러니까 격렬한 토론이 벌어지는 회의장이나 시장 바닥이나 제미니가 울음을 터뜨린 장소 같은 곳에서 저렇게 말했다가는 조용히 묻혀버리기 딱 적합한 말투다.

하지만 고블린들은 조용해졌다.

우리 일행은 당황해서 사방의 절벽을 둘러보았다. 놀랍게도 절벽에 늘어선 고블린들은 숨소리조차 제대로 내지 않은 채 서 있었다. 그래서 회색빛 절벽 위에 늘어선 회색 고블린의 모습은 무수히 많은 조각들처럼 보였다. 고블린들보다는 차라리 매섭게 몰아치는 계곡의 거친 바람이 훨씬 더 살아 있는 것처럼 느껴졌다. 난 눈을 찌르는 머리카락을 걷어올리며 다시 타이번을 바라보았다.

타이번은 고개를 끄덕였다.

"고맙군. 잠시만 그렇게 있어주면 내가 한결 편하게 말할 수 있을 거야. 자네들도 편하게 들을 수 있을 테고."

타이번은 이죽거리는 기색 하나 없이 저렇게 말했다. 도대체 이게 어떻게 된 걸까.

"여보게. 자네들에게는 포로 따위 별로 필요없지 않은가. 그리고 우리는 보석을 건네주려고 작정하고 온 거야. 서로 얼굴 붉히거나 화낼 일은 전혀 없어. 먼저 내놓느니 나중에 내놓느니 하는 것은 별로 중요한 것이 아니잖아? 중요한 것은, 어차피 모든 일이 끝나면 자네들은 보석을, 그리고 우리는 포로를 돌려 받을 수 있다는 것일세. 그러면 자네들은 아무르타트에게 보석을 가져다 줄 수 있으니 좋고, 우리들은 가족들을 고향으로 데려갈 수 있으니 좋은 거야."

'그렇잖은가?' 나는 타이번이 그런 말을 뒤에 붙일 거라고 생각했다. 하지만 타이번은 그렇게 말하지 않았다. 타이번은 이제 고개를 조금 숙이며 말했다.

"자네들은 우리보다 훨씬 숫자도 많고 그래서 우리보다 힘도 세지. 그러니까 우리는 약속을 어길 수 없어. 자네들이 우리를 가만 내버려두겠나? 하지만 자네들이 약속을 어긴다면 우리로서는 그냥 당하는 수밖에 없겠지. 자네들은 너무나 강하니까."

"켁!"

지휘하던 고블린이 못마땅하다는 듯한 고함소리를 질렀다. 하지만 다른 고블린들은 전혀 움직이지 않았다. 지휘자 고블린은 고개를 좌우로 흔들어 보이더니 타이번을 향해 짖어댔다.

"케르륵, 키켁! 뭐, 우리가 강한 것은 사실이다! 키키, 킥!"

"그래. 그러니까 자네들이 먼저 포로들을 내주면 좋겠네. 우린 약속을 어길 수가 없으니까 약속을 지킬 거야. 하지만 자네들은 약속을 어길 수 있으면서도 약속을 지킨다는 것을 보여주게나.”

“우리는! 케르, 켈켈! 약속을 지킨다.”

“그것이 자네들의 영광에도, 그리고 아무르타트의 명예에도 도움이 되는 일일 걸세. 부탁할까?”

지휘자 고블린은 대답하는 대신 다시 파이크를 들어올려 위아래로 흔들었다. 그러자 계곡 바닥에 있던 고블린들은 재빠른 동작으로 다시 좌우로 올라갔다. 난 녀석들이 올라갈 때 무슨 길이 있는지 살펴보았지만 고블린들의 동작이 워낙 민첩한데다가 위장이 잘 되어 있어 그들이 어떤 길로 절벽을 오르내리는지는 파악할 수 없었다.

그건 그렇고 참 신경 쓰이는 일이 있는데. 다른 사람들은 모르지만 난 타이번이 핸드레이크, 즉 클래스 9의 마스터이며 300년 이상 마법을 갈고 닦은 대마법사라는 것을 알고 있지. 하지만 타이번은 고블린들을 몰살시키거나 무서운 마법으로 위협하는 대신 은근히 그들을 추켜세워 주며 협상을 했다.

저건……, 젠장.

복잡해지는 머리 때문에 나는 찌푸린 눈으로 타이번의 등을 바라보았다. 하지만 설마 핸드레이크가 눈이 보이더라도 등뒤에 있는 나의 시선을 알아챌 리야 없겠지. 바보짓 그만두자.

고블린들이 다시 절벽을 올라가자 지휘자 고블린은 파이크를 돌리면서 외쳤다.

“켈, 켈, 케르카, 켁!”

경비 대원들은 완전한 긴장 상태로 주위를 응시했다. 무슨 일이 일어나려는 것이지? 처음에는 아무 일도 일어나지 않았다. 그런데 갑자기 뒤에서 아버지의 목소리가 들렸다.

"오른쪽의 세모꼴로 생긴 커다란 바위를 봐라, 후치야."

오른쪽 절벽에는 계곡을 향해 커다랗게 돌출해 있는 바위가 있었다. 아버지의 말씀대로 위로 올라갈수록 급격하게 뾰족해지는 세모꼴의 바위였는데 높이가 칠팔십 큐빗은 될 것 같은 커다란 바위였다. 저게 왜?

바위 뒤에서 사람들이 걸어나오기 시작했다.

"영주님!"

하멜 집사는 곧장 계곡의 험한 바위 위를 마치 한 마리 산양처럼 달려가기 시작했다. 터너는 기겁한 목소리로 외쳤다.

"집사님, 멈추십시오! 섣불리 움직이면 고블린들을 흥분시킬지 모릅니다!"

계곡을 달려가던 산양은 이제 고슴도치가 되어버렸다. 으윽. 하멜 집사는 완전한 고슴도치 자세로 바위 위에 팍 웅크렸다. 채신머리없다고 욕할 수도 없는 것이, 절벽 위에서 돌덩어리처럼 굳어 있던 고블린들이 험악한 소리를 내기 시작했기 때문이다.

바위 뒤에서 걸어나온 사람들은 모두 아버지처럼 낡고 후줄근한 옷을 입은데다가 땟국물이 질질 흐르고 수염이나 머리 등은 엉망진창을 하고 있었다. 그들 중 몇몇, 머리카락이나 수염이 그런 대로 온전한 사람들 중에서 영주님의 모습을 발견할 수 있었다.

영주님은 반가운 얼굴로 걸어왔다. 바위 위에 완전히 엎드려 있던 하멜 집사는 고개만 좀 들어올려 영주님을 바라보았다.

"여, 영주님!"

"하멜, 하멜인가! 고맙군, 반갑네! ……그런데 자네 뭘 흘렸나?"

"영주님!"

하멜 집사는 억울하기 짝이 없다는 듯이 고함을 빽 질렀다. 영주님은 웃으며 하멜 집사에게 다가와 손을 내밀었다. 하멜 집사를 일으킨 영주님은 곧 그를 포옹했다.

"아, 하하하. 반가워서 그러는 거야. 반가워서. 정말 고마워."

영주님의 백발은 멋지게 흩날리고 있었다. 단정한 하멜 집사의 모습과 지저분한 영주님의 모습은 정말 방랑하는 왕과 그를 기다리던 충신의 모습으로 보이기에 모자람이 하나도 없었다. 그 뒤를 이어 다른 포로들도 모두 웃으며 걸어왔다.

"어이구! 이게 누구야. 터너 아냐?"

"세로! 살아 있었구나, 세로!"

"그래, 임마. 네 여동생 시집도 못 간 과부로 만들지는 않……."

"죽어랏!"

포로들과 우리 일행들의 상봉은 각양각색의 방식으로 이루어졌지만 그중 전체를 대표할 수 있는 만남을 말해 보라면 역시 경비 대원 세로와 터너의 상봉일 것이다. 엉망진창인 모습과는 달리 포로들에게는 여유가 있어 보였다. 놀랍게도 포로들은 나나 제미니의 모습에 놀라는 여유까지도 보여주었다.

"어라? 이게 누구냐. 너 초장이 네드발 씨의 아들인……."

"예. 후치 네드발이에요."

"네가 여기 웬일이냐? 어라? 저건 또 뭐야. 숲지기 딸 아냐?"

"제미? 제미구나. 아니, 네가 여기 왜 온 거냐?"

"후치 감시하려고요."

"후치가 고블린 미녀에게 한눈이라도 팔까 봐?"

"글쎄요? 그럴지도 모르죠?"

제미니가 저렇듯 능글스럽게 내 인격을 깔아뭉개고 있는 동안 난 주위를 둘러보았다. 잠시 후 약간 떨어진 곳에 몰려 서 있는 사람들과 그 중앙에 서 있는 키 큰 남자를 볼 수 있었다.

수도에서 온 병사들과 로넨 휴리첼 백작이었다. 그들은 푸근한 눈으로 우리 마을 사람들의 재회 장면을 바라보면서 자신들의 소외된 위치를 감수하고 있었다. 그리고 그 중간에 서 있는 로넨 휴리첼 백작은 절벽에 늘어선 고블린들을 바라보고 있었다.

난 포로들과 마을 사람들이 떠들썩하게 상봉을 즐거워하는 사이를 빠져나가 그들에게 다가갔다.

수도에서 온 병사들은 의아한 눈으로 날 바라보았지만 내 길을 막거나 하지는 않았다. 난 그들을 살짝 비켜 로넨 백작에게 다가갔다. 로넨 백작은 더벅머리 꼬마애가 다가오는 모습에 살짝 미소를 지어보였다.

"나에게 용무가 있는가, 소년?"

난 잠시 로넨 백작의 얼굴을 살폈다. 그러고 보니 이렇게 가까이서 본 것은 처음이군. 나는 넥슨과 닮은 점을 발견해 보려다가 포기하고선 낮게 말했다.

"조용히 드릴 말씀이 있습니다만."

로넨 백작은 고개를 갸웃하더니 귀를 들이댔다. 주위의 병사들은 이제 호기심이 가득한 눈으로 나와 로넨 백작을 번갈아 바라보았다.

난 로넨 백작의 귀에 대고 말했다.

"지금부터 하는 말이 농담처럼 들릴지 모르겠습니다만 끝까지 조용히 들어주십시오. 저는 수도에서 로넨 백작에게 전할 말을 가지고 온 사람입니다."

로넨 백작의 얼굴이 굳어졌다. 하지만 그는 허튼소리 하지 말라는 식으로 벌컥 화를 내거나 하지는 않았다.

"증거를 원하실까 봐 말씀드립니다만 저는 넥슨 휴리첼과 당신, 그리고 카뮤 휴리첼과 아멘가드 휴리첼 부인에 대한 이야기를 모두 알고 있습니다. 놀라지 않으시길 바랍니다. 백작님이 포로로 억류당하신 동안 아드님이신 넥슨 휴리첼이 반란을 일으켰습니다."

"크흠!"

로넨 백작은 갑작스런 기침소리를 내었다. 놀란 표정을 감추기 위한 것일까? 그는 주위의 병사들에게 손짓했다.

"주위를 비워다오. 이 소년과 나눌 중요한 말이 있으니."

병사들은 별말 없이 절도 있는 동작으로 나와 백작 주위에서 멀어졌다. 우리 일행 쪽을 흘긋 바라보니 그들은 아직도 재회의 기쁨을 나누는 중이었다. 잘됐군. 백작은 엉망이 되어 있었지만 그런 대로 정리가 된 머리를 뒤로 쓸어넘기며 태연하게 말했다.

"넥슨은?"

그는 넥슨을 사랑했던 것일까? 넥슨의 말을 생각해 보면 백작은 동생에 대한 죄의식 때문에 넥슨을 잘 보살폈다고 들었다. 그리고 지금도 넥슨에 대한 일을 먼저 물어오고 있다. 난 고개를 조금 숙이며 전하고 싶지 않았던 소식을 말했다.

"죽었습니다."

로넨 휴리첼 백작의 얼굴이 창백해졌다.

"넥슨 휴리첼은 반란죄로 사형당한 것은 아닙니다. 하지만 긴

이야기를 나눌 시간이 없군요. 간단히 말씀드리자면 그는 반란을 위해 삼촌의 드래곤과 라자의 계약을 맺으려다 사고를 만나 살해 당했습니다."

"그런……가."

"이제 당신에 대한 이야기를 하겠습니다. 당신은 수도로 돌아오면 안 됩니다. 하지만 당신이 살아날 길도 수도에만 있습니다. 내 말을 이해하시겠지요? 당신의 모습과 당신의 이름을 사용하며 수도로 돌아와서는 안 된다는 말입니다."

백작은 고개를 끄덕였다.

"수단과 방법을 가리지 말고 수도로 숨어들어 가십시오. 지인들이 있다 하더라도 도움을 요청할 생각은 않으시는 것이 좋겠습니다. 믿기 어려우시겠지만 수도에서 당신이 도움을 바랄 수 있는 사람은 한 사람뿐입니다. 칼 헬턴트 씨를 찾아가십시오."

"칼 헬턴트?"

"모르시는 이름일 겁니다. 하지만 그 사람을 만나야 합니다. 칼 헬턴트 씨가 자세한 전후 사정을 들려주고 당신을 도와줄 겁니다. 그랜드스톰으로 찾아가서 하이 프리스트에게 도움을 구하십시오. 그럼 하이 프리스트가 칼 헬턴트 씨를 만나게 도와줄 것입니다. 야박하게 들리실지 모르겠습니다만 헬턴트 마을에도 들르지 않으시는 것이 좋겠습니다. 사정이 복잡해지니까요."

백작은 다시 고개를 끄덕였다. 나는 재빨리 윗옷 속에 손을 집어넣었다가 그의 손에 건네었다. 내 손에서 그의 손으로 보석과 금화가 든 주머니가 옮겨진 것은 아무도 보지 못했을 것이다. 백작은 눈으로 감사의 인사를 보냈다.

"잘 들으십시오. '네리아가 무서워하는 것은 벼락이고 오크가 무서워하는 것은 괴물 초장이'입니다. 암호를 물어오는 모든 사람들에게 그렇게 대답하시면 됩니다."

백작이 웃음을 터뜨리거나 하기에는 나의 분위기가 너무 엄숙했다. 그래서 백작은 진지한 얼굴로 대답했다.

"네리아가 무서워하는 것은 초장이고 괴물이 무서워하는 것은 벼락 오크라구?"

"……바뀌셨습니다. 네리아가 무서워하는 것은 벼락이고 오크가 무서워하는 것은 괴물 초장이입니다."

"……암호 좀 쉬운 걸로 정하지 그랬나. 음. 기억했네."

"다행이군요. 그럼 용무는 끝났습니다."

"고맙네."

"천만에요. 좋은 소식을 들려드리지 못해 죄송합니다. 그럼 이만……."

나는 백작을 향해 고개를 숙였다. 그때 백작은 빠르게 말했다.

"그런데 말일세. 자네는 왜 날 돕는 거지?"

난 고개를 숙인 채 말했다. 백작의 눈을 들여다보고 싶지가 않았다.

"휴리첼 가문의 비극은 이제 그칠 때도 되었다고 생각하니까요."

난 그대로 몸을 일으키며 백작의 이마를 바라보며 말했다. 물론 주위의 다른 사람들도 들을 수 있도록 크게 말했다.

"저희 영지를 도와주신 분이 어떤 분인지 항상 궁금했습니다. 일러주신 말씀 감사합니다. 저도 커서 백작님처럼 훌륭한 무인이 되었으면 좋겠군요. 하지만 어림없겠지요?"

백작은 어설프게 웃었다. 하지만 그의 얼굴은 빠르게 굳어가고 있었다. 그는 굳은 얼굴에 힘들게 미소를 담으며 말했다.

"세상엔 노력해도 안 되는 것이 있긴 하네. 원하지 않는 비극은 베개 머리맡까지 찾아왔을 때에야 비로소 발견할 수 있는 법이고. 하지만 내 충고는 별로 필요 없는 것일세. 자네에겐 두 다리가 있으니 자네의 길을 걸어갈 수 있고, 자네에겐 두 팔이 있으니 적을 위한 검과 레이디를 위한 꽃을 들 수 있겠지. 전사에게 가장 필요한 것은 이미 자네가 다 가지고 있다네. 그러니 걱정 말게."

난 빙긋 웃으며 몸을 돌렸다.

헬턴트 영지의 주민들은 아직까지도 주위의 고블린들에 별로 신경 쓰지 않은 채 재회의 즐거움을 만끽하고 있었다. 난 절벽 위의 그 지휘자 고블린을 바라보았지만 그는 꼼짝도 하지 않은 채 파이크를 짚고 서 있었다. 문득 그덴 산의 거인이 루트에리노 대왕을 바라보고 있을 때 저러하지 않았을까 하는 생각이 든다. 그덴 산의 거인은 우타크와 차넬에게 속아넘어간 미련한 존재로 알려져 있지. 하지만 루트에리노 대왕은, 그덴 산 정상에 서서 자신을 내려다보고 있는 거인을 바라보았을 때 정말 조금도 떨리지 않았을까? 속아넘어간 것 때문에 미칠 듯 분노하고 있는 거인이 내려다보고 있을 때?

관두자.

한참 요란하게 떠들고 있던 하멜 집사는 그제야 영주님을 풀어주었다. 그는 손수건을 꺼내어 눈가를 닦아대면서 내게 손짓을 했다. 난 그에게 고개를 끄덕여준 다음 절벽 위를 바라보았다.

"이봐! 보석은 내가 가지고 있다. 내가 여기 있을 테니 다른 사람들은 계곡을 빠져나가도록 해다오!"

"케르, 켁! 무슨 말이냐!"

"다른 사람들이 모두 안전하게 나가는 것을 확인한 다음 보석을 건네주겠다는 말이야. 알았냐?"

가까이 있던 로넨 백작뿐만 아니라 영주님도 크게 놀랐다. 하지만 누구보다도 놀란 것은 아버지였다.

"아, 이, 이 녀석아! 보석 어디 있냐? 내가 남아서 건네줄 테니까……."

"아버지, 저보다 말 잘 타세요?"

"뭐야?"

"제가 아버지보다 말은 잘 타요. 만일 사고가 나도 저라면 몸을 빼내기가 쉽다구요. 무슨 말인지 아시겠죠?"

"이 녀석아. 그래도 그러는 게 아니다. 내게 보석을 넘기고……."

"그만하자구요. 우리가 더 지체하면 고블린들이 화를 낼 거예요. 아들을 한번만 믿어보세요. 여기까지 오면서 집사님과 터너, 모든 사람들과 의논한 끝에 내린 결론이에요."

"내 아들을 나보다 더 잘 아는 사람이 어디 있어!"

"한 사람 있죠."

"그게 누군데?"

"저요."

"……젠장."

아버지는 하실 말씀이 없으신 모양이다. 하지만 그래도 아버지는 투덜거리시기를 멈추지 않았다. 풀려난 포로들도 모두 떠드는 것을 멈춘 다음 불안한 눈으로 나를 바라보았고 영주님은 다급하게 집사님에게 질문했다.

"정말인가, 하멜? 후치가 남게 되기로 약속했다는 말인가?"

"그렇습니다."

하멜 집사는 태연한 표정으로 고개를 끄덕였고 그러자 영주님은 고개를 심하게 갸웃거렸다. 그때 타이번은 주위 모든 방향을 향해 말했다.

"나도 여기 남을 것이오. 그러니 걱정하지 마시길. 이곳은 마법사가 필요한 곳 아니겠소?"

그러자 주위의 안색들이 한결 밝아졌다. 그리고 그들 중 몇몇은 고개를 끄덕이기까지 했다. 아마 저 사람들은 내가 타이번의 기수 노릇을 하느라 남았다고 생각하는 모양이군. 하긴, 그것도 틀린 말은 아니지만. 터너는 일행들의 소란을 재빨리 진정시키기 위해 외쳤다.

"자! 풀려나신 분들은 마차 위에 오르십시오. 여기를 빨리 빠져나가도록 하십시다. 후치는 안전할 것이니 걱정하지 마십시오."

주위의 사람들은 그래도 불안을 떨치지 못하는지 쉽게 마차에 오르지 못했다. 난 씁쓸하게 웃으며 그들을 주욱 둘러보았다. 내 눈이 제미니에게 멈추었을 때 난 심장이 덜컹 내려앉는 줄 알았다.

제미니는 웃고 있었다!

6

아버지는 끝까지 남겠다고 고함을 지르시다가 겨우 터너에 의해 끌려갔다. 아버지. 정말 눈물이 앞을 가립니다. 하지만 말입니다. 아버지께서 시간을 끄니까 고블린들이 점점 짜증을 내는 것 같지 않아요? 난 쓸데없는 생각을 집어치운 다음 제미니를 바라보며 심호흡을 했다. 그러고는 뱃속 깊숙한 곳까지 숨을 들이마신 다음 단숨에 고함을 질렀다.

"야이, 망할 계집애야! 타이번을 태우고 가는 것까지는 별로 무리가 없지만 너까지 태우면 빨리 달릴 수가 없다구!"

계곡 아래쪽으로 사라지는 일행들의 뒷모습을 바라보던 제미니는 내 고함소리에 고개를 돌렸다. 제미니는 해죽 웃으면서 말했다.

"나 가벼운데."

"그래도 한 사람 몸무게가 늘어나는 거잖아! 게다가 한 사람 엉덩이도 늘어나는 거고! 말 위에 세 사람이 앉는 것이 쉬운 일인 것 같아?"

"네가 안아라?"

"……고삐는 어떻게 잡고!"

"어, 흔히 그러잖아. 타이번 씨는 뒤에 태우고 나는…… 네가 겨드랑이에 날 끼고 한 손으로 고삐를 잡으면 되잖아. 나 불평

안할 테니까 걱정하지 마."

"흔히 그러기는 누가 흔히 그래! 그건 옛날 이야기에서나 그렇고!"

"응? 그럼 실제로는 그렇게 못하니?"

제미니는 아주 이상하다는 듯한 얼굴로 저렇게 물어왔다. 왠지 고함을 빽빽 지르는 것이 바보처럼 여겨지는데.

"이봐, 제미니. 어, 그러려고 들면 그렇게 할 수는 있지만, 그러니까 나 같은 경우에는 OPG도 끼고 있으니까 네 몸무게가 그렇게 부담되는 것도 아니긴 하지만, 그래도 한 손으로 말을 조종하는 것은 쉬운 일이 아니란 말이다!"

거짓말이다. 으윽. 말 위의 싸움이라는 것은 어차피 한 손으로 고삐를 쥐고 다른 손에 검을 쥐는 것이니까. 제미니는 미간을 찌푸리면서 '정말 그래?' 라고 묻는 듯한 시선을 보내왔다. 제발 그런 눈으로 바라보지 마. 난 얼굴을 구기면서 고개를 돌렸다.

"할 수 없군. 젠장. 이미 엎질러진 물이니까."

"헤에. 잘 부탁해?"

"그만해!"

우리들의 이 웃기는 싸움이 일어나는 동안 타이번은 태평하게 바위 위에 앉아 있었다. 고블린들이 보기엔 눈 뜨고 못 봐줄 장면이겠군. 말싸움을 벌이는 소년 소녀와 그 옆에 앉아 쉬고 있는 장님 노인이라니. 그들이 우리들을 제대로 된 인질이라고 생각할 수 있을까?

지휘자 고블린은 고함을 질렀다.

"키, 케륵! 보석은 어디 있느냐? 만일 거짓말이라면, 케르르르! 말해 주겠는데 지금 당장 저놈들을 쫓아가는 것은 간단하다!

켈, 켈, 케륵! 게다가 아무르타트께서 너희 영지를 가만 내버려 둘…….”

난 손을 휘저어 고블린 지휘자의 외침을 막았다.

“알았어. 알았다구. 전해 주겠어.”

고블린들은 으르렁거리며 날 내려다보았다. 난 사방에서 내려 꽂히는 그들의 시선을 무시하려고 애쓰면서 선더라이더로 걸어갔다. 선더라이더. 여기까지 이 무거운 것 가지고 오느라 정말 수고했다.

난 안장에 매달아둔 보석 주머니들을 풀어냈다. 모두 다섯 개. 난 그것들을 들고서 주위를 둘러보다가 우리 앞쪽의 커다란 바위로 걸어갔다. 내가 바위 위에 주머니를 내려놓자 고블린 지휘자는 고함을 빽 질렀다.

“크카각! 날 속여?”

“속이기는 누가 속여!”

“그럼 그게 보석이란 말이냐! 키케르! 보석이 그렇게 가벼울 리가 없다!”

“멍청아. 내가 엄청나게 힘이 센 거야! 네가 말했듯이 너희들을 속이면 아무르타트가 우릴 가만 내버려둘 리가 있겠냐! 아니, 내려와서 이걸 확인해 보면 될 거 아냐! 난 물러나 있을 테니까!”

고블린 지휘자는 한참 동안 날 내려다보았다. 그러더니 그는 갑자기 파이크를 들어올려 신호를 보냈다. 아까처럼 좌우에서 몇 마리의 고블린들이 뛰어내려 왔다.

난 뒤로 물러서서 제미니와 타이번을 가리고 섰다. 계곡 바닥에 내려온 고블린들은 파이크를 들어 우리를 겨냥하면서 천천히 걸어왔다. 놈들은 마치 소나 개를 위협하듯이 쉭쉭거리며 파이크를 내찔러 왔지만 난 팔짱을 낀 채 가만히 서 있었다.

지루한 시간이 흐른 다음, 고블린들은 내가 내려놓은 주머니에 접근했다. 놈들은 주머니 옆에 주욱 늘어서더니 먼저 그들 중 하나가 파이크를 거꾸로 든 다음 주머니를 툭 건드렸다. 하지만 주머니는 꼼짝도 하지 않았다. 녀석들은 서로를 바라본 다음 조금 더 세게 주머니를 찔렀지만 주머니들은 여전히 움직이지 않았다.

파이크로 주머니를 찌르던 고블린은 그제야 파이크를 옆에 내려놓더니 주머니로 다가섰다. 놈은 서툰 손놀림으로 주머니를 열기 시작했고 그 동안 제미니는 내 목 뒤에 김이 서릴 정도로 입김을 불어댔다.

"빨갛게 익지 않았냐?"

"뭐?"

"내 목 뒤가 빨갛게 익지 않았냐고. 그렇게 붙어서서 헉헉거리니까 너무 뜨겁잖아."

"아, 미, 미안해, 후치야. 하지만 나 무서워서……."

"그렇게 무서워할 거면서 남기는 왜 남아. 그러니까 얌전히……, 악!"

난 제미니에게 꼬집힌 허리를 문지르면서 눈을 질끈 감았다. 어이구, 요 귀여운 계집애! (긴장이 너무 심했나? 내가 왜 이러지?)

그때 좌르르! 하는 소리가 울려퍼졌다. 마침내 고블린은 주머니 하나를 힘들게 연 모양이다. 놈의 서툰 손놀림 때문에 주머니 속에 있던 보석들이 한꺼번에 쏟아지면서 눈부신 광채를 뿜어냈다. 고블린들은 질겁하며 물러나더니 곧 입을 쩍 벌렸다.

온통 무채색인 끝없는 계곡의 정경 속에서 보석들은 정말 눈이 아플 정도로 빛을 뿜어댔다. 타이번을 제외한 모든 사람과 고블린들이 얼떨결에 팔을 들어 눈을 가렸을 정도였다. 주머니를 둘러싸고 있던 고블린들은 멍한 눈으로 보석을 바라보았고 절벽 위의 고블린들도 쥐죽은 듯이 고요해졌다.

"끼…… 끼깃!"

"크케르…… 케르르르르!"

주머니를 둘러싼 고블린들이 기어코 파이크를 위로 들어올리며 함성을 내질렀다. 그러자 곧 절벽 위의 고블린들도 함성을 지르기 시작했다. 그리고 절벽 아래쪽에 있던 고블린들은 제자리에서 있지 못하고 아래로 뛰어내려오기 시작했다.

"케르르르르! 우케르르르!"

"케켁! 키, 키키키켁!"

귀가 먹어버릴 정도로 요란한 함성이었다. 절벽 곳곳에 있던 고블린들은 모두 어마어마한 함성을 내질렀고 달려내려온 고블린들은 아귀처럼 보석에 달려들었다. 주위가 너무 요란해서 낮게 속삭이는 제미니의 목소리를 거의 못 들을 뻔했다.

"저 고블린들 왜 좋아하지? 저건 아무르타트 거잖아?"

"단순하다는 증거지, 뭐. 지금은 좋아하는 대로 내버려두지. 괜히 좋은 기분에 찬물 끼얹지는 말고."

그때 절벽 위에서 모든 함성을 억누르는 괴성이 터져나왔다.

"케라라락! 건드리지 마!"

지휘자 고블린이었다. 지휘자 고블린은 다른 고블린을 진정시키기 위해 몇 번이나 더 고함을 질러야 했다.

"케라라락! 크케라라라락! 손대지 마! 만일 삼키는 놈이 있다면 배를 갈라놓겠다! 케케케켓! 조금이라도 모자라면 네놈들 모두 배를 갈라놓을 거다!"

웃기는 협박이군. 마치 저 보석이 전부 몇 개인지 알기라도 한다는 듯이. 하지만 그 협박은 보석을 들고 미쳐 날뛰던 고블린들의 동작을 멈추게 하는 데 충분했다. 게다가 제미니를 겁주는 데도 충분했다.

"후치야, 후치야! 이제 가자. 보석은 다 줬잖아? 고블린들이 알아서 챙겨갈 거잖아?"

제미니는 내 팔을 잡아당기며 필사적으로 칭얼거렸다. 그리고 그때 타이번도 바위에서 일어났다.

"그래. 후치. 이만 나가보자. 재물이 있는 곳에는 재앙이 있게 마련이야. 따라서 재물 근처에서는 도망치는 편이 낫지."

재앙? 과연 몇몇 고블린들이 불만스러운 으르렁거림을 내기 시작했다. 지휘자 고블린의 말에 반항이라도 할 듯이 파이크를 거칠게 흔들어대는 고블린의 모습도 보였다. 절벽에 늘어선 고블린들 역시 마찬가지였다. 놈들은 서로를 바라보며 수상한 눈짓을 교환하기 시작했다. 그러자 지휘자 고블린은 머리 끝까지 화가 나서 외쳤다.

"이 미친 놈들! 카랏! 모두들 꼼짝마라! 아무르타트가 가만 있을 거 같으냐? 네놈들이 보석에 침을 흘렸다는 것을 알게 되면, 케르르르르! 아무르타트가 네놈들 머릿가죽을 벗기실 거다! 킥, 슈, 케키르! 아니, 아무르타트는 눈빛만으로 네놈들이 스스로의 손으로 자기의 배를 갈라 보석을 내놓게 만들 거다!"

"그 말엔 전폭적으로 찬성이야."

타이번의 중얼거림이었다. 타이번은 이미 제미니의 부축을 받아 선더라이더에 오른 다음이었다. 난 그들을 한 번 돌아본 다음 다시 주위의 절벽을 돌아보았다. 아무르타트의 이름을 빈 협박은 확실히 먹혀드는 모양인지 고블린들은 이제 수상한 짓을 그만두었다. 비록 기뻐하는 모습은 아니었지만 지휘자 고블린은 그런대로 고블린들을 장악하는 데 성공한 모양이다.

그렇다면 이제 내 용건을 말해도 되겠군. 젠장. 이 용건 때문에 나 혼자서 남고 싶었는데. 제미니뿐만 아니라 타이번도 여기 없었다면 좋았을 텐데. 난 속으로 투덜거린 다음, 조용해진 계곡을 향해 외쳤다.

"이봐! 약속대로 보석은 내주었다!"

"좋아! 케르, 켁! 꺼져라! 내 부하놈들이 인간 고기맛을 떠올리는 데까지는 많은 시간이 남지 않았다!"

"헤에. 꽤나 무서운 말이군. 그런데 말이다! 나에겐 다른 용건이 있는데!"

"키키키르! 용건이라고!"

"그래! 나는 아무르타트를 만나고 싶다!"

계곡을 가득 메운 불길한 침묵은 제미니의 울음소리로 깨졌다.

"우왕! 타이번 씨! 저 녀석 좀 어떻게 해주세요! 조금 전에 한 말 들으셨죠?"

"아, 그, 그래. 제미니. 그런데 좀 흔들지 말아주겠나? 난 장님이라구. 말 위에 있는 장님을 그렇게 흔들어대는 법이 아냐."

"아, 죄송해요. 하지만, 하지만 저 완전히 돌아버린 녀석 좀 어떻게 해달라구요! 이잉!"

완전히 돌아버린 녀석이라구? 내가 도대체 왜 제미니에게 미쳐 있는 것일까. 마음속 깊은 곳에서 누군가가 내게 말을 걸어오는 것 같다. '이봐, 후치 네드발. 너 정말 팔자가 따분 무쌍하다. 제미니가 너를 걱정해서 저렇게 말하는 것은 알겠는데 말이야, 저렇게 말해 가지고서 어디 걱정하는 것처럼 보이겠어? 저런 계집애 따위 걷어차 버려.' 뭐라구? 닥쳐랏! 제미니를 험담하지 마! 더 이상 입을 그런 식으로 놀리면 내가 너를……. 맙소사, 제미니. 네가 맞았어. 난 완전히 돌았나 봐.

그리고 그 사실은 고블린들의 태도에서도 확실히 증명되었다. 고블린들은 미친 놈 보듯이 날 바라보았던 것이다.

"뭐, 케레레, 뭐라구?"

"아무르타트를 만나고 싶다구!"

"누가?"

"내가!"

"누구를?"

"아무르타트를! 그리고 혹시 '어쩐다고?' 라고 물을 거라면 미리 대답하지. 만나겠다구!"

"왜?"

확신하는데 저 고블린은 틀림없이 고블린들 중에 천재에 해당하는 녀석일 것이다. 내가 인간들 중에서 바보에 해당하는 녀석이라는 것을 인정하는 것보다는 저 녀석의 천재성을 인정하는 편이 낫겠어.

"너희들에게 들려줄 이야기가 아니다! 내 용건은 아무르타트에게 있지 너희들에게 있지 않다. 아무르타트는 자신에게 돌아와야 되는 것을 그 수하가 가로채는 것에 대해 관대하다는 말이냐!"

고블린들의 지휘자는 잠시 아무런 말없이 서 있었다. 그 틈을 타서 타이번이 내게 말했다.

"후치, 잠시만. 아무르타트에게 무슨 볼일이 있다는 건가?"

나는 천천히 몸을 돌렸다. 수많은 고블린들이 손에 무기를 든 채 내려다보고 있는 장소라 손가락 하나 움직이기도 조심스러웠다. 타이번의 얼굴이 눈에 들어왔다.

타이번의 눈은 희다. 모진 풍상이 그의 얼굴빛을 검게 물들여 왔고 목에서 거뭇하게 올라오는 문신이 그 어두움을 더했다. 하지만 그 가운데서 희게 빛나고 있는 눈은 섬뜩한 것이었다. 나는 힘들게 침을 삼킨 다음 말했다.

"미안하지만 당신에게도 알려줄 일이 아닙니다. 내 용건은 아무르타트에게만 있으니까요."

타이번은 이마에 주름을 만들며, 그러나 침착하게 말했다.

"그 용건이 뭔지 모르니 그 중요성에 대해서는 논하지 않겠어. 하지만 넌 위험이라는 것에 대해서는 생각해 본 거냐?"

"생각해 봤어요. 그리고 그 생각이라는 것은, 드래곤에 대해서는 철자만 알고 있는 소년의 생각이 아니라 많은 드래곤과 직접 만나본 소년의 생각이지요."

제미니는 이제 타이번에게 매달리던 짓을 그만두었다. 그녀는 내게로 달려들더니 내 팔을 붙잡고 늘어졌다.

"후치야, 후치야! 그러지 마. 도대체 무슨 말을 하는 거니? 왜 그러는 거야? 아무르타트를 만나서 뭘 어쩌겠다는 거야?"

"제미니. 날 믿어달라고 말하면 어쩔래?"

"널 믿느니 내 코가 더 높아질 거라고 믿겠어!"

"음? 글쎄다. 너 별로 코가 낮지는 않은데? 아니, 딱 적당하다고 생각해."

"고마워……. 아, 아니! 어쨌든 나 절대로 너 못 믿어! 어서 돌아가자, 응! 제발 이러지 마아아! 그렇게 벌쭉벌쭉 웃지만 말고 대답을 해! 어서 취소하란 말이야!"

그래도 다른 대답을 할 수가 없으니 히죽히죽 웃는 도리밖에. 어떻게 하면 제미니에게 내 결심이 굳은 것이며, 내가 아무르타트를 만나는 것이 중요한 일이라는 것을 납득시킬 수 있을까? 아, 좋은 방법이 떠올랐다. 난 제미니의 어깨에 두 손을 얹은 다음 진지한 얼굴로 제미니를 바라보며 말했다.

"제미니. 어떻게 하면 너에게 내 결심이 굳은 것이며, 내가 아무르타트를 만나는 것이 중요한 일이라는 것을 납득시킬 수 있을까?"

"납득 안 할래!"

……별로 좋은 방법이 아니었나 보다. 이그!

"야! 이! 고집 센! 계집애야! 난 하늘이 두 쪽 나도 아무르타트를 만나보고서야 돌아갈 거야. 그만! 일부러 울려고 들지 좀 마! 얼굴 펴! 너 울어도 나는 고개도 안 돌릴 거야. 그럼 너도 괴롭고 나도 괴롭기만 할 뿐 아무것도 건질 게 없으니까 울지 마. 알았어?"

제미니는 입을 쩍 벌리고 날 올려다보았다. 요, 계집애. 눈이 동그래져서 그렇게 올려다보니 마음이 다 풀어져버리는군. 제미니의 입술이 몇 번 오물거리더니 간신히 말 비슷한 것이 나왔다.

"울어도?"

"그으으럼!"

"정말?"

"저어엉말!"

"와아아아앙!"

"으아! 제미니, 잘못했어. 용서해 줘!"

제미니는 가장 편한 자세로 땅바닥에 주저앉아 버린 채 목을 놓아 울기 시작했고 그래서 나는 그 앞에서 갖가지 귀여운 짓을 해야만 했다. 타이번은 묵묵히 자신의 소외된 위치를 감수했지만 고블린 지휘자는 그러기 싫었던 모양인지 고함을 빽 질렀다.

"케르! 케르! 이놈아! 도대체 무슨 말을 하고 싶은 거야! 키키키깃!"

간신히 제미니를 진정시켜 놓고(그 동안 나는 겉으로는 제미니에게 꽤 많은 거짓말을 했고 속으로는 그랑엘베르에게 엄청난 저주를 퍼부어 댔다), 난 이마를 닦으며 절벽 위를 바라보았다.

"아, 미안해. 의견 조정이 잘 안 되어서 말이야. 그런데 내가 하고 싶은 말은 이미 다 했는데? 괜찮다면 지금 당장 아무르타트에게 가서 전해."

"케? 전하라구?"

"그래. 후치 네드발이 아무르타트를 만나고 싶어한다고. 아무르타트는 나에 대해서 잘 알고 있으니까 그가 날 모를 거라는 걱정은 하지 않아도 좋아."

아무르타트는 분명 모든 것을 알고 있다. 그가 나를 지명하여 아버지를 내려보내 우리들을 맞이하게 한 것을 보면 짐작할 수 있는 일이지. 우리 일행 중에 나 같은 꼬마가 있으니까 그 아버지를 보낸다는 것은 이유로서는 많이 모자란다. 결국 그는 내가 누구인지, 그리고 내가 어떤 일을 겪으며 여기까지 왔는지를 잘 알고 있다는 뜻이 된다.

아니, 그가 모르더라도 상관없다. 난 그에게 이야기를 할 것이니까. 드래곤 라자? 그 따위는 없어도 상관없어!

그때였다.

"이키후!"

절벽 위의 고블린 지휘자가 크게 메아리치는 함성을 질렀다. 그놈은 함성을 지르면서 동시에 파이크를 거세게 휘저었다. 그러자 맞은편에서 다른 고블린이 대답하듯 외쳤다.

"이키후!"

"이키후!"

몇 번 더 대답이 뒤따르고 나서 고블린들은 움직이기 시작했다.

고블린들은 나타났을 때와 마찬가지로 사라졌다. 절벽 위에 있던 놈들은 절벽 뒤로 걸어가 버렸고 절벽의 틈 사이에 서 있던 놈들은 빠르게 위나 아래로 움직이더니 계곡 안쪽으로 뛰어갔다. 굉장한 몸놀림들인데. 고블린들은 거의 수직에 가까운 절벽을 마치 평지처럼 달려갔다.

잠시 후 보석을 가지러 온 놈들을 가장 마지막으로, 계곡에 빽빽이 들어차 있던 고블린들은 언제 나타났냐는 듯이 사라졌다. 이게 뭐야? 아예 상종을 안 하겠다는 것인가? 그러나 그렇게는 생각되지 않았다. 왜냐하면 고블린들의 지휘자는 제자리에 선 채로 나를 내려다보고 있었기 때문이다.

놈은 절벽을 내려오기 시작했다.

거의 떨어지는 것과 비슷한 속도였다. 놈이 절벽을 찰 때마다 돌멩이가 몇 개 튕겨지고 작은 바위들이 흔들거렸지만 놈은 흔들리지 않았다. 그런 식으로 놈은 몇 십 초도 걸리지 않아서, 나라면 내려오는 데 한 시간은 걸렸을지도 모르는 절벽을 다 내려왔다. 그러더니 그놈은 파이크를 한 손에 늘어뜨린 채 천천히 내

쪽을 향해 걸어오기 시작했다.

발소리는 나지 않았다. 놈의 움직임은 부드러웠고 그 발놀림은 흐느적거리는 것 같았지만 튼튼했다. 놈은 그렇게 가볍게 뛰면서 계곡 바닥에 널려 있는 바위들 위를 지나 내게로 다가왔다. 바닥에 주저앉아 있던 제미니는 그제야 고블린을 본 것인지 후다닥 일어났다.

고블린 지휘자는 15큐빗쯤 되는 거리에서 멈춰 섰다.

바닥에 내려온 것을 보니 확실히 지휘자 노릇을 할 만한 녀석이었다. 웬만한 오크보다도 더 큰 덩치였으며 그 몸에서 느낄 수 있는 탄력성이나 강인함이 예사롭지가 않았다. 대단히 질겨 보이는 몸을 가지고 있었다.

"크켁!"

고블린이 느닷없이 고함을 지르자 제미니는 기겁하면서 내 팔에 안겨들었다. 그러나 놈은 들고 있던 파이크를 옆의 땅에 박아 넣을 뿐이었다. 그러고는 놈은 두 팔을 앞으로 모아 팔짱을 꼈다. 이게 뭐지? 아, 무장은 치우라는 말인가? 난 천천히 바스타드를 검집에 꽂아넣고는 똑같이 팔짱을 꼈다. 덕분에 제미니는 내 팔을 놓치고 안절부절 못하기 시작했다. 타이번이 뒤에서 걸어오더니 제미니의 어깨를 붙잡았다. 제미니는 흠칫했지만 타이번은 따스하게 말했다.

"가만히 기다려, 제미니. 내가 있으니까 괜찮아."

고블린 지휘자는 만족스러운 듯이 고개를 끄덕였다. 그러더니 놈은 갑자기 눈을 감으며 턱을 조금 들어올렸다. 저것도 턱이라고 불러줄 수 있는지는 모르겠지만.

으응?

놈의 몸이 미세하게 떨리기 시작했다. 주위에는 아무런 바람도 없었는데 놈은 마치 바람에 흔들리는 풀잎처럼 흔들렸다. 잠깐. 그러고 보니 바람이 안 부네? 왜 이렇게 주위가 고요한 거지?

고블린의 떨림은 시작했을 때처럼 갑작스럽게 멎었다. 놈의 눈이 다시 열렸을 때 나는 운차이를 떠올리지 않을 수 없었다. 찔릴 것처럼 예리한 눈빛. 고블린은 입을 열었다.

"재미있군. 날 만나고 싶다고 했나?"

깊은 울림이 있는 목소리. 고블린의 몸처럼 작은 몸에서 나온 것이라고는 믿어지지 않을 정도로 깊이 있고 힘 있는 목소리였다. 그래서 하마터면 팔짱을 풀어버릴 뻔했지만 간신히 손가락으로 양쪽 팔을 꽉 움켜쥐어서 그런 일은 일어나지 않았다. 아이고, 팔이야! 제미니는 손으로 입을 가리더니 숨막히는 목소리로 말했다.

"하아? 목소리가 바뀌었어?"

"쉿. 제미니. 아무르타트야."

제미니는 눈을 심하게 껌뻑거리더니 믿을 수 없다는 투로 말했다.

"……아무르타트가 고블린이었어?"

타이번은 괴상한 기침소리를 내며 고개를 돌렸고 난 고개를 푹 떨구었다. 그리고 고블린은 폭소를 터뜨렸다.

"핫하하하!"

제미니는 고블린의 웃음소리를 듣더니 더욱 놀란 표정이 되어버렸다. 타이번은 간신히 그 괴상한 기침을 멈추고서는 제미니에게 설명했다.

"마법이야, 제미니. 아무르타트가 마법을 써서 저 고블린을 통해 말하는 거야."

"그래요?"

제미니는 그제야 고개를 끄덕였다. 난 힘들게 고개를 들어올리고는 고블린을 향해 고개를 끄덕여 보였다.

"반갑습니다. 위대한 드래곤 아무르타트. 이 빌어먹을 자식아, 넌 내 어머니의 원수야."

제미니는 뜻 모를 신음소리를 내면서 기절해 버렸지만 타이번이 용케 그녀를 부축한 모양이다. 그 동안에도 난 고블린의 눈에서 감히 고개를 돌리지 못했다. 그것은 아무르타트의 눈이었으니까. 그래서 오랜 침묵 후 고블린이 다시 입을 열었을 때 난 다리가 풀려 주저앉을 뻔했다.

"그것이 네 용건인가?"

난 한참동안 호흡을 가다듬느라 대답하지 못했다. 저 침착하고 준엄한 목소리에 대해 열뜬 바보의 목소리로 대답하기엔 내 자존심이 허락하지 않았다. 잠시 후에야 나는 스스로도 만족스러울 만큼 침착하게 대답할 수 있었다.

"아니오. 이것은 당신에 대한 용건이 아니라 나 자신에 대한 용건입니다. 사소하지만 나에게는 의미가 깊은 숙원을 풀어본 것이지요. 당신이 내 어머니의 영전에 사죄하는 것까지 바랄 수는 없겠지만, 당신에게 직접 당신은 내 어머니의 원수라고 말해 주고 싶었습니다."

"그런가. 확실히 너 자신을 위한 용건일 뿐이군."

반응하지 않는다. 확실히. 난 입가에 미소를 띠며 고개를 숙여 보였다.

"그렇습니다. 용서하십시오. 그럼 제 용건을……."

"돌아가라."

"예?"

난 당황해서 얼굴을 들어올리다가 온몸이 굳어버렸다. 고블린의 얼굴에서 빛나는 아무르타트의 눈이 나를 매섭게 쏘아보고 있었다.

"이 말을 하기 위해 번거로움을 감수한 것이다. 네 용건에는 관심이 없다. 지금 당장 돌아가라. 네가 입을 닥치도록 만드는 방법에는 두 가지가 있다. 네가 스스로 발걸음을 돌리는 것과 내가 널 죽여버리는 것. 난 양자 중 어떤 것이든 상관이 없지만 너로선 상관이 많을 것 같군."

고블린의 몸에서 울려져 나오는 아무르타트의 명령은 준엄했다. 난 얼굴을 찡그려보려고 애썼다. 안 되었다. 팔을 움직여 보려고 했다. 소용없었다. 그야말로 가위에 눌린 것처럼, 난 눈알만 굴리면서 고블린을 바라보고 있을 수밖에 없었다.

타이번의 말에 의해 나는 그 무서운 경직에서 간신히 풀려날 수 있었다.

"아무르타트."

한 가지 분명한 사실을 알았다. 태풍이 불면 나무는 쓰러지는 법이다. 하지만 똑같은 정도의 태풍이 양쪽에서 동시에 몰아치면 나무는 곧바로 서 있게 될 것이다. 나는 타이번의 말에서 고블린의 몸을 빈 아무르타트와 거의 같은 힘을 느낄 수 있었고, 그래서 쓰러지지 않고 서 있을 수 있었다.

"이 소년의 용건이 뭔지 들어보지도 않고 그렇게 박정하게 거절하는 것은 너무 성급하지 않겠소?"

고블린은 우울한 눈으로 타이번을 바라보았다. 타이번은 한 손으로 지팡이를 짚고 다른 손으론 제미니를 안아든 채 당당하게 고블린을 향해 서 있었다. 자세히 보니 고블린은 나를 상대했을 때와는 비교도 되지 않을 정도로 몸을 긴장시키고 있었다.

아무르타트는 말했다.

"성급함이라는 말을 드래곤에게 사용하는 것이야말로 성급한 행동이 아닐까 생각되오만."

되오만? 알고 있군, 역시! 아무르타트는 타이번이 핸드레이크임을 알고 있었어.

"그럴지도 모르오. 하지만 누가 잘못 생각한 것인지는 아직 알 수 없소. 따라서 나는 당신이 당신의 주장을 철회해 줬으면 좋겠다고 생각하는데."

"나는 강요당하는 것에 익숙하지 못하오."

"잘됐군. 나 또한 강요하는 것에 익숙하지 못하기는 마찬가지요. 물론 살다 보면 부득이한 경우라는 것이 왕왕 발생하기도 하지만."

흐음. 협박을 하고 있어. 목이 뒤로 꺾여버릴 것 같은 긴장감 속에서도 난 고블린과 타이번을 바라보며 그 뒤에 있는 아무르타트와 핸드레이크를 바라보고 있었다. 순간 무시무시한 생각이 떠올라서 나는 타이번을 노려보았다. 불안한 느낌은 목에 걸린 뼛조각 같군.

혹시 핸드레이크는 이 장소를 다른 장소로, 여기 있는 사람과 드래곤을 다른 사람과 다른 드래곤으로 착각하고 있는 것이 아닐까? 갈색 산맥에서의 카뮤와 크라드메서. 그리고 회색 산맥에서의 후치와 아무르타트. 쳇. 우습지도 않은 착각이군. 핸드레이크, 당신은 아직도 드래곤을 붙잡으려고 들고 있는 것입니까? 아무르타트도 크라드메서처럼 될지 모르는데?

그러나 나는 타이번을 저지하지 않았다. 나에게는 아무르타트로 하여금 내 말을 듣게 만들 수 있는 힘이 없으니까 타이번에게 맡겨두는 수밖에. 그에게는 미안한 일이지만.

둘의 모습에서는 이제 내 눈으로도 느낄 수 있는 현격한 차이가 있었다. 타이번은 산트렐라의 노래에 앉아 있을 때만큼이나 여유로워 보였지만 고블린의 표정에는 꽤나 그럴 듯한 불안감과 증오가 나타나고 있었다. 거의 인간처럼 보일 지경이군. 그때 고블린이 입을 열었다. 그리고 아무르타트의 목소리가 울려나왔다.

"당신이 들었는지는 모르지만……."

고블린은 잠시 호흡을 가다듬었다. 정말 사람 같은데.

"나에게는 석양의 감시자라는 이름이 있소."

"그건 알고 있소만?"

고블린은 천천히 뒤로 걷기 시작했다. 타이번은 그 미세한 발자국 소리를 들은 것인지 고개를 갸웃거리기 시작했다. 고블린은 뒤로 물러나면서 천천히, 그렇지만 확실하게 말했다.

"나는 석양을 감시하며 석양에서 감시하오. 내 앞에서 만물이 끝나고, 동시에 만물의 끝에서 나는 그들을 기다리고 있소. 나는 유피넬과 헬카네스의 딸인 시간의 충실한 종이오."

"……그런데?"

고블린은 뒤로 걷다가 그대로 훌쩍 뛰어 바위 위에 섰다. 고블린이 바위 위에 섰을 때 들려온 낮은 소리 때문에 타이번은 움찔했지만 그가 뭐라고 말할 기회는 없었다. 고블린은 그렇게 빠르지는 않았지만 확실하게 말했다.

"나의 기다림은 이미 길었거늘, 당신의 황혼은 너무 길군."

순간 타이번의 얼굴이 파랗게 질렸다.

그의 얼굴이 굳은 것과 동시에 그의 손이 미세하게 떨리기 시작했다. 심지어 그는 장님처럼 몇 번 주춤거리기까지 했다. 물론 진짜 장님이긴 하지만 지금껏 그는 전혀 장님처럼 행동하지 않았는데? 나는 황급히 그에게 다가가서 제미니를 받아들었다. 내가 제미니를 받아들자마자 타이번은 두 손으로 지팡이를 쥐었다. 쓰러지지 않기 위해 지팡이에 기대는 것처럼 보였다. 그 모습을 내려다보며 바위 위에 선 아무르타트는 침착하게 말했다.

"왜 당신은 당신의 약속된 휴식에 아직 도달하지 않은 것이오?"

"나, 나는……."

300년 전 드래곤 로드 이후로, 사람이든 드래곤이든 아니면 다른 그 무엇이든 간에 핸드레이크의 다리가 이 정도로 흔들리게 만든 자가 또 있을까? 아무래도 아무르타트가 300년 만에 처음으로 그것을 성공시킨 것처럼 보였다. 당황해서 두 사람을 바라보느라 자칫 제미니를 놓칠 뻔했다. 난 제미니의 허리를 단단히 감싸안은 다음 다시 고블린을 바라보았다.

"인간에게 있어 충실한 생에 대한 보답은 약속된 휴식이오. 그것은 인간에게 주어진 선물. 당신들은 죽을 수 있고, 죽을 때를 모르오. 드래곤도 그러한 선물은 받지 못했소."

드래곤 로드의 말이었지. '나는 인간에게 내려진 선물 같은 것은 받지 못했다네.' 고블린의 얼굴에 번뜩이던 아무르타트의 눈은 이제 타이번을 꿰뚫을 듯이 노려보고 있었다.

“당신의 말이었지. 우리는 단수가 아니다. 그 복수성에서 비롯되는 불사성은 죽음과 망각을 통해 유지되는 것이겠지. 시간의 종인 나는 잘 알고 있소. 죽음을 무시하는 자가 인간이오? 단수로서 불사하고 있는 당신은 스스로를 인간이라 부를 수 있소?”

“아니오.”

부러질 듯 흔들리는 지팡이에 힘겹게 기대어선 장님 노인의 말치고는……, 꽤나 침착한 대답이었다. 타이번은 그 불안스러운 모습과 전혀 어울리지 않는 침착한 목소리, 어떻게 들으면 단조로운 목소리로 말했다.

“나는 인간이 아니오. 뱀파이어, 아니 뱀파이어라고도 할 수 없을 거요. 나는 죽은 채로 사는 자요.”

타이번의 눈꺼풀이 심하게 껌뻑거렸다. 그는 한 손을 들어 자신의 눈을 꽉 누르면서 말했다.

“내 눈은 석양을 보지 못하오. 그래서 나는 밤 속에서 황혼을 살아가오.”

아무르타트는 고개를 들었다.

그의 눈은 끝없는 계곡 사이에 길게 뻗어 있는 하늘을 향해 있었다. 하늘이 마치 끝없는 계곡을 덮고 있는 천장처럼 보인다. 그러고 보니 이곳은 꼭 동굴 같은 곳이로군.

그때였다.

갑자기 계곡 한편에서 태양이 떠올랐다. 날이 밝은 지는 이미 오래되었지만 워낙 깊은 계곡이라 이제야 태양의 모습이 하늘에 나타난 것이다. 절벽 위는 순식간에 금실처럼 반짝거렸고 하늘을 바라보던 나는 고개를 돌려버리고 말았다. 계곡이 밝아지면서 바위 위에 서 있던 고블린의 모습도 보다 환하게 비춰졌다.

고블린은 태양이 떠올랐는데도 고개를 돌리지 않은 채 하늘을 바라보고 있었다. 왜일까? 지금 고블린의 눈은 아무르타트의 눈이기 때문일까? 만물에게 공평한 태양은 300세의 마법사에게도 그 아름다운 빛을 똑같이 내려비췄다. 하지만 눈이 보이지 않는 타이번은 그것을 느끼지 못했다. 그래서 고블린과 타이번, 그리고 제미니에게는 희한한 공통점이 있었다. 높은 절벽이 감추고 있던 태양이 이제야 떠올랐음에도, 그것을 제대로 느끼면서 눈이 부셔 고개를 돌리는 사람은 나 하나뿐이었다.

그러나 나의 그런 독특한 위치도 오래가지 못했다. 잠시 후 태양을 뒤따라 나타난 구름이 해를 가려버렸다. 계곡은 다시 어둡고 음침한 신비를 간직한 동굴로 바뀌어버렸다. 그리고 그때 아무르타트는 말했다.

"당신의 눈이 밤을 보게 되면, 나를 찾아오시오. 지금은 당신과 내가 함께할 시간이 아니오. 그리고……."

바위 위에 선 고블린은 고개를 내리지 않은 채 나에게 말했다.

"후치 네드발. 너와 내가 함께할 시간도 아니다. 물러가라. 이 고블린에 대해서는 신경 쓸 필요 없다. 때가 되면 일어날 것이니."

고블린은 갑자기 입을 크게 벌렸다. "카아……." 잠시 후 고블린의 몸이 갑자기 무너졌다. 털썩. 나는 뜨거워지는 눈 주위를 비빈 다음 바위 위의 고블린을 바라보았다. 고블린은 바위 위에 쓰러져 입에서 기다란 침을 흘리고 있을 뿐 조금도 움직이지 않았다. 마치 죽은 것처럼.

입이 아주 어렵게 열렸다.

"아무르타트?"

아무르타트는 없었다.

"아무르타트!"

아무르타트는 없었고, 다만 바위 위에 늘어져 있는 고블린이 있을 뿐이었다. 아무르타트는 나를 거부하고 문을 닫아버린 것이다. 하지만, 하지만 나는 아직 말하지 않았는데. 말하지 못했는데.

"으……음."

내 품에 안긴 제미니가 약한 신음소리를 내는 순간, 나는 제미니를 꽉 끌어안았다. 제미니의 목에 얼굴을 파묻으며, 그 목에서 느껴지는 조금 비릿한 듯하면서도 약한 소금기가 어린 냄새를 맡으며 나는 간신히 고함을 지르고 싶은 것을 억눌렀다. 어깨가 부서질 듯이 떨려왔다.

누군가 내 등을 어루만졌다.

고개를 들어보니 제미니의 눈이 나를 똑바로 향하고 있었다. 그녀는 붉어진 얼굴에 떨리는 미소를 담은 채 날 바라보고 있었다. 그리고 그녀의 손은 내 등뒤로 돌아와 마구 떨리고 있는 내 어깨를 조심스럽게 쓸어내리고 있었다.

충혈되어 발갛게 도드라진 그녀의 입술이 떨리듯 열렸다.

"후치야……."

"제미니. 나는……."

"괜찮니이? 괜찮은 거지?"

"말을, 말을 못했어. 아무르타트에게 꼭 할 말이, 그런 말이 있었는데……. 아무르타트는 내 말을 듣지도 않고 그냥 가버렸어."

제미니는 갑자기 배시시 웃었다. 그녀는 장난스럽게 고개를 끄덕거렸고 그러자 그녀의 머리가 내 턱에 톡톡 부딪혔다. 그녀는 그렇게 질책하듯 이마로 내 턱을 톡톡 건드리더니 다시 고개를 들었다.

"바보 후치야. 걱정 마. 다 괜찮아. 아무르타트는 알 거야."

"아무르타트가?"

"그래. 알고 있을 거야. 그러니까 상심해하지 마. 헤에. 안 어울린다, 너?"

"치. 네가 어떻게 알아? 아무르타트가 어떻게 내가 할 말을 짐작한다는 거야?"

"짐작하지 못할 거라는 증거도 없지. 그렇잖아?"

"그런 식으로 말하면 할말이 없어."

"그럼, 그럼. 그런데 나는 할말이 더 있는데."

"뭔데?"

"나 지금 숨막혀……. 이 바보야! 그만 좀 놓으라구!"

제미니가 내 정강이를 걷어차고 나서야 나는 '후치 네드발 군이 제미니 스마인타그 양을 으스러져라 껴안고 있는 상황'에서 내가 중요한 역할을 하고 있음을 깨닫게 되었다.

"으랏찻차차차!"

나는 거의 내팽개치듯 제미니를 놓아주었다. 제미니는 재빨리 뒤로 몇 걸음 걷더니 어깨에 힘을 지나치게 넣어서는 옷맵시를 고르기 시작했다. 탁탁탁! 저러다가 옷 찢어지겠는데. 고개를 푹 숙이고 있어서 제미니의 얼굴은 볼 수가 없었다. 그건 그렇고 타이번은 장님이니까 결과적으로 이건 아무도 못 본 것이 된다. 틀림없다. 아이고, 살았다.

"이제 고개를 돌려도 되나? 포옹은 끝났어?"

"……마치 눈이 보이는 것처럼 말하지 말아요."

옷을 찢어먹을 듯이 쓸어내리던 제미니는 흠칫 하더니 눈을 부릅뜬 채로 타이번을 노려보았다. 하지만 그 최선을 다했다는 점만으로도 무서워 보여야 할 제미니의 표정은 눈이 보이지 않는 타이번에게는 아무런 효과도 주지 못했고 눈이 보이는 나에게는 웃음을 일으켰다.

"으핫! 제미니, 그런 얼굴, 그런 얼굴!"

"뭐야! 왜 웃는 거야, 웃지 마!"

"아, 아냐. 이힛히히히! 이건 웃는 것이 아니라고, 으헷헤헤! 나 안 웃어, 킬킬킬킬!"

잠시 후 그윽한 표정으로 내가 제미니에게 무자비하게 구타당하는 광경을 감상하는 척하고 있던 타이번이 말했다.

"돌아가세. 주인이 가라고 하면 예절바른 손님은 나가야지."

나는 선더라이더에 타이번과 제미니를 태운 다음 느긋하게 걸어가기 시작했다. 이런 길에서 우리 세 사람이 모두 선더라이더에 올라타면 선더라이더는 10년쯤 후엔 관절염에 시달리게 될지도 몰라.

끝없는 계곡은 길었고 그 위를 뒤덮은 구름은 점점 짙어졌다. 아까 내가 봤던 것이 진짜 태양인지도 의심스러워질 정도다. 그러나 그 끝을 향해 걸어가면서 점점 계곡은 넓어졌고, 그래서 음침한 동굴처럼 보이던 끝없는 계곡은 이제 범상한 사물의 느낌으로 나를 감싸고 있었다. 더군다나 집에 돌아가게 되었다는 것에 즐거워진 제미니가 계속 떠들어대고 있어서 내가 아무르타트가 있는 끝없는 계곡을 걷고 있는 것인지 우리 마을 대로를 걷고 있는 것인지도 잘 구분되지 않았다.

“있잖아, 후치야. 아버지 돌아오셨는데 뭐 만들 거니? 나도 도와줄게. 맛있는 걸 만들자. 응? 네 아버지는 몇 달 동안이나 사람이 먹는 음식 같은 걸 못 드셨을 거잖아. 아버지께서 제일 좋아하는 것이 뭐니?”

“우리 아버지? 물.”

“이이이! 불이 닿는 것 말이야! 아, 불이 안 닿는 것도 있지만 겨울이니까…….”

“끓인 물.”

“몇 대 맞을래?”

“……두 대면 되겠냐?”

“아니, 세 대!”

제미니는 계속 수다스러웠지만 반대로 타이번은 입을 꾹 다물고 있었다. 나는 주로 제미니의 말에 맞장구를 쳐주면서 타이번을 관찰했고, 결과적으로 몇 번이나 발을 헛디뎠다. 타이번은 그제야 애잔한 즐거움이 담긴 목소리로 말했다.

“나는 외롭지 않아. 바로 옆에 또 다른 장님이 있으니까.”

제미니는 까르르 했고 나는 으르렁 했다.

그런 식으로 올라올 때보다 훨씬 빠른 속도로 계곡의 끝에 도달했을 때, 나는 다시 고개를 돌려 뒤를 돌아보았다. 하지만 여전히 계곡은 계곡일 따름이었다. 석양의 감시자 아무르타트가 있는 곳이라는 무서운 이름은 눈앞에 펼쳐진 정경에 어울리지 않았다. 겨울의 계곡일 뿐이다.

겨울의…….

나는 눈살을 찌푸렸다. 저건? 저게 그러니까, 에. 분명히 내가 아는 거였는데?

"어머? 눈이다?"

역시 나보다는 제미니가 확실히 사람을 잘 알아본다. 사람뿐만이 아니라 다른 것도. 음. 맞았어. 저거 이름이 눈이었지. 하지만 나는 아직도 고개를 가로젓고 있었다. 단순히 눈이라는 것으로는 모자라. 그러니까 다른 말이 필요한데……. 다시 한번 제미니가 나를 도왔다.

"와! 첫눈이다!"

제미니! 요 깨물어주고 싶은 계집애야! 맞았어. 첫눈이다. 하늘에서 하얀 눈송이가 떨어져 내리기 시작한 것이었다. 제미니의 외침을 들은 타이번은 보이지도 않는 눈으로 하늘을 올려다보더니 천천히 손을 내밀었다. 그러자 나와 제미니는 동시에 입을 다문 채로 타이번의 손에 눈송이가 떨어져 내리기를 기다리게 되었다. 어쩌면 선더라이더까지도?

우리들의 소망을 들은 것인지, 가볍게 떨어져 내리던 눈송이 하나가 천천히 타이번의 손으로 향했다. 제미니는 입술을 오므리고는 눈을 동그랗게 떴고 나는 주먹을 쥐었다 폈다 하기 시작했다. 떨어져라! 그대로! 아, 이런. 흔들리지 마! 조금 왼쪽으로, 우와, 옆에서 입김이라도 불까? 그렇지! 됐어. 그대로 떨어져라. 이젠 바람 불지 마!

마침내 타이번의 앙상한 손에 하얀 눈송이가 떨어졌고 타이번은 손가락 끝을 움찔했다. 그리고 나와 제미니는 동시에 긴 한숨을 내쉬었다. 이거 만세라도 외치고 싶어지는데. 눈송이는 타이번의 손에 닿자마자 빠르게 녹았다. 타이번은 천천히 손을 입가로 가져가더니 그 손바닥을 입술에 가져다대었다.

그의 입매가 살짝 올라갔다.

"그렇구나. 눈님이 오시네."

타이번의 말이 마치 허락이나 되는 것처럼 눈송이는 더욱 소담스럽게 떨어져 내리기 시작했다. 나는 고개를 들어 하늘을 보았다. 정확히 지적할 수 없는 하늘의 한 지점을 중심으로 해서 사방으로 눈송이가 퍼져나가고 있었다. 얼굴에 닿는 눈송이 때문에 볼이 선뜻했다. 고개를 내려 다시 끝없는 계곡을 바라보았다. 그러자 마치 커튼처럼 끝없는 계곡을 가리는 눈송이들이 보였다. 고개를 돌려 이번에는 제미니를 바라보았다.

제미니는 말 위에 앉은 채 두 손을 앞으로 내밀고 있었다. 제미니는 두 손바닥을 모아 그릇처럼 만들고는 눈송이를 담아 모으려고 치켜들고 있었다. 기어코 눈송이 몇 개가 그녀의 모아쥔 손바닥에 떨어지는 순간 제미니는 재빨리 손을 얼굴 앞으로 당겼다. 제미니는 눈을 커다랗게 뜬 채 손바닥을 내려다보았지만 그 짧은 시간 동안 손바닥의 눈송이들은 녹은 모양이었다. 제미니는 눈을 찡그리더니 손바닥으로 양볼을 문질렀다.

"앗, 차거!"

그럼 눈 녹은 물이 뜨거울까. 이런, 계집애. 제미니도 자기 말에 스스로 웃더니 사방을 둘러보기 시작했다.

"와아, 멋있다. 후치야. 네 아버지가 돌아오시게 된 것을 축하해 주는 것 같잖아?"

"돌아오시게 된……, 그래. 이젠 집으로 돌아갈 시간이구나."

제미니는 고개를 갸웃하며 대답했다.

"응? 어, 그렇지. 첫눈을 맞으며 돌아가는 거지."

첫눈을 맞으며, 그래. 집으로 돌아가는 거지.

떨어지는 단풍잎을 맞으며 집을 떠났지. 어두운 숲속, 발걸음마다 부서지는 낙엽의 바스락거림을 들으며 산과 들, 그리고 제자리에 가만히 있지만 어디로든 이어지는 길 위를 배회했지. 맑고 싸늘한 가을 밤하늘 아래 모닥불을 피워놓고 우리 고향을 가리키는 별자리를 더듬어보았던가. 그리고 이제 첫눈이 내리는군.

그래. 이젠 끝이군. 집으로 돌아갈 시간이야.

"어어이!"

터너의 고함소리가 들렸다. 먼저 떠난 우리 일행들은 계곡 바깥에 모여 서 있었다. 제미니는 두 손을 모아 나팔처럼 만들더니 마주 고함질렀다.

"오오이!"

내리는 눈발 사이로 왁자지껄한 웃음소리가 들려왔다. 그리고 나는 계곡 바깥에 서 있는 사람들 중에서 우리 쪽을 향해 달려오는 사람의 모습을 볼 수 있었다. 아버지였다. 나는 달려오는 아버지를 향해 미소지으며, 동시에 떠나간 내 한 시절을 향해 미소지었다.

내 마법의 가을은 끝났다.

7

"그럼, 네드발 백작님이로군요."

"예. 그리고 영주님에게만 알려드리는 겁니다."

"아직 아무에게도 말씀하시지 않으셨소?"

"아이고, 영주님. 제발 그러지 마세요. 말씀 낮춰주세요."

의자에 앉은 영주님은 너털웃음을 터뜨렸다. 하지만 웃음 끝에 기침이 뒤따라서 보는 나를 안쓰럽게 만들었다. 감금 생활 동안 초췌해진 영주님의 몸은 아직껏 살이 붙을 생각을 하지 않고 있어 하멜 집사를 좌절하게 만들고 있다고 한다.

"쿨, 쿨럭. 으음…… 그래, 아무에게도 말하지 않았느냐?"

"예. 다른 사람들에게는 알리고 싶지 않습니다. 앞으로도 계속."

"앞으로도 계속?"

"예. 비교가 이상하지만, 칼이 그랬던 것처럼 신분을 숨기고 살고 싶습니다."

"왜지? 네가 백작이 되었으니 네 영지로 아버님을 모시고 가서 더 편하게 모실 수도 있을 텐데. 그러고 보니 국왕께서 하사하신 영지에 대한 책임은 어쩔 테냐?"

"그 영지는……, 제가 생각할 수 있는 한 가장 훌륭한 방법으로 보살피고 있습니다."

나는 펠레일과 코다슈 씨에 대해 영주님에게 설명드렸다. 영주님은 의자에 편히 기대신 채 즐거운 얼굴로 내 이야기를 들으시고는 고개를 끄덕이셨다.

“만일 제가 다스렸다면 그거야말로 국왕 전하와 제 영지의 주민들에 대한 책임을 다하지 못하는 거겠죠. 열일곱 살짜리 전직 초장이인 영주라니, 우습잖습니까? 제가 영주가 된다면 주민들이 밤에 쓸 초야 얼마든지 대줄 수 있겠지만.”

영주님은 잔잔하게 웃으셨다.

“훌륭한 영주로고. 자신의 재능의 한계를 잘 알고 있고 그 재능을 넘어서려고 들어 주민들을 괴롭히지도 않으니.”

“과찬의 말씀입니다.”

“그런데 네 아버지에게도 숨길 작정이냐?”

“아버지께서 연로하셔서 제 보살핌을 필요로 하게 될 때까지는……. 제 생각만 하는 것 같습니다만, 저는 아버님께서 열심히 일하시는 모습을 보는 것이 더 좋습니다. 더군다나 가장 훌륭한 영주님이 다스리는 영지에 계시는 것이 더 좋지 않겠습니까.”

영주님께서는 천천히 탁자를 또각거리시다가 고개를 돌려 창밖을 바라보았다. 창밖에는 눈이 소담스럽게 내리고 있었다. 원래 을씨년스럽기 짝이 없는 우리 영주님의 집무실이었지만 하멜 집사의 필사적인 노력이 깃들여 꽤나 안온하고 따스한 분위기로 바뀌어 있었다. 잠시 벽난로에서 장작 타는 소리만이 들려왔다.

귀를 기울이면 눈이 쌓이는 소리를 들을 수 있을 것 같은 고요가 끝나고, 영주님은 무릎에 올려둔 모포를 끌어당기시며 피로한 목소리로 말씀하셨다.

“글쎄다. 나로서는 알 수가 없구나. 네 행동이 올바른 것인지.

그래서 세월이 너에게 답을 주지 않을까 하는 일반론 외엔 줄 것이 없구나. 일단은 너를 돕겠다. 정확하게 원하는 것이 무엇이지?"

"지금까지처럼……, 제가 영지의 주민으로 있는 것입니다. 그리고 제가 신분상 가지게 되는 여러 가지 의무나 권리에 대해 영주님께서 도와주셨으면 합니다."

"너는 우리 영지의 은인이자 나의 은인이니 너를 도와주는 것은 당연하다. 하지만 영주의 의무를 대신하라는 것은 여러 가지 문제가 있을 수 있겠구나. 네가 영지에 대해 갖는 책임은 그 훌륭하다는 청년들에게 맡겨두었으니 문제될 것은 없겠지만, 네가 수도나 국왕에 대해 갖는 책임은 어쩌겠느냐? 하다못해 곧 있으면 다가올 신년 인사 같은 것도 있는데. 어전에 찾아가 국왕께 인사를 드려야 하지 않겠느냐? 사소한 일이지만 꼭 해야 하는 일이기도 하지."

"예. 그런 것도 있다더군요. 바로 그런 것 때문에 부탁드리는 겁니다만, 저, 영주님도 그때는 수도에 올라가시죠?"

"그렇지."

"저, 그때 저를 수행원으로 삼아주시지 않겠습니까?"

영주님은 미소를 지으셨다. 감금 생활 동안 더욱 깊어진 그 눈가의 주름살이 굵게 패었다.

"무슨 말인지 알겠구나. 네가 공무상 수도로 가야 할 때마다 내가 너의 위장을 도와줘야 한다는 말이군?"

"예. 죄송한 부탁입니다만……."

"아니, 괜찮다. 어차피 영주가 수도까지 가야 할 일은 자주 있지 않으니까."

"그럼, 도와주시겠습니까?"

"그러지. 그게 네 은혜에 대한 보답이 될 수 있다면 얼마든지 하겠다."

"감사합니다."

영주님은 잔잔히 웃으시며 다시 모포를 끌어올렸고 나는 자리에서 일어나 벽난로로 다가갔다. 벽난로의 장작들을 뒤적거려 불길을 일으키고 있을 때 등뒤에서 영주님의 목소리가 들려왔다.

"그런데, 이유가 무엇인지 정말 궁금하구나. 왜 네가 백작이 되고 싶지 않은 것인지."

고개를 돌려보니 영주님께서는 눈 내리는 창밖을 바라보고 계셨다. 영주님은 나뭇가지에 쌓이는 눈을 바라보며 말씀하셨다.

"쿨, 쿨럭. 으으음……, 네가 영지에 대한 책임을 다하지 못할까 봐 영주가 되지 않겠다는 것은 이해하기 어렵구나. 그 훌륭하다는 청년들이 있으니 그들을 네 가신으로라도 받아들이면 되지 않겠느냐. 그러면 그들과 협조하여 네 영지를 보살필 수 있을 테니."

"그렇긴 합니다만. 저, 창문을 닫을까요?"

"아니. 괜찮다. 바람은 별로 안 부는구나. 조용한 눈이라 보고 있으니 즐겁군."

"예……."

"네가 경계하는 것은 영주의 책임이 아니라 영주라는 지위 그 자체인 모양인데, 맞느냐?"

나는 영주님의 백발을 바라보며 말했다.

"그렇다고도 볼 수 있습니다. 정확하게는, 영주가 됨으로써 제가 변하게 되는 것이 싫습니다."

"왜 변하고 싶지 않은 거냐. 지금의 네가 좋기 때문에?"

"물론 저는 지금의 제가 좋습니다. 하지만 만일 제가 영주가 되면, 그때는 영주인 저 자신을 더 좋아하게 될지도 모릅니다. 저는 비교적 낙천적이라 어떤 상황이든 대개 좋아해 버리고 맙니다."

"너는 영주가 되어도 그 상황을 싫어하지 않을 거라는 게냐?"

"예."

영주님은 천천히 고개를 돌리셨다. 영주님은 의자 등받이에 관자놀이를 기대며 나를 비스듬하게 올려보셨다.

"그렇다면 네가 영주가 되지 않으려 드는 이유는 갈수록 모호해지는구나. 어떤 상황에 처하든 특별히 두려워하는 것도, 거리낄 것도 없다면 특별히 영주가 되지 않으려 드는 이유는 무엇이냐?"

나는 천천히 걸어가 다시 영주님의 맞은편에 앉았다. 하지만 조금 비스듬히 앉아서 영주님이 아니라 창밖을 바라보는 자세로 앉았다. 마치 꿈꾸듯 떨어지는 하얀 눈송이들을 바라보면서 나는 영주님에게 질문했다.

"영주님. 먼저 질문을 하나 드리고 싶습니다. 이런 질문을 드리는 것을 용서해 주십시오. 영주님께서는 아무르타트 정벌에 실패하셨습니다. 이제 제10차 아무르타트 정벌을 계획하고 계십니까?"

영주님은 곧장 대답하지 않았다. 영주님의 얼굴을 보지 않고 있었기 때문에 그 정적의 시간은 꽤나 지루했다. 잠시 후에야 영주님께서는 말했다.

"아니다. 현재로서는 그런 생각은 없다."

"왜 그런지 여쭤봐도 되겠습니까."

"아무르타트 정벌을 또다시 기획했다가는 영지를 도탄에 빠뜨리게 되지 않겠느냐. 국왕께 상주드려 캇셀프라임까지 불러왔건만 성공하지 못했다. 만일 성공하려면 캇셀프라임보다 더 엄청난 준비가 필요할 텐데, 그런 준비를 할 수 있겠느냐."

"그것뿐입니까?"

"말하고 싶은 바가 있거든 말해 보거라."

나는 고개를 돌려 영주님의 눈을 마주보았다. 비록 움푹 들어간 눈이지만 영주님의 눈은 맑았다. 칼의 형님이시지. 그래. 비록 배다른 형제라고는 하지만 영주님은 칼의 형님이야. 아니, 그렇지 않다 하더라도 영주님은 한 영지를 평생 다스려온 분이시지.

"저희 아버지도 아무르타트에 대한 맹렬한 복수심을 가지셨던 분입니다. 하지만 아버지는 이제 그 복수심을 버렸습니다. 그리고 저도 아무르타트를 증오했습니다만 이제는 그렇지 않습니다. 그래서……, 영주님께서도 이제 더 이상 아무르타트를 증오하시지 않게 되신 것이 아닌가 짐작해 봅니다만."

영주님께서는 희미한 미소를 지으셨다.

"정확하다."

"그렇습니까."

"어떻게 들릴지 의심스럽다만, 나는 이기적인 자였다. 겉으로야 이 영지를 위협하는 아무르타트를 없애는 것이 이 영지를 위하는 일이라는 식으로 다른 사람들과 나 자신을 속였지만…….
나는 이제 잘 알고 있다. 내가 원한 것은 아무르타트의 파멸이라기보다는 내 복수심의 표현이었던 것 같다. 그 복수심만 표현된다면 나로선 아무르타트가 죽든 말든 상관이 없었던 것 같다. 그래서 나는 그를 향해 창을 들어 돌진했었다. 그리고 이제 만족감을 느낀다. 늙은이의 망령이 정도가 지나친 것 같구나."

"아니오. 그것은 제 아버지도, 그리고 저도 마찬가지입니다. 제 아버지는 아무르타트가 절벽이나 강물처럼 느껴지신다고 말씀하셨습니다. 그리고 저는 그의 면전에서 그를 가리켜 제 어머니의 원수라고 고함질렀습니다. 하지만 그는 변화하지 않았습니다."

"변화라구?"

나는 깊이 숨을 들이쉬었다. 벽난로의 이글거리는 불꽃을 바라보자 눈에 피로가 느껴졌다.

"제 여행 동료 중에 제레인트라는 프리스트가 있었습니다. 그가 들려준 재담이 있습니다. 세상에서 가장 슬픈 사랑은 짝사랑이고 가장 무서운 병은 상사병이라더군요. 그 두 가지는 상대를 변화시키지 못하기 때문이라고 했습니다."

"무슨 말인지 알 듯하다."

"사랑은 상대를 변화시키는 것이며 복수도 마찬가지라고 생각합니다. 복수는 상대를 파멸시키려는 것인 것 같습니다만 사실은 상대를 변화시키는 것입니다. 자신의 복수심을 전달시켜서 상대가 현상태에서 파멸 상태로 변화되기를 바라는 것이지요. 그것이 모든 복수자가 복수 대상을 죽이기 전에 구차하게 자신의 이유를 설명해 주려고 하는 이유입니다."

"하하……, 그래. 옛이야기에서는 항상 그렇더구나."

"예. 복수자의 말 중에 흔한 말이 있습니다. 내 손으로 끝내야 한다, 혹은 내 눈으로 직접 녀석의 파멸을 봐야겠다. 다른 사람이 죽이는 것이나 늙어죽는 것은 못 봐준다. 흔한 이야기죠. 자신에 의한 상대방의 변화를 원하는 것입니다."

"그런가. 그렇게 볼 수도 있겠군."

"예. 하지만 아무르타트는 변하지 않는 존재입니다."

"변하지 않는다고?"

"저희 아버지가 말씀하신 절벽이나 강물처럼, 아무르타트는 인간이 변화시킬 수 없는 존재였습니다. 전 그자의 면전에 대고 '당신은 살인자다.'라는 식으로 말해 줘봤습니다만 소용없었습니다. 만일 사람 대 사람이었다면 '당신은 살인자다.'라고 말해 주면 '내가 왜 살인자냐?'는 식으로 반응할 겁니다. 어쩔 수 없었다는 식으로 말하거나 뻔뻔스럽게 반응할 수도 있겠지만 속사정은 다 마찬가지입니다. 하지만 아무르타트는 '그렇다.'는 식으로 반응했습니다. 마치 제가 '하늘이 푸르다.'고 말하자 '그렇다.' 하고 대답하는 식으로 말입니다. 이래 가지고서는 짝사랑이나 상사병과 다를 바가 없습니다. 상대가 변화하지 않으면 복수는 성립되지 않습니다. 마치 수백 년 전에 죽은 사람에게 복수하려는 것과 비슷할까요. 무슨 짓을 해도 수백 년 전에 죽은 자가 어떻게 변할 리는 없으니까요."

영주님은 빙그레 웃으셨다.

"내가 내 영지의 17세 꼬마와 이야기를 나누고 있는 것인지 의심스럽구나. 하하하. 네 생각은 그럴 듯하다."

"그렇습니까? 감사합니다. 언젠가 칼이 한 말이 생각납니다."

"어떤 말이었지?"

"그는 우리 헬턴트 영지의 주민들은 아무르타트와 조화를 이루고 있다는 식으로 말했습니다."

"그래. 나도 그 이야기는 들어보았다. 주로 내 복수를 말리고 싶을 때 그가 잘하던 말이었다."

"그랬군요. 어쨌든……, 용서하시길. 그것은 거만한 말이었습니다."

"거만하다고?"

"그것은 조화가 아닙니다. 강물이 흐르다가 흙덩이나 바위를 만나면 깨어버리고 흐릅니다. 하지만 도저히 깰 수 없는 어마어마한 바위나, 아니 산이 가로막는다면? 강물은 돌아서 흐를 수밖에 없습니다. 이 강물이 자존심이 있다면 말하겠지요. 나와 산은 조화를 이루었다고. 하지만 산은 아무것도 변한 것이 없습니다."

"하하하……."

나는 불길에 쓰러지는 나무 토막을 바라보며 말했다.

"예. 칼이 말한 것이 그것입니다. 아무르타트는 변화하지 않습니다. 그래서 우리가 변화한 것입니다."

소담스럽게 내리는 눈 사이로 하멜 집사의 외침이 아스라하게 들려왔다. 아마도 안뜰에 쌓이는 눈을 어떻게 치워보려고 경비대원들과 함께 분투중인 모양이다. 하지만 눈 오는 날 들려오는 소리가 다 그렇듯이, 하멜 집사의 고함소리도 포근하게만 들려왔다.

"우리가 변화했다고 했느냐."

"예. 그리고 그것은 전대 미문의 사건입니다. 적어도 인간이 대지 위를 걷게 된 이후로는."

"뭐라구?"

다시 영주님을 돌아보다가 나는 영주님의 모포가 거의 무릎 아래로 떨어져 내릴 지경이라는 것을 발견했다. 나는 잠시 일어나 영주님의 모포를 다시 끌어올려 드리고 나서 말했다.

"이런 말을 들어보셨는지. 인간이 별을 보면 별자리가 생기고, 인간이 숲 속을 걸으면 오솔길이 생긴다는."

"그래. 들어보았다."

"그렇습니다. 우리는 사물을 변화시킵니다. 정녕 저 드래곤마저도 마찬가지입니다. 저는 인간 때문에 변화해 버린 크라드메서라는 드래곤을 압니다. 그는 인간을 사랑하게 되었고, 인간화되어버렸지요. 그리고 그 때문에 그는 비극을 맞이하게 된 것인지도 모르겠습니다. 하지만 저는 이상한 것을 깨달았습니다."

"무엇을 말이더냐?"

"인간은 변화하지 않습니다. 인간은 주위의 모든 것을 변화시킵니다만 인간 자체는 변하지 않습니다."

"변하지 않는다고?"

"루트에리노 대왕께서 드래곤 로드를 물리치고 나서 바뀐 것이 무엇입니까? 그 전에는 드래곤이 인간을 지배했고, 지금은 인간이 인간을 지배합니다. 하지만 그때도 인간은 인간이었고 지금도 마찬가지입니다. 인간 자체는 아무것도 바뀐 것이 없습니다. 보다 높은 문명을 가지게 되었는지 모르겠습니다만, 글쎄요. 문명은 변화가 아닙니다. 문명, 법, 도덕, 사회, 철학, 국가…… 모두 인간의 도구일 뿐이며 그 도구가 변한 것이지 인간은 전혀 변화하지 않았습니다. 우리가 더 발전했을까요? 아니오. 전사가 더 예리한 검을 가지게 되었다고 해서 그 전사가 발전한 것은 아닙니다. 그 전사는 변화하지 않았습니다. 그리고 우리들의 도구인 문명이 발달했다고 해서 우리가 발전한 것은 아닙니다. 역사라는 것은……, 인간의 변화를 나타내는 것이 아니라 인간의 도구의 변화를 기술해 온 것입니다."

그래. 그리고 그것이 루트에리노 대왕과 핸드레이크의 문제였지. 루트에리노 대왕은 드래곤의 지배가 없어지면 우리는 만물을 변화시키며 발달할 것이라고 믿었지. 그는 문명과 발달을 혼동한 것이었어. 그리고 핸드레이크는 모든 종족을 발달시키려고 했지. 하지만 변화할 수 없는 인간으로서 변화를 꿈꾸었으니 그는 모순을 내재하고 출발한 것. 그 닮은 꼴의 머저리 영웅들.

"하지만 대륙의 서쪽, 이곳에서 인간은 그 종족의 역사에서 처음으로 무서운 도전을 받았습니다. 아무르타트가 바로 그것이죠."

"아무르타트가……."

"그렇습니다. 아무르타트는 변화하지 않습니다. 그는 인간화시킬 수 없었습니다. 그래서 반대로 우리 헬턴트의 주민들이 변화했습니다. 그 변화의 모습은 저로서는 정확하게 묘사할 능력이 없습니다. 왜냐하면 이것은 인간에게 일어난 최초의 변화이고, 따라서 비교해 볼 다른 대상이 없습니다. 제가 아직 나이 어리다는 점 때문이기도 하겠지요. 하지만 복수를 포기하는 영주님과 저의 아버지, 그리고 저의 모습을 볼 때 대충은 짐작할 수 있습니다."

"그런가."

"아무르타트가 변화하지 않는 이유는……, 글쎄요. 그가 했던 말들 중 몇 가지가 대답이 될 것 같습니다. 그는 석양의 감시자, 즉 모든 것의 마지막에 서서 기다리는 자입니다. 변화의 종결점에서 기다리는 자, 즉 그 자체로서 더 이상의 변화 가능성이 없는 최후를 의미하는 자이기 때문이 아닌가 생각합니다. 어쨌든……, 그는 인간이 가지는 복수심이라는 것을 이해는 하지만 받아들이지는 않습니다. 마치 절벽이나 강물처럼. 그러니 우리가 포기할 수밖에 없습니다. 그리고 그것이 헬턴트 주민다운 선택입니다. 이 대륙의 다른 땅의 사람들이라면 좌절당한 복수에 괴로워할지도 모릅니다만, 영주님. 복수를 완성시키지 못하셔서 괴로우십니까?"

영주님은 물끄러미 나를 바라보더니 고개를 끄덕이셨다.

"너와 같다."

"예. 저도 제 어머니의 복수를 완료하지 못했습니다만 괴롭지는 않습니다. 무의미하다는 것을 아니까요."

영주님은 깊게 한숨을 내쉬셨다. 그 긴 한숨 끝에 영주님은 몇 번 가볍게 잔기침을 하시고는 다시 창문 밖을 바라보셨다. 이제 눈은 창턱에도 쌓여 창턱 아래는 하얀 솜을 깔아둔 것처럼 보였다. 털썩, 지붕에서 눈이 떨어져내리며 잠시 창문 아래에 작은 폭풍이 일어났다.

"삽이 모자라요!"

"에이, 치우면 뭐해요. 다시 쌓일 텐데."

"이놈들아. 어차피 다시 배고파질 텐데 밥은 왜 먹냐?"

눈송이들 사이로 하멜 집사의 날카로운 지적이 들려왔다. 그리고 그 뒤를 이어 경비 대원들의 발랄한 웃음소리가 들려왔다. 포근한 웃음소리다. 영주님은 고개를 끄덕이시며 말했다.

"그래서였구나. 내가 이토록 평온할 수 있었던 것은. 고맙다."

"천만에 말씀이십니다."

"네가 어떤 지위에 있어도 마찬가지라는 것 때문이구나. 네가 설령 국왕이 되어도 너는 후치 네드발이며 헬턴트 영지의 초장이로 있어도 여전히 후치 네드발이라는 것이냐?"

"그렇습니다."

"그럼, 공연히 익숙하지도 않은, 별로 반가울 것도 없는 영주, 안 되어도 무방하겠지. 그것은 네게 공연한 소란 이상의 의미가 없겠구나."

영주님의 말은 점점 늘어지고 있었다. 오랜 시간의 대화가 영주님께는 너무 피곤했던 것일까? 나는 미소를 지었고 영주님도 미소를 지으셨다. 바깥에 가득 쌓인 눈에서 비쳐들어오는 하얀 빛 때문에 영주님의 깊은 주름살이 더욱 두드러졌다. 영주님은, 그리고 나도 마찬가지이지만, 이제 둘 다 겨울에 서 있는 사람들이다. 우리들은 다시는 봄을 맞이하지 못하겠지.

우리는 아무르타트처럼 변화해 버린 것일까. 석양에 서 있는 그처럼. 혹시 드래곤 로드와 접촉했던 루트에리노 대왕은 드래곤처럼 변화된 것이 아닐까?

"루트에리노 대왕처럼……."

의식하지 못하는 가운데 입술이 열리고 말이 흘러나왔다.

"저는 아무르타트에게 꼭 하고 싶은 말이 있었습니다. 하지만 드래곤 로드를 물리치지 못하고 첫눈을 맞이하신 대왕처럼…… 저도 이제 하늘이 땅에게 던지는 선물 중 가장 포근한 것을 바라보고 있습니다. 우울하군요."

영주님은 아무 대답도 하지 않으셨다. 고개를 돌려보니 영주님은 내리는 눈을 바라보시는 것이 아니라 자신의 내면을 바라보고 계셨다.

나는 싱긋 웃고는, 조용히 자리에서 일어나 벽난로의 불을 보살핀 다음, 소리를 내지 않도록 주의하며 집무실을 빠져나왔다.

영주님, 푹 쉬시길.

성 안뜰로 내려서자 눈싸움에 몹시 심취해 있는 경비 대원들과 그 옆에서 고함을 꽥꽥 질러대고 있는 하멜 집사의 모습을 볼 수 있었다.

"이놈들아! 네녀석들 나이가 몇 살인데 눈싸움을, 으윽!"

경비 대원 세로가 집어던진 눈덩이가 하멜 집사의 안면으로 정확하게 날아갔다. 집사님은 얼굴을 감싸며 웅크렸고 세로는 기겁해서 외쳤다.

"으아, 집사님! 괜찮으세요?"

"……받아랏!"

이윽고 하멜 집사는 무서운 속력으로 눈덩이를 집어던지기 시작했다. 제3자적 위치에서 바라보았음에도 불구하고 하멜 집사의 공격에는 매서움이 있었다. 하지만 시간이 하멜 집사의 넘치는 의욕은 가져가지 못했는지 몰라도 그 팔다리의 힘은 꽤나 가져가 버렸던 모양이고, 경비 대원들은 여유 있게 집사님의 공격을 피해 냈다. 하긴 헬턴트 경비 대원들이 제대로 피하지 못할 정도의 공격을 가할 수 있는 사람은 대륙 전체를 뒤져봐도 얼마 되지 않겠지.

나는 그 포근한 정경을 바라보며 가슴 깊숙이 찬바람을 집어넣었다. 몸속이 전부 씻겨나가는 기분이 들면서 머리 뒤까지 시원해졌다. 반드시 봄이 오기 때문에 겨울이 아름다운 것은 아니야. 새벽이 오기 때문에 밤이 아름다운 것만이 아니듯이, 그리고 반드시 백작이 될 수 있으니까 후치 네드발이 잘난 것이 아니듯이. 하하하. 모든 것은 그 자체로 아름다워. 욕구 불만의 종족들이여, 그대들의 주위를 보라. 미래는 아무르타트가 기다리고 있을 뿐이야. 현재는, 지금 내 눈앞으로 날아오는 저 눈덩이처럼 아름다운……? 퍽!

"어라? 저게 누구야? 아, 후치구나?"

……그리고 현재의 감정에 충실해야지. 미래를 위해 감정을 속이면 안 돼.

"받아라아앗!"

아마 오늘자 경비대 일지에는 '헬턴트 경비대, 후치 네드발의 공격에 의해 재기 불능의 완패를 당함.'이라고 기록될 거다. 나는 경비 대원들을 주축으로 해서 결여된 예술성과 무시된 상식성을 자랑하는 10큐빗짜리 눈사람을 만들어놓고는 하멜 집사에게 상당한 치하의 말을 들었다. 그래서 마구간으로 향하는 내 발걸음은 가벼웠다.

말들이 뛰놀던 운동장에도 눈이 소복하게 쌓여 있었다. 그 하얀 눈 위로 말발자국들이 어지럽게 나 있었다. 나는 어지럽게 난 말들의 발자국에 내 발자국을 보태면서 운동장 옆에 있던 마구간으로 들어섰다.

마구간 건물 안은 컴컴했다. 외풍이 들어오지 않도록 창문을 모두 닫아두어서 사물이 잘 식별이 되지 않을 정도로 어두웠다. 그 캄캄한 건물 안에서 한쪽에 피어 있는 모닥불만이 바알갛게 빛나고 있었고 그 옆에는 오넬이 앉아 있었다.

"누구냐. 후치?"

"예. 뭐하세요?"

나는 오넬의 곁으로 다가가 모닥불에 손을 쬐었다. 오넬은 모닥불 옆에 앉아서는 손에 두꺼운 헝겊 같은 것을 들고 주물럭거리고 있었다. 자세히 보니 바느질을 하고 있는 것이었다.

"말 신발을 만드는 거야. 눈이 내리니까."

"어, 누가 급하게 말을 탈 일이라도 있어요?"

"하하하, 이 녀석아. 말 달릴 때 말 신발이 왜 필요하겠냐. 이건 운동시킬 때 신기는 거야. 말 입는 옷도 저기 있잖냐."

"이런 날씨에 운동을 시켜요?"

오넬은 주머니칼로 실을 탁 자르더니 그 말 신발이라는 것을 눈앞으로 가져가며 말했다.

"말이라는 놈은 말이다. 달리지 않으면 병이 생기는 법이다."

"아, 그래요?"

"음……, 됐다. 한번 신겨보자. 이건 선더라이더의 것이야. 다른 말들은 다 자기 신발이 있거든."

"아, 그랬어요? 고맙습니다."

"고맙긴, 뭐."

우리 집에는 선더라이더를 둘 곳이 없어서 선더라이더는 성안의 마구간에 들어와 있었다. 나와 오넬은 함께 일어나 선더라이더를 향했다.

선더라이더는 내 얼굴을 보더니 한 번 기운차게 울어젖혔다. 오넬은 빙긋 웃으며 말했다.

"선더라이더, 퍽 심심했지? 자, 이제 너도 한바퀴 돌아봐야지."

오넬은 선더라이더의 발을 들게 하고는 그 양말 비슷하게 생긴 신발을 신기려 했다. 그런데 선더라이더는 자꾸 몸을 틀면서 오넬의 손을 피했고 하마터면 오넬은 선더라이더에게 손을 밟힐 뻔하기도 했다.

결국 오넬은 고개를 갸웃거리더니 그런 자신이 우습다는 듯이 실실 웃어버렸다. 그는 나를 보며 말했다.

"이거 참. 아직 낯이 설어서 그런 모양이다. 네가 해볼래?"

그러나 내가 덤벼들어도 마찬가지였다. 선더라이더는 거북하다는 듯이 자꾸 몸을 틀면서 내 손길을 피했다. 짜증이 난 나머지 녀석을 뒤집어놓고 강제로 신기는 것이 어떨까 하는 생각이 상당한 매력으로 다가오던 도중 간신히 녀석의 사정을 눈치챘다.

"잠깐, 오넬 씨. 북부 대로는 여기보다 더 춥겠죠?"

"어? 그렇겠지."

"그럼 이 녀석은 원래 추위에 꽤 강할 거예요. 원래 북부 출신이거든요."

"그래? 허허, 그럼 이건 없어도 되겠네. 괜한 짓을 했군."

오넬은 피식 웃으며 선더라이더의 목을 쓸어내렸다.

"알았다, 알았어. 이 녀석아. 그럼 넌 그냥 나가봐도 상관없다는 말이지?"

"아, 그래요. 오넬 씨. 운동시키신다고 그랬지요? 제가 타고 한바퀴 돌아봐도 되겠어요?"

"음……, 그래라. 너무 과격하게 움직이지는 말고. 몸이 너무 젖으면 아무리 북부산 말이라고 해도 감기에 걸릴 테니까 적당히 달리게 해라."

가볍게 뛸 생각이라서 안장도 승마용의 가벼운 것을 얹었다. 모험 다닐 때 쓰던 안장은 무시무시한 거였는데. 나는 오넬에게 망토를 하나 빌린 다음 선더라이더를 타고 밖으로 나왔다. 이 녀석아. 너야 추위에 까딱없다지만 난 그렇지 않거든?

눈이 내리는 헬턴트 영지는 고요했다.

며칠째 계속 내리는 눈에도 지겨워할 줄 모르는 것은 어린 꼬마들뿐이었다. 괴성을 지르며 골목길에서 뛰어나왔다가 골목길로 뛰어드는 몇몇 꼬마들 말고는 대로에 아무도 없었다. 그저 소복이 눈이 내리고 있을 뿐이었다. 꼬마들은 눈발 사이에서 갑자기 나타난 키 큰 그림자를 보고는 크게 놀랐지만 그것이 선더라이더를 탄 나라는 것을 알아차리고는 크게 감탄했다. 난 아이들에게 몇 마디 던져주고 마을 바깥으로 천천히 걸어나왔다.

보이는 것은 길뿐이었다.

하얀 구름으로 뒤덮인 하늘과 하얀 눈으로 뒤덮인 땅, 게다가 제 흥에 겨워 흩날리는 눈송이들이 시야를 어지럽히는 바람에 지평선은 온데간데없이 사라지고 말았다. 간혹 외로이 서 있던 나무가 눈덩이의 무게를 이기지 못해 제 가지를 부러뜨리는 소리만이 울려퍼질 뿐 사위는 고요했다. 눈이 쏟아지는 날씨에 교외를 어정거리는 사람은 단 한 명뿐이었다.

망토 위로 쌓이는 눈의 무게가 묵직하게 느껴졌다. 며칠 동안 퍼부어댄 끝이라 눈은 하늘거리는 정도밖에 되지 않았다. 따라서 꽤 오랫동안 걸었던 모양이다.

왠지 모르지만 발걸음이 멈춰지지 않았다. 나는 뚜렷한 이유도 모르면서 선더라이더의 고삐를 놓았지만 선더라이더는 그대로 걸어갔다. 그리고 나는 선더라이더가 정확하게 걷고 있다는 기분을 느끼며 안심했다.

문득, 알 수 없는 불안감을 느끼며 고개를 돌렸다.

선더라이더의 발 뒤로 마을까지 주욱 이어져 있는 곧은 발자국이 보였다. 사실 마을의 모습은 희미했지만 그 발자국의 끝에는 분명 마을이 있을 것이다. 좋아. 안심이야. 나는 다시 무작정 떠나려는 것은 아니야. 마을과 선더라이더를 잇고 있는 발자국은 헬턴트 영지와 나를 잇고 있는 끈처럼 보였다. 저 끈이 있는 이상, 무작정 달려나갈 일은 없어.

나는 고개를 끄덕이며 완전히 선더라이더에게 맡겨둔 다음 느긋하게 앉아서 기다렸다. 나는 안전해. 그러니, 이제부터 겨울의 하얀 들판이, 저 초절적으로 매력적인 들판이 무엇을 줄지 기다려보자구. 마침내 하얀 배경 속에서 불쑥, 언덕이 나타났다. 지평선의 모습조차 희미하던 참이라 언덕의 등장은 갑작스러웠다. 나는 눈으로 바라보는 것보다는 머릿속의 지식으로 간신히 눈앞의 언덕이 어디인지 깨달을 수 있었다. 제미니가 나를 기다리던 언덕이었다.

언덕 위에 한 그림자가 서 있었다.

아무런 명령 없이도 선더라이더는 멈췄다. 나는 약간의 멋쩍음을 느끼면서 선더라이더에서 내렸다. 뽀드득. 뽀드득. 땅에 쌓인 눈이 짙은 한숨을 내쉬는 것을 들으며 나는 언덕으로 걸어 올라갔다.

그리고 하느작거리는 눈송이들 사이로 이루릴은 언덕을 걸어 내려왔다.

어깨엔 언제나처럼 묵직한 배낭이 맞춤하게 자리하고 있었다. 허리 옆으로 달그락거리는 에스터크는 마치 그녀의 허리에 매어둔 방울처럼 보인다. 이제 막 출발한 듯하면서 동시에 기나긴 여정의 끝에 도착한 것 같은, 상쾌하면서 피로하고 가벼우면서 착실한 걸음걸이로 그녀는 걸어왔다.

그녀의 걸음이 멈춰지고 나서야 나는 우리 둘의 거리가 가까워졌다는 것을 깨달았다. 만일 그녀가 멈추지 않았다면 나는 계속해서 걸어가 그녀와 부딪히고 말았을지도 모르겠다. 눈이 흩날리는 언덕을 걸어 내려오는 엘프는 순간 속에 비끄러매어진 영원 같았고 도달할 수 없는 환상처럼 보였다. 하지만 분명히 우리들은 서로의 입매에 매달린 미소를 볼 수 있을 정도로 가까워져 있었다. 허둥지둥 멈춰 서는 내 모습을 보며 그녀는 살포시 웃었다.

"안녕하세요."

"안녕하세요."

그녀의 머리와 어깨에는 아쉬울 정도로 눈이 쌓여 있었다. 더군다나 재킷이나 바지에는 거의 눈을 찾아볼 수가 없다. 발디딤이 가볍기 때문일까? 나는 그 짧은 거리를 걷는 동안 벌써 허벅지까지 눈덩이를 덕지덕지 붙이게 되었는데 말이야.

그녀는 천천히 손을 내밀었다.

나는 그녀의 손을 마주잡았다. 가느다랗기 때문에 추워 보이는 손가락이지만 손안에서는 따스했다. 아니, 내 손이 차가워져 있기 때문에 그렇게 느낀 것일까.

"잘 찾아오셨군요. 좋은 여행이셨습니까?"

이루릴은 살짝 고개를 끄덕였고 그러자 그녀의 머리에 얹혀 있던 눈들이 가볍게 흩뿌려졌다. 붙어 있던 것이 아니다. 얹혀 있던 것이다.

"예. 찾아오는 것은 쉬웠어요. 후치가 흔적을 많이 남겨두어서."

"예? 아, 하하하."

"칼라일 영지의 펠레일 씨는 당신께 안부를 전해 달라고 하셨습니다."

"그래요?"

"그리고……, 좋지 않은 소식이 있습니다."

이루릴은 우려를 담은 얼굴로 말했다. 무슨 소식이기에? 설마…….

"레너스 시의 유스네 양이 당신을 죽여버릴 거라고 전해 달라고 했습니다만."

"아, 예. 그, 그럴 테지요. 으윽. 얼굴도 안 보고 지나쳤으니까. 아, 유스네가 한 말은 농담이니까 걱정하지 마세요. 이루릴."

"농담인가요? 아아, 다행이군요!"

웃지도 못했다. 이루릴의 밝은 얼굴을 보고 있자니 나 또한 죽었다 살아난 것처럼 다행스러운 기분이 들어버렸으니까. 나는 열없는 기분에 망토의 눈을 털어내며 질문했다.

"저, 그런데 레니와 제레인트는 일스에 잘 도착했습니까?"

"예. 두 분 모두 잘 도착했습니다."

"고마워요. 우리가 할 일인데……."

이루릴은 고개를 갸웃했다.

"친구잖아요?"

"이루릴이 친구여서 고맙고 기뻐요."

이루릴은 눈을 조금 크게 뜨더니 다시 생긋 웃었다.

"저도 고맙고 기쁘네요. 후치."

정취가 다르다. 그래. 바로 곁에 마법이 걷고 있으니 겨울 들판의 마력은 완연히 수그러들 수밖에 없지. 그래서 주위는 이제 물씬 풍기던 마력 대신 고요함이 약간 지나친 엄숙함만이 자리하고 있었다.

나는 이루릴과 나란히 걷고 있었다. 둘 다 아무 말 하지 않았지만 어느 새 우리들은 어깨를 나란히 한 채 걷고 있었던 것이다. 그리고 선더라이더는 아무 지시도 내리지 않았지만 우리 뒤를 졸졸 따라왔다. 나는 어깨 너머로 그 모습을 보면서 픽 웃어버렸다.

"쳇. 저런 녀석이 명마라니, 믿을 수 있겠어요?"

"예?"

"조금이라도 훈련된 말이라면 기수가 내린 상태에서는 함부로 움직이면 안 된다는 것쯤은 안다는 말입니다."

"네……. 그렇게 훈련시키나요?"

"예. 아마 제멋대로 도망가지 못하게 하려는 것이 큰 이유겠지요. 물론 기수가 말 찾을 때 편하려는 이유도 있겠지만."

"아아. 알겠어요."

이루릴은 고개를 끄덕이더니 주위를 둘러보았다.

"아름답군요. 웨스트 그레이드에는 항상 이렇게 눈이 많이 내리나요?"

"예. 회색 산맥 때문인 것 같아요."

"언딘은……."

"예?"

이루릴은 오른손을 앞으로 내밀었다. 그녀의 손이 빠르게, 하지만 부드럽게 움직이기 시작했다. 뭘 하는 거지? 처음에는 아무런 의미도 없는 손짓으로만 보였다. 하지만 잠시 후, 나는 그녀가 눈송이의 궤적을 따라 손을 움직이는 것을 알게 되었다. 이윽고 눈송이 하나가 땅에 떨어지지 못한 채 그녀의 손놀림에 따라 움직이는 것을 알게 되었을 때 나는 하마터면 소리를 낼 뻔했다.

이루릴의 손이 느리게 움직이며 작은 눈송이를 따라간다. 그러나 눈송이가 이루릴의 허리쯤까지 내려왔을 때 이루릴의 손은 잽싸게 움직여 그 눈송이의 아래를 스치고 지나가 다시 올라간다. 마치 빠르게 물을 떠올리는 것처럼. 그러자 그 손이 지나치면서 일으킨 세찬 바람을 따라 눈송이가 다시 위로 솟구친다.

잠시 눈송이가 거꾸로 이루릴의 손을 따라 올라간다. 그 순간 이루릴의 손은 다시 느려졌고 눈송이는 바람의 구속에서 벗어나 다시 유유히 비행하기 시작했다. 그러자 이루릴의 손가락은 마치 피리를 연주하는 바드의 손가락을 연상하게 만드는 유연한 움직임으로 눈송이를 뒤따른다.

그러나 이루릴의 손은 단 한 차례도 눈송이를 건드리지 않았다. 만일 그랬다면 눈송이는 녹아버렸거나 부서졌을 것이다. 심지어 그녀는 눈송이로 하여금 손가락 사이를 비행하게 만들었다. 나무들 사이를 지나치는 새처럼 눈송이는 이리저리 움직이며 손가락들을 피해 비행했다. 그것은 마법이 아니라 오로지 이루릴의 정교하고 날렵한 손놀림으로만 이루어지는 것이었다.

이루릴은 호흡하는 일처럼 여상스럽게 그런 일을 하며 내게 말했다.

"실프의 가장 기승스러운 노여움이 있을 때는 샐러맨더도, 놈도 숨을 죽입니다. 하지만 언딘만은 저 포근함으로 실프를 달래지요. 고요하군요."

그래. 바람 한 점 없는 고요한 날씨다. 내가 실프라도 눈송이가 애처로워 바람을 불지는 못하겠다. 이루릴은 갑자기 손을 뒤집었으며 그녀의 손 주위로 비행하던 눈송이는 천천히 떨어져 내렸다. 그것은 이루릴의 중지와 검지 사이로 천천히 떨어져 내렸다.

무의식중에 입이 열렸다.

"당신은 핸드레이크를 찾아서 클래스 10의 마법을 익히려는 것이 목적이었지요?"

"아시다시피 그렇습니다."

"그거 포기하세요."

"알겠습니다."

긴장이 풀려서 하마터면 뒤로 나동그라질 뻔했다. 이루릴은 허우적거리는 내 모습을 보며 조금 놀라는 듯했지만 난 그녀를 안심시킬 여유를 갖지 못했다.

"이, 이루릴, 저, 알려줄 게 있는데 말이죠. 사람들은 대개 자기가 옳다고 믿는 말을 건넬 때에도 상대의 거부 반응을 예상해서 거기에 대해 충분히 설명할 준비를 하는 것이 보통이라구요."

"그렇습니까."

"왜 질문하지 않지요?"

"질……문이오?"

"왜 클래스 10의 스펠을 찾는 것을 포기하라는 것이냐고 물어봐야 하는 거 아니에요?"

이루릴은 잠시 미안한 듯한 얼굴로 나를 바라보더니 애써 궁금한 표정을 지으며 말했다.

"네, 후치. 왜 클래스 10의 스펠을 찾는 것을 포기하라는 것인가요?"

"……아니, 관두지요. 저 때문에 궁금하지도 않은 것 일부러 질문하실 필요는 없어요. 그런데 내가 좀 궁금한데요. 왜 그런 질문을 하지 않는 거죠?"

고아한 성품을 가진 이루릴은 당연한 것을 질문하는 바보를 바라보는 식으로 나를 바라보지는 않았다. 하지만 나는 그런 바보가 되는 기분이었다.

"후치와 함께 보낸 저의 시간은 후치의 말에 의미를 부여합니다."

"예?"

"저와 함께했던 시간들이 당신에게는 아무 의미도 없나요?"

"어, 저, 아니죠. 그렇지는 않아요."

"제가 당신 속에 있나요? 눈에 보이지 않아도?"

"예."

"그럼, 당신은 설명할 필요가 없는 것 같은데요. 당신과 함께하면서 보아온 당신의 모습이면 충분할 것 같습니다. 다른 것이 필요할까요. 묻겠어요, 후치. 자신의 행동을 자신에게 설명해야 됩니까?"

"……예. 우리는 그래요. 일생을 함께 보내온 부모의 말이라도 우리는 그 이유를 알아야 되죠. 자신의 말이나 행동도 마찬가지예요. 스스로에게 설명해야 합니다."

"그런가요."

"우리는 불안하니까……. 쓸데없는 질문을 했군요."

"아니오. 당신은 나에게 당신들에 대한 이해의 새로운 방식을 선물했어요. 고마워요."

"다행이군요. 휴우. 쩝, 그럼 이루릴. 이제 클래스 10의 스펠을 찾지 못하게 되었는데, 어떻게 할 생각이죠? 계속 이 땅에 남아 있을 건가요?"

이루릴은 고개를 조금 숙였다. 그녀의 머릿결 위에 얹히는 눈송이들이 미끄러지는 것처럼 보여서 나는 잠시 눈을 깜빡였다. 그녀는 고개를 숙인 채 가로저었다.

"모르겠습니다. 언젠가 말씀드렸지만 저는 지위가 낮은 엘프입니다. 제 수탐이 실패했음을 보고하는 것으로써 제 소임은 끝날 것 같습니다. 제 수탐의 과정과 그 결과를 심사하고 대안을 생각하는 의무는 제게 있지 않습니다."

"지위……. 엘프들은 조화로운데 왜 지위가 있는 거죠?"

"세계는 조화롭지만 동서남북은 있지요. 후치. 짐작해 보자면……, 바이서스 임펠은 동쪽에 있나요? 하지만 제레인트 씨라면 바이서스 임펠은 서쪽에 있다고 말하겠지요. 그런 차이가 아닐까 생각되네요."

나는 고개를 끄덕였다. 이루릴은 차분한 얼굴로 말했다.

"아무런 짐작도 되지 않습니다."

"알겠어요. 그런데 나는 기쁜데요? 당신들이 세상을 떠나지 않게 되었다는 것 말이에요."

이루릴은 빙긋 웃었다.

"저도 기쁘군요. 그럼 이만 돌아가겠습니다."

"돌아가신다고요?"

어느새 이루릴의 걸음은 멈춰져 있었다. 그래서 당황한 내가 반문했을 때 나와 그녀의 거리는 대여섯 발자국 이상 떨어져 있었다.

"아니, 저, 좀 지내시다가 가지 않고……."

말해 놓고 나서 나는 속으로 아차! 싶었다. 이런 멍청이. 무슨 말을 하는 거야? 다행히도 이루릴은 고개를 가로저었다.

“손님으로 받아들여준다는 것은 감사합니다만 처지가 마땅치 못하군요. 저는 여기서 체재할 시간이 없습니다.”

“아……. 바쁜 일이 있는가 보네요.”

“그렇습니다. 레브네인 호수가 얼기 전에 페어리퀸에게 돌아가 봐야 됩니다. 그녀를 만나야 할 일이 있어서요.”

“음? 얼음이 문제가 될 줄은 몰랐군요. 그거, 이루릴의 마법으로 그냥 부숴버리면 되지 않나요?”

이루릴의 얼굴을 보고서는 내가 과연 말을 잘한 것인지 잘못한 것인지를 분간할 수가 없었다. 이루릴은 잠시 후 별로 달라지지도 않은 어조로 말했다.

“후치. 친구의 집 대문을 부수고 들어가는 손님은 없을 것 같아요. 페어리들은 당신들이 말하는 어투로 ‘물’이라든가 ‘얼음’이라고 말할 수는 없지요.”

“……죄송합니다. 이해하지 못했습니다.”

이루릴은 그저 웃을 뿐이었다. 잠시 후에야 그녀가 내 말을 기다리고 있다는 것을 깨닫고 나는 황급하게 말했다.

“그럼, 저, 이루릴. 귓가에 햇살을…….”

이를 악물고 그야말로 간신히 말했다. 그래서 내 목소리는 작별 인사라기보다는 결투 신청으로 들리는 목소리였다. 지금까지의 시간도 이미 너무 길었다. 그녀를 더 붙잡아서는 안 된다. 나는 간신히 정신을 차려 그녀의 모습을 똑바로 응시했다.

이루릴의 모습이 일렁거리기 시작했다.

뭐야? 마법을 쓰는 건가? 나는 일렁거리는 이루릴의 모습을 보며 힘들게 말을 짜내었다.

“햇살을……, 귓가에 햇살을 받으며…….”

고개를 갸웃하던 이루릴이 살짝 앞으로 다가왔다.

그녀는 잠시 주위를 둘러보더니 자신의 가슴 위로 소담스럽게 늘어진 머릿결을 움켜쥐었다. 그러더니 그녀는 자신의 머리카락으로 내 눈가를 조심스럽게 닦았다.

나는 눈을 감은 채 수도 없이 많은 머리카락들이 눈가를 스쳐 가는 것을 느꼈다. 매끄럽고 가는 머리카락들이 수없이 눈 주위를 훑어내리는 느낌을. 터무니없이 난폭해지고 싶고, 동시에 터무니없이 차분해지는 그 시간은 가장 짧은 영원이었고 가장 긴 순간이었다.

"웃으며 떠나게 해주겠지요?"

난 눈을 질끈 감아서 마지막 눈물을 짜낸 다음 눈을 떴다. 이루릴의 하얀 얼굴에 어리는 미소, 그리고 그 하얀 얼굴 앞으로 스쳐 떨어져 구분이 잘 안 되는 눈송이들이 눈에 들어왔다.

"나는, 난 웃어요. 웃겠어요."

"고마워요."

이루릴은 그렇게 말하며 뒤로 걷기 시작했다.

나는 제멋대로 움직이는 얼굴 근육을 힘들게 움직이며 웃음을 지어 보였다. 천천히 멀어지던 이루릴은 살짝 손을 들어올리며 말했다.

"웃으며 떠나갔던 것처럼 미소를 띠고 돌아와 마침내 행복하기를."

웃으며 떠날 수는 있겠지. 하지만 미소를 띠고 돌아올 수는 없을 거야. 가슴속에 복받치는 것을 간신히 끌어내리느라 웃는 것이 쉽지 않았다. 나는 필사적으로 웃었다. 그래서 아무 말도 할 수 없었다.

마침내 하얀 눈발 사이로 빛나던 이루릴의 검은 머리카락도 보이지 않게 되었다. 그녀의 모습이 완전히 사라졌다. 하지만 나는 그녀가 사라진 자리를 계속해서 바라보았다.

8

며칠째 내린 눈 때문에 하얗게 변해 버린 헬턴트 영지의 지붕들 위로 날카로운 고함소리가 울려퍼졌다.

"왔어! 그가 왔어!"

양조장의 막내아들 미티가 가장 먼저 발견했다. 그러자 몰려서 있던 사람들이 일제히 고개를 돌렸고, 곧이어 사람들의 얼굴에서 참을 수 없는 희열이 떠올랐다.

"왔구나!"

"우와아, 왔어! 드디어 그가 왔어!"

남자들은 하늘을 향해 주먹을 휘두르며 괴성을 질렀지만 여자들은 그보다 더한 괴성을 질렀다. 깜짝 놀란 강아지는 대로의 끝을 향해 무서운 속도로 질주하기 시작했고 집 앞 양지바른 곳에 앉아서 아기에게 젖을 먹이고 있던 아주머니는 날카로운 비명을 질렀다. 깜짝 놀란 아이가 젖꼭지를 깨물었나 보다.

"후치다! 후치 네드발이 왔어! 이제 됐어!"

"후치! 후치! 후치이이!"

소녀들은 자지러질 듯이 팔짝팔짝 뛰기 시작했고 그러자 머리가 좀 굵은 사내아이들의 눈은 전부 소녀들의 흩날리는 치맛자락으로 집중되었다. 말들은 히힝거렸고 대로의 끝을 향해 맹렬하게 질주하던 강아지는 이제 달리던 목적을 잊어버리고는 자기 꼬리를 물기 위해 빙글빙글 돌기 시작했다. 심지어 하늘을 날아가던 참새마저도 나의 등장을 축복하듯 힘차게 똥을 내갈겼다. 대로는 그야말로 일대 혼란의 도가니로 빠져들어 갔다.

절대로 거만하게 보여서는 안 된다. 나같이 고아한 인품을 가진 사람에게 어울리는 행동이 아니니까. 그렇지만 내 발걸음은 너무나 당당하단 말이야. 아아, 사람들에게 오해를 받을지도 모르겠어. 나는 할 수 있는 한 가장 겸손한 목소리로 말했다.

"헬턴트의 자랑스러운 시민들이여. 무슨 역경이 당신들의 앞을 가로막았는지 모르나 이제 내가……."

"뭐?"

이크! 이게 아니구나. 사람들의 얼굴에 얼떨떨한 표정이 떠오르기 직전, 나는 빠르게 말했다.

"아, 아니, 이런. 조금 전에 책을 읽고 있었거든요. 그래서 말이 잘못 나왔어요. 저, 그런데 무슨 일인데요?"

그러자 사람들의 얼굴에 다시 원래의 반가움과 감격이 되돌아왔다. 그리고 그들을 힘겹게 헤치면서 터너가 걸어나왔다. 초췌해진 모습으로 걸어나온 터너는 이마의 땀을 거칠게 훔치더니 내 손을 덥석 붙잡았다.

"후, 후욱. 이제야 와주었구나, 후치!"

"예. 터너. 늦어서 죄송합니다."

터너의 머리칼은 엉망으로 헝클어져 있었으며 그 코에 위치한 두 콧구멍에서는 사태의 불길함과 위험을 나타내는 증거, 즉 피처럼 붉은 코피가 흐르고 있었다. 그는 가쁜 숨을 몰아쉬더니 몇 번이나 말을 하려다가 실패하고 나서야 간신히 말했다.

"후우. 헬턴트의 안보를 책임지는 경비 대장 대리로서 부탁한다! 후치 네드발. 이건 너만이 할 수 있는 일이야. 너에게 위험을 떠맡기는 것 같아 미안하지만…….”

나는 떨리는 턱을 진정시키려 애쓰면서 간신히 말했다.

“아버지에게 못다한 말이 있는데요.”

터너는 비장한 얼굴로 고개를 끄덕였다.

“혹시라도 잘못되면 네가 자랑스럽게 죽어갔다고 전해 주겠다. 다른 것은?”

“……그걸로 충분해요.”

“그럼, 부탁한다!”

나와 터너의 대화를 듣고 있던 사람들의 얼굴에서도 이제 비장함이 흘러넘치고 있었다. 마치 약속이나 한 것처럼 그들은 좌우로 갈라졌고 그 사이로 산트렐라의 노래가 나타났다. 나는 터너의 얼굴을 바라보았고 그러자 터너는 차마 하기 힘든 말을 꺼내듯 몇 번이나 주저하더니 기어코 말했다.

“제미니가…….”

제미니가? 설마? 나는 침을 삼켰다. 터너의 눈동자는 붉게 충혈되어 있었다.

“취했어.”

“……맙소사! 왜! 도대체 누가!”

그러자 터너는 두 눈에 가득 분노를 담고 한 지점을 바라보았다. 그곳에는 처음 보는 사람이 서 있었다. 나처럼 위아래로 시커먼 옷을 입고 있는 사람이었는데 복장이나 허리에 찬 검, 그리고 걸치고 있는 가죽 갑옷이 길이 잘 든 것으로 보아 영락없는 모험가였다. 터너의 뒤를 이어 주위의 모든 사람들의 눈이 그 사람에게 집중되자 그 모험가의 두 뺨은 창백해져버렸다. 터너는 이를 갈면서 말했다.

"저 사람이 산트렐라의 노래에서 술을 마시고 있다가 제미니에게 몇 잔 건네었던 모양이야. 하필이면 해너 아주머니는 뭘 만드느라 그것을 못 봤고."

"이런, 안 돼……."

이윽고 나 역시 주위의 모든 사람의 뒤를 이어 그 모험가를 쏘아보기 시작했고 그 모험가의 얼굴에서는 이제 핏기가 다 사라져 버렸다. 그렇게 변하고 보니 더 미인인데?

그 모험가는 20대 중반을 넘겼을 것처럼 보이는 여자였다. 처음 봤을 때는 이루릴이 돌아온 것이 아닌가 하고 놀랐을 정도로 새카만 머릿결을 가지고 있는 여자였는데 그 신장에 이르러서는 데미 공주께서 헬턴트 영지에 왕림하신 것이 아닌가 하는 착각이 가능할 지경이었다. 꽤나 장신인 데다가 잘 짜인 몸을 가지고 있어서인지 그 허리에 매인 롱소드가 이상하게 보이지 않았다. 여자가 차면 좀 거북하게 보이는 것이 롱소드인데. 내가 바라보자 그 여자 모험가는 고개를 가로저으며 힘들게 말했다.

"나, 난 아무것도 몰라서……."

그녀에게 해주고 싶은 말이 엄청나게 많았지만 바로 그때 찢어지는 비명소리가 들려왔기에 그 말은 꺼내놓지 못했다.

"꺄아아악!"

재빨리 고개를 돌리자 산트렐라의 노래에서 달려나오는 해너 아주머니의 모습이 보였다. 해너 아주머니는 앞에 늘어선 사람들을 보지 못한 듯이 마구 달려오다가 터너와 정면으로 부딪혔다. 터너는 해너 아주머니를 붙잡으며 그대로 눈 내린 대로 위를 좌악 미끄러져나갔다. 콰당탕! 잠시 후 터너는 대로 위에 크게 드러누워 버렸고 해너 아주머니는 그 위에 오도카니 앉아 있게 되었다.

혼란에 빠져 있어서 자신이 넘어진 줄도 모르던 해너 아주머니는 자신이 타고 앉아 있는 상대가 터너인 것을 알아차리자마자 그의 멱살을 붙잡고 고함을 지르기 시작했다.

"안 돼! 그것은 절대 안 돼! 막아줘, 터너, 터너! 제발 막아줘요!"

터너는 눈구덩이 속에 머리를 박은 채 씩씩하게 외쳤다.

"맞습니다! 그건 막아야 됩니다. 그럼요! 그리고 그것이 뭔지 알게 된다면 후치가 반드시 막을 겁니다! 그런데 무슨 일입니까?"

"뮤러카인 사보네, 뮤러카인 사보네! 타이번 씨가 다 거덜내고 나서 온갖 고생을 다하면서 간신히 구해 둔 건데! 제미니가 그걸 발견했어. 아아, 그게 없어지면 난 죽어버릴 거야!"

아이고, 하필이면 제미니가 제일 좋아하는 술이! 그래봐야 제미니는 뮤러카인 사보네 이외엔 제대로 이름을 아는 술도 없지만, 어쨌든! 안 되겠어. 저 모험가는 조금 있다가 닦달해야겠군. 나는 허리를 낮추면서 돌격 자세를 취했다. 바로 그때 나를 쏘아보고 있는 한 시선이 느껴졌다.

고개를 조금 움직이자 여왕과 같은 도도함으로 나를 바라보고 있는 제미니의 모친, 스마인타그 부인이 보였다. 나는 그녀에게 묻는 듯한 시선을 보내었고 스마인타그 부인은 고개를 끄덕이며 냉정하게 말했다.

"다리 몽둥이를 부러뜨려도 좋아."

"진심이십니까?"

"네게 시집보내면 되니까."

"안녕히 계세요. 읽던 책이 있어서……. 으아아! 터너! 이거 놔요! 내가 미쳤다고 그 계집애를……."

결국 나는 터너에게 엉덩이를 걷어차이며 산트렐라의 노래에 진입하게 되었다. 아이고 맙소사! 눈앞으로 다가오는 산트렐라의 노래의 정문이 마치 임펠리아의 성문처럼 보였다. 나는 슬며시 뒤로 고개를 돌렸고, 그러자 터너는 엄숙하게 선언했다.

"부부는 서로의 행동을 책임지는 법이야."

"누가 들으면 제미니가 내 아내인 줄 알 거 아니에요!"

"언젠가는 그렇게 될 건데, 뭐."

딱 한 사람만 빼놓고 모든 사람들이 터너의 말에 깊은 동감을 표시하며 고개를 끄덕였다. 아아, 가련한 나의 청춘이여! 고개를 끄덕이지 않은 것은 그 이름 모를 여자뿐이었다. 그 여자는 주위 사람들의 행동을 전혀 이해하지 못한 채 눈을 동그랗게 뜰 뿐이었다.

난 다시 고개를 돌렸다. 아이고! 이제 산트렐라의 노래의 정문은 대미궁의 입구처럼 보일 지경이었다. 하긴 저 안에 취해 버린 제미니가 있으니 대미궁만큼이나 무서운 곳이지. 나는 눈을 꽉 감았다. 바로 그 순간 무시무시한 웃음소리가 들려왔다.

"이히히힛! 히힛!"

순간 다리에서 힘이 주욱 빠져나가는 소리가 들리는 듯했다. 안 돼. 정신차려, 후치! 이 미친 자식아. 제미니가 아무리 졸라댔다고는 하지만, 그런다고 제미니에게 OPG를 주다니 그런 미친 짓이 세상에 어디 있단 말이냐. 이건 네가 책임져야 할 일이야. 나는 두 눈을 부릅떴다.

"좋았어!"

나는 일생의 힘을 끌어모아 산트렐라의 노래를 향해 돌격했다. 남달리 혀가 매끄러운 음유 시인이 있어 지금의 나를 보았다면 드래곤 로드를 향해 돌격하는 루트에리노 대왕의 모습을 여기에 비교했을 것이다.

"죽어보자!"

"어머나! 이 상처 좀 봐. 아프지 않아?"

"누가 들으면 다른 사람이 이렇게 만든 줄 알겠어."

"이…… 씨. 사과했잖아! 자꾸 미안하게 만들래?"

"사과고 뭐고 간에 그거 어서 내놔."

"응? 아이, 다른 사람들도 다 보는데 어떻게 입술을 주니?"

"우습지도 않은 말로 말 돌리지 말고 어서 내놔!"

제미니는 구시렁거리더니 자신의 손을 내려다보았다. 그러더니 다시 고개를 들어 내 눈치를 살피기 시작했다.

"저, 후치야. 며칠만 더 가지고 있으면……."

"칵!"

결국 제미니는 투덜거리며 OPG를 벗어 테이블에 올려놓았다. 옆의 의자에 앉아 있던 터너가 안도의 한숨을 길게 내쉬었다. 이제 헬턴트 마을의 위기는 사라졌어. 비록 그 대가가 가혹하긴 하지만. 아이고, 내 눈! 눈 주위가 퍼렇게 되었을 거야. 젠장.

터너는 맥주잔을 들어올리며(해너 아주머니가 뮤러카인 사보네가 작살나기 직전 제미니를 말리는 데 성공한 나의 공적을 높이 사서 하사하신 공짜 맥주다), 근엄한 표정으로 의자에 앉아 있는 네 번째 사람에게 말했다.

"당신에게 이 영지의 안녕 질서를 위험에 빠뜨린 데 대한 책임을 물어야겠지만, 당신으로선 알지 못하고 한 행동이며, 또한 질서 파괴의 상당 부분이 이 영지의 주민에 의해 이루어진 점을 참작해 당신에겐 죄를 묻지 않겠습니다."

비록 콧구멍을 막은 채 말해서 코 막힌 목소리였지만 터너의 표정은 헬턴트 경비 대장 대리로서 손색이 없었다. 그 얼굴에 가득한 근엄성은 여자로 하여금 얼떨결에 고개를 숙이게 만들 정도로 가공스런 것이었다.

"아, 감사합니다."

터너는 눈을 동그랗게 뜨더니 피식 웃으며 말했다.

"하하하, 아닙니다. 농담한 겁니다. 많이 놀라셨지요?"

"예? 아, 예. 예……."

여자는 아직까지도 당황에서 빠져나오지 못한 모양이었다. 터너는 그 모습을 보더니 다시 한번 웃고는 맥주잔을 마저 비웠다. 그는 자리에서 일어나며 말했다.

"난 가서 좀 누워야겠다. 아까 제미니가 집어던졌을 때 허리가 좀 삐끗한 모양이야."

제미니는 빨개진 얼굴을 숙이며 가늘게 말했다.

"죄송해요오……."

"괜찮아, 괜찮아. 후치 잘못이지 뭐. 아, 그렇지. 제미니. 부탁이 있는데."

"예?"

"술 좀 줄여라."

"……예."

누가 들으면 제미니가 끔찍한 주정뱅이라도 되는 줄 알겠군.

제미니는 저지른 소행이 있는지라 화도 못 내고 고개를 더욱 숙였다. 그 모습을 보면서 터너는 다시 크게 웃었지만 곧 자신의 허리를 부여잡고는 침통한 표정을 지었다.

터너가 나가고 나서 나는 다시 OPG를 끼고는 손가락을 쥐었다 폈다 했다. 제미니는 그런 내 모습을 보면서 뭐라고 혼잣말로 궁시렁거렸지만 나는 싹 무시했다. 검은 옷을 입은 여자는 호기심 어린 표정으로 내 손을 바라보았다.

"그거 혹시 OPG인가요?"

"예? 아아, 잘 아시는군요. 관록 있는 모험가이신가 보네요."

"모험가? 아아, 모험가라고 불릴 만한 사람은 못 되지요. 그런데 당신이야말로 관록 있는 모험가인가요? 미안하지만 나이로 볼 때는 그렇게 생각되지 않는데, 그런 희귀한 아티팩트를 가지고 있으니……."

"아, 제가 관록 있는 마법사를 하나 알거든요. 그 사람에게서 얻었지요."

"마법사? 이름이 뭔가요?"

"저요? 아니면 그 마법사요?"

여자는 다시 눈을 동그랗게 떴다. 그러고 보니 퍽 날카로운 눈매를 가지고 있는데 눈을 동그랗게 뜰 때는 그런 인상이 완전히 사라지는 희한한 얼굴이었다. 원래 웃을 때나 놀랐을 때도 날카롭게 보이는 사람은 없는 법이지만 이 여자의 경우는 다른 사람이 아닌가 의심스러울 정도였다.

"아아, 둘 다 알려주면 좋겠군요."

"저는 후치 네드발, 초장이입니다. 아까 사람들이 외치는 것을 들으셨죠? 그리고 제게 이걸 준 사람은 타이번이라고 하는 마법사이고요."

내가 대답을 끝내자 여자의 눈은 다시 가늘어졌고 그러자 원래의 날카로운 표정이 되살아났다. 그녀는 잠시 주위를 둘러보았지만 펍 안에 있는 사람은 현재 나와 제미니, 그리고 그 여자뿐이었다. 어라? 그러고 보니 왜 아무도 없는 거지? 모두들 제미니가 부끄러워할까 봐 자리를 비켜주기라도 한 것인가? 아냐. 그렇지만 이런 굉장한 사건이 일어났는데 아무도 한잔 하면서 떠들 생각을 하지 않는다는 것은 이상한 일이군. 부엌 쪽에서 해너 아주머니가 뭐라고 흥얼거리는 것을 제외한다면 펍 안은 고요하기 짝이 없었다.

그 여자는 주위에 아무도 듣는 사람이 없다는 것을 확인하고 나자 다시 나를 바라보며 말했다.

"타이번이라고 했나요?"

"예……, 그렇습니다만."

"그 사람은 어디 있죠?"

"예? 아, 저기 숲으로 조금 들어간 곳에 있는 자기 집에 있습니다만. 아니, 자기 집은 아닌가?"

자기 집은 아니지. 칼의 집이니까. 나는 설명하기 귀찮아서 맥주잔을 들어올렸고 여자는 고개를 갸웃하더니 다시 날카로운 표정으로 말했다.

"그런가요. 그런데 타이번이라. 그 사람의 본명인가요?"

맥주잔을 씹어먹을 뻔했다.

뭐야? 본명이라구? 설마 이 여자는 핸드레이크에 대해 알고 있는 것인가? 난 여자의 검은 눈을 바라보았지만 그 눈에서는 아무것도 읽을 수가 없었다. 여자의 얼굴 전체에는 화사한 미소만이 있을 뿐이었다. 나는 되도록 느리게 맥주잔을 내려놓은 다음 음색에 주의하며 말했다.

"내가 알기로는 그건 본명이 아니라 별명이지요. 그런데 당신은 그걸 어떻게 짐작하는 것인지 궁금해지는군요?"

여자는 재미있다는 듯이 웃으며 말했다.

"글쎄요……."

그때 가만히 있던 제미니가 내 쪽을 바라보았다.

"후치야. 타이번 씨의 이름이 별명이라구?"

"응? 아아, 어, 그래. 그건 별명이야."

"그래? 어어. 아, 그런데 저는 제미니라고 하는데요. 당신 이름은 뭐죠?"

제미니는 여자를 돌아보며 질문했다. 으하하! 역시 제미니다. 그렇잖아도 질문하고 싶었던 거야. 여자는 여전히 화사한 미소만 지은 채 고개를 조금 옆으로 기울였다. 그러자 검은 머릿결이 아찔하도록 물결쳤다.

"리타라고 불러주면 되겠군요."

"리타? 리타. 예. 리타 씨는 그걸 어떻게 아는데요? 타이번 씨랑 잘 아세요?"

오오! 갈수록! 제미니는 내가 궁금해하던 것을 모두 대신 물어줄 모양이군. 리타는 고개를 조금 가로저었다.

"아뇨. 잘 알지는 못합니다."

사실일까? 아니면 거짓말일까? 만일 거짓말이라면 이 리타라는 여자는 어디까지 알고 있는 것일까? 난 다시 맥주잔을 들어올리며 잠시 그런 생각에 빠졌다. 그때 제미니는 다시 말했다.

"그런데 어떻게 짐작하시는데요?"

"예감이랄까요. 이름으로는 좀 이상해서."

제미니는 순순히 고개를 끄덕였다. 그러나 제미니는 곧 나를 돌아보았다. 나는 맥주잔을 내리며 말했다.

"나? 어쩌다가 우연히 알게 되었어."

"헤에. 그래? 그럼 타이번 씨의 본명이 뭔데?"

제미니는 눈을 반짝반짝 빛내며 나를 바라보았다. 이거 큰일이군. 제미니는 타이번의 본명에 대해 궁금하게 여기기 시작한 모양인데. 리타라는 이 여자는 왜 괜히 그런 말을 꺼낸 거야.

"제미니. 별명을 사용한다는 것은 다른 사람에게 본명을 밝히기 싫은 이유가 있다는 거 아닐까?"

"귓속말로 해."

"……칵! 그 다른 사람에는 당연히 너도 포함된다구!"

"너는?"

"물론 나도 포함되지만 난 똑똑하니까 알아차린 거잖아! 게다가 나는 그의 뜻을 존중하여 누구에게도 말 안할 테고!"

"나도 똑똑해. 후치에게 물어보면 된다는 걸 아니까. 그리고 타이번 씨의 뜻을 존중해서 누구에게도 말 안할 테니까 말해 줘. 자, 요 귀에 대고."

"……그리고 누구라도 다른 사람에게 말 안할 거라고 하면 다 말해 줄 거지? 그 사람 귀에 대고?"

제미니는 새실새실 웃기만 할 뿐이었다. 많이 궁금하지는 않은 모양이군. 그렇잖으면 훨씬 더 졸라댔을 텐데. 제미니가 크게 하품을 할 때 그 입에 손가락을 집어넣으려다가 물릴 뻔한 다음, 나는 리타를 바라보며 말했다.

"리타 씨? 예. 그런데 이 도시에는 어쩐 일이신지? 만일 서쪽으로 오신 거라면 여기서 끝이에요. 서쪽으로 더 나아가도 마을이 몇 개 있기는 하지만 모험가의 흥미를 끌 만한 것은 없는데요."

"글쎄요. 사람을 만나는 것 자체가 커다란 도전이자 모험 아닐까요. 저에게 지혜와 사상을 베풀어주실 분이 커다란 도시의 광장에 서 계시리라고 믿지는 않아요."

"아아, 그렇네요. 원하시는 것이 지혜인가요. 폭넓은 사고나, 시각 같은 것?"

"그렇습니다."

"그럼 타이번 씨를 한번 만나보시는 것도 좋겠네요. 그분은 관록이 깊고 많은 것을 보고 들으신 분이니까."

리타는 히죽 웃더니 맥주잔을 들어올렸다. 그러나 그녀는 맥주를 마시지는 않고 그 가장자리의 거품을 살짝 핥고서는 다시 잔을 내려놓았다.

"당신은 어떨까요."

"예?"

"후치 네드발. 당신에게 지혜를 구해 보면 어떨까요. 나 리타에게 지혜를 선물하지 않겠어요?"

"예? 아아, 리타 씨는 현자는 어린아이에게도 지혜를 청한다는 이치의 신봉자이신 모양이지만, 실제는 그렇지 못해요. 어린아이는 어린아이의 지혜가 있을 뿐이지요. 현자가 어린아이의 지혜를 배워 익히면 현자가 아니라 어린아이가 되겠죠."

"글쎄요. 현자와 어린아이도 교류는 할 수 있겠죠."

"그리고 상호 발전도 이루고……? 쳇. 아, 미안해요. 당신에게 한 말은 아닙니다. 좋지 못한 추억이 하나 떠올라서 그랬던 것입니다."

리타는 일견 무의미해 보이는 미소를 지으며 나를 바라보고 있을 뿐이었다. 제미니는 아직 술이 덜 깬 모양인지 양쪽 관자놀이를 세게 누르며 얼굴을 찌푸리고 있었다.

나는 리타를 바라보며 말했다.

"초 만드는 방법이라도 알고 싶으세요?"

"초? 아니오."

"그럼 뭐가 듣고 싶으세요? 전 아는 게 없어요."

"그래요? 그럼 내가 당신에게 친절을 베풀지요."

"친절?"

"근래에 들어서 가장 하고 싶었던 말, 하지만 하지 못했던 말을 해보세요."

순간 발가락이 꽉 오므라들었다.

내 눈은 재빨리 제미니를 향했다. 제미니는 이제 두 팔을 테이블에 포개고는 그 위에 엎드려 잠들어 있었다. 그녀를 바라보던 내 눈이 이번에는 펍 곳곳을 향했다. 아무도 없었다. 심지어 해너 아주머니의 흥얼거림도 들리지 않았다. 어디선가 가녀린 소리가 들려와서 창문을 바라보자 지붕에 쌓여 있던 눈들이 녹아서 물방울이 똑똑 떨어지고 있었다. 떨어진 물방울들이 길에 쌓여 있던 눈에 부딪히면서 아주 약한 소리를 내고 있는 모양이다.

주위를 주욱 살피던 눈이 마침내 리타에게 돌아갔다.

리타는 여전히 무의미한 미소를 짓고 있었지만, 미소를 짓고 있는 것은 그 입술뿐이었다. 그 시선은 연마된 칼날처럼 나를 향하고 있었다. 저 시선을, 저 얼굴이 아닌 다른 얼굴에서 본 적이 있었지.

일어서야 하나? 아냐. 볼품없는 일이 되겠어. 그래서 나는 가볍게 고개만 끄덕이며 말했다.

"여기까지 찾아오실 줄은 몰랐습니다. 감사합니다."

리타는 눈꼬리를 조금 꿈틀거렸을 뿐 별다른 표정 없이 내 말을 기다렸다. 그녀의 눈을 들여다보는 순간 갑자기 앞이 캄캄해지는 기분이 들었다. 나는 깊이 숨을 들이마셨다. 암파린 씨. 당신이 말한 것이 이것입니까?

'자네의 현재엔 아직 준비되지 않은 그 조력자가 자네의 미래에선 자네의 옆에 있게 될 것이네. 모든 준비는 완료되겠지. 그리고 그 시점에서 유피넬과 헬카네스도 자네에게선 손을 뗄 거야. 자넨 오로지 자신의 힘과 지혜로만 그 중요한 선택을 수행해야 되겠지.'

확실히 그 조력자는 인간이군요. 하하하. 설마, 설마 인간의 모습으로 다가올 것이라고는 예상하지 못했어요. 이제 선택을 해야 하는군요. 유피넬과 헬카네스의 도움도 없이.

나는 선택했다.

벌컥! 테이블에 엎드린 채로 불안하게 잠들어 있던 제미니는 타이번이 문을 열어젖히는 소리에 기겁하면서 일어났다. 결과적으로 의자째로 뒤로 넘어갈 뻔했지만 내가 재빨리 손을 뻗어 의자를 붙잡아 그런 일은 일어나지 않았다.

타이번은 펍 안으로 뛰어들어 오며 그대로 외쳤다.

"어디 있어!"

"바로 발 앞에!"

"뭐? 으아!"

300년의 마법 수련이 허황되도다. 타이번은 의자에 발이 걸려 그대로 앞으로 나동그라지고 말았다. 바이서스를 지탱하는 두 기둥 중 하나가 멋들어진 동작으로 나가떨어지는 모습을 보며 나는 우울한 기분을 느꼈다. 제미니를 똑바로 앉힌 다음, 나는 그에게 다가가며 말했다.

"이거 보세요. 대개의 사람들이 자기 자신의 모습을 알아차리기 어려워한다는 것은 나도 잘 아는 사실이지만, 그렇더라도 당신이 그러면 어떻게 해요?"

"뭐? 아, 그래. 맞아! 나는 장님이었지?"

"다음부턴 잊지 않으시도록 조심하세요."

타이번은 내 손을 붙잡고 일어나며 벌쭉 웃었다. 하지만 그는 갑자기 웃음을 싹 지우더니 내 어깨를 마구 잡아당기며 외치기 시작했다.

"그런데 어디 있냐구! 이 코에 콧물 대신 촛농 묻은 꼬마 녀석아, 어디 있어?"

"당신 손 안에."

"그 여자 말이다!"

"제미니? 타이번이 널 찾으시는 것 같은데……."

"으아아악! 파워 워드 히컵! 파워 워드 스니즈!"

"으아악!"

타이번의 특기는 주문의 연결이라고 했지. 그건 그렇고 의외로 잔인한 면이 있는데. 나는 딸꾹질과 재채기를 동시에 하는 것이 이다지도 괴로운 일이라는 것을 그제야 알게 되었다.

"마, 맙소, 딸꾹! 맙소사, 에추! 이, 이런 잔인한, 딸꾹! 에취!"

결국 3분도 지나지 않아 나는 완전히 늘어져버렸다. 그리고 그런 내 모습을 보면서 자지러지듯 웃어대던 제미니 역시 숨도 제대로 쉬지 못하고 꺽꺽거리는 소리를 내기 시작했다. 그런 내 모습을 보면서 파워 워드 헤모로이드(절대 명령 치질)를 쓰겠다고 으름장을 탕탕 놓던 타이번의 모습은…….

"당신은 악마야!"

"파워 워드 임포텐……."

"무엇이든지 물어만 주십시오."

타이번은 내가 가져다준 의자에 앉으며 맥없이 말했다.

"그 여자, 벌써 갔어?"

타이번의 하얀 눈은 내 가슴 쪽을 향해 있었다. 내 키를 짐작하긴 하겠지만, 그래도 정확하게 시선을 주는 것은 역시 어려운 일인 모양이다. 정신없이 웃던 제미니도 그제야 눈을 닦으며 내 쪽을 바라보았다.

"아, 나 잠든 사이에 가신 모양이네?"

"그래."

타이번은 씁쓰레한 얼굴로 말했다.

"다시는 안 돌아오는 거야?"

"그런 말은 없었지만, 아마 그렇지 않을까요?"

"제길……. 할 수 없군! 내가 찾아가 봐야겠어. 어이, 조수. 겨울 여행이다."

"겨울 여행?"

"목적지는 너도 짐작할 테지. 눈이 안 보이는 것이 오늘처럼 안타까울 때가 없군."

글쎄. 적어도 내가 아는 경우 중에 당신이 오늘만큼이나 안타까워했을 것으로 짐작되는 경우가 하나는 있지. 아마 그때 카뮤 휴리첼은 타이번의 눈 노릇을 하면서 갈색 산맥을 걸었을 거야. 하지만 나는 그럴 생각이 없어. 게다가 말이야,

"타이번. 당신은 볼 수 없는 사실 한 가지 말해 드릴까요?"

나는 몹시 당기는 뱃가죽의 고통에도 불구하며 씨익 웃었다. 나는 눈이 보이거든? 타이번은 이맛살을 찌푸리면서 되물어 왔다.

"그게 뭔데?"

"지금 창밖으로는 입을 딱 벌린 채 하늘을 올려다보고 있는 주민들의 모습이 보이는군요."

제미니는 황급히 고개를 돌렸고 타이번은 갑자기 입을 쩍 벌리고는 보이지도 않는 그 하얀 눈동자를 데굴데굴 굴리기 시작했다. 내가 웃음을 참으며 그를 바라보고 있을 때 타이번은 갑자기 무서운 속도로 펍 바깥으로 뛰쳐나갔다.

아, 장님 치고는 꽤 빨랐다는 말이다. 그리고 바로 그때 바깥에서 비명소리가 들려왔다.

"아무르타트다!"

제미니는 하얗게 질린 얼굴을 나에게 돌렸다. 나는 이번에는 그녀의 얼굴을 보면서 즐거워하기 시작했다. 제미니의 눈이 살포시 가늘어지는 순간, 그녀는 후다닥 자리에서 일어나며 말했다.

"어, 어, 후치야. 리타라는 이름은……?"

"물론 아무르타트의 애칭이지. 재미있는 센스지? 자, 제미니. 나가서 구경하자구. 아무르타트의 실제 모습을 보는 것은 나도 처음이야. 그리고 지금 안 보면 후회하게 될 거야."

"후회?"

나는 천천히 자리에서 일어나며 제미니에게 팔을 내밀었다.

"다시는 볼 기회가 없을 테니까. 가실까요, 레이디?"

거리는 온통 하얀 눈이 내려 있었다. 그리고 그 순백의 공간 속에 점점이 흩어진 사람들의 모습은 한 폭의 그림 같았다. 그들 중 그 누구도 입을 열지 않고서 손가락 하나도 움직이지 않은 채 망연히 하늘을 바라보고 있는 것이 더욱 그렇게 느껴지게 만들었다. 움직이지도, 말하지도 않는 사람들.

타이번은 애처로운 얼굴을 한 채 거리 한가운데 서 있었다. 그 역시 다른 사람들처럼 하늘을 바라보고는 있었다. 하지만 그의 시선은 하늘의 이쪽과 저쪽을 쉴새없이 오가고 있었다. 타이번에게로 다가서려고 했을 때 펍의 문 기둥을 부여잡고 있던 제미니가 속삭였다.

"이, 있어?"

아, 그래. 하늘을 봐야지. 나는 고개를 들어올려 하늘을 올려다보았다.

며칠 동안 내리 눈을 퍼붓고 난 뒤 지친 것처럼 게으르게 흐르는 은회색 구름들의 모습이 한가롭다. 구름의 단말마는 소리도 없다. 갈라진 구름들의 긴 틈 사이로 블랙 드래곤의 거체가 고정되어 있었다.

거칠 것 없는 하늘을 흐르고 있던 구름들이 아무르타트에 부딪히자 마치 짜증을 부리듯 그녀의 날개를 휘감아돌았다. 그러나 아무르타트는 꼼짝도 하지 않고서 아래를 내려다보고 있었다.

이리저리 흩어지는 구름들의 흐름 때문에 아무르타트의 전체 모습을 확인할 수는 없었다. 하지만 그녀는 드러난 모습만으로도 하늘의 상당 부분을 가리고 있었다. 어떤 햇불을 가져다 비춘다고 해도 그 반사광을 얻기 어려울 것처럼 새카만 날개는 놀랍게도 네 개. 그 날개의 폭은 엄청났지만 그 길이는 더욱 엄청나서 저 몸을 지탱하는 날개 치고는 가늘다고 느껴질 정도였다. 그래서 아무르타트의 모습은 긴 목과 긴 꼬리를 더해서 마치 수레바퀴처럼 보였다. 바큇살이 여섯 개인 수레바퀴.

크라드메서와는 달라. 크라드메서의 모습에서는 균형 잡힌 힘이 있었다. 그 한량 없는 힘이 더하고 뺄 것 없이 완벽하게 정리된 몸에 잘 갈무리되어 있던 크라드메서의 모습에는 품격이 있었다. 하지만 아무르타트는 전혀 달랐다. 그녀의 모습 역시 크라드메서처럼 더하고 뺄 것이 없었다. 왜냐하면 아무리 더하고 빼봤자 정리가 안 되는 몸이었으니까. 아무르타트의 몸은 그녀의 제어할 수 없는 힘이 마구 소용돌이쳐 폭발하다가 그대로 굳어버린 것처럼 보였다. 그 날개들은 너무 강해 보이고 너무 길어 보인다. 마치 그녀의 몸이 감당하지 못한 맹렬한 힘이 몸을 뚫고 튀어나오는 것처럼 보였다. 크라드메서의 모습이 잘 연마된 검의 차가운 매서움으로 설명할 수 있다면 아무르타트의 모습은 하얗게 끓는 쇳물의 역동성으로 설명될 수 있었다.

그녀가 허공에 멈춰 선 채 헬턴트를 묵묵히 내려다보고 있지 않았다면 우리들은 모두 미쳐버렸을지도 모르겠다. 만일 꼬리 한 번만, 날개 하나만 휘저어도 여기 서 있던 사람들은 모조리 비명을 지르며 달아나게 되지 않을까.

나는 제미니를 향해 고개를 끄덕이면서 역시 낮은 목소리로 속삭였다. 도저히 큰소리를 낼 수가 없었으니까.

"응, 있어."

"얼마나 높이?"

조금만 기다리면 기둥을 쥐어뜯는 제미니의 모습을 볼 수 있을지도 모르겠는데.

"대략……, 천 큐빗 정도?"

고개를 이리저리 정신없이 흔들고 있던 타이번은 귀가 솔깃하다는 표정으로 나를 바라보았다. 그리고 제미니는 여전히 나무 기둥을 긁어내리며 속삭였다.

"어, 어, 어느쪽인데?"

거의 알아듣기가 어려운 목소리였지만 그녀의 몸놀림을 보면서 대충 의미를 짐작할 수 있었다.

"저쪽……. 나와서 보는 것이 낫지 않겠어?"

"싫어!"

"글쎄, 제미니. 아무르타트가 헬턴트 영지를 식탁으로 삼고 싶어한다면 그 안에 있는다고 해서 특별히 안전할 게 있을까? 내 옆으로 와."

제미니는 잠시 생각에 잠기는 듯하더니 숨을 크게 몰아쉬었다. 그러고는 드디어 문 앞으로 발을 내디뎠다. 뽀드득. 제미니는 자신의 발자국 소리에 기겁하더니 곧 나와의 거리를 순식간에 지워버렸다. 탁탁탁탁.

쓰러질 듯 미끄러질 듯 아슬아슬하게 달려온 제미니는 내 겨드랑이를 파고들면서 말했다.

"어, 어, 어느쪽이야?"

"고개를 들어봐."

"히이잉. 나 꽉 잡아. 기절할지도 몰라."

제미니는 그제야 천천히 고개를 들어올렸다. 그러나 그녀는 하늘을 바라보자마자 고개를 들어올리던 속도보다 수십 배는 빠른 속도로 다시 고개를 숙이고 말았다.
"기절했어?"
"후아, 후아, 그러는 법이 어디 있어……?"
"응?"
"잉, 저러면 저렇다고 말해 줬어야지."
좀 말이 되는 투정을 부려라, 으이그. 나는 제미니의 어깨를 바싹 끌어당기며 다시 하늘을 올려다보았다. 그때 아무르타트에게서 목소리가 들려왔다.
"후치 네드발. 너희는 어떻게 작별하지?"
털썩, 고개를 돌려보니 대장장이 조이스가 바닥에 주저앉는 모습이 보였다. 대로의 분위기가 일대 혼란으로 진행되지 않는 까닭은 위압감이 너무 강하기 때문일까. 주저앉지도 못한 채 엉거주춤하게 서 있던 사람들의 시선이 모두 내게로 돌아왔다. 그러나 타이번은 그제야 아무르타트의 정확한 위치를 파악하여 고개를 꼿꼿이 들고 있었다.
"상대에 따라 다르지요."
제미니는 내가 대답을 했다는 사실을 도저히 수용할 수 없다는 듯이 헐떡거리며 내 허리를 꽉 잡았다. 나는 그녀의 어깨를 톡톡 쳐준 다음 계속 말했다.
"하지만 지금은 이렇게 말하고 싶군요."
등 뒤, 언덕 위의 성 쪽에서 아스라하게 발소리와 고함소리 같은 것이 들려왔다. 아마도 경비 대원들이 달려오는 모양이다. 하지만 나는 아무르타트만을 올려다보며 말했다.
"당신의 추억 속에서 즐거울 것입니다. 당신 속의 나를 아껴주시길."

아무르타트의 눈은 잘 보이지 않았지만 그녀 역시 나를 내려다보고 있겠지.

“알았다. 내 속에 함께하는 너를 잘 보살피겠다. 이제 너와 나의 길이 갈렸군.”

하지만 테페리의 프리스트들의 말대로라면, 그녀와 나의 길은 갈렸지만 그 길 중 어느 것에도 정답은 없을 것이다. 나는 웃으며 그녀를 올려다보았다.

그녀의 몸이 서서히 움직이기 시작했다.

거리 곳곳에 굳은 채 서 있던 헬턴트의 주민들이 바라보는 가운데 아무르타트의 네 개의 날개가 세찬 동작으로 떨쳐졌다. 순간, 그녀의 몸은 쏘아진 화살처럼 퉁겨나갔고 짜증을 부리듯, 투정을 부리듯 그녀의 몸에 엉기던 구름들은 갈가리 찢겨나갔다.

“가네?”

제미니는 숄처럼 머리에 뒤집어쓰고 있던 내 팔을 아래로 내리면서 말했다. 아무르타트는 서쪽으로 맹렬히 날아갔고 그녀의 뒤로 구름들이 거대하게 찢어졌다. 그러자 보랏빛으로 물든 하늘이 보였다.

“후치!”

타이번이 황급히 내게 다가왔다. 그러나 나는 아무르타트의 모습을 놓치기 싫어 고개를 내리지 않았다.

“후치, 그에게 무슨 말을 했지?”

“특별한 말은 없었지요. 그저 내가 겪었던 일들을 들려줬지요. 그리고…….”

“그리고?”

“극서를 향해 떠나달라고 말했어요.”

이것이 나의 선택이다. 옆에 없어서 듣지 못했던 타이번과, 잠들어 있어서 듣지 못했던 제미니는 한결같이 눈을 크게 뜨고 나를 노려보았다. 타이번이 먼저 입을 열었다.

"무, 뭐, 아니 무슨 뜻이지?"

"나는 그래도 인간을 사랑하니까요."

"그래서! 헤, 헬턴트 영지의 주민들을 괴롭히지 말고 떠나라고, 떠나라고 했단 말이냐! 이 철부지 꼬마 녀석잇! 자기 생각밖에 할 줄 모르고……."

"조용히 들으세요. 타이번."

타이번이 입을 닫은 것은 내 협박성 담긴 어투 때문이라기보다는 너무 흥분해서 할말을 잘 떠올리지 못한 때문인 것 같았다. 어쨌든 나는 아무르타트의 모습을 바라보며 말했다.

"그녀는 지상에 마지막으로 남아 있는 드래곤이지요. 적어도 드래곤으로서 사물을 바라보는 드래곤을 찾아보라면 그녀가 마지막이지요."

사람들이 하나둘 고개를 돌려 나를 바라보았다. 그들 중 몇몇은 아무르타트의 뒷모습을 조금이라도 오래 보려고 서쪽으로 달리기도 했다. 대로는 서서히 소란스러워졌지만 동시에 서서히 고요해졌다.

"당신의 말이 맞을지도 몰라요. 저도 인간이니까요. 그렇지만 정답은 없으니까요."

"무슨 말이지?"

"앞으로 몇 년이 될지는 모르지만, 이제 완전한 인간의 세상이 펼쳐질 겁니다. 드래곤 라자가 없으니 드래곤은 우리들의 흐름에서 떨어져 나갔고, 드워프들은 그들의 광산으로 도피한 지 이미 오래되었지요. 그리고 엘프들은 이제 그들의 숲에서 나오기 더욱 어려워지겠지요."

이루릴을 떠올리면서 침착하게 말하는 것은 너무 어려웠다.

"인간은 저지당한 발전을 이제야 이룩할지도 모르니까요. 그러면 아무르타트는 방해가 되겠지요. 따라서 나는 우리 자손들을 위해 장애물을 치워준 것이 될지도 모르지요. 하지만……."

나는 타이번을 쳐다보았다.

"300년의 꿈은 끝났어요."

타이번은 그 입술이 하얗게 변하도록 입술을 깨물었다.

"이제 더 이상의 드래곤 라자는 없어요. 드래곤 라자는 드래곤을 강제적으로 인간과 교류짓게 하기는 했지만, 동시에 인간으로부터 드래곤을 보호한 거나 마찬가지지요."

"보호라고?"

"예. 레니의 모습을 보면서 나는 그것을 느꼈지요. 드래곤 라자는 보다 직접적인 교류의 손길이 다가서는 것으로부터 드래곤을 보호했지요. 장장 300번의 가을이 흘러가는 동안. 하지만 더 이상의 라자는 없고, 이제 인간은 드래곤에게도 직접 다가서겠지요. 그리고 마침내 모든 종족을 인간화시켜 버리고 나서야 우리들은 미래를 잃은 우리 자신의 모습을 발견하게 되겠지요."

"미래를……."

"타이번, 모든 숲을 태워버린 불길은 죽는 법 아닐까요. 우리들의 폭주를 견제하던 엘프라는 언덕도, 드워프라는 바위도, 그리고 드래곤이라는 절벽까지도 모두 파괴되고 나면 우리들, 시무니안의 아들들은 거침없이 달려가겠지요. 마부 없는 마차처럼."

"그러기에 그를 붙잡아야 하지 않는가! 우리 모두가 신이 될 수 없다면, 우리들은 서로를 비춰볼 거울로서 함께……."

"크라드메서의 실수로 모자라세요!"

타이번은 하얗게 질린 얼굴로 입을 다물었지만 나는 그 불쌍한 마법사에게 동정심을 느낄 수 없었다.

"크라드메서, 그 최강의 드래곤도 두 번만에, 라자의 죽음을 겨우 두 번 버티고는 자살했어요. 아무르타트는? 아무르타트, 그 시간의 종이자 석양의 감시자는 어땠어요? 드래곤 라자가 없었기에! 아무르타트는 드래곤 라자가 없었기에 지금껏 간신히 보호되어 왔어요! 하지만 동시에 드래곤 라자가 없으므로 그녀는 보호받지도 못해요!"

"후, 후치……."

"동업자 선생!"

"뭐라구?"

"동업자 선생! 당신과 루트에리노 대왕은 인간이라는 초를 만들지 않았습니까? 우리는 불길이니까. 하지만, 우리는 불길이니까 스스로마저도 태워버리는 초가 되겠지요. 우리가 이룩하는 번영은 목적 잃은 폭주가 되고 말 테죠! 그래서 나는 이제 아무르타트를 도피시키겠어요."

타이번은 한대 맞은 표정으로 날 바라보았다.

"도피라구?"

"예! 나는 그녀를 인간의 석양으로 도피시키겠어요. 그리고 그녀로 하여금 거기서 인간을 기다리게끔 할 생각이에요. 우리가 스스로를 바로잡아 새로운 종족으로 발돋움할 수 있다면 다시는 그녀를 만나지 않을 수도 있겠지요. 그럴 가능성은 있지요. 그녀가 우리에게 베푼 선물이 있으니까. 스스로를 변화시킬 수 있는 가능성이 있으니까!"

나는 고개를 들어 아무르타트의 뒷모습을 쫓았다. 참을 수 없는 격정에 목이 메이지만, 나는 간신히 내 대답을 기다리고 있는 마법사에게 우리의 미래를 들려줄 수 있었다.

"하지만, 하지만 우리가 스스로를 놓치고 석양을 향해 치달아간다면, 또 다른 자신을 모두 잃고 죽음을 향해 치달은 넥슨처럼, 자신을 모두 나눠주고 죽어버린 길시언처럼, 주위의 모든 것을 파괴시키며 자신만을 부여잡은 채 멸망을 향해 치달아간 할슈타일 후작처럼, 우리가 석양을 향해 치달아간다면, 그렇다면!"

"……그렇다면?"

그때였다. 아무르타트의 비행에 따라 길게 찢어지던 구름들이 마침내 하늘 양편으로 모두 갈라졌다. 보랏빛 하늘의 모습은 어두웠으나 아무르타트의 비행을 쫓는 내 눈은 석양을 볼 수 있었다. 불길처럼 붉은 석양, 그리고 아무르타트의 검은 몸은 불덩어리처럼 타오르면서 태양의 뒤를 쫓았다.

갑자기 어깨가 시려왔다. 입에서 나오는 하얀 김이 그제야 눈앞을 어지럽혔다. 나는 바짝 굳어버린 제미니의 손을 잡아올려 입김을 불어주었다. 나는 제미니의 일렁이는 눈동자를 들여다보면서 타이번에게 말했다.

"그때 우리는 우리의 황혼에 서서 그 오랜 세월 동안 우리를 기다려온 아무르타트의 모습을 볼 수 있겠지요. 그리고 그녀가 우리 헬턴트에 베푼 것과 같은 것을, 우리의 자손에게 베풀 수 있을지도 모르지요. 반대로 인간의 황혼과 함께 그녀도 휩쓸려 사라질지도 모르지만……. 나는 그때까지 기다렸다가 그것을 확인할 수는 없어요. 그러니 그녀를 보내고 믿을 수밖에 없지요."

"그녀를……, 그녀를 우리 자손들에게 선물한다는 말이냐?"

타이번은 이제야 300년의 피로를 한꺼번에 느끼는 것처럼 메마른 목소리로 힘들게 말했다.

"정답은 없지요. 아까 말했듯이 나는 우리 자손을 위해 장애물을 치워준 것일 수도 있고, 혹은 우리 자손을 징계할 교사를 미래로 파견한 것일 수도 있어요. 그것은 시간이 결정할 일이지요. 그러니……."

제미니는 내 눈을 들여다보다가 고개를 가로저으며 내 가슴에 얼굴을 파묻어왔다. 나는 그녀의 뒷머리를 조심스럽게 쓸어내리며 말했다.

"내 역할은 여기서 끝났어요. 첫눈을 그 만가로 삼아 떠나간 내 마법의 가을처럼 나의 이야기는 여기서 끝난 것이죠."

나는 고개 돌려 타이번의 주름진 얼굴을 바라보았다. 그리고 그의 어깨 너머로, 석양을 향해 날아가는 드래곤을 보았다.

〈드래곤 라자 끝〉

드래곤 라자 작업을 도와주신 분들

저작권 감수 | 김병수
세트 지도 작업 및 드래곤 문양 | 홍연주
독자편집자 | 이호, 박든든나름

드래곤 라자 8

1판 1쇄 펴냄 2008년 11월 26일
1판 26쇄 펴냄 2024년 7월 23일

지은이 | 이영도
발행인 | 박근섭
편집인 | 김준혁
펴낸곳 | 황금가지

출판등록 | 2009. 10. 8 (제2009-000273호)
주소 | 06027 서울 강남구 도산대로 1길 62 강남출판문화센터 5층
전화 | **영업부** 515-2000 **편집부** 3446-8774 **팩시밀리** 515-2007
홈페이지 | www.goldenbough.co.kr

도서 파본 등의 이유로 반송이 필요할 경우에는 구매처에서 교환하시고
출판사 교환이 필요할 경우에는 아래 주소로 반송 사유를 적어 도서와 함께 보내주세요.
06027 서울 강남구 도산대로 1길 62 강남출판문화센터 6층 민음인 마케팅부

ISBN 978-89-6017-265-4 04810 (8권)
ISBN 978-89-6017-270-8 04810 (세트)

㈜민음인은 민음사 출판 그룹의 자회사입니다.
황금가지는 ㈜민음인의 픽션 전문 출간 브랜드입니다.

사진 · 조선희

이영도

1972년생. 경남대학교 국어국문학과 졸업. 1998년 여름, 컴퓨터 통신 게시판에 연재했던 첫 장편 『드래곤 라자』가 출간되어 100만 부를 돌파함으로써 한국에 판타지 시대를 열었다. 『드래곤 라자』는 일본, 중국, 대만, 홍콩, 태국 등에서도 출간되어 세계 독자와 만난다. 라디오 드라마, 만화, 온라인 게임, 모바일 게임 등으로 만들어졌을 뿐 아니라, 이후 『퓨처워커』, 『폴라리스 랩소디』, 단편집 『오버 더 호라이즌』을 차례로 발표하였으며, 장대한 구상 위에 집필하여 2003년 내놓은 대작 『눈물을 마시는 새』는 한국적 소재를 자연스럽게 녹여낸 판타지 대하 소설로 이영도 붐을 새롭게 했다. 2005년에는 후속작 『피를 마시는 새』가 출간되었다.